山东大学中文专刊

张可礼文集

第二册　东晋文艺系年

中華書局

张可礼　著

目　录

东晋文艺系年

序

袁世硕

可礼教授从六十年代初期开始研究魏晋南北朝文学，至今已经整整三十个年头了。

起初，他是做我国著名的文学史家陆侃如先生的研究生，从此与魏晋南北朝文学结下了不解之缘。毕业后留校任教，长时期担负着并不轻松的系行政工作，却始终不脱离教学，也不放松治学，总是挤出时间潜心研究，辛勤耕耘，多所著作。近十余年来，他已经先后出版了《三曹年谱》、《建安文学论稿》、《建安诗歌选译》三部著作，发表了一些论文。其中，《建安文学论稿》在同行中颇得好评，被推许为近期建安文学研究中卓有建树的论著之一。

最近，他又作成了一部《东晋文艺系年》，行将问世。我与他是先后期的同学，又有三十年的共事之谊，看到他又有新的研究成果出版，由衷地感到高兴。

可礼早年受业于侃如先生，后来独立治学也确实是师承侃如先生治学之法。这部《东晋文艺系年》，便是很好的说明。侃如先生于七十年代末病逝，身后留下了一部历四十年之久不断增补、修订的书稿，这就是后来由人民文学出版社刘文忠同志整理、编辑出版的《中古文学系年》。这部嘉惠后学的力作，上起西汉甘露元年（公元前 53 年），下迄东晋永和七年（公元 351 年），逐年记载了经过一一考证的一百五十余位文学家的生平事迹、著作情况，可以看作是专记文学家的生卒、行迹、著述的一部断代的编年史。可礼的《东晋文艺系年》，体制基本相同，上起东晋建武元年（公元317年），下迄元熙元年（公元419年）晋亡。虽然，经考证而编录的内容有开拓，兼及民间文艺方面，而且为了断代的完整性，在时限上有三十余年的交叉重叠，但是，基本上可以看作是《中古文学系年》的续书，至少可以说，可礼是在侃如先生开始做的同一课题上又往下延伸了大半个世纪。

更为重要的是，可礼继续做这项课题，如他在其书的《后记》里讲到的，是信从侃如先生在《中古文学系年》的《序例》中所表述的关于研究文学史的经验之论。侃如先生认为，研究文学史，要不独知其“然”，而且能知其“所以然”，应当做三个步骤的三种工作：

第一是朴学的工作——对作者的生平、作品年月的考订，字句的校勘、训诂。这是初步的准备。

第二是史学的工作——对于作者的环境，作品的背景，尤其是当时社会经济的情形，必须完全弄清楚。这是进一步的工作。

第三是美学的工作——对于作品的内容和形式加以分析，并说明作者的写作技巧及其影响。这是最后一步。三者具备，方能写成一部完美的文学史。

这篇《序例》是侃如先生于四十年代此书稿初成时写的，今天看来，由于文学批评理论的发展，他对“美学的工作”解说得还不够充分，但是，这种见识基本上是正确的、中肯的，在近半个世纪之前，就更是难能可贵了。正是出于这样的见识，侃如先生为了编著一部好的文学史，才不惜精力，博览有关典籍，排比考核，编著这样一部《中古文学系年》。虽然人生有限，时不待人，《中古文学系年》于其生前未得出版，也未能照原来的设想编出一部“完美的”“中古文学史”，但却有了丰厚的学术积累，对那一历史时期的文学史实了如指掌了，他当时和后来撰写的许多论文，以及建国后和冯沅君先生合著《中国文学史简编》，正得力于他有了如此厚实的工力。可礼也正是本着侃如先生的这种见识、这种治学思想，在他对建安文学做过了一番研究之后，要对东晋文艺进行整体的、综合的研究，才把这一历史时期的文学家的生平事迹、作品年代，以及其他有关文艺现象，进行考订、编次，做了一项非常重要的基础工作，从而编成了这部《东晋文艺系年》。可以预期，有了这样丰厚的文艺积累，可礼对东晋文艺的研究，也一定会是根深叶茂，结出丰硕的学术果实。

这里我之所以讲可礼治学的渊源授受，是因为在过去一段时间里，在我们文学史研究领域里存在一种轻视资料，鄙薄考证，不重视基础研究工作的倾向，以为文学史的研究要有所突破，关键只在于观念的更新，新的研究方法的引进。我认为那种意见，虽然不无一些道理，但也失于偏颇。

文学史自然是由历代产生的文学作品构成的。文学史研究也自然应以解析、评论文学作品，揭示各个历史时期的各类文学作品的思想内容和艺术表现的特色，以及文学发展变化的轨迹，作为主要的任务和基本的归宿。但是，文学作品是作家的精神劳动的产品，作家都是生活于一定的社会历史环境之中，他们的文学创作，包括其作品的内容和形式，乃至在当时和后世的遭遇、影响，都受着社会环境、时代思潮、文学自身的传统诸方面的制约。所以，早在一千四百年前，刘勰就曾说过：“时运交移，质文代变”，“文变染乎世情，兴废系乎时序。”（《文心雕龙・时序》）解析、评论历史上的文学作品，自然要对其文本熟读深思，但是，单凭熟读深思文本,而不去了解作家,不去了解其时代,不去知人论事,也难以洞悉其底蕴,言之中肯的。研究文学的发展变化,一个最起码的要求,要把有关的文学史实,如作家生活、创作的时代,作品写作、刊行的年代,文学社团的形成和解体,若干有疑问的作品的归属等等情况,考证清楚,方才不致发生时序颠倒、张冠李戴、郢书燕说诸般差错。如此,也就必然要涉及多方面的文献,文学的和非文学的文献,要做许多稽考、辩证等工作,即侃如先生所说的"朴学的工作"和"史学的工作"。研究者的理论观念、文学鉴赏力,固然也很重要,缺乏理论素养,难以有卓越的识见,但是,解析、评论、叙述文学的发展过程,如果失去了基本事实的准确,那也不会有真正的卓越的识见。两个方面结合起来,才能在研究上有所前进,有所突破。

所以,研究文学史,对某一时代的文学进行整体的、综合的研究,乃至对一位有影响的作家或一部有影响的作品的研究,都应先从基础性的研究做起。这类工作有些可以说是文学的外部研究,有的甚至是非文学性的研究,但对文学本体研究来说,却是重要的、必须的。我们不能把这种基础性的研究当作文学史研究的主体,而不去做对文学本体的深入研究,即侃如先生所说的"美学的工作",但却不能轻视、放弃这种基础性的研究工作。这种研究,对研究者个人来说,是先期的准备;对别的研究者,又起着铺路的作用;对整个学科来说,也是一种学术积累。仅以由侃如先生肇始、可礼继之的这种断代文学史实的编年工作来说,对研究东汉至魏晋文学的人,就能提供许多方便,有的问题可以不必再从头做起,有的问题给显示了进一步探究的线索,或者可以由之引发引出新的研究课题,至少是可以减少查阅有关文献资料的盲目性。我想,如果有研究者能将这项工作扩展到中国文学史的各个历史阶段，联成一套中国文学史实的编年史，那就为新的中国文学史的研究、编著，铺上了一条坚实的科学之路。

是为序。

1992.4.15

凡　例

一、本书把东晋(包括十六国)时期有关文艺家的生平事迹、作品的产生年代、朝政对文坛的重要措举、民族间在文艺方面的交流、民间文艺等重要史实,在鉴别的基础上,予以摘录编次。

二、本书所收的文艺家,有很多兼有军政事迹,或撰有文艺以外的著述。凡属文艺范围以内的,详加引录。对于军政事迹,凡能表现其思想、心理、性格等特点的,一般予以摘录。对于不属文艺方面的著述,因其有助于全面了解当时的文化背景和文人的文化结构,也尽量录用。

三、本书为编年体。南方的东晋与北方先后建立的十六国,起迄时间不同。本书以东晋的时间为限,上起晋元帝建武元年(公元 317 年),下迄晋恭帝元熙元年(公元 419 年)。全书以公元和帝王纪年为序,并列出帝王称号、姓名、年号及干支。

四、本书所收的文艺家,凡生卒年明确者,均在每年史迹之前标明年龄,以备互相参照。年龄不明确者,从略。

五、本书所收一年内的史实,一般按月编排。难以确定月份者,置于本年最后。一人年内如有多事,一并编在最早一事发生之月份。

六、本书所引用的文献记载、考古资料以及前人和今人的研究成果,均直接引录原文,并注明具体出处。这样,既不埋没他人的研究成果，又便于读者检核。

七、本书所引用的作品，诗主要采用逯钦立辑校的《先秦汉魏晋南北朝诗》，文主要采用严可均校辑的《全上古三代秦汉三国六朝文》，书法以张彦远辑《法书要录》、王著编《淳化阁帖》、佚名著《宣和书谱》为主，绘画以张彦远著《历代名画记》为主。上述辑著所载有缺误者及其他作品，仅就个人所见，分别予以补正。为节省篇幅，所引作品，一般只标明题目，不录原文和内容。所引作品的题目，有不少为前人代拟，其中虽有不当，但为了便于翻检，本书全仍其旧。

八、本书所征引的文献资料，在本书第一次出现时，均标明编著者和文献资料的全称。如复次出现，编著者略，文献资料名称尽量从简。本书后附有主要征引书目，以资参考。

九、本书所收史实，虽分志于各年，但仍前后接承。本书正文前编有本书所收文艺家姓名检目，以供检阅之便。

317　丁丑

晋愍帝司马邺建兴五年　晋王司马睿建武元年
成李雄玉衡七年　汉刘聪麟嘉二年
前凉张寔建元三年

纪瞻六十五岁。荀组六十岁。陶侃五十九岁。贺循五十八岁。王敦五十二岁。孔衍五十岁。孔愉五十岁。慕容廆四十九岁。郗鉴四十九岁。刘琨四十七岁。卫铄四十六岁。应詹四十四岁。司马睿四十二岁。王导四十二岁。王廙四十二岁。郭璞四十二岁。蔡谟三十七岁。卞壶三十七岁。谢鲲三十七岁。葛洪三十五岁。卢谌三十三岁。孔坦三十二岁。温峤三十岁。庾亮二十九岁。庾冰二十七岁。何充二十六岁。庾怿二十五岁。司马绍十九岁。范汪十七岁。王述十五岁。王允之十五岁。王羲之十五岁。王彪之十三岁。庾翼十三岁。张骏十一岁。谢尚十岁。王濛九岁。桓温六岁。道安六岁。袁乔六岁。郗愔五岁。孙绰四岁。支遁四岁。司马晞二岁。

1. 晋元帝司马睿为晋王。作《改元大赦令》、《报刘琨劝进令》、《讨石勒檄》、《课督农功诏》、《蠲除法禁令》、《王后不应别立庙令》、《命议温峤不拜散骑侍郎诏》、《许贺循辞中书令》、《赐贺循床荐等物令》、《以刘遐为下邳内史令》、《赐杜夷谷令》、《报有司奏治高车诏》、《诏议中郎李干事》、《复议李干事诏》、《答刘琨等令》。置史官，立太学。

房玄龄等撰《晋书》卷六《元帝纪》："元皇帝讳睿，字景文，宣帝曾孙，琅邪恭王覲之子也。咸宁二年生于洛阳……年十五，嗣位琅邪王。幼有令问……元康二年，拜员外散骑常侍。累迁左将军……东海王越之收兵下邳也，假帝辅国将军。寻加平东将军、监徐州诸军事，镇下邳。俄迁安东将军、都督扬州诸军事……永嘉初，用王导计，始镇建邺……太妃薨于国，自表奔丧，葬毕，还镇，增封宣城郡二万户，加镇东大将军、开府仪同三司……及怀帝蒙尘于平阳，司空荀藩等移檄天下，推帝为盟主……愍帝即位，加左丞相。岁余，进位丞相、大都督中外诸军事。遣诸将分定江东……建武元年……三月，帝素服出次，举哀三日。西阳王羕及群僚参佐、州征牧守等上尊号，帝不许……乃呼私奴命驾，将反国。群臣乃不敢逼，请依魏晋故事为晋王，许之。辛卯，即王位，大赦，改元。"《改元大赦令》见严可均校辑《全上古三代秦汉三国六朝文·全晋文》(以下引其中全晋文部分简称《全晋文》)卷八，其最后云："改建兴五年为建武元年。"《报刘琨劝进令》见本年第 8 条。《讨石勒檄》见《元帝纪》：本年六月，"石勒将石季龙围谯城，平西将军祖逖击走之。己巳，帝传檄天下曰……"《课督农功诏》见《晋书》卷二十六《食货志》："元帝为晋王，课督农功，诏……"《蠲除法禁令》见《晋书》卷三十《刑法志》："是时帝以权宜从事，尚未能从。而河东卫展为晋王大理，考擿故事有不合情者，又上书曰……元帝令曰……"《王后不应别立庙令》见《晋书》卷三十二《元敬虞皇后传》："帝为晋王，追尊为王后。有司奏王后应别立庙。令曰……"此令《全晋文》漏收。《命议温峤不拜散骑侍郎诏》见本年第10条。《许贺循辞中书令》、《赐贺循床荐等物令》见本年第5条。《以刘遐为下邳内史令》见《晋书》卷八十一《刘遐传》："建武初，元帝令曰……"《赐杜夷谷令》见《晋书》卷九十一《杜夷传》："建武中，令曰……"《报有司奏治高车诏》见《全晋文》卷八。严可均注："《北堂书钞》未删改本一百三十九引《晋起居注》：建武元年有司奏，车府令戒严上作高车用杂总求处给，请出上库钱六十七万六千六百，诏云云。"《诏议中郎李干事》、《复议李干事诏》见杜佑撰《通典》卷九十八："东晋元帝建武元年……中郎李干自上……诏曰……荀组表曰……诏曰……"《答刘琨等令》见欧阳询撰《艺文类聚》(以下简称《类聚》)卷十三，令中有"是用辞不获已，而居王位"等句，当作于本年为晋王后。据《元帝纪》，睿咸宁二年生，本年当四十二岁。

2. 晋明帝司马绍为晋王太子。

《晋书》卷六《明帝纪》："明皇帝讳绍，字道畿，元皇帝长子也。幼而聪哲，为元帝所宠异……建兴初，拜东中郎将，镇广陵。元帝为晋王，立为晋王太子。"据同卷《元帝纪》，本年三月丙辰，立绍为晋王太子。《明帝纪》："帝母荀氏，燕代人，帝状类外氏，须黄。"卷三十二《后妃传下》："豫章君荀氏，元帝宫人也。初有宠，生明帝及琅邪王裒，由是为虞后所忌。自以位卑，每怀怨望，为帝所谴，渐见疏薄。"卷四十九《阮放传》：阮放，"中兴，除太学博士、太子中舍人、庶子。时虽戎车屡驾，而放侍太子，常说《老》、《庄》，不及军国。明帝甚友爱之。"张彦远辑《法书要录》辑王僧虔《论书》：王廙"画为晋明帝师。"据《晋书·明帝纪》，绍太宁三年卒、时年二十七推之，本年当十九岁。

3. 王导拜右军将军，迁骠骑将军，作《上疏请修学校》。

刘义庆撰《世说新语·德行第一》刘孝标注引《丞相别传》："王导字茂弘，琅邪人。"《晋书》卷六十五《王导传》："王导……光禄大夫览之孙也。父裁，镇军司马。导少有风鉴，识量清远……后参东海王越军事。时元帝为琅邪王，与导素相亲善。导知天下已乱，遂倾心推奉，潜有兴复之志。帝亦雅相器重，契同友执。帝之在洛阳也，导每劝令之国。会帝出镇下邳，请导为安东司马……永嘉末，迁丹杨太守，加辅国将军……拜宁远将军，寻加镇威将军……晋国既建，以导为丞相军咨祭酒。桓彝初过江，见朝廷微弱，谓周顗曰：'我以中州多故，来此欲求全活，而寡弱如此，将何以济！'忧惧不乐。往见导，极谈世事，还，谓顗曰'向见管夷吾，无复忧矣。'过江人士，每至暇日，相要出新亭饮宴。周顗中坐而叹曰：'风景不殊，举目有江河之异。'皆相视流涕。惟导愀然变色曰：'当共勠力王室，克复神州，何至作楚囚相对泣邪！'众收泪而谢之。俄拜右将军、扬州刺史、监江南诸军事，迁骠骑将军，加散骑常侍、都督中外诸军事、领中书监、录尚书事、假节，刺史如故。导以(王)敦统六州，固辞中外都督。后坐事除节。于时军旅不息，学校未修，导上书(礼按：即《上疏请修学校》)曰……帝甚纳之。"卷六《元帝纪》：本年三月丙辰，以"右将军王导都督中外诸军事、骠骑将军。"《世说新语·企羡第十六》："王丞相过江，自说昔在洛水边，数与裴成公、阮千里诸贤共谈道。羊曼曰：'人久以此许卿，何须复尔？'王曰：'亦不言我须此，但欲尔时不可得耳！'"《世说新语·文学第四》："王丞相过江左，止道《声无哀乐》、《养生》、《言尽意》三理而已。然宛转关生，无所不入。"据《晋书》本传，导卒于咸康五年、时六十四推之,本年当四十二岁。

4. 王敦迁征南大将军,作《上言父子生离服限》。

《晋书》卷九十八《王敦传》:"王敦字处仲,司徒导之从父兄也。父基,治书侍御史。敦少有奇人之目,尚武帝女襄城公主,拜附马都尉,除太子舍人……迁给事黄门侍郎……惠帝反正,敦迁散骑常侍、左卫将军、大鸿胪、侍中,出除广武将军、青州刺史。永嘉初,征为中书监……元帝召为安东军咨祭酒。会扬州刺史刘陶卒,帝复以敦为扬州刺史,加广武将军。寻进左将军、都督征讨诸军事、假节。帝初镇江东,威名未著,敦与从弟导等同心翼戴,以隆中兴,时人为之语曰:'王与马,共天下。'……(陶)侃之灭(杜)弢也,敦以元帅进镇东大将军、开府仪同三司,加都督江扬荆湘交广六州诸军事、江州刺史,封汉安侯。敦始自选置,兼统州郡焉……建武初,又迁征南大将军,开府如故。"《上言父子生离服限》见《通典》卷九十八:"东晋元帝建武元年,征南大将军王敦上言……"据《晋书》本传,敦卒于太宁二年、时五十九岁推之,本年当五十二岁。

5. 贺循为中书令,加散骑常侍,改拜太常。作《颍川豫章庙主不毁议》、《弟兄不合继位昭穆议》及《又议》、《答尚书下太常祭祀所用乐名》、《答尚书符问藉田应躬祠先农不》、《遭难未葬入庙议》、《丁潭为琅邪王裒终丧议》。

《晋书》卷六十八《贺循传》:"贺循字彦先,会稽山阴人也。其先庆普,汉世传《礼》,世所谓庆氏学。族高祖纯,博学有重名,汉安帝时为侍中,避安帝父讳,改为贺氏。曾祖齐,仕吴为名将。祖景,灭贼校尉。父邵,中书令,为孙皓所杀,徙家属边郡。循少婴家难,流放海隅,吴平,乃还本郡。操尚高厉,童龀不群,言行进止,必以礼让。国相丁乂请为五官掾。

刺史嵇喜举秀才,除阳羡令……后为武康令……著作郎陆机上疏荐循曰……久之,召补太子舍人。赵王伦篡位,转侍御史,辞疾去职……及陈敏之乱,诈称诏书,以循为丹杨内史。循辞以脚疾……元帝为安东将军,复上循为吴国内史……及帝承制,复以为军咨祭酒……时江东草创,盗贼多有,帝思所以防之,以问于循。循答曰……帝从之……建武初,为中书令,加散骑常侍,又以老疾固辞。帝下令曰……于是改拜太常,常侍如故。循以九卿旧不加官,今又疾患,不宜兼处此职,惟拜太常而已。"据《晋书》本传,"太兴二年卒,时年六十"推之,本年当五十八岁。《颍川豫章庙主不毁议》见《晋书》本传:"时宗庙始建,旧仪多阙,或以惠怀二帝应各为世,则颍川世数过七,宜在迭毁。事下太常,循议以为……时尚书仆射刁协与循异议,循答义深备,辞多不载,竟从循议焉。朝廷疑滞皆咨之于循,循辄依经礼而对,为当世儒宗,其后帝以循清贫,下令曰……"《全晋文》卷八十八载《弟兄不合继位昭穆议》及《又议》,其中有"建武中,尚书符云"等句。建武仅有一年,知以上二文当作于本年。《答尚书下太常祭祀所用乐名》见沈约撰《宋书》卷十九《乐志一》:"至江左初立宗庙,尚书下太常祭祀所用乐名,太常贺循答云……于时以无雅乐器及伶人,省太乐并鼓吹令。是后颇得登哥,食举之乐,犹有未备。"《答尚书符问藉田应躬祠先农不》见《晋书》卷十九《礼志上》:"江左元帝将修耕藉,尚书符问'藉田至尊应躬祠先农不?'贺循答……"《遭难未葬入庙议》见《全晋书》卷八十八。《通典》卷五十一:"晋怀帝蒙尘,崩于平阳,梓宫未反京师。元帝立庙之时,欲迁入庙,丧已过三年。太常贺循议云……"据《晋书》卷五《孝怀帝纪》,怀帝于永嘉七年正月被害,至本年已过三年。《丁潭为琅邪王裒终丧议》见本年第 11 条。

6. 刘超为中书舍人，拜骑都尉、奉朝请。

刘超生年未详。《晋书》卷七十《刘超传》：刘超字世瑜，琅邪临沂人，汉城阳景王章之后也……父和，为琅邪国上军将军。超少有志尚，为县小吏，稍迁琅邪国记室掾。以忠谨清慎为元帝所拔，恒亲侍左右，遂从渡江，转安东府舍人，专掌文檄。相府建，又为舍人。于时天下扰乱，伐叛讨贰，超自以职在近密，而书迹与帝手笔相类，乃绝不与人交书。时出休沐，闭门不通宾客，由是渐得亲密。以左右勤劳，赐爵原乡亭侯，食邑七百户，转行参军。中兴建，为中书舍人，拜骑都尉、奉朝请。”

7. 孔愉兼中书郎。

《晋书》卷七十八《孔愉传》：“孔愉字敬康，会稽山阴人也。其先世居梁国。曾祖潜，太子少傅，汉末避地会稽，因家焉。祖竺，吴豫章太守。父恬，湘东太守。从兄侃，大司农。俱有江左名。愉年十三而孤，养祖母以孝闻，与同郡张茂字伟康、丁潭字世康齐名，时人号曰‘会稽三康’……永嘉中，元帝始以安东将军镇扬土，命愉为参军。邦族寻求，莫知所在。建兴初，始出应召，为丞相掾，仍除驸马都尉、参丞相军事，时年已五十矣。以讨华轶功，封余不亭侯……帝为晋王，使长兼中书郎。”据《晋书》本传，愉建兴初，“年已五十矣”顺推，本年当五十四岁。然本传又言“年七十五，咸康八年卒”，据此上推，本年当五十岁。许嵩撰《建康实录》卷八谓愉卒于永和末年，未知何据。今从“咸康八年卒”之说。

8. 刘琨上表劝进，转侍中、太尉。作《答晋王笺》及《与亲故书》。

《晋书》卷六十二《刘琨传》：“刘琨字越石，中山魏昌人，汉中山靖王胜之后也。祖迈，有经国之才，为相国参军、散骑常侍。父蕃，清高冲俭，位至光禄大夫。”《世说新语·言语第二》刘孝标注引王隐《晋书》：琨“父璠，光禄大夫。”杜宝撰《元和姓纂》卷五：“刘蕃，晋宛陵令，生太尉越石，今无闻。”又《晋书·刘琨传》：“琨少得俊朗之目，与范阳祖纳俱以雄豪著名。年二十六，为司隶从事。时征虏将军石崇河南金谷涧中有别庐，冠绝时辈，引致宾客，日以赋诗。琨与其间，文咏颇为当时所许。秘书监贾谧参管朝政，京师人士无不倾心。石崇、欧阳建、陆机、陆云之徒，并以文才降节事谧，琨兄弟亦在其间，号曰‘二十四友’。太尉高密王泰辟为掾，频迁著作郎、太学博士、尚书郎。赵王伦执政，以琨为记室督，转从事中郎……永嘉元年（礼按：司马光编著《资治通鉴》[以下简称《通鉴》]卷八十六载于光熙元年。可从），为并州刺史，加振威将军，领匈奴中郎将……愍帝即位，拜大将军、都督并州诸军事，加散骑常侍、假节……三年，帝遣兼大鸿胪赵廉持节拜琨为司空、都督并、冀、幽三州诸军事。琨上表让司空，受都督……幽州刺史鲜卑段匹磾数遣信要琨，欲与同奖王室。琨由是率众赴之……是时西都不守，元帝称制江左，琨乃令长史温峤劝进，于是河朔征镇夷夏一百八十人连名上表……令报曰……建武元年，琨与匹磾期讨石勒，匹磾推琨为大督都，喢血载书，檄诸方守，俱集襄国。琨、匹磾进屯固安，以俟众军。匹磾从弟末波纳勒厚赂，独不进，乃阻其计。琨、匹磾以势弱而退。是岁，元帝转琨为侍中、太尉，其余如故，并赠名刀。琨答曰……”又卷六《元帝纪》：“六月丙寅，司空、并州刺史、广武侯刘琨，幽州刺史、左贤王、渤海公段匹磾……鲜卑大都督慕容廆等一百八十人上书劝进，曰……十一月……丁卯，以司空刘琨为太尉。”《世说新语·言语第二》：“刘琨虽隔阏寇戎，志存本朝，谓温峤曰：‘班彪识刘氏之复兴，马援知汉光之可辅。今晋阼虽衰，天命未改。吾欲立功于河北，使卿延誉于江南。子其行乎？’温曰：‘峤虽不敏，才非昔人，明公以桓、文之姿，建匡立之功，岂敢辞命！’”注引虞预《晋书》：“是时二都倾覆，天下大乱。琨闻元皇受命中兴，慷慨幽、朔，志存本朝。使峤奉使。”萧统编《文选》卷三十七载琨《劝进表》，李善注引何法盛《晋书》：“刘琨连名劝进，中宗嘉之。”又引《晋纪》：“刘琨作《劝进表》，无所点窜；封印既毕，对使者流涕而遣之。”《全晋文》卷一百八辑《劝进表》四篇，末篇即《元帝纪》及《文选》所载者，作于三月十八日。《与亲故书》见《晋书》本传：“与范阳祖逖为友，闻逖被用，与亲故书曰……”盖指逖被元帝命为豫州刺史事。按万斯同撰《东晋方镇年表》，本年逖始任豫州刺史。

9. 慕容廆上书劝司马睿即帝位。不受元帝所拜龙骧将军、大单于。常歌《阿干之歌》。

《晋书》卷一百八《慕容廆载记》：“慕容廆字弈洛瓌，昌黎棘城鲜卑人也。其先有熊氏之苗裔，世居北夷，邑于紫蒙之野，号曰东胡……曾祖莫护跋……祖木延，左贤王。父涉归，以全柳城之功，进拜鲜卑单于，迁邑于辽东北，于是渐慕诸夏之风矣。廆幼而魁岸，美姿貌，身长八尺，雄杰有大度。安北将军张华雅有知人之鉴，廆童冠时往谒之，华甚叹异……因以所服簪帻遗廆，结殷勤而别。涉归死，其弟耐篡位，将谋杀廆，廆亡潜以避祸。后国人杀耐，迎廆立之……太康十年，廆又迁于徒河之青山……永嘉初，廆自称鲜卑大单于……怀帝蒙尘于平阳，王浚承制以廆为散骑常侍、冠军将军、前锋大都督、大单于，廆不受。建兴中，愍帝遣使拜廆镇军将军、昌黎辽东二国公。建武初，元帝承制拜廆假节、散骑常侍、都督辽左杂夷流人诸军事、龙骧将军、大单于、昌黎公，廆让而不受。征虏将军鲁昌说廆曰……廆善之，乃遣其长史王济浮海劝进。”廆劝司马睿即帝位，又见本年第8条。卷九十七《吐谷浑传》：“吐谷浑，慕容廆之庶长兄也，其父涉归分部落一千七百家以隶之。及涉归卒，廆嗣位，而二部马斗，廆怒曰：‘先公分建有别，奈何不相远离，而令马斗！’吐谷浑曰：‘马为畜耳，斗其常性，何怒于人！乖别甚易，当去汝于万里之外矣。’于是遂行。廆悔之，遣其长史史那楼冯（礼按：《宋书》卷九十六《鲜卑吐谷浑传》作‘长史乙那楼’）及父时耆旧追还之。吐谷浑曰：‘先公称卜筮之言，当有二子克昌，祚流后裔。我卑庶也，理无并大，今因马而别，殆天所启乎！诸君试驱马令东，马若还东，我当相随去矣。’楼冯遣从者二千骑，拥马东出数百步，辄悲鸣西走。如是者十余辈，楼冯跪而言曰：‘此非人事也。’遂止。鲜卑谓兄为阿干，廆追思之，作《阿干之歌》，岁暮穷思，常歌之。”《宋书·鲜卑吐谷浑传》：“廆子孙窃号，以此歌为辇后大曲。”据《晋书·慕容廆载记》，廆卒于咸和八年，时年六十五推之，本年当四十九岁。

10. 温峤为左长史，奉表南下劝进。

《世说新语·品藻第九》刘孝标注引《温氏谱序》：“晋大夫却至封于温，子孙因氏，居太原祁县，为郡著姓。”《尤悔第三十三》刘孝标注引《温氏谱》：“峤父襜，娶清河崔参女。”《言语第二》刘孝标注引虞预《晋书》：“峤字太真，太原祁人。少标俊清彻，英颖显名。”《任诞第二十三》注引《中兴书》：“峤有俊朗之目，而不拘细行。”《晋书》卷六十七《温峤传》：“温峤……司徒羡弟之子也。父憺，河东太守。峤性聪敏，有识量，博学能属文，少以孝悌称于邦族。风仪秀整，美于谈论，见者皆爱悦之……司隶命为都官从事……后举秀才、灼然。司徒辟东阁祭酒，补上党潞令。平北大将军刘琨妻，峤之从母也。琨深礼之，请为参军。琨迁大将军，峤为从事中郎、上党太守，加建威将军、督护前锋军事……琨迁司空，以峤为右司马……属二都倾覆，社稷绝祀，元帝初镇江左，琨诚系王室……乃以为左长史，檄告华夷，奉表劝进。峤既至，引见，具陈琨忠诚，志在效节，因说社稷无主，天人系望，辞旨慷慨。举朝属目，帝器而嘉焉。王导、周顗、谢鲲、庾亮、桓彝等并与亲善。”《世说新语・言语第二》：“温峤初为刘琨使来过江，于时江左营建始尔，纲纪未举。温新至，深有诸虑。既诣王丞相，陈主上幽越，社稷焚灭，山陵夷毁之酷，有《黍离》之痛。温忠慨深烈，言与泗俱，丞相亦与之对泣。叙情既毕，便深自陈结，丞相亦厚相酬纳。既出，欢然言曰：‘江左自有管夷吾，此复何忧？’”注引《语林》：“初温奉使劝进，晋王大集宾客见之。温公始入，姿形甚陋，合坐尽惊。既坐，陈说九服分崩，皇室弛绝，晋王君臣莫不歔欷。及言天下不可以无主，闻者莫不踊跃，植发穿冠。王丞相深相付托。温公既见丞相，便游乐不住，曰：‘既见管仲，天下事无复忧。’”《文选》卷三十七《劝进表》李善注引王隐《晋书》：建兴五年，刘琨使温峤“诣江南”。本年改建兴五年为建武元年。《晋书》卷二十《礼志中》：“建武元年，以温峤为散骑常侍，峤以母亡值寇，不临殡葬，固让不拜。元帝诏曰……于是太宰、西阳王羕，司徒临颍公组，骠骑将军、即丘子导，侍中纪瞻，尚书周顗，散骑常侍荀邃等议……”据《晋书・温峤传》，以峤卒于咸和四年、时四十二岁推之，本年当三十岁。

11. 丁潭拜附马都尉、奉朝请、尚书祠部郎，为琅邪王郎中令。作《上书求为琅邪王裒行终丧礼》。

丁潭生卒年未详。《晋书》卷七十八《丁潭传》："丁潭字世康，会稽山阴人也。祖固，吴司徒。父弥，梁州刺史。潭初为郡功曹，察孝廉，除郎中，稍迁丞相西阁祭酒。时元帝称制，使各陈时事损益，潭上书曰……及帝践阼，拜附马都尉、奉朝请、尚书祠部郎。时琅邪王裒始受封，帝欲引朝贤为其国上卿，将用潭，以问中书令贺循。循曰：'郎中令职望清重，实宜审授。潭清淳贞粹，雅有隐正，圣明所简，才实宜之。'遂为琅邪王郎中令。会裒薨，谭上疏求行终丧礼，曰……太常贺循议……"卷六《元帝纪》：本年三月，"封王子宣城公裒为琅邪王"，"十一月丁未，琅邪王裒薨。"

12. 郭璞为元帝筮。

《晋书》卷七十二《郭璞传》："郭璞字景纯，河东闻喜人也。父瑗，尚书都令史。时尚书杜预有所增损，瑗多驳正之，以公方著称。终于建平太守。璞好经术，博学有高才，而讷于言论，词赋为中兴之冠。好古文奇字，妙于阴阳算历……璞既过江，宣城太守殷祐引为参军……王导深重之，引参己军事。尝令作卦……时元帝初镇建邺，导令璞筮之……及帝为晋王，又使璞筮。"考《晋书》本传，以太宁二年卒、时四十九推之，本年四十二岁。

13. 孔坦为世子文学。

《晋书》卷七十八《孔坦传》："坦字君平。祖冲，丹杨太守。父侃，大司农。坦少方直，有雅望，通《左氏传》，解属文。元帝为晋王，以坦为世子文学。"据《晋书》本传、《通鉴》卷九十五，坦咸康二年卒、时年五十一推之，本年当三十二岁。

14. 庾阐为元帝所辟，未行。

《晋书》卷九十二《庾阐传》："庾阐字仲初，颍川鄢陵人也。祖辉，安北长史。父东，以勇力闻。武帝时，有西域健胡趫捷无敌，晋人莫敢与校。帝募勇士，惟东应选，遂扑杀之，名震殊俗。阐好学，九岁能属文。少随舅孙氏过江。母随兄肇为乐安长史，在项城。永嘉末，为石勒所陷，阐母亦没。阐不栉沐，不婚宦，绝酒肉，垂二十年，乡亲称之。州举秀才，元帝为晋王，辟之，皆不行。"《世说新语·文学第四》注引《中兴书》："阐……太尉亮之族也。少孤。"阐生卒年未详。据《晋书》卷五《孝怀帝纪》，石勒于永嘉五年陷项城。是年，阐母卒。母卒前，阐已过江。今据"少年"，假定在十三岁前后。如过江之次年遭母丧，则永嘉五年，阐十四岁上下。以此推之，阐本年当在二十四岁左右。

15. 纪瞻任侍中。

《晋书》卷六十八《纪瞻传》："纪瞻字思远，丹杨秣陵人也。祖亮，吴尚书令。父陟，光禄大夫。瞻少以方直知名。吴平，徙家历阳郡。察孝廉，不行。后举秀才，尚书郎陆机策之曰……永康初，州又举寒素，大司马辟东阁祭酒。其年，除鄢陵公国相，不之官。明年，左降松滋侯相。太安中，弃官归家，与顾荣等共诛陈敏……召拜尚书郎，与荣同赴洛，在涂共论《易》太极……元帝为安东将军，引为军咨祭酒，转镇东长史。帝亲幸瞻宅，与之同乘而归。以讨周馥、华轶功，封都乡侯。石勒入寇，加扬威将军、都督京口以南至芜湖诸军事，以距勒。勒退，除会稽内史……论讨陈敏功，封临湘县侯。西台除侍中，不就。及长安不守，与王导俱入劝进……及帝践位，拜侍中。"据《晋书》本传及《建康实录》卷六，瞻太宁二年卒、时年七十二推之，本年当六十五岁。

16. 荀组任司徒。作《议定父子生离哀制表》。

《晋书》卷三十九《荀勖传》："荀勖字公曾，颍川颍阴人，汉司空爽曾孙也。祖棐，射声校尉。父肸，早亡……勖有十子，其达者辑、藩、组。"同卷《荀组传》："组字大章。弱冠，太尉王衍见而称之曰：'夷雅有才识。'初为司徒左西属，补太子舍人。司徒王浑请为从事中郎，转左长史，历太子中庶子、荥阳太守。赵王伦为相国，欲收大名，选海内德望之士，以江夏李重及组为左右长史……伦篡，以组为侍中。及长沙王乂败……帝西幸长安，以组为河南尹。迁尚书，转卫尉，赐爵成阳县男，加散骑常侍、中书监。转司隶校尉，加特进、光禄大夫，常侍如故……永嘉末，复以组为侍中，领太子太保。未拜……怀帝蒙尘，司空王浚以组为司隶校尉……愍帝称皇太子，组即太子之舅，又领司隶校尉，行豫州刺史事，与藩并保荥阳之开封……藩薨，帝更以组为司空，领尚书左仆射，又兼司隶，复行留台事，州征郡守皆承制行焉。进封临颍县公……明年，进位太尉，领豫州牧、假节。元帝承制，以组都督司州诸军，加散骑常侍，余如故。顷之，又除尚书令，表让不拜。及西都不守，组乃遣使移檄天下共劝进。帝欲以组为司徒，以问太常贺循。循曰：'组旧望清重，忠勤显著，迁训五品，实允众望。'于是拜组为司徒……永昌初……薨，年六十五。"据此推之，组本年当六十岁。按卷六《元帝纪》，本年七月，"以太尉荀组为司徒。《议定父子生离哀制表》见《通典》卷九十八，写作时间见本年第10条。

17. 王廙任荆州刺史。作《白兔赋并序》。

《世说新语·仇隙第三十六》刘孝标注引《王廙别传》："廙字

世将。祖览、父正。廙高朗豪率。"《晋书》卷七十六《王廙传》:"王廙……丞相导从弟,而元帝姨弟也。父正,尚书郎。廙少能属文,多所通涉,工书画,善音乐、射御、博弈、杂伎。辟太傅掾,转参军。豫迎大驾,封武陵县侯,拜尚书郎,出为濮阳太守。元帝作镇江左,廙弃郡过江。帝见之大悦,以为司马。频守庐江、鄱阳二郡。豫讨周馥、杜弢,以功累增封邑,除冠军将军,镇石头,领丞相军咨祭酒。王敦启为宁远将军、荆州刺史。"据万斯同撰《东晋方镇年表》,廙任荆州刺史,当在本年。《晋书》本传载廙《奏中兴赋上疏》云:"及臣后还京都,陛下见臣白兔,命臣作赋。"《白兔赋并序》见《全晋文》卷二十,其中有"今在我王,医济皇维,而有白兔之应……建中兴之遐祚兮,与二仪乎比长。于是古之有德,则纳瑞求安"等句,又卷六《元帝纪》:本年三月,"四方竞上符瑞",廙赋并序当作于本年。陈思撰次《书小史》卷五:"王廙……工草隶飞白,祖述张、卫遗法,亦好索靖之风。尝得索七月廿六日书一纸,每宝玩之。遭丧乱乃四叠缀于衣中,以过江。"廙《奏中兴赋上疏》中有"臣犬马之年四十三矣"句,疏作于明年(详下)。据此推之,廙本年当四十二岁。

18. 置史官,立太学。

《晋书》卷六十九《戴邈传》:"于时凡百草创,学校未立,邈上疏曰……疏奏,纳焉,于是始修礼学。"卷六《元帝纪》:本年十一月,"置史官,立太学。"

19. 刘聪杀晋愍帝司马邺。

刘聪生年未详。《晋书》卷一百一《刘元海传》:"刘元海,新兴匈奴人,冒顿之后也。"卷一百二《刘聪传》:"刘聪字玄明,一名载,元海第四子也。母曰张夫人……幼而聪悟好学,博士朱纪大奇之。年十四，究通经史，兼综百家之言，《孙吴兵法》靡不诵之。工草隶，善属文，著《述怀诗》百余篇、赋颂五十余篇。十五习击刺，猿臂善射，弯弓三百斤，膂力骁捷，冠绝一时……弱冠游于京师，名士莫不交结，乐广、张华尤异之也。新兴太守郭颐辟为主簿，举良将，入为骁骑别部司马，累迁右部都尉……河间王颙表为赤沙中郎将……亡奔成都王，拜右积弩将军，参前锋战事。元海为北单于，立为右贤王，随还右部。及即大单于位，更拜鹿蠡王……永嘉四年僭即皇帝位……署其卫尉呼延晏为使持节……自宜阳入洛川……怀帝遣河南尹刘默距之，王师败……迁帝及惠帝羊后、传国六玺于平阳……聪假怀帝仪同三司，封会稽郡公……聪引帝入讌，谓帝曰：'卿为豫章王时，朕尝与王武子相造，武子示朕于卿，卿言闻其名久矣。以卿所制乐府歌示朕，谓朕曰："闻君善为辞赋，试为看之。"朕时与武子俱为《盛德颂》，卿称善者久之'……愍帝即位于长安……刘曜陷长安外城，愍帝……出降。"卷五《孝愍帝纪》：本年冬十月，"刘聪出猎，令帝行车骑将军，戎服执戟为导，百姓聚而观之，故老或歔欷流涕，聪闻而恶之。聪后因大会，使帝行酒洗爵，反而更衣，又使帝执盖，晋臣在坐者多失声而泣……十二月戊戌，帝遇弑，崩于平阳。"

20. 郭文自余杭山至建康，王导置之西园。

文生卒年未详。《晋书》卷九十四《郭文传》："郭文字文举，河内轵人也。少爱山水，尚嘉遁。年十三，每游山林，弥旬忘反。父母终，服毕，不娶，辞家游名山，历华阴之崖，以观石室之石函。洛阳陷，乃步担入吴兴余杭大辟山中穷谷无人之地（礼按：王国维《水经注校》卷十四：余杭'县南有大壁山，郭文自陆浑迁居也。')，依木于树，苫覆其上而居焉，亦无壁障。时猛兽为暴，入屋害人，而文独宿十余年，卒无患害。恒著鹿裘葛巾，不饮酒食肉，区种菽麦，采竹叶木实，贸盐以自供。人或酬下价者，亦即与之。后人识文，不复贱酬。食有余谷，辄恤穷匮。人有致遗，取其粗者，示不逆而已……余杭令顾飏与葛洪共造之，而携与俱归。飏以文山行或须皮衣，赠以韦袴褶一具，文不纳，辞归山中……王导闻其名，遣人迎之，文不肯就船车，荷担徒行。既至，导置之西园，园中果木成林，又有鸟兽麋鹿，因以居文焉。于是朝士咸共观之，文颓然踑踞，傍若无人……导尝众宾共集，丝竹并奏，试使呼之。文瞪眸不转，跨蹑华堂如行林野。于时坐者咸有钩深味远之言，文尝称不达来语。天机铿宏，莫有阚其门者。温峤尝称曰：'文有贤人之性，而无贤人之才，柳下、梁踦之亚乎！'"《水经注校》卷十四："晋建武元年，骠骑王导迎文置之西园。"

21. 华谭转秘书监，固让不拜。

谭确切生卒年不详。《晋书》卷五十二《华谭传》："华谭字令思，广陵人也。祖融，吴左将军、录尚书事。父谞，吴黄门郎。谭期岁而孤，母年十八，便守节鞠养，勤劳备至。及长，好学不倦，爽慧有口辩，为邻里所重。扬州刺史周浚引为从事史，爱其才器，待以宾友之礼。太康中，刺史嵇绍举谭秀才……谭至洛阳，武帝亲策之……时九州秀孝策无逮谭者。谭素以才学为东土所推……寻除郎中，迁太子舍人、本国中正。以母忧去职。服阕，为鄄城令，过濮水，作《庄子赞》以示功曹。而廷掾张延为作答教。其文甚美。谭异而荐之，遂见升擢。及谭为庐江，延已为淮陵太守……以父墓毁去官。寻除尚书郎。永宁初，出为郏令……谭甚有政绩，再迁庐江内史，加绥远将军……以功封都亭侯……后为纪瞻所荐,而为顾荣所止遏,遂数年不得调。建兴初,元帝命为镇东军咨祭酒。谭博学多通,在府无事,乃著书三十卷,名曰《辨道》,上笺进之。帝亲自览焉。转丞相军咨祭酒,领郡大中正。谭荐干宝、范珧于朝,乃上笺求退曰:'……谭无古人之贤,窃有怀远之慕……年向七十,志力日衰,素餐无劳,实宜辞退。谨奉还所假左丞相军咨祭酒版。'不听。建武初,授秘书监,固让不拜。"据上引《上笺求退》,谭本年约七十岁。

22. 陶侃时任广州刺史。

《晋书》卷六十六《陶侃传》:"陶侃字士行(礼按:一说字士衡,见《世说新语·言语第二》注引《陶氏叙》),本鄱阳人也。吴平,徙家庐江之寻阳。父丹,吴扬武将军。侃早孤贫,为县吏。鄱阳孝廉范逵……过庐江太守张夔,称美之。夔召为督邮,领枞阳令。有能名,迁主簿……夔察侃为孝廉,至洛阳,数诣张华。华初以远人,不甚接遇。侃每往,神无忤色。华后与语,异之。除郎中。伏波将军孙秀以亡国支庶,府望不显,中华人士耻为掾属,以侃寒宦,召为舍人……尚书乐广欲会荆、扬士人,武库令黄庆进侃于广……庆后为吏部令史,举侃补武冈令。与太守吕岳有嫌,弃官归,为郡小中正。会刘弘为荆州刺史,将之官,辟侃为南蛮长史,遣先向襄阳讨贼张昌,破之……后以军功封东乡侯,邑千户。陈敏之乱,弘以侃为江夏太守,加鹰扬将军……敏遣其弟恢来寇武昌,侃出兵御之……又加侃为督护……于是击恢,所向必破……后以母忧去职……服阕,参东海王越军事。江州刺史华轶表侃为扬武将军……轶与元帝素不平……侃乃与华轶告绝。顷之,迁龙骧将军、武昌太守……帝使侃击杜弢……破之。时周顗为荆州刺史，先镇浔水城，贼掠其良口……侃使朱伺等逆击，大破之……遣参军王贡告捷于王敦……敦然之，即表拜侃为使持节、宁远将军、南蛮校尉、荆州刺史……遣朱伺等讨江夏贼，杀之。贼王冲自称荆州刺史，据江陵。王贡还，至竟陵，矫侃命，以杜曾为前锋大督护，进军斩冲，悉降其众。侃召曾不到，贡又恐矫命获罪，遂与曾举兵反……侃坐免官。王敦表以侃白衣领职，侃复率周访等进军入湘，使都尉杨举为先驱，击杜弢，大破之……敦于是奏复侃官……王敦深忌侃功。将还江陵，欲诣敦别……敦果留侃不遣，左转广州刺史、平越中郎将……侃在州无事，辄朝运百甓于斋外，暮运于斋内。人问其故，答曰：'吾方致力中原，过尔优逸，恐不堪事。'其励志勤力，皆此类也。"《世说新语·贤媛第十九》刘孝标注引《晋阳秋》："侃父丹，娶新淦湛氏女，生侃。湛虔恭有智算，以陶氏贫贱，纺绩以资给侃，使交结胜己。"据《东晋方镇年表》，侃于本年任广州刺史。又据《晋书》卷七《成帝纪》，侃咸和九年卒、时年七十六推之，本年当五十九岁。

23. 郗鉴时任兖州刺史，都督兖州诸军事。

《晋书》卷六十七《郗鉴传》："郗鉴字道徽，高平金乡人，汉御史大夫虑之玄孙也。少孤贫，博览经籍，躬耕陇亩，吟咏不倦。以儒雅著名，不应州命。赵王伦辟为掾，知伦有不臣之迹，称疾去职……惠帝反正，参司空军事，累迁太子中舍人、中书侍郎……元帝初镇江左，承制假鉴龙骧将军、兖州刺史，镇邹山。时荀藩用李述，刘琨用兄子演，并为兖州，各屯一郡，以力相倾，阖州编户，莫知所适。又徐龛、石勒左右交侵，日寻干戈，外无救援，百姓饥馑，或掘野鼠蛰燕而食之，终无叛者。三年间，众至数万。帝就加辅国将军、都督兖州诸军事。”据吴廷燮撰《晋方镇年表》、万斯同撰《东晋方镇年表》，鉴于建兴元年至永昌元年七月任兖州刺史。又据《晋书》本传、卷七《成帝纪》，鉴卒于咸康五年、时七十一岁推之，本年当四十九岁。

24. 应詹任益州刺史。

《晋书》卷七十《应詹传》：“应詹字思远，汝南南顿人，魏侍中璩之孙也。詹幼孤，为祖母所养。年十余岁，祖母又终，居丧毁顿，杖而后起，遂以孝闻。家富于财，年又稚弱，乃请族人共居，委以资产，情若至亲，世以此异焉。弱冠知名，性质素弘雅，物虽犯而弗之校，以学艺文章称……初辟公府，为太子舍人。赵王伦以为征东长史。伦诛，坐免。成都王颖辟为掾……迁南平太守。王澄为荆州，假詹督南平、天门、武陵三郡军事。及洛阳倾覆，詹攘袂流涕，劝澄赴援。澄使詹为檄，詹下笔便成，辞义壮烈，见者慷慨……天门、武陵谿蛮并反，詹讨降之……其后天下大乱，詹境独全。百姓歌之曰……镇南将军山简复假詹督五郡军事……寻与陶侃破杜弢于长沙，贼中金宝溢目，詹一无所取，唯收图书，莫不叹之。元帝假詹建武将军，王敦又上詹监巴东五郡军事，赐爵颍阳乡侯……迁益州刺史，领巴东监军。”据《晋方镇年表》、《东晋方镇年表》，詹于建兴三年至太兴元年任益州刺史。《晋书》本传、《建康实录》卷七均谓詹卒于咸和六年、时五十三岁，而《晋书》卷七《成帝纪》、《通鉴》卷九十三则言卒于咸和元年。今从《成帝纪》、《通鉴》。据此推之，詹本年当四十四岁。

25. 何充任大将军王敦掾，转主簿，左迁东海王文学。

《晋书》卷七十七《何充传》：“何充字次道，庐江灊人，魏光禄大夫祯之曾孙也。祖恽，豫州刺史。父睿，安丰太守。充风韵淹雅，文义见称。初辟大将军王敦掾，转主簿。敦兄含时为庐江郡，贪污狼藉，敦尝于座中称曰：'家兄在郡定佳，庐江人士咸称之。'充正色曰：'充即庐江人，所闻异于此。'敦默然。傍人皆为之不安，充晏然自若。由是忤敦，左迁东海王文学……永和二年卒，时年五十五。"据此推之，充本年当二十六岁。

26. 卞壸补太子中庶子。

《晋书》卷七十《卞壸传》："卞壸字望之，济阴冤句人也。祖统，琅邪内史。父粹，以清辩鉴察称。兄弟六人并登宰府，世称'卞氏六龙，玄仁无双'。玄仁，粹字也……壸弱冠有名誉……永嘉中，除著作郎，袭父爵……遭本州倾覆，东依妻兄徐州刺史裴盾。盾以壸行广陵相。元帝镇建邺，召为从事中郎，委以选举，甚见亲杖。出为明帝东中郎长史。遭继母忧，既葬，起复旧职，累辞不就……服阕，为世子师……中兴建，补太子中庶子，转散骑常侍，侍讲东宫。迁太子詹事，以公事免。寻复职，转御史中丞。忠于事上，权贵屏迹。"据《建康实录》卷七，壸卒于咸和三年、时四十八推之，本年当三十七岁。

27. 葛洪撰《抱朴子》。

《晋书》卷七十二《葛洪传》："葛洪字稚川，丹杨句容人也。祖系，吴大鸿胪。父悌，吴平后入晋，为邵陵太守。洪少好学，家贫，躬自伐薪以贸纸笔，夜辄写书诵习，遂以儒学知名。性寡欲，无所爱玩，不知棋局几道，樗蒲齿名。为人木讷，不好荣利，闭门却扫，未尝交游……从祖玄，吴时学道得仙，号曰葛仙公，以其炼丹秘术授弟子郑隐。洪就隐学，悉得其法焉。后师事南海太守上党鲍玄。玄亦内学，逆占将来，见洪深重之，以女妻洪。洪传玄业，兼综练医术，凡所著撰，皆精核是非，而才章富赡……洪见天下已乱，欲避地南土，乃参广州刺史嵇含军事……元帝为丞相,辟为掾。"王明著《抱朴子内篇校释》附《外篇自叙》:"洪祖父学无不涉,究测精微,文艺之高,一时莫伦,有经国之才……洪父以孝友闻,行为士表,方册所载,罔不穷览……洪者,君之第三子也。生晚,为二亲所娇饶,不早见督以书史。年十有三,而慈父见背,夙失庭训,饥寒困瘁,躬执耕穑,承星履草……年十六,始读《孝经》、《论语》、《诗》、《易》……昔大安中,石冰作乱……义军大都督邀洪为将兵都尉,累见敦迫……不敢任志……大都督加洪伏波将军……洪年十五六时,所作诗赋杂文,当时自谓可行于代。至于弱冠,更详省之,殊多不称意,天才未必为增也,直所览差广,而觉妍媸之别。于是大有所制,弃十不存一……洪年二十余,乃计作细碎小文,妨弃功日,未若立一家之言,乃草创子书。会遇兵乱,流离播越,有所亡失,连在道路,不复投笔十余年,至建武中乃定,凡著《内篇》二十卷,《外篇》五十卷,碑颂诗赋百卷,军书檄移章表笺记三十卷……其《内篇》言神仙方药鬼怪变化养生延年禳邪却祸之事,属道家。其《外篇》言人间得失,世间臧否,属儒家。"《晋书》本传:"其自序曰:'……故予所著子言黄白之事,名曰《内篇》,其余驳难通释,名曰《外篇》,大凡内外一百一十六篇。虽不足藏诸名山,且欲缄之金匮,以示识者。'自号抱朴子,因以名书。"《全晋文》卷一百十七辑洪《抱朴子·外篇·佚文》:"昔太安二年……余年二十一。"据此推之,洪本年当三十五岁。

28. 卢谌时为段匹磾别驾。

《晋书》卷四十四《卢钦传》:"卢钦字子若,范阳涿人也。祖植,汉侍中。父毓,魏司空。世以儒业显。钦清澹有远识,笃志经史……武帝受禅,以为都督沔北诸军事……入为尚书仆射，加侍中、奉车都尉，领吏部……钦弟珽，字子笏，卫尉卿。珽子志。志字子道，初辟公府掾、尚书郎，出为鄄令……长子谌。谌字子谅，清敏有理思，好《老》、《庄》，善属文。选尚武帝女荥阳公主，拜附马都尉，未成礼而公主卒。后州举秀才，辟太尉掾。洛阳没，随志北依刘琨，与志俱为刘粲所虏。粲据晋阳，留谌为参军。琨收散卒，引猗卢骑还攻粲。粲败走，谌得赴琨，先父母兄弟在平阳者，悉为刘聪所害。琨为司空，以谌为主簿，转从事中郎。琨妻即谌之从母，既加亲爱，又重其才地。建兴末，随琨投段匹磾。匹磾自领幽州，取谌为别驾。”据《晋方镇年表》、《东晋方镇年表》，匹磾于上年至太兴四年任幽州刺史。谌于永和七年卒，时年六十七（详下），据此推之，本年当三十三岁。

29. 庾亮拜中书郎。

《晋书》卷七十三《庾亮传》：“庾亮字元规，明穆皇后之兄也，父琛……亮美姿容，善谈论，性好《庄》、《老》，风格峻整，动由礼节，闺门之内不肃而成，时人或以为夏侯太初、陈长文之伦也……元帝为镇东时，闻其名，辟西曹掾。及引见，风情都雅，过于所望，甚器重之。由是聘亮妹为皇太子妃，亮固让，不许。转丞相参军。预讨华轶功，封都亭侯，转参丞相军事，掌书记。中兴初，拜中书郎。”《世说新语·德行第一》注引《晋阳秋》：庾亮，“颍川鄢陵人。”《晋书》卷九十三《庾琛传》：“庾琛字子美，明穆皇后父也。兄衮……琛永嘉初为建威将军，过江，为会稽太守，征为丞相军咨祭酒。”据《晋书·庾亮传》，亮以咸康六年卒、时年五十二推之，本年当二十九岁。

30. 孔衍补中书郎。

《晋书》卷九十一《孔衍传》：“孔衍字舒元，鲁国人，孔子二十二世孙也。祖文,魏大鸿胪。父毓,征南军司。衍少好学,年十二,能通《诗》、《书》。弱冠,公府辟,本州举异行直言,皆不就。避地江东,元帝引为安东参军,专掌记室。书令殷积,而衍每以称职见知。中兴初,与庾亮俱补中书郎……太兴三年卒于官,年五十三。"据此推之,衍本年当五十岁。

31. 刘曜时任汉显职。

曜生年不详。《晋书》卷一百三《刘曜载记》:"刘曜字永明,元海之族子也。少孤,见养于元海。幼而聪慧,有奇度。年八岁,从元海猎于西山,遇雨,止树下,迅雷震树,旁人莫不颠仆,曜神色自若……性拓落高亮,与众不群。读书志于广览,不精思章句,善属文,工草隶。雄武过人,铁厚一寸,射而洞之,于时号为神射。尤好兵书,略皆暗诵。常轻侮吴、邓,而自比乐毅、萧、曹,时人莫之许也,惟聪每曰:"永明,世祖、魏武之流,何数公足道哉!'弱冠游于洛阳,坐事当诛,亡匿朝鲜,遇赦而归。自以形质异众,恐不容于世,隐迹管涔山,以琴书为事。尝夜闲居,有二童子入跪曰:'管涔王使小臣奉谒赵皇帝,献剑一口。'置前再拜而去。以烛视之,剑长二尺,光泽非常,赤玉为室,背上有铭曰:'神剑御,除众毒。'曜遂服之。剑随四时而变为五色。元海世频历显职。"

32. 张亢拜散骑侍郎。

张亢生卒年不详。《晋书》卷五十五《张亢传》:"亢字季阳。才藻不逮二昆,亦有属缀,又解音乐伎术。时人谓载协亢、陆机云曰'二陆'、'三张'。中兴初过江,拜散骑侍郎。"

33. 干宝始撰《搜神记》。

干宝生卒年不详。《晋书》卷八十二《干宝传》:"干宝字令升,新蔡人也。祖统(礼按:《世说新语·排调第二十五》注引《中兴书》作'祖正'),吴奋武将军、都亭侯。父莹,丹杨丞。宝少勤学,博览书记,以才器召为著作郎。平杜弢有功,赐爵关内侯……性好阴阳术数,留思京房、夏侯胜等传。宝父先有所宠侍婢,母甚妒忌,及父亡,母乃生推婢于墓中。宝兄弟年小,不之审也。后十余年,母丧,开墓,而婢伏棺如生,载还,经日乃苏。言其父常取饮食与之,恩情如生。在家中吉凶辄语之,考校悉验,地中亦不觉为恶。既而嫁之,生子。又宝兄尝病气绝,积日不冷,后遂悟,云见天地间鬼神事,如梦觉,不自知死。宝以此遂撰集古今神祇灵异人物变化,名为《搜神记》,凡三十卷。"唐无名氏《文选集注》江文通《拟郭弘农游仙诗》注:"(吴)猛,豫章建宁人。干庆为豫章建宁令,死已三日。猛曰:'明府算历未应尽,似是误耳。今为参之。'乃沐浴衣裳,复死于庆侧。经一宿,果相与俱生。庆云:'见猛天曹中论诉之。'庆即干宝之兄。宝因之作《搜神记》。故其《序》云:'建武中,所有感起,是用发愤焉。'"据此知宝于建武中始作《搜神记》。建武仅有一年,故系于此。《全晋文》卷一百二十七载宝《表》曰:"臣前聊欲撰记古今怪异非常之事,会聚散逸,使同一贯,博访知之者,片纸残行,事事各异。"据上述记载,《搜神记》之撰写,颇须时日,恐非一时之作,其写作当始于本年,成书盖在以后。

34. 荀崧时任平南将军。

崧生卒年不详。《晋书》卷七十五《荀崧传》:"荀崧字景猷,颍川临颍人(校勘记:'《魏志·荀彧传》云颍阴人。')魏太尉彧之玄孙也。父頵,羽林右监、安陵乡侯,与王济、何劭为拜亲之友。崧志操清纯,雅好文学。龆龀时,族曾祖顗见而奇之,以为必兴頵门。弱冠,太原王济甚相器重……泰始中,诏以崧代兄袭父爵，补濮阳王允文学。与王敦、顾荣、陆机等友善。赵王伦引为相国参军。伦篡，转护军司马、给事中，稍迁尚书吏部郎、太弟中庶子，累迁侍中、中护军。王弥入洛，崧与百官奔于密，未至而母亡……服阕，族父藩承制，以崧监江北军事、南中郎将、后将军、假节、襄城太守。时山陵发掘，崧遣主簿石览将兵入洛，修复山陵。以勋进爵舞阳县令，迁都督荆州江北诸军事、平南将军，镇宛，改封曲陵公。"

35. 蔡谟为中书侍郎。

《晋书》卷七十七《蔡谟传》："蔡谟字道明，陈留考城人也。世为著姓。曾祖睦，魏尚书。祖德，乐平太守。父克，少好学，博涉书记，为邦族所敬。性公亮守正，行不合己，虽富贵不交也……谟弱冠察孝廉，州辟从事，举秀才，东海王越召为掾，皆不就。避乱渡江。时明帝为东中郎将，引为参军。元帝拜丞相，复辟为掾，转参军，后为中书侍郎，历义兴太守。"谟"复辟为掾，转参军"，盖在上年。为中书侍郎、任义兴太守，当在本年或本年后，今一并系于此。《世说新语·识鉴第七》刘孝标注引《中兴书》："（诸葛）恢避难过江，与颍川荀道明、陈留蔡道明俱有名誉，号曰'中兴三明'。时人谓之语曰：'京都三明各有名，蔡氏儒雅荀、葛清。'"据《晋书》本传，谟永和十二年卒、时年七十六推之，本年当三十七岁。

36. 熊远迁太子中庶子、尚书左丞、散骑常侍。

熊远生卒年未详。《晋书》卷七十一《熊远传》："熊远字孝文，豫章南昌人也。祖翘，尝为石崇苍头，而性廉直，有士风。黄门郎潘岳见而称异……远有志尚，县召为功曹，不起，强与衣帻，扶之使谒。十余日荐于郡，由是辟为文学掾……后太守会稽夏静辟为功曹……州辟主簿、别驾，举秀才，除监军华轶司马、领武昌太守、宁远护军。元帝作相，引为主簿……时江东草创，农桑弛废，远建议曰……建兴初，正旦将作乐，远谏曰……元帝纳之。转丞相参军。是时琅邪国侍郎王鉴劝帝亲征杜弢……会弢已平，转从事中郎，累迁太子中庶子、尚书左丞、散骑常侍。帝每叹其忠公。”远迁太子中庶子等职时间不详，疑在本年前后。

37. 卫铄善隶书，规矩钟繇。

《法书要录》卷八张怀瓘《书断中》：“卫夫人，名铄，字茂猗，廷尉展之女弟（礼按：‘弟’字当衍。陶宗仪著《书史会要》作‘廷尉展之女’），恒之从女（礼按：上海书画出版社、华东师范大学古籍整理研究室选编、校点《历代书法论文选》刘有定《衍极注》作‘恒从妹’），汝阴太守李矩之妻也。隶书尤善，规矩钟公。云：碎玉壶之冰，烂瑶台之月，婉然芳树，穆若清风。右军少常师之。永和五年卒，年七十八。”据此推之，本年当四十六岁。

38. 宋纤隐居酒泉南山。

《晋书》卷九十四《宋纤传》：“宋纤字令艾，敦煌效谷人也。少有远操，沈靖不与世交，隐居于酒泉南山。明究经纬，弟子受业三千余人。不应州郡辟命，惟与阴颙、齐好友善。”据本传，纤本年约四十四岁。

39. 谢鲲能歌，善鼓琴，不徇功名。

《晋书》卷九十四《谢鲲传》：“谢鲲字幼舆，陈国阳夏人也。祖缵，典农中郎将。父衡，以儒素显，仕至国子祭酒。鲲少知名，通简有高识，不修威仪，好《老》、《易》，能歌善鼓琴，王衍、嵇绍并奇之。永兴中，长沙王乂入辅政，时有疾鲲者，言其将出奔。乂欲鞭之，鲲解衣就罚，曾无忤容。既舍之，又无喜色。太傅东海王越闻其名,辟为掾,任达不拘,寻坐家僮取官稿除名。于是名士王玄、阮修之徒,并以鲲初登宰府,便至黜辱,为之叹恨。鲲闻之,方清歌鼓琴,不以屑意,莫不服其远畅,而恬于荣辱。邻家高氏女有美色,鲲尝挑之,女投梭,折其两齿。时人为之语曰:'任达不已,幼舆折齿。'鲲闻之,傲然长啸曰:'犹不废我啸歌。'……左将军王敦引为长史,以讨杜弢功封咸亭侯。母忧去职,服阕,迁敦大将军长史。时王澄在敦坐,见鲲谈话无倦,惟叹谢长史可与言,都不眄敦。其为人所慕如此。鲲不徇功名,无砥砺行,居身于可否之间,虽自处若秽,而动不累高。敦有不臣之迹,显于朝野。鲲知不可以道匡弼,乃优游寄遇,不屑政事,从容讽议,卒岁而已。每与毕卓、王尼、阮放、羊曼、桓彝、阮孚等纵酒,敦以其名高,雅相宾礼。"据《晋书·谢鲲传》及《谢鲲墓志》,鲲太宁元年卒、时年四十三推之,本年当三十七岁。详见 323 年第 15 条。

40. 孙盛博学,善言名理。

《晋书》卷八十二《孙盛传》:"孙盛字安国,太原中都人。祖楚,冯翊太守。父恂,颍川太守。恂在郡遇贼,被害。盛年十岁,避难渡江。及长,博学,善言名理。于时殷浩擅名一时,与抗论者,惟盛而已。盛尝诣浩谈论,对食,奋掷麈尾,毛悉落饭中,食冷而复暖者数四,至暮忘餐,理竟不定。盛又著医卜及《易象妙于见形论》,浩等竟无以难之,由是遂知名。起家佐著作郎,以家贫亲老,求为小邑,出补浏阳令。太守陶侃请为参军。"盛生卒年未详。《晋书》本传言其"十岁,避难渡江。"《建康实录》卷八《孙绰传》:绰"冯翊太守楚之子(礼按:'子'当作'孙')。永嘉丧乱,幼与兄统相携过江。"据此知盛渡江盖因遭"永嘉丧乱"。据《晋书》卷一百《王弥传》,永嘉时，颍川一带确有战乱。《王弥传》："弥复以二千骑寇襄城诸县，河东、平阳、弘农、上党诸流人之在颍川、襄城、汝南、南阳、河南者数万家，为旧居人所不礼，皆焚烧城邑，杀二千石长史以应弥。弥又以二万人会石勒寇陈郡、颍川，屯阳翟。"《通鉴》卷八十七系王弥战乱于永嘉三年十一月。孙盛渡江当在此时，以时年十岁推之，本年当十八岁。起家佐著作郎诸事，均在本年前。

41. 庾冰为世论所重。

《世说新语·方正第五》刘孝标注引《晋阳秋》："庾冰字季坚，太尉亮之弟也。少有检操，兄亮常器之，曰：'吾家晏平仲。'"《晋书》卷七十三《庾冰传》："兄亮以名德流训，冰以雅素垂风，诸弟相率莫不好礼，为世论所重，亮常以为庾氏之宝。司徒辟，不就，征秘书郎。预讨华轶功，封都乡侯。王导请为司徒右长史，出补吴国内史。"冰任司徒右长史、出补吴国内史，时间未详，疑在太兴时期。据《晋书》本传、卷八《穆帝纪》，冰卒于建元二年、时四十九推之，本年当二十七岁。

42. 庾怿少以通简为其兄亮所称。

《晋书》卷七十三《庾怿传》："怿字叔预，少以通简为兄亮所称。弱冠，西阳王羕辟，不就。东海王冲为长水校尉，清选纲纪，以怿为功曹，除暨阳令。"怿为长水校尉功曹、除暨阳令，时间未详，疑在本年或本年后。据《晋书》本传、《通鉴》卷九十七，怿咸康八年卒、时年五十推之，本年当二十五岁。

43. 庾翼风仪秀伟，少有大度。

《世说新语·言语第二》注引《庾翼别传》："翼字稚恭，颍川鄢陵人也。少有大度，时论以经略许之。兄太尉亮。"《晋书》卷七十三《庾翼传》："风仪秀伟，少有经纶大略……永和元年卒,时年四十一。”据此推之,本年当十三岁。

44. 范汪善谈名理。

《世说新语·排调第二十五》刘孝标注引《范汪别传》:“汪字玄平,颍阳人。左将军略之孙。少有不常之志,通敏多识,博涉经籍,致誉于时。”《晋书》卷七十五《范汪传》:“范汪……雍州刺史晷之孙也。父稚,蚤卒。汪少孤贫,六岁过江,依外家新野庾氏。荆州刺史王澄见而奇之……年十三,丧母,居丧尽礼,亲邻哀之。及长,好学。外氏家贫,无以资给,汪乃庐于园中,布衣蔬食,然薪写书,写毕,诵读亦遍,遂博学多通,善谈名理。”《世说新语·假谲第二十七》:“范玄平为人,好用智数,而有时以多数失会。”据《晋书》本传,以桓温移镇姑孰时卒、年六十五推之,本年当十七岁。桓温移镇姑孰时间,详见本书365年第1条。

45. 王述少孤,袭爵蓝田侯。

《世说新语·文学第四》刘孝标注引《王述别传》:“述字怀祖,太原晋阳人。祖湛,父承,并有高名。述蚤孤,事亲孝谨,箪瓢陋巷,宴安永日。由是为有识所知,袭爵蓝田侯。”《晋书》卷七十五《王述传》言述卒于太和三年,时年六十六。据此推之,本年当十五岁。

46. 王允之在其兄弟中最知名。

《晋书》卷七十六《王舒传》:“王舒字处明,丞相导之从弟也。父会,侍御史。舒少为从兄敦所知,以天下多故,不营当时名,恒处私门,潜心学植……长子晏之……晏之弟允之最知名。”同卷《王允之传》:“允之字深猷(校勘记:‘允之字深猷《斠注》:《御览》三九六、四三二引《晋中兴书》作“渊猷”。唐人避讳改“深”。’)据本传,允之咸康八年卒、时年四十推之,本年当十五岁。

47. 王羲之为其叔父王廙所赏。早学书法。

《晋书》卷八十《王羲之传》:"王羲之字逸少,司徒导之从子也。祖正,尚书郎。父旷,淮南太守。元帝之过江也,旷首创其议。羲之幼讷于言,人未之奇。年十三,尝谒周顗,顗察而异之。时重牛心炙,坐客未啖,顗先割啖羲之,于是始知名。"李昉等撰《太平御览》(以下简称《御览》)卷四四七引《郭子》:"祖士少道右军'王家阿菟'。"原注:"菟,羲之小名吾菟。"黄宾虹、邓实编《美术丛书》第三册载鲁一同《右军年谱》引《笔势传》:"羲之年十二见前代笔论于旷枕中,窃而读之。旷曰:'汝何来吾所数也。'羲之笑而不答。其母曰:'汝年幼小,看用笔法,未能晓解。纵获父教恐复不能秘惜。'旷乃语羲之曰:'待汝成人,吾当授汝。'羲之拜曰:'愿早授之,使得成人已为暮学。'旷语以大纲。羲之学功日进。""又羲之年十二,卫夫人一见,语太常王策曰:'此小儿必见用笔诀也。'近观其书,便有老成之智,因流涕曰:'此子必蔽吾书名矣。'"《淳化阁帖》卷五载卫夫人《书稽首和南帖》:"卫有一弟子王逸少,甚能学卫真书,咄咄逼人。"《世说新语·言语第二》刘孝标注引《文字志》:"羲之少朗拔,为叔父廙所赏。善草隶。"《晋书》本传载羲之《为会稽内史称疾去郡于父墓前自誓文》云:"羲之不天,夙遭闵凶,不蒙过庭之训。母兄鞠育,得渐庶几。"据《笔势传》,羲之十二岁时,父旷尚在,盖不久遂卒。《书小史》卷五谓旷"善行隶书"。《书史会要》言旷"与卫世为中表,故得蔡邕书法于卫夫人,以授子羲之"。陶弘景《真诰》卷十六《阐幽微》注:"逸少……至升平五年辛酉岁亡,年五十九。"《书断中》亦云羲之"升平五年卒,年五十九"。今从上说。据上说推之，羲之当生于西晋太安二年，本年当十五岁。羲之之生年，除太安二年说外，尚有三说：生于光熙元年；生于永嘉元年；生于太兴四年。详见徐邦达著《历代书画家传记考辨·王羲之生卒年岁旧说的平议》。

48. 王彪之在其兄弟中最知名。

《晋书》卷七十六《王彬传》："彬字世儒。少称雅正，弱冠，不就州郡之命。光禄大夫傅祗辟为掾。后与兄廙俱渡江……中兴建，稍迁侍中……长子彭之嗣，位至黄门郎。次彪之，最知名。"《世说新语·轻诋第二十六》注引《王氏谱》："虎犊，彪之小字也。彪之字叔虎。"《晋书》卷七十六《王彪之传》："彪之字叔武。"（《校勘记》：'"武"盖唐人避讳改。'）据《晋书》本传，以"太元二年卒，年七十三"推之，本年当十三岁。

49. 王恬为王导次子。

《晋书》卷六十五《王导传》："导六子：悦、恬……"同卷《王恬传》："恬字敬豫。"《世说新语·惑溺第三十五》："王丞相有幸妾姓雷。"注引《语林》："雷有宠，生恬、洽。"据《书断下》，恬"永和五年卒，年三十六"推之，本年当四岁。

50. 张骏能属文。

《晋书》卷八十六《张轨传》："张轨字士彦，安定乌氏人，汉常山景王耳十七代孙也。家世孝廉，以儒学显……表立子寔为世子。"同卷《张寔传》："寔字安逊，学尚明察，敬贤爱士，以秀才为郎中……子骏。"同卷《张骏传》："骏字公庭，幼而奇伟。建兴四年，封霸城侯。十岁能属文。"据卷八《穆帝纪》及本传，以永和二年卒、年四十推之，本年当十一岁。

51. 谢尚神悟夙成。

《晋书》卷七十九《谢尚传》："谢尚字仁祖，豫章太守鲲之子也。幼有至性。七岁丧兄，哀恸过礼，亲戚异之。八岁，神悟夙成。鲲尝携之送客，或曰：'此儿一坐之颜回也。'尚应声曰：'坐无尼父，焉别颜回！'席宾莫不叹异。"据《晋书》本传，以升平初卒、年五十推之，本年当十岁。

52. 王濛世为大族。

《世说新语·言语第二》刘孝标注引《王长史别传》："濛字仲祖，太原晋阳人。其先出自周室，经汉、魏，世为大族。"《晋书》卷九十三《王濛传》："王濛……哀靖皇后父也。曾祖黯，历位尚书。祖佑，北军中侯。父讷，新淦令。"《世说新语·容止第十四》："周侯说王长史父：形貌既伟，雅怀有概，保而用之，可作诸许物也。"注引《王氏谱》："讷字文开……讷始过江，仕至新淦令。"《书断》下谓王濛"永和三年卒，年三十九"。据此推之，本年当九岁。

53. 桓温曾为温峤所赏。

《世说新语·言语第二》刘孝标注引《桓温别传》："温字元子，谯国龙亢人，汉五更桓荣后也。父彝，有识鉴。"《晋书》卷九十八《桓温传》："桓温……生未期而太原温峤见之，曰：'此儿有奇骨，可试使啼。'及闻其声，曰：'真英物也！'彝以峤所赏，故遂名之曰温。峤笑曰：'果尔，后将易吾姓也。'"据《晋书》本传及卷九《孝武帝纪》，以宁康元年卒、年六十二推之，本年当六岁。

54. 袁乔父瓌时任丹杨令。

《晋书》卷八十三《袁瓌传》："袁瓌字山甫，陈郡阳夏人，魏郎中令涣之曾孙也。祖、父并早卒。瓌与弟猷欲奉母避乱，求为江淮间县，拜吕令，转江都，因南渡。元帝以为丹杨令……子乔嗣。"《世说新语·言语第二》刘孝标注："袁羊，乔小字也。"又注引《袁氏家传》:"乔字彦升。"笺疏引程炎震云:"彦升,《晋书》作彦叔,名字相应,则升为是。"据《晋书》卷八十三《袁乔传》,乔卒于永和三年、时三十六岁推之,本年当六岁。

55. 道安家世英儒。

慧皎撰《高僧传》卷五《释道安传》:"释道安,姓卫氏,常山扶柳人也。家世英儒,早失覆荫,为外兄孔氏所养……初,魏、晋沙门依师为姓,故姓各不同。安以为大师之本,莫尊释迦,乃以释命氏。"关于道安之生卒年,汤用彤《汉魏两晋南北朝佛教史》上册第138页云:"《高僧传》谓道安卒于晋太元十年二月八日(即苻坚建元二十一年),年七十二(此据丽本,宋、元、明三本均无此四字。《太平御览》卷六五五引《高僧传》及《名僧传抄》,均有此四字)。此言不知何所本。然据《中阿含经序》,道安实约死于苻坚末年(建元二十一年)。而道安作《四阿含暮抄序》及《毗婆沙序》,均有'八九之年'(即七十二岁)之语。考二经之出也,其时约在自建元十八年八月至十九年八月。二序之作,或均在建元十九年中,皆自言七十二岁。如安公死于二十一年二月,则实七十四岁。"今从汤说。以此推之,道安本年当六岁。

56. 郗愔为郗鉴长子。

《世说新语·品藻第九》刘孝标注引《郗愔别传》:"愔字方回,高平金乡人,太宰鉴长子也。"据《晋书》卷六十七《郗愔传》,"太元九年卒,时年七十二"推之,本年当五岁。

57. 刘惔祖父为知名之士。

《晋书》卷七十五《刘惔传》:"刘惔字真长,沛国相人也(礼按:《世说新语·德行第一》刘孝标注引《刘尹别传》作"沛国萧人"。)祖宏,字终嘏,光禄勋。宏兄粹,字纯嘏,侍中。宏弟潢，字冲嘏（礼按：‘潢’，《世说新语·赏誉第八》作‘漠’。余嘉锡《笺疏》引程炎震曰：‘以其字冲嘏推之，漠为是也。’）吏部尚书。并有名中朝。时人语曰：‘洛中雅雅有三嘏。’父耽，晋陵太守。亦知名。”惔生卒年未详，据《晋书》本传及有关记载推之，本年约五岁，详见本书349年第12条。

58. 孙绰与其兄统并知名。

《晋书》卷五十六《孙楚传》：“孙楚字子荆，太原中都人也……楚才藻卓绝，爽迈不群……三子：众、洵、纂……纂子统、绰并知名……统字承公……诞任不羁，而善属文，时人以为有楚风。”同卷《孙绰传》：“绰字兴公。”据《建康实录》卷八，绰于咸安元年卒、时年五十八推之，本年当四岁。

59. 支遁聪明秀彻。

《高僧传》卷四《支遁传》：“支遁字道林，本姓关氏，陈留人，或云河东林虑人。幼有神理，聪明秀彻……太和元年闰四月四日，终于所住，春秋五十有三。”据此推之，本年当四岁。

60. 司马晞为元帝第四子。

《晋书》卷六十四《元四王传》：“元帝六男……王才人生武陵威王晞。”同卷《武陵威王晞传》：“武陵威王晞字道叔。”《世说新语·黜免第二十八》刘孝标注引《司马晞传》：“晞字道升，元帝第四子。”据《晋书》本传，晞太元六年卒、时年六十六推之，本年当二岁。

318 戊寅

晋元帝司马睿太兴元年　　成李雄玉衡八年
汉刘粲汉昌元年　　刘曜光初元年
前凉张寔建元四年

纪瞻六十六岁。荀组六十一岁。陶侃六十岁。贺循五十九岁。王敦五十三岁。孔衍五十一岁。孔愉五十一岁。慕容廆五十岁。郗鉴五十岁。刘琨四十八岁。卫铄四十七岁。应詹四十五岁。司马睿四十三岁。王导四十三岁。王廙四十三岁。郭璞四十三岁。蔡谟三十八岁。卞壸三十八岁。谢鲲三十八岁。葛洪三十六岁。卢谌三十四岁。孔坦三十三岁。温峤三十一岁。庾亮三十岁。庾冰二十八岁。何充二十七岁。庾怿二十六岁。司马绍二十岁。范汪十八岁。王述十六岁。王允之十六岁。王羲之十六岁。王彪之十四岁。庾翼十四岁。张骏十二岁。谢尚十一岁。王濛十岁。桓温七岁。道安七岁。袁乔七岁。郗愔六岁。孙绰五岁。支遁五岁。司马晞三岁。

1. 司马睿作《答群臣上尊号令》。即皇帝位。作《改元大赦诏》、《诏官吏》、《诏二千石》、《灾异见诏百官陈得失》、《诏访吴地先贤未旌录者》、《禁招魂葬诏》、《下刁协诏》、《诏报孔愉》、《趍徐扬二州种麦诏》、《报周颉诏》、《报荀崧请增博士诏》、《谷梁不置博士诏》、《下晋陵内史张闿诏》、《诸葛恢增秩诏》、《平糶诏》、《加荀组录尚书诏》、诏听立顾荣碑。

《答群臣上尊号令》等六文见《晋书》卷六《元帝纪》:"太兴元年春正月戊申朔,临朝,悬而不乐。三月癸丑,愍帝崩问至,帝斩缞居庐。丙辰,百僚上尊号。令曰……是日,即皇帝位。诏曰……于是大赦,改元……壬审,诏曰……夏四月……戊寅,初禁招魂葬(礼按:此诏见《全晋文》卷八)……秋七月戊申,诏曰……十一月乙卯,日夜出,高三丈,中有赤青珥……庚申,诏曰……十二月……武昌地震……癸巳,诏曰……"《下刁协诏》见徐坚等著《初学记》卷十一引《晋中兴书》:"刁协迁中书令,诏曰……"据《晋书·元帝纪》,本年六月"甲申,以尚书左仆射刁协为尚书令。"《诏报孔愉》见《宋书》卷十四《礼志一》:"晋元帝太兴元年四月合朔,中书侍郎孔愉奏曰……诏曰……"《趍徐扬二州种麦诏》见《晋书》卷二十六《食货志》:"太兴元年,诏曰……"《报周顗诏》见《晋书》卷六十九《周顗传》:"太兴初,更拜太子少傅,尚书如故。顗上疏让曰……诏曰……"《报荀崧请增博士诏》、《穀梁不置博士诏》见本年第 13 条。《穀梁不置博士诏》,《全晋文》漏收。《下晋陵内史张闿诏》见卷七十六《张闿传》:"帝践阼,出补晋陵内史,在郡甚有威惠,帝下诏曰……"《诸葛恢增秩诏》见卷七十七《诸葛恢传》:"太兴初,以政绩第一,诏曰……"《平糶诏》见《御览》卷三十五《凶荒》引《晋中兴书》:"太兴元年,诏曰……"《加荀组录尚书诏》见《全晋文》卷八,写作时间见本年第 13 条。严可均系于太兴二年,误。《宋书》卷十五《礼志二》:"晋武帝咸宁四年,又诏曰:'此石兽碑表,既私褒美,兴长虚伪,伤财害人,莫大于此。一禁断之……'至元帝太兴元年，有司奏：'故骠骑府主簿故恩营葬旧君顾荣，求立碑。'诏特听立。自是后，禁又渐颓。大臣长吏，人皆私立。"

2. 王导进骠骑大将军。作《请建立国史疏》。陈谏定司马绍为太子。作《议复肉刑》、《与贺循书论虞庙》、《又与贺循书问即位告庙》、《上疏论谥法》。

《世说新语・宠礼第二十二》刘孝标注引《中兴书》："元帝登尊号，百官陪位，诏王导升御坐，固辞然后止。"《晋书》卷六十五《王导传》："及帝登尊号……进骠骑大将军、仪同三司。以讨华轶功，封武冈侯……时中兴草创，未置史官，导始启立，于是典籍颇具。"《请建立国史疏》见卷八十二《干宝传》，当作于本年，详见本年第3条。《晋书》本传："初，帝爱琅邪王裒，将有夺嫡之议，以问导。导曰：'夫立子以长，且绍又贤，不宜改革。'帝犹疑之。导日夕陈谏，故太子卒定。"卷六《元帝纪》：本年三月，"庚午，立王太子绍为皇太子。"《议复肉刑》见卷三十《刑法志》："及帝即位，展为廷尉，又上言：'古者肉型……'诏内外通议。于是骠骑将军王导、太常贺循、侍中纪瞻、中书郎庾亮、大将军咨议参军梅陶、散骑郎张嶷等议……"《与贺循书论虞庙》、《又与贺循书问即位告庙》见《全晋文》卷十九，当作于元帝即帝位后。《上疏论谥法》见《全晋文》卷十九，其中有"今中兴肇见，勋德兼备"句，知疏当作于晋中兴后。又《晋书・王导传》："自汉魏已来，赐谥多由封爵，虽位通德重，先无爵者，例不加谥，导乃上疏，称……从之。"此疏《全晋文》漏收，意旨与《上疏论谥法》相近，疑当作于同时，具体时间不详，姑系于此。

3. 干宝始领国史。作《王昌前母服论》。

《晋书》卷八十二《干宝传》："中兴草创，未置史官，中书监王导上疏曰‘……陛下圣明,当中兴之盛,宜建立国史,撰集帝纪……宜备史官,敕佐著作郎干宝等渐就撰集。’元帝纳焉。宝于是始领国史。”《王昌前母服论》见卷二十《礼志中》:“太兴初,著作郎干宝论之曰……”卷二十八《五行志中》:“元帝建武元年六月,扬州旱。去年十二月,淳于伯冤死,其年即旱,而太兴元年六月又旱。干宝曰:‘杀淳于伯之后旱三年是也。’”卷二十九《五行志下》:太兴元年,“十二月,庐陵、豫章、武昌、西陵地震,涌水出,山崩。干宝以为王敦陵上之应也。”

4. 熊远谏元帝。转御史中丞。作《因灾异上疏》、《广昌乡君丧宜废冬至小会表》。

《晋书》卷七十一《熊远传》:“及中兴建,帝欲赐诸吏投刺劝进者加位一等,百姓投刺者赐司徒吏,凡二十余万。远以为‘秦汉因赦赐爵,非长制也。今案投刺者不独近者情重,远者情轻,可以汉法例,赐天下爵,于恩为普,无偏颇之失。可以息检核之烦,塞巧伪之端。’帝不从。转御史中丞。时尚书刁协用事,众皆惮之。尚书郎卢綝将入直,遇协于大司马门外。协醉,使綝避之,綝不回。协令威仪牵捽綝堕马,至协车前而后释。远奏免协官。时冬雷电,且大雨,帝下书责躬引过,远复上疏曰……”《广昌乡君丧宜废冬至小会表》见卷二十《礼志中》:“元帝姨广昌乡君丧,未葬,中丞熊远表云……”

5. 司马绍立为皇太子。

《晋书》卷六《元帝纪》:本年三月,“庚午,立王太子绍为皇太子。”卷九十一《杜夷传》:杜夷“世以儒学称,为郡著姓。夷少而恬泊,操尚贞素,居甚贫窘,不营产业,博览经籍百家之书,算历图纬靡不毕究……皇太子三至夷第,执经问义。”

6. 贺循行太子太傅，太常如故。作《追尊琅邪恭王为皇考议》、《答王导书论虞庙》、《与王导书》、《答王导书》、《又答王导书》、《答尚书符问》、《上言诸经宜分置博士》。

《追尊琅邪恭王为皇考议》见《晋书》卷六十八《贺循传》："及帝践位，有司奏琅邪恭王宜称皇考，循又议曰……帝纳之。俄以循行太子太傅，太常如故。"《答王导书论虞庙》、《与王导书》、《答王导书》、《又答王导书》、《答尚书符问》五文见《全晋文》卷八十八。五文所议均为皇室立庙之事，当作于元帝践帝位后。《上言诸经宜分置博士》见《全晋文》卷八十八。据《晋书》卷六《元帝纪》，明年六月"置博士员五人"。《上言诸经宜分置博士》，当作于本年至明年六月前。

7. 孔衍领太子中庶子。

《晋书》卷九十一《孔衍传》："明帝之在东宫，领太子中庶子。于时庶事草创，衍经学深博，又练识旧典，朝仪轨制多取正焉。由是元、明二帝并亲爱之。"

8. 孔坦补太子舍人。

《晋书》卷七十八《孔坦传》："东宫建，补太子舍人，迁尚书郎。时台郎初到，普加策试，帝手策问曰……坦对曰……竟不能屈。"坦迁尚书郎及对策，时间未详，今一并暂系于此。

9. 慕容廆固辞公封，引纳文章儒学之士。

《晋书》卷一百八《慕容廆载记》："及帝即尊位，遣谒者陶辽重申前命，授廆将军、单于，廆固辞公封。时二京倾覆，幽、冀沦陷，廆刑政修明，虚怀引纳，流亡士庶多襁负归之。廆乃立郡以统流人……渤海封弈、平原宋该、安定皇甫岌、兰陵缪恺以文章才俊任居枢要，会稽朱左车、太山胡毋翼、鲁国孔纂以旧德清重引为宾友，平原刘赞儒学该通，引为东庠祭酒，其世子䣘率国胄束脩受业焉。庾览政之暇，亲临听之，于是路有颂声，礼让兴矣。”

10. 王廙作《中兴赋》、《奏中兴赋上疏》，征为辅国将军、加散骑常侍。画孔子十弟子并为赞。

《中兴赋》已佚。《奏中兴赋上疏》见《晋书》卷七十六《王廙传》：“及帝即位，廙奏《中兴赋》，上疏曰‘……臣少好文学，志在史籍，而飘放遐外，尝与桀寇为对。臣犬马之年四十三矣，未能上报天施，而譻负屡彰。恐先朝露，填沟壑，令微情不得上达，谨竭其顽，献《中兴赋》一篇……’文多不载。初，王敦左迁陶侃，使廙代为荆州。将吏马俊、郑攀等上书请留侃，敦不许。廙为俊等所袭，奔于江安。贼杜曾与俊、攀北迎第五猗以距廙。廙督诸军讨曾，又为曾所败。敦命湘州刺史甘卓、豫章太守周广等助廙击曾，曾众溃，廙得到州。廙性俊率，尝从南下，旦自寻阳，迅风飞帆，暮至都，倚舫楼长啸，神气甚逸。王导谓庾亮曰：‘世将为伤时识事。’亮曰：‘正足舒其逸气耳。’廙在州大诛戮侃时将佐，及征士皇甫方回。于是大失荆土之望，人情乖阻。帝乃征廙为辅国将军、加散骑常侍。以母丧去职。”张彦远著《历代名画记》卷五：“廙画为晋明帝师、书为右军法。时右军亦学画于廙。廙画孔子十弟子赞云：余兄子羲之，幼而岐嶷，必将隆余堂构，今始年十六，学艺之外，书画过目便能。就余请书画法。余画孔子十弟子图以励之。嗟尔，羲之可不勖哉！画乃吾自画，书乃吾自书。吾余事虽不足法，而书画固可法。欲汝学书，则知积学可以致远，学画可以知师弟子行己之道，又各为汝赞之。”原注：“见廙本集。”此即廙所作《画赞序》，《全晋文》漏收。《全晋文》卷二十据《初学记》卷十七辑《宰我赞》四句，当为十赞之一。

11. 王敦任江州牧,作《辞荆州牧疏》,任荆州牧。

《辞荆州牧疏》见《晋书》卷九十八《王敦传》:"中兴建,拜侍中、大将军、江州牧。遣部将朱轨、赵诱伐杜曾,为曾所杀(礼按:据《晋书》卷六《元帝纪》,王敦遣朱轨、赵诱伐杜曾事在上年九月),敦自贬,免侍中,并辞牧不拜。寻加荆州牧,敦上疏曰……帝优诏不许。又固辞州牧,听为刺史。"据卷六《元帝纪》本年四月敦任江州牧,十一月任荆州牧。

12. 孔愉作《奏日蚀伐鼓非旧典》。

《奏日蚀伐鼓非旧典》见《晋书》卷十九《礼志上》:"元帝太兴元年四月,合朔,中书侍郎孔愉奏曰……"

13. 荀组录尚书事。

《晋书》卷三十九《荀组传》:"组逼于石勒,不能自立。太兴初,自许昌率其属数百人渡江,给千兵百骑,组先所领仍皆统摄。顷之,诏组与太保、西阳王羕并录尚书事,各加班剑六十人。"

14. 刘琨为段匹磾所拘,作《重赠卢谌诗》,被害。

《晋书》卷六十二《刘琨传》:"匹磾奔其兄丧,琨遣世子群送之,而末波率众要击匹磾而败走之,群为末波所得。末波厚礼之,许以琨为幽州刺史,共结盟而袭匹磾,密遣使赍群书请琨为内应,而为匹磾逻骑所得。时琨别屯故征北府小城,不之知也。因来见匹磾,匹磾以群书示琨曰:'意亦不疑公,是以白公耳。'琨曰:'与公同盟,志奖王室,仰凭威力,庶雪国家之耻。若儿书密达,亦终不以一子之故负公忘义也。'匹磾雅重琨,初无害琨志,将听还屯。其中弟叔军好学有智谋,为匹磾所信,谓匹磾曰:'吾胡夷耳,所以能服晋人者,畏吾众也。

今我骨肉构祸，是其良图之日，若有奉琨以起，吾族尽矣。’匹磾遂留琨。琨之庶长子遵惧诛，与琨左长史杨桥、并州治中如绥闭门自守。匹磾谕之不得，因纵兵攻之。琨将龙季猛迫于乏食，遂斩桥、绥而降。初，琨之去晋阳也，虑及危亡而大耻不雪，亦知夷狄难以义伏，冀输写至诚，侥幸万一。每见将佐，发言慷慨，悲其道穷，欲率部曲死于贼垒。斯谋未果，竟为匹磾所拘。自知必死，神色怡如也。为五言诗赠其别驾卢谌曰……然琨既忠于晋室，素有重望，被拘经月，远近愤叹。匹磾所署代郡太守辟闾嵩，与琨所署雁门太守王据、后将军韩据连谋，密作攻具，欲以袭匹磾。而韩据女为匹磾儿妾，闻其谋而告之，匹磾于是执王据、辟闾嵩及其徒党悉诛之。会王敦密使匹磾杀琨，匹磾又惧众反己，遂称有诏收琨。初，琨闻敦使至，谓其子曰：‘处仲使来而不我告，是杀我也。死生有命，但恨仇耻不雪，无以下见二亲耳。’因歔欷不能自胜。匹磾遂缢之。时年四十八。子侄四人俱被害（校勘记：子侄四人俱被害，据下卢谌、崔悦表云‘祸害父息四人，从兄二息同时并命’，敦煌石室本《晋纪》亦云‘害琨父息四人，兄息、从兄息二人’，则此传‘四人’当作‘六人’。）朝廷以匹磾尚强，当为国讨石勒，不举琨哀。三年，琨故从事中郎卢谌、崔悦等上表理曰……帝乃下诏曰……赠侍中、太尉，谥曰愍。”卷六《元帝纪》系琨被害于本年五月癸丑。

魏徵、令狐德芬撰《隋书》卷三十五《经籍志四》：“晋太尉《刘琨集》九卷，梁十卷。《刘琨别集》十二卷。”刘昫等撰《旧唐书》卷四十七《经籍志下》，欧阳修、宋祁等撰《新唐书》卷六十《艺文志四》均作十卷。陈振孙撰，徐小蛮、顾美华点校《直斋书录解题》卷十六：“《刘司空集》十卷，晋司空中山刘琨越石撰。前五卷差全可观,后五卷阙误,或一卷数行,或断续不属,殆类钞节者,末卷《刘府君诔》尤多讹,未有别本可以是正。”逯钦立辑校《先秦汉魏晋南北朝诗・晋诗》(以下引其中晋诗部分简称《晋诗》)卷十一辑诗四首,除已见前者外,还有《扶风歌》、《扶风歌》(《艳歌行》)、《答卢谌诗》。另,《晋诗》卷十二辑卢谌《重赠刘琨诗》,当为刘琨《重赠卢谌诗》。此诗《类聚》卷三十一系刘琨名下,题为《重赠刘琨诗》。汪绍楹按曰:“本诗系刘琨下,则题不当云《重赠刘琨》,疑当作《重赠卢谌》。此有讹误。冯惟讷《晋诗纪》径改作卢谌诗,然按诗义,乃刘答卢诗。疑非。”汪说可从。《全晋文》卷一百八辑文二十五篇,除已见上文者外,还有《为并州刺史刘壶关上表》、《请封索头猗卢为代郡公表》、《请增荀藩位号表》、《谢拜大将军都督并州表》、又《表》、《让司空表》、《上言请以楼烦等五县地处索头猗卢》、《荐任光文》、《上太子笺》、《与丞相笺》、《答太傅府书》、《与兄弟书》、《与兄子南兖州刺史演书》、《与石勒书》、《答卢谌书》、《书》、《移檄州郡》、《散骑常侍刘府君诔》、《与段匹磾盟文》。《书小史》卷四:刘琨“善行书。”窦臮《述书赋上》:“越石伟度,秕糠翰墨。如伐树而爱人,似问鼎而在德…真长则草含稚恭之爽垲,正迩越石之羁束。”

朱长文撰《琴史》卷四:“(刘)琨少而俊伟,洞晓音律。其在晋阳,尝为胡骑所围数重,城中窘迫无计。琨乃乘月登楼长啸。贼闻之皆凄然长叹。中夜奏胡笳,贼又流涕歔欷,有怀土之意。向晓复吹之,贼并弃围走。琴家又称琨作《胡笳五弄》,所谓《登陇》、《望(秦)》、《竹吟风》、《哀松露》、《悲汉月》。传之齐、梁间复修之。奇声妙响在此矣。”《晋书・刘琨传》:“子群嗣。群字公度……及琨为匹磾所害……余众奉群依末波……咸康二年，成帝诏征群等，为末波兄弟爱其才，托以道险不遣。石季龙灭辽西……以群为中书令。至冉闵败后，群遇害。”

15. 卢谌作《答刘琨诗》、《太尉刘公诔》。率众依末波。

《晋诗》卷十二辑谌《答刘琨诗》（“谁言日向暮”）。《晋书》卷六十二《刘琨传》：“琨诗托意非常，摅畅幽愤，远想张、陈，感鸿门、白登之事，用以激谌。谌素无奇略，以常词酬和，殊乖琨心；重以诗赠之，乃谓琨曰：‘前篇帝王大志，非人臣所言矣。’”云谌“重以诗赠之”，当指《答刘琨诗》。诗中“百炼或致屈，绕指所以伸”句，与琨《重赠卢谌诗》中“何意百炼钢，化为绕指柔”相关，诗当作于本年。《全晋文》卷三十四辑谌《太尉刘公诔》，当作于琨被害后不久。率众依末波见本年第16条。

16. 温峤作《理刘司空表》、《请召刘群等表》，除散骑侍郎。

《理刘司空表》见《晋书》卷六十七《温峤传》：“屡求反命，不许。会琨为段匹磾所害，峤表：‘琨忠诚，虽勋业不遂，然家破身亡，宜在褒崇，以慰海内之望。’帝然之。”《请召刘群等表》见卷六十二《刘群传》：“及琨为匹磾所害，琨从事中郎卢谌等率余众奉群依末波。温峤前后表称：‘姨弟刘群、内弟崔悦、卢谌等，皆在末波中，翘首南望。愚谓此等并有文思……’”《晋书·温峤传》：“除散骑侍郎。初，峤欲将命，其母崔氏固止之，峤绝裾而去。其后母亡，峤阻乱不获归葬，由是固让不拜，苦请北归。诏三司、八坐议其事……峤不得已，乃受命。”

17. 荀崧任尚书仆射，转太常，作《上疏请增置博士》，为尚书左仆射。

《晋书》卷七十五《荀崧传》：“元帝践阼，征拜尚书仆射，使崧与刁协共定中兴礼仪……转太常。时方修学校，简省博士，置《周易》王氏，《尚书》郑氏，《古文尚书》孔氏，《毛诗》郑氏，

《周官礼记》郑氏,《春秋左传》杜氏、服氏,《论语》、《孝经》郑氏博士各一人,凡九人,其《仪礼》、《公羊》、《谷梁》及郑《易》皆省不置。崧以为不可,乃上疏曰……元帝诏曰……议者多请从崧所奏。诏曰……会王敦之难,不行。敦表以崧为尚书左仆射。"《上疏请增置博士》全文见《宋书》卷十四《礼志一》。《晋书·荀崧传》所载有删节。据《晋书》卷六《元帝纪》,本年六月甲申,荀崧任尚书左仆射。

18. 司马晞封为武陵王。

《晋书》卷六十四《武陵威王晞传》:"出继武陵王喆后,太兴元年受封。"卷六《元帝纪》:本年六月,"戊戌,封皇子晞为武陵王。"

19. 刘聪卒。

《晋书》卷一百二《刘聪载记》:"中常侍王沈养女年十四,有妙色,聪立为左皇后。尚书令王鉴、中书监崔懿之、中书令曹恂等谏曰……聪览之大怒……于是收鉴等送市……皆斩之。聪又立其中常侍宣怀养女为中皇后。鬼哭于光极殿,又哭于建始殿。雨血平阳,广袤十里。时聪子约已死,至是昼见。聪甚恶之,谓粲曰:'吾寝疾惙顿,怪异特甚。往以约之言为妖,比累日见之,此儿必来迎吾也。何图人死定有神灵,如是,吾不悲死也。今世难未夷,非谅暗之日,朝终夕殓,旬日而葬。'征刘曜为丞相、录尚书,辅政,固辞乃止……聪死,在位九年,伪谥曰昭武皇帝,庙号烈宗。"卷六《元帝纪》:本年七月,"刘聪死,其子粲嗣伪位。"刘聪之作品均亡佚。同卷《刘粲载记》:"粲字士光,少而俊杰,才兼文武。自为宰相,威福任情,疏远忠贤……好兴造宫室,相国之府仿像紫宫……既嗣伪位……改元汉昌。"

20. 刘曜任汉丞相,即皇帝位。

《晋书》卷一百三《刘曜载记》:“拜丞相、都督中外诸军事,镇长安。靳准之难,自长安赴之。至于赤壁,太保呼延晏等自平阳奔之,与太傅朱纪、太尉范隆等上尊号。曜以太兴元年僭即皇帝位,大赦境内,惟准一门不在赦例,改元光初……靳准遣侍中卜泰降于勒,勒囚泰,送之曜。谓泰曰……泰还平阳,具宣曜旨……寻而乔泰、王腾、靳康、马忠等杀准,推尚书令靳明为盟主,遣卜泰奉传国六玺降于曜。曜大悦,谓泰曰:‘使朕获此神玺而成帝王者,子也。’”卷六《元帝纪》:本年十月,刘曜即皇帝位。十二月,得传国玺。

21. 陶侃进号平南将军。

《晋书》卷六十六《陶侃传》:“太兴初,进号平南将军,寻加都督交州军事。”卷六《元帝纪》,本年冬十月癸未,加侃平南将军。《通鉴》卷九十:本年十一月,“加陶侃都督交州诸军事。”

22. 华谭拜前军,以疾复转秘书监。

《晋书》卷五十二《华谭传》:“太兴初,拜前军,以疾复转秘书监。自负宿名,恒怏怏不得志。时晋陵朱凤、吴郡吴震并学行清修,老而未调,谭皆荐为著作佐郎……戴若思弟邈,则谭女婿也。谭平生时常抑若思而进邈,若思每衔之。殆用事,恒毁谭于帝,由是官涂不至。谭每怀觖望,尝从容言于帝曰:‘臣已老矣,将待死秘阁。汲黯之言,复存于今。’帝不怿。久之,加散骑常侍,屡以疾辞。”

23. 郭璞作《江赋》、《南郊赋》,拜著作佐郎,作《省刑疏》。受命撰《晋史》。

《江赋》、《南郊赋》见《全晋文》卷一百二十。《省刑疏》见《晋书》卷七十二《郭璞传》:“太兴初,会稽剡县人果于井中得一钟……上有古文奇书十八字,云'会稽岳命',余字时人莫识之。璞曰……帝甚重之。璞著《江赋》,其辞甚伟,为世所称。后复作《南郊赋》,帝见而嘉之,以为著作佐郎。于时阴阳错缪,而刑狱繁兴,璞上疏曰……疏奏,优诏报之……"《文选》卷十二《江赋》李善注引《晋中兴书》:"璞以中兴,王宅江外,乃著《江赋》,述川渎之美。"《御览》卷二三四引《晋中兴书》:"郭璞太兴元年奏《南郊赋》,中宗见赋嘉其才,以为著作佐郎。"《晋书》卷八十二《王隐传》:"太兴初,典章稍备,乃召隐及郭璞俱为著作郎,合撰《晋史》。"

24. 纪瞻迁尚书。

《晋书》卷六十八《纪瞻传》:"转尚书,上疏谏诤,多所匡益,帝甚嘉其忠烈。"万斯同撰《东晋将相大臣年表》系瞻任尚书于本年。《世说新语·任诞第二十三》注引邓粲《晋纪》:"王导与周颉及朝士诣尚书纪瞻观伎。瞻有爱妾,能为新声。颉于众中欲通其妾,露其丑秽,颜无怍色。有司奏免颉官,诏特原之。"

25. 梅陶与王导等作《议复肉刑》,时任大将军咨议参军。

梅陶生卒年未详。敖士英编纂《中国文学年表》第一编卷二:梅陶,字淑真,西平人。作《议复肉刑》、任咨议参军,见本年第 2 条。

26. 王鉴拜驸马都尉、奉朝请,出补永兴令。

鉴生卒年未详。《晋书》卷七十一《王鉴传》:"王鉴字茂高,堂邑人也。父浚,御史中丞。鉴少以文笔著称,初为元帝琅邪国侍郎。时杜弢作逆,江湘流弊,王敦不能制,朝廷深以为忧。鉴上疏劝帝征之,曰……疏奏,帝深纳之,即命中外戒严,将自征弢。会弢已平,故止。中兴建,拜附马都尉、奉朝请，出补永兴令”。

27. 应詹拜后军将军，作《上疏陈便宜》。

《上疏陈便宜》见《晋书》卷七十《应詹传》：“俄拜后军将军。詹上疏陈便宜，曰……又曰……元帝雅重其才，深纳之。”据《东晋方镇年表》，詹本年由益州刺史入为后军将军。《上疏陈便宜》疑作于本年或以后。疏，《文选》卷四十九干宝《晋纪总论》注引刘谦《晋纪》作表。又注引《晋纪》“望白署空，显以台衡之量。寻文谨案，目以兰薰之器”四句，《晋书》本传无。

28. 刘超出补句容令。

《晋书》卷七十《刘超传》：“寻出补句容令，推诚于物，为百姓所怀。常年赋税，主者常自四出结评百姓家赀。至超，但作大函，村别付之，使各自书家产，投函中讫，送还县。百姓依实投上，课输所入，有逾常年。”超出补句容令，时间未详，疑在本年。

29. 谢鲲答太子司马绍问。

《世说新语·品藻第九》：“明帝问谢鲲：‘君自谓何如庾亮？’答曰：‘端委庙堂，使百僚准则，臣不如亮。一丘一壑，自谓过之。’”刘孝标注引《晋阳秋》：“鲲随王敦下，入朝，见太子于东宫，语及夕，太子从容问鲲曰：‘论者以君方庾亮，自谓孰愈？’对曰：‘宗庙之美，百官之富，臣不如亮。纵意丘壑，自谓过之。’”又注引邓粲《晋纪》：“鲲与王澄之徒，慕竹林诸人，散首披发，裸袒箕踞，谓之八达……鲲有胜情远概，为朝廷之望，故时以庾亮方焉。”鲲答太子，时间未详，疑在本年或更后。本年司马绍被立为太子。

30. 韦谀任刘曜黄门郎。

谀生年不详。《晋书》卷九十一《韦谀传》：“韦谀字宪道，京兆人也。雅好儒学，善著述，于群言秘要之义，无不综览。仕于刘曜，为黄门郎。”谡仕于刘曜，时间未详，疑于本年曜即皇帝位之后。

31. 王羲之就王廙请教书画法，在临川书紫纸。

就王廙请教书画法见本年第10条。虞龢《论书表》：“羲之所书紫纸，多是少年临川时迹。”

32. 道安读书再览能诵。

《高僧传》卷五《释道安传》：“年七岁读书，再览能诵，乡邻嗟异。”

33. 熊甫作《别歌》。

甫生平未详。《晋书》卷九十八《沈充传》：钱凤“字世仪，(王)敦以为铠曹参军，数得进见。知敦有不臣之心，因进邪说，遂相朋构，专弄威权，言成祸福……初，敦参军熊甫见敦委任凤，将有异图，因酒酣谓敦曰：‘开国承家，小人勿用，佞幸在位，鲜不败业。’敦作色曰：‘小人阿谁？’甫无惧容，因此告归。临与敦别，因歌曰……敦知其讽己而不纳。”甫作《别歌》时间不详，今据王敦“将有异图”，姑系于此。

34. 时犹有《夏育扛鼎》、《巨象行乳》等乐。

《宋书》卷十九《乐志一》：“魏、晋讫江左，犹有《夏育扛鼎》、《巨象行乳》、《神龟抃舞》(礼按：《通典》卷一百四十一‘抃舞’作‘抃戏’。)、《背负灵岳》、《桂树白雪》、《画地成川》之乐焉。”《隋书》卷十五《音乐志下》：“又为《夏育扛鼎》，取车轮、石臼、大瓮器等，各于掌上而跳弄之。并二人戴竿，其上有舞，忽然腾透而换易之。又有《神鳌负山》、《幻人吐火》，千变万化，旷古莫俦。”

319 己卯

晋太兴二年　　成玉衡九年
前赵光初二年　　后赵石勒元年
前凉建元五年

纪詹六十七岁。荀组六十二岁。陶侃六十一岁。贺循六十岁。王敦五十四岁。孔衍五十二岁。孔愉五十二岁。慕容廆五十一岁。郗鉴五十一岁。卫铄四十八岁。应詹四十六岁。司马睿四十四岁。王导四十四岁。王廙四十四岁。郭璞四十四岁。蔡谟三十九岁。卞壸三十九岁。谢鲲三十九岁。葛洪三十七岁。卢谌三十五岁。孔坦三十四岁。温峤三十二岁。庾亮三十一岁。庾冰二十九岁。何充二十八岁。庾怿二十七岁。司马绍二十一岁。范汪十九岁。王述十七岁。王允之十七岁。王羲之十七岁。王彪之十五岁。庾翼十五岁。张骏十三岁。谢尚十二岁。王濛十一岁。桓温八岁。道安八岁。袁乔八岁。郗愔七岁。孙绰六岁。支遁六岁。司马晞四岁。慕容儁一岁。

1. 荀组作《请议定改葬服制表》。

《晋书》卷十九《礼志上》："元帝渡江，太兴二年始议立郊祀仪。尚书令刁协、国子祭酒杜夷议，宜须旋都洛邑乃修之。司徒荀组据汉献帝都许即便立郊，自宜于此修奉。骠骑王导、仆射荀崧、太常华恒、中书侍郎庾亮皆同组议，事遂施行，立南郊于巳地。”《请议定改葬服制表》见本年第2条。

2. 司马睿作《议定改葬服诏》、《省务恤民诏》、《许新蔡王滔还袭章武诏》、《加王导领中书监录尚书事诏》。

《议定改葬服诏》见《通典》卷一百二：“东晋太兴二年，司徒荀组表言……诏……”《省务恤民诏》见《晋书》卷六《元帝纪》：本年五月，“徐杨及江西诸郡蝗。是郡大饥……壬戌，诏曰……”《许新蔡王滔还袭章武诏》见卷三十七《河间平王洪传》：“及洛阳陷，混诸子皆没于胡。而小子滔初嗣新蔡王确，亦与其兄俱没。后得南还，与新蔡太妃不协。太兴二年上疏，以兄弟并没在辽东，章武国绝，宜还所生。太妃讼之，事下太常。太常贺循议……元帝诏曰……”《加王导领中书监录尚书事诏》见《全晋文》卷八。据《东晋将相大臣年表》，本年导录尚书事。

3. 前赵刘曜徙都长安，定国号曰赵。作《下令议除汉宗庙改国号》。

《晋书》卷一百三《刘曜载记》：“徙都长安，起光世殿于前，紫光殿于后。立其妻羊氏为皇后，子熙为皇太子……缮宗庙、社稷、南北郊。以水承晋金行，国号曰赵。”据汤球撰《十六国春秋辑补》卷六《前赵录六·刘曜录》：本年四月，曜徙都长安，六月，作《下令议除汉宗庙改国号》。

4. 应詹作《上表请兴复农官》。

《上表请兴复农官》见《晋书》卷二十六《食货志》：“太兴……二年，三吴大饥，死者以百数……百官各上封事，后军将军应詹表曰……又曰……”

5. 贺循作《嗣新蔡王滔不得还嗣章武议》。以太常加开府仪同三司。卒。

《嗣新蔡王滔不得还嗣章武议》见本年第2条。《晋书》卷六十八《贺循传》:"循自以枕疾废顿,臣节不修,上隆降尊之义,下替交叙之敬,惧非垂典之教也,累表固让。帝以循体德率物,有不言之益,敦厉备至,期于不许,命皇太子亲往拜焉。循有羸疾,而恭于接对,诏断宾客,其崇遇如此。疾渐笃,表乞骸骨,上还印绶,改授左光禄大夫、开府仪同三司。帝临轩,遣使持节,加印绶。循虽口不能言,指麾左右,推去章服。车驾亲幸,执手流涕。太子亲临者三焉,往还皆拜,儒者以为荣。太兴二年卒,时年六十。帝素服举哀,哭之甚恸。赠司空,谥曰穆。将葬,帝又出临其柩,哭之尽哀,遣兼侍御史持节监护。皇太子追送近涂,望船流涕。循少玩篇籍,善属文,博览众书,尤精礼传。雅有知人之鉴,拔同郡杨方于卑陋,卒成名于世。子隰,康帝时官至临海太守。"卷六《元帝纪》:本年"七月乙丑,太常贺循卒。"

《隋书》卷三十二《经籍志一》:"梁有《丧服要记》六卷,晋司空贺循撰……《丧服谱》一卷,贺循撰。"卷三十三《经籍志二》:"《会稽记》一卷,贺循撰。"卷三十五《经籍志四》:"晋司空《贺循集》十八卷,梁二十卷,录一卷。"《全晋文》卷八十八辑文四十一篇,除已见上文者外,还有:《上表言车骑大将军未葬不应作鼓吹》、《上尚书定父子生离服制》、《追谥周处议》、《广昌乡君丧停冬至小会议》、《在丧者不祭议》、《出后子为本亲服议》、《师弟子相为服议》、《琅邪世子谥议》、《笺》、《报虞预书论杨方》、《答访琅邪敬后改神主》、《答傅纯难》、《答傅纯问改葬服》、《答傅纯问》、《答庾亮问》、《答羊祖延问》、《答韩蚪问》、《防墓论》、《祭议》、《宗义》、《宗议》、《葬礼》、《丧服要记》、《妇人为君服》、《贵不降服》、《父在为出母服》。

6. 王导领太子太傅。作表乞除中书监。录尚书事。

《晋书》卷六十五《王导传》:"代贺循领太子太傅。"卷六《元帝纪》:本年"秋七月乙丑,太常贺循卒。"作表乞除中书监见《全晋文》卷十九。表曰:"臣乞得除中书监持节,专壹所司,竭诚保傅,惟力是视。"当作于领太子太傅后。导录尚书事见本年第2条。

7. 后赵傅畅时任石勒参军,领经学祭酒。

畅生年不详。据《晋书》卷四十七《傅玄传》、《傅祗传》,畅北地泥阳人,父"祗字子庄……性至孝,早知名,以才识明练称。"同卷《傅畅传》:"畅字世道。年五岁,父友见而戏之,解畅衣,取其金环与侍者,畅不之惜,以此赏之。年未弱冠,甚有重名。以选入侍讲东宫,为秘书丞。寻没于石勒。勒以为大将军右司马。谙识朝仪,恒居机密,勒甚重之。作《晋诸公叙赞》二十二卷(礼按:《隋书》卷三十三《经籍志二》:'《晋诸公赞》二十一卷,晋秘书监傅畅撰。')又为《公卿故事》九卷(礼按:《隋书》卷三十三《经籍志二》:'《晋公卿礼秩故事》九卷,傅畅撰。')卷一百五《石勒载记下》:"太兴二年,勒伪称赵王……改称赵王元年。始建社稷,立宗庙,营东西宫。署从事中郎裴宪、参军傅畅、杜嘏并领经学祭酒,参军续咸、庾景为律学祭酒,任播、崔浚为史学祭酒……命记室佐明楷、程机撰《上党国记》,中大夫傅彪、贾蒲、江轨撰《大将军起居注》,参军石泰、石同、石谦、孔隆撰《大单于志》。"据《晋书·傅祗传》,畅没石勒前曾被封为武乡亭侯,曾任河阴令(《晋书》卷六十《阎鼎传》作"河阳令"。)

8. 后赵续咸任石勒律学祭酒。

咸生卒年未详。《晋书》卷九十一《续咸传》:"续咸字孝宗,上党人也。性孝谨敦重,履道贞素。好学,师事京兆杜预,专《春秋》、《郑氏易》,教授常数十人。博览群言,高才善文论。又修陈杜律,明达刑书。永嘉中,历廷尉平、东安太守。刘琨承制于并州,以为从事中郎。后遂没石勒,勒以为理曹参军。持法平详,当时称其清裕,比之于公。"咸任石勒律学祭酒见本年第7条。

9. 慕容廆袭辽东。

《晋书》卷六《元帝纪》本年十二月,"鲜卑慕容廆袭辽东,东夷校尉、平州刺史崔毖奔高句骊。"

10. 慕容儁生。

《晋书》卷一百十《慕容儁载记》:"慕容儁字宣英,皝之第二子也。初,廆常言:'吾积福累仁,子孙当有中原。'既而生儁,廆曰:'此儿骨相不恒,吾家得之矣。'……升平四年,儁死,时年四十二。"据此推之,儁当生于本年。

11. 虞预作《上书请举贤才》。

预生卒年未详。《晋书》卷八十二《虞预传》:"虞预字叔宁,征士喜之弟也,本名茂,犯明穆皇后母讳,故改焉。预十二而孤,少好学,有文章……太兴二年,大旱,诏求谠言直谏之士,预上书谏曰……转琅邪国常侍,迁秘书丞、著作郎。"转琅邪国常侍诸事,时间不详,今一并暂系于此。

12. 王邃任侍中。

邃生卒年未详。《世说新语·赏誉第八》刘孝标注:"《王邃别传》曰:'邃字处重,琅邪人,舒弟也。意局刚清,以政事称……'舒、邃并敦从弟。"《晋书》卷七十六《王舒传》:"王舒字处明,丞相导之从弟也。父会,侍御史。"据《东晋将相大臣年表》，本年邃任侍中。

13. 有“大兴二年”铭文砖。

考古与文物编辑部编《考古与文物》1983 年第 1 期载黄承宗撰《西昌东汉、魏晋时期砖室墓葬调查》云：“从已发掘清理的材料表明，西昌东汉、魏晋时期的墓葬形制大体与西南各省的同期墓葬相同……建造墓室使用的砖是由专门砖窑承烧的……吉语文字砖……西昌出土‘大兴二年造作’、‘大兴二年岁在己卯’年号砖。”附有大兴二年砖拓本。铭文为隶书。

14. 温峤为王导长史。

《晋书》卷六十七《温峤传》：“后历骠骑王导长史。”时间未详。据《东晋将相大臣年表》，王导于上年四月至太兴四年七月任骠骑大将军。峤明年为太子中庶子。姑系任长史于此。

15. 庾亮领著作，侍讲东宫。

《晋书》卷七十三《庾亮传》：“领著作，侍讲东宫。其所论释，多见称述。与温峤俱为太子布衣之好。时帝方任刑法，以《韩子》赐皇太子。亮谏以申、韩刻薄伤化，不足留圣心，太子甚纳焉。”上述诸事，时间不详。卷十九《礼志上》：“太兴二年始议立郊祀仪……司徒荀组据汉献帝都许即便立郊，自宜于此修奉……骠骑王导……中书侍郎庾亮皆同组议……三月辛卯……”（校勘记：‘三月壬寅朔，无辛卯……疑志文“三月”为“二月”之误。’）据此知本年二月前亮仍任中书郎，是领著作最早只能在本年二月后，姑系于此。

16. 孔衍出为广陵郡守。

《晋书》卷九十一《孔衍传》：“王敦专权，衍私与太子曰：‘殿下宜博延朝彦，搜扬才俊，询谋时政，以广圣聪。’敦闻而恶之，乃启出衍为广陵郡。时人为之寒心，而衍不形于色。虽郡邻接西贼，犹教诱后进，不以戎务废业。石勒尝骑至山阳，敕其党以衍儒雅之士，不得妄入郡境。”

17. 王鉴为王敦记室参军，未就而卒。

《晋书》卷七十一《王鉴传》：“大将军王敦请为记室参军，未就而卒，时年四十一。文集传于世。”上述事，确切时间未详，疑在本年或本年后。姑系于此。

《隋书》卷三十五《经籍志四》：“晋散骑常侍《王鉴集》九卷，梁五卷。”《晋书·王鉴传》未言鉴任散骑常侍，或有漏记？《全晋文》卷一百二十八辑鉴文二篇，除上文已引者外，另有一篇《竹簟赋》，仅存二句。《晋诗》卷十一辑鉴诗一首：《七夕观织女》。

《晋书·王鉴传》：“鉴弟涛及弟子戫，并有才笔。涛字茂略，历著作郎、无锡令，戫字庭坚，亦为著作。并早卒。”

18. 郭璞迁尚书郎，为太子所重，作《客傲》、《辞尚书郎表》。

《晋书》卷七十二《郭璞传》：“顷之，迁尚书郎，数言便宜，多所匡益。明帝之在东宫，与温峤、庾亮并有布衣之好。璞亦以才学见重，埒于峤、亮，论者美之。然性轻易，不修威仪，嗜酒好色，时或过度。著作郎干宝常诫之曰：‘此非适性之道也。’璞曰：‘吾所受有本限，用之恒恐不得尽。卿乃忧酒色之为患乎！’璞既好卜筮，缙绅多笑之。又自以才高位卑，乃著《客傲》，其辞曰……”上述诸事，时间不详，今暂定于拜著作佐郎后一年。《辞尚书郎表》见《全晋文》卷一百二十，当作于将迁尚书郎时。

320　庚辰

晋太兴三年　　　成玉衡十年
前赵光初三年　　后赵二年
前凉张茂永元元年

纪瞻六十八岁。荀组六十三岁。陶侃六十二岁。王敦五十五岁。孔愉五十三岁。慕容廆五十二岁。郗鉴五十二岁。卫铄四十九岁。应詹四十七岁。司马睿四十五岁。王导四十五岁。王廙四十五岁。郭璞四十五岁。蔡谟四十岁。卞壸四十岁。谢鲲四十岁。葛洪三十八岁。卢谌三十六岁。孔坦三十五岁。温峤三十三岁。庾亮三十二岁。庾冰三十岁。何充二十九岁。庾怿二十八岁。司马绍二十二岁。范汪二十岁。王述十八岁。王允之十八岁。王羲之十八岁。王彪之十六岁。庾翼十六岁。张骏十四岁。谢尚十三岁。王濛十二岁。桓温九岁。道安九岁。袁乔九岁。郗愔八岁。孙绰七岁。支遁七岁。司马晞五岁。慕容儁二岁。司马昱一岁。谢安一岁。谢万一岁。郗昙一岁。

1. 司马睿作《诏更议宗庙祭仪》、《以邵续子缉为平北将军诏》、《立怀德县诏》、《追赠敬虞皇后册》、《太子释奠诏》、《释奠太学诏》、《报刁协诏》、《通议谥法诏》、《以谯王承为湘州刺史诏》。

《诏更议宗庙祭仪》见《宋书》卷四十六《礼志三》:“晋元帝太

兴三年正月乙卯，诏曰……"《以邵续子缉为平北将军诏》见《晋书》卷六十三《邵续传》："时帝既闻续没，下诏曰……"卷六《元帝纪》：本年"二月辛未，石勒将石季龙寇猒次，平北将军、冀州刺史邵续击之，续败，没于阵。"《立怀德县诏》见卷六《元帝纪》：本年"秋七月丁亥，诏曰……八月戊午，尊敬王后虞氏为敬皇后……皇太子释奠于太学。"《追赠敬虞皇后册》见卷三十二《元敬虞皇后传》："太兴三年，册曰……"《太子释奠诏》见《宋书》卷十八《礼志五》："晋元帝太兴三年，太子释奠。诏曰……"《释奠太学诏》见《宋书》卷十四《礼志一》："晋惠帝、明帝之为太子，及愍怀太子讲经竟，并亲释奠于太学，太子进爵于先师，中庶子进爵于颜渊。元帝诏曰……"诏当作于本年。《报刁协诏》见《晋书》卷八十一《蔡豹传》："太山太守徐龛与彭城内史刘遐同讨反贼周抚于寒山，龛将于药斩抚。及论功，而遐先之。龛怒，以太山叛……石季龙伐之，龛惧，求降，元帝许焉。既而复叛归石勒……诏曰……"卷六《元帝纪》：本年"九月，徐龛又叛，降于石勒。"《通议谥法诏》见《通典》卷一百四："东晋元帝太兴三年诏：古者谥议……"《以谯王承为湘州刺史诏》见《晋书》卷三十七《谯王承传》。据《东晋方镇年表》，本年十二月谯王承任湘州刺史。

2. 温峤作《兄弟相继藏主室议》。拜太子中庶子。作《侍臣箴》、《上太子疏谏起西池楼观》、《谏太子马射》、《释奠颂》。

《晋书》卷十九《礼志上》："于时百度草创，旧礼未备，毁主权居别室。至太兴三年正月乙卯，诏曰……骠骑长史温峤议……骠骑将军王导从峤议。峤又曰……帝从峤议，悉施用之。"今存峤《兄弟相继藏主室议》共三段。除《晋书》载上述二段外，还有一段，见《通典》卷四十八。《御览》卷二百四十五引《晋中兴书》:“温峤拜太子中庶子。峤在东宫,特见嘉宠,僚属莫与为比。峤与阮放等共劝太子游谈《老》、《庄》,不教以经史,太子甚爱之,数规谏讽议。”《侍臣箴》见《类聚》卷十六。《上太子疏谏起西池楼观》见《晋书》卷六十七《温峤传》:“迁太子中庶子。及在东宫,深见崇遇,太子与为布衣之交。数陈规讽,又献《侍臣箴》,甚有弘益。时太子起西池楼观,颇为劳费,峤上疏以为……太子纳焉。”《谏太子马射》见李昉等编《文苑英华》卷六百二十七薛元超《谏皇太子笺》曰:“晋明帝之在东宫,中庶子温峤、中舍人刘放(原注:‘晋明帝为太子,阮放为中舍人,刘放乃魏明帝时人,疑当作阮放。’)谏马射曰……太子答云……”疑与《上太子疏谏起西池楼观》作于同时。《释奠颂》见徐坚等著《初学记》卷十四,当与司马睿《太子释奠诏》作于同时,详见本年第1条。

3. 司马绍雅好文辞,亲待名臣,作《答温峤等》。

《晋书》卷六《明帝纪》:“性至孝,有文武才略,钦贤爱客,雅好文辞。当时名臣,自王导、庾亮、温峤、桓彝、阮放等,咸见亲待。尝论圣人真假之意,导等不能屈。又习武艺,善抚将士。于时东朝济济,远近属心矣。”作《答温峤等》见本年第2条。

4. 慕容廆任安北将军、平州刺史。

《晋书》卷六《元帝纪》:本年“三月,慕容廆奉送玉玺三纽。”卷一百八《慕容廆载记》:“裴嶷至自建邺,帝遣使者拜廆监平州诸军事、安北将军、平州刺史,增邑二千户。”《通鉴》卷九十一:本年“三月,裴嶷至建康。”

5. 王导作《上疏请自贬》。

《晋书》卷六十五《王导传》:“太山太守徐龛反,帝访可以镇抚河南者,导举太子左卫率羊鉴。既而鉴败,抵罪,导上疏曰……诏不许。"据卷六《元帝纪》，上年八月羊鉴行征虏将军讨徐龛。《通鉴》卷九十一系王导乞自贬于本年五月。

6. 前凉张骏为抚军将军、武威太守、西平公。

《晋书》卷八十六《张茂传》："太兴三年，寔既遇害，州人推茂为大都督……复以兄子骏为抚军将军、武威太守、西平公。"《通鉴》卷九十一系张骏为抚军将军于本年六月。又《通鉴》同卷：本年八月，"张茂立骏为世子。"

7. 前赵刘曜作《下书追赠崔岳等》。立太学。作《下书封乔豫和苞》。

《晋书》卷一百三《刘曜载记》："曜大悦，燕群臣于东堂，语及平生，泫然流涕，遂下书曰……曜立太学于长乐宫东，小学于未央宫西，简百姓年二十五已下十三已上，神志可教者千五百人，选朝贤宿儒明经笃学以教之。以中书监刘均领国子祭酒。置崇文祭酒，秩次国子。散骑侍郎董景道以明经擢为崇文祭酒……曜命起酆明观，立西宫，建陵霄台于滈池，又将于霸陵西南营寿陵。侍中乔豫、和苞上疏谏曰……曜大悦，下书曰……"《通鉴》卷九十一系曜立太学等事于本年六月。

8. 豫州耆老为祖逖歌。

《晋书》卷六十二《祖逖传》："逖以社稷倾覆，常怀振复之志……帝乃以逖为奋威将军、豫州刺史……逖爱人下士，虽疏交贱隶，皆恩礼遇之，由是黄河以南尽为晋土……其有微功，赏不逾日。躬自俭约，劝督农桑，克己务施，不畜资产，子弟耕耘，负担樵薪，又收葬枯骨，为之祭醊，百姓感悦。尝置酒大会，耆老中坐流涕曰：'吾等老矣！更得父母，死将何恨！'乃歌曰……其得人心如此。"为祖逖歌，时间不详。《祖逖传》叙于"诏进逖为镇西将军"前。按卷六《元帝纪》，本年七月，"加逖为镇西将军"。是歌当作于本年七月前。姑系于此。

9. 王敦作《上疏言王导》。

《上疏言王导》见《晋书》卷九十八《王敦传》:“时刘隗用事,颇疏间王氏,导等甚不平之。敦上疏曰……表至,导封以还敦,敦复遣奏之。初,敦务自矫厉,雅尚清淡,口不言财色。既素有重名,又立大功于江左,专任阃外,手控强兵,群从贵显,威权莫贰,遂欲专制朝廷,有问鼎之心。帝畏而恶之,遂引刘隗、刁协等以为心膂。敦益不能平,于是嫌隙始构矣。每酒后辄咏魏武帝乐府歌曰:‘老骥伏枥,志在千里。烈士暮年,壮心不已。’以如意打唾壶为节,壶边尽缺。及湘州刺史甘卓迁梁州,敦欲以从事中郎陈颁代卓,帝不从,更以谯王承镇湘州。敦复上表陈古今忠臣见疑于君,而苍蝇之人交构其间,欲以感动天子。帝愈忌惮之。俄加敦羽葆鼓吹,增从事中郎、掾属、舍人各二人。”时间从《通鉴》卷九十一。

10. 有“大兴三年”等墓砖字。

文物编辑委员会编《文物资料丛刊》(8)载新昌县文管会撰《浙江新昌县七座两晋墓清理概况》:“1976 年 8 月间发现,编号为新昌 17 号墓。”墓内有“刀型砖,皆为铺地用”,长、宽为 6.18 厘米,“两侧厚薄不同,厚侧 6 厘米,薄一侧仅 2.5 厘米,上有‘大兴三年八月十日董公雅伯七世郎’字样。”附“大兴三年”墓砖拓片。

11. 孔愉任司徒左长史。

《晋书》卷七十八《孔愉传》:“于时刁协、刘隗用事,王导颇见疏远。愉陈导忠贤,有佐命之勋,谓事无大小皆宜咨访。由是不合旨,出为司徒左长史。”《通鉴》卷九十一系上述事于本年十月。

12. 孔衍卒。

《晋书》卷九十一《孔衍传》："视职期月，以太兴三年卒于官，年五十三。衍……博览过于贺循，凡所撰述，百余万言。"

《隋书》卷三十二《经籍志一》："《凶礼》一卷，晋广陵相孔衍撰……《琴操》三卷，晋广陵相孔衍撰……梁有……《春秋公羊传》十四卷，孔衍集解……《春秋谷梁传》十四卷，孔衍撰。"刘知几撰、赵吕甫校注《史通·内篇·六家》："至孔衍，又以《战国策》所书，未为尽善。乃引太史公所记，参其异同。删彼二家，聚为一录，号为《春秋后语》。除二周及宋、卫、中山，其所留者，七国而已。始自秦孝公，终于楚、汉之际，比于《春秋》，亦尽二百三十余年行事。始衍撰《春秋时国语》，复撰《春秋后语》，勒成二书，各为十卷。今行于世者，唯《后语》存焉。"姜亮夫著《莫高窟年表》第35页："衍著《春秋后语》，敦煌多有写本，且有所谓《春秋后语略出》者。"《旧唐书》卷四十六《经籍志上》："《春秋国语》十卷，孔衍撰。"《新唐书》卷五十八《艺文志二》作《春秋时国语》十卷，另有孔衍撰《春秋后国语》十卷。《旧唐书·经籍志上》：孔衍撰《汉尚书》十卷，《汉春秋》十卷，《后汉尚书》六卷，《后汉春秋》六卷，《后魏春秋》九卷，《国历志》五卷。《隋书》卷三十三《经籍志二》："《汉魏春秋》九卷，孔舒元撰……《魏尚书》八卷，孔衍撰。梁十卷，成。"《新唐书》卷五十八《艺文志二》有孔衍撰《后魏尚书》十四卷。《隋书》卷三十四《经籍志三》："梁有《孔氏说林》二卷，孔衍撰，亡。"《旧唐书》卷四十七《经籍志下》、《新唐书》卷五十九《艺文志三》均作五卷。孔衍撰《在穷记》，《御览》卷八五〇引。《隋书》卷三十二《经籍志一》："《琴操》三卷，晋广陵相孔衍撰。"《直斋书录解题》卷十四："《琴操》一卷，不著名氏。《中兴书目》云:晋广陵守孔衍以琴调《周诗》五篇,古操、引共五十篇,述所以命题之意。今《周诗》篇同而操、引财二十一篇,似非全书也。"《全晋文》卷一百二十四辑衍文五篇:《四府君迁主议》、《禁招魂葬议》、《答李玮难禁招魂葬议》、《在穷记》、《乖离论》。

《晋书·孔衍传》:"子启,庐陵太守。"

13. 卞壶作《奏议王式事》。

《奏议王式事》见《晋书》卷七十《卞壶传》:"时淮南小中正王式继母,前夫终,更适式父。式父终,丧服讫,议还前夫家……壶奏曰……"《通典》卷九十四系壶《奏议王式事》于本年。

14. 孔坦作《奏议策除秀孝》。弃官归会稽。

《奏议策除秀孝》见《晋书》卷七十八《孔坦传》:"先是,以兵乱之后,务存慰悦,远方秀孝到,不策试,普皆除署。至是,帝申明旧制,皆令试《经》,有不中科,刺史、太守免官。太兴三年,秀孝多不敢行,其有到者,并托疾。帝欲除署孝廉,而秀才如前制。坦奏议曰……帝纳焉。听孝廉申至七年,秀才如故。时典客令万默领诸胡,胡人相诬,朝廷疑默有所偏助,将加大辟。坦独不署,由是被谴,遂弃官归会稽。"

15. 晋简文帝司马昱生。

《晋书》卷九《简文帝纪》:"简文皇帝讳昱,字道万,元帝之少子也。"卷六十四《元四王传》:元帝郑夫人生简文帝。据《简文帝纪》,司马昱卒于咸安二年、时三十五推之,当生于本年。

16. 谢安生。

《晋书》卷七十九《谢安传》:"谢安字安石,尚从弟也。父裒,太常卿。"《世说新语·方正第五》注引《永嘉流人名》:"裒字幼儒,陈郡人。父衡,博士。裒历侍中、吏部尚书、吴国内史。”据《晋书·谢安传》、卷九《孝武帝纪》，安卒于太元十年、时六十六推之，当生于本年。

17. 谢万生。

《世说新语·言语第二》刘孝标注引《中兴书》：“谢万字万石，太傅安弟也。”据《初学记》卷十二引《晋起居注》、《晋书》卷七十九《谢万传》，万卒于升平五年、时四十二推之，当生于本年。

18. 郗昙生。

《世说新语·贤媛第十九》刘孝标注引《郗昙别传》：“昙字重熙，鉴少子。性韵方质，和正沈简。”据《晋书》卷六十七《郗昙传》、卷八《穆帝纪》，昙卒于升平五年、时四十二推之，当生于本年。

19. 前凉有梁州民谣。

《晋书》卷八十六《张茂传》：“太兴三年，寔既遇害，州人推茂为大都督、太尉、凉州牧，茂不从，但受使持节、平西将军、凉州牧……茂雅有志节，能断大事。凉州大姓贾摹，寔之妻弟也，势倾西土。先是，谣曰……茂以为信，诱而杀之，于是豪右屏迹，威行凉域。”

20. 吴郡民为邓攸歌。

《晋书》卷九十《邓攸传》：“元帝以攸为太子中庶子。时吴郡阙守，人多欲之，帝以授攸。攸载米之郡，俸禄无所受，唯饮吴水而已。时郡中大饥，攸表振贷，未报，乃辄开仓救之……攸在郡刑政清明，百姓欢悦，为中兴良守。后称疾去职。郡常有送迎钱数百万，攸去郡，不受一钱。百姓数千人留牵攸船，不得进，攸乃小停，夜中发去。吴人歌之曰……百姓诣台乞留一岁，不听。”时间不详。《邓攸传》叙于永昌前，永昌前攸曾“拜侍中。岁余，转吏部尚书”。据此，姑系于本年。

21. 丁潭迁王导骠骑司马。

《晋书》卷七十八《丁潭传》:“太兴三年,迁王导骠骑司马,转中书郎,出为广武将军、东阳太守,以清洁见称。征为太子左卫率,不拜。”潭任中书郎等职,时间未详,今一并暂系于此。

22. 蔡谟任大将军从事中郎。

《晋书》卷七十七《蔡谟传》:为“大将军王敦从事中郎。”时间未详。据《东晋将相大臣年表》,敦于建武元年四月至永昌元年四月任大将军,谟为从事中郎必在其间,今姑系于此。

23. 葛洪颂张闿。

《晋书》卷七十六《张闿传》:元帝“践阼,出补晋陵内史,在郡甚有威惠……时所部四县并以旱失田,闿乃立曲阿新丰塘,溉田八百余顷,每岁丰稔。葛洪为颂。”葛洪颂张闿,时间未详。据元帝“践阼”及“每岁丰稔”等记载,当在元帝即位后几年。姑系于此。

24. 庾亮迁给事中。

《晋书》卷七十三《庾亮传》:“累迁给事中。”时间未详,姑系于此。

25. 刘超任中书通事郎。

《晋书》卷七十《刘超传》:“入为中书通事郎。”时间未详。超任句容令,当不只一年,姑系于此。

26. 王羲之为王敦、王导所器重。

《晋书》卷八十《王羲之传》:“及长,辩赡,以骨鲠称,尤善隶书,为古今之冠,论者称其笔势,以为飘若浮云,矫若惊龙。深为从伯敦、导所器重。时陈留阮裕有重名,为敦主簿。敦尝谓羲之曰:‘汝是吾家佳子弟,当不减阮主簿。’裕亦目羲之与王承、王悦为王氏三少。”

321 辛巳

晋太兴四年　　成玉衡十一年
前赵光初四年　后赵三年
前凉永元二年

纪瞻六十九岁。荀组六十四岁。陶侃六十三岁。王敦五十六岁。孔愉五十四岁。慕容廆五十三岁。郗鉴五十三岁。卫铄五十岁。应詹四十八岁。司马睿四十六岁。王导四十六岁。王廙四十六岁。郭璞四十六岁。蔡谟四十一岁。卞壸四十一岁。谢鲲四十一岁。葛洪三十九岁。卢谌三十七岁。孔坦三十六岁。温峤三十四岁。庾亮三十三岁。庾冰三十一岁。何充三十岁。庾怿二十九岁。司马绍二十三岁。范汪二十一岁。王述十九岁。王允之十九岁。王羲之十九岁。王彪之十七岁。庾翼十七岁。张骏十五岁。谢尚十四岁。王濛十三岁。桓温十岁。道安十岁。袁乔十岁。郗愔九岁。孙绰八岁。支遁八岁。司马晞六岁。慕容儁三岁。司马昱二岁。谢安二岁。谢万二岁。郗昙二岁。司马衍一岁。

1. 晋置《周易》、《仪礼》、《公羊》博士。司马睿作《报赛不应告庙诏》、《中州良人诏》。祖饯戴若思，置酒赋诗。作《治兵诏》、《以卢谌为员外散骑侍郎诏》、《以张闿为大司农诏》、《赠谥故太尉刘琨诏》。

《晋书》卷六《元帝纪》:本年"三月,置《周易》、《仪礼》、《公羊》博士。"《报赛不应告庙诏》见《御览》卷五二九引《中兴书》:"大旱经久,太兴四年四月始雨,有奏应报赛宗庙山川,中宗诏曰……"《中州良人诏》见《晋书·元帝纪》:本年"五月,旱。庚申,诏曰……"卷六十九《戴若思传》:"出为征西将军……镇寿阳……帝亲幸其营,劳勉将士,临发祖饯,置酒赋诗。"据《元帝纪》,本年秋七月甲戌,以戴若思为征西将军。《治兵诏》见《宋书》卷十四《礼志一》:"元帝太兴四年,诏……"《以卢谌为员外散骑侍郎诏》见本年卢谌条。《以张闿为大司农诏》见本年17条。《赠谥故太尉刘琨诏》见本年第4条。

2. 郭璞作《因天变上疏》、《皇孙生上疏》。

《因天变上疏》见《晋书》卷七十二《郭璞传》:"日有黑气,璞复上疏曰……"《通鉴》卷九十一系上述事于本年三月癸亥。《皇孙生上疏》亦见《晋书·郭璞传》:"永昌元年,皇孙生,璞上疏曰……"《郭璞传》记皇孙生于永昌元年,误。《通鉴》卷九十一:本年"十一月,皇孙衍生。"又据《晋书》卷七《成帝纪》,衍亦当生于本年(详见本年第12条)。今从《通鉴》。

3. 卢谌投往段末波,作《理刘司空表》。晋征为员外散骑侍郎,未得南渡。

《晋书》卷四十四《卢谌传》:"匹磾既害琨,寻亦败丧。时南路阻绝,段末波在辽西,谌往投之。元帝之初,末波通使于江左,谌因其使抗表理琨,文旨甚切,于是即加吊祭。累征谌为散骑中书侍郎,而为末波所留,遂不得南渡。"《御览》卷二百二十四引《晋起居注》:"太兴四年诏曰:'今以前司空从事中郎卢谌为散骑侍郎,在员外。'"《理刘司空表》见《晋书》卷六十二《刘琨传》:"三年,琨故从事中郎卢谌、崔悦等上表理刘琨曰……"卷六《元帝纪》:本年四月,"石勒攻猒次,陷之。抚军将军、幽州刺史段匹磾没于勒。"匹磾本年四月没于石勒,上距刘琨被害近三年。

4. 温峤上疏理刘琨。

《晋书》卷六十二《刘琨传》:"三年……太子中庶子温峤又上疏理之,帝乃下诏曰……"田余庆著《东晋门阀政治》第 34 页注③云:"温峤疏文,见于《敦煌石室佚书》所收写本《晋纪》,今本《晋书》失载。"

5. 崔悦任末波佐史,与卢谌作《理刘司空表》。

悦生卒年未详。《晋书》卷四十四《卢钦传》:"清河崔悦……字道儒,魏司空林曾孙,刘琨妻之侄也。与谌俱为琨司空从事中郎,后为末波佐史。"悦任末波佐史当在本年卢谌率众依末波后,其作《理刘司空表》见本年第 3 条。

6. 前赵刘曜从刘均进谏。

《晋书》卷一百三《刘曜载记》:"终南山崩,长安人刘终于崩所得白玉方一尺,有文字曰:'皇亡,皇亡,败赵昌。井水竭,构五梁,咢酉小衰困嚻丧。呜呼!呜呼!赤牛奋靷其尽乎!'时群臣咸贺,以为勒灭之征。曜大悦,斋七日而后受之于太庙,大赦境内,以终为奉瑞大夫。中书监刘均进曰……曜怃然改容。御史劾均狂言瞽说,诬罔祥瑞,请以大不敬论。曜曰:'此之灾瑞,诚不可知,深戒朕之不德,朕收其忠惠多矣,何罪之有乎!'"《通鉴》卷九十一:本年五月,"终南山崩。"

7. 干宝论狂华生枯木,议武昌灾。

《晋书》卷二十七《五行志上》:"元帝太兴四年,王敦在武昌,铃下仪仗生华如莲华,五六日而萎落。此木失其性。干宝以为狂华生枯木，又在铃阁之间，言威仪之富，荣华之盛，皆如狂华之发，不可久也……元帝太兴中，王敦镇武昌，武昌灾，火起，兴众救之，救于此而发于彼，东西南北数十处俱应，数日不绝……干宝以为‘此臣而君行，亢阳失节，是为王敦陵上，有无君之心，故灾也。’”卷二十八《五行志中》：“元帝太兴四年五月，旱。是时王敦陵僭已著。”

8. 应詹任镇北将军军司。

《晋书》卷七十《应詹传》：“出补吴国内史，以公事免。镇北将军刘隗出镇，以詹为军司。加散骑常侍，累迁光禄勋。”卷六《元帝纪》：本年七月，“刘隗为镇北将军……镇淮阳。”

9. 王敦作《与刘隗书》。

《晋书》卷六十九《刘隗传》：“隗以王敦威权太盛，终不可制，劝帝出腹心以镇方隅，故以谯王承为湘州，继用隗及戴若思为都督。敦甚恶之，与隗书曰……隗答曰……敦得书甚怒。”《通鉴》卷九十一系上述事于本年七月。

10. 王导任司空。

《晋书》卷六十五《王导传》：“进位侍中、司空、假节、录尚书事，领中书监……及刘隗用事，导渐见疏远，任真推分，澹如也。有识咸称导善处兴废焉。”卷六《元帝纪》：本年七月“壬午，以骠骑将军王导为司空。”卷二十九《五行志下》：“今元帝中兴之业，实王导之谋也。刘隗探会上意，以得亲幸，导见疏外。”

11. 王恬字由仲豫改为敬豫。

《晋书》卷三十五《裴秀传》：裴楷，“长兄黎，次兄康，并知名。康子盾，少历显位……盾弟邵，字道期，元帝为安东将军，以邵为长史，王导为司马，二人相与为深交。征为太子中庶子，复转散骑常侍，使持节、都督扬州江西淮北诸军事、东中郎将，随越出项，而卒于军中。及王导为司空，既拜，叹曰：‘裴道期、刘王乔在，吾不得独登此位。’导子仲豫与康同字，导思旧好，乃改为敬豫焉。”

12. 晋成帝司马衍生。

《晋书》卷七《成帝纪》：“成皇帝讳衍，字世根，明帝长子也。”据《成帝纪》，咸康八年卒、时年二十二推之，当生于本年。

13. 慕容廆任平州牧。

《晋书》卷一百八《慕容廆载记》：“加使持节、都督幽州东夷诸军事、车骑将军、平州牧，进封辽东郡公，邑一万户，常侍、单于并如故；丹书铁券，承制海东，命备官司，置平州守宰。”卷七《元帝纪》系廆任平州牧等职于本年十二月。

14. 王邃任领军将军。

《世说新语·赏誉第八》注引《王邃别传》：“累迁中领军。”《东晋将相大臣年表》系邃任领军将军于本年。

15. 熊远迁侍中，任会稽内史。

《晋书》卷七十一《熊远传》：“累迁侍中，出补会稽内史。”《东晋将相大臣年表》系于本年。

16. 王廙拜征虏将军、进左卫将军。

《晋书》卷七十六《王廙传》：“服阕，拜征虏将军，进左卫将军。”时间未详。母卒服丧当为三年，三年后方能任职。姑系于此。《历代名画记》卷五：“元帝时为左卫将军，封武康侯。时镇军谢尚于武昌昌乐寺造东塔、戴若思造西塔，并请廙画。”

17. 葛洪作《富民塘颂》。作《抱朴子·外篇·自叙》。

《晋书》卷七十六《张闿传》：元帝“践阼，出补晋陵内史，在郡甚有威惠……时所部四县并以旱失田，闿乃立曲阿新丰塘，溉田八百余顷，每岁丰稔。葛洪为其颂。计用二十一万一千四百二十功，以擅兴造免官。后公卿并为之言曰：'张闿兴陂溉田，可谓益国，而反被黜，使臣下难复为善。'帝感悟，乃下诏曰：'丹杨侯闿昔以劳役部人免官，虽从吏议，犹未掩其忠节之志也。仓廪国之大本，宜得其才。今以闿为大司农。'闿陈黜免始尔，不宜便居九列。疏奏，不许，然后就职。"《世说新语·规箴第十》注："葛洪《富民塘颂》曰：'闿字敬绪，丹阳人，张昭孙也。'"笺疏引《元和郡县志》："丹阳县新丰湖，在县东北三十里。晋元帝太兴四年，晋陵内史张闿所立。旧晋陵地广人稀，且少陂渠，田多恶秽。闿创湖，成灌溉之利。初以劳役免官，后追纪其功，超为大司农。"《富民塘颂》，全文已佚，今仅存《世说新语·规箴第十》注所引三句。此三句《全晋文》漏收。《抱朴子·外篇·自叙》写作时间未详。《自叙》云："今齿近不惑，素志衰颓，但念损之又损，为乎无为，偶耕薮泽，苟存性命耳。博涉之业，于是日沮矣。"据"今齿近不惑"句，《自叙》当作于近四十岁时，姑系于此。又《自叙》云："又撰俗所不列者为《神仙传》十卷，又撰高尚不仕者为《隐逸传》十卷，又抄五经七史百家之言，《兵事方伎短杂奇要》三百一十卷，别有目录。"据上述可知，洪四十岁前之著述，还有《神仙传》、《隐逸传》、《兵事方伎短杂奇要》等。

18. 庾亮迁黄门侍郎。

《晋书》卷七十三《庾亮传》："累迁……黄门侍郎。"时间未详，姑系于此。

322　壬午

晋永昌元年　　成王衡十二年
前赵光初五年　　后赵四年
前凉永元三年

纪瞻七十岁。荀组六十五岁。陶侃六十四岁。王敦五十七岁。孔愉五十五岁。慕容廆五十四岁。郗鉴五十四岁。卫铄五十一岁。应詹四十九岁。司马睿四十七岁。王导四十七岁。王廙四十七岁。郭璞四十七岁。蔡谟四十二岁。卞壸四十二岁。谢鲲四十二岁。葛洪四十岁。卢谌三十八岁。孔坦三十七岁。温峤三十五岁。庾亮三十四岁。庾冰三十二岁。何充三十一岁。庾怿三十岁。司马绍二十四岁。范汪二十二岁。王述二十岁。王允之二十岁。王羲之二十岁。王彪之十八岁。庾翼十八岁。张骏十六岁。谢尚十五岁。王濛十四岁。桓温十一岁。道安十一岁。袁乔十一岁。郗愔十岁。孙绰九岁。支遁九岁。司马晞七岁。慕容儁四岁。司马昱三岁。谢安三岁。谢万三岁。郗昙三岁。司马衍二岁。司马岳一岁。

1. 郭璞复上疏。作《谏留任谷宫中疏》。任王敦记室参军。作《元皇帝哀策文》。以母忧去职,葬母作诗。

《通鉴》卷九十二:永昌元年,“春正月,郭璞复上疏,请因皇孙生,下赦令。帝从之。乙卯,大赦,改元。"璞本年所作疏,已佚。《谏留任谷宫中疏》见《晋书》卷七十二《郭璞传》:"大赦改年。时暨阳人任谷因耕息于树下,忽有一人著羽衣就淫之,既而不知所在,谷遂有娠。积月将产,羽衣人复来,以刀穿其阴下,出一蛇子便去。谷遂成宦者。后诣阙上书,自云有道术。帝留谷于宫中。璞复上疏曰……王敦起璞为记室参军。是时颍川陈述为大将军掾,有美名,为敦所重,未几而没。璞哭之哀甚,呼曰:'嗣祖,嗣祖,焉知非福!'未几而敦作难。"汤球辑《晋中兴书》卷七引《东阿郭录》:"璞为尚书郎,大将军王敦以璞有才术,取为记室参军,璞畏不敢辞。"璞任敦记室参军,《通鉴》卷九十二系于本年正月。《元皇帝哀策文》见《类聚》卷十三,当作于本年闰十一月元帝卒后。《晋书・郭璞传》:"璞以母忧去职,卜葬地于暨阳。"《世说新语・术解第二十》:"郭景纯过江,居于暨阳。墓去水不盈百步,时人以为近水。景纯曰:'将当为陆。'今沙涨,去墓数十里,皆为桑田。其诗曰:'北阜烈烈,巨海混混。垒垒三坟,唯母与昆。'"

2. 司马睿作《讨王敦诏》、《节假王导诏》、《诫周顗诏》、《以周顗王邃为左右仆射诏》、《封少子昱为琅邪王诏》。卒。

《讨王敦诏》见本年第 3 条。《节假王导诏》见本年第 11 条,此诏《全晋文》漏收。《诫周顗诏》见《晋书》卷六十九《周顗传》:"寻代戴若思为护军将军。尚书纪瞻置酒请顗及王导等,顗荒醉失仪,复为有司所奏。诏曰……"秦锡圭《补晋执政表》系顗任护军将军于本年。《以周顗王邃为左右仆射诏》见《御览》卷二一一引《晋起居注》:"永昌元年,诏曰……"《晋书》卷六《元帝纪》:本年三月,"加仆射周顗为尚书左仆射,领军王邃尚书右仆射。"《封少子昱为琅邪王诏》见本年第 9 条。

《元帝纪》：本年十一月"闰月己丑，帝崩于内殿，时年四十七，葬建平陵（李吉甫撰、贺次君点校《元和郡县图志》卷二十五上元县：'晋元帝睿建平陵……在县北六里鸡笼山。'）庙号中宗。帝性简俭冲素，容纳直言，虚己待物。初镇江东，颇以酒废事，王导深以为言，帝命酌，引觞覆之，于此遂绝。有司尝奏太极殿广室施绛帐，帝曰：'汉文帝集上书皁囊为帷。'遂令冬施青布，夏施青练帷帐。将拜贵人，有司请市雀钗，帝以烦费不许。所幸郑夫人衣无文彩。从母弟王廙为母立屋过制，流涕止之。"《世说新语·方正第五》注引《高逸沙门传》：晋元帝"游心玄虚，托情道味，以宾友礼待法师。"丁国钧撰《补晋书艺文志》卷一："《元帝孝经传》。谨按，是书朱氏《经义考》著录，载帝序文四十余字。"《全晋文》卷八辑文六十七篇，除上文已引者外，还有：《议小功不税服制》、《诏答诸葛恢》、《报钟雅诏》、《转太常华恒为廷尉诏》、《诏》、《吊赠杨邠策》、《以周玘为军咨祭酒令》、《听丹杨尹王导不用鼓盖令》、《禁居丧婚嫁令》、《报尚书刁协令》、《遗贺循书》、《与杜夷书》、《书》。另《全晋文》漏收文三篇，除上文已引者外，还有《王佑三息始至教》，见《晋书》卷七十五《王峤传》。

《书小史》卷一："东晋元皇帝……沈敏有度量，善正、行书。当东迁，谣曰：'五马浮渡江，一马化为龙。'"《述书赋上》："逮乎龙化东迁，景文兴嗣，天然俊杰，毫翰英异。元帝之用笔可观，世瑜之呈规仰似。如发硎刃，虎骇鹗眙；懦夫丧精，剑客得志。"《衍极》刘有定注："晋以后有凤尾诺，亦出于章草。唐人不知所出，有老僧善读书，太常博士严厚本问之，僧云：'前代帝王各有僚吏笺启上陈本府，旨为可行，是批凤尾诺之意，取其为羽族之长，始于晋元帝批焉。'周越云：'元帝初执谦，凡诸侯笺奏，批之曰“诺”，皆“若”字也。’按章草变法，‘若’字有尾，故曰风尾诺。”《淳化阁帖》卷一辑有司马睿《安军帖》、《中秋帖》。

《晋书》卷六十四《元四王传》：“元帝六男：宫人荀氏生明帝及琅邪孝王裒，石婕妤生东海哀王冲，王才人生武陵威王晞，郑夫人生琅邪悼王焕及简文帝。”

3. 王敦以诛刘隗为名，于武昌举兵内向，作《上疏罪状刘隗》。

《上疏罪状刘隗》见《晋书》卷九十八《王敦传》：“永昌元年，敦率众内向，以诛隗为名，上疏曰……又曰……敦至芜湖，又上表罪状刁协。帝大怒，下诏曰……敦至石头……诸将与敦战，王师败绩。既入石头，拥兵不朝，放肆兵士劫掠内外。官省奔散，惟有侍中二人侍帝。帝脱戎衣，著朝服，顾而言曰：‘欲得我处，但当早道，我自还琅邪，何至困百姓如此！’敦收周顗、戴若思害之。以敦为丞相、江州牧，进爵武昌郡公，邑万户，使太常荀崧就拜，又加羽葆鼓吹，并伪让不受。还屯武昌，多害忠良，宠树亲戚。”卷六《元帝纪》：本年正月，“戊辰，大将军王敦举兵于武昌……龙骧将军沈充帅众应之……四月，敦前锋攻石头……八月，敦以其兄含为卫将军，自领宁、益二州都督。”

4. 沈充起兵于吴兴，以应王敦。

充生年未详。《世说新语·规箴第十》刘孝标注引《晋阳秋》：“充字士居，吴兴人。少好兵，谄事王敦。”《晋书》卷九十八《沈充传》：“少好兵书，颇以雄豪闻于乡里。敦引为参军。”同卷《王敦传》：“永昌元年……敦党吴兴人沈充起兵应敦。”卷六《元帝纪》：本年四月，“敦将沈充陷吴国”。《世说新语·规箴第十》刘孝标注引《晋阳秋》：“敦克京邑，以充为车骑将军，领吴国内史。”

5. 谢鲲被王敦所逼，至石头，救王峤。出任豫章太守。

《晋书》卷四十九《谢鲲传》：“及敦将为逆，谓鲲曰：‘刘隗奸邪，将危社稷。吾欲除君侧之恶，匡主济时，何如？’对曰：‘隗诚始祸，然城狐社鼠也。’敦怒曰：‘君庸才，岂达大理！’出鲲为豫章太守，又留不遣，藉其才望，逼与俱下。敦至石头，叹曰：‘吾不复得为盛德事矣。’鲲曰：‘何为其然？但使自今以往，日忘日去耳。’初，敦谓鲲曰：‘吾当以周伯仁为尚书令，戴若思为仆射。’及至都，复曰：‘近来人情何如？’鲲对曰：‘明公之举，虽欲大存社稷，然悠悠之言，实未达高义。周𫖮、戴若思，南北人士之望，明公举而用之，群情帖然矣。’是日，敦遣兵收周、戴，而鲲弗知，敦怒曰：‘君粗疏邪！二子不相当，吾已收之矣。’鲲与𫖮素相亲重，闻之愕然，若丧诸已。参军王峤以敦诛𫖮，谏之甚切。敦大怒，命斩峤，时人士畏惧，莫敢言者。鲲曰：‘明公举大事，不戮一人。峤以献替忤旨，便以衅鼓，不亦过乎！’敦乃止。敦既诛害忠贤，而称疾不朝，将还武昌。鲲喻敦曰：‘公大存社稷，建不世之勋，然天下之心实有未达。若能朝天子，使君臣释然，万物之心于是乃服。杖众望以顺群情，尽冲退以奉主上，如斯则勋侔一匡，名重千载矣。’敦曰：‘君能保无变乎？’对曰：‘鲲近日入觐，主上侧席，迟得见公，宫省穆然，必无虞矣。公若入朝，鲲请侍从。’敦勃然曰：‘正复杀君等数百人，亦复何损于时！’竟不朝而去。是时朝望被害，皆为其忧。而鲲推理安常，时进正言。敦既不能用，内亦不悦。军还，使之郡，莅政清肃，百姓爱之。”

6. 熊远不受沈充所加将军。拜太常卿，任长史。卒。

《晋书》卷七十一《熊远传》：“时王敦作逆，沈充举兵应之，加远将军，距而不受，不输军资于充，保境安众为务。敦至石头，讽朝廷征远，乃拜太常卿，加散骑常侍。敦深惮其正而有谋，引为长史，数月病卒。”

《隋书》卷三十五《经籍志四》：“晋御史中丞《熊远集》十二卷。梁五卷，录一卷……亡。”《旧唐书》卷四十七《经籍志下》、《新唐书》卷六十《艺文志四》均作五卷。《全晋文》卷一二六辑文九篇，除上文已引者外，还有：《奏请议狱皆准律令》、《谏以尚书令荀组领豫州牧启》、《论亲死贼中启》。

《书小史》卷五：“熊远字孝文……善正书。”《述书赋上》：“孝文刚断，谨正援毫。古体虽拙，今称且高。如贵胄之跃骏，武贲之操刀。”

7. 刘超领安东上将军。

《晋书》卷七十《刘超传》：“以父忧去官。既葬，属王敦称兵，诏超复职，又领安东上将军。寻六军败绩，唯超案兵直卫，帝感之，遣归终丧礼。”

8. 孔愉拜御史中丞，迁侍中、太常。

《晋书》卷七十八《孔愉传》：“沈充反，愉弃官还京师，拜御史中丞，迁侍中、太常。”

9. 司马昱为琅邪王。

《晋书》卷九《简文帝纪》：“幼而岐嶷，为元帝所爱。郭璞见而谓人曰：‘兴晋祚者，必此人也。’……永昌元年，元帝诏曰……”卷六《元帝纪》：本年三月，“甲午，封皇子昱为琅邪王。”《通鉴》卷九十二系昱为琅邪王于本年二月甲午。

10. 庾亮迁中领军。

《晋书》卷七十三《庾亮传》：“时王敦在芜湖，帝使亮诣敦筹事。敦与亮谈论，不觉改席而前，退而叹曰：‘庾元规贤于裴顾远矣！'因表为中领军。"

11. 王导任守尚书令，受遗诏辅政。

《晋书》卷六十五《王导传》："王敦之反也，刘隗劝帝悉诛王氏，论者为之危心。导率群从昆弟子侄二十余人，每旦诣台待罪。帝以导忠节有素，特还朝服，召见之……及敦得志，加导守尚书令……时王氏强盛，有专天下之心，敦惮帝贤明，欲更议所立，导固争乃止。"卷六十一《周嵩传》："是时帝以王敦势盛，渐疏忌王导等。嵩上疏曰……疏奏，帝感悟，故导等获全。"《晋书·王导传》："及明帝即位，导受遗诏辅政。"

12. 王邃任尚书右仆射、征北将军。

《晋书》卷六《元帝纪》：本年三月，加"领军王邃尚书右仆射。"

《东晋将相大臣年表》：邃本年三月任右仆射，寻迁下邳内史。

《晋书》卷六《元帝纪》：本年十月，"辛卯，以下邳内史王邃为征北将军、都督青徐幽平四州诸军事，镇淮阴。"

13. 王廙任平南将军、领护南蛮校尉、荆州刺史。卒。

《晋书》卷七十六《王廙传》："及王敦构祸，帝遣廙喻敦，既不能谏其悖逆，乃为敦所留，受任助乱。敦得志，以廙为平南将军、领护南蛮校尉、荆州刺史。寻病卒。帝犹以亲故，深痛愍之。丧还京都，皇太子亲临拜柩，如家人之礼。赠侍中、骠骑将军，谥曰康。明帝与大将军温峤书曰：'痛谢鲲未绝于口，世将复至于此。并盛年儁才，不遂其志，痛切于心。廙明古多通……'"据卷六《元帝纪》，廙卒于本年十月己丑。

《隋书》卷三十二《经籍志一》："《周易》三卷，晋骠骑将军王廙注，残缺。梁有十卷。"陆德明撰《经典释文》卷一《序录》录周易注解云："王廙注十二卷。"《旧唐书》卷四十六《经籍志上》、《新唐书》卷五十七《艺文志一》均作十卷。丁国钧撰、子辰述注《晋书艺文志补遗》：王廙著有《周易音》，见《周易释文》。《世说新语·言语第二》刘孝标注引有廙注《系辞》佚文，《全晋文》未收。《隋书》卷三十五《经籍志四》："晋骠骑将军《王廙集》十卷。梁三十四卷，录一卷。"《旧唐书》卷四十七《经籍志下》、《新唐书》卷六十《艺文志四》均作十卷。《晋诗》卷十一辑《春可乐》一首。《全晋文》卷二十辑文十篇，除已见上文者外，还有：《洛都赋》、《思逸民赋》、《笙赋》、《白兔赋》、《春可乐》（《晋诗》亦收）、《书》、《宰我赞》、《保傅箴》、《妇德箴》。廙文除《全晋文》所辑十篇外，还有《画赞序》一篇、两表。《画赞序》见318年第10条，两表见《淳化阁帖》卷二。

羊欣《采古来能书人名》：王廙"能章楷，传钟法。"《书断中》："自过江，右军之前，世将书独为最，与荀勗画为明帝师，其飞白志气极古，垂鹏鹗之翅羽，类旌旗之卷舒。时人云：王廙飞白，右军之亚。"韦续《五十六种书并序》："十四，填书，周媒氏作。魏韦诞用题宫阙，王廙、王隐皆好之。"《淳化阁帖》卷二辑有：《廿四日帖》、《两表》、《七月十三日帖》、《嫂何如帖》。佚名撰、顾逸点校《宣和书谱》卷十四：王廙"独其草书为世所传，今御府所藏四，草书《仲春帖》、章草《郑夫人帖》、行书《贺雪表》、《嫂何如帖》。"

《历代名画记》卷五："王廙……善属词，工书画，过江后为晋代书画第一。音律众妙毕综。"于安澜编《画品丛书》辑裴孝源撰《贞观公私画史》云王廙画六卷，隋朝官本，计有"《列女传仁智图》、《狮子图》、《畏兽图》（原注：以上三卷梁《太清目》所有。）、《鱼龙相戏图》、《吴楚放牧图》、《村社会集图》。"《历代名画记》卷五原注："见廙本集，有《异兽图》、《列女仁智图》、《狮子击象图》、《吴楚放牧图》、《鱼龙戏水绢图》、《村社齐屏风》、《犀兕图》。并传于代。”

14. 陶侃领江州刺史、湘州刺史，加散骑常侍。

《晋书》卷六十六《陶侃传》：“及王敦举兵反，诏侃以本官领江州刺史，寻转都督、湘州刺史。敦得志，上侃复本职，加散骑常侍。”

15. 温峤谏太子。止王敦废太子。拜侍中。作《答王导书》。

《晋书》卷六十七《温峤传》：“王敦举兵内向，六军败绩，太子将自出战，峤执鞚谏曰：‘臣闻善战者不怒，善胜者不武，如何万乘储副而以身轻天下！’太子乃止。明帝即位，拜侍中。机密大谋皆所参综，诏命文翰亦悉豫焉。”卷六《明帝纪》：王敦“素以帝神武明略，朝野之所钦信，欲诬以不孝而废焉。大会百官而问温峤曰：‘皇太子以何德称？’声色俱厉，必欲使有言。峤对曰：‘钩深致远，盖非浅局所量。以礼观之，可称为孝矣。’众皆以为信然，敦谋遂止。”《答王导书》见《通典》卷四十八：“元帝崩，温峤答王导书云……”

16. 王峤由王敦参军改任领军长史。

峤生卒年未详。《晋书》卷七十五《王峤传》：“峤字开山。祖默，魏尚书。父佑，以才智称，为杨骏腹心……位至北军中候。峤少有风尚，并、司二州交辟，不就。永嘉末，携其二弟避乱渡江。时元帝镇建业……寻以峤参世子东中郎军事，不就。愍帝征拜著作郎，右丞相南阳王保辟，皆以道险不行。元帝作相，以为水曹属，除长山令，迁太子中舍人，以疾不拜。王敦请为参军，爵九原县公。敦在石头，欲禁私伐蔡洲荻，以问群下。时王师新败，士庶震惧，莫敢异议。峤独曰：‘中原有菽，庶人采之。百姓不足，君孰与足！若禁人樵伐，未知其可。’敦不悦。敦将杀周顗、戴若思，峤于坐谏曰：‘济济多士，文王以宁。安可戮诸名士,以自全生!'敦大怒,欲斩峤,赖谢鲲以免。敦犹衔之,出为领军长史。"

17. 纪瞻作《久疾上疏》,除尚书右仆射,作《请征郗鉴疏》。

《久疾上疏》见《晋书》卷六十八《纪瞻传》:"会久疾,不堪朝请,上疏曰……"疏中有"七十之年,礼典所遗,衰老之征,皎然露见"等句,知当作于本年。《请征郗鉴疏》亦见《晋书》本传:"因以疾免。寻除尚书右仆射,屡辞不听,遂称病笃,还第,不许。时郗鉴据邹山,屡为石勒等所侵逼。瞻以鉴有将相之材,恐朝廷弃而不恤,上疏请征之,曰……明帝尝独引瞻于广室,慨然忧天下,曰:'社稷之臣,欲无复十人,如何?'因屈指曰:'君便其一。'瞻辞让。帝曰:'方欲与君善语,复云何崇谦让邪!'瞻才兼文武,朝廷称其忠亮雅正。俄转领军将军,当时服其严毅。虽恒疾病,六军敬惮之。瞻以久病,请去官,不听,复加散骑常侍。(礼按:《御览》卷二一一引《晋中兴书》记上述事后载有明帝《诏止纪瞻告老》曰:'岂朕德薄,不足以为治乎!')及王敦之逆,帝使谓瞻曰:'卿虽病,但为朕卧护六军,所益多矣。'乃赐布千匹。瞻不以归家,分赏将士。"王敦举兵反,见本年第3条。

18. 郗鉴任兖州刺史,镇合肥。

《晋书》卷六十七《郗鉴传》:"永昌初,征拜领军将军,既至,转尚书,以疾不拜。时明帝初即位,王敦专制,内外危逼,谋杖鉴为外援,由是拜安西将军、兖州刺史、都督扬州江西诸军、假节,镇合肥。"

19. 梅陶作《鹏鸟赋》并序。

赋已佚。序见《御览》卷九百二十七。序曰:"余既遭王敦之难,遂见忌录居于武昌,其秋有野鸟入室,感贾谊《鹏鸟》,依而作焉。"知赋并序当作于本年秋。

20. 蔡谟为司徒左长史。

《晋书》卷七十七《蔡谟传》:"历……司徒左长史。"时间未详。据卷六《元帝纪》,本年十一月,"罢司徒,并丞相。"是谟为司徒左长史,必在本年十一月罢司徒前。

21. 荀组迁太尉,卒。

《晋书》卷三十九《荀组传》:"永昌初,迁太尉,领太子太保。未拜,薨,年六十五。谥曰元。"卷六《元帝纪》:本年"十一月,以司徒荀组为太尉。己酉(校勘记:'十一月庚戌朔,无己酉。《通鉴》九二作"辛酉"。'),太尉荀组薨。"《隋书》卷三十五《经籍志四》:梁"有东晋太尉《荀组集》三卷,录一卷,亡。"《全晋文》卷三十一辑组文三篇,除已见上文者外,还有一篇:《霍原不应举寒素议》。

《晋诗》卷十一辑组《七哀诗》一首,仅存二句。

《晋书·荀组传》:"子奕嗣。"

22. 司马绍即皇帝位,作《尊师傅诏》、《赠薛兼诏》、《与温峤书》、《报杜夷诏》、《诏止纪瞻告老》。

《晋书》卷六《明帝纪》:"永昌元年闰月己丑,元帝崩。庚寅,太子即皇帝位。"《尊师傅诏》、《赠薛兼诏》见卷六十八《薛兼传》:"明帝即位,加散骑常侍。帝以东宫时师傅,犹宜尽敬,乃下诏曰……是岁,卒。诏曰……"《与温峤书》见本年第13条。《报杜夷诏》见卷九十一《杜夷传》:"明帝即位,夷自表请退。诏曰……"《诏止纪瞻告老》见本年第17条。

23. 荀崧作《议上元帝庙号》、《与王敦书》。

《晋书》卷七十五《荀崧传》:"及帝崩,群臣议庙号,王敦遣使谓曰……崧议以为……既而与敦书曰……初,敦待崧甚厚,欲以为司空，于此衔之而止。”

24. 前赵刘曜临太学。葬其父与妻。

《晋书》卷一百三《刘曜载记》：“曜后羊氏死，伪谥献文皇后。羊氏内有特宠，外参朝政，生曜三子熙、袭、阐……曜临太学，引试学生之上第者拜郎中……曜将葬其父及妻，亲如粟邑以规度之。负土为坟，其下周回二里，作者继以脂烛，怨呼之声盈于道路，游子远谏曰……曜不纳，乃使其将刘岳等帅骑一万，迎父及弟晖丧于太原。疫气大行，死者十三四……曜葬其父，墓号永垣陵，葬妻羊氏，墓号显平陵。”时间从《通鉴》卷九十二、《十六国春秋辑补》卷七《前赵录七·刘曜录》。

25. 慕容廆遣其世子皝袭段末波。

《晋书》卷一百八《慕容廆载记》：“段末波初统其国，而不修备，廆遣皝袭之，入令支，收其名马宝物而还。”《通鉴》卷九十二系上述事于本年。

26. 孙绰父纂卒。

《类聚》卷二十载绰《表哀诗序》曰：“余以薄祜，夙遭闵凶。越在九龄，严考即世，未及志学，过庭无闻……殖根外氏，赖以成训。”

27. 晋康帝司马岳生。

《晋书》卷七《康帝纪》：“康皇帝讳岳，字世同，成帝母弟也。”据《康帝纪》，建元二年卒、时年二十三推之，当生于本年。

28. 庾怿为东海哀王冲中军司马。

《晋书》卷七十三《庾怿传》：“又为冲中军司马，转散骑侍郎，迁左卫将军。”据卷六十四《东海哀王冲传》，冲“永昌初，迁中军将军，加散骑常侍。”是怿为中军司马、转散骑侍郎当在本年。迁左卫将军，时间未详。今一并系于此。

29. 华谭免官。卒。

《晋书》卷五十二《华谭传》："及王敦作逆，谭疾甚，不能入省，坐免。卒于家。赠光禄大夫，金章紫绶，加散骑常侍，谥曰胡。"

《隋书》卷三十四《经籍志三》："梁有……《新论》十卷，晋金紫光禄大夫华谭撰……亡。"卷三十五《经籍志四》："梁……有《华谭集》二卷，亡。"《全晋文》卷七十九辑谭文七篇：《举秀才对策》、《上笺求退》、《遗顾荣等书》、《移前松滋令袁甫》、《对别驾陈总问》、《尚书二曹论》、《新论》。

《晋书·华谭传》："二子：化、茂……茂嗣爵。"

30. 郭文病。

《晋书》卷九十四《郭文传》："永昌中，大疫，文病亦殆。王导遗药，文曰：'命在天，不在药也。夭寿长短，时也。'"

31. 王濛少孤。放迈不群。

《世说新语·赏誉第八》刘孝标注引《濛别传》：濛"少孤，事诸母甚谨，笃义穆族，不修小洁，以清贫见称。"《世说新语·言语第二》又注引《王长史别传》："濛神气清韶，年十余岁，放迈不群。"《晋书》卷九十三《王濛传》："濛少时放纵不羁，不为乡曲所齿。"

32. 王羲之娶郗鉴女璇。

《晋书》卷八十《王羲之传》："时太尉郗鉴使门生求女婿于导，导令就东厢遍观子弟。门生归，谓鉴曰：'王氏诸少并佳，然闻信至，咸自矜持。惟一人在东床坦腹食，独若不闻。'鉴曰：'正此佳婿耶！'访之，乃羲之也，遂以女妻之。"《世说新语·雅量第六》刘孝标注引《王氏谱》："羲之妻，太傅（礼按：应作太尉）郗鉴女，名璇，字子房。"羲之娶璇，时间未详，疑于本年郗鉴至京都后。

323 癸未

晋明帝司马绍太宁元年　　成玉衡十三年
前赵光初六年　　后赵五年
前凉永元四年

纪瞻七十一岁。陶侃六十五岁。王敦五十八岁。孔愉五十六岁。慕容廆五十五岁。郗鉴五十五岁。卫铄五十二岁。应詹五十岁。王导四十八岁。郭璞四十八岁。蔡谟四十三岁。卞壸四十三岁。谢鲲四十三岁。葛洪四十一岁。卢谌三十九岁。孔坦三十八岁。温峤三十六岁。庾亮三十五岁。庾冰三十三岁。何充三十二岁。庾怿三十一岁。司马绍二十五岁。范汪二十三岁。王述二十一岁。王允之二十一岁。王羲之二十一岁。王彪之十九岁。庾翼十九岁。张骏十七岁。谢尚十六岁。王濛十五岁。桓温十二岁。道安十二岁。袁乔十二岁。郗愔十一岁。孙绰十岁。支遁十岁。司马晞八岁。慕容儁五岁。司马昱四岁。谢安四岁。谢万四岁。郗昙四岁。司马衍三岁。司马岳二岁。王洽一岁。

1. 司马绍作《手诏征王敦》、《北讨诏》、《立穆庾皇后册》、《手诏以温峤为中书令》。

《晋书》卷六《明帝纪》：本年“二月，葬元帝于建平陵，帝徒跣至于陵所……三月戊寅朔，改元，临轩，停飨宴之礼，悬而不乐……王敦献皇帝信玺一纽。敦将谋篡逆,讽朝廷征己,帝乃手诏征之……六月壬子,立皇后庾氏。"《手诏征王敦》见魏收撰《魏书》卷九十六《司马绍传》。《北讨诏》见《全晋文》卷九,诏中有以陈眕"持节督幽平并州诸军事"句,据《明帝纪》,本年四月,以"尚书陈眕为都督幽平二州诸军事、幽州刺史。"《立穆庾皇后册》见《晋书》卷三十二《明穆庾皇后传》。《手诏以温峤为中书令》,见《全晋文》卷九。《初学记》卷十一引檀道鸾《晋阳秋》曰:"肃宗欲以温峤为中书令,手诏曰……"温峤任中书令,详见本年第16条。《世说新语·术解第二十》:"晋明帝解占冢宅,闻郭璞为人葬,帝微服往看。因问主人:'何以葬龙角?此法当灭族!'主人曰:'郭云:"此葬龙耳,不出三年,当致天子。"'帝问:'为是出天子邪?'答曰:'非出天子,能致天子问耳。'"上述事时间未详。郭璞明年卒,姑系于此。

2. 郭璞上疏请改年肆赦。

《晋书》卷七十二《郭璞传》:"时明帝即位逾年,未改号,而荧惑守房。璞时休归,帝乃遣使赍手诏问璞。会暨阳县复上言曰赤乌见,璞乃上疏请改年肆赦。"璞本年所作疏文,已佚。

3. 王敦自领扬州牧。作《表庾亮为中书监》。

《晋书》卷九十八《王敦传》:"及帝崩,太宁元年,敦讽朝廷征己,明帝乃手诏征之……又使兼太常应詹拜授加黄钺,班剑武贲二十人,奏事不名,入朝不趋,剑履上殿。敦移镇姑孰,帝使侍中阮孚赍牛酒犒劳,敦称疾不见,使主簿受诏……敦自领扬州牧。敦既得志,暴慢愈甚,四方贡献多入己府,将相岳牧悉出其门。"《表庾亮为中书监》见本年第8条。

4. 沈充为王敦谋主。

《晋书》卷九十八《王敦传》:"太宁元年……敦既得志……以

沈充、钱凤为谋主……充等并凶险骄恣，共相驱扇，杀戮自己；又大起营府，侵人田宅，发掘古墓，剽掠市道，士庶解体，咸知其祸败焉。”

5. 王导迁司徒。

《晋书》卷六十五《王导传》：“解扬州，迁司徒。”卷六《明帝纪》：本年“四月，敦下屯于湖，转司空王导为司徒。”

6. 慕容廆拒绝与石勒结好。

《晋书》卷一百八《慕容廆载记》：“石勒遣使通和，廆距之，送其使于建邺。勒怒，遣宇文乞得龟击廆，廆遣皝距之。”《通鉴》卷九十二系上述事于本年四月。

7. 陶侃进号征南大将军、开府仪同三司。

《晋书》卷六十六《陶侃传》：“时交州刺史王谅为贼梁硕所陷，侃遣将高宝进击平之。以侃领交州刺史。录前后功，封次子夏为都亭侯，进号征南大将军、开府仪同三司。”卷六《明帝纪》系上述事于本年六月。

8. 庾亮父被追赠左将军，亮不受。拜中书监，作《让中书监表》。与温峤、郭璞共集青溪池属诗。

《晋书》卷九十三《外戚传》：“庾琛……以后父追赠左将军，妻毌丘氏追封乡君，子亮陈先志不受。”事当在立亮妹文君为后时。卷六《明帝纪》：本年“六月壬子，立皇后庾氏。”《让中书监表》见卷七十三《庾亮传》：“明帝即位，以为中书监，亮上疏让曰……疏奏，帝纳其言而止。王敦既有异志，内深忌亮而外崇重之。亮忧惧，以疾去官，复代王导为中书监。”汤球辑《晋中兴书》卷七《颍川庾录》：“明帝立，王敦表曰：‘中书郎领军庾亮，清雅履正，可中书监，领军如故。”《通鉴》卷九十二系亮为中书监于本年六月。《文选》卷三十八载亮《让中书令表》，旨意与《让中书监表》同。李善注："诸《晋书》并云让中书监，此云令，恐误也。"表中有"臣于陛下，后之兄也"二句，李善注引《晋阳秋》："庾亮，明皇后之兄也。"是《让中书令表》应作《让中书监表》。《御览》卷六七引《桓彝别传》："明帝世，(桓)彝与当时英彦名德庾亮、温峤、羊曼等，共集青溪池上。郭璞预焉。乃援笔属诗，以白四贤并自序。"郭璞明年被杀，上述事疑在本年。

9. 前赵刘曜攻陈安。陈安卒。陇上为陈安歌。

《晋书》卷三十七《南阳王保传》："陈安自号秦州刺史，称藩于刘曜。"卷一百三《刘曜载记》："陈安请朝，曜以疾笃不许。安怒，且以曜为死也，遂大掠而归……太宁元年，陈安攻曜征西刘贡于南安……曜亲征陈安，围安于陇城。安频出挑战，累击败之，斩获八千余级。右军刘榦攻平襄，克之，陇上诸县悉降。曲赦陇右殊死已下，惟陈安、赵募不在其例。安留杨伯支、姜冲儿等守陇城，帅骑数百突围而出，欲引上邽、平襄之众还解陇城之围。安既出，知上邽被围，平襄已败，乃南走陕中。曜使其将军平先、丘中伯率劲骑追安，频战败之，俘斩四百余级。安与壮士十余骑于陕中格战，安左手奋七尺大刀，右手执丈八蛇矛，近交则刀矛俱发，辄害五六，远则双带鞬服，左右驰射而走。平先亦壮健绝人，勇捷如飞，与安搏战，三交，夺其蛇矛而退。会日暮，雨甚，安弃马，与左右五六人步逾山岭，匿于溪涧。翌日寻之，遂不知所在。会连雨始霁，辅威呼延清寻其径迹，斩安于涧曲。曜大悦。安善于抚接，吉凶夷险与众同之，及其死，陇上歌之曰……曜闻而嘉伤，命乐府歌之。"卷六《明帝纪》：本年七月，"刘曜攻陈安于陇城，灭之。"

10. 郗鉴任尚书令。

《晋书》卷六十七《郗鉴传》：王敦"忌之，表为尚书令，征还。道经姑孰，与敦相见，敦谓曰：'乐彦辅短才耳。后生流宕，言违名检，考之以实，岂胜满武秋邪？'鉴曰：'拟人必于其伦。彦辅道韵平淡，体识冲粹，处倾危之朝，不可得而亲疏。及愍怀太子之废，可谓柔而有止。武秋失节之士，何可同日而言！'敦曰：'愍怀废徙之际，交有危机之急，人何能以死守之乎！以此相方，其不减明矣。'鉴曰：'丈夫既洁身北面，义同在三，岂可偷生屈节，靦颜天壤邪！苟道数终极，固当存亡以之耳。'敦素怀无君之心，闻鉴言，大忿之，遂不复相见，拘留不遣。敦之党与谮毁日至，鉴举止自若，初无惧心。敦谓钱凤曰：'郗道徽儒雅之士，名位既重，何得害之！'乃放还台。鉴遂与帝谋灭敦。"卷六《明帝纪》：本年"八月，以安北将军郗鉴为尚书令。"

11. 前凉马岌劝张茂亲征刘曜。时岌任茂参军。

马岌生卒年未详。《晋书》卷八十六《张茂传》："刘曜遣其将刘咸攻韩璞于冀城，呼延寔攻宁羌护军阴鉴于桑壁……河西大震。参军马岌劝茂亲征，长史汜祎怒曰：'亡国之人复欲干乱大事，宜斩岌以安百姓。'岌曰：'汜公书生糟粕，刺举近才，不惟国家大计。且朝廷旰食有年矣，今大贼自至，不烦远师，遐迩之情，实系此州，事势不可以不出。且宜立信勇之验，以副秦陇之望。'茂曰：'马生之言得之矣'。乃出次石头。"《通鉴》卷九十二系上述事于本年。

12. 王允之以王敦、钱凤谋逆事白其父舒。

《晋书》卷七十六《王允之传》：允之"总角，从伯敦谓为似己，恒以自随，出则同舆，入则共寝。敦尝夜饮，允之辞醉先卧。

敦与钱凤谋为逆，允之已醒，悉闻其言，虑敦或疑己，便于卧处大吐，衣面并污。凤既出，敦果照视，见允之卧吐中，以为大醉，不复疑之。时父舒始拜廷尉，允之求还定省，敦许之。至都，以敦、凤谋议事白舒，舒即与导俱启明帝。”《通鉴》卷九十二系上述事于本年。

13. 王邃任徐州刺史。

《晋书》卷九十八《王敦传》：“敦既得志……徙含为征东将军……从弟……邃为徐州。”卷六《明帝纪》系含为征东大将军于本年十一月。

14. 谢鲲卒。有《谢鲲墓志》。

《晋书》卷四十九《谢鲲传》：“卒官，时年四十三。敦死后，追赠太常，谥曰康。”文物编辑部编《文物》1965年第5期载郭沫若撰《由王谢墓志的出土论到兰亭序的真伪》云：“谢鲲墓志，以一九六四年九月十日，出土于南京中华门外戚家山残墓中。文凡四行，横腰被推土机挖去数字，但大抵可以意补。其文如下：‘晋故豫章内史，陈〔国〕阳夏，谢鲲幼舆，以泰宁元年十一月廿〔八〕亡，假葬建康县石子岗，在阳大家墓东北〔四〕丈。妻中山刘氏，息尚仁祖，女真石。弟褒幼儒，弟广幼临。旧墓在荧阳。’”后附谢鲲墓志照片、谢鲲墓志拓本。

《世说新语·赏誉第八》刘孝标注引谢鲲《元化论序》。此文《全晋文》漏收。

15. 谢尚举止有异常童。

《晋书》卷七十九《谢尚传》：“十余岁，遭父忧，丹杨尹温峤吊之，尚号咷极哀。既而收涕告诉，举止有异常童，峤甚奇之。”

16. 温峤任中书令，作《上疏辞中书令》。

《晋书》卷六十七《温峤传》：“俄转中书令。峤有栋梁之任，帝亲而倚之，甚为王敦所忌，因请为左司马。”《东晋将相大臣年表》：本年峤任中书令，迁王敦司马。《上疏辞中书令》见孙盛著《晋阳秋》卷三。

17. 荀崧加散骑常侍，领太子太傅。

《晋书》卷七十五《荀崧传》：“太宁初，加散骑常侍，后领太子太傅。”

18. 卞壸任吏部尚书。

《晋书》卷七十《卞壸传》：“壸迁吏部尚书。”《东晋将相大臣年表》系于本年。

19. 郭文逃归临安。

《晋书》卷九十四《郭文传》：“居(王)导园七年，未尝出入。一旦忽求还山，导不听。后逃归临安，结庐舍于山中。临安令万宠迎置县中。”

20. 有太宁初童谣。

《晋书》卷二十八《五行志中》：“明帝太宁初，童谣曰……”

21. 道安出家。

《高僧传》卷五《释道安传》：“至年十二出家。神性聪敏，而形貌甚陋，不为师之所重。驱役田舍，至于三年。执勤就劳，曾无怨色。笃性精进，斋戒无阙。”

22. 谢安为桓彝所赞叹。

《晋书》卷七十九《谢安传》：“安年四岁时，谯郡桓彝见而叹曰：‘此儿风神秀彻，后当不减王东海。’”

23. 王洽生。

《世说新语·赏誉第八》刘孝标注引《中兴书》：“王洽字敬和，丞相导第三子。”《晋书》卷六十五《王洽传》：“导诸子中最知名，与荀羡俱有美称……升平二年卒于官，年三十六。”据此推之，当生于本年。

24. 干宝求补山阴令。

《晋书》卷八十二《干宝传》："以家贫，求补山阴令。"时间未详。本传叙于迁始安太守前。迁始安太守当在明年，姑系于此。

25. 杨方为司徒王导掾。著《五经钩沉》。

杨方生卒年不详。《晋书》卷六十八《杨方传》："杨方字公回。少好学，有异才。初为郡铃下威仪，公事之暇，辄读《五经》，乡邑未之知。内史诸葛恢见而奇之，待以门人之礼，由是始得周旋贵人间。时虞喜兄弟以儒学立名，雅爱方，为之延誉。恢尝遣方为文，荐郡功曹主簿。虞预称美之，送以示循。循报书曰：'此子开拔有志……其文甚有奇分，若出其胸臆，乃是一国所推……'循遂称方于京师。司徒王导辟为掾。"又本传："著《五经钩沉》。"丁国钧《补晋书艺文志》卷一："是书据方自序，见《中兴书目》，盖撰于太宁元年。《初学记》廿九引作《五经钩渊》，《白帖》九十六引作《五经钩深》。《旧唐志》同。"《晋书》本传言作于杨方任高梁太守时。今从丁国钧说，系于此。

26. 殷融为司徒左西属。

殷融生卒年未详。《世说新语・文学第四》刘孝标注引《中兴书》："殷融字洪远，陈郡人。桓彝有人伦鉴，见融甚叹美之……兄子浩亦能清言，每与浩谈，有时而屈，退而著论，融更居长。"《晋书》卷七十七《殷浩传》：浩"与叔父融俱好《老》、《易》"。《御览》卷二九〇引《晋中兴书》："殷融……司徒王导以为左西属。融饮酒善舞，终日啸咏，未尝以事务自婴，导甚相亲悦焉。"融任导司徒左西属，时间不详。按《东晋将相大臣年表》,导于本年四月至咸康四年五月任司徒,融于咸和三年已任庾亮司马(详后),是其任司徒左西属之上限在本年四月,其下限在咸和三年或三年前。

27. 许迈见郭璞。

迈生卒年未详。《晋书》卷八十《许迈传》:"许迈字叔玄,一名映,丹杨句容人也。家世士族,而迈少恬静,不慕仕进。未弱冠,尝造郭璞。璞为之筮,遇《泰》之《大畜》,其上六爻发。璞谓曰:'君元吉自天,宜学升遐之道。'时南海太守鲍靓隐迹潜遁,人莫之知。迈乃往候之,探其至要。父母尚存,未忍违亲。"张君房辑《云笈七签》卷一百六《许迈真人传》:"许迈……小名映……世为胄族,冠冕相承。映总角好道,潜志幽契……初师鲍靓受中部之法及三皇天文。"上述事时间未详,郭璞明年卒,姑系于此。

324 甲申

晋太宁二年　　　　成玉衡十四年
前赵光初七年　　　后赵六年
前凉张骏太元元年

纪瞻七十二岁。陶侃六十六岁。王敦五十九岁。孔愉五十七岁。慕容廆五十六岁。郗鉴五十六岁。卫铄五十三岁。应詹五十一岁。王导四十九岁。郭璞四十九岁。蔡谟四十四岁。卞壶四十四岁。葛洪四十二岁。卢谌四十岁。孔坦三十九岁。温峤三十七岁。庾亮三十六岁。庾冰三十四岁。何充三十三岁。庾怿三十二岁。司马绍二十六岁。范汪二十四岁。王述二十二岁。王允之二十二岁。王羲之二十二岁。王彪之二十岁。庾翼二十岁。张骏十八岁。谢尚十七岁。王濛十六岁。桓温十三岁。道安十三岁。袁乔十三岁。郗愔十二岁。孙绰十一岁。支遁十一岁。司马晞九岁。慕容儁六岁。司马昱五岁。谢安五岁。谢万五岁。郗昙五岁。司马衍四岁。司马岳三岁。王洽二岁。

1. 前凉张骏统任，任凉州牧。有《姑臧谣》。

《晋书》卷八十六《张骏传》："及统任，年十八。先是，愍帝使人黄门侍郎史淑在姑臧，左长史汜祎、右长史马谟等讽淑，令拜骏使持节、大都督、大将军、凉州牧、领护羌校尉、西平公……刘曜又使人拜骏凉州牧、凉王……骏之立也,姑臧谣曰……"《通鉴》卷九十三系骏任凉州牧于本年五月。

2. 司马绍阴察王敦营垒,作《讨钱凤诏》、《又诏》、《领军将军纪瞻为骠骑诏》、《报温峤手诏》、《原王彬等诏》、《听刘超买外厩牛诏》。

《晋书》卷六《明帝纪》:本年"正月丁丑,帝临朝,停飨宴之礼,悬而不乐……术人李脱造妖书惑众,斩于建康市……六月,敦将举兵内向,帝密知之,乃乘巴滇骏马微行,至于湖,阴察敦营垒而出。有军士疑帝非常人。又敦正昼寝,梦日环其城,惊起曰:'此必黄须鲜卑奴来也。'……于是使五骑物色追帝。帝亦驰去,马有遗粪,辄以水灌之。见逆旅卖食妪,以七宝鞭与之,曰:'后有骑来,要以此示也。'俄而追者至,问妪。妪曰:'去已远矣。'因以鞭示之。五骑传玩,稽留遂久。又见马粪冷,以为信远而止不追。帝仅而获免。"《讨钱凤诏》、《又诏》见本年第 3 条。《领军将军纪瞻为骠骑诏》见本年第 20 条。《报温峤手诏》见本年第 5 条。《原王彬等诏》见卷七十六《王彬传》:"敦平,有司奏彬及兄子安成太守籍之,并是敦亲,皆除名。诏曰……乃原之。"《听刘超买外厩牛诏》见《御览》卷八百二十八。详见本年第 13 条。

3. 王敦病笃,使钱凤等率众向京师。作《与王导书》。卒。

《晋书》卷九十八《王敦传》:"敦无子,养含子应。及敦病甚,拜应为武卫将军以自副……敦又忌周札,杀之而尽灭其族。常从督冉曾、公乘雄等为元帝腹心,敦又害之。以宿卫尚多,奏令三番休二。及敦病笃,诏遣侍中陈晷、散骑常侍虞駿问疾……敦以温峤为丹杨尹,欲使觇伺朝廷。峤至,具言敦逆谋。帝欲讨之,知其为物情所畏服,乃伪言敦死,于是下诏曰……又诏曰……敦病转笃,不能御众,使钱凤、邓岳、周抚等率众三万向京师……以含为元帅……乃上疏罪状温峤,以诛奸臣为名。含至江宁,司徒导遗含书曰……帝遣中军司马曹浑等击含于越城,含军败……凤等至京师,屯于水南。帝亲率六军以御凤,频战破之……"《与王导书》见本年第5条。

《晋书·王敦传》:"初,敦始病,梦白犬自天而下啮之,又见刁协乘轺车导从,瞋目令左右执之。俄而敦死,时年五十九。应秘不发丧,裹尸以席,蜡涂其外,埋于厅事中,与诸葛瑶等恒纵酒淫乐……有司议曰:'王敦滔天作逆,有无君之心,宜依崔杼、王凌故事,剖棺戮尸,以彰元恶。'于是发埋出尸,焚其衣冠,跽而刑之。敦、充首同日悬于南桁,观者莫不称庆。"据卷六《明帝纪》敦卒于本年七月。《晋书·王敦传》:"敦眉目疏朗,性简脱,有鉴裁,学通《左氏》,口不言财利,尤好清谈,时人莫知,惟族兄戎异之。经略指麾,千里之外肃然,而麾下扰而不能整。武帝尝召时贤共言伎艺之事,人人皆有所说,惟敦都无所关,意色殊恶。自言知击鼓,因振袖扬枹,音节谐韵,神气自得,傍若无人,举坐叹其雄爽。石崇以奢豪矜物,厕上常有十余婢侍列,皆有容色,置甲煎粉、沈香汁,有如厕者,皆易新衣而出。客多羞脱衣,而敦脱故著新,意色无怍。群婢相谓曰:'此客必能作贼。'又尝荒恣于色,体为之弊,左右谏之,敦曰:'此甚易耳。'乃开后阁,驱诸婢妾数十人并放之,时人叹异焉。"

《隋书》卷三十五《经籍志四》:"晋大将军《王敦集》十卷。"《全晋文》卷十八辑文十一篇,除已见上文者外,还有:《举贺循为贤良杜夷为方正疏》、《书》。

张怀瓘《书议》:"崔瑗、张芝……王敦……千百年间得其妙者,不越此十数人。各能声飞万里,荣耀百代。"《淳化阁帖》卷二辑有敦《蜡节帖》。《宣和书谱》卷十四:王敦"初以工书得家传之学,其笔势雄健……今御府所藏草书一:《蜡节帖》。"

4. 沈充率众与王含合,败归吴兴,被杀。

《晋书》卷九十八《王敦传》:"敦死……沈充自吴率众万余人至,与含等合。充司马顾飏说充曰……充不能用,飏逃归于吴。含复率众渡淮,苏峻等逆击,大败之,充亦烧营而退。"同卷《沈充传》:"明帝将伐敦,遣其乡人沈祯谕充,许以为司空。充谓祯曰:'三司具瞻之重,岂吾所任!币厚言甘,古人所畏,且丈夫共事,终始当同,宁可中道改易,人谁容我!'祯曰……充不纳……及败归吴兴,亡失道,误入其故将吴儒家。儒诱充内重壁中,因笑谓充曰:'三千户侯也。'充曰:'封侯不足贪也。尔以大义存我,我宗族必厚报汝。若必杀我,汝族灭矣。'儒遂杀之。"

《隋书》卷三十五。《经籍志四》:"梁有吴兴太守《沈充集》三卷……亡。"《宋书》卷十九《乐志一》:"《前溪哥》者,晋车骑将军沈充所制。"敦茂倩《乐府诗集》卷四十五引郗昂《乐府解题》:"《前溪》,舞曲也。"并载《前溪歌》七首。苏晋仁、萧炼子《宋书乐志校注》引《苕溪渔隐丛话》后集二:"于竞《大唐传》,湖州德清县南前溪村,则南朝集乐之处。今尚有数百家习音乐,江南声伎,多自此出,所谓舞出前溪也。"又引《太平寰宇记》九四:"〔湖州武康县〕前溪在县西一百步。前溪者,古永安县前之溪也,今德清县有后溪。邑人晋沈充家于此溪。乐府有《前溪曲》,则充之所制。"又引《历代诗话》二五:"余尝考前溪一名……前溪县属武康县,非属德清县也。"

《晋书》卷八十九《沈劲传》:"沈劲字世坚,吴兴武康人也。父充，与王敦构逆，众败而逃，为部曲将吴儒所杀。劲当作诛，乡人钱举匿之得免。其后竟杀仇人。”

5. 温峤令郭璞卜筮。补丹杨尹。奏王敦有异谋。加中垒将军，进号前将军。作《上言桓彝可宣城内史》。

《晋书》卷二十八《五行志中》：“温峤令郭景纯卜己与庾亮吉凶。景纯曰：‘元吉。’峤语亮曰：‘景纯每筮是，不敢尽言。吾等与国家同安危，而曰“元吉”，是事有成也。’于是协同讨灭王敦。”卷六十七《温峤传》：“敦阻兵不朝，多行陵纵，峤谏敦曰……敦不纳。峤知其终不悟，于是谬为设敬，综其府事，干说密谋，以附其欲。深结钱凤，为之声誉，每曰：‘钱世仪精神满腹。’峤素有知人之称，凤闻而悦之，深结好于峤。会丹杨尹缺，峤说敦曰：‘京尹辇毂喉舌，宜得文武兼能，公宜自选其才。若朝廷用人，或不尽理。’敦然之，问峤谁可作者。峤曰：‘愚谓钱凤可用。’凤亦推峤，峤伪辞之。敦不从，表补丹杨尹。峤犹惧钱凤为之奸谋，因敦饯别，峤起行酒，至凤前，凤未及饮，峤因伪醉，以手版击凤帻坠，作色曰：‘钱凤何人，温太真行酒而敢不饮！’敦以为醉，两释之。临去言别，涕泗横流，出閤复入，如是再三，然后即路。及发后，凤入说敦曰：‘峤于朝廷深密，而与庾亮深交，未必可信。’敦曰：‘太真昨醉，小加声色，岂得以此便相谗贰。’由是凤谋不行，而峤得还都，乃俱奏敦之逆谋，请先为之备。及敦构逆，加峤中垒军、将军、持节、都督东安北部诸军事。敦与王导书曰：‘太真别来几日，作如此事！’表诛奸臣，以峤为首。募生得峤者，当自拔其舌。及王含、钱凤奄至都下，峤烧朱雀桁以挫其锋，帝怒之，峤曰：‘今宿卫寡弱，征兵未至，若贼豕突，危及社稷，陛下何惜一桥。’贼果不得渡。峤自率众与贼夹水战，击王含，败之。复督刘遐追钱凤于江宁。事平，封建宁县开国公，赐绢五千四百匹，进号前将军。”卷八十一《刘遐传》：“王含反，遐与苏峻俱赴京都。含败，随丹杨尹温峤追含至于淮南，遐颇放兵掳掠。峤曰：‘天道助顺，故王含剿绝，不可因乱为乱也。’遐深自陈而拜谢。”《上言桓彝可宣城内史》见《晋书》卷七十四《桓彝传》：“及敦平……丹杨尹温峤上言……帝手诏曰……”

6. 应詹为护军将军。封观阳县侯，作《上疏让封观阳县侯》。任江州刺史。作《为江州临行上疏》。

《晋书》卷七十《应詹传》：“詹以王敦专制自树，故优游讽咏，无所标明。及敦作逆，明帝问詹计将安出。詹厉然慷慨曰：‘陛下宜奋赫斯之威，臣等当得负戈前驱，庶凭宗庙之灵，有征无战。如其不然，王室必危。’帝以詹为都督前锋军事、护军将军、假节，都督朱雀桥南……贼平，封观阳县侯，食邑一千六百户，赐绢五千匹。上疏让曰……不许。迁使持节、都督江州诸军事、平南将军、江州刺史。詹将行，上疏曰……时王敦新平，人情未安，詹抚而怀之，莫不得其欢心，百姓赖之。”

7. 王导领扬州刺史，进封始兴郡公，作《遗王含书》。

《晋书》卷六十五《王导传》：“王敦又举兵内向。时敦始寝疾，导便率弟子发哀，众闻，谓敦死，咸有奋志。及帝伐敦，假导节，都督诸军，领扬州刺史。敦平，进封始兴郡公，邑三千户，赐绢九千匹，进位太保，司徒如故，剑履上殿，入朝不趋，赞拜不名。固让。”《遗王含书》见本年第3条。

8. 郗鉴加卫将军，封高平侯。

《晋书》卷六十七《郗鉴传》：“既而钱凤攻逼京都，假鉴节，加卫将军、都督从驾诸军事。鉴以无益事实，固辞不受军号……鉴以尚书令领诸屯营。及凤等平，温峤上议，请宥敦佐吏，鉴以为先王崇君臣之教，故贵伏死之节；昏王之主，故开待放之门。王敦佐吏虽多逼迫，然居逆乱之朝，无出关之操，准之前训，宜加义责。又奏钱凤母年八十，宜蒙全宥。乃从之。封高平侯，赐绢四千八百匹。帝以其有器望，万机动静辄问之，乃诏鉴特草上表疏，以从简易。"卷六《明帝纪》，本年六月，鉴行卫将军，七月封高平侯。

9. 庾亮加左卫将军，都督东征诸军事。封永昌县公，作《让封永昌县公表》。

《晋书》卷七十三《庾亮传》："及敦举兵，加亮左卫将军，与诸将距钱凤。及沈充之走吴兴也，又假亮节、都督东征诸军事，追充。事平，以功封永昌县开国公，赐绢五千四百匹，固让不受。转护军将军。"据卷六《明帝纪》，本年六月庾亮领左卫将军；七月，封永昌县公，邑千八百户，绢五千四百匹；十月为护军将军。《让封永昌县公表》见《类聚》卷五十一。

10. 卞壶加中军将军，迁领军将军。

《晋书》卷七十《卞壶传》："王含之难，加中军将军。含灭，以功封建兴县公，寻迁领军将军。"据卷六《明帝纪》，本年六月壶加中军将军，七月封建兴县公。

11. 王邃还卫京师。其徐州刺史为刘遐所代。

《晋书》卷六《明帝纪》：本年六月，"征平北将军、徐州刺史王邃……还卫京师。"卷八十一《刘遐传》："事平……迁散骑常侍、监淮北军事、北中郎将、徐州刺史、假节，代王邃镇淮阴。"《明帝纪》系刘遐任徐州刺史于本年十月。邃以后事迹未详。《全晋文》卷二十一辑《书》一篇。

《淳化阁帖》卷三辑有晋海陵恭侯王邃书《张丞帖》。

《宣和书谱》卷七:“王邃失其世系……而世所传者特因其书尔。作行书有羲、献法,疑是其家子弟,故典刑具在,而后世虽断纸余墨,亦复宝之也。《婚事》一帖,尤为人所知,流传至今。观其布置婉媚,构结有法,定非虚得名。大抵字学之妙,晋人得之为多,而王氏之学尤盛焉。今御府所藏行书一:《婚事帖》。”

12. 郭璞被王敦所害。

《晋书》卷七十二《郭璞传》:“王敦之谋逆也,温峤、庾亮使璞筮之,璞对不决。峤、亮复令占己之吉凶,璞曰:‘大吉’。峤等退,相谓曰:‘璞对不了,是不敢有言,或天夺敦魄。今吾等与国家共举大事,而璞云大吉,是为举事必有成也。’于是劝帝讨敦。初,璞每言:‘杀我者山宗。’至是果有姓崇者构璞于敦。敦将举兵,又使璞筮。璞曰:‘无成’。敦固疑璞之劝峤、亮,又闻卦凶,乃问璞曰:‘卿更筮吾寿几何?’答曰:‘思向卦,明公起事,必祸不久。若住武昌,寿不可测。’敦大怒曰:‘卿寿几何?’曰:‘命尽今日日中。’敦怒,收璞,诣南冈斩之……时年四十九。及王敦平,追赠弘农太守。”据卷六《明帝纪》,敦于本年六月举兵,七月“愤惋而死”,璞被斩约在六七月间。

《晋书·郭璞传》:“璞撰前后筮验六十余事,名为《洞林》。又抄京、费诸家要最,更撰《新林》十篇、《卜韵》一篇。注释《尔雅》,别为《音义》、《图谱》。又注《三苍》、《方言》、《穆天子传》、《山海经》及《楚辞》、《子虚》、《上林》赋数十万言,皆传于世。所作诗、赋、诔、颂亦数万言。”《隋书》卷三十二《经籍志一》:“《毛诗拾遗》一卷,郭璞撰。梁又有《毛诗略》四卷,亡。”丁国钧《补晋书艺文志》卷一:“《夏小正注》,郭璞。谨按,见葛洪《神仙传》。"《隋书·经籍志一》:"《尔雅》五卷,郭璞注。"《旧唐书》卷四十六《经籍志上》存三卷,《新唐书》卷五十七《艺文志一》存一卷。《隋书·经籍志一》:"梁有《尔雅音》二卷,孙炎、郭璞撰。"《旧唐书·经籍志上》、《新唐书·艺文志一》、《经典释文》卷一《序录》均录葛洪撰《尔雅音义》一卷。《隋书·经籍志一》:"《尔雅图》十卷,郭璞撰。"《旧唐书·经籍志上》、《新唐书·艺文志一》均作一卷。《隋书·经籍志一》:"梁有《尔雅图赞》二卷,郭璞撰,亡……《方言》十三卷,汉扬雄撰,郭璞注…《三苍》三卷,郭璞注。秦相李斯作《苍颉篇》,汉扬雄作《训纂篇》,后汉郎中贾鲂作《滂喜篇》,故曰《三苍》。"《旧唐书·经籍志上》、《新唐书·艺文志一》均作"郭璞解"。《文选》卷八《上林赋》六臣注李善注引作《三苍注》,卷十《西征赋》李善注引作《三苍解诂》。《三苍注》、《三苍解诂》当为一书。《隋书》卷三十三《经籍志二》:"《穆天子传》六卷,汲冢书,郭璞注。"《旧唐书·经籍志上》误作郭璞撰。丁国钧《补晋书艺文志》卷二:"《汉书注》,郭璞。谨按,见颜氏《汉书叙例》。旧注云:'止注《相如传序》及游猎诗赋。'""《汉书音义》,郭璞。谨按,见李善《文选注》。"《文选注》引《汉书音义》有张晏、文颖等数家,注引各条未知属何家。《隋书·经籍志二》:"《山海经》二十三卷,郭璞注。"《旧唐书·经籍志上》:"《山海经》十八卷,郭璞撰。""撰"当作"注"。《新唐书》卷四十八《艺文志二》:"郭璞注《山海经》二十三卷。"丁国钧《补晋书艺文志》卷二:"《旧唐志》云十八卷,盖据刘秀校定之十八篇,编为一卷也。"《隋书·经籍志二》:"《水经》三卷,郭璞注。"《旧唐书·经籍志上》:"《水经》二卷,郭璞撰。""撰"字误。《隋书·经籍志二》:"《山海经图赞》二卷,郭璞注。"丁国钧《补晋书艺文志》卷二："'注'当为'撰'之讹。张彦远《历代名画记》载《山海经图》六，又钞图一，《大荒经图》二十六。"《隋书》卷三十四《经籍志三》："《周易新林》四卷，郭璞撰……《周易新林》九卷，郭璞撰。梁有《周易林》五卷，郭璞撰，亡。《易洞林》三卷，郭璞撰……《易八卦命录斗内图》一卷，郭璞撰。《易斗图》一卷，郭璞撰。"卷三十五《经籍志四》："《楚辞》三卷，郭璞注。"《旧唐书》卷四十七《经籍志下》、《新唐书》卷六十《艺文志四》均作十卷。《隋书·经籍志三》："晋弘农太守《郭璞集》十七卷，梁十卷，录一卷……梁有郭璞注《子虚》、《上林》赋一卷……亡。"《晋诗》卷十一辑郭璞诗三十首，除一首已见上文者外，其他为：《答贾九州愁诗》、《与王使君诗》、《答王门子诗》、《赠温峤诗》、《游仙诗》十九首、《幽思篇》、失题诗五首。《全晋文》卷一百二十至二十三辑文二十三篇，除已见上文者外，还有：《巫咸山赋并序》、《盐池赋》、《井赋》、《流寓赋》、《登百尺楼赋》、《蜜蜂赋》、《蚍蜉赋》、《龟赋》、《谏禁荻地疏》、《奏事》、《奏请平刑》、《尔雅叙》、《方言叙》、《注山海经叙》。另附《尔雅图赞》四十八条及《山海经图赞》上下二卷。

《晋书·郭璞传》："子骜，官至临贺太守。"

13. 刘超从明帝征钱凤，作《乞买外厩牛表》。

《晋书》卷七十《刘超传》："及钱凤构祸，超招合义士，从明帝征凤。事平，以功封零陵伯。超家贫，妻子不赡，帝手诏褒之，赐以鱼米，超辞不受。超后须纯色牛，市不可得，启买官外厩牛，诏便以赐之。"《乞买外厩牛表》见《御览》卷八百二十八。

14. 荀崧更封平乐伯。

《晋书》卷七十五《荀崧传》："以平王敦功，更封平乐伯。坐使威仪为猛兽所食,免职。”

15. 虞预赐爵西乡侯。

《晋书》卷八十二《虞预传》:“从平王含,赐爵西乡侯。”

16. 孔坦就职领军司马,王导请为别驾。

《晋书》卷七十八《孔坦传》:“久之,除领军司马,未赴召。会王敦反,与右将军虞潭俱在会稽起义,而讨沈充。事平,始就职。扬州刺史王导请为别驾。”

17. 干宝迁始安太守。

《晋书》卷八十二《干宝传》:“迁始安太守。”时间未详。卷九十四《翟汤传》:“司徒王导辟,不就,隐于县界南山。始安太守干宝与汤通家,遣船饷之,敕吏云:‘翟公廉让,卿致书讫,便委船还。’汤无人反致,乃货易绢物,因寄还宝。宝本以为惠,而更烦之,益愧叹焉。”按卷六《明帝纪》,王导于本年十月领司徒,司徒王导辟翟汤必在本年十月后,时宝已为始安太守。宝迁始安太守必在本年十月前。

18. 王允之父舒不乐允之早仕。

《晋书》卷七十六《王允之传》:“舒为荆州,允之随在西府。及敦平,帝欲令允之仕,舒请曰:‘臣子尚少,不乐早官。’”

19. 王彪之除佐著作郎、东海王文学。

《世说新语·轻诋第二十六》刘孝标注引《王氏谱》:“少有局榦之称。”《晋书》卷七十六《王彪之传》:“年二十,须鬓皓白,时人谓之王白须。初除佐著作郎、东海王文学。从伯导谓曰:‘选官欲以汝为尚书郎,汝幸可作诸王佐邪!’彪之曰:‘位之多少既不足计,自当任之于时。至于超迁,是所不愿。’遂为郎。”

20. 纪瞻自表还家,为骠骑将军,卒。

《晋书》卷六十八《纪瞻传》:“贼平,复自表还家,帝不许,固辞不起。诏曰……遣使就拜,止家为府。寻卒,时年七十二。册赠本官、开府仪同三司,谥曰穆,遣御史持节监护丧事。论讨王含功,追封华容子,降先爵二等,封次子一人亭侯。瞻性静默,少交游,好读书,或手自抄写,凡所著述,诗赋笺表数十篇。兼解音乐,殆尽其妙。厚自奉养,立宅于乌衣巷,馆宇崇丽,园池竹木,有足赏玩焉。慎行爱士,老而弥笃。尚书闵鸿、太常薛兼、广川太守河南褚沈、给事中宣城章辽、历阳太守沛国武嘏,并与瞻素疏,咸藉其高义,临终托后于瞻。瞻悉营护其家,为起居宅,同于骨肉焉。少与陆机兄弟亲善,及机被诛,赡恤其家周至,及嫁机女,资送同于所生。"据《建康实录》卷六,瞻卒于本年。

《全晋文》卷一百十三辑文六篇,除已见上文者外,还有:

《举秀才对策》、《劝进表》、《书》、《易太极论》。

《书小史》卷五:纪瞻"善行书。"《淳化阁帖》卷三辑有《粉香帖》。

《晋书·纪瞻传》:"长子景早卒。景子友嗣,官至廷尉。景弟鉴,太子庶子、大将军从事中郎,先瞻卒。"

21. 何充迁中书侍郎。

《晋书》卷七十七《何充传》:"寻属敦败,累迁中书侍郎。充即王导妻之姊子。充妻,明穆皇后之妹也。故少与导善,早历显官。尝诣导,导以麈尾指床呼充共坐,曰:'此是君坐也。'导缮扬州解舍,顾而言曰:'正为次道耳。'明帝亦友昵之。"

22. 王峤任越骑校尉。

《晋书》卷七十五《王峤传》:"(王)敦平后,除中书侍郎,兼大著作,固辞。转越骑校尉,频迁吏部郎、御史中丞、秘书监,领本州大中正。"峤迁吏部郎等职,确切时间不详,疑在本年或明年，姑系于此。

23. 王羲之起家秘书郎。

《晋书》卷八十《王羲之传》："起家秘书郎。"时间未详，疑在本年司马绍原王彬等诏之后。包世臣著《艺舟双楫·论书·十七帖疏证》云：太宁二年，"右军为秘书郎。"

24. 庾阐任西阳王羕掾。

《晋书》卷九十二《庾阐传》："后为太宰、西阳王羕掾。"时间不详。卷六《元帝纪》：永昌元年，"五月壬申，敦以太保西阳王羕为太宰。"卷七《成帝纪》："咸和元年……冬十月……免太宰、西阳王羕，降为弋阳县王。"是阐为西阳王羕掾，必在永昌元年五月至咸和元年十月间。又永嘉五年阐母卒至本年凡十九年，与本传所言母卒"垂二十年"不仕比较接近。姑系于此。

25. 谢尚善音乐，博综众艺。

《晋书》卷七十九《谢尚传》："及长，开率颖秀，辨悟绝伦，脱落细行，不为流俗之事。好衣刺文袴，诸父责之，因而自改，遂知名。善音乐，博综众艺。"上述诸事，时间不详，亦并非一年之事。暂系于此。

26. 杨方转东安太守。

《晋书》卷六十八《杨方传》："转东安太守。"时间未详，疑在任司徒掾之次年。

27. 羊固为明帝东宫僚属。

羊固生卒年未详。《世说新语·雅量第六》刘孝标注引《明帝东宫僚属名》："固字道安，太山人。"又注引《文字志》："固父坦，车骑长史。固善草、行，著名一时，避乱渡江，累迁黄门侍郎。褒其清俭，赠大鸿胪。"固迁黄门侍郎时间未详，为东宫僚属疑在本年前后。

28. 浙江上虞有太宁壁画墓。

中国美术全集编辑委员会编《中国美术全集》绘画编12墓室壁画第9页:“浙江上虞县东关在抗日战争时期发现东晋‘太宁壁画墓’,墓内残存着人物、凤鸟等彩绘形象。”具体年代未详,太宁凡三年,姑系于此。

325　乙酉

晋太宁三年　　成玉衡十五年
前赵光初八年　　后赵七年
前凉太元二年

陶侃六十七岁。孔愉五十八岁。慕容廆五十七岁。郗鉴五十七岁。卫铄五十四岁。应詹五十二岁。王导五十岁。蔡谟四十五岁。卞壸四十五岁。葛洪四十三岁。卢谌四十一岁。孔坦四十岁。温峤三十八岁。庾亮三十七岁。庾冰三十五岁。何充三十四岁。庾怿三十三岁。司马绍二十七岁。范汪二十五岁。王述二十三岁。王允之二十三岁。王羲之二十三岁。王彪之二十一岁。庾翼二十一岁。张骏十九岁。谢尚十八岁。王濛十七岁。桓温十四岁。道安十四岁。袁乔十四岁。郗愔十三岁。孙绰十二岁。支循十二岁。司马晞十岁。慕容儁七岁。司马昱六岁。谢安六岁。谢万六岁。郗昙六岁。司马衍五岁。司马岳四岁。王洽三岁。

1. 前凉张骏复收河南之地。

《晋书》卷八十六《张骏传》："寻承元帝崩问，骏大临三日。会有黄龙见于揟次之嘉泉，右长史氾祎言于骏曰：'案建兴之年，是少帝始起之号。帝以凶问，理应改易。朝廷越在江南，音问隔绝，宜因龙改号，以章休征。'不从……复收河南之地。"《通鉴》卷九十三系上述事于本年二月。

2. 卞壶作《周札赠谥议》、《群臣拜皇太子议》，领尚书令，作《奏论乐谟庾怡》、《拜敬保傅议》、《又奏》。

《周札赠谥议》见《晋书》卷五十八《周札传》："及敦死，札、莛故吏并诣阙讼周氏之冤，宜加赠谥。事下八坐，尚书卞壶议以……司徒王导议以……尚书令郗鉴议曰……导重议曰……鉴又驳不同，而朝廷竟从导议。"《通鉴》卷九十三系上述事于本年二月。《群臣拜皇太子议》见《晋书》卷二十一《礼志下》："太宁三年三月戊辰，明帝立皇子衍为皇太子。癸巳，诏曰……尚书令卞壶议……从之。"《奏论乐谟庾怡》见卷七十《卞壶传》："明帝不豫，领尚书令，与王导等俱受顾命辅幼主。复拜右将军，加给事中、尚书令。帝崩，成帝即位，群臣进玺，司徒王导以疾不至。壶正色于朝曰……导闻之，乃舆疾而至。皇太后临朝，壶与庾亮对直省中，共参机要。时召南阳乐谟为郡中正，颍川庾怡为廷尉评。谟、怡各称父命不就。壶奏曰……朝议以为然。"《拜敬保傅议》、《又奏》见本年第8条。

3. 王导作《议追赠周札》、《重议周札赠议》。受遗诏，辅太子，录尚书事。

《议追赠周札》、《重议周札赠议》见本年第2条。受遗诏见本年第7条。《晋书》卷七《成帝纪》：本年"九月癸卯，皇太后临朝称制。司徒王导录尚书事。"卷七十三《庾亮传》："时王导辅政，主幼时艰，务存大纲，不拘细目。"

4. 郗鉴作《周札加赠议》、《又驳》。迁车骑将军，受遗诏，进位车骑大将军，加散骑常侍。

《周札加赠议》见本年第 2 条。《又驳》载《晋书》卷六十七《郗鉴传》:“王导议欲赠周札官,鉴以为不合……导不从。鉴于是驳之曰……朝臣虽无以难,而不能从。俄而迁车骑将军、都督徐兖青三州军事、兖州刺史、假节,镇广陵。寻而帝崩,鉴与王导……并受遗诏,辅少主,进位车骑大将军、开府仪同三司,加散骑常侍。”卷六《明帝纪》本年七月,郗鉴迁车骑将军。

5. 慕容廆攻克宇文乞得龟。

《晋书》卷一百八《慕容廆载记》:“石勒遣使通和,廆距之,送其使于建邺。勒怒,遣宇文乞得龟击廆,廆遣皝距之……攻乞得龟,克之,悉虏其众。乘胜拔其国城,收其资用亿计,徙其人数万户以归。”《通鉴》卷九十三系上述事于本年二月。

6. 虞喜被征博士,不就。

喜生卒年不详。《晋书》卷九十一《虞喜传》:“虞喜字仲宁,会稽余姚人,光禄潭之族也。父察,吴征虏将军。喜少立操行,博学好古。诸葛恢临郡,屈为功曹。察孝廉,州举秀才,司徒辟,皆不就。元帝初镇江左,上疏荐喜。怀帝即位,公车征拜博士,不就。喜邑人贺循为司空,先达贵显,每诣喜,信宿忘归,自云不能测也。太宁中,与临海任旭俱以博士征,不就。复下诏曰……喜辞疾不赴。”据卷六《明帝纪》,本年三月“癸巳,征处士临海任旭、会稽虞喜并为博士”。

7. 司马绍诏阮孚等增益太乐并鼓吹令。作《诏议廷臣见太子礼》、《祀孔子诏》、《复征任旭虞喜为博士诏》、《令宰臣等诣都议政诏》、《求直言诏》、《议立功臣后诏》、《议北郊及望秩诏》、《立吴名臣后诏》、《遗诏》、《遗诏陆晔录尚书事》。卒。

《宋书》卷十九《乐志一》:“江左初立宗庙……于时以无雅乐

器及伶人，省太乐并鼓吹令……明帝太宁末，又诏阮孚等增益之。”《诏议廷臣见太子礼》见本年第 2 条。《祀孔子诏》见《通典》卷五十三：“明帝太宁末三月昭……”《复征任旭虞喜为博士诏》见本年第 6 条。《令宰臣等诣都议政诏》等六诏见《晋书》卷六《明帝纪》。《令宰臣等诣都议政诏》、《求直言诏》作于本年四月。《议立功臣后诏》、《议北郊及望秩诏》作于本年七月。《录吴名臣后诏》作于本年八月。《遗诏》作于本年闰八月。《遗诏陆晔录尚书事》见卷七十七《陆晔传》：“帝不豫，晔与王导……并受顾命，辅皇太子，更入殿将兵直宿。遗诏曰……”《明帝纪》：本年八月闰月，“壬午，帝不悆，召太宰、西阳王羕，司徒王导，尚书令卞壶，车骑将军郗鉴，护军将军庾亮，领军将军陆晔，丹阳尹温峤并受遗诏，辅太子……戊子，帝崩于东堂，年二十七，葬武平陵，庙号肃祖。”《元和郡县图志》卷二十五上元县：“明帝绍武平陵……在县北六里鸡笼山。”

《世说新语·方正第五》刘孝标注引《高逸沙门传》：明帝“游心玄虚，托情道味，以宾友礼待法师。”

《全晋文》卷九辑文二十九篇，其中《存轻典诏》为北齐武成帝所作，严氏误收。其他除已见前文者外，还有：《蝉赋》、《书》。《书断下》：“王导字茂弘……元、明二帝并工书，皆推难于茂弘。”《淳化阁帖》卷一辑有《墓次安隐帖》。

《历代名画记》卷五：“明帝司马绍……及长，善书画，有识鉴，最善画佛像。蔡谟集云：帝画佛于乐贤堂。经历寇乱，而堂独存。显宗効著作为颂……谢云：虽略于形色，颇得神气，笔迹超越。”原注：“彦远曾见晋帝《毛诗图》。旧目云：羊欣题字。验其迹，乃子敬也。《豳诗七月图》、《毛诗图》二、《列女》

二、《史记列女图》二、《杂鸟兽》五、《游清池图》、《息徒兰圃图》、《杂畏鸟图》、《洛神赋图》、《游猎图》、《杂禽兽图》、《东王公西王母图》、《洛中贵戚图》、《穆王宴瑶池图》、《汉武回中图》、《瀛州神图》、《人物风土图》传于代。又画《列女》、《禹会涂山》、《殷汤伐桀图》。"庾阐《乐贤堂颂序》:"肃宗明皇帝雅好佛道,手摹灵像。"《贞观公私画史》载司马绍画有:"《史记列士图》、《息徒兰圃图》、《洛神赋图》(原注:以上三卷梁《太清目》中所有,余皆所无。)、《穆天子燕瑶池图》、《汉武回中图》、《畋游图》(原注:梁《太清目》有《游猎图》,恐是此。)、《瀛州神仙图》、《杂人风土图》。"以上"八卷,晋明帝画,隋朝官本。"

8. 司马衍为皇太子。即皇帝位。有《拜敬保傅诏》。

《晋书》卷七《成帝纪》:"太宁三年三月戊辰,立为皇太子。闰月戊子,明帝崩。己丑,太子即皇帝位……尊皇后庾氏为皇太后。"《拜敬保傅诏》见《通典》卷六十七:"晋成帝诏曰:'曲陵公(礼按:荀崧)等,宣力前朝,致勋皇家,以德义优弘,兼保傅朕躬……'尚书令卞壶等奏曰……壶又奏……"《晋书》卷七十五《荀崧传》:"太宁初,加散骑常侍,后领太子太傅。"卞壶于本年任尚书令,是诏当作于本年。

9. 前赵刘曜立皇后刘氏。

《晋书》卷一百三《刘曜载记》:"时有凤皇将五子翔于故未央殿五日,悲鸣不食皆死。曜立后刘氏。"《通鉴》卷九十三系曜立皇后刘氏于本年三月。

10. 陶侃任征西大将军、荆州刺史。

《晋书》卷六十六《陶侃传》:"及王敦平,迁都督荆、雍、益、梁州诸军事,领护南蛮校尉、征西大将军、荆州刺史,余如故。楚郢士女莫不相庆。侃性聪敏,勤于吏职,恭而近礼,爱好人伦。终日敛膝危坐,阃外多事,千绪万端,罔有遗漏。远近书疏,莫不手答,笔翰如流,未尝壅滞。引接疏远,门无停客。常语人曰:'大禹圣者,乃惜寸阴,至于众人,当惜分阴,岂可逸游荒醉,生无益于时,死无闻于后,是自弃也。'诸参佐或以谈戏废事者,乃命取其酒器、蒱博之具,悉投之于江,吏将则加鞭扑,曰:'樗蒱者,牧賭奴戏耳!《老》、《庄》浮华,非先王之法言,不可行也。君子当正其衣冠,摄其威仪,何有乱头养望自谓宏达邪!'有奉馈者,皆问其所由。若力作所致,虽微必喜,慰赐参倍;若非理得之,则切厉诃辱,还其所馈。尝出游,见人持一把未熟稻,侃问:'用此何为?'人云:'行道所见,聊取之耳。'侃大怒曰:'汝既不田,而戏贼人稻!'执而鞭之。是以百姓勤于农殖,家给人足。时造船,木屑及竹头悉令举掌之,咸不解所以。后正会,积雪始晴,听事前余雪犹湿,于是以屑布地。及桓温伐蜀,又以侃所贮竹头作丁装船。其综理微密,皆此类也。"卷六《明帝纪》系侃任征西大将军、荆州刺史于本年五月。

11. 荀崧录尚书事。

《晋书》卷七十五《荀崧传》:"后拜金紫光禄大夫、录尚书事,散骑常侍如故。迁右光禄大夫、开府仪同三司,录尚书如故。又领秘书监,给亲兵百二十人。年虽衰老,而孜孜典籍,世以此嘉之。"卷六《明帝纪》:本年八月,"闰月,以尚书左仆射荀崧为光禄大夫、录尚书事。"

12. 温峤作《请原王敦佐吏疏》、《奏军国要务七事》。受遗诏。作《毁庙议》。

《请原王敦佐吏疏》、《奏军国要务七事》见《晋书》卷六十七《温峤传》:"时制王敦纲纪除名,参佐禁固,峤上疏曰……帝从之。是时天下凋弊，国用不足，诏公卿以下诣都坐论时政之所先，峤因奏军国要务……议奏，多纳之。帝疾笃，峤与王导、郗鉴、庾亮、陆晔、卞壸等同受顾命。”《毁庙议》见《通典》卷四十八：“明帝崩，祠部以庙过七室，欲毁一庙；又正室窄狭，欲权下一帝。温峤议……”

13. 庾亮受遗诏，加给事中，徙中书令。

《晋书》卷七十三《庾亮传》：“及帝疾笃，不欲见人，群臣无得进者。抚军将军南顿王宗、右卫将军虞胤等，素被亲爱，与西阳王羕将有异谋。亮直入卧内见帝，流涕不自胜。既而正色陈羕与宗等谋废大臣，规共辅政，社稷安否，将在今日。辞旨切至，帝深感悟，引亮升御坐，遂与司徒王导受遗诏辅幼主。加亮给事中，徙中书令。太后临朝，政事一决于亮。先是王导辅政，以宽和得众；亮任法裁物，颇以此失人心。”卷七《成帝纪》：本年“九月癸卯，皇太后临朝称制……中书令庾亮参辅朝政。”皇太后即亮妹。

14. 丁潭任散骑常侍、侍中。

《晋书》卷七十八《丁潭传》：“成帝践阼，以为散骑常侍、侍中。”

15. 何充迁给事黄门侍郎。

《晋书》卷七十七《何充传》：“成帝即位，迁给事黄门侍郎。”

16. 刘超迁射声校尉。

《晋书》卷七十《刘超传》：“出为义兴太守。未几，征拜中书侍郎。拜受往还，朝廷莫有知者。会帝崩，穆后临朝，迁射声校尉。时军校无兵，义兴人多义随超，因统其众以宿卫，号为‘君子营’。”

17. 庾阐作《乐贤堂颂并序》。

《全晋文》卷三十八辑庾阐《乐贤堂颂并序》。《序》曰：“肃宗明皇帝……”当作于本年八月闰月明帝卒后。

18. 阮孚等增益登歌之乐。

孚生平不详。《隋书》卷十五《音乐志下》:“江左之初,典章堙紊,贺循为太常卿,始有登歌之乐。太宁末,阮孚等又增益之。”

19. 有《张镇墓碑志》。

《文博通讯》1979 年第 27 期载邹厚本《东晋张镇墓碑志考释》:“《张镇墓碑志》于一九七九年九月于吴县角直镇南张陵山四号墓(张镇夫妇合葬墓)内出土……碑志青石制成……两面都用细线分横、竖各七格,格内刻碑志文,每面四十九个字……书体为楷隶。正面碑志文:‘晋故散骑长侍、建威将军、苍梧、吴二郡太守、奉车都尉、兴道县德侯,吴国吴张镇字羲远之郭。夫人晋始安太守嘉兴徐庸之姊。’反面碑志文:‘太宁三年,太岁在乙酉,侯年八十薨。世为冠族,仁德隆茂,仕晋元、明,朝野宗重,夫人贞贤,亦时良媛,千世邂逅。有见此者,幸愍焉。’”

20. 杨方迁司徒参军事。

《晋书》卷六十八《杨方传》:“迁司徒参军事。”时间未详,疑在本年前后。

21. 谢尚为司徒王导掾。能作《鸲鹆舞》。

《晋书》卷七十九《谢尚传》:“司徒王导深器之,比之王戎,常呼为‘小安丰’,辟为掾。袭父爵咸亭侯。始到府通谒,导以其有胜会,谓曰:‘闻君能作《鸲鹆舞》,一坐倾想,宁有此理不?’尚曰:‘佳。’便著衣帻而舞。导令坐者抚掌击节,尚俯仰在中,旁若无人,其率诣如此。”《世说新语·任诞第二十三》注引《语林》:“谢镇西酒后,于槃案间,为洛市肆工《鸲鹆舞》,甚佳。”尚辟为司徒掾诸事,时间不详,姑系于十八岁时。

22. 辽宁朝阳袁台子有石椁墓壁画。

《文物》1984年第6期载辽宁省博物馆文物队等撰《朝阳袁台子东晋壁画墓》:"1982年10月,辽宁省朝阳县十二台营子公社袁台子大队……发现一座古墓……是一座东晋石椁壁画墓……于同年八月初开始发掘,当月底结束。""袁台子东晋墓室内的石壁表面……以红、黄、绿、赭、黑等色绘制壁画。主要内容有门吏、主人像和出猎、宅第、庖厨、奉食、宴饮、牛耕、四神、日月星云等图像。""袁台子墓的相对年代,当在东晋的四世纪初至四世纪中叶。"并附有仕女图、牛车图、车骑图、狩猎图、青龙朱雀图、墓主人图、牛耕图、奉食图、白虎朱雀图、门吏图、膳食图、屠宰图、庭园图、夫妇图、太阳图、月亮图、玄武图、甲士骑马图、黑熊图、流云图等二十幅图摩本。

326 丙戌

晋成帝司马衍咸和元年　　成玉衡十六年
前赵光初九年　　后赵八年
前凉太元三年

陶侃六十八岁。孔愉五十九岁。慕容廆五十八岁。郗鉴五十八岁。卫铄五十五岁。应詹五十三岁。王导五十一岁。蔡谟四十六岁。卞壸四十六岁。葛洪四十四岁。卢谌四十二岁。孔坦四十一岁。温峤三十九岁。庾亮三十八岁。庾冰三十六岁。何充三十五岁。庾怿三十四岁。范汪二十六岁。王述二十四岁。王允之二十四岁。王羲之二十四岁。王彪之二十二岁。庾翼二十二岁。张骏二十岁。谢尚十九岁。王濛十八岁。桓温十五岁。道安十五岁。袁乔十五岁。郗愔十四岁。孙绰十三岁。支遁十三岁。司马晞十一岁。慕容儁八岁。司马昱七岁。谢安七岁。谢万七岁。郗昙七岁。司马衍六岁。司马岳五岁。王洽四岁。

1. 郗鉴领徐州刺史。

《晋书》卷七《成帝纪》：本年六月，"癸酉，以车骑将军郗鉴领徐州刺史。"

2. 虞预作《致雨议》。

《晋书》卷八十二《虞预传》："咸和初，夏旱，诏众官各陈致雨之意。预议曰……”《建康实录》卷七《显宗成皇帝》:本年六月不雨至于十一月。

3. 卞壸奏王导亏法从私,斥贵游子弟慕王澄、谢鲲。

《晋书》卷七十《卞壸传》:“是时王导称疾不朝,而私送车骑将军郗鉴,壸奏以导亏法从私,无大臣之节。御史中丞钟雅阿挠王典,不加准绳,并请免官。虽事寝不行,举朝震肃。壸断裁切直,不畏强御,皆此类也。”《世说新语·赏誉第八》注引邓粲《晋纪》:“咸和中,贵游子弟能谈嘲者,慕王平子、谢幼舆等为达。壸厉色于朝曰:‘悖礼伤教,罪莫斯甚! 中朝倾覆,实由于此!’欲奏治之。王导、庾亮不从,乃止。其后皆折节为名士。”《通鉴》卷九十三系上述事于本年六月。

4. 应詹作《疾笃与陶侃书》,卒。

《晋书》卷七十《应詹传》:“疾笃,与陶侃书曰……以咸和六年(礼按:‘六年’当作‘元年’,详见 317 年第 24 条)卒,时年五十三。册赠镇南大将军、仪同三司,谥曰烈,祠以太牢。”《通鉴》卷九十三:本年七月癸丑,应詹卒。《隋书》卷三十三《经籍志二》:“《沔南故事》三卷,应思远撰。”《新唐书》卷五十八《艺文志二》作“应詹《江南故事》三卷”。《旧唐书》卷四十六《经籍志上》亦作《江南故事》三卷,未著撰者。《隋书》卷三十五《经籍志四》:“梁……有……晋镇南大将军《应詹集》五卷,亡。”《旧唐书》卷四十七《经籍志下》作三卷。《全晋文》卷三十五辑文七篇,除已见前文者外,还有:《荐韦泓于元帝》、《启呈杜弢书并上言》。《书小史》卷五:“应詹字思远……善草书。”《宣和书谱》卷十六:“思远,史亡其系。作章草,字肥,整整斜斜,直有晋人风度……字虽肥而气古,书虽章而法完,所谓得其肉而善学者也……今御府所藏章草一:《清佳帖》。”

《述书赋上》："思远则藁草悬解，笔墨无在。真率天然，忘情罕逮。犹群雀之飞广厦，小鱼之戏大海。"

《晋书·应詹传》："子玄嗣，位至散骑侍郎。玄弟诞，有器榦，历六郡太守、龙骧将军，追赠冀州刺史。"

5. 庾亮决事禁中，诛南顿王宗，辞父赠官母封乡君。

《晋书》卷二十七《五行志上》："咸和元年……嗣主幼冲，母后称制，庾亮以元舅决事禁中。"卷七十三《庾亮传》："先帝遗诏褒进大臣，而陶侃、祖约不在其例。侃、约疑亮删除遗诏，并流怨言。亮惧乱，于是出温峤为江州，以广声援，修石头以备之。会南顿王宗复谋废执政，亮杀宗而废宗兄羕。宗，帝室近属；羕，国族元老，又先帝保傅。天下咸以亮翦削宗室。琅邪人卞咸，宗之党也，与宗俱诛。咸兄阐亡奔苏峻，亮符峻送阐，而峻保匿之。"据卷七《成帝纪》，亮诛宗在十月。卷九十三《庾琛传》："卒官，以后父追赠左将军，妻毌丘氏追封乡君，子亮陈先志不受。"又卷三十二《明穆庾皇后传》："咸和元年，有司奏请追赠后父及夫人毌丘氏，后陈让不许，三请不从。"

6. 温峤任平南将军、江州刺史，作《陈便宜疏》。用毕卓为平南长史。作《举荀崧为秘书监表》。

《晋书》卷六十七《温峤传》："时历阳太守苏峻藏匿亡命，朝廷疑之。征西将军陶侃有威名于荆、楚，又以西夏为虞，故使峤为上流形援。咸和初，代应詹为江州刺史、持节、都督、平南将军，镇武昌，甚有惠政，甄异行能，亲祭徐孺子之墓。又陈'豫章十郡之要，宜以刺史居之……'诏不许。在镇见王敦画像，曰：'敦大逆，宜加斲棺之戮，受崔杼之刑。古人阖棺而定谥，《春秋》大居正，崇王父之命，未有受戮于天子而图形于群下。'命削去之。"卷七《成帝纪》系峤任平南将军、江州刺史于本年八月。卷四十九《毕卓传》:“毕卓字茂世……太兴末,为吏部郎,常饮酒废职。比舍郎酿熟,卓因醉夜至其瓮间盗饮之,为掌酒者所缚,明旦视之,乃毕吏部也,遽释其缚。卓遂引主人宴于瓮侧,致醉而去。卓尝谓人曰:‘得酒满数百斛船,四时甘味置两头,右手持酒杯,左手持蟹螯,拍拂酒船中,便足了一生矣。’”《世说新语·任诞第二十三》刘孝标注引《晋中兴书》:“温峤素知爱卓,请为平南长史。”《举荀崧为秘书监表》见《通典》卷二十六、《御览》卷二百三十三。当作于本年。详见本年第23条。

7. 王允之随父舒至会稽。

《晋书》卷七十六《王允之传》:“帝许随舒之会稽。”《通鉴》卷九十三:本年八月,“尚书仆射王舒为会稽内史。”

8. 前凉张骏遣使于成,与李雄修好。

《十六国春秋辑补》卷六十九《前凉录三·张骏录》:本年“九月,雨冰,状若丝纩,皆箸草。骏惧为刘曜所逼,使将军宋辑、魏纂将兵徙陇西南安二千余家于姑臧。使聘于李雄修邻好。”

9. 梅陶作《赠温峤诗》,私奏女妓,为钟雅所弹劾。

《赠温峤诗》见《晋诗》卷十二,诗中有“帝曰尔阻,往镇江土。俾尔旄麾,授尔齐斧”等句,当作于本年温峤往镇武昌时。《晋书》卷七十《钟雅传》:“明帝崩……时国丧未期,而尚书梅陶私奏女妓,雅劾奏曰:‘……陶无大臣忠慕之节,家庭侈靡,声妓纷葩,丝竹之音,流闻衢路,宜加放黜,以整王宪。请下司徒,论证清议。’穆后临朝,特原不问。”又卷六十二《祖纳传》:“时梅陶及钟雅数说余事,纳辄困之,因曰:‘君汝颍之士,利如锥;我幽冀之士,钝如槌。持我钝槌,捶君利锥,皆当摧矣。'陶、雅并称'有神锥,不可得槌'。"上述事时间未详,姑附于此。

10. 司马岳为吴王。

《晋书》卷七《成帝纪》:本年十月,"己巳,封皇弟岳为吴王。"

11. 王导加大司马。

《晋书》卷六十五《王导传》:"及石勒侵阜陵,诏加导大司马、假黄钺,出讨之。军次江宁,帝亲饯于郊。俄而贼退,解大司马。"据卷七《成帝纪》,本年十一月石勒将侵阜陵。

12. 刘超遭母忧去官。

《晋书》卷七十《刘超传》:"咸和初,遭母忧去官,衰服不离身,朝夕号泣,朔望辄步至墓所,哀感路人。"

13. 孔坦迁尚书左丞。

《晋书》卷七十八《孔坦传》:"咸和初,迁尚书左丞,深为台中之所敬惮。"

14. 前燕慕容廆加侍中。

《十六国春秋辑补》卷二十三《前燕录一·慕容廆录》:"咸和元年,加廆侍中,位特进。"

15. 司马晞拜散骑常侍。

《晋书》卷六十四《武陵威王晞传》:"咸和初,拜散骑常侍。后以湘东增武陵国,除左将军,迁镇军将军,加散骑常侍。"以湘东增武陵国诸事,时间未详,今一并系于此。《世说新语·黜免第二十八》刘孝标注引《司马晞传》:"少不好学,尚武凶恣。"

16. 司马昱作《出继为母服表》。

《晋书》卷三十二《简文宣郑太后传》:"咸和元年薨,简文帝时为琅邪王,制服重。有司以王出继,宜降所生,国臣不能匡正，奏免国相诸葛颐。王上疏曰……明穆皇后不夺其志。”

17. 干宝任司徒右长史。

《晋书》卷八十二《干宝传》：“王导请为司徒右长史。”萧子显撰《南齐书》卷十六《百官志》：“晋世王导为司徒，右长史干宝撰立《官府职仪》已具。”宝任右长史时间未详。太宁二年十月王导始领司徒，时宝仍任始安太守，是宝任右长史必在二年十月后，姑系于此。

18. 杨方上补高梁太守。

《晋书》卷六十八《杨方传》：“方在都邑，搢绅之士咸厚遇之，自以地寒，不愿久留京师，求补远郡，欲闲居著述。导从之，上补高梁太守。在郡积年，著《五经钩沈》，更撰《吴越春秋》，并杂文笔，皆行于世。”方补高梁太守，时间未详，疑在任司徒参军后不久。

19. 羊固拜临海太守。

《世说新语·雅量第六》：“羊曼拜丹阳尹，客来蚤者，并得佳设。日晏渐罄，不复及精，随客早晚，不问贵贱。羊固拜临海，竟日皆美供。虽晚至，亦获盛馔。时论以固之丰华，不如曼之真率。”固拜临海太守时间未详，疑与曼任丹阳尹时间相近，故相比论列。《东晋将相大臣年表》系曼任丹阳尹于本年。固本年后事迹不详。

20. 庾翼荐桓温。

《晋书》卷七十三《庾翼传》：“京兆杜乂、陈郡殷浩并才名冠世，而翼弗之重也，每语人曰：‘此辈宜束之高阁，俟天下太平，然后议其任耳。’见桓温总角之中，便期之以远略，因言于成帝曰：‘桓温有英雄之才，愿陛下勿以常人遇之，常婿畜之，宜委以方邵之任，必有弘济艰难之勋。”上述诸事，时间未详，盖在本年成帝继位后。

21. 庾阐迁尚书郎，作《扬都赋》。

《晋书》卷九十二《庾阐传》："累迁尚书郎。"时间未详，疑在本年西阳王羕降为弋阳县王之后。又本传："又作《扬都赋》为世所重。"《世说新语·文学第四》："庾阐始作《扬都赋》，道温、庾云：'温挺义之标，庾作民之望。方响则金声，比德则玉亮。'庾公闻赋成，求看，兼赠贶之。阐更改'望'为'俊'，以'亮'为'润'云。"注："为《扬都赋》，邈绝当时。"余嘉锡《笺疏》："《扬都赋》……载入《全晋文》三十八。但《真诰握真辅第一》引有两节二百余字，竟漏未辑入……《类林杂说》七《文章篇》曰：'庾阐作《扬都赋》未成，出妻。后更娶谢氏，使于午夜以燃镫于瓮中。仲初思至，速火来，即为出镫。因此赋成，流于后世。'亦见敦煌写本《残类书弃妻篇》，均不言出于何书。"又《文学第四》："庾仲初作《扬都赋》成，以呈庾亮。亮以亲族之怀，大为其名价云：可三《二京》，四《三都》。'于此人人竞写，都下纸为之贵。谢太傅云：'不得尔。此是屋下架屋耳，事事拟学，而不免俭狭。'"《扬都赋》写作时间未详。庾亮于苏峻之难后，不在建康，先后出镇芜湖、武昌，据此推测，赋可能作于明年苏峻之难前，姑系于此。

22. 葛洪补州主簿。

《晋书》卷七十二《葛洪传》："咸和初，司徒导召补州主簿，转司徒掾，迁咨议参军。"转司徒掾、迁咨议参军，时间未详，姑一并系于此。

23. 张亢领佐著作郎，作《历赞》。

《晋书》卷五十五《张亢传》："秘书监荀崧举亢领佐著作郎……述《历赞》一篇，见《律历志》。"汤球辑王隐《晋书》卷七

《张亢传》:"张载弟……名亢。依蔡邕注《明堂月令中台要解》,又缀诸说历数,而为《历赞》。秘书监荀崧见《赞》异之,云:'信该罗历表义矣。'"据《晋书》卷七十五《荀崧传》,崧于苏峻反前至咸和三年卒任秘书监,亢领佐著作郎、作《历赞》当在其间。姑系于此。《晋书》卷十六至十八《律历志》无《历赞》。《晋书》卷五十五《张亢传》言"见《律历志》",误。

24. 王峤任庐陵太守。

《晋书》卷七十五《王峤传》:"咸和初,朝议欲以峤为丹杨尹。峤以京尹望重,不宜以疾居之,求补庐陵郡,乃拜峤庐陵太守。以峤家贫,无以上道,赐布百匹,钱十万。寻卒官,谥曰穆。"峤卒确切时间不详,疑在本年或明年。

《隋书》卷三十五《经籍志四》:"晋太仆卿《王峤集》八卷。"

《晋书·王峤传》:"子淡嗣。"

327　丁亥

晋咸和二年　　成玉衡十七年
前赵光初十年　　后赵九年
前凉太元四年

陶侃六十九岁。孔愉六十岁。慕容廆五十九岁。郗鉴五十九岁。卫铄五十六岁。王导五十二岁。蔡谟四十七岁。卞壸四十七岁。葛洪四十五岁。卢谌四十三岁。孔坦四十二岁。温峤四十岁。庾亮三十九岁。庾冰三十七岁。何充三十六岁。庾怿三十五岁。范汪二十七岁。王述二十六岁。王允之二十五岁。王羲之二十五岁。王彪之二十三岁。庾翼二十三岁。张骏二十一岁。谢尚二十岁。王濛十九岁。桓温十六岁。道安十六岁。袁乔十六岁。郗愔十五岁。孙绰十四岁。支遁十四岁。司马晞十二岁。慕容儁九岁。司马昱八岁。谢安八岁。谢万八岁。郗昙八岁。司马衍七岁。司马岳六岁。王洽五岁。

1. 前凉张骏复称晋大将军、凉州牧。遣将攻讨秦州诸郡，大败。

《十六国春秋辑补》卷六十九《前凉录三·张骏录》：本年"夏五月，骏闻刘曜军为后赵石勒所败，乃去曜官爵，复称晋大将军、凉州牧。"《晋书》卷八十六《张骏传》："咸和初，骏遣武威太守窦涛、金城太守张阆、武兴太守辛岩、扬烈将军宋辑等率众东会韩璞，攻讨秦州诸郡。曜遣其将刘胤来距，屯于狄道城。韩璞进度沃干岭……积七十余日，军粮竭，遣辛岩督运于金城。胤闻之，大悦，谓其将士曰……众咸奋。于是率骑三千，袭岩于沃干岭，败之，璞军遂溃，死者二万余人。面缚归罪，骏曰：'孤之罪也，将军何辱！'皆赦之。胤乘胜追奔，济河，攻陷令居，入据振武，河西大震。骏遣皇甫该御之，赦其境内。"《通鉴》卷九十三系骏大败于本年十月。

2. 前赵刘曜略河南地。

《晋书》卷七《成帝纪》：本年"冬十月，刘曜使其子胤侵枹罕，遂略河南地。"

3. 庾亮作《报温峤书》，假节率军讨苏峻。

《晋书》卷七十三《庾亮传》："峻又多纳亡命，专用威刑。亮知峻必为祸乱，征为大司农。举朝谓之不可，平南将军温峤亦累书止之，皆不纳。峻遂与祖约俱举兵反。温峤闻峻不受诏，便欲下卫京都，三吴又欲起义兵，亮并不听，而报峤书曰……既而峻将韩晃寇宣城，亮遣距之，不能制。峻乘胜至于京都。诏假亮节，都督征讨诸军事。"卷七《成帝纪》：本年十二月"庚申，京师戒严。假护军将军庾亮节，为征讨都督。"《世说新语·容止第十四》刘孝标注引《中兴书》："初，庾亮欲征苏峻，卞壸不许。温峤及三吴欲起兵卫帝室，亮不听，下制曰：'妄起兵者诛！'故峻得作乱京邑也。"

4. 王导止庾亮征苏峻。

《晋书》卷六十五《王导传》："庾亮将征苏峻，访之于导。导曰：'峻猜险，必不奉诏。且山薮藏疾，宜包容之。'固争不从。亮遂召峻。"

5. 卞壸拜光禄大夫。作《与温峤书》。复为尚书令、右将军、领右卫将军。

《晋书》卷七十《卞壸传》:"拜光禄大夫,加散骑常侍。时庾亮将征苏峻,言于朝曰:'峻狼子野心,终必为乱。今日征之,纵不顺命,为祸犹浅。若复经年,为恶滋蔓,不可复制。此是朝错劝汉景帝早削七国事也。'当时议者无以易之。壸固争,谓亮曰:'峻拥强兵,多藏无赖,且逼近京邑,路不终朝,一旦有变,易为蹉跌。宜深思远虑,恐未可仓卒。'亮不纳。壸知必败,与平南将军温峤书曰……壸司马任台劝壸宜畜良马,以备不虞。壸笑曰:'以顺逆论之,理无不济。若万一不然,岂须马哉!'峻果称兵。壸复为尚书令、右将军、领右卫将军,余官如故。"

6. 温峤求还朝,不听。

《晋书》卷六十七《温峤传》:"峤闻苏峻之征也,虑必有变,求还朝以备不虞,不听。未几而苏峻果反。峤屯寻阳,遣督护王愆期、西阳太守邓岳、鄱阳内史纪瞻(校勘记:'《成纪》、《邓岳传》"纪瞻"作"纪睦"。')等率舟师赴难。"

7. 孔坦请急断阜陵之界,守江西当利诸口。

《晋书》卷七十八《孔坦传》:"寻属苏峻反,坦与司徒司马陶回白王导曰:'及峻未至,宜急断阜陵之界,守江西当利诸口,彼少我众,一战决矣。若峻未至,可往逼其城。今不先往,峻必先至。先人有夺人之功,时不可失。'导然之。庾亮以为峻脱径来,是袭朝廷虚也,故计不行。峻遂破姑熟,取盐米,亮方悔之。"

8. 庾翼领数百人,备石头。

《晋书》卷七十三《庾翼传》:"苏峻作逆,翼时年二十二(礼按:当作二十三),兄亮使白衣领数百人,备石头。"

9. 司马昱为会稽王。

《晋书》卷七《成帝纪》：本年十二月，“丙寅，徙封琅邪王昱为会稽王。”《通鉴》卷九十三、《通典》卷八十二同。《晋书》卷九《简文帝纪》谓上年“徙封会稽王，拜散骑常侍”。今从《成帝纪》。

10. 司马岳为琅邪王。

《晋书》卷七《成帝纪》：本年十二月丙寅，徙封“吴王岳为琅邪王。”

11. 郗鉴遣刘矩宿卫京都。

《晋书》卷六十七《郗鉴传》：“及祖约、苏峻反，鉴闻难，便欲率所领东赴。诏以北寇不许。于是遣司马刘矩领三千人宿卫京都。”卷七《成帝纪》：本年“十一月，豫州刺史祖约、历阳太守苏峻等反……十二月……车骑将军郗鉴遣广陵相刘矩帅师赴京师。”

12. 庾阐出奔郗鉴。

《晋书》卷九十二《庾阐传》：“苏峻之难，阐出奔郗鉴。”

13. 虞预为太守咨议参军。

《晋书》卷八十二《虞预传》：“苏峻作乱，预先假归家，太守王舒请为咨议参军。”

14. 刘超任左卫将军。

《晋书》卷七十《刘超传》：“及苏峻谋逆，超代赵胤为左卫将军。”

15. 江逌屏居临海，以文籍自娱。

江逌生卒年未详。《晋书》卷八十三《江逌传》：“江逌字道载，陈留圉人也。曾祖蕤，谯郡太守。祖允，芜湖令。父济，安东参军。逌少孤，与从弟灌共居，甚相友悌，由是获当时之誉。

避苏峻之乱,屏居临海,绝弃人事,翦茅结宇,耽玩载籍,有终焉之志。本州辟从事,除佐著作郎,并不就。”

16. 孙琼避难于临安山。

孙琼生卒年未详。据《隋书》卷三十五《经籍志四》,知其为晋松阳令钮滔之母。《全晋文》卷一百四十四载琼《答虞吴国书》云:“咸和中,避苏峻乱于临安山,吴国遣使饷馈,乃答书曰……”

《隋书·经籍志四》:“梁有……《孙琼集》二卷……亡。”

《全晋文》卷一百四十四辑文七篇,除《答虞吴国书》外,还有:《悼艰赋》、《箜篌赋》、《与虞定夫人荐环夫人书》、《与从弟孝征书》、《与从祖虞光禄书》、《公孙夫人序赞》等。

17. 司马衍作《原孔恢诏》。

《御览》卷六百四十六引《晋书》:“咸和二年,句容令孔恢罪弃市,诏曰……”

18. 蔡谟迁侍中。

《晋书》卷七十七《蔡谟传》:“迁侍中。”《东晋将相大臣年表》系于本年。

19. 谢奕为剡令。

谢奕生年未详。《世说新语·德行第一》注引《中兴书》:“谢奕字无奕,陈郡阳夏人。祖衡,太子少傅。父裒,吏部尚书。奕少有器鉴,辟太尉掾、剡令。”《晋书》卷七十九《谢奕传》:“初为剡令,有老人犯法,奕以醇酒饮之,醉犹未已。安时年七八岁,在奕膝边,谏止之。奕为改容,遣之。”奕为太尉掾,时间不详,为剡令当在去年或本年。

20. 谢安谏兄谢奕。

详见本年第19条。

21. 葛洪固辞干宝荐举。

《晋书》卷七十二《葛洪传》:“干宝深相亲友,荐洪才堪国史,选为散骑常侍,领大著作,洪固辞不就。”时间未详,姑系于此。

22. 干宝迁散骑常侍。

《晋书》卷八十二《干宝传》:“迁散骑常侍。”时间未详,或于荐葛洪为散骑常侍、洪不就之后,姑系于此。

23. 王羲之任会稽王友。

羲之任会稽王友,《晋书》卷八十《王羲之传》未载。《世说新语·品藻第九》刘孝标注引《中兴书》:“羲之自会稽王友,改授……”据此知羲之曾任会稽王友,时间未详。本年司马昱为会稽王,姑系于此。

328 戊子

晋咸和三年　　成玉衡十八年
前赵光初十一年　　后赵太和元年
前凉太元五年

陶侃七十岁。孔愉六十一岁。慕容廆六十岁。郗鉴六十岁。卫铄五十七岁。王导五十三岁。蔡谟四十八岁。卞壸四十八岁。葛洪四十六岁。卢谌四十四岁。孔坦四十三岁。温峤四十一岁。庾亮四十岁。庾冰三十八岁。何充三十七岁。庾怿三十六岁。范汪二十八岁。王述二十七岁。王允之二十六岁。王羲之二十六岁。王彪之二十四岁。庾翼二十四岁。张骏二十二岁。谢尚二十一岁。王濛二十岁。桓温十七岁。道安十七岁。袁乔十七岁。郗愔十六岁。孙绰十五岁。支遁十五岁。司马晞十三岁。慕容儁十岁。司马昱九岁。谢安九岁。谢万九岁。郗昙九岁。司马衍八岁。司马岳七岁。王洽六岁。袁宏一岁。

1. 温峤帅军救京师，屯寻阳。作《移告四方征镇》、《重与陶侃书》。

《晋书》卷七《成帝纪》：本年“正月，平南将军温峤帅师救京师，次于寻阳。”卷七十五《范汪传》：“至京师，属苏峻作难，王师败绩，汪乃遁逃西归。庾亮、温峤屯兵寻阳，时行李断绝，莫知峻之虚实，咸恐贼强，未敢轻进。及汪至，峤等访之，汪曰：'贼政令不一，贪暴纵横，灭亡已兆，虽强易弱。朝廷有倒悬之急，宜时进讨。'峤深纳之。是日，护军、平南二府礼命交至，始解褐，参护军事。"卷六十七《温峤传》："峤屯寻阳，遣督护王愆期、西阳太守邓岳、鄱阳内史纪瞻（校勘记：'《成纪》、《邓岳传》"纪瞻"作"纪睦"。'）等率舟师赴难。及京师倾覆，峤闻之号恸。人有候之者，悲哭相对。俄而庾亮来奔，宣太后诏，进峤骠骑将军、开府仪同三司。峤曰：'今日之急，殄寇为先，未效勋庸而逆受荣宠，非所闻也，何以示天下乎！'固辞不受。时亮虽奔败，峤每推崇之，分兵给亮。"卷八十一《毛宝传》："苏峻作逆，峤将赴难，而征西将军陶侃怀疑不从。峤屡说不能回，便遣使顺侃意曰：'仁公且守，仆宜先下。'遣信已二日，会宝别使还，闻之，说峤曰：'凡举大事，当与天下共同，众克在和，不闻有异……'峤意悟，即追信改书。"《移告四方征镇》、《重与陶侃书》见《晋书・温峤传》："峤于是遣王愆期奉侃为盟主。侃许之，遣督护龚登率兵诣峤。峤于是列上尚书，陈峻罪状，有众七千，洒泣登舟，移告四方征镇曰……峤重与侃书曰……侃屯查浦，峤屯沙门浦……峻闻峤将至，逼大驾幸石头……峤于是创建行庙，广设坛场，告皇天后土祖宗之灵，亲读祝文，声气激扬，流涕覆面，三军莫能仰视。其日侃督水军向石头，亮、峤等率精勇一万从白石以挑战。时峻劳其将士，因醉，突阵马踬，为侃将所斩。峻弟逸及子硕婴城自固。峤乃立行台，布告天下，凡故吏二千石、台郎御史以下，皆令赴台。于是至者云集。司徒王导因奏峤、侃录尚书，遣间使宣旨，并让不受。"卷七《成帝纪》系温峤、庾亮阵于白石，苏峻被斩于本年九月。

2. 范汪遁逃西归，至寻阳，参护军事。

见本年第1条。

3. 庾亮败奔寻阳，子彬遇害，作《立行庙于白石告元帝先后》。

《晋书》卷七十三《庾亮传》："战于建(校勘记：'此"建"字为"宣"字之讹。')阳门外。军未及阵，士众弃甲而走。亮乘小船西奔，乱兵相剥掠。亮左右射贼，误中柂工，应弦而倒。船上咸失色欲散。亮不动容，徐曰：'此手何可使著贼！'众心乃安。亮携其三弟怿、条、翼南奔温峤。峤素钦重亮，虽在奔败，犹欲推为都统。亮固辞，乃与峤推陶侃为盟主。侃至寻阳，既有憾于亮，议者咸谓侃欲诛执政以谢天下。亮甚惧，及见侃，引咎自责，风止可观。侃不觉释然，乃谓亮曰：'君侯修石头以拟老子，今日反见求邪？'便谈宴终日。亮啖薤，因留白。侃问曰：'安用此为？'亮云：'故可以种。'侃于是尤相称叹云：'非唯风流，兼有为政之实。'既至石头，亮遣督护王彰讨峻党张曜，反为所败。亮送节传以谢侃，侃答曰：'古人三败，君侯始二。当今事急，不宜数耳。'又曰：'朝政多门，用生国祸。丧乱之来，岂独由峻也。"亮时以二千人守白石垒，峻步兵万余，四面来攻，众皆震惧。亮激厉将士，并殊死战，峻军乃退，追斩数百级。"卷七《成帝纪》：本年"二月庚戌，峻至于蒋山……，庾亮又败于宣阳门内，遂携其诸弟与郭默、赵胤奔寻阳……贼乘胜麾戈，接于帝坐……三月丙子，皇太后庾氏崩……五月乙未，峻逼迁天子于石头……丙午，征西大将军陶侃、平南将军温峤、护军将军庾亮、平北将军魏该，舟军四万，次于蔡州。"《世说新语·容止第十四》："温忠武与庾文康投陶公求救，陶公云：'肃宗顾命不见及，且苏峻作乱，衅由诸庾。诛其兄弟，不足以谢天下。'于时庾在温船后闻之，忧怖无计。别日，温劝庾见陶，庾犹豫未能往。温曰：'溪狗我所悉，卿但见之，必无忧也。'庾风姿神貌，陶一见便改观。谈宴竟日，爱重顿至。"《晋书·庾亮传》："彬……苏峻之乱，遇害。"《世说新语·方正第五》："诸葛恢大女适太尉庾亮儿……亮子被苏峻害，改适江虨。"又《雅量第六》："亮有大儿……苏峻时遇害。"刘孝标注引《庾氏谱》："年十九。"又《伤逝第十七》："庾亮儿遭苏峻难遇害。诸葛道明女为庾儿妇，既寡，将改适，与亮书及之。亮答曰：'贤女尚少，故其宜也。感念亡儿，若在初没。'"又《假谲第二十七》："诸葛令女，庾氏妇，既寡，誓云：'不复重出！'此女性甚正强，无有登车理。恢既许江思玄婚，乃移家近之，初，诳女云：'宜徙。'于是家人一时去，独留女在后。比其觉，已不复得出。"《立行庙于白石告元帝先后》见《宋书》卷十六《礼志三》："成帝咸和三年，苏峻覆乱京都，温峤等入伐，立行庙于白石，告先帝先后曰：'逆臣苏峻，倾覆社稷……臣亮等手刃戎首……'"

4. 刘超任右卫将军。

《晋书》卷七十《刘超传》："时京邑大乱，朝士多遣家人入东避难。义兴故吏欲迎超家，而超不听，尽以妻孥入居宫内。及王师败绩，王导以超为右卫将军（礼按：《世说新语·政事第三》刘孝标注引《晋阳秋》作'右卫大将军。'），亲侍成帝。属太后崩，军卫礼章损阙，超躬率将士奉营山陵。峻迁车驾石头，时天大雨，道路沈陷，超与侍中钟雅步侍左右，贼给马不肯骑，而悲哀慷慨。峻闻之，甚不平，然未敢加害，而以其所亲信许方等补司马督、殿中监，外托宿卫，内实防御超等。时饥馑米贵，峻等问遗，一无所受，缱绻朝夕，臣节愈恭。帝时年八岁，虽幽厄之中，超犹启授《孝经》、《论语》。温峤等至，峻猜忌朝士，而超为帝所亲遇，疑之尤甚。"

5. 卞壶复加领军将军、给事中，卒。

《晋书》卷七十《卞壶传》：苏峻"至东陵口，诏以壶都督大桁东诸军事、假节，复加领军将军、给事中。壶率郭默、赵胤等与峻大战于西陵，为峻所破。壶与钟雅皆退还，死伤者以千数。壶、雅并还节，诣阙谢罪。峻进攻青溪，壶与诸军距击，不能禁。贼放火烧宫寺，六军败绩。壶时发背创，犹未合，力疾而战，率厉散众及左右吏数百人，攻贼麾下，苦战，遂死之，时年四十八，二子眕、盱见父没，相随赴贼，同时见害。峻平，朝议赠壶左光禄大夫，加散骑常侍。尚书郎弘讷议以为'死事之臣古今所重，卞令忠贞之节，当书于竹帛，今之追赠，实未副众望，谓宜加鼎司之号，以旌忠烈之勋。'司徒王导见议，进赠骠骑将军，加侍中。讷重议曰……于是改赠壶侍中、骠骑将军、开府仪同三司，谥曰忠贞，祠以太牢。赠世子眕散骑侍郎，眕弟盱奉车都尉。眕母裴氏抚二子尸哭曰：'父为忠臣，汝为孝子，夫何恨乎！'征士翟汤闻之叹曰：'父死于君，子死于父，忠孝之道，萃于一门。'眕子诞嗣。咸康六年，成帝追思壶，下诏曰……其后盗发壶墓，尸僵，鬓发苍白，面如生，两手悉拳，爪甲穿达手背。安帝诏给钱十万，以修茔兆。"《太平寰宇记》卷九十上元县："卞望之墓……在紫极宫后，临岭构亭，号曰忠贞亭。"

《隋书》卷三十五《经籍志四》："梁……有……骠骑将军《卞壶集》二卷，录一卷……亡。"《全晋文》卷八十四辑文十一篇，除已见前文者外，还有：《贺老人星表》、《奏弹尚书丞郎事》、《上笺自陈》、《书》等四篇。

《书小史》卷五："卞壶，字望之……善草书。"《述书赋上》："望之草书，紧古而老。落纸筋盘，分行羽抱。如充牣多士，交连杂宝。"《淳化阁帖》卷三辑有《敕书帖》。

据《晋文·卞壶传》,壶除二子珍、盱(见上文)外,还有"第三子瞻,位至广州刺史。瞻弟眈,尚书郎"。

6. 庾怿奔寻阳,依温峤。

见本年第3条。

7. 庾翼奔寻阳,依温峤。

见本年第3条。

8. 孔愉朝服守宗庙。

《晋书》卷七十八《孔愉传》:"及苏峻反,朝服守宗庙。"卷七《成帝纪》系愉守宗庙于本年二月。

9. 王导入宫侍帝。

《晋书》卷六十五《王导传》:"既而难作,六军败绩,导入宫侍帝。峻以导德望,不敢加害,犹以本官居己之右。峻又逼乘舆幸石头,导争之不得。峻日来帝前肆丑言,导深惧有不测之祸。时路永、匡术、贾宁并说峻,令杀导,尽诛大臣,更树腹心。峻敬导,不纳。故永等贰于峻。导使参军袁耽潜讽诱永等,谋奉帝出奔义军。而峻卫御甚严,事遂不果。导乃携二子随永奔于白石。"

10. 荀崧与王导等共拥卫成帝。

《晋书》卷七十五《荀崧传》:"苏峻之役,崧与王导、陆晔共登御床拥卫帝,及帝被逼幸石头,崧亦侍从不离帝侧。"

11. 庾冰奔会稽,行奋武将军。

《晋书》卷七十三《庾冰传》:"会苏峻作逆,遣兵攻冰,冰不能御,便弃郡奔会稽。会稽内史王舒以冰行奋武将军,距峻别率张健于吴中。时健党甚众,诸将莫敢先进。冰率众击健走之,于是乘胜西进,赴于京都。又遣司马滕含攻贼石头城,拔之。冰勋为多,封新吴县侯,固辞不受。迁给事黄门侍郎,又让不拜。"《世说新语·任诞第二十三》:"苏峻乱,诸庾逃散。庾冰时为吴郡,单身奔亡,民吏皆去。唯郡卒独以小船载冰出钱塘口,蘧篨覆之。时峻赏募觅冰,属所在搜检甚急。卒舍船市渚,因饮酒醉还,舞棹向船曰:'何处觅庾吴郡?此中便是。'冰大惶怖,然不敢动。监司见船小装狭,谓卒狂醉,都不复疑。自送过淛江,寄山阴魏家,得免。后事平,冰欲报卒,适其所愿。卒曰:'出自厮下,不愿名器。少苦执鞭,恒患不得快饮酒。使其酒足余年毕矣,无所复须。'冰为起大舍,市奴婢,使门内有百斛酒,终其身。"《晋书》卷七《成帝纪》:本年二月,"吴郡太守庾冰奔于会稽……五月……吴兴太守虞潭与庾冰、王舒等起义兵于三吴。"

12. 蔡谟为吴国内史,起兵讨苏峻。

《晋书》卷七十七《蔡谟传》:"苏峻构逆,吴国内史庾冰出奔会稽,乃以谟为吴国内史。谟既至,与张闿、顾众、顾飏等共起义兵,迎冰还郡。"据《通鉴》卷九十四,本年二月谟为吴国内史,五月起义兵。

13. 王允之任督护。

《晋书》卷九十六《虞潭母孙氏传》:"及苏峻作乱,潭时守吴兴……于时会稽内史王舒遣子允之为督护……潭即以子楚为督护,与允之合势。"

14. 郗鉴在广陵,入赴国难,都督扬州八郡军事。

《晋书》卷六十七《郗鉴传》:"寻而王师败绩,矩遂退还。中书令庾亮宣太后口诏,进鉴为司空。鉴去贼密迩,城孤粮绝,人情业业,莫有固志,奉诏流涕,设坛场,刑白马,大誓三军曰……鉴登坛慷慨,三军争为用命。乃遣将军夏侯长等间行，谓平南将军温峤曰：‘今贼谋欲挟天子东入会稽，宜先立营垒，屯据要害，既防其越逸，又断贼粮运，然后静镇京口，清壁以待贼。贼攻城不拔，野无所掠，东道既断，粮运自绝，不过百日，必自溃矣。’峤深以为然。及陶侃为盟主，进鉴都督扬州八郡军事。时抚军将军王舒、辅军将军虞潭皆受鉴节度，率众渡江，与侃会于茄子浦。鉴筑白石垒而据之。会舒、潭战不利，鉴与后将军郭默还丹徒，立大业、曲阿、庱亭三垒以距贼。而贼将张健来攻大业，城中乏水，郭默窘迫，遂突围而出，三军失色。参军曹纳以为大业京口之扞，一旦不守，贼方轨而前，劝鉴退还广陵以俟后举。鉴乃大会僚佐，责纳曰：‘吾蒙先帝厚顾，荷托付之重，正复捐躯九泉不足以报。今强寇在郊，众心危迫，君腹心之佐，而生长异端，当何以率先义众，镇一三军邪！’将斩之，久而乃释，会峻死，大业解围。”

15. 庾阐作《为郗车骑讨苏峻盟文》。

文载《晋书》卷六十七《郗鉴传》，详见本年第 14 条。文又载《类聚》卷三十三：“晋庾阐为郗车骑讨苏峻盟文曰……”文句与《郗鉴传》所载稍异。

16. 郭文所居临安，未遭苏峻之难。

《晋书》卷九十四《郭文传》：“及苏峻反，破余杭，而临安独全，人皆异之，以为知机。”

17. 陶侃子瞻为苏峻所害，侃被推为讨峻盟主，作《答温峤书》。

《晋书》卷六十六《陶侃传》：“暨苏峻作逆，京都不守，侃子瞻为贼所害，平南将军温峤要侃同赴朝廷。初，明帝崩，侃不在顾命之列，深以为恨，答峤曰：‘吾疆埸外将，不敢越局。’峤固请之，因推为盟主。侃乃遣督护龚登率众赴峤，而又追回。峤以峻杀其子，重遣书以激怒之。侃妻龚氏亦固劝自行。于时便戎服登舟，星言兼迈，瞻丧至不临。五月，与温峤、庾亮等俱会石头……诸军与峻战陈陵东，侃督护竟陵太守李阳部将彭世斩峻于阵，贼众大溃。”《答温峤书》见《御览》卷三百五十六，其中有“奉所送帐下得苏峻兜鍪”等句，当作于苏峻大溃之后。

18. 殷融诣陶侃谢罪。时任庾亮司马。

《晋书》卷六十六《陶侃传》：“苏峻之役，庾亮轻进失利。亮司马殷融诣侃谢曰：‘将军为此，非融等所裁。’将军王章至，曰：‘章自为之，将军不知也。’侃曰：‘昔殷融为君子，王章为小人；今王章为君子，殷融为小人。’”

19. 司马衍迁于石头。

《晋书》卷七《成帝纪》：本年“五月乙未，峻逼迁天子于石头，帝哀泣升车，宫中恸哭。”

20. 丁潭随护成帝。

《晋书》卷七十八《丁潭传》：“苏峻作乱，帝蒙尘于石头，唯潭及侍中钟雅、刘超等随从不离帝侧。”

21. 孔坦为陶侃长史。

《晋书》卷七十八《孔坦传》：“及(苏)峻挟天子幸石头，坦奔陶侃，侃引为长史。”

22. 何充东奔义军。

《晋书》卷七十七《何充传》：“苏峻作乱，京都倾覆，导从驾在石头，充东奔义军。其后导奔白石，充亦得还。”

23. 桓温父彝为韩晃所害。

《晋书》卷七十四《桓彝传》：“苏峻之乱也，彝纠合义众，欲赴朝廷……寻王师败绩，彝闻而慷慨流涕，进屯泾县……遣将军俞纵守兰石。峻遣将韩晃攻之……彝固守经年，势孤力屈……城陷，为晃所害，年五十三。时贼尚未平，诸子并流迸，宣城人纪世和率义故葬之。贼平，追赠廷尉，谥曰简……初，彝与郭璞善，尝令璞筮。卦成，璞以手坏之。彝问其故。曰：'卦与吾同。丈夫当此非命，如何！'竟如其言。"据卷七《成帝纪》，彝卒于本年六月。卷九十八《桓温传》："彝为韩晃所害，泾令江播豫焉。温时年十五（礼按：应作十七），枕戈泣血，志在复仇……温豪爽有风概，姿貌甚伟，面有七星。少与沛国刘惔善，惔尝称之曰：'温眼如紫石棱，须作蝟毛磔，孙仲谋、晋宣王之流亚也。'"卷八十三《袁耽传》："桓温少时游于博徒，资产俱尽，尚有负进，思自振之方，莫知所出，欲求济于耽，而耽在艰，试以告焉。耽略无难色，遂变服怀布帽，随温与债主戏。"

24. 前凉张骏治兵，欲乘虚袭长安。作《下令境中》。

《晋书》卷八十六《张骏传》："会刘曜东讨石生，长安空虚。大搜讲武，将袭秦雍，理曹郎中索询谏曰……骏曰：'每患忠言不献，面从背违，吾政教缺然而莫我匡者。卿尽辞规谏，深副孤之望也。'以羊酒礼之。西域诸国献汗血马、火浣布、犎牛、孔雀、巨象及诸珍异二百余品……骏观兵新乡，狩于北野，因讨轲没虏，破之。下令境中曰……于是刑清国富。"《十六国春秋辑补》卷六十九《前凉录三·张骏录》系骏欲袭长安、下令境中诸事于本年。

25. 前赵刘曜为石勒俘获。北苑市有《孙机为刘曜歌》。

《晋书》卷一百三《刘曜载记》："咸和三年，夜梦三人金面丹唇，东向逡巡，不言而退，曜拜而履其迹。旦召公卿已下议之，朝臣咸贺以为吉祥，惟太史令任义进曰……曜大惧，于是躬亲二郊，饰缮神祠，望秩山川，靡不周及。大赦殊死已下，复百姓租税之半……石勒遣石季龙率众四万，自轵关西入伐曜，河东应之者五十余县，进攻蒲坂……曜尽中外精锐水陆赴之，自卫关北济。季龙惧，引师而退。追之，及于高候，大战，败之……季龙奔于朝歌。曜遂济自大阳，攻石生于金墉，决千金堨以灌之……闻季龙进据石门，续知勒自率大众已济……曜色变，使摄金墉之围，陈于洛西……撝阵就平，勒将石堪因而乘之，师遂大溃。曜昏醉奔退……被疮十余……曜疮甚，勒载以马舆，使李永与同载。北苑市三老孙机上礼求见曜，勒许之，机进酒于曜曰……曜曰：'何以健邪！当为翁饮。'勒闻之，凄然改容曰：'亡国之人，足令老叟数之。'舍曜于襄国永丰小城，给其妓妾，严兵围守。遣刘岳、刘震等乘马，从男女，衣帢以见曜，曜曰：'久谓卿等为灰土，石王仁厚，全宥至今，而我杀石他，负盟之甚。今日之祸，自其分耳。'留宴终日而去。勒谕曜与其太子熙书，令速降之，曜但敕熙'与诸大臣匡维社稷，勿以吾易意也。'勒览而恶之。"据卷七《成帝纪》：本年"十二月乙未，石勒败刘曜于洛阳，获之。"

26. 袁宏生。

《世说新语·言语第二》刘孝标注引《续晋阳秋》："袁宏字彦伯，陈郡人，魏郎中令焕六世孙也。祖猷，侍中。父勖，临汝令。"《文学第四》注："虎，袁宏小字也。"《晋书》卷八十三《袁瓌传》："猷字申甫。"据卷九十二《袁宏传》太元初卒，时年四十九推之，当生于本年。

27. 孙绰少慕老庄之道。作《赠温峤诗》。

《世说新语·言语第二》刘孝标注引孙绰《遂初赋叙》曰："余少慕老庄之道，仰其风流久矣。"《晋书》卷五十六《孙绰传》："少与高阳许询俱有高尚之志。居于会稽，游放山水，十有余年。"《晋诗》卷十三载《赠温峤诗》五章，写作时间未详。峤明年卒，疑诗作于本年，再往前，绰年龄更小，可能性不大。

28. 谢安善行书。

《晋书》卷七十九《谢安传》："及总角，神识沈敏，风宇条畅，善行书。"

329　己丑

晋咸和四年　　成玉衡十九年

后赵太和二年　　前凉太元六年

陶侃七十一岁。孔愉六十二岁。慕容廆六十一岁。郗鉴六十一岁。卫铄五十八岁。王导五十四岁。蔡谟四十九岁。葛洪四十七岁。卢谌四十五岁。孔坦四十四岁。温峤四十二岁。庾亮四十一岁。庾冰三十九岁。何充三十八岁。庾怿三十七岁。范汪二十九岁。王述二十八岁。王允之二十七岁。王羲之二十七岁。王彪之二十五岁。庾翼二十五岁。张骏二十三岁。谢尚二十二岁。王濛二十一岁。桓温十八岁。道安十八岁。袁乔十八岁。郗愔十七岁。孙绰十六岁。支遁十六岁。司马晞十四岁。慕容儁十一岁。司马昱十岁。谢安十岁。谢万十岁。郗昙十岁。司马衍九岁。司马岳八岁。王洽七岁。袁宏二岁。庾龢一岁。

1. 司马衍在石头，百官往赴。作《诏慰庾亮》、《报庾亮诏》、《赠谥温峤册》。

　　《晋书》卷七《成帝纪》：本年"春正月，帝在石头，贼将匡术以苑城归顺，百官赴焉……二月……诸军攻石头。李阳与苏逸战于柤浦，阳军败。建威长史滕含以锐卒击之，逸等大败。含奉帝御于温峤舟……时兵火之后，宫阙灰烬，以建平园为宫。”《诏慰庾亮》、《报庾亮诏》见本年第 11 条。《诏慰庾亮》,《全晋文》漏收。《赠谥温峤册》见本年第 3 条。

2. 刘超被害。

《晋书》卷七十《刘超传》:“后王导出奔,超与怀德令匡术、建康令管旆等密谋,将欲奉帝而出。未及期,事泄,峻(校勘记:‘时峻已死,当云苏逸。’)使任让将兵入收超及钟雅。帝抱持悲泣曰:‘还我侍中、右卫!’任让不奉诏,因害之……及超将改葬,帝痛念之不已,诏迁高显近地葬之,使出入得瞻望其墓。追赠卫尉,谥曰忠。超天性谦慎,历事三帝,恒在机密,并蒙亲遇,而不致因宠骄谄,故士人皆安而敬之。”据卷七《成帝纪》,超于本年正月被害。

《隋书》卷三十五《经籍志四》:“梁……有……卫尉卿《刘超集》二卷……亡。”《全晋文》卷一百二十七辑文三篇,除已见上文者外,还有:《表》、《书》二篇。

《书小史》卷五:“刘超字世瑜……善正书。”《述书赋上》:“体大法殊,实推世瑜。禀天然而自强,乱帝札而见拘。犹朝廷宿旧,年德相趋。”《淳化阁帖》卷三辑有《保任帖》。《晋书·刘超传》:“子讷嗣,谨饬有石庆之风,历中书侍郎、下邳内史。讷子享,亦清慎,为散骑郎。”

《书小史》卷六:“刘讷,字行仁,瑯琊人,官至散骑常侍。善正书。”《述书赋上》:“行仁靡杂,唯钟是师。悦端闲于高轨,能始终于清规。虽带偏薄,亦能邻几。若凤雏始备于五彩,长松仅举乎一枝。”《书小史》、《述书赋》所记刘讷,视姓名、籍贯,似是刘超之子,而其官职与超子不符。姑附于此,俟考。

3. 温峤破苏逸军,拜骠骑将军,封始安郡公,回武昌,卒。卒前,作《与陶侃书》。

《晋书》卷六十七《温峤传》："贼将匡术以台城来降，为逸所击，求救于峤。江州别驾罗洞曰……峤从之，遂破贼石头军。奋威长史滕含抱天子奔于峤船。时陶侃虽为盟主，而处分规略一出于峤，及贼灭，拜骠骑将军、开府仪同三司，加散骑常侍，封始安郡公，邑三千户……朝议将留辅政，峤以导先帝所任，固辞还藩。复以京邑荒残，资用不给，峤借资蓄，具器用，而后旋于武昌。至牛渚矶，水深不可测，世云其下多怪物，峤遂毁犀角而照之。须臾，见水族覆火，奇形异状，或乘马车著赤衣者。峤其夜梦人谓己曰：'与君幽明道别，何意相照也？'意甚恶之。峤先有齿疾，至是拔之，因中风，至镇未旬而卒，时年四十二。江州士庶闻之，莫不相顾而泣。帝下册书曰：'……今追赠公侍中、大将军、持节、都督、刺史，公如故，赐钱百万，布千匹，谥曰忠武，祠以太牢。'初葬于豫章，后朝廷追峤勋德，将为造大墓于元、明二帝陵之北，陶侃上表曰：'故大将军峤……临卒之际，与臣书别，臣藏之箧笥，时时省视，每一思述，未尝不中夜抚膺，临饭酸噎。"人之云亡"，峤实当之。谨写峤书上呈……愿陛下慈恩，停其移葬，使峤棺柩无风波之危，魂灵安于后土。'诏从之。其后峤后妻何氏卒，子放之便载丧还都。诏葬建平陵北，并赠峤前妻王氏及何氏始安夫人印绶。"据陶侃表中峤"临卒之际，与臣书别"等句，知峤卒前作《与陶侃书》，书已佚。据卷七《成帝纪》，本年三月壬子峤为骠骑将军。四月乙未，卒。卷二十《礼志中》："骠骑将军温峤前妻李氏，在峤微时便卒。又娶王氏、何氏，并在峤前死。"

《隋书》卷三十五《经籍志四》："晋大将军《温峤集》十卷，梁录一卷。"《晋诗》卷十二辑《回文虚言诗》一首，仅存二句。《全晋文》卷八十辑文二十二篇，除已见上文者外，还有：《蝉赋》、《禁给湿米教》、《与陶侃笺》、《为王导答华太常书》、《与陶侃书》。

《晋书·温峤传》：峤子“放之嗣爵……弟式之，新建县侯，位至散骑常侍。”放之见358年第13条、359年第13条。

4. 孙绰为温峤作碑文。作《康僧会赞》。

《晋书》卷五十六《孙绰传》：“绰少以文才垂称，于时文士，绰为其冠。温、王、郗、庾诸公之薨，必须绰为碑文，然后刊石焉。”绰为王导、郗鉴作碑文见339年第16条，为庾亮作碑文见340年第3条。为温峤所作碑文已佚。作《康僧会赞》见本年第22条。

5. 王允之俘获苏逸，封番禺县侯，除建武将军、钱唐令，领司盐都尉。

《晋书》卷七《成帝纪》：本年二月“甲午，苏逸以万余人自延陵湖将入吴兴。乙未，将军王允之及逸战于溧阳，获之。”卷七十六《王允之传》：“及苏峻反，允之讨贼有功，封番禺县侯，邑千六百户，除建武将军、钱唐令，领司盐都尉。”

6. 郗鉴为司空，封南昌县公。

《晋书》卷六十七《郗鉴传》：“及苏逸等走吴兴，鉴遣参军李闳追斩之……拜司空，加侍中，解八郡都督，更封南昌县公，以先爵封其子昙。”《世说新语·言语第二》：“郗太尉拜司空，语同坐曰：‘平生意不在多，值世故纷纭，遂至台鼎。朱博翰音，实愧于怀。”《晋书》卷七《成帝纪》：本年三月壬子，“车骑将军郗鉴为司空，封南昌县公。”

7. 郗昙封东安县开国伯。

《晋书》卷六十七《郗昙传》：“少赐爵东安县开国伯。”据同卷《郗鉴传》，当与鉴封南昌县公同时。

8. 王导反驳迁都之议。

《晋书》卷六十五《王导传》:"及贼平,宗庙宫室并为灰烬,温峤议迁都豫章,三吴之豪请都会稽,二论纷纭,未有所适,导曰:'建康,古之金陵,旧为帝里,又孙仲谋、刘玄德俱言王者之宅。古之帝王不必以丰俭移都……'由是峤等谋并不行。导善于因事,虽无日用之益,而岁计有余。时帑藏空竭,库中惟有練数千端,鬻之不售,而国用不给。导患之,乃与朝贤俱制練布单衣,于是士人翕然竞服之,練遂踊贵。乃令主者出卖,端至一金。其为时所慕如此。"

9. 孔愉往石头诣温峤。

《晋书》卷七十八《孔愉传》:"初,愉为司徒长史,以平南将军温峤母亡遭乱不葬,乃不过其品。至是,峻平,而峤有重功,愉往石头诣峤,峤执愉手而流涕曰:'天下丧乱,忠孝道废。能持古人之节,岁寒不凋者,唯君一人耳。'时人咸称峤居公而重愉之守正。寻徙大尚书,迁安南将军、江州刺史,不行。"

10. 陶侃任太尉,封长沙郡公,作《上温峤遗书请停移葬表》。

《晋书》卷六十六《陶侃传》:"峻弟逸复聚众。侃与诸军斩逸于石头……侃旋江陵,寻以为侍中、太尉,加羽葆鼓吹,改封长沙郡公,邑三千户,赐绢八千匹,加都督交、广、宁七州军事。以江陵偏远,移镇巴陵。"卷七《成帝纪》:本年三月壬子,"陶侃为太尉,封长沙郡公。"《上温峤遗书请停移葬表》见本年第3条。

11. 庾亮作《上疏乞骸骨》,辞父琛赠官,出为平西将军,领豫州刺史、宣城内史,镇芜湖。

《晋书》卷七十三《庾亮传》:"峻平,帝幸温峤舟,亮得进见,稽颡哽噎,诏群臣与亮俱升御坐。亮明日又泥首谢罪,乞骸骨,欲阖门投窜山海。帝遣尚书、侍中手诏慰喻:'此社稷之难,非舅之责也。'亮上疏曰……疏奏,诏曰……亮欲遁逃山海,自暨阳东出。诏有司录夺舟船。亮乃求外镇自效,出为持节、都督豫州扬州之江西宣城诸军事、平西将军、假节、豫州刺史,领宣城内史。亮遂受命,镇芜湖。"卷七《成帝纪》:本年二月,滕含"奉帝御于温峤舟,群臣顿首,号泣请罪……三月……以护军将军庾亮为平西将军、都督扬州之宣城江西诸军事、假节,领豫州刺史,镇芜湖。"卷三十二《明穆庾皇后传》:"帝孝思罔极,赠琛骠骑大将军、仪同三司,毌丘氏安陵县君……亮表陈先志,让而不受。"卷九十三《庾琛传》:"咸和中,成帝又下诏追赠琛骠骑将军、仪同三司,亮又辞焉。"上述事当在本年。

12. 范汪复为庾亮平西参军。

《晋书》卷七十五《范汪传》:"贼平,赐爵都乡侯。复为庾亮平西参军。"

13. 蔡谟复为侍中,迁五兵尚书,作《让五兵尚书疏》,以功封济阳男。

《晋书》卷七十七《蔡谟传》:"峻平,复为侍中,迁五兵尚书,领琅邪王师,谟上疏让曰……疏奏,不许。转掌吏部。以平苏峻功,赐爵济阳男,又让,不许。"

14. 孔坦迁吴兴内史,封晋陵男,加建威将军。

《晋书》卷七十八《孔坦传》:"及峻平,以坦为吴郡太守。自陈吴多贤豪,而坦年少,未宜临之。王导、庾亮并欲用坦为丹阳尹。时乱离之后,百姓凋弊,坦固辞之。导等犹未之许。坦慨然曰……乃拂衣而去。导等亦止。于是迁吴兴内史,封晋陵男,加建威将军。以岁饥,运家米以振穷乏,百姓赖之。"

15. 庾怿出补临川太守。

《晋书》卷七十三《庾怿传》:"以讨苏峻功,封广饶男,出补临川太守。”

16. 庾翼辟太尉陶侃府。

《晋书》卷七十三《庾翼传》:苏峻“事平,辟太尉陶侃府,转参军,累迁从事中郎。在公府,雍容讽议。”

17. 庾阐拜彭城内史。为郭文作传。

《晋书》卷九十二《庾阐传》:“(苏)峻平,以功赐爵吉阳县男,拜彭城内史。”为郭文作传见本年第28条。传已佚。时间不详,姑附于此。

18. 虞预迁散骑侍郎。

《晋书》卷八十二《虞预传》:“峻平,进爵平康县侯,迁散骑侍郎,著作如故。除散骑常侍,仍领著作。以年老归,卒于家。预雅好经史,憎疾玄虚,其论阮籍裸袒,比之伊川被发,所以胡虏遍于中国,以为过衰周之时。”预迁散骑侍郎以后事迹不详。

《晋书》本传:“著《晋书》四十余卷,《会稽典录》二十篇、《诸虞传》十二篇,皆行于世。所著诗赋碑诔论难数十篇。”《隋书》卷三十三《经籍志二》:“《晋书》卷二十六,本四十四卷,讫明帝,今残缺。晋散骑常侍虞预撰。”《旧唐书》卷四十六《经籍志上》、《新唐书》卷五十八《艺文志一》均作五十八卷。《隋书·经籍志二》:“《会稽典录》二十四卷,虞豫撰。”《隋书》卷三十五《经籍志四》:“梁……有《虞预集》十卷,录一卷。”《全晋文》卷八十二辑文九篇,除已见上文者外,还有:《请秘府布纸表》、《父母乖离议》、《与丞相王导笺》、《晋书宣帝述》。

19. 丁潭迁大尚书。

《晋书》卷七十八《丁潭传》:“(苏)峻诛,以功赐爵永安伯,迁大尚书,徙廷尉,累迁左光禄大夫、领国子祭酒、本国大中正,加散骑常侍。”潭徙廷尉等职，时间未详，今一并姑系于此。

20. 范坚赐爵都亭侯。

范坚生卒年未详。据《晋书》卷七十五《范汪传》，知其为范汪叔。同卷《范坚传》：“坚字子常。博学善属文。永嘉中，避乱江东，拜佐著作郎、抚军参军。讨苏峻，赐爵都亭侯。”

21. 庾冰任会稽内史。

《晋书》卷七十三《庾冰传》：“司空郗鉴请为长史，不就。出补振威将军、会稽内史。”郗鉴本年三月任司空。庾冰任会稽内史当在本年三月后。

22. 何充拜散骑常侍。

《晋书》卷七十七《何充传》：“贼平，封都乡侯，拜散骑常侍，出为东阳太守。”《高僧传》卷一《康僧会传》：“晋成咸和中，苏峻作乱，焚毁所建塔（礼按：指建初寺）。司空何充复更修造。平西将军赵诱，世不奉法，傲慢三宝，入此寺，谓诸道人曰：‘久闻此塔，屡放光明，虚诞不经，所未能信。若必自睹所不论耳。’言竟，塔即出五色光，照耀堂刹。诱肃然毛竖，由此信敬。于寺东更立小塔。远由大圣神感，近亦康会之力，故图写厥像，传之于今。孙绰为之赞曰……”何充修复建初寺诸事，时间不详。当在本年或本年后。

23. 桓温为父复仇。

《晋书》卷九十八《桓温传》：“至年十八，会（韩）播已终，子彪兄弟三人居丧，置刃杖中，以为温备。温诡称吊宾，得进，刃彪于庐中，并追二弟杀之，时人称焉。”

24. 庾龢生。

《晋书》卷七十三《庾亮传》：“三子：彬、羲、龢。”同卷《庾龢传》：“龢字道季。”据本传，庾翼将迁襄阳时（建元元年），龢年十五岁推之，龢当生于本年。

25. 荀崧从成帝至温峤舟。卒。

《晋书》卷七十五《荀崧传》："贼平，帝幸温峤舟。崧时年老病笃，犹力步而从。咸和三年薨，时年六十七。赠侍中，谥曰敬……升平四年，崧改葬，诏赐钱百万，布五千匹。"关于崧之卒年，《晋书》校勘记云："上文云'帝幸温峤舟，崧犹力步而从'，此事在咸和四年二月，则崧死固当在其后。'三年'之'三'字疑误。"

《隋书》卷三十五《经籍志四》：梁有"光禄大夫《荀崧集》一卷，亡。"《全晋文》卷三十一辑崧文六篇，除已见上文者外，还有：《议王式事》、《答卞壶论刘嘏同姓为昏》、《与王导书》。

《晋书·荀崧传》"有二子：蕤、羡。蕤嗣。"《晋书》卷九十六《荀崧小女灌传》："荀崧小女灌，幼有奇节。"

26. 张亢出补乌程令。

《晋书》卷五十五《张亢传》："出补乌程令。"时间未详。疑在本年荀崧卒后。

27. 谢尚转西曹属。作《遭乱父母乖离议》。

《晋书》卷七十九《谢尚传》："转西曹属。时有遭乱与父母乖离，议者或以进仕理王事，婚姻继百世，于理非嫌。尚议曰……"时间未详，姑系于此。

28. 郭文约卒于本年。

《晋书》卷九十四《郭文传》："自后不复语，但举手指麾，以宣其意。病甚，求还山，欲枕石安尸，不令人殡葬，(万)宠不听。不食二十余日，亦不瘦。宠问曰：'先生复可得几日？'文三举手，果以十五日终。宠葬之于所居之处而祭哭之。葛洪、庾阐并为作传，赞颂其美云。"《水经注校》卷十四：浙江北"即临安县,水北对郭文宅。宅傍山面溪,宅东有郭文墓……文逃此而终临安,令改葬之。"郭文著有《金雄记》。李延寿撰《南史》卷四《齐本纪上》:"郭文举《金雄记》曰:'当复有作,肃入草。'"此文《全晋文》漏收。

《晋诗》卷二十一辑郭文诗二首:《金雄诗》、《金雌诗》。

《晋诗》引《神仙拾遗》云:"郭文……归隐鳌亭山,得道而去。后人于其卧床席下得蒻书《金雄诗》、《金雌诗》。其言皆当时谶辞,其脱如蛇也。"

29. 葛洪为郭文作传。

见本年第28条。传已佚。时间未详,姑系于此。

30. 谢沈被庾亮命为功曹,不就。

谢沈生卒年不详。《晋书》卷八十二《谢沈传》:"谢沈字行思,会稽山阴人也。曾祖斐,吴豫章太守。父秀,吴翼正都尉。沈少孤,事母至孝,博学多识,明练经史。郡命为主簿、功曹,察孝廉……并不就……平西将军庾亮命为功曹……不就。"本年庾亮出为平西将军。

31. 戴逵约生于本年。

《晋书》卷九十四《戴逵传》:"戴逵字安道,谯国人也。"《世说新语·栖逸第十八》刘孝标注引《戴氏谱》:"祖硕,父绥,有名位。"逵生卒年未详。《晋书》本传载太元十二年谢玄上疏中有逵是年"年垂耳顺"句,据此上推,逵约生于本年。详见387年第5条。

32. 竺道壹约生于本年。

《高僧传》卷五《竺道壹传》:"竺道壹,姓陆,吴人也……晋隆安中遇疾而卒……春秋七十有一矣。"隆安凡五年。据此推之,竺道壹约生于本年。

330 庚寅

晋咸和五年　　成玉衡二十年
后赵太和三年　建平元年　　前凉太元七年

陶侃七十二岁。孔愉六十三岁。慕容廆六十二岁。郗鉴六十二岁。卫铄五十九岁。王导五十五岁。蔡谟五十岁。葛洪四十八岁。卢谌四十六岁。孔坦四十五岁。庾亮四十二岁。庾冰四十岁。何充三十九岁。庾怿三十八岁。范汪三十岁。王述二十八岁。王允之二十八岁。王羲之二十八岁。王彪之二十六岁。庾翼二十六岁。张骏二十四岁。谢尚二十三岁。王濛二十二岁。桓温十九岁。道安十九岁。袁乔十九岁。郗愔十八岁。孙绰十七岁。支遁十七岁。司马晞十五岁。慕容儁十二岁。司马昱十一岁。谢安十一岁。谢万十一岁。郗昙十一岁。司马衍十岁。司马岳九岁。王洽八岁。袁宏三岁。庾龢二岁。王坦之一岁。王蕴一岁。杨羲一岁。

1. 陶侃上表讨郭默。作《与王导书》。擒斩郭默。移镇武昌。作《与庾亮书》。

《晋书》卷六十六《陶侃传》:"属后将军郭默矫诏袭杀平南将军刘胤,辄领江州。侃闻之曰:'此必诈也。'遣将军宋夏、陈修率兵据湓口,侃以大军继进。默遣使送妓婢绢百匹,写中诏呈侃。参佐多谏曰:'默不被诏,岂敢为此事。若进军,宜待诏报。'侃厉色曰:'国家年小,不出胸怀。且刘胤为朝廷所礼,虽方任非才,何缘猥加极刑!郭默虓勇,所在暴掠,以大难新除,威网宽简,欲因隙会骋其从横耳。'发使上表讨默。与王导书曰……导答曰……侃省书笑曰:"是乃遵养时贼也。'侃既至,默将宗侯缚默父子五人及默将张丑诣侃降,侃斩默等……诏侃都督江州,领刺史,增置左右长史、司马、从事中郎四人,掾属十二人。侃旋于巴陵,因移镇武昌。"据卷七《成帝纪》,默于上年十二月反,本年五月被擒斩。《与庾亮书》见本年第3条。此书《全晋文》漏收。

2. 王导作《答陶侃书》、《祭卫玠教》。

《答陶侃书》见本年第1条。《祭卫玠教》,见《晋书》卷三十六《卫玠传》:"玠劳疾遂甚,永嘉六年卒……葬于南昌……咸和中,改茔于江宁。丞相王导教曰……"教又见《全晋文》卷十九,意相近,文字稍有出入。写作时间不详。今据"咸和中",姑系于此。

3. 庾亮加征讨都督,进号镇西将军,固让。表献嘉桔。

《晋书》卷七十三《庾亮传》:"顷之,后将军郭默据湓口以叛。亮表求亲征,于是以本官加征讨都督,率将军路永、毛宝、赵胤、匡术、刘仕等步骑二万,会太尉陶侃,俱讨破之。亮还芜湖,不受爵赏。侃移书曰:'夫赏罚黜陟,国之大信,窃怪矫然独为君子。'亮曰:'元帅指㧑,武臣效命,亮何功之有!'遂苦辞不受。进号镇西将军,又固让。初,以诛王敦功,封永昌县公,亮比陈让,疏数十上,至是许之。"《建康实录》卷七《显宗成皇帝》:本年"十一月,平西将军庾亮表献嘉桔一蒂十二实。"

4. 范汪进爵亭侯。

《晋书》卷七十五《范汪传》:“从讨郭默,进爵亭侯。”

5. 孔愉转尚书右仆射。

《晋书》卷七十八《孔愉传》:“转尚书右仆射,领东海王师。寻迁左仆射。”卷七《成帝纪》:本年二月,“孔愉为右仆射。”

6. 前凉张骏复收河南地,遣使称臣于石勒。

《晋书》卷八十六《张骏传》:“及石勒杀刘曜(礼按:此处所记有误。据《十六国春秋辑补》卷八,曜‘建平末为勒所杀。’)骏因长安乱,复收河南地,至于狄道,置……五屯护军,与勒分境。勒遣使拜骏官爵。骏不受。留其使。后惧勒强,遣使称臣于勒,兼贡方物,遣其使归。”《通鉴》卷九十四:本年三月,张骏复收河南地。《晋书》卷七《成帝纪》:本年“十二月,张骏称臣于石勒。”

7. 司马衍造新宫,幸王导第,有《诏殿内》。复置太乐官。

《晋书》卷七《成帝纪》:本年“九月,造新宫,始缮苑城……冬十月丁丑,幸司徒王导第,置酒大会”。《隋书》卷十二《礼仪志》引《晋起居注》:“成帝咸和五年,制诏殿内曰……”《宋书》卷十九《乐志一》:“成帝咸和中,乃复置太乐官,鸠集遗逸,而尚未有金石也。”确切时间不详。今据“咸和中”,姑系于此。

8. 杨羲生。

张君房辑《云笈七签》卷五《晋茅山真人杨君》:“真人姓杨,名羲,晋咸和五年九月生于句容。”

9. 傅畅卒。

《晋书》卷四十七《傅畅传》:“咸和五年卒。”

《隋书》卷三十五《经籍志四》:“晋秘书丞《傅畅集》五卷,梁有录一卷……亡。”《全晋文》卷五十二辑畅文一篇:《自叙》。

《晋书》卷四十七《傅宣传》:“宣……无子,以畅子冲为嗣。”同卷《傅畅传》:“子咏,过江为交州刺史、太子右率。”

10. 王坦之生。

《世说新语·言语第二》刘孝标注引《王中郎传》:“坦之字文度,太原晋阳人。祖东海太守承,清淡平远。父述,贞贵简正。”《晋书》卷九《孝武帝纪》:宁康三年“夏五月丙午……王坦之卒。”卷七十五《王坦之传》:年四十六卒。据此推之,当生于本年。

11. 王蕴生。

《晋诗》卷十三谓王蕴之,一名蕴。《世说新语·赏誉第八》刘孝标注:“阿兴,王蕴小字。”《晋书》卷九十三《王蕴传》:“王蕴字叔仁,孝武定皇后父司徒左长史濛之子也……太元九年卒,年五十五。”据此推之,当生于本年。

12. 许询约生于本年。

《建康实录》卷八:“询字玄度,高阳人。父归,以琅琊太守随中宗过江,迁会稽内史,因家于山阴。”《世说新语·言语第二》刘孝标注引《续晋阳秋》:“许询……魏中领军允玄孙。”余嘉锡笺疏引李慈铭云:“案许询,《晋书》无传。宋高似孙《剡录》引《晋中兴书》云:‘父旼,元帝渡江,迁会稽内史,因居焉。’又引《许氏谱》云:‘玄度母华轶女。’”笺疏引唐无名氏《文选集注》六十二引公孙罗《文选抄》曰:询“祖式,濮阳太守,父助,山阴令。”又引“《唐书·宰相世系表》云:‘许允,魏中领军镇北将军。三子:殷、动、猛。允孙式。式子贩,字仲仁,晋司徒掾。子询,字玄度。’”“考《魏志·夏侯尚传》附许允事。裴注引《世语》曰:‘允二子:奇、猛。猛幽州刺史。’则《唐表》谓允三子者误。又引《晋诸公赞》曰:‘猛子式,字仪祖,有才干。至濮阳内史、平原太守。'则玄度之祖式,乃猛之子。可以补《唐表》之阙。惟其父之名乃有皎、助、归、贩四字之不同。考《元和姓纂》六、《古今姓氏书辩证》二十三、上声八语,均作'式子皈',即归字。与《建康实录》合。其作皎、作助、作贩者,皆以形近致误也。其官亦当以《实录》言会稽内史者为是。《唐表》言司徒掾,乃误以玄度之官,加之其父耳。"《建康实录》卷八:"询幼冲灵,好泉石,清风朗月,举酒永怀。"《世说新语·言语第二》刘注引《续晋阳秋》:询"总角秀惠,众称神童,长而风情简素。"询生年未详,今据有关史料推断,约生于本年。详见 347 年第 15 条。

13. 张亢入为散骑常侍。

《晋书》卷五十五《张亢传》:"入为散骑常侍。"时间未详,疑在本年前后。

14. 王彪之任武陵威王晞司马,累迁尚书左丞等职。

《晋书》卷七十六《王彪之传》:"镇军将军、武陵王晞以为司马,累迁尚书左丞、司徒左长史、御史中丞、侍中、廷尉。"彪之任司马等职,时间未详。考卷六十四《武陵威王晞传》,晞任镇军将军当在咸和中期至咸康初。又据《王彪之传》,咸康六年彪之已在廷尉任上(详下),是彪之任司马等职约在咸和中期至咸康六年间。姑一并系于此。

15. 庾翼任振威将军、鄱阳太守。

《晋书》卷七十三《庾翼传》:"顷之,除振威将军、鄱阳太守。转建威将军,西阳太守。抚和百姓,甚得欢心。"翼任振威将军疑在本年,转建威将军,则在以后。姑一并系于此。

16. 刘惔尚庐陵公主。

《晋书》卷七十五《刘惔传》:"惔少清远,有标奇,与母任氏寓居京口,家贫,织芒屩以为养,虽荜门陋巷,晏如也。人未之识,惟王导深器之。后稍知名,论者比之袁羊。惔喜,还告其母。其母,聪明妇人也,谓之曰:‘此非汝比,勿受之。’又有方之范汪者。惔复喜,母又不听。及惔年德转升,论者遂比之荀粲。尚明帝女庐陵公主。”卷二十四《职官志》:“唯留附马都尉奉朝请。诸尚公主者刘惔……皆为之。”据此知惔曾为附马都尉。惔尚公主,时间未详,姑系于本年。本年惔约十八岁。

17. 北方乐人南度。

《隋书》卷十五《音乐志下》:“咸和间,鸠集遗逸,邺没胡后,乐人颇复南度,东晋因之,以具钟律。”时间未详,今据“咸和间”,姑系于此。

18. 许迈立精舍于悬溜,放绝世务,遍游名山。

《晋书》卷八十《许迈传》:“谓余杭悬溜山近延陵之茅山,是洞庭西门,潜通五岳,陈安世、茅季伟常所游处,于是立精舍于悬溜,而往来茅岭之洞室,放绝世务,以寻仙馆,朔望时节还家定省而已。父母既终,乃遣妇孙氏还家,遂携其同志遍游名山焉。初采药于桐庐县之桓山,饵术涉三年,时欲断谷。以此山近人,不得专一,四面藩之,好道之徒欲相见者,登楼与语,以此为乐。常服气,一气千余息。”上述时事时间未详,亦非某年之事,姑系于此。

19. 康僧渊过江。

康僧渊生卒年不详。《高僧传》卷四:“康僧渊,本西域人,生于长安。貌虽梵人,语实中国。容止详正,志业弘深。诵放光道行二波若,即大小品也。晋成之世,与康法畅、支敏度等俱过江……渊虽德愈畅、度,而别以清约自处。常乞丐自资,人未之识。后因分卫之次,遇陈郡殷浩。浩始问佛经深远之理,却辩俗书性情之义,自昼至曛,浩不能屈,由是改观。"《世说新语·文学第四》:"康僧渊初过江,未有知者,恒周旋市肆,乞索以自营。忽往殷渊源许,值盛有宾客,殷使坐,粗与寒温,遂及义理。语言辞旨,曾无愧色。领略粗举,一往参诣。由是知之。"上述事时间未详,今据"晋成之世""过江"之记载,姑系于此。

331 辛卯

晋咸和六年　　成玉衡二十一年
后赵建平二年　　前凉太元八年

陶侃七十三岁。孔愉六十四岁。慕容廆六十三岁。郗鉴六十三岁。卫铄六十岁。王导五十六岁。蔡谟五十一岁。葛洪四十九岁。卢谌四十七岁。孔坦四十六岁。庾亮四十三岁。庾冰四十一岁。何充四十岁。庾怿三十九岁。范汪三十一岁。王述二十九岁。王允之二十九岁。王羲之二十九岁。王彪之二十七岁。庾翼二十七岁。张骏二十五岁。谢尚二十四岁。王濛二十三岁。桓温二十岁。道安二十岁。袁乔二十岁。郗愔十九岁。孙绰十八岁。支遁十八岁。司马晞十六岁。慕容儁十三岁。司马昱十二岁。谢安十二岁。谢万十二岁。郗昙十二岁。司马衍十一岁。司马岳十岁。王洽九岁。袁宏四岁。庾龢三岁。王坦之二岁。王蕴二岁。杨羲二岁。

1. 郗鉴都督吴国诸军事。

《晋书》卷七《成帝纪》：本年正月，“乙未，进司空郗鉴都督吴国诸军事。”

2. 孙盛以麐见于乐贤堂前为吉祥。

《晋书》卷二十八《五行志中》：“成帝咸和六年正月丁巳，会州郡秀孝于乐贤堂，有麏见于前，获之。孙盛以为吉祥。”

3. 司马衍诏举贤良直言之士。作《报王导诏》。

《晋书》卷七《成帝纪》：本年“三月壬戌朔，日有蚀之。癸未，诏举遇良直言之士。”《报王导诏》见本年第5条。

4. 后赵续咸上书切谏石勒。

《晋书》卷一百五《石勒载记下》：“勒将营邺宫，廷尉续咸上书切谏。勒大怒，曰：‘不斩此老臣，朕宫不得成也！’敕御史收之。中书令徐光进曰……勒叹曰：‘为人君不得自专如是！岂不识此言之忠乎？向戏之尔……且敕停作，成吾直臣之气也。’因赐咸绢百匹，稻百斛。”《十六国春秋辑补》卷十五《后赵录五·石勒录》系上述事于本年四月。

5. 王导上疏逊位。

《晋书》卷六十五《王导传》：咸和“六年冬，蒸诏归胙于导，曰：‘无下拜。’导辞疾不敢当。初，帝幼冲，见导，每拜。又尝与导书手诏，则云‘惶恐言’，中书作诏，则曰‘敬问’，于是以为定制。自后元正，导入，帝犹为之兴焉。时大旱，导上疏逊位。诏曰……导固让。诏累逼之，然后视事。导简素寡欲，仓无储谷，衣不重帛。帝知之，给布万匹，以供私费。”

6. 前燕慕容廆遣使诣陶侃，作《与陶侃笺》、《又与陶侃笺》。

《晋书》卷一百八《慕容廆载记》：“遣使与太尉陶侃笺曰……廆使者遭风没海。其后廆更写前笺，并赍其东夷校尉封抽、行辽东相韩矫等三十余人疏上侃府曰……侃报抽等书，其略曰……朝议未定。”《通鉴》卷九十四：本年“慕容廆遣使与太尉陶侃笺，劝以兴兵北伐，共清中原。”《又与陶侃笺》，《全晋文》漏收。

7. 陶侃作《报封抽韩矫等书》、《答慕容廆书》。表论梅陶。

侃作《报封抽韩矫等书》见本年第6条。《御览》卷三百五十七辑侃《答慕容廆书》当作于本年。《晋书》卷六十六《陶侃传》:“王敦深忌侃功。将还江陵,欲诣敦别,皇甫方回及朱伺等谏,以为不可。侃不从。敦果留侃不遣,左转广州刺史……敦……将杀侃……咨议参军梅陶、长史陈颁言于敦曰:‘周访与侃亲姻,如左右手,安有断人左手而右手不应者乎!’敦意遂解,于是设盛馔以饯之……侃……表论梅陶,凡微时所荷,一餐咸报。”梅陶救侃在建兴三年。《陶侃传》叙侃表论梅陶于移镇武昌后,姑系于此。表已佚。

8. 庾亮长子会被害。

《世说新语·雅量第六》刘孝标注引《庾氏谱》:“会字会宗,太尉亮长子。年十九,咸和六年遇害。”

9. 有纪年砖铭文。

文物编辑委员会编《文物考古工作三十年·建国以来福建考古工作的主要收获》:“从1953年至1978年,除零星发现不计外,经发掘清理的墓葬一百二十六座,随葬品七百六十八件。按墓葬的纪年砖铭文……属于东晋的有咸和六年、咸康元年、永和元年、永和五年、永和七年、永和十年、永和十二年、升平元年、升平四年、太元□年、隆安三年、义熙十二年……这些纪年砖的铭文分为正反两种,都是阳文,书体在隶楷之间,虽非出于当时名字,但从中亦可看出由隶向楷书逐渐过渡的趋势。”咸和六年以后纪年砖铭文一并系于此。

10. 何充任会稽内史。

《晋书》卷七十七《何充传》:“仍除建威将军,会稽内史。”时间未详,疑在本年前后。

11. 谢沈任会稽内史参军。

《晋书》卷八十二《谢沈传》:“会稽内史何充引为参军,以母老去职。”时间未详,疑在本年前后。

12. 杨方弃郡归。

《晋书》卷六十八《杨方传》:“以年老,弃郡归。导将进之台阁,固辞还乡里,终于家。”杨方“在郡各年”,“弃郡归”约在本年前后,卒年当在更后。姑一并系于此。

《隋书》卷三十二《经籍志一》:“《五经拘沈》十卷,晋高凉太守杨方撰……《少学》九卷,杨方撰。”《旧唐书》卷四十六《经籍志上》、《新唐书》卷五十七《艺文志一》均作《少学集》十卷。《隋书》卷三十三《经籍志二》:《吴越春秋削繁》五卷,杨方撰。”卷三十五《经籍志四》:“梁有高凉太守《杨方集》二卷,亡。”

《晋诗》卷十一辑杨方《合欢诗》五首。《全晋文》卷一百二十八辑杨方文二篇:《箜篌赋序》、《为虞领军荐张道顺文》。

13. 桓温尚南康长公主。

《晋书》卷九十八《桓温传》:“选尚南康长公主,拜驸马都尉,袭爵万宁男。”时间未详,姑系于温二十岁时。

14. 袁乔拜佐著作郎。

《晋书》卷八十三《袁乔传》:“初拜佐著作郎。”时间不详,姑系于二十岁时。

15. 王恬袭即丘子。

《晋书》卷六十五《王恬传》:“少好武,不为公门所重。导见悦辄喜,见恬便有怒色。州避别驾,不行,袭爵即丘子。”《世说新语·容止第十四》:“王敬豫(礼按:恬字敬豫)有美形,问讯王公。王公抚其肩曰:‘阿奴恨才不称!’又云:‘敬豫事事似王公。’”恬袭爵即丘子,时间未详,姑系于恬十八岁时。

332　壬辰

晋咸和七年　　　　成玉衡二十二年
后赵建平三年　　　前凉太元九年

陶侃七十四岁。孔愉六十五岁。慕容廆六十四岁。郗鉴六十四岁。卫铄六十一岁。王导五十七岁。蔡谟五十二岁。葛洪五十岁。卢谌四十八岁。孔坦四十七岁。庾亮四十四岁。庾冰四十二岁。何充四十一岁。庾怿四十岁。范汪三十二岁。王述三十岁。王允之三十岁。王羲之三十岁。王彪之二十八岁。庾翼二十八岁。张骏二十六岁。谢尚二十五岁。王濛二十四岁。桓温二十一岁。道安二十一岁。袁乔二十一岁。郗愔二十岁。孙绰十九岁。支遁十九岁。司马晞十七岁。慕容儁十四岁。司马昱十三岁。谢安十三岁。谢万十三岁。郗昙十三岁。司马衍十二岁。司马岳十一岁。王洽十岁。袁宏五岁。庾龢四岁。王坦之三岁。王蕴三岁。杨羲三岁。

1. 司马衍诏举贤良。

《晋书》卷七《成帝纪》:本年“秋七月丙辰,诏诸养兽之属,损费者多,一切除之……冬十一月……诏举贤良。”

2. 陶侃拜大将军,作《让拜大将军表》。

表见《晋书》卷六十六《陶侃传》:“拜大将军,剑履上殿,入朝不趋，赞拜不名。上表固让，曰……”卷七《成帝纪》：本年七月，“太尉陶侃遣子平西参军斌与南中郎将桓宣攻石勒将郭敬，破之，克樊城……冬十一月壬子朔，进太尉陶侃为大将军。”《学津讨原》第十六集第三册载刘敬叔《异苑》卷七：“陶侃梦生八翼，飞翔冲天，见天门九重，已入其八，惟一门不得进，以翼搏天。阍者以杖击之，因堕地，折其左翼。惊悟，左腋犹痛。其后都督八州，威果震主，潜有阙拟之志。每忆折翼之祥，抑心而止。”

3. 前凉张骏立子重华为世子。

《晋书》卷八十六《张骏传》：“群僚劝骏称凉王，领秦、凉二州牧，置公卿百官，如魏武、晋文故事。骏曰：‘此非人臣所宜言也。敢有言此者，罪在不赦。’然境内皆称之为王。群僚又请骏立世子，骏不从。中坚将军宋辑言于骏曰……骏纳之，遂立子重华为世子。”《十六国春秋辑补》卷六十九《前凉录三·张骏录》系上述事于本年。

4. 后赵韦谀作《寒食驳议》。时谀任石勒黄门郎。

《晋书》卷一百五《石勒载记下》：“暴风大雨，震电建德殿端门……勒正服于东堂……有司奏以子推历代攸尊，请普复寒食，更为植嘉树，立祠堂，给户奉祀。勒黄门郎韦谀驳曰……勒从之。于是迁冰室于重阴凝寒之所，并州复寒食如初。”《十六国春秋辑补》卷十五《后赵录五·石勒录》系上述事于本年。

5. 王述尚未知名。

《晋书》卷七十五《王述传》：“年三十，尚未知名，人或谓之痴。”

6. 郗愔除散骑侍郎，未拜。

《晋书》卷六十七《郗愔传》：“少不交竞，弱冠，除散骑侍郎，不拜。”《世说新语·品藻第九》注引《郗愔别传》：郗愔“渊靖纯素，无执无竞，简私昵，罕交游。”

7. 范汪辟司空郗鉴掾。

《晋书》卷七十五《范汪传》：“辟司空郗鉴掾，除宛陵令。”据卷七《成帝纪》，郗鉴于咸和四年三月至咸康四年五月任司空，汪为司空掾、除宛陵令当在咸和五年进爵亭侯后至咸和九年复参征西军事之间。姑系于此。

8. 谢尚为建武将军，历阳太守。

《晋书》卷七十九《谢尚传》：“迁会稽王友，入补给事黄门侍郎，出为建武将军，历阳太守。”时间未详，姑系于是。

9. 谢安学草正于王羲之。

《书断中》：“谢安学草、正于右军，右军云：‘卿是解书者，然知解书者尤难。’”时间未详，姑系于此。

10. 张亢复领著作。

《晋书》卷五十五《张亢传》：“复领佐著作（校勘记：‘散骑常侍不当领佐著作，此“佐”字衍。’）。”时间未详，可能在迁散骑常侍后一二年。亢以后事迹未见记载。

《隋书》卷三十五《经籍志四》：“梁……有散骑常侍《张亢集》二卷，录一卷……亡。”《晋诗》卷十一辑亢失题诗一首。

333　癸巳

晋咸和八年　　成玉衡二十三年
后赵建平四年　　前凉太元十年

陶侃七十五岁。孔愉六十六岁。慕容廆六十五岁。郗鉴六十五岁。卫铄六十二岁。王导五十八岁。蔡谟五十三岁。葛洪五十一岁。卢谌四十九岁。孔坦四十八岁。庾亮四十五岁。庾冰四十三岁。何充四十二岁。庾怿四十一岁。范汪三十三岁。王述三十一岁。王允之三十一岁。王羲之三十一岁。王彪之二十九岁。庾翼二十九岁。张骏二十七岁。谢尚二十六岁。王濛二十五岁。桓温二十二岁。道安二十二岁。袁乔二十二岁。郗愔二十一岁。孙绰二十岁。支遁二十岁。司马晞十八岁。慕容儁十五岁。司马昱十四岁。谢安十四岁。谢万十四岁。郗昙十四岁。司马衍十三岁。司马岳十二岁。王洽十一岁。袁宏六岁。庾龢五岁。王坦之四岁。王蕴四岁。杨羲四岁。

1. 司马衍有《迁新宫诏》、《征翟汤虞喜为散骑常侍诏》、《优给陆玩孔愉诏》、《北讨诏》。

　　《晋书》卷七《成帝纪》：咸和七年“十二月庚戌，帝迁于新宫。八年春正月辛亥朔，诏曰……夏四月……以束帛征处士寻阳翟汤、会稽虞喜。”《征翟汤虞喜为散骑常侍诏》见《晋书》卷九十一《虞喜传》。《虞喜传》系诏于咸康初，今从《成帝纪》。《优给陆玩孔愉诏》见本年第9条。《北讨诏》见《全晋文》卷十，严可均注，系于本年。

2. 前凉张骏为镇西大将军，遣张淳称藩于蜀，托以假道通京师。

《晋书》卷八十六《张骏传》："初，建兴中，敦煌计吏耿访到长安，既而遇贼，不得反，奔汉中，因东渡江，以太兴二年至京都，屡上书，以本州未知中兴，宜遣大使，乞为乡导。时连有内难，许而未行。至是，始以访守治书御史，拜骏镇西大将军，校尉、刺史、公如故，选西方人陇西贾陵等十二人配之。访停梁州七年，以驿道不通，召还。访以诏书付贾陵，托为贾客。到长安，不敢进，以咸和八年始达凉州。骏受诏，遣部曲督王丰等报谢，并遣陵归，上疏称臣，而不奉正朔，犹称建兴二十一年。"卷七《成帝纪》：本年正月"癸酉，以张骏为镇西大将军。"又《晋书·张骏传》："先是，骏遣傅颖假道于蜀，通表京师。李雄弗许。骏又遣治中从事张淳称藩于蜀，托以假道焉。雄大悦。雄又有憾于南氐杨初，淳因说曰……雄有惭色，曰：'我乃祖乃父亦是晋臣，往与六郡避难此都，为同盟所推，遂有今日。琅邪若能中兴大晋于中州者，亦当率众辅之。'淳还至龙鹤，募兵通表，后皆达京师。"上述事时间从《通鉴》卷九十五。

3. 有压印阳文字砖。

《文物资料丛刊》(8)载刘建国撰《镇江东晋墓》："建国以来，我馆先后在镇江市及附近地区的工地上，调查和清理了属东晋时期的墓葬三十七座。"其中墓号M5"出有侧面压印阳文'咸和八年二月一日造切'字砖，长30.5、宽15、厚4.3厘米"。并附有纪年砖拓片。

4. 虞喜被举为贤良。

《晋书》卷九十一《虞喜传》:“咸和末,诏公卿举贤良方正直言之士,太常华恒举喜为贤良。会国有军事,不行。”卷七《成帝纪》:本年夏四月,“以束帛征处士寻阳翟汤、会稽虞喜。”

5. 前燕慕容廆卒。

《十六国春秋辑补》卷二十三《前燕录一·慕容廆录》:“咸和八年,夏五月,廆薨于文德殿,时年六十五。在位四十九年。葬于青山。晋遣使者策赠车骑大将军、开府仪同三司,谥曰襄公。皝为燕王,追谥武宣王,及俊僭号,追尊武宣皇帝,庙号高祖。”

《全晋文》卷一百四十九辑慕容廆文一篇,另《又与陶侃笺》,《全晋文》漏收,见上文。

《晋书》卷一百九《慕容皝载记》:“慕容皝字元真,廆第三子也……廆卒,嗣位,以平北将军行平州刺史,督摄部内。”

6. 王允之除义兴太守,不拜。

《晋书》卷七十六《王允之传》:“舒卒,去职。既葬,除义兴太守,以忧哀不拜。从伯导与其书曰……允之固不肯就。”卷七《成帝纪》:本年“六月甲辰,抚军将军王舒卒。”

7. 王导作《与从子允书》。

见本年第6条。

8. 前赵刘曜被石勒所杀。

《晋书》卷一百三《刘曜载记》:“刘曜……为勒所杀……曜在位十年而败。”《十六国春秋辑补》卷八《前赵录八·刘曜录》谓曜“建平末,为勒所杀”。本年七月戊辰,石勒死。是曜被杀必在七月戊辰前。

《全晋文》卷一百四十七辑刘曜文二篇,已见上文。

9. 孔愉作《重表让禀赐》。

《晋书》卷七十八《孔愉传》:"咸和八年,诏曰:'尚书令玩、左仆射愉并属居官次,禄不代耕……其给……愉二十人,禀赐。'愉上疏固让,优诏不许。重表曰……从之。王导闻而非之,于都坐谓愉曰:'君言奸吏擅威,暴人肆虐,为患是谁?'愉欲大论朝廷得失,陆玩抑之乃止。后导将以赵胤为护军,愉谓导曰:'中兴以来,处此官者,周伯仁、应思远耳。今诚乏才,岂宜以赵胤居之邪!'导不从。其守正如此。由是为导所衔。"

10. 陶侃欲逊位归国。

《晋书》卷六十六《陶侃传》:"季年怀止足之分,不与朝权。未亡一年,欲逊位归国,佐吏等苦留之。"侃明年六月卒,故系上述事于此。

11. 孙绰除著作佐郎。

《晋书》卷五十六《孙绰传》:"除著作佐郎,袭爵长乐侯。"时间未见记载,姑系于二十岁时。

334　甲午

晋咸和九年　　　　成玉衡二十四年
后赵石弘延熙元年　前凉太元十一年

陶侃七十六岁。孔愉六十七岁。郗鉴六十六岁。卫铄六十三岁。王导五十九岁。蔡谟五十四岁。葛洪五十二岁。卢谌五十岁。孔坦四十九岁。庾亮四十六岁。庾冰四十四岁。何充四十三岁。庾怿四十二岁。范汪三十四岁。王述三十二岁。王允之三十二岁。王羲之三十二岁。王彪之三十岁。庾翼三十岁。张骏二十八岁。谢尚二十七岁。王濛二十六岁。桓温二十三岁。道安二十三岁。袁乔二十三岁。郗愔二十二岁。孙绰二十一岁。支遁二十一岁。司马晞十九岁。慕容儁十六岁。司马昱十五岁。谢安十五岁。谢万十五岁。郗昙十五岁。司马衍十四岁。司马岳十三岁。王洽十二岁。袁宏七岁。庾龢六岁。王坦之五岁。王蕴五岁。杨羲五岁。慧远一岁。王修一岁。

1. 前凉张骏为大将军。

《晋书》卷八十六《张骏传》：本年"复使(耿)访随(壬)丰等赍印板进骏大将军。自是每岁使命不绝。"卷七《成帝纪》：本年"二月丁卯，加镇西大将军张骏为大将军。"又《晋书·张骏传》："骏议欲严刑峻制，众咸以为宜。参军黄斌进曰：'臣未见其可。'骏问其故。斌曰:'夫法制所以经纶邦国,笃俗齐物,既立必行,不可窪隆也。若尊者犯令,则法不行矣。'骏屏机改容曰:'夫法唯上行,制无高下。且微黄君,吾不闻过矣。黄君可谓忠之至也。'于坐擢为敦煌太守。骏有计略,于是厉操改节,勤修庶政,总御文武,咸得其用,远近嘉咏,号曰积贤君。自轨据凉州,属天下之乱,所在征伐,军无宁岁。至骏,境内渐平。"

2. 陶侃作《上表逊位》,卒。

《晋书》卷六十六《陶侃传》:"咸和七年六月疾笃(礼按:'七年',《晋书》卷七《成帝纪》、《建康实录》卷七、《通鉴》卷九十五均作'九年'。今从'九年'之说。),又上表逊位曰……以后事付右司马王愆期,加督护,统领文武。侃舆车出临津就船,明日,薨于樊谿,时年七十六(礼按:据卷七《成帝纪》,侃卒于六月乙卯。)。成帝下诏曰:'……今遣兼鸿胪追赠大司马,假蜜章,祠以太牢……'又策谥曰桓,祠以太牢。侃遗令葬国南二十里,故吏刊石立碑画像于武昌西。侃在军四十一载,雄毅有权,明悟善决断。自南陵迄于白帝数千里中,路不拾遗……侃性纤密好问,颇类赵广汉。尝课诸营种柳,都尉夏施盗官柳植之于己门。侃后见,驻车问曰:'此是武昌西门前柳,何因盗来此种?'施惶怖谢罪。时武昌号为多士,殷浩、庾翼等皆为佐吏。侃每饮酒有定限,常欢有余而限已竭,浩等劝更少进,侃凄怀良久曰:'年少曾有酒失,亡亲见约,故不敢逾。'议者以武昌北岸有邾城,宜分兵镇之。侃每不管,而言者不已,侃迺渡水猎,引将佐语之曰:'我所以设险而御寇,正以长江耳。邾城隔在江北,内无所倚,外接各夷。夷中利深,晋人贪利,夷不堪命,必引寇虏,迺致祸之由,非御寇也。且吴时此城乃三万兵守，今纵有兵戍之，亦无益于江南。若羯虏有可乘之会，此又非所资也。'后庾亮戍之，果大败……及疾笃，将归长沙，军资器仗牛马舟船皆有定簿，封印仓库，自加管钥，以付王愆期，然后登舟，朝野以为美谈。将出府门，顾谓愆期曰：'老子婆娑，正坐诸君辈。'尚书梅陶与亲人曹识书曰：'陶公机神明鉴似魏武，忠顺勤劳似孔明，陆抗诸人不能及也。'谢安每言'陶公虽用法，而恒得法外意'。其为世重如此。然媵妾数十，家僮千余，珍奇宝货富于天府。"乐史撰《太平寰宇记》卷一百十四长沙县："陶侃湖，在县北八里。周回七里。湖中出菱藕。今俗谓陶湖塘。""陶侃墓在县南二十里。"

《隋书》卷三十五《经籍志四》："梁有……大司马《陶侃集》二卷，录一卷。记。"文廷式撰《补晋书艺文志》卷五："《图书集成·艺术典》六百七十九引《地理正宗》：'陶侃……作《捉脉赋》。'"《全晋文》卷一百十一辑文十一篇，除已见上文者外，尚有：《相风赋》、《表》、《上成帝杂物疏》、《遗荀崧书》。

《书小史》卷五："陶侃字士行……性聪敏，善正书。"窦臮《述书赋上》："雍容士行，季孟公旅。肌骨闲媚，精神慢举。如辞山登朝，混迹杂处。"

《晋书·陶侃传》："侃有子十七人，唯洪、瞻、夏、琦、旗、斌、称、范、岱见旧史，余者并不显……以夏为世子。及送侃丧还长沙，夏与斌及称各拥兵数千以相图。既而解散，斌先往长沙，悉取国中器仗财物。夏至，杀斌。庾亮上疏曰……亮表未至都，而夏病卒。"

3. 司马衍有《赠陶侃诏》。

《赠陶侃诏》见本年第2条。《晋书》卷七《成帝纪》：本年六月，"大旱，诏太官彻膳，省刑，恤孤寡，贬费节用。"

4. 梅陶作《与曹识书论陶侃》。时仍任尚书。

作《与曹识书论陶侃》见本年第2条。《通鉴》卷九十五系此事于本年陶侃卒后。梅陶以后事迹未详。

《隋书》卷三十四《经籍志三》:"《梅子新论》一卷。亡。"卷三十五《经籍志四》:"晋光禄大夫《梅陶集》九卷,梁二十卷,录一卷。"《晋诗》卷十二辑诗二首,除上文已引者外,另有《怨诗行》一首。《全晋文》卷一百二十八辑文三篇,除上文已引者外,另有一篇《自叙》。

5. 庾亮迁都督江、荆、豫、益、梁、雍六州诸军事,领江、荆、豫三州刺史,进号征西将军,镇武昌。作《请放黜陶夏疏》及《与周邵书》。有《石头民为庾亮歌》二首。

《晋书》卷七十三《庾亮传》:"陶侃薨,迁亮都督江、荆、豫、益、梁、雍六州诸军事,领江、荆、豫三州刺史,进号征西将军、开府仪同三司、假节。亮固让开府,乃迁镇武昌……初,亮所乘马有的颅,殷浩以为不利于主,劝亮卖之。亮曰:'曷有己之不安,而移之于人!'浩惭而退。"卷七《成帝纪》:"六月……辛未,加平西将军庾亮都督江、荆、豫、益、梁、雍六州诸军事。"《世说新语·容止第十四》:"庾太尉在武昌,秋夜气佳景清,使吏殷浩、王胡之之徒登南楼理咏。音调始遒,闻函道中有屐声甚厉,定是庾公。俄而率左右十许人步来,诸贤欲起避之。公徐云:'诸君少住,老子于此处兴复不浅。'因便据胡床,与诸人咏谑,竟坐,甚得任乐。后王逸少下,与丞相言及此事。丞相曰:'元规尔时风范,不得不小颓。'右军答曰:'唯丘壑独存。'"又《尤悔第三十三》:"庾公欲起周子南,子南执辞愈固。庾每诣周,庾从南门入,周从后门出。庾尝一往奄至,周不及去,相对终日。庾从周索食,周出蔬食,庾亦彊饭,极欢;并语世故,约相推引,同佐世之任。”注引《寻阳记》:“周邵字子南,与南阳翟汤隐于寻阳庐山。庾亮临江州,闻翟、周之风,不带蹑履而诣焉。闻庾至,转避之。亮后密往,值邵弹鸟于林,因前与语。还,便云:‘此人可起。’即拔为镇蛮护军、西阳太守。”又注:“其集载《与邵书》曰……”《请放黜陶夏疏》见本年第2条。《晋书》卷二十八《五行志中》:“庾亮初镇武昌,出至石头,百姓于岸上歌曰……又曰……后连征不入,及薨于镇,以丧还都葬,皆如谣言。”

6. 范汪复参庾亮征西军事。

《晋书》卷七十五《范汪传》:“复参亮征西军事,转州别驾。汪为亮佐吏十有余年,甚相钦待。转鹰扬将军、安远护军、武陵内史,征拜中书侍郎。”庾亮于本年进号征西将军。上引参征西军事后诸事,时间未详,姑一并系于此。

7. 孙盛为征西将军庾亮主簿。

《晋书》卷八十二《孙盛传》:“庾亮代侃,引为征西主簿,转参军。”

8. 王羲之任庾亮参军,以章草答庾亮。

《晋书》卷八十《王羲之传》:“征西将军庾亮请为参军……尝以章草答庾亮;而翼深叹伏,因与羲之书云:‘吾昔有伯英章草十纸,过江颠狈,遂乃亡失,常叹妙迹永绝。忽见足下答家兄书,焕若神明,顿还旧观。’”本年庾亮进号征西将军,羲之任庾亮参军当在本年或本年后。羲之以章草答庾亮疑在任参军时。又据本年第5条引《世说新语·容止第十四》“后王逸少下”等句,可推知羲之当亦参与庾亮南楼理咏。

9. 庾翼作《与王羲之书》。

见本年第8条。

10. 孙绰为庾亮参军，随镇武昌，与庾亮共游白石山。

《晋书》卷五十六《孙绰传》："征西将军庾亮请为参军。"《晋诗》卷十三载绰《与庾冰诗》云："武昌之游，缱绻夕旦。"据此知绰随亮镇武昌。《世说新语·赏誉第八》："孙兴公为庾公参军，共游白石山。卫君长在坐。孙曰：'此子神情都不关山水，而能作文？'庾公曰："卫风韵虽不及卿诸人，倾倒处亦不近。'孙遂沐浴此言。"游白石山未知具体年月，今附于此，俟考。

11. 王胡之于武昌同庾亮、殷浩等登南楼理咏。

胡之生年未详。《世说新语·言语第二》刘孝标注引《王胡之别传》："胡之字修龄，琅邪临沂人，王廙之子也。"《世说新语·赏誉第八》又注引《王胡之别传》："胡之少有风尚，才器率举，有秀悟之称。""胡之常遗世务，以高尚为情。"又注引《文章志》："胡之性简，好达玄言也。"又注引《胡之别传》："胡之治身清约，以风操自居。"登南楼理咏，见本年第5条。《世说新语·企羡第十六》："王司州（礼按：胡之后任司州刺史，故称'王司州'。详后。）先为庾公记室参军。"据此，疑胡之时为庾亮室参军。

12. 司马岳拜散骑常侍，加骠骑将军。

《晋书》卷七《康帝纪》：本年"拜散骑常侍，加骠骑将军。"同卷《成帝纪》：本年十二月丁卯，康帝为骠骑将军。

13. 王述任骠骑将军功曹。

《晋书》卷七十五《王述传》："康帝为骠骑将军，召补功曹。"

14. 司马昱迁右将军，加侍中。

《晋书》卷九《简文帝纪》："及长，清虚寡欲，尤善玄言……（咸和）九年，迁右将军，加侍中……帝少有风仪，善容止，留心典籍，不以居处为意，凝尘满席，湛如也。”

15. 王允之除宣城内史、建武将军。

《晋书》卷七十六《王允之传》：“咸和末，除宣城内史、监扬州江西四郡事（校勘记：‘《举正》：“四郡”下少“诸军”二字。’）、建武将军、镇于湖。”

16. 孔坦免官。寻拜侍中。

《晋书》卷七十八《孔坦传》：“时使坦募江淮流人为军，有殿中兵，因乱东还，来应坦募，坦不知而纳之。或讽朝廷，以坦藏台叛兵，遂坐免。寻拜侍中。”《东晋将相大臣年表》系坦任侍中于本年。

17. 慧远生。

《世说新语·文学第四》注引张野《远法师铭》：“沙门释惠远，雁门楼烦人。本姓贾氏，世为冠族。”《高僧传》卷六《释慧远传》云慧远卒于义熙十二年，时八十三岁。据此推之，当生于本年。

18. 王修生。

《世说新语·文学第四》注引《文字志》：“修字敬仁，太原晋阳人，父濛。”《晋书》卷九十三《王修传》：“修……小字苟子。”据《书断下》，修“升平元年卒，年二十四”推之，当生于本年。

19. 罗含任庾亮部江夏从事。

含生卒年未详。《世说新语·方正第五》注引《罗府君别传》：“含字君章，桂阳枣（一作‘耒’）阳人。盖楚熊姓之后，启土罗国，遂氏族焉。后寓湘境，故为桂阳人。含，临海太守彦曾孙，荥阳太守缓（《晋书》卷九十二《罗含传》作‘绥’）少子也。”《晋书·罗含传》：“含幼孤，为叔母朱氏所养。少有志尚，尝昼卧，梦一鸟文彩异常，飞入口中，因惊起说之。朱氏曰：‘鸟有文彩,汝后必有文章。'自此后藻思日新。弱冠,州三辟,不就。含父尝宰新淦,新淦人杨羡后为含州将,引含为主簿,含傲然不顾,羡招致不已,辞不获而就焉……后为郡功曹,刺史庾亮以为部江夏从事。"上引含任部江夏从事以前诸事,时间未详,今一并系于此。

20. 谢安请阮光禄道《白马论》。

《世说新语·文学第四》:"谢安年少时,请阮光禄道《白马论》。为论以示谢,于时谢不即解阮语,重相咨尽。阮乃叹曰:'非但能言人不可得,正索解人亦不可得!'"《全晋文》卷二十七载王献之《上疏议谢安赠礼》曰:"故太傅臣安,少振玄风。"上述事时间未详,姑系于十五岁时。

21. 庾阐为虞潭作太伯碑文。

《晋书》卷九十二《庾阐传》:"吴国内史虞潭为太伯立碑,阐制其文。"时间未详。卷七十六《虞潭传》:"寻而峻平,潭以母老,辄去官还余姚。诏转镇军将军、吴国内史。"卷七《成帝纪》:咸康二年"春正月辛巳……以吴国内史虞潭为卫将军。据此可推知,碑文当作于咸和后期至咸康初年,姑系于此。

22. 康僧渊答王导调笑。

《世说新语·排调第二十五》:"康僧渊目深而鼻高,王丞相每调之。僧渊曰:'鼻者面之山,目者面之渊。山不高则不灵,渊不深则不清。'"上述事时间不详,《高僧传》卷四《康僧渊传》叙于至豫章山立寺之前。于豫章立寺约在明年。

335　乙未

晋咸康元年　　　成李期玉恒元年

后赵石虎建武元年　前凉太元十二年

孔愉六十八岁。郗鉴六十七岁。卫铄六十四岁。王导六十岁。蔡谟五十五岁。葛洪五十三岁。卢谌五十一岁。孔坦五十岁。庾亮四十七岁。庾冰四十五岁。何充四十四岁。庾怿四十三岁。范汪三十五岁。王述三十三岁。王允之三十三岁。王羲之三十三岁。王彪之三十一岁。庾翼三十一岁。张骏二十九岁。谢尚二十八岁。王濛二十七岁。桓温二十四岁。道安二十四岁。袁乔二十四岁。郗愔二十三岁。孙绰二十二岁。支遁二十二岁。司马晞二十岁。慕容儁十七岁。司马昱十六岁。谢安十六岁。谢万十六岁。郗昙十六岁。司马衍十五岁。司马岳十四岁。王洽十三岁。袁宏八岁。庾龢七岁。王坦之六岁。王蕴六岁。杨羲六岁。慧远二岁。王修二岁。

1. 司马衍作《改元大赦诏》、《报卫直启作皇后画轮车诏》、《赠建安君为豫章郡君诏》、《征翟汤虞喜为散骑常侍诏》。

　《晋书》卷七《成帝纪》:"咸康元年春正月庚午朔,帝加元服,大赦,改元。"《初学记》卷二十引《晋中兴书》:"成帝咸康元年诏曰……"《报卫直启作皇后画轮车诏》见虞世南编撰《北堂书钞》卷一百三十九引《晋起居注》:“咸康元年,兼殿中□卫直启作皇后画轮一乘用物,诏曰……”《晋书》卷三十二《豫章君荀氏传》:“豫章君荀氏,元帝宫人也……及成帝立,尊重同于太后。咸康元年薨。诏曰……”《征翟汤虞喜为散骑常侍诏》见本年第11条。《晋书》卷二十八《五行志中》:“咸康元年……是时成帝冲弱,未亲万机,内外之政,决之将相。”

2. 王导羸疾,不堪朝会。加大司马。转中外大都督。

《晋书》卷六十五《王导传》:“导有羸疾,不堪朝会,帝幸其府,纵酒作乐,后令舆车入殿,其见敬如此。石季龙掠骑至历阳,导请出讨之。加大司马、假黄钺、(都督)中外诸军事,置左右长史、司马,给布万匹。俄而贼退,解大司马,复转中外大都督。”卷七《成帝纪》:本年“三月乙酉,幸司徒府。夏四月癸卯,石季龙寇历阳,加司徒王导大司马……戊午,解严。”

3. 孔坦密表切谏。任王导司马。作《与刘聪书》。因忤王导,以疾辞官。

《晋书》卷七十八《孔坦传》:“咸康元年,石聪寇历阳,王导为大司马,讨之,请坦为司马。会石勒新死,季龙专恣,石聪及谯郡太守彭彪等各遣使请降。坦与聪书曰……朝廷遂不果北伐,人皆怀恨。坦在职数年,迁侍中。时成帝每幸丞相王导府,拜导妻曹氏,有同家人,坦每切谏……及帝既加元服,犹委政王导,坦每发愤,以国事为己忧,尝从容言于帝曰:‘陛下春秋以长,圣敬日跻,宜博纳朝臣,咨诹善道。’由是忤导,出为廷尉,怏怏不悦,以疾去职。加散骑常侍,迁尚书,未拜。”《世说新语·赏誉第八》刘孝标注引《语林》:“孔坦为侍中,密启成帝,不宜往拜曹夫人。丞相闻之曰:‘王茂弘驽痾耳!若卞望之之岩岩,刁玄亮之察察,戴若思之峰距,当敢尔不?”

4. 王濛任司徒王导掾。

《晋书》卷九十三《王濛传》:“善隶书。美姿容,尝览镜自照,称其父字曰:‘王文开生如此儿邪!’居贫,帽败,自入市买之,妪悦其貌,遗以新帽,时人以为达。与沛国刘惔齐名友善,惔尝称濛性至通,而自然有节。濛每云:‘刘君知我,胜我自知。’时人以惔方荀奉倩,濛比袁曜卿,凡称风流者,举濛、惔为宗焉。司徒王导辟为掾。导复引匡术弟孝,濛致笺于导曰……导不答。”《世说新语·任诞第二十三》刘孝标注引《王濛别传》:“丞相王导辟名士时贤,协赞中兴。旌命所加,必延俊乂,辟濛为掾。”濛任司徒掾,《通鉴》卷九十五系于本年三月。《致王导笺》当作于任司徒掾后。

5. 王述任中兵属。

《晋书》卷七十五《王述传》:“司徒王导以门地辟为中兵属(礼按:《建康实录》卷八作‘辟为中军参军’。)。既见,无他言,惟问以江东米价。述但张目不答。导曰:‘王掾不痴。人何言痴也?’尝见导每发言,一坐莫不赞美,述正色曰:‘人非尧舜,何得每事尽善!’导改容谢之,谓庾亮曰:‘怀祖清贞简贵,不减祖、父,但旷淡微不及耳。’”《世说新语·赏誉第八》刘孝标注引《晋阳秋》:“述体道清粹,简贵静正,怡然自足,不交非类。虽群英纷绥,俊乂交驰,述独蔑然,曾不慕羡。由是名誉久蕴。”《通鉴》卷九十五系述任中兵属于本年三月。

6. 王允之戍芜湖。

《晋书》卷七《成帝纪》:本年“四月癸卯,石季龙寇历阳……癸丑,帝观兵于广莫门(礼按:《建录实录》卷七《显宗成皇帝》作‘广阳门’),分命诸将,遣……建武将军王允之戍芜湖。司空郗鉴使广陵相陈光帅众卫京师,贼退向襄阳。戊午,解严。”

7. 郗鉴遣广陵相帅众卫京师。

见本年第6条。

8. 前凉张骏遣杨宣伐龟兹、鄯善。

《十六国春秋辑补》卷七十《前凉录四·张骏录》：本年“使其将杨宣率众越流沙，伐龟兹、鄯善。宣以其部将张植为前锋。六月，至于流沙，无水。士卒渴甚。植乃剪发肉袒，徒跣升坛，恸泣请雨。俄而云起西北，雨水成川。植杀所乘马祭天而去。于是两域并降。”

9. 前凉杨宣率众伐龟兹、鄯善。时任张骏将领。

宣生卒年未详。伐龟兹、鄯善事见本年第8条。

10. 前燕慕容儁被立为世子。

《十六国春秋辑补》卷二十六《前燕录四·慕容儁录》：“及长，身长八尺二寸，姿貌魁伟，博观图书，有文武干略。”卷二十四《前燕录二·慕容皝录》：本年“七月，立子儁为世子。”

11. 虞喜被征为散骑常侍，未就。

《晋书》卷九十一《虞喜传》：“咸康初，内史何充上疏曰：‘……伏见前贤良虞喜天挺贞素……宜使蒲轮纡衡，以旌殊操……’疏奏，诏曰：‘寻阳翟汤、会稽虞喜并守道清贞……其并以散骑常侍征之。’又不起。”卷七《成帝纪》：本年八月，“束帛征处士翟汤、郭翻。”

12. 孔愉为尚书仆射，迁护军将军。

《晋书》卷七十八《孔愉传》：“后省左右仆射，以愉为尚书仆射。愉年在悬车，累乞骸骨，不许。转护军将军，加散骑常侍。”《东晋将相大臣年表》系愉迁护军将军于本年。

13. 桓温为辅国将军、琅邪内史。

《宋书》卷三十五《州郡志一》：“南琅邪太守，晋乱，琅邪国人随元帝过江千余户，太兴三年，立怀德县……成帝咸康元年，桓温领郡，镇江乘之蒲洲金城上，求割丹阳之江乘县境立郡。”又《晋书》卷七《康帝纪》云：“以辅国将军、琅邪内史桓温为……”据此知温任琅邪内史时，兼任辅国将军。

14. 孙盛解地生毛。

《晋书》卷二十八《五行志中》：“成帝咸康初，地生毛，近白祥也。孙盛以为人劳之异也。”

15. 何充作《请征虞喜疏》。

《请征虞喜疏》见本年第 11 条。《晋书》卷七十七《何充传》：“在郡甚有德政，荐征士虞喜，拔郡人谢奉、魏颛等以为佐吏。后以墓被发去郡。”

16. 道安至邺师事佛图澄。

《高僧传》卷五《释道安传》：“至邺，入中寺，遇佛图澄。澄见而嗟叹，与语终日。众见形貌不称，咸共轻怪。澄曰：‘此人远识，非尔俦也。’因事澄为师。澄讲，安每覆述，众未之惬，咸言：‘须待后次，当难杀昆崙子。’即安后更覆讲，疑难锋起，安挫锐解纷，行有余力。时人语曰：‘漆道人，惊四邻。’”道安至邺时间未详，盖在石虎迁都邺之后。据《通鉴》卷九十五，石虎于本年九月迁都于邺。

17. 有压印阳文字砖。

《文物资料丛刊》(8)载刘建国撰《镇江东晋墓》：“建国以来，我馆先后在镇江市及附近地区的工地上，调查和清理了属东晋时期的墓葬三十七座。”其中墓号 M6“出有顶端压印阳文‘咸康元年作’字砖，长 31、宽 15.5、厚 5.5 厘米。”并附有纪年砖拓片。

18. 后赵韦謏入石季龙，任散骑常侍等职。

《晋书》卷九十一《韦謏传》：“后又入石季龙，署为散骑常侍，历守七郡,咸以清化著名。又征为廷尉,识者拟之于、张。前后四登九列,六在尚书,二为侍中。”谀入石季龙署为散骑常侍诸事,时间不明,疑在季龙废石勒子弘居摄赵天王后。按卷一百六《石季龙载记上》,季龙明年废弘居摄赵天王,卷十三《天文志下》则一于本年十一月。《通鉴》卷九十五同《天文志下》。今从《天文志下》所记。

19. 袁乔拜尚书郎。

《晋书》卷八十三《袁乔传》:“辅国将军桓温请为司马,除司徒左西属,不就,拜尚书郎。”温本年任辅国将军,乔拜尚书郎盖在本年或本年后。

20. 庾阐任从事中郎。

《晋书》卷九十二《庾阐传》:郗鉴“复请为从事中郎。”时间未详,姑系于此。

21. 康僧渊于豫章山立寺。庾亮等多往观之。

《高僧传》卷四《康僧渊传》:“后于豫章山立寺。去邑数十里,带江旁岭,林竹郁茂,名僧胜达,响附成群。以常持心梵经空理幽远,故遍加讲说。尚学之徒,往还填委。”《世说新语·栖逸第十八》:“康僧渊在豫章,去郭数十里,立精舍……乃闲居研讲,希心理味,庾公诸人多往看之。观其运用吐纳,风流转佳。加已处之怡然,亦有以自得,声名乃兴。后不堪,遂出。”上述事时间不详。豫章属江州,庾亮上年任江州刺史,姑系于是。僧渊以后事迹,《高僧传·康僧渊传》云:“于豫章山立寺……后卒于寺焉。”与上引《世说新语》所记不同。

《晋诗》卷二十辑僧渊诗二首:《代答张君祖诗》、《又答张君祖诗》。

336 丙申

晋咸康二年　　成玉恒二年
后赵建武二年　　前凉太元十三年

孔愉六十九岁。郗鉴六十八岁。卫铄六十五岁。王导六十一岁。蔡谟五十六岁。葛洪五十四岁。卢谌五十二岁。孔坦五十一岁。庾亮四十八岁。庾冰四十六岁。何充四十五岁。庾怿四十四岁。范汪三十六岁。王述三十四岁。王允之三十四岁。王羲之三十四岁。王彪之三十二岁。庾翼三十二岁。张骏三十岁。谢尚二十九岁。王濛二十八岁。桓温二十五岁。道安二十五岁。袁乔二十五岁。郗愔二十四岁。孙绰二十三岁。支遁二十三岁。司马晞二十一岁。慕容儁十八岁。司马昱十七岁。谢安十七岁。谢万十七岁。郗昙十七岁。司马衍十六岁。司马岳十五岁。王洽十四岁。袁宏九岁。庾龢八岁。王坦之七岁。王蕴七岁。杨羲七岁。慧远三岁。王修三岁。郗超一岁。

1. 干宝卒。

《建康实录》卷七《显宗成皇帝》：咸康二年，“三月，散骑常侍干宝卒。”

《晋书》卷八十二《干宝传》：“著《晋纪》，自宣帝迄于愍帝五十三年，凡二十卷，奏之。其书简略，直而能婉，咸称良史……

宝又为《春秋左氏义外传》，注《周易》、《周官》凡数十篇，及杂文集皆行于世。"《隋书》卷三十二《经籍志一》："《周易》十卷，晋散骑常侍干宝注……梁有……《周易宗涂》四卷，干宝撰……亡……《周易玄品》二卷。"《周易玄品》脱撰人，据《册府元龟·注释门》为干宝所撰。《隋书·经籍志一》："《周易爻义》一卷，干宝撰。"丁国钧《补晋书艺文志》卷一："《周易问难》二卷，干宝。谨按，见《七录》，旧误题王氏撰。""《毛诗音隐》一卷，干宝。谨按，见《七录》，旧但题干氏撰……《释文·叙录》言：为《诗》音者九人，干宝其一，知即此书，今补宝名著录。"姚振宗《隋志考证》、秦荣光《补晋书艺文志》均定为干宝撰。《隋书·经籍志一》："《周官礼》十二卷，干宝注。"《经典释文》卷一《序录》作十三卷。《隋书·经籍志一》："梁有《周官驳难》三卷，孙琦问，干宝驳，晋散骑常侍虞喜撰。"《旧唐书》卷四十六《经籍志上》、《新唐书》卷五十七《艺文志一》均作五卷，孙略问，干宝答。《晋书艺文志补遗》：干宝撰有《周礼音》，见贾昌朝《群经音辨》。《隋书·经籍志一》："《七庙议》一卷，又《后养议》五卷，干宝撰…《春秋左氏函传义》十五卷，干宝撰……《春秋序论》二卷，干宝撰。"《隋书》卷三十三《经籍志二》："《晋纪》二十三卷，干宝撰，讫愍帝。"《晋书》本传作二十卷。《旧唐书·经籍志上》、《新唐书》卷五十七《艺文志二》均作二十二卷。《隋书·经籍志二》："干宝《司徒仪》一卷。"《旧唐书·经籍志上》、《新唐书·艺文志二》均作《司徒仪注》五卷。《旧唐书·经籍志上》："《杂议》五卷，干宝撰。"《新唐书·艺文志二》同。《隋书·经籍志二》："《搜神记》三十卷，干宝撰。"卷三十四《经籍志三》："《干子》十八卷，干宝撰。"《旧唐书》卷四十七《经籍志下》："《正言》十卷，干宝撰……《立言》十卷，干宝撰。”《新唐书》卷五十九《艺文志三》同。《隋书》卷三十五《经籍志四》：“晋散骑常侍《干宝集》四卷，梁五卷……《百志诗》九卷，干宝撰，梁五卷。”《全晋文》卷一百二十七辑干宝文九篇，除已见上文者外，还有：《驳招魂葬议》、《晋纪总论》、《晋纪论晋武帝革命》、《晋纪论姜维》、《山亡论》、《搜神记序》、《司徒议》。《晋诗》卷十一辑干宝《百志诗》一首。

2. 司马衍作《求卫公山阳公后诏》、《壬辰诏书》。

《晋书》卷七《成帝纪》：本年“三月，旱，诏太官减膳，免所旱郡县繇役……科十月……诏曰……”《壬辰诏书》见《宋书》卷五十四《羊玄保传》：“有司捡壬辰诏书……希以‘壬辰之制，其禁严刻……停除咸康二年壬辰之科’。”

3. 后赵续咸议圆石。

《晋书》卷十六《律历志上》：“赵石勒十八年（礼按：自石勒晋太兴二年称赵王至本年正十八年）七月，造建德殿，得圆石，状如水碓，铭曰：‘律权石，重四钧，同律度量衡。有辛氏造。’续咸议，是王莽时物。”咸以后事迹不详。《晋书》卷九十一《续咸传》：“年九十七，死于石季龙之世，季龙赠仪同三司。”《晋书·续咸传》：“著《远游志》、《异物志》、《汲冢古文释》，皆十卷，行于世。”《全晋文》卷一百四十八辑续咸文一篇，见331年第4条。

4. 孔坦疾笃，作《临终与庾亮书》，卒。

《晋书》卷七十八《孔坦传》：“疾笃，庾冰省之，乃流涕。坦慨然曰：‘大丈夫将终不问安国宁家之术，乃作儿女子相问邪！’冰深谢焉。临终，与庾亮书曰……俄卒，时年五十一。追赠光禄勋，谥曰简。”《通鉴》卷九十五：咸康二年七月至九月间，

"前廷尉孔坦卒。"

《隋书》卷三十五《经籍志四》:"晋侍中《孔坦集》十七卷,梁五卷,录一卷。"《全晋文》卷一百二十六辑坦文五篇,除已见上文者外,还有一篇《谢赐酒柑表》。

《晋书·孔坦传》:"子混嗣。"

5. 庾冰看望孔坦。

见本年第4条。

6. 有《咸康初河北谣》。

《晋书》卷二十八《五行志中》:"咸康二年十二月,河北谣云……后如谣言。"

7. 前凉张骏于河得玉玺。

《晋书》卷八十六《张骏传》:"鄯善王元孟献女,号曰美人,立宾遐观以处之。焉耆前部、于寘王并遣使贡方物。得玉玺于河,其文曰'执万国,建无极'。"《十六国春秋辑补》卷七十《前凉录四·张骏录》载上述事于本年。

8. 孔愉拜皇后杜氏。

《晋书》卷二十一《礼志下》:"成帝咸康二年,临轩,遣使……兼太尉、护军将军孔愉,六礼备物,拜皇后杜氏。"

9. 卢谌被诏征。

《晋书》卷六十二《刘群传》:"温峤前后表称:'姨弟刘群、内弟崔悦、卢谌等,皆在末波中,翘首南望……'咸康二年,成帝诏征群等,为末小兄弟爱其才,托以道险不遣。"卷六《明帝纪》:太宁三年"三月,幽州刺史段末波卒,以弟牙嗣。"卷四十四《卢谌传》:"末波死,弟辽代立。"此时留谌者,当是末波弟牙、辽。

10. 崔悦被诏征,末波弟不遣。

悦被征事,见本年第9条。

11. 郗超生。

《世说新语·言语第二》注引《中兴书》:“超字景兴,高平人,司空愔之子也。”《晋书》卷七十五《王坦之传》:“嘉宾,超小字也。”据《晋书》卷六十七《郗超传》、《通鉴》卷一百四,超卒于太元二年,时四十二推之,当生于本年。

12. 龚壮说李寿讨李期。

壮生卒年未详。《晋书》卷九十四《龚壮传》:“龚壮字子玮,巴西人也,洁己自守,与乡人谯秀齐名。父叔为李特所害,壮积年不除丧,力弱不能复仇。及李寿戍汉中,与李期有嫌。期,特孙也。壮欲假寿以报,乃说寿曰:‘节下若能并有西土,称藩于晋,人必乐从。且舍小就大,以危易安,莫大之策也。’寿然之。”常璩《华阳国志》卷九系李寿戍汉中以下诸事于本年。

13. 蔡谟迁太常,领秘书监。

《晋书》卷七十七《蔡谟传》:“冬蒸,谟领祠部,主者忘设明帝位,与太常张泉俱免,白衣领职。顷之,迁太常,领秘书监,以疾不堪亲职,上疏处解,不听。”上述事之时间,未见记载,疑在本年或本年后。

14. 庾亮作《荐翟汤郭翻表》。

《晋书》卷九十四《翟汤传》:“翟汤字道深(校勘记:‘《斠注》:《世说·栖逸》及注引《晋阳秋》、又《御览》八一七引《中兴书》“深”作“渊”。’)寻阳人……咸康中,征西大将军庾亮上疏荐之。”又同卷《郭翻传》:“郭翻字长翔,武昌人……与翟汤俱为庾亮所荐。”《世说新语·栖逸第十八》:“南阳翟道渊与汝南周子南少相友,共隐于寻阳。庾太尉说周以当世之务,周遂仕。翟秉志弥固,其后周诣翟,翟不与语。”刘孝标注引《寻阳记》:“初,庾亮临江州,闻翟汤之风……称其能言,表荐之。

征国子博士，不赴。”《荐翟汤郭翻表》见《类聚》卷五十三：“晋庾亮荐翟阳（礼按：当作‘汤’）翻表曰……”写作时间不详，今据《翟汤传》谓“咸康中”，姑系于此。

15. 王述为宛陵令。

《晋书》卷七十五《王述传》：“出为宛陵令。太尉、司空频辟，又除尚书吏部郎，并不行……述家贫，求试宛陵令，颇受赠遗，而修家具，为州司所检，有一千三百条。王导使谓之曰：‘名父之子，不患无禄，屈临小县，甚不宜尔。’述答曰：‘足自当止。’时人未之达也。比后屡居州郡，清洁绝伦，禄赐皆散之亲故，宅宇旧物不革于昔，始为当时所叹。但性急为累。尝食鸡子，以筯刺之，不得，便大怒掷地。鸡子圆转不止，便下床以屐齿蹹之，又不得。瞋甚，掇内口中，啮破而吐之。既跻重位，第以柔克为用。谢奕性粗，尝忿述，极言骂之，述无所应，面壁而已。居半日，奕去，始复坐。人以此称之。”述为宛陵令，时间不详，疑在本年或以后。

16. 王羲之为临川太守。

《世说新语·品藻第九》刘孝标注引《中兴书》：“羲之自会稽王友，改授临川太守。王述从骠骑功曹，出为宛陵令。”羲之任临川太守，《晋书》本传未载，时间不详。据《中兴书》所记，疑在王述任宛陵令前后。

337 丁酉

晋咸康三年　　成玉恒三年

后赵建武三年　　前燕慕容皝元年

前凉太元十四年

孔愉七十岁。郗鉴六十九岁。卫铄六十六岁。王导六十二岁。蔡谟五十七岁。葛洪五十五岁。卢谌五十三岁。庾亮四十九岁。庾冰四十七岁。何充四十六岁。庾怿四十五岁。范汪三十七岁。王述三十五岁。王允之三十五岁。王羲之三十五岁。王彪之三十三岁。庾翼三十三岁。张骏三十一岁。谢尚三十岁。王濛二十九岁。桓温二十六岁。道安二十六岁。袁乔二十六岁。郗愔二十五岁。孙绰二十四岁。支遁二十四岁。司马晞二十二岁。慕容儁十九岁。司马昱十八岁。谢安十八岁。谢万十八岁。郗昙十八岁。司马衍十七岁。司马岳十六岁。王洽十五岁。袁宏十岁。庾龢九岁。王坦之八岁。王蕴八岁。杨羲八岁。慧远四岁。王修四岁。郗超二岁。

1. 司马衍立太学，有《议拜三公仪注诏》。

《宋书》卷十四《礼志一》："成帝咸康三年，国子祭酒袁瓌、太常冯怀又上疏曰："臣闻先王之教也，崇典训，明礼学，以示后生，道万物之性，畅为善之道也……孔子恂恂，道化洙、泗，孟轲皇皇，诲诱无倦。是以仁义之声，于今犹存，礼让之风，千载未泯……今陛下以圣明临朝，百官以虔恭莅事，朝野无虞，江外静谧。如之何泱泱之风，漠然无闻，洋洋之美，坠于圣世乎……实宜留心经籍，阐明学义，使讽颂之音，盈于京室，味道之贤，是则是咏，岂不盛哉！'疏奏，帝有感焉。由是议立国学，征集生徒，而世尚庄、老，莫肯用心儒训。"

《建康实录》卷七《显宗成皇帝》：本年"春正月辛卯，诏立太学于淮水南。"《通典》卷七十一："晋武帝（礼按：应作成帝）咸宁（礼按：应作咸康）三年……太常王师等言：'拜三公应有乐……'诏曰……"

2. 有朱曼妻薛买地宅券。

《文物》1965 年第 6 期载方介堪撰《晋朱曼妻恭买地宅券》一文。文中开首全引买地宅券刻字。券文开头谓"晋咸康三年二月壬子朔三日乙卯⅃吴故舍人立节都尉晋陵丹朱曼⅃故妻薛从天买地从地买宅……"方氏云："券长 30、宽 17.2、厚 8.5 厘米。共八行，行十四字，第八行仅九字。全碑画有格线。石断为二……此券于 1896 年，在平阳县宜山乡鲸头村石埄下山麓因农民打圹发现……石质粗劣，色灰白，裂纹颇深，已将断脱。左侧石面平滑，似曾作过磨刀石……晋时碑禁甚严，石刻传世颇少，浙江尚未见有晋代碑志发现，他处出土的，多为楷隶，篆书很少见，此券……可供研究者参考。"并附有晋朱曼妻薛买地宅券拓片。

3. 前燕慕容儁任安北将军、东夷校尉、左贤王、燕王世子。

《晋书》卷一百十《慕容儁载记》："皝为燕王，拜儁假节、安北将军、东夷校尉、左贤王、燕王世子。"卷七《成帝纪》：本年"冬十月丁卯，慕容皝自立为燕王。"

4. 孔愉徙领军将军。

《晋书》卷七十八《孔愉传》:"复徙领军将军,加金紫光禄大夫,领国子祭酒。"《东晋将相大臣年表》系愉徙领军将军于本年。

5. 庾亮作《释奠祭孔子文》、《武昌开置学官教》。

《艺文类聚》卷三十八载亮《释奠祭孔子文》:"维咸康三年,荆豫州刺史、都亭侯庾亮,敬告孔圣明灵……"《宋书》卷十四《礼志一》:"征西将军庾亮在武昌,开置学官,教曰……"时间未详,疑与《释奠祭孔子文》写作时间相近。

6. 何充除建威将军、丹杨尹。

《晋书》卷七十七《何充传》:"诏征侍中,不拜。改葬毕,除建威将军、丹杨尹。"据《东晋将相大臣年表》,充本年任丹杨尹。

7. 前凉张骏遣陈寓、徐虓等至京师。

《晋书》卷八十六《张骏传》:"自后骏遣使多为季龙所获,不达。后骏又遣护羌参军陈寓、从事徐虓、华驭等至京师。征西大将军亮上疏言陈寓等冒险远至,宜蒙铨叙。诏除寓西平相,虓等为县令。"《十六国春秋辑补》卷七十《前凉录四·张骏录》载上述事于本年。

8. 有《河北谣》。

《御览》卷八百三十八引《晋起居注》:"咸康三年,河北谣曰……"

9. 王恬迁中书郎。

《晋书》卷六十五《王恬传》:"迁中书郎。帝欲以为中书令,导固让,从之。除后将军、魏郡太守,加给事中,领兵镇石头。"《世说新语·识鉴第七》刘孝标注引《陶侃别传》:"丞相未薨,敬豫为四品将军。"以上所记,时间不详,疑在本年前后。

10. 谢万作《八贤论》。

《晋书》卷七十九《谢万传》:“才器俊秀,虽器量不及(谢)安,而善自炫曜,故早有时誉。工言论,善属文,叙渔父、屈原、季主、贾谊、楚老、龚胜、孙登、嵇康四隐四显为《八贤论》,其旨以处者为优,出者为劣,以示孙绰。绰与往反,以体公识远者则出处同归。尝与蔡系送客于征虏亭,与系争言。系推万落床,冠帽倾脱。万徐拂衣就席,神意自若,坐定,谓系曰:‘卿几坏我面。’系曰:‘本不为卿面计。’然俱不以介意,时亦以此称之。”以上诸事,时间未详,亦非某年之事,姑系于万十八岁时。

11. 孙放令慧,慕庄周。入庾亮所建学校。

放生卒年未详。《晋书》卷八十二《孙盛传》:“孙盛字安国,太原中都人……子潜、放。”同卷《孙放传》:“放字齐庄,幼称令慧。年七八岁,在荆州,与父俱从庾亮猎,亮谓曰:‘君亦来邪?’应声答曰:‘无小无大,从公于迈。’”《世说新语·言语第二》刘孝标注引《孙放别传》:“年八岁,太尉庾公召见之。放清秀。欲观试,乃授纸笔令书。放便自疏名字。公题后问之曰:‘为欲慕庄周邪?’放书答曰:‘意欲慕之。’公曰:‘何故不慕仲尼而慕庄周?’放曰:‘仲尼生而知之,非希企所及;至于庄周,是其次者,故慕耳。’公谓宾客曰:‘王辅嗣应答,恐不能胜之。’”《北堂书钞》卷一百三十八引《孙放别传》:“庾公建学校,君年最幼,入为学生,班在诸生后。公问:‘君何独居后?’答曰:‘不见舡柂乎? 在后所以正舡也。’”放上述诸事,时间未详。庾亮约于本年在武昌开置学官,姑系于此。放以后事迹不详。《南史》卷五十七《孙伯翳传》:“曾祖放,晋国子博士、长沙太守。”《晋书·孙放传》:“终于长沙相。”

《隋书》卷三十五《经籍志四》:“晋国子博士《孙放集》一卷,残缺。梁十卷。”《全晋文》卷六十四辑放文二篇:《庐山赋》、《西寺铭序》。《晋诗》卷十三辑放诗二首:《咏庄子诗》、《数诗》。

338　戊戌

晋咸康四年　　　　　汉(成)李寿汉兴元年
后赵建武四年　　　　前燕二年
代拓跋什翼犍国元年　前凉太元十五年

孔愉七十一岁。郗鉴七十岁。卫铄六十七岁。王导六十三岁。蔡谟五十八岁。葛洪五十六岁。卢谌五十四岁。庾亮五十岁。庾冰四十八岁。何充四十七岁。庾怿四十六岁。范汪三十八岁。王述三十六岁。王允之三十六岁。王羲之三十六岁。王彪之三十四岁。庾翼三十四岁。张骏三十二岁。谢尚三十一岁。王濛三十岁。桓温二十七岁。道安二十九岁。袁乔二十七岁。郗愔二十六岁。孙绰二十五岁。支遁二十五岁。司马晞二十三岁。慕容儁二十岁。司马昱十九岁。谢安十九岁。谢万十九岁。郗昙十九岁。司马衍十八岁。司马岳十七岁。王洽十六岁。袁宏十一岁。庾龢十岁。王坦之九岁。王蕴九岁。杨羲五岁。慧远五岁。王修五岁。郗超三岁。苻坚一岁。吕光一岁。

1. 卢谌降石季龙，任中书侍郎。

《晋书》卷四十四《卢谌传》："末波死，弟辽代立。谌流离世故且二十载。石季龙破辽西，复为季龙所得，以为中书侍郎。"又卷一百六《石季龙载记上》："季龙……伐段辽……辽惧，弃令支，奔于密云山。辽左右长史刘群、卢谌、司马崔悦等封其府库，遣使请降。"卷七《成帝纪》：本年"二月，石季龙帅众七万，击段辽于辽西，辽奔于平岗。"《通鉴》卷九十六：本年三月，卢谌、崔悦等请降。

2. 崔悦降石季龙，居石季龙高官。

悦降石季龙见本年第1条。《晋书》卷四十四《卢钦传》：崔悦"没石氏，亦居大官。"《魏书》卷二十四《崔玄伯传》：崔悦"仕石虎，官至司徒左长史、关内侯。""左长史"李延寿撰《北史》卷二十一《崔宏传》作"右长史"。悦任司徒左长史、关内侯，时间未详。姑一并系于此。

3. 汉（成）龚壮作《上李寿封事》。

《晋书》卷九十四《龚壮传》：李寿"率众讨期，果克之。寿犹袭伪号，欲官之，壮誓不仕，赂遗一无所取。会天久雨，百姓饥垫，壮上书说寿以归顺，允天心，应人望，永为国藩，福流子孙。寿省书内愧，秘而不宣。"《上李寿封事》全文见《华阳国志》卷九。《晋书》卷七《成帝纪》：本年"夏四月，李寿弑李期，僭即伪位，国号汉。"据《通鉴》卷九十八，龚壮上封事在本年八月。

4. 庾阐作《为郗鉴檄青州文》，任散骑侍郎，领大著作。

《类聚》卷五十八载庾阐《为郗鉴檄青州文》曰："……石勒因曩者之弊，遇皇纲暂弛，遂陵跨神州，剪覆上国，二十余载。毒流四海，人神含愤，天诛自灭，而石虎穷凶，袭其余业，内肆豺狼之暴，外有无辜之祸……行者穷征役，居者困重赋。"写作时间未详。《晋书》卷七《成帝纪》：咸和八年，"秋七月戊辰，石勒死，子弘嗣伪位……九年……十一月石季龙弑石弘，自立为天王。"据此知檄文必写于咸和九年十一月后，又卷一百六《石季龙载记上》:“季龙谋伐昌黎,遣渡辽曹伏将青州之众渡海,戍蹋顿城,无水而还,因戍于海岛,运谷三百万斛以给之。又以船三百艘运谷三十万斛诣高句丽,使典农中郎将王典率众万余屯田于海滨。又令青州造船千艘。”檄青州文可能因上述事而发。《通鉴》卷九十六系上述事于本年五月。石勒占中原一带,至本年凡二十多年,与檄文所言“陵跨神州,剪覆上国,二十余载”,亦大体相符。《晋书》卷九十二《庾阐传》:“寻召为散骑侍郎,领大著作。”时间未见记载。本传叙上述事后,又接叙曰:“顷之,出补零陵太守。”是领大著作后不久,即出补零陵太守。出补零陵太守在明年。详后。

5. 司马衍有《拜王导丞相册》,为帛尸梨密多罗树刹冢所。

《拜王导丞相册》见本年第 6 条。《高僧传》卷一《帛尸梨密传》:“帛尸梨密多罗,此云吉友,西域人。时人呼为高座。传云:国王之子当承继世,而以国让弟,闇轨太伯。既而悟心天启,遂为沙门……太尉庾元规、光禄周伯仁、太常谢幼舆、廷尉桓茂伦,皆一代名士,见之终日累叹……晋咸康中卒,春秋八十余。诸公闻之,痛惜流涕。桓宣武每云,少见高坐,称其精神著出当年……密常在石子冈东行头陀,既卒因葬于此。成帝怀其风为树刹冢所。”为密树刹冢所时间未详,今据密卒于咸康中,姑系于此。

6. 王导为太傅,任丞相。作《与陶称书》。与殷浩共谈析理。

《晋书》卷六十五《王导传》:“进位太傅,又拜丞相,依汉制罢司徒官以并之。册曰……是岁,妻曹氏卒,赠金章紫绶。初,曹氏性妒,导甚惮之,乃密营别馆,以处众妾。曹氏知,将往焉。导恐妾被辱,遽令命驾,犹恐迟之,以所执麈尾柄驱牛而进。司徒蔡谟闻之,戏导曰:‘朝廷欲加公九锡。’导弗之觉,但谦退而已。谟曰：'不闻余物，惟有短辕犊车，长柄麈尾。'导大怒，谓人曰：'吾往与群贤共游洛中，何曾闻有蔡克儿也。'于时庾亮以望重地逼，出镇于外。南蛮校尉陶称间说亮当举兵内向，或劝导密为之防。导曰：'吾与元规休戚是同，悠悠之谈，宜绝智者之口。则如君言，元规若来，吾便角巾还第，复何惧哉！'又与称书，以为……于是谗间遂息。时亮虽居外镇，而执朝廷之权，既据上流，拥强兵，趣向者多归之。导内不能平，常遇西风尘起，举扇自蔽，徐曰：'元规尘污人。'自汉、魏以来，群臣不拜山陵。导以元帝睠同布衣，匪惟君臣而已，每一崇进，皆就拜，不胜哀戚。由是诏百官拜陵，自导始也。"《与陶称书》，《全晋文》漏收。卷七《成帝纪》：本年"五月乙未，以司徒王导为太傅、都督中外诸军事……六月，改司徒为丞相，以太傅王导为之。"《世说新语·文学第四》："殷中军为庾公长史，下都，王丞相为之集，桓公、王长史、王蓝田、谢镇西并在。丞相自起解帐带麈尾，语殷曰：'身今日当与君共谈析理。'既共清言，遂达三更。丞相与殷共相往反，其余诸贤，略无所关。既彼我相尽，丞相乃叹曰：'向来语，乃竟未知理源所归，至于辞喻不相负。正始之音，正当尔耳！'明旦，桓宣武语人曰：'昨夜听殷、王清言甚佳，仁祖亦不寂寞，我亦时复造心，顾看两王掾，辄翣如生母狗馨。'"上述事时间未详，姑系于王导任丞相之后。

7. 庾亮作《与郗鉴笺》，拜司空，不就。

《晋书》卷七十三《庾亮传》："时王导辅政，主幼时艰，务存大纲，不拘细目，委任赵胤、贾宁等诸将，并不奉法，大臣患之。陶侃尝欲起兵废导，而郗鉴不从，乃止。至是，亮又欲率众黜导，又以咨鉴，而鉴又不许。亮与鉴笺曰……鉴又不许，故其事得息……寻拜司空，余官如故，固让不拜。”卷七《成帝纪》：本年“五月乙未，以……征西将军庾亮为司空。”

8. 孙盛密谏庾亮。

《晋书》卷八十二《孙盛传》：“时丞相王导执政，亮以元舅居外，南蛮校尉陶称谗构其间，导、亮颇怀疑贰。盛密谏亮曰……亮纳之。”

9. 郗鉴进位太尉。

《晋书》卷七《成帝纪》：本年五月乙未，“司空郗鉴为太尉。”

《御览》卷二〇七引《晋中兴书》：“郗鉴为太尉，虽在公位，冲心愈约。劳谦日仄，诵玩坟索。自少及长，身无择行。家本书生，后因丧乱，解巾从戎，非其本愿。常怀慨然。”

10. 李充任丞相掾，转记室参军。

充生卒年未详。《世说新语·言语第二》刘孝标注引《中兴书》：“李充字弘度，江夏郢人也。祖康(礼按：‘康’当作‘秉’，见《全晋文》卷五十三《李秉家诫》下严可均注。)、父矩，皆有美名。充初辟丞相掾、记室参军。”《晋书》卷九十二《李充传》：“父矩，江州刺史。充少孤，其父墓中柏树尝为盗贼所斫，充手刃之，由是知名。善楷书，妙参钟、索，世咸重之。辟丞相王导掾，转记室参军。幼好刑名之学，深抑虚浮之士，尝著《学箴》，称……”羊欣《采古来能书人名》：“晋中书郎李充母卫夫人。”《通鉴》卷九十六系充任丞相掾、著《学箴》于本年六月。

11. 蔡谟作《上言临轩拜三公宜作乐》、《敕作佛象颂议》。

《晋书》卷二十一《礼志下》：“咸康四年，成帝临轩，遣使拜太傅、太尉、司空。《仪注》，太乐宿县于殿庭。门下奏，非祭祀宴飨，则无设乐之制。太常蔡谟议曰……议奏从焉。”《晋书》

所载《上言临轩拜三公宜作乐》不全。全文见《全晋文》卷一百十四。又《晋书》本传:“临轩作乐,自此始也。彭城王紘上言,乐贤堂有先帝手画佛像,经历寇难,而此堂犹存,宜敕作颂。帝下其议,谟曰……于是遂寝。”

12. 孔愉出守会稽。

《晋书》卷七十八《孔愉传》:“出为镇军将军、会稽内史,加散骑常侍。句章县有汉时旧陂,毁废数百年。愉自巡行,修复故堰,溉田二百余顷,皆成良业。在郡三年,乃营山阴湖南侯山下数亩地为宅,草屋数间,便弃官居之。送资数百万,悉无所取。”据《东晋将相大臣年表》,本年愉出守会稽。

13. 何充加吏部尚书,进号冠军将军,领会稽王师。

《晋书》卷七十七《何充传》:“王导、庾亮并言于帝曰:‘何充器局方概,有万夫之望,必能总录朝端,为老臣之副。臣死之日,愿引充内侍,则外誉唯缉,社稷无虞矣。’由是加吏部尚书,进号冠军将军,又领会稽王师。”据《东晋将相大臣年表》,本年充任吏部尚书。

14. 支遁出家。

《世说新语·言语第二》刘孝标注引《高逸沙门传》:“支遁……少而任心独往,风期高亮,家世奉法。尝于余杭山沈思《道行》,泠然独畅。年二十五始拜形入道。”《高僧传》卷四《支遁传》:“家世事佛,早悟非常之理。隐居余杭山,沈思《道行》之品,委曲《慧印》之经,卓然独拔,得自天心。”《世说新语·文学第四》:“《庄子·逍遥篇》,旧是难处,诸名贤所可钻味,而不能拔理于郭、向之外。支道林在白马寺中,将冯太常共语,因及《逍遥》。支卓然标新理于二家之表,立异义于众贤之外,皆是诸名贤寻味之所不得。后遂用支理。”程炎震注云:“据《高僧传·遁传》叙次,则此白马寺在余杭。”是遁注《逍遥篇》,当在隐居余杭山时。

15. 前秦苻坚生。

《世说新语·识鉴第七》刘孝标注引车频《秦书》:“苻坚……武都氐人也。本姓蒲,祖父洪,诈称谶文,改曰‘苻’。言已当王,应符命也。”《晋书》卷一百十三《苻坚载记上》:“苻坚字永固,一名文玉,雄之子也。祖洪,从石季龙徙邺,家于永贵里。其母苟氏尝游漳水,祈子于西门豹祠,其夜梦与神交,因而有孕,十二月而生坚焉。有神光自天烛其庭。背有赤文,隐起成字,曰‘草付臣又土王咸阳’。臂垂过膝,目有紫光。洪奇而爱之,名曰坚头。”据《苻坚载记上》,坚卒于太元十年、时四十八岁推之,当生于本年。

16. 后梁吕光生。

《晋书》卷一百二十二《吕光载记》:“吕光字世明,略阳氐人也。其先吕文和,汉文帝初,自沛避难徙焉,世为酋豪。父婆楼,佐命苻坚,官至太尉。光生于枋头,夜有神光之异,故以光为名。”《御览》卷三百八十五引《凉州记》:吕光“以石氏建武四年生。”

17. 后赵有鎏金铜佛坐像。

《中国美术全集》雕塑编3魏晋南北朝雕塑·图版说明第11页:“鎏金铜佛坐像　后赵建武四年　铜质　高三九·七厘米　美国旧金山亚洲美术馆藏　这是我国迄今为止所发现的有确切纪年铭文的第一尊佛造像……造像高肉髻,通肩大衣,趺坐作禅定印。但就风格上,已明显失去了早期犍陀罗造像的风味……额际宽平、下颚部渐收,属犍陀罗系发展而来,但就总体看已大为变异,柳眉杏眼,眼脸刻划细挑深长,鼻梁平和细腻,肉髻平行,且以细线勾丝出发纹……此像具有的非男非女之相,神情文静,面貌端秀,五指纤长,肥腴的双肩自然下垂。实以女相成份为多。”附鎏金铜佛坐像图。

18. 王允之进号西中郎将。

《晋书》卷七十六《王允之传》:“咸康中,进号西中郎将、假节。”时间不详。今据“咸康中”,姑系于是。

19. 王羲之拒绝王导任用。

《晋书》卷八十《王羲之传》载羲之《报殷浩书》:“吾素自无廊庙志,直王丞相时果欲内吾,誓不许之,手迹犹存。”时间未详。据卷七《成帝纪》,王导于本年六月为丞相,明年七月卒,姑系于此。

20. 王濛任长山令。

《晋书》卷九十三《王濛传》:“后出补长山令。”时间不详,姑系于本年。

21. 谢沈为郗鉴所辟,不就。

《晋书》卷八十二《谢沈传》:“太尉郗鉴辟,并不就。”鉴于本年五月任太尉,沈为鉴所辟,当在本年或以后。

22. 孙绰补章安令。

《晋书》卷五十六《孙绰传》:“补章安令。”时间未详,姑系于本年。

23. 虞喜著《安天论》。

《晋书》卷九十一《虞喜传》:“喜专心经传,兼览谶纬,乃著《安天论》以难浑、盖。”卷十一《天文志上》:“成帝咸康中,会稽虞喜因宣夜之说作《安天论》,以为……葛洪闻而讥之曰……《隋书》卷三十四《经籍志三》:“《安天论》六卷,虞喜撰。”《全晋文》卷八十二辑《安天论》佚文二则。《安天论》写作确切时间不详，今据“咸康中”，姑系于此。

24. 葛洪讥虞喜所著《安天论》。

见本年第23条。

25. 范宣为郗鉴所命，不就。

宣生卒年未详。《晋书》卷九十一《范宣传》："范宣字宣子，陈留人也。年十岁，能诵《诗》、《书》。尝以刀伤手，捧手改容。人问：'痛邪？'答曰：'不足为痛，但受全之体而致毁伤，不可处耳。'家人以其年幼而异焉。少尚隐遁，加以好学，手不释卷，以夜继日，遂博综众书，尤善《三礼》。家至贫俭，躬耕供养。亲没，负土成坟，庐于墓侧。太尉郗鉴命为主簿，诏征太学博士、散骑郎，并不就。"宣为郗鉴命任主簿诸事，时间不详。本年五月郗鉴任太尉，姑系于此。

339　己亥

晋咸康五年	汉(成)汉兴二年
后赵建武五年	前燕三年
代建国二年	前凉太元十六年

孔愉七十二岁。郗鉴七十一岁。卫铄六十岁。王导六十四岁。蔡谟五十九岁。葛洪五十七岁。卢谌五十五岁。庾亮五十一岁。庾冰四十九岁。何充四十八岁。庾怿四十七岁。范汪三十九岁。王述三十七岁。王允之三十七岁。王羲之三十七岁。王彪之三十五岁。庾翼三十五岁。张骏三十三岁。谢尚三十二岁。王濛三十一岁。桓温二十八岁。道安二十八岁。袁乔二十八岁。郗愔二十七岁。孙绰二十六岁。支遁二十六岁。司马晞二十四岁。慕容儁二十一岁。司马昱二十岁。谢安二十岁。谢万二十岁。郗昙二十岁。司马衍十九岁。司马岳十八岁。王洽十七岁。袁宏十二岁。庾龢十一岁。王坦之十岁。王蕴十岁。杨羲十岁。慧远六岁。王修六岁。郗超四岁。苻坚二岁。吕光二岁。范宁一岁。

1. 庾亮解豫州，作《谋开复中原疏》、《请留庾怿监秦州疏》及《斩陶称上疏》。征司徒，不就。撰《杂乡射等议》。修雅乐。

《晋书》卷七十三《庾亮传》："时石勒新死，亮有开复中原之谋，乃解豫州授辅国将军毛宝……亮当率大众十万，据石城，为诸军声援。乃上疏曰……帝下其议，时王导与亮意同，郗鉴议以资用未备，不可大举。亮又上疏，便欲迁镇。会寇陷邾城，毛宝赴水而死。亮陈谢，自贬三等，行安西将军。有诏复位……亮自邾城陷没，忧慨发疾。会王导薨，征亮为司徒、扬州刺史、录尚书事，又固辞，帝许之。”卷七《成帝纪》：“（咸和）八年……七月戊辰，石勒死……（咸康）五年……四月辛未，征西将军庾亮遣参军赵松击巴郡、江阳，获石季龙将李闳、黄植等。秋七月庚申……王导薨……八月壬午，复改丞相为司徒……九月石季龙将……张貉陷邾城，因寇江夏、义阳。征虏将军毛宝、西阳太守樊俊、义阳太守郑进，并死之。”亮让豫州于宝，当在上年拜司空后，《本传》误载于前。拜司徒事，《成帝纪》未载。《建康实录》卷七《显宗成皇帝》：“复改丞相为司徒，司空庾亮领之。”《请留庾怿监秦州疏》见本年第2条。《晋书》卷六十六《陶侃传》：“咸康五年，庾亮以称（侃子）为监江夏随义阳三郡军事、南中郎将、江夏相，以本所领二千人自随。到夏口，轻将二百人下见亮。亮大会吏佐，责称前后罪恶，称拜谢，因罢出。亮使人于阁外收之，弃市。亮上疏曰……”丁国钧《补晋书艺文志》卷一：《杂乡射等议》三卷，庾亮。谨按，见《七录》。《通典》：‘晋咸康五年，征西庾亮行乡射之礼，依古周制，亲执其事，洋洋有洙泗之风。’是书当成于彼时。”《宋书》卷十九《乐志一》：“庾亮为荆州，与谢尚共为朝廷修雅乐，亮寻薨。”时间未详，亮明年卒，姑系于此。

2. 庾怿任梁州刺史，后改任豫州刺史。

《晋书》卷七十三《庾怿传》：“历监梁、雍二州军事，转辅国将军、梁州刺史、假节，镇魏兴。时兄亮总统六州，以怿宽厚容众，故授以远任，为东西势援。寻进监秦州氐、羌诸军事。怿遣牙门霍佐迎将士妻子，佐驱三百余口亡入石季龙。亮表上，贬怿为建威将军。朝议欲召还，亮上疏曰……从之。后以所镇险远，粮运不继，诏怿以将军率所领还屯半洲。寻迁辅国将军、豫州刺史，进号西中郎将、监宣城庐江历阳安丰四郡军事、假节，镇芜湖。”据《通鉴》卷九十六，本年三月，怿任梁州刺史，十月改任豫州刺史。

3. 庾翼迁南蛮校尉，领南郡太守。赐爵都亭侯。

《晋书》卷七十三《庾翼传》：“迁南蛮校尉，领南郡太守，加辅国将军、假节。及郏城失守，石城被围，翼屡设奇兵，潜致粮杖。石城得全，翼之勋也。赐爵都亭侯。”

4. 蔡谟作《征西将军庾亮移镇石城议》。任征北将军、徐州刺史。作《谏攻寿阳城》、《谏断酬功疏》、《与庾冰书论赠刁协》。

《晋书》卷七十七《蔡谟传》：“时征西将军庾亮以石勒新死，欲移镇石城，为灭贼之渐。事下公卿，谟议曰……朝议同之，故亮不果移镇……及太尉郗鉴疾笃，出谟为太尉军司，加侍中。鉴卒，即拜谟为征北将军、都督徐兖青三州扬州之晋陵豫州之沛郡诸军事，领徐州刺史、假节。时左卫将军陈光上疏请伐胡，诏令攻寿阳，谟上疏曰……先是，郗鉴上部下有勋劳者凡一百八十人，帝并酬其功，未卒而鉴薨，断不复与。谟上疏……诏听之。”卷六十九《刁协传》：“（王）敦平后，周𫖮、戴若思等皆被显赠，惟协以出奔不在其例。咸康中，协子彝上疏讼之。在位者多以明帝之世褒贬已定，非所得更议，且协不能抗节殒身，乃出奔遇害，不可复其官爵也。丹杨尹殷融议曰……时庾冰辅政，疑不能决。左光禄大夫蔡谟与冰书曰……冰然之。事奏，成帝诏曰……于是追赠本官，祭以太牢。”

5. 谢安受王濛、王导器重。娶刘惔妹。

《晋书》卷七十九《谢安传》:“弱冠诣王濛,清言良久,既去,濛子修曰:‘向客何如大人?’濛曰:‘此客亹亹,为来逼人。’王导亦深器之。由是少有重名……安妻,刘惔妹也。”

《世说新语·德行第一》刘孝标注引《谢氏谱》:“(谢)安娶沛国刘耽女。”上述事时间不详,今据安“弱冠”及王导本年七月卒,姑系于此。

6. 王导卒。

《晋书》卷六十五《王导传》:“咸康五年薨,时年六十四。帝举哀于朝堂三日,遣大鸿胪持节监护丧事,赗襚之礼,一依汉博陆侯及安平献王故事。及葬,给九游辒辌车、黄屋左纛、前后羽葆鼓吹、武贲班剑百人,中兴名臣莫与为比。册曰:‘……今遣使持节、谒者仆射任瞻锡谥曰文献,祠以太牢……’”按卷七《成帝纪》,王导卒于本年七月庚申。《元和郡县图志》卷二十五上元县:“晋王导墓,在县西北十四里幕府山西。”

《隋书》卷三十五《经籍志四》:“晋丞相《王导集》十一卷,梁十卷,录一卷。”《全晋文》卷十九辑王导文凡二十一篇。除已见上文者外,还有:《转陈耽谢鸾教》、《求别驾教》、《上疏论谥法》、《请原羊聃启》、《迁丹阳太守上笺》、《答荀松书》、《书》、《麈尾铭》。

王僧虔《论书》:“亡高祖丞相导,亦甚有楷法,以师钟、卫,好爱无厌,丧乱狼狈,犹以钟繇《尚书宣示帖》藏衣带中,过江后,在右军处。”《书断下》:“(王)导行、草皆妙,然疏柯迥擢,寡叶危阴,虽贤有余,而才不足。元、明二帝并工书,皆推难于茂弘。王愔云:‘王导行、草,见贵当世。’”

《书小史》卷五称王导“善草、隶”。《淳化阁帖》卷二载王导二帖:《省示帖》、《改朔帖》。《宣和书谱》卷十四:“(王)导善作字,规模前人,初师钟繇、卫瓘,力学不倦……行、草尤工……唐王方庆,导之后裔也,尝以自导而下十一世书上则天后。后令崔融为宝章阁序其事以赐之,举朝为荣。今御府所藏草书二:《省示帖》、《改朔帖》。”《世说新语·方正第五》注引《棋品》:“(王)导第五品。”

《晋书·王导传》:“二弟:颖、敞,少与导俱知名。时人以颖方温太真,以敞比邓伯道。并早卒。导六子:悦、恬、洽、协、劭、荟。”

《晋书》卷六十五《王悦传》:“悦字长豫,弱冠有高名,事亲色养,导甚爱之。导尝共悦弈棋……悦少侍讲东宫,历吴王友、中书侍郎。先导卒,谥贞世子。”

《晋书》卷六十五《王协传》:“协字敬祖,元帝抚军参军(校勘记:‘元帝未尝为抚军,疑是简文之误。’)袭爵武冈侯,早卒。”

王恬、王洽、王劭、王荟,分别见本书有关条。

7. 司马衍作《谥王导册》、《赠郗鉴爵谥册》、《追赠刁协本官诏》。

《谥王导册》见本年第6条。《赠郗鉴爵谥册》见本年第13条。《追赠刁协本官诏》见本年第4条。

8. 王恬去官。俄起为后将军。

《晋书》卷六十五《王恬传》:“(王)导薨,去官。俄起为后将军,复镇石头。”

9. 何充转护军将军,录尚书事。作《奏言沙门不应敬王者》三篇。

《晋书》卷七十七《何充传》:“及(王)导薨,转护军将军,与中书监庾冰参录尚书事……寻迁尚书令,加左将军。充以内外统任,宜相纠正,若使事综一人,于课对为嫌,乃上疏固让。

许之。"《奏言沙门不应敬王者》三篇，见《全晋文》卷三十二。篇中有"尚书令、冠军、抚军、都乡侯臣充……言"句，知文当作于充任尚书令后。

10. 庾冰入为中书监、扬州刺史。代王导辅朝政。作《上疏辞封赏》。奏听慕容皝称燕王。

《晋书》卷七十三《庾冰传》："寻入为中书监、扬州刺史、都督扬豫兖三州军事、征虏将军、假节。是时王导新丧，人情恇然。冰兄亮既固辞不入，众望归冰。既当重任，经纶时务，不舍夙夜，宾礼朝贤，升擢后进，由是朝野注心，咸曰贤相。初，导辅政，每从宽惠，冰颇任威刑。殷融谏之。冰曰：'前相之贤，犹不堪其弘，况吾者哉！'范汪谓冰曰：'顷天文错度，足下宜尽消御之道。'冰曰：'玄象岂吾所测，正当勤尽人事耳。'又隐实户口，料出无名万余人，以充军实。诏复论前功，冰上疏曰……许之。"《世说新语·政事第三》刘孝标注引《殷羡言行》："王公薨后，庾冰代相，网密刑峻。"

11. 殷融作《显赠刁协议》。谏庾冰。时任丹杨尹。

作《显赠刁协议》见本年第4条。谏庾冰见本年第10条。

12. 范汪谏庾冰。

见本年第10条。

13. 郗鉴作《上疏逊位》。卒。

《晋书》卷六十七《郗鉴传》："后以寝疾，上疏逊位曰……鉴寻薨，时年七十一。帝朝晡哭于朝堂，遣御史持节护丧事……册曰：'……今赠太宰，谥曰文成，祠以太牢……'"

《御览》卷二〇七引《晋中兴书》："（郗鉴）咸康五年秋寝疾，上疏逊位，优诏不许。"《晋书》卷七十四《桓冲传》：郗鉴临终有表，"树置亲戚。"表已佚。《建康实录》卷七《显宗成皇帝》：本年八月，“辛酉，侍中太尉南昌公郗鉴薨。”校勘记：“‘辛酉’，《晋书·成帝纪》、《通鉴》九六皆同，然八月无辛酉，徐钞本作‘辛卯’，为八月十九日，疑是。”《至顺镇江志》卷十二：郗鉴墓在郡城东。

《隋书》卷三十五《经籍志四》：“晋太尉《郗鉴集》十卷，录一卷。”《全晋文》卷一百九辑郗鉴文四篇，除已见上文者外，还有《书》一篇。

《书断中》：郗鉴“草书卓绝，古而且劲。”窦臮《述书赋上》：“道徽之丰茂宏丽，下笔而刚决不滞；挥翰而厚实深沉，等渔父之乘流鼓枻。”《淳化阁帖》卷二辑有郗鉴《孝性帖》。《宣和书谱》卷十四谓郗鉴，“今御府所藏草书一：《兰陵帖》”。

《晋书·郗鉴传》：“二子：愔、昙。”愔、昙见本书有关愔、昙条。

《世说新语·品藻第九》：“郗司空家有伧奴，知及文章，事事有意……”余嘉锡笺疏引程炎震曰：“司空谓郗鉴。《晋书·恢传》作郗愔，误。愔为司空时，王、刘死久矣。”

14. 郗愔遭父忧。

《晋书》卷六十七《郗愔传》：“性至孝，居父母忧，殆将灭性。”

15. 晋始用砖垒宫城。

《建康实录》卷七《显宗成皇帝》：“始用砖垒宫城，而创构楼观。”

16. 孙绰任太学博士。作《丞相王导碑》、《太宰郗鉴碑》、《与庾冰诗》。

《晋书》卷五十六《孙绰传》：“征拜太学博士。”时间不详，姑系于此。《全晋文》卷六十二载绰《丞相王导碑》、《太宰郗鉴碑》，当分别作于本年王导、郗鉴卒后。《晋诗》卷十三载绰《与庾冰诗》十三章。时间未详。诗云：“子冲赤霄，我戢蓬黎……我闻为政，宽猛相革。”《晋书》卷三十《刑法志》：“咸康之世，庾冰好为纠察，近于繁细。”诗云“子冲赤霄”，当指本年“庾冰代相”事；“宽猛相革”当对冰“颇任威刑”、“好为纠察”而发。

17. 谢沈被蔡谟版为参军，不就。

《晋书》卷八十二《谢沈传》：“征北将军蔡谟版为参军，皆不就。闲居养母，不交人事，耕耘之暇，研精坟籍。”沈被版为参军，当在本年蔡谟任征北将军后。

18. 江逌任征北将军参军。

《晋书》卷八十三《江逌传》：“征北将军蔡谟命为参军。”上述事当在本年蔡谟任征北将军后。

19. 汉（成）龚壮作诗七篇，托言应璩以讽李寿。

《晋书》卷一百二十一《李寿载记》：“寿初病，思明等复议奉王室，寿不从。李演自越嶲上书，劝寿归正返本，释帝称王，寿怒杀之，以威龚壮、思明等。壮作诗七篇，托言应璩以讽寿。寿报曰：‘省诗知意。若今人所作，贤哲之话言也。古人所作，死鬼之常辞耳！’动慕汉武、魏明之所为，耻闻父兄时事，上书者不得言先世政化，自以己胜之也。”据《华阳国志》卷九，本年秋李寿杀李演。《通鉴》卷九十六系于本年九月。然《通鉴》云：“舍人杜袭作诗十篇，托言应璩以讽谏……”诗作者、篇数，与《李寿载记》所云不同，其他相符。《魏书》卷九十六《李寿传》所记同《晋书·李寿载记》。

20. 前凉张骏立辟雍明堂，命索绥著《凉春秋》。

《十六国春秋辑补》卷七十《前凉录四·张骏录》：本年“以右长史任处领国子祭酒，立辟雍明堂而行礼焉。命西曹掾集阁内外事付索绥，以著《凉春秋》。十一月，以世子重华行凉州事。"《史通新校注·外篇·古今正史》:"前凉,张骏十五年命其西曹边浏集内外事,以付秀才索绥,作《凉国春秋》五十卷。"

21. 司马岳迁侍中、司徒。

《晋书》卷七《康帝纪》:"咸康五年,迁侍中、司徒。"按同卷《成帝纪》,司马岳于本年十二月丙戌为司徒。

22. 庾阐出补零陵太守,作《吊贾谊文》、《吊贾谊诗》、《三月三日诗》、《衡山诗》。

《晋书》卷九十二《庾阐传》:"出补零陵太守,入湘川,吊贾谊。其辞曰:'中兴二十三载,余忝守衡南,鼓枻三江,路次巴陵,望君山而过洞庭,涉湘川而观汨水,临贾生投书之川,慨以咏怀矣。及造长沙,观其遗象,喟然有感,乃吊之云……'"自建武元年中兴至本年,凡二十三载,是阐出补零陵太守,作《吊贾谊文》当在本年。《晋诗》卷十二载阐《吊贾谊诗》,当与《吊贾谊文》写作时间相近。同卷又载阐《三月三日诗》、《衡山诗》。《三月三日诗》云:"心结湘川渚。"《衡山诗》云:"北眺衡山首,南睨五岭末。"二诗殆作于出补零陵太守后。

23. 范宁生。

《晋书》卷七十五《范汪传》:"长子康……康弟宁,最知名。"同卷《范宁传》:"宁字武子。"据吴荣光《历代名人年谱》卷二,宁生于本年。

24. 卢谌迁国子祭酒。

《晋书》卷四十四《卢谌传》:"以为……国子祭酒。"时间未见记载。《十六国春秋辑补》卷十六《后赵录六·石虎录》:"(建武)五年,下书令诸郡国立五经博士。初,(石)勒置大小学博士,至是复置国子博士助教。"谌迁国子祭酒,疑在石虎立五经博士时。

25. 高柔为冠军参军。

柔生卒年不详。《世说新语·轻诋第二十六》注引孙统为《柔集叙》:“柔字世远,乐安人。才理清鲜,安行仁义。婚泰山胡毋氏女,年二十,既有倍年之觉,而姿色清惠,近是上流妇人。柔家道隆崇,既罢司空参军、安固令,营宅于伏川(余嘉锡按:‘“伏川”盖“畎川”之误。’)。驰动之情既薄,又爱玩贤妻,便有终焉之志。尚书令何充取为冠军参军,偪俛应命,眷恋绸缪,不能相舍。相赠诗书,清婉辛切。”本年何充迁尚书令,高柔为冠军参军疑在本年。

《世说新语·轻诋第二十六》:“高柔在东,甚为谢仁祖所重。既出,不为王、刘所知。仁祖曰:‘近见高柔,大自敷奏,然未有所得。’真长云:‘故不可在偏地居,轻在角䚥中,为人做议论。’高柔闻之,云:‘我就伊无所求。’人有向真长学此言者,真长曰:‘我寔亦无可与伊者。’然游燕犹与诸人书:‘可要安固?’安固者,高柔也。”《世说新语·言语第二》:“孙绰赋《遂初》,筑室畎川,自言见止足之分。斋前种一株松,恒自手壅治之。高世远时亦邻居,语孙曰:‘松树子非不楚楚可怜,但永无栋梁用耳!’孙曰:‘枫柳虽合抱,亦何所施?’”据此,知高柔在畎川时曾与孙绰为邻。高柔本年以后事迹,未见记载。

《世说新语·轻诋第二十六》,余嘉锡笺疏引文廷式《补晋书艺文志》丁部云:“《世说》:‘高柔在东’云云,与魏之高柔别是一人。魏高柔,字文惠,《三国志》有传。《书钞》一百一十《高文惠与妇书》曰:‘今置琵琶一枚,音甚清亮也。’一百三十六《高文惠妇与文惠书》云:‘今奉织成袜一量。’《御览》六百八十九《高文惠妇与文惠书》:“今聊奉组生履一緉。”六百八十八《高文惠妇与文惠书》曰：'今奉总帢十枚。'据《世说》注，当是高世远妇。《书钞》、《御览》误也。"余嘉锡曰："文氏说是也……今观世远夫妇往复书，盖上拟秦嘉、徐淑，文采必有可观，惜乎仅存残篇断句，无以窥其清婉辛切之旨矣。"

26. 谢尚与庾亮修复雅乐。

见本年第1条。

27. 谢万被辟司徒掾，不就。

《晋书》卷七十九《谢万传》："弱冠，辟司徒掾，迁右西属，不就。"

28. 王述任庾冰征虏长史。

《晋书》卷七十五《王述传》："历庾冰征虏长史。"述任征虏长史，当在本年庾冰任征虏将军后。

29. 王羲之迁长史。

《晋书》卷八十《王羲之传》："累迁长史。"时间不详，本传叙于庾亮卒前。亮明年正月卒。

30. 王劭清贵简素。

劭生卒年未详。《御览》卷三百八十九引《王劭别传》(礼按：原作"桓邵"，误。)："劭字敬伦，丞相之第五子。清贵简素，风姿甚美，而善治容仪，虽家人近习莫见其怠堕之貌。(桓)温见而称之曰：'可谓凤鸰。'"《晋书》卷六十五《王劭传》：劭"历东阳太守、吏部郎、司徒左长史……劭……有风操，虽家人近习，未尝见其堕替之容。桓温甚器之。"劭任东阳太守等职，时间不详，姑一并系于此。

31. 王荟有清誉，不竞荣利。

荟生卒年未详。《世说新语·雅量第六》刘孝标注引《劭荟别传》："荟字敬文，丞相最小子。有清誉，夷泰无竞。"又注："小奴，王荟小字也。”《晋书》卷六十五《王荟传》：“荟……恬虚守靖，不竞荣利，少历清官，除吏部郎、侍中、建威将军、吴国内史。时年饥粟贵，人多饿死，荟以私米作饘粥，以饴饿者，所济活甚众。征补中领军，不拜。”荟上述事，时间不详，姑系于此。

340　庚子

晋咸康六年　　　汉(成)汉兴三年
后赵建武六年　　前燕四年
代建国三年　　　前凉太元十七年

孔愉七十三岁。卫铄六十九岁。蔡谟六十岁。葛洪五十八岁。卢谌五十六岁。庾亮五十二岁。庾冰五十岁。何充四十九岁。庾怿四十八岁。范汪四十岁。王述三十八岁。王允之三十八岁。王羲之三十八岁。王彪之三十六岁。庾翼三十六岁。张骏三十四岁。谢尚三十三岁。王濛三十二岁。桓温二十九岁。道安二十九岁。袁乔二十九岁。郗愔二十八岁。孙绰二十七岁。支遁二十七岁。司马晞二十五岁。慕容儁二十二岁。司马昱二十一岁。谢安二十一岁。谢万二十一岁。郗昙二十一岁。司马衍二十岁。司马岳十九岁。王洽十八岁。袁宏十三岁。庾龢十二岁。王坦之十一岁。王蕴十一岁。杨羲十一岁。慧远七岁。王修七岁。郗超五岁。苻坚三岁。吕光三岁。范宁二岁。

1. 庾亮卒。追赠太尉。卒前上疏荐王羲之。

《晋书》卷七《成帝纪》:本年"春正月庚子,使持节、都督江豫益梁雍交广七州诸军事、司空,都亭侯庾亮薨。"《建康实录》卷七《显宗成皇帝》:本年七月,庾亮薨。与《晋书·成帝纪》

所记不同。不知何据。今从《晋书》。《晋书》卷七十四《桓冲传》:"庾亮……临终皆有表,树置亲戚。"表已佚。卷八十《王羲之传》:"(庾)亮临薨,上疏称羲之清贵有鉴裁。迁宁远将军、江州刺史。"《世说新语·伤逝第十七》注引《搜神记》:"初,庾亮病,术士戴洋曰:'昔苏峻事,公于白石祠中许赛车下牛,从来未解。为此鬼所考,不可救也。'明年,亮果亡。"余嘉锡《世说新语笺疏》引《还冤志》:"晋时庾亮诛陶称。后咸康五年冬节会,文武数十人忽然悉起向阶拜揖。庾惊问故?并云:'陶公来。'陶公是称父侃也。庾亦起迎。陶公扶两人,悉是旧怨,传诏左右数十人皆操伏戈。陶公谓庾曰:'老仆举君自代,不图此恩;反戮其孤,故来相问。陶称何罪?身已得诉于帝矣。'庾不得一言,遂寝疾。"《晋书》卷八十一《毛宝传》:"诏以宝……与西阳太守樊峻以万人守邾城。石季龙恶之,乃遣……五万人来寇,张貉渡二万骑攻邾城。宝求救于(庾)亮,亮以城固,不时遣军,城遂陷。宝、峻等率左右突围出,赴江死者六千人,宝亦溺死。亮哭之恸,因发疾,遂薨。"《晋书》卷七十三《庾亮传》:"咸康六年薨,时年五十二。追赠太尉,谥曰文康。丧至,车驾亲临。及葬,又赠永昌公印绶。亮弟冰上疏……帝从之。亮将葬,何充会之,叹曰:'埋玉树于土中,使人情何能已。'……"

《隋书》卷三十二《经籍志一》:"梁有……《杂乡射等议》三卷,晋太尉庾亮撰……《论语君子无所争》一卷,庾亮撰……亡。"卷三十五《经籍志四》:"晋太尉《庾亮集》二十一卷。梁二十卷,录一卷……亡。"《旧唐书》卷四十七《经籍志下》、《新唐书》卷六十《艺文志四》均作二十卷。《全晋文》卷三十六、卷三十七载庾亮文二十篇,除已见上文者外,还有:《皇子出后告庙议》(卷三十六)、《书》、《答郭预书》、《答王群咨为从父姊反服》及《翟征君赞》(以上卷三十七)。另,《世说新语·雅量第六》刘孝标注引庾亮《启参佐名》,《全晋文》漏收。

羊欣《采古来能书人名》:"庾亮……善草、行。"《述书赋上》:"强骨慢转,逸足难追。翰断蓬征,施蔓葛垂。任纵盘薄,是称元规。"《淳化阁帖》卷三载有庾亮《书箱帖》。

《晋书·庾亮传》:"三子:彬、羲、龢……"《世说新语·雅量第六》注引《庾氏谱》:"会字会宗,太尉亮长子……"《晋书·庾亮传》漏记。详见咸和六年第8条。彬于咸和三年被害。详见咸和三年第3条。《世说新语·方正第五》刘孝标注:"道恩,庾羲小字。"又注引徐广《晋纪》:"羲,字叔和,太保(礼按:'太保'应作'太尉')亮第三子。拔尚率到。位建威将军、吴国内史。"《晋书》卷七十三《庾羲传》:"羲少有时誉,初为吴国内史。时穆帝颇爱文义,羲至郡献诗,颇存讽谏。因上表曰……其诗文多不载。羲方见授用而卒。"龢见本书有关条。

2. 庾冰作《为兄亮上疏辞封》。奏听慕容皝称燕王。

冰作《为兄亮上疏辞封》见本年第1条。《晋书》卷一百九《慕容皝载记》:"皝虽称燕王,未有朝命,乃遣其长史刘祥献捷京师,兼言权假之意,并请大举讨平中原。又闻庾亮薨,弟冰、翼继为将相,乃表曰……又与冰书曰……冰见表及书甚惧,以其绝远,非所能制,遂与何充等奏听皝称燕王。"《十六国春秋辑补》卷二十四《前燕录二·慕容皝录》系冰奏听慕容皝称燕王于本年。

3. 孙绰作《庾公诔》、《太尉庾亮碑》。与司马昱品藻诸风流人物。

《庾公诔》、《太尉庾亮碑》见《全晋文》卷六十二,当作于本年庾亮卒后。《世说新语·方正第五》:"孙兴公作《庾公诔》,文多托寄之辞。既成，示庾道恩。庾见，慨然送还之，曰：'先君与君，自不至于此。'"《世说新语·文学第四》："孙兴公作《庾公诔》。袁羊曰：'见此张缓。'于时以为名赏。"《世说新语·品藻第九》："抚军问孙兴公：'刘真长何如？'曰：'清蔚简令。''王仲祖何如？'曰：'温润恬和。''桓温何如？'曰：'高爽迈出。''谢仁祖何如？'曰：'清易令达。'……'卿自谓何如？'曰：'下官才能所经，悉不如诸贤；至于斟酌时宜，笼罩当世，亦多所不及。然以不才，时复托怀玄胜，远咏《老》、《庄》，萧条高寄，不与时务经怀，自谓此心无所与让也。'"绰与司马昱品藻人物，时间不详。按《晋书》卷九《简文帝纪》，司马昱本年任抚军将军，永和元年进位抚军大将军，是绰与司马昱品藻人物当在本年至永和元年间。

4. 袁乔赞赏孙绰所作《庾公诔》。

见本年第3条。

5. 庾亮伎制作《礼毕乐》。

《隋书》卷十五《音乐志下》："《礼毕》者，本出自晋太尉庾亮家。亮卒，其伎追思亮，因假其为面，执翳以舞，象其容，取其谥以号之，谓之为《文康乐》。每奏《九部乐》终则陈之，故以礼毕为名。其行曲有《单交路》，舞曲有《散花》。乐器有笛、笙、箫、篪、铃槃、鞞、腰鼓等七种，三悬为一部。工二十二人。"王克芬编著《中国古代舞蹈史话》第33页：河南邓县出土的画象砖，刻绘乐舞场面，"其中有个戴面具的舞人，据沈从文先生考证，认为可能是《文康伎》的面具舞"。

6. 何充徙中书令。

《晋书》卷七十七《何充传》："徙中书令，加散骑常侍，领军如故。又领州大中正，以州有先达宿德，固让不拜。"据《通鉴》

卷六十九，何充于本年正月任中书令。《晋书》卷十三《天文志下》定于明年。今从《通鉴》。

7. 庾翼任荆州刺史，镇武昌。作《表陈南夷事》、《贻殷浩书》、《与燕王慕容皝书》、《报兄冰书》、《与都下书》。以副鼓吹给谢尚。

《晋书》卷七十三《庾翼传》："及（庾）亮卒，授都督江荆司雍梁益六州诸军事、安西将军、荆州刺史、假节，代亮镇武昌。翼以帝舅，年少超居大任，遐迩属目，虑其不称。翼每竭志能，劳谦匪懈，戎政严明，经略深远，数年之中，公私充实，人情翕然，称其才干。由是自河以南皆怀归附，石季龙汝南太守戴开率数千人诣翼降。又遣使东至辽东，西到凉州，要给二方，欲同大举。慕容皝、张骏并报使请期。翼雅有大志，欲以灭胡平蜀为己任，言论慷慨，形于辞色。将兵都尉钱颀陈事合旨，翼拔为五品将军，赐谷二百斛。时东土多赋役，百姓乃从海道入广州，刺史邓岳大开鼓铸，诸夷因此知造兵器。翼表陈……时殷浩征命无所就，而翼请为司马及军司，并不肯赴。翼遗浩书（礼按：书见卷七十七《殷浩传》），因致其意。先是，浩父羡为长沙，在郡贪残，兄冰与翼书属之。翼报曰……翼有风力格裁，发言立论皆如此。"《与燕王慕容皝书》见《全晋文》卷三十七，盖作于翼任荆州刺史后。《建康实录》卷七《显宗成皇帝》：本年"春正月庚戌，以庾翼为……荆州刺史。将发，献玉柄毛扇，帝疑其故物，侍中刘劭进曰：'柏梁云构，匠石先居其下；管弦繁奏，钟、夔先听其音。稚恭之进扇，以好不以新。'帝大悦。"《世说新语·言语第二》记上述事后接叙曰："庾（翼）后闻之曰：'此人宜在帝左右。'"《晋书》卷七十三《庾怿传》云以扇献成帝者为庾怿。今从《建康实录》、《世说新语》。王僧虔《论书》："庾征西翼书，少时与右军齐名。右军后进，庾犹不忿。在荆州与都下书云：'小儿辈乃贱家鸡，爱野鹜，皆学逸少书。须吾还，当比之。'"《与都下书》当作于本年任荆州刺史后。此书《全晋文》漏收。以副鼓吹给谢尚，见本年第16条。

8. 孙盛为安西咨议参军，寻迁廷尉正。

《晋书》卷八十二《孙盛传》："庾翼代(庾)亮，以盛为安西咨议参军，寻迁廷尉正。"

9. 王羲之迁宁远将军、江州刺史。书《痛惋帖》。至承天归宗禅院，置以舍梵僧那连耶舍尊者。时皆学羲之书。

迁宁远将军、江州刺史，见本年第1条。《全晋文》卷二十五载《痛惋帖》云："庾虽笃疾，谓必得治力，岂图凶问奄至！痛惋情深。半年之中，祸毒至此，寻念相摧，不能已已……"帖中所云"庾"，当指庾亮。亮于本年正月卒，上距王导之殁，相去半年。是此帖殆作于本年庾亮卒后。陈舜愈撰《庐山记》卷三《叙山志篇第三》："自栗里三里，及承天归宗禅院。晋咸康六年，宁远将军、江州刺史王羲之，置以舍梵僧那连耶尊者，一名达摩多罗。"时皆学羲之书，见本年第7条。

10. 汉(成)龚壮作《与李寿书》。

《晋书》卷九十四《龚壮传》："(李寿)乃遣使入胡，壮又谏之，寿又不纳。"常璩撰、任乃强校注《华阳国志校补图注》卷九《李特雄期寿势志》：李寿本年"九月，大阅军士七万余人，舟师集成都，鼓噪盈江，寿登城观之。从臣咸谏。龚壮书曰……寿乃止。"此文《全晋文》漏收。《晋书·龚壮传》："壮谓百行之本莫大忠孝，既假寿杀期，私仇以雪，又欲使其归朝，以明臣节。寿既不从，壮遂称聋，又云手不制物，终身不复至成都，惟研考经典，谭思文章。"

11. 司马衍作《追恤卞壸诏》。

见 328 年第 5 条。

12. 前凉张骏报使请朝。

见本年第 7 条。

13. 刘惔于司马昱处辞屈孙盛。

《世说新语·文学第四》:“殷中军、孙安国、王、谢能言诸贤,悉在会稽王许。殷与孙共论《易象妙于见形》。孙语道合,意气干云。一坐咸不安孙理,而辞不能屈。会稽王慨然叹曰:‘使真长来,故应有以制彼。’既迎真长,孙意己不如。真长既至,先令孙自叙本理。孙粗说己语,亦觉殊不及向。刘便作二百许语,辞难简切。孙理遂屈。一坐同时拊掌而笑,称美良久。”余嘉锡笺疏引程炎震云:“此王、谢是王濛、谢尚,非逸少、安石也。知者以此称会稽,不称抚军与相王,知是成帝咸康六年事。”上述事当在本年司马昱进抚军之前。

14. 司马昱与孙绰商略诸风流人物。进抚军将军,领秘书监。

《晋书》卷九十三《王濛传》:“简文帝之为会稽王也,尝与孙绰商略诸风流人。”卷九《简文帝纪》:“咸康六年,进抚军将军,领秘书监。”

15. 前燕慕容儁任镇东将军。

《十六国春秋辑补》卷二十六《前燕录四·慕容儁录》:本年,“进拜使持节镇东将军。”

16. 谢尚任江夏相。数诣庾翼咨谋军事。

《晋书》卷七十九《谢尚传》:“转督江夏义阳随三郡军事、江夏相,将军如故。时安西将军庾翼镇武昌,尚数诣翼咨谋军事。尝与翼共射,翼曰:‘卿若破的,当以鼓吹相赏。’尚应声中之,翼即以其副鼓吹给之。尚为政清简,始到官,郡府以布四十匹为尚造乌布帐。尚坏之，以为军士襦袴。”上述事盖在本年庾翼代庾亮镇武昌后。

17. 罗含转州主簿。

《晋书》卷九十二《罗含传》：“太守谢尚与含为方外之好，乃称曰：‘罗君章可谓湘中之琳琅。’寻转州主簿。”含转州主簿盖在本年或本年后。

18. 刘劭时任侍中。

劭生年不详。《世说新语·言语第二》刘孝标注引《文字志》：“劭字彦祖，彭城丛亭人。祖讷，司隶校尉。父松，成皋令。劭博识好学，多艺能，善草、隶。初仕领军参军，太傅出东，劭谓京洛必危，乃单马奔扬州。”《晋书》卷六十九《刘波传》：“（刘）劭，有才干，辟琅邪王丞相掾。咸康世，历御史中丞、侍中、尚书、豫章太守，秩中二千石。”劭任御史中丞等职，确切时间未见记载，据《建康实录》卷七《显宗成皇帝》，本年劭已任职侍中（见本年第 7 条），是其任御史中丞必在本年前，其任尚书、豫章太守盖在明年。姑一并系于此。

341　辛丑

晋咸康七年	汉(成)汉兴四年
后赵建武七年	前燕五年
代建国四年	前凉太元十八年

孔愉七十四岁。卫铄七十岁。蔡谟六十一岁。葛洪五十九岁。卢谌五十七岁。庾冰五十一岁。何充五十岁。庾怿四十九岁。范汪四十一岁。王述三十九岁。王允之三十九岁。王羲之三十九岁。王彪之三十七岁。庾翼三十七岁。张骏三十五岁。谢尚三十四岁。王濛三十三岁。桓温三十岁。道安三十岁。袁乔三十岁。郗愔二十九岁。孙绰二十八岁。支遁二十八岁。司马晞二十六岁。慕容儁二十三岁。司马昱二十二岁。谢安二十二岁。谢万二十二岁。郗昙二十二岁。司马衍二十一岁。司马岳二十岁。王洽十九岁。袁宏十四岁。庾龢十三岁。王坦之十二岁。王蕴十二岁。杨羲十二岁。慧远八岁。王修八岁。郗超六岁。苻坚四岁。吕光四岁。范宁三岁。司马丕一岁。

1. 司马衍作《杜皇后崩内外入临诏》、《停凶门柏历诏》、《又诏》、《葬恭杜皇后诏》、《皇后丧不废三正吉礼诏》、《正会奏乐诏》、《奔丧诏》。遣使拜慕容皝为大将军、燕王。除乐府杂伎。

《杜皇后崩内外入临诏》、《停凶门柏历诏》、《又诏》见《宋书》

卷十五《礼志二》:"成帝咸康七年,杜后崩。诏……有司奏……诏曰……范坚又曰:'凶门非古……'是时又诏曰……有司又奏……诏又停之。"《葬恭杜皇后诏》见《晋书》卷三十二《成恭杜皇后传》:本年"三月,后崩……帝下诏曰……"《皇后丧不废三正吉礼诏》、《正会奏乐诏》见《晋书》卷二十三《乐志下》:"成帝咸康七年,尚书蔡谟奏:'八年正会仪注,惟作鼓吹钟鼓,其余伎乐尽不作。'侍中张澄、给事黄门侍郎陈逵驳,以为……诏曰……澄、逵又启……诏曰……"《奔丧诏》见《通典》卷八十:"东晋成帝咸康中,恭皇后山陵,司徒西曹属王濛议立奔赴之制曰……典门郎徐众等驳濛云……诏可。濛又申述前议曰……诏又付尚书左丞王彪之议,云……诏曰……"卷七《成帝纪》:本年"三月戊戌,杜皇后崩。夏四月丁卯,葬恭皇后于兴平陵。"《十六国春秋辑补》卷二十四《前燕录二·慕容皝录》:本年"七月,晋成帝使兼大鸿胪郭希持节拜皝侍中、大都督河北诸军事、大将军、燕王,其余官皆如故。封诸功臣百余人。"《宋书》卷十九《乐志一》:"晋成帝咸康七年,散骑侍郎顾臻表曰:'臣闻圣王制乐,赞扬治道,养以仁义,防其邪淫……方今夷狄对岸,外御为急,兵食七升,忘身赴难,过泰之戏,日禀五斗。方扫神州,经略中甸,若此之事,不可示远。宜下太常,纂备雅乐……杂伎而伤人者,皆宜除之……'于是除《高絙》、《紫鹿》、《跂行》、《鳖食》及《齐王卷衣》、《笮儿》等乐(校勘记:'"笮儿",《晋书·乐志》、《通典·乐典》、《元龟》一五九、五七五并同《宋书》。《南齐书·乐志》作"笮鼠"。沈涛《铜熨斗斋随笔》云:"案笮儿,《南齐书·乐志》作笮鼠,则儿乃鼠字之讹。"')。又减其禀。其后复《高絙》、《紫鹿》焉。"萧子显撰《南齐书》卷十一《乐志》:"江左咸〔康〕中,罢《紫鹿》、《跂行》、

《鳖食》、《笮鼠》、《齐王卷衣》、《绝倒》、《五案》等伎。”

2. 范坚议凶门非礼。

坚议凶门非礼见本年第1条。据此知坚本年尚在世。《晋书》卷七十五《范坚传》谓其后事迹曰:“累迁尚书右丞……后迁护军长史,卒官。”确切时间未见记载,姑一并系于此。《隋书》卷三十二《经籍志一》:“梁有……《春秋释难》三卷,晋护军范坚撰。亡。”《全晋文》卷一百二十四辑范坚文三篇:《蜡灯赋》、《安石榴赋》、《驳议减邵广死罪》。

《晋书·范坚传》:“子启,字荣期,虽经学不及坚,而以才义显于当世。于时清谈之士庾龢、韩伯、袁宏等,并相知友。为秘书郎,累居显职,终于黄门侍郎。父子并有文笔传于世。”

3. 王濛作《议立奔赴之制》、《申述前议》。时为司徒左西属。

作《议立奔赴之制》、《申述前议》见本年第1条。《晋书》卷九十三《王濛传》:“复为司徒左西属。濛以此职有谴则应受杖,固辞。诏为停罚,犹不就。”

4. 王彪之作《奔丧议》。

见本年第1条。

5. 蔡谟作《奏正会惟作鼓吹钟鼓》。

见本年第1条。《奏正会惟作鼓吹钟鼓》,《全晋文》漏收。

6. 张澄作《驳蔡谟奏正会仪注》并《又议》。时任侍中。

澄生卒年不详。《述书赋上》窦蒙注:“张澄字国明,吴郡人,嘉之子,晋光禄大夫。”《书断下》:“张嘉善隶书。羊欣云:‘嘉师于钟氏,胜王羲之在临川也。’张嘉字子胜,官至光禄大夫。”《世说新语·言语第二》刘孝标注引《续晋阳秋》:“张玄之字祖希,吴郡太守澄之孙也。”据此,知澄曾任吴郡太守。时间不详。澄作《驳蔡谟奏正会仪注》并《又议》及本年任侍中诸事,见本年第1条。澄以后事迹不详。

《全晋文》卷一百三十一辑张澄文二篇,已见上文。

王僧虔《论书》:"张澄书,当时亦呼有意。"《书小史》卷五:"张澄……善正书。"《述书赋上》:"国明厉躬,钟氏余风。壮丽纤薄,守雌如雄。如道门之子,仙路时通。"

《书小史》卷五:"张彭祖,澄之子。"《书断下》:"张彭祖……官至龙骧将军。善隶书,右军每见其缄牍,辄存而玩之。夷、齐虽贤,若仲尼不言,未能高举,亦犹彭祖附青云之士,不泯于世也。"

7. 晋哀帝司马丕生。

《晋书》卷八《哀帝纪》:"哀皇帝讳丕,字千龄,成帝长子也。"据《哀帝纪》,丕兴宁三年卒、时二十五岁推之,当生于本年。

8. 有《王兴之夫妇墓志》。

吴鸿清编,刘恒、于连成解析《中国书法史图录简编》第二五七页:"《王兴之夫妇墓志》,1965年在南京出土,墓志两面刻字,一面刻于东晋咸康七年(公元341);另一面刻于永和四年(公元348)。正面13行,行4至10字不等;背面11行,行1至10字不等,两面共203字……书法方折端整,字体介于楷隶之间,结构尚保留了隶书的特点,平正均匀,用笔则接近楷书,已经没有了作为隶书标志的波磔挑脚。"文物出版社编辑《兰亭论辨》辑郭沫若《由王谢墓志的出土论到兰亭序的真伪》云:《王兴之夫妇墓志》1965年"一月十九日出土于南京新民门外人台山"。《兰亭论辨》图版四、五印有:1. 东晋兴之夫妇墓志(正面)。2. 东晋兴之夫妇墓志(背面)。

9. 殷融从虞潭悼杨皇后宜配食武帝议。时任丹杨尹。

《晋书》卷三十一《武悼杨皇后传》:"永嘉元年,追复遵号,别立庙,神主不配武帝。至成帝咸康七年,下诏使内外详议。卫将军虞潭议曰……丹杨尹殷融……从潭议。"

10. 王羲之书《九月三日帖》。

《全晋文》卷二十三辑《九月三日帖》云:"九月三日羲之报,敬伦、庶诸人去晦祥禫,情以酸割……"鲁一同《右军年谱》曰:"按王劭,字敬伦,(王)导第五子……按'去晦'者八月晦也。导以(咸康)五年七月庚申薨,再期大祥愈月而禫,故以七年八月晦日禫也。遮当是小字。导六子:悦、恬、洽、协、劭、荟。次遮于敬伦,遮岂荟耶?"

11. 王允之迁南中郎将、江州刺史。

《晋书》卷七十六《王允之传》:"寻迁南中郎将、江州刺史。莅政甚有威惠。"时间不详。允之明年卒。姑系于此。

12. 谢安赴庾冰之召,月余告归。

《晋书》卷七十九《谢安传》:"扬州刺史庾冰以安有重名,必欲致之,累下郡县敦逼,不得已赴召,月余告归。复除尚书郎、琅邪王友,并不起。"《世说新语·言语第二》程炎震注引《晋略列传》二十七《谢安传》:"咸康中,庾冰强致之。"上述事在庾冰任扬州刺史时,具体年份不详。据《东晋将相大臣年表》,庾冰于咸康五年七月至建元元年十月任扬州刺史。谢安赴召当在咸康五年至八年间。

13. 庾阐征拜给事中,领著作。作太伯碑文。

《晋书》卷九十二《庾阐传》:"后以疾,征拜给事中,复领著作。吴国内史虞潭为太伯立碑,阐制其文。"时间未详,姑系于此。

342 壬寅

晋咸康八年　　　汉(成)汉兴五年
后赵建武八年　　前燕六年
代建国五年　　　前凉太元十九年

孔愉七十五岁。卫铄七十一岁。蔡谟六十二岁。葛洪六十岁。卢谌五十八岁。庾冰五十二岁。何充五十一岁。庾怿五十岁。范汪四十二岁。王述四十岁。王允之四十岁。王羲之四十岁。王彪之三十八岁。庾翼三十八岁。张骏三十六岁。谢尚三十五岁。王濛三十四岁。桓温三十一岁。道安三十一岁。袁乔三十一岁。郗愔三十岁。孙绰二十九岁。支遁二十九岁。司马晞二十七岁。慕容儁二十四岁。司马昱二十三岁。谢安二十三岁。谢万二十三岁。郗昙二十三岁。司马衍二十二岁。司马岳二十一岁。王洽二十岁。袁宏十五岁。庾龢十四岁。王坦之十三岁。王蕴十三岁。杨羲十三岁。慧远九岁。王修九岁。郗超七岁。苻坚五岁。吕光五岁。范宁四岁。司马丕二岁。

1. 庾怿卒。

《晋书》卷七十三《庾怿传》:"(怿)以毒酒饷江州刺史王允之。王允之觉其有毒,饮犬,犬毙,乃密奏之。帝曰:'大舅已乱天下,小舅复欲尔邪!'怿闻,遂饮鸩而卒,时年五十。赠侍中、卫将军，谥曰简。”据《建康实录》卷七《显宗成皇帝》：怿卒于本年二月。

《书小史》卷五：“庾怿字叔豫……善正、行书。”《述书赋上》：“遗古效钟，叔豫高踪。虽稳密而伤浮浅，犹叶公之爱画龙。”

《晋书·庾怿传》：“子统嗣。统字长仁，少有令名，司空、太尉辟，皆不就。调补抚军、会稽王司马，出为建威将军、宁夷护军、寻阳太守。年二十九，卒，时人称其才器，甚痛惜之。”

2. 庾翼欲移镇乐乡。

见本年第3条。

3. 王述作《与庾冰笺》。

《晋书》卷七十五《王述传》，“时庾翼镇武昌，以累有妖怪，又猛兽入府，欲移镇避之。述与冰笺曰：‘窃闻安西欲移镇乐乡……’时朝议亦不允，翼遂不移镇。”《通鉴》卷九十七系上述事于本年三月。

4. 司马衍作《下八座诏》、《为东海王冲立后诏》、《遗诏》。卒。

《下八座诏》见本年第16条。《晋书》卷六十四《元四王传》：“东海哀王冲……咸康七年薨……无子。成帝临崩，诏曰……”卷七《成帝纪》：本年“夏六月庚寅，帝不悆，诏曰……壬辰，引武陵王晞、会稽王昱、中书监庾冰、中书令何充、尚书令诸葛恢并受顾命。癸巳，帝崩于西堂，时年二十二，葬兴平陵，庙号显宗。帝少而聪敏，有成人之量……然少为舅氏所制，不亲庶政。及长，颇留心万机，务在简约，常欲于后园作射堂，计用四十金，以劳费乃止。”

《元和郡县图志》卷二十五上元县：“成帝衍兴平陵……在县北六里鸡笼山。”

《全晋文》卷十辑司马衍文四十篇，除已见上文者外，还有：

《诏谯王无忌》、《正会诏》、《戏兵诏》、《许彭城王紘解官养疾诏》、《授陆玩左光禄大夫诏》、《诏赐羊耽死》、《诏羊贲勿离婚》、《原羊聃诏》。另有《诏慰庾亮》,已见上文,《全晋文》漏收。

《书小史》卷一:"成皇帝……善草书。"《述书赋上》:"成帝则生知草意,颖悟通谙。光使畏魄,青疑过蓝。劲力外爽,古风内含。若云开而乍睹晴日,泉落而悬归碧潭。"

5. 司马晞受顾命。加侍中、特进。

受顾命见本年第 4 条。《晋书》卷六十四《武陵威王晞传》:"康帝即位,加侍中、特进。"

6. 司马昱受顾命。

见本年第 4 条。

7. 庾冰受顾命。

见本年第 4 条。

8. 何充受顾命。为骠骑将军。

受顾命见本年第 4 条。《晋书》卷七十七《何充传》:"建元初,出为骠骑将军、都督徐州扬州之晋陵诸军事、假节,领徐州刺史,镇京口,以避诸庾。"卷七《康帝纪》系充为骠骑将军于本年七月己未。《通鉴》卷九十七与《康帝纪》同。今从《康帝纪》。

9. 殷融作《奏并襄阳郡县》、《上言奔赴山陵不须限制》。

《奏并襄阳郡县》见《全晋文》卷一百二十九。严可均注:"咸康八年尚书殷融奏。"《上言奔赴山陵不须限制》见《通典》卷八十:"(咸康)八年,成帝崩,尚书殷融上言:'司徒西曹属王濛以周年为限,不及者除名,付之乡论。臣以为……诏曰……'融又重启,依王濛所上为条制。"

10. 有《成帝末童谣》。

《晋书》卷二十八《五行志中》:“成帝之末,又有童谣曰……少日而宫车晏驾。”

11. 司马岳即帝位。作《奔丧诏》。

《晋书》卷七《康帝纪》:本年“六月庚寅,成帝不悆,诏以琅邪王为嗣。癸巳,成帝崩。甲午,即皇帝位,大赦。诸屯戍文武及二千石官长,不得辄离所局而来奔赴……时帝谅阴不言,委政于庾冰、何充。秋七月丙辰,葬成皇帝于兴平陵。帝亲奉奠于西阶,既发引,徒行至阊阖门,升素舆,至于陵所。”《奔丧诏》见本年第9条。

12. 司马丕为琅邪王。

《晋书》卷七《康帝纪》:本年六月,“己亥,封成帝子丕为琅邪王。”

13. 蔡谟拜光禄大夫,领司徒。

《晋书》卷七十七《蔡谟传》:“康帝即位,征拜左光禄大夫、开府仪同三司,领司徒。”

14. 谢沈以太学博士征,母忧去职。

《晋书》卷八十二《谢沈传》:“康帝即位,朝议疑七庙迭毁,乃以太学博士征,以质疑滞。以母忧去职。”

15. 后赵韦謏作《谏石虎微行》。

《十六国春秋辑补》卷十七《后赵录七·石虎录》:本年“六月,上党孟门,上有神人之像,坐于山上,三日而去。虎遣使以太牢祀之。盛兴宫室,于邺起台观四十余所,营长安、洛阳二宫……虎驰猎无度,晨出夜归。又多微行,躬察作役之所。侍中太子太保韦謏谏曰……虎省而善之,赐以束帛,而兴缮滋繁,游察自若……会青州言:济南平陵城北石虎,一夜中忽移在城东南善石沟上，有狼狐千余迹随之，迹皆成路。季龙大悦曰：‘虎者，朕也。自平陵城北而东南者，天意将使朕平荡江南之征也……’群臣皆贺，上皇德颂者一百七人。”

16. 王允之密奏告庾怿。为卫将军、会稽内史，未到，卒。

密奏告庾怿见本年第1条。《通典》卷一百四：“康帝咸康八年，诏以王允之为卫将军、会稽内史，允之表郡与祖会名同，乞改授。诏曰……”《晋书》卷七十六《王允之传》：“时王恬服阕，除豫章郡。允之闻之惊愕，以为恬丞相子，应被优遇，不可出为远郡，乃求自解州，欲与庾冰言之。冰闻甚愧，即以恬为吴郡，而以允之为卫将军、会稽内史。未到，卒，年四十。谥曰忠。”卷七《康帝纪》：本年八月，“以江州刺史王允之为卫将军……冬十月甲午，卫将军王允之卒。”

《采古来能书人名》：“王允之……善草、行。”

《晋书·王允之传》：“子晞之嗣。卒，子肇之嗣。”

17. 孔愉上疏荐韩绩。卒。

《晋书》卷九十四《韩绩传》：“韩绩字兴齐，广陵人也。其行避乱，居于吴之嘉兴……绩少好文学，以潜退为操，布衣蔬食，不交当世，由是东土并宗敬焉……咸康末，会稽内史孔愉上疏荐之。”卷七十八《孔愉传》：“病笃，遗令敛以时服，乡邑义赗，一不得受。年七十五，咸康八年卒。赠车骑将军、开府仪同三司，谥曰贞。”《建康实录》卷八《孝宗穆皇帝》谓愉卒于永和元年，不知何据。今从《晋书》。

《隋书》卷三十三《经籍志二》：“《晋咸和咸康故事》四卷，晋孔愉撰。”《旧唐书》卷四十六《经籍志上》、《新唐书》卷五十八《艺文志二》均作《晋建武咸和咸康故事》四卷。《全晋文》卷一百二十六辑文三篇，除已见上文者外，还有一篇《为旧君服议》。

《书小史》卷五:"孔愉字敬康……善草书。"《述书赋上》:"敬思、敬康,二孔殊芳。思行则轻利峭峻,类惊虬逸骏;康草则古质郁纡,如落翮摧枯。"原注:"孔侃,字敬思,会稽人,晋大司农。"

《晋书・孔愉传》:"三子:誾、汪、安国。誾嗣爵,位至建安太守……汪字德泽,好学有志行。孝武帝时位至侍中……太元十七年卒。"《世说新语・德行第一》注引《续晋阳秋》:"孔安国字安国……车骑愉第六子也。少而孤贫,能善树节,以儒素见称。历侍中、太常、尚书,迁左仆射、特进,卒。"《晋书・孔愉传》:"安国……年小诸兄三十余岁……义熙四年卒,赠左光禄大夫。"

18. 郗愔任中书侍郎。

《晋书》卷六十七《郗愔传》:"服阕,袭爵南昌公,征拜中书侍郎。"愔父鉴卒于咸康五年,其服阕当在本年。

19. 王洽任散骑。

《晋书》卷六十五《王洽传》:"弱冠,历散骑。"

20. 王恬转吴国内史。

恬任吴国内史见本年第16条。《晋书》卷六十五《王恬传》:"性傲诞,不拘礼法。"《世说新语・简傲第二十四》:"谢公尝与谢万共出西,过吴郡。阿万欲相与共萃王恬许,太傅云:'恐伊不必酬汝,意不足尔!'万犹苦要,太傅坚不回,万乃独往。坐少时,王便入门内,谢殊有欣色,以为厚待己。良久,乃沐头散发而出,亦不坐,仍据胡床,在中庭晒头,神气傲迈,了无相酬对意。谢于是乃还。未至船,逆呼太傅。安曰:'阿螭不作尔!'"注:"王恬,小字螭虎。"

21. 范宣作《答殷浩问》。

《全晋文》卷一百三十辑《答殷浩问》,其中有"咸康末殷泉源问……范宣答云”等句，知文当作于本年。

22. 刘惔求为会稽。

《世说新语·方正第五》：“阮光禄赴山陵，至都，不往殷、刘许，过事便还。诸人相与追之，阮亦知时流必当逐己，乃遄疾而去，至方山不相及。刘尹时为会稽，乃叹曰：‘我入当泊安石渚下耳。不敢复近思旷傍，伊便能捉杖打人，不易。’”《笺疏》引程炎震曰：“‘刘尹时为会稽’，‘为’宋本作‘索’，是也。‘我入’云云，是自揣到官后之词，若已为会稽，则不作是语矣。康帝之初，何充当国，与惔好尚不同，或求而不得，故《晋书·惔传》不言为会稽也。”程说可从。《世说新语·轻诋第二十六》：“谢镇西书与殷扬州，为真长求会稽。殷答曰：‘真长标同伐异，侠之大者。常谓使君降阶为甚，乃复为之驱驰邪！’”

23. 王濛与刘惔共看何充。

《世说新语·政事第三》：“王、刘与林公共看何骠骑。骠骑看文书不顾之。王谓何曰：‘我今故与林公来相看，望卿摆拨常务，应对玄言，那得方低头看此邪？’何曰：‘我不看此，卿等何以得存？’诸人以为佳。”何充本年七月任骠骑将军，上述事当在本年七月后。

24. 葛洪至广州，于罗浮山炼丹。

《晋书》卷七十二《葛洪传》：“以年老，欲炼丹以祈遐寿，闻交阯出丹，求为句屚令。帝以洪资高，不许。洪曰：‘非欲为荣，以有丹耳。’帝从之。洪遂将子侄俱行。至广州，刺史邓岳留不听去。洪乃止罗浮山炼丹。岳表补东官太守，又辞不就。岳乃以洪兄子望为记室参军。在山积年，优游闲养，著述不辍。”按以上所记，洪至广州于罗浮山必在邓岳任广州刺史时。万斯同、吴廷燮分别所撰《东晋方镇年表》均定邓岳于咸和五年至建元元年任广州刺史。又《葛洪传》言洪欲往广州时已年老,时年盖在六十岁上下。姑系于此。

25. 支遁游京师。作《八关斋诗》三首并《序》。

《世说新语·赏誉第八》刘孝标注引《支遁别传》:"遁神心警悟,清识玄远,尝至京师。王仲祖称其造微之功,不异王弼。"《世说新语·政事第三》:"王、刘与林公共看何骠骑。"《晋诗》卷二十载《八关斋诗》三首并《序》。《序》云:"间与何骠骑期,当为合八关斋。以十月二十二日,集同意者在吴县土山墓下。三日清晨为斋始,道士白衣凡二十四人。清和肃穆,莫不静畅,至四月朝,众贤各去……"上述事当在本年何充任骠骑将军后。

26. 丁潭以光禄大夫还第。

《晋书》卷七十八《丁潭传》:"康帝即位,屡表乞骸骨。诏以光禄大夫还第,门施行马,禄秩一如旧制,给传诏二人,赐钱二十万,床帐褥席。年八十,卒。赠侍中,大夫如故,谥曰简。王导尝谓孔敬康有公才而无公望,丁世康有公望而无公才。"潭卒年未详。姑一并系于此。

《全晋文》卷一百二十七辑丁潭文二篇,已见前文。

《书小史》卷五:"丁潭字世康……善正、草书。"《述书赋上》:"若夫反古不忘,吾推世康。似无逸少,如禀无常。犹落泰阶之蓂荚,掇秘府之芸芳。"

《晋书·丁潭传》:"子话,位至散骑侍郎。"

27. 竺道壹约于本年出家。

《高僧传》卷五《竺道壹传》:"少出家,贞正有学业,而晦迹隐智,人莫能知。与之久处,方悟其神出。"竺道壹本年约十四岁。

343　癸卯

晋康帝司马岳建元元年　　汉(成)汉兴六年
后赵建武九年　　前燕七年
代建国六年　　前凉太元二十年

卫铄七十二岁。蔡谟六十三岁。葛洪六十一岁。卢谌五十九岁。庾冰五十三岁。何充五十二岁。范汪四十三岁。王述四十一岁。王羲之四十一岁。王彪之三十九岁。庾翼三十九岁。张骏三十七岁。谢尚三十六岁。王濛三十五岁。桓温三十二岁。道安三十二岁。袁乔三十二岁,郗愔三十一岁。孙绰三十岁。支遁三十岁。司马晞二十八岁。慕容儁二十五岁。司马昱二十四岁。谢安二十四岁。谢万二十四岁。郗昙二十四岁。司马岳二十二岁。王洽二十一岁。袁宏十六岁。庾龢十五岁。王坦之十四岁。王蕴十四岁。杨羲十四岁。慧远十岁。王修十岁。郗超八岁。苻坚六岁。吕光六岁。范宁五岁。司马丕三岁。

1. 司马岳作《纳皇后仪注诏》、《诏省纳后仪物》。改元。作《周年不应改服诏》、《以会稽王昱领太常诏》、《答有司请权降丧礼诏》、《诏遣使诣安西骠骑》、《讨石虎檄文》。

　《纳皇后仪注诏》、《诏省纳后仪物》见《晋书》卷二十一《礼志下》:"康帝建元元年,纳皇后褚氏,而《仪注》陛者不设旄头。殿中御史奏……诏曰……又诏曰……”卷七《康帝纪》:“建元元年春正月,改元……初,成帝有疾,中书令庾冰自以舅氏当朝,权侔人主,恐异世之后,戚属将疏,乃言国有强敌,宜立长君,遂以帝为嗣。制度年号,再兴中朝,因改元曰建元。或谓冰曰:‘郭璞谶云:“立始之际丘山倾”,立者,建也;始者,元也;丘山,讳也。’冰瞿然,既而叹曰:‘如有吉凶,岂改易所能救乎?’”《周年不应改服诏》见《宋书》卷十五《礼志二》:“晋康帝建元元年正月晦,成恭杜皇后周忌。有司奏……诏曰……”《以会稽王昱领太常诏》见本年第3条。《答有司请权降丧礼诏》、《诏遣使诣安西骠骑》见《晋书·康帝纪》:本年六月,“有司奏,成帝崩一周,请改素服,御进膳如旧,壬寅,诏曰……秋七月……丁巳,诏曰……”《讨石虎檄文》见崔鸿撰《十六国春秋》卷十六《后赵录六·石虎录中》:本年“秋七月,晋都督江、荆等诸军事庾翼,以灭胡取蜀为己任,遣使东约慕容皝,西约张骏,刻期大举……诏议经略中原……又檄石虎文曰……”

2. 庾冰进车骑将军,任江州刺史,作《出镇武昌临发上疏》。

《晋书》卷七十三《庾冰传》:“康帝即位,又进车骑将军。冰惧权盛,乃求外出。会弟翼当伐石季龙,于是以本号除都督江荆宁益梁交广七州豫州之四郡军事、领江州刺史、假节,镇武昌,以为翼援。冰临发,上疏曰……”卷七《康帝纪》系冰为车骑将军于本年三月、任江州刺史于本年十月辛巳。

3. 司马昱领太常。

《晋书》卷九《简文帝纪》:“建元元年夏五月癸丑,康帝诏曰:‘太常职奉天地……会稽王叔履尚清虚,志道无倦,优游上列,讽议朝肆。其领太常,本官如故。’”

4. 虞喜又被征。

《晋书》卷七《康帝纪》:本年"六月壬午,又以束帛征处士寻阳翟汤、会稽虞喜。"

5. 庾翼作《与史冰书》、《北伐上疏》、《北伐至夏口上表》。

《宋书》卷二十四《天文志二》:"建元元年,岁星犯天关。安西将军庾翼与兄冰书曰……"《晋书》卷十三《天文志下》系《与兄冰书》于明年,今从《宋书》。《晋书》卷七十三《庾翼传》:"康帝即位,翼欲率众北伐,上疏曰……于是并发所统六州奴及车牛驴马,百姓嗟怨。时欲向襄阳,虑朝廷不许,故以安陆为辞,帝及朝士皆遣使譬止,车骑参军孙绰亦致书谏。翼不从,遂讳诏辄行。至夏口,复上表曰……翼时有众四万,诏加都督征讨军事。师次襄阳,大会僚佐,陈旌甲,亲授弧矢,曰:'我之行也,若此射矣。'遂三起三叠,徒众属目,其气十倍。初,翼迁襄阳,举朝谓之不可,议者或谓避衰,唯兄冰意同,桓温及谯王无忌赞成其计。"卷七《康帝纪》:本年七月,"安西将军庾翼为征讨大都督,迁镇襄阳。"《世说新语·豪爽第十三》注引《翼别传》:"翼为荆州,雅有正志。每以门地威重,兄弟宠授,不陈力竭诚,何以报国。虽蜀阻险塞,胡负凶力,然皆无道酷虐,易可乘灭。当此时,不能扫除二寇,以复王业,非丈夫也。于是征役三州,悉其帑实,成众五万,兼率荒附,治戎大举,直指魏、赵,军次襄阳,耀威汉北也。"《世说新语·雅量第六》:"庾小征西尝出未还。妇母阮是刘万安妻,与女上安陵(程炎震云:'安陵当作安陆。')城楼上。俄顷翼归,策良马,盛舆卫。阮语女:'闻庾郎能骑,我何由得见?'妇告翼。翼便为于道开卤簿盘马,始两转,坠马堕地,意色自若。"

6. 孙绰致书谏庾翼。

见本年第5条。书已佚。

7. 庾龢作《请叔父翼徙镇襄阳书》。

《晋书》卷七十三《庾龢传》:“好学,有文章。叔父翼将迁襄阳,龢年十五,以书谏曰……翼甚奇之。”《世说新语·言语第二》注引徐广《晋纪》:“龢……风情率悟,以文谈致称于时。”

8. 庾阐作《为庾稚恭檄蜀文》、《为庾稚恭檄石虎文》、《观石鼓诗》、《登楚山诗》。

《为庾稚恭檄蜀文》见《全晋文》卷三十八。《晋书》卷七《康帝纪》:“建元元年……夏四月,益州刺史周抚、西阳太守曹据伐李寿,败其将李恒于江阳。”卷七十三《庾翼传》记康帝崩后,翼遣周抚、曹据伐蜀,与《康帝纪》所记推后一年。今从《康帝纪》。檄蜀文当作于本年四月。《为庾稚恭檄石虎文》见《全晋文》卷三十八,其中有“今遣使持节、荆州刺史都亭侯翼”句。檄石虎文当作于本年庾翼北伐时。曹道衡《中古文学史论文集》第297页:“(庾阐)在晚年曾到过荆州,可能在(庾)翼幕下任过职。其证据是他作有《为庾稚恭檄石虎文》和《为庾稚恭檄蜀文》。”《晋诗》卷十二辑阐《观石鼓诗》。注:“石鼓,山名。”据盛弘之《荆州记》、《九域志》、《读史方舆纪要》等记载,今湖北、安徽、云南、浙江等地区均有石鼓山。就现有资料,未见有庾阐到过安徽、云南、浙江等地的记载。《观石鼓诗》云:“朝济清溪岸,夕憩五龙泉。鸣石含潜响,雷骇震九天。”《荆州记》云:“建平郡南陵县有石鼓,南有五龙山,山峰嶕峣,凌云济竦,状若龙形,故因为名。”诗中所云“五龙泉”,可能指五龙山山泉。建平郡属荆州,疑诗当作于庾阐在庾翼幕下任职时。《晋诗》卷十二辑阐《楚山诗》,疑亦作于在荆州时。

9. 范汪作《请严诏谕庾翼还镇疏》。为何充长史。

《晋书》卷七十五《范汪传》:“时庾翼将悉郢汉之众以事中原,军次安陆,寻转屯襄阳。汪上疏曰……寻而骠骑将军何充辅政,请为长史。”

10. 桓温帅众入临淮。为徐州刺史。

《晋书》卷七《康帝记》:建元元年七月,“以辅国将军、琅邪内史桓温为前锋小督,假节,帅众入临淮……冬十月……以琅邪内史桓温都督青徐兖三州诸军事、徐州刺史。”

11. 谢奕为晋陵太守。

《世说新语·简傲第二十四》:“桓宣武作徐州,时谢奕为晋陵。”注引《中兴书》:“奕自吏部郎,出为晋陵太守。”

12. 卢谌与石虎宠臣申扁抗礼。时任常侍。

《十六国春秋辑补》卷十七《后赵录七·石虎录》:本年“宁远刘宁攻武都狄道,陷之……中谒者令申扁,有宠于季龙……九卿已下,望尘而拜。唯侍中郑系、王谦、常侍卢谌、崔约等十余人,与之抗礼……季龙虽昏虐无道,而颇慕经学,遣国子博士诣洛阳写石经,校中经于秘书。国子祭酒聂熊,注《谷梁春秋》,列于学宫。”《晋书》卷七《康帝纪》:本年八月“石季龙使其将刘宁攻陷狄道。”

13. 前凉谢艾败石季龙。时任张骏将军。

艾生年不详。《晋书》卷七《康帝纪》:本年“十二月,石季龙侵张骏。骏使其将军谢艾拒之,大战于河西,季龙败绩。”

14. 前凉张骏使谢艾败石季龙。

见本年第13条。

15. 蔡谟作《非刘劭日蚀不废朝议》。

《晋书》卷十九《礼志上》:“至康帝建元元年,太史上元日合朔，后复疑应却会与否。庾冰辅政，写刘邵议以示八坐。于时有谓邵为不得礼意，荀彧从之，是胜人之一失。故蔡谟遂著议非之，曰……”

16. 司马晞领秘书监。

《晋书》卷六十四《武陵威王晞传》：“建元初，领秘书监。”

17. 何充出镇江州。入朝任中书监、扬州刺史，录尚书事，辅政。

《晋书》卷七十七《何充传》：“庾翼将北伐，庾冰出镇江州，充入朝，言于帝曰：‘臣冰舅氏之重，宜居宰相，不应远出。’朝议不从。于是征充入为都督扬豫徐州之琅邪诸军事、假节，领扬州刺史，将军如故。先是，翼悉发江、荆二州编户奴以充兵役，士庶嗷然。充复欲发扬州奴以均其谤。后以中兴时已发三吴，今不宜复发而止。”卷七《康帝记》：本年冬十月辛巳，“以骠骑将军何充为中书监、都督扬豫二州诸军事、扬州刺史、录尚书事，辅政。”

18. 郗愔为何充长史。

《晋书》卷六十七《郗愔传》：“骠骑何充辅政……以愔为长史。”

19. 江逌为骠骑功曹。

《晋书》卷八十三《江逌传》：“何充复引为骠骑功曹。以家贫，求试守，为太末令……州檄为治中，转别驾，迁吴令。”逌为骠骑功曹，当在去年或本年，求试守、为太末令后诸事，时间未详。

20. 王羲之书《稚恭遂进镇帖》、《安西贴》。

《全晋文》卷二十四辑《稚恭遂进镇帖》云：“伏想朝廷清和，稚恭遂进镇，东西齐举，想剋定有期也……”卷二十六辑《字西贴》曰：“一昨得安西六日书，无他，无所大说，故不复付送。

让都督表亦复常言耳……"《淳化阁贴》卷八载《安西贴》，文字与《全晋文》所载不同。稚恭为庾翼字，上引第一贴中所云"进镇"，当指本年庾翼"迁镇襄阳"事；第二贴中所云"让都督表"，疑指庾翼本年"为征讨大都督"事。

21. 王濛徙中书郎。

《晋书》卷九十三《王濛传》："徙中书郎。"疑在本年。《世说新语·容止第十四》："王长史为中书郎，往敬和许。尔时积雪，长史从门外下车，步入尚书，著公服。敬和遥望，叹曰：'此不复似世中人！'"

22. 王洽于尚书省任职。

《晋书》卷六十五《王洽传》未记洽于尚书省任职。洽于尚书省任职见本年第21条。疑在本年前后。

23. 刘惔为丹杨尹。

《世说新语·德行第一》刘孝标注引《刘尹别传》："历司徒左长史、侍中、丹阳尹。为政务镇静信诚，风尘不能移也。"《晋书》卷七十五《刘惔传》："累迁丹杨尹。为政清整，门无杂宾。时百姓颇有讼官长者，诸郡往往有相举正，惔叹曰：'夫居下讪上，此弊道也。古之善政，司契而已，岂不以其敦本正源，镇静流末乎！君虽不君，下安可以失礼。若此风不革，百姓将往而不反。'遂寝而不问。"又卷八十《王羲之传》："时刘惔为丹杨尹，许询尝就惔宿，床帷新丽，饮食丰甘。询曰：'若此保全，殊胜东山。'惔曰："卿若知吉凶由人，吾安得保此。'羲之在坐，曰：'令巢、许遇稷、契，当无此言。'二人并有愧色。"惔任司徒左长史、侍中，时间未详。据《东晋将相大臣年表》，惔自本年至永和元年任丹杨尹。《建康实录》卷八《康皇帝》：永和三年，"冬十二月，以侍中刘惔为丹杨尹。"今从年表。

24. 支遁入剡，居岬山。

《世说新语·言语第二》："支公好鹤，住剡东岬山。"注引《支公书》："山去会稽二百里。"遁入剡时间未详，姑系于此。

25. 戴逵作《郑玄碑》。

《晋书》卷九十四《戴逵传》："少博学，好谈论，善属文，能鼓琴，工书画，其余巧艺靡不毕综。总角时，以鸡卵汁溲白瓦屑作《郑玄碑》，又为文而自镌之，词丽器妙，时人莫不惊叹。性不乐当世，常以琴书自娱。"《书断下》原注："戴安道……捻角时以鸡子汁没白瓦屑作《郑玄碑》，文自书刻之。文既奇，隶书亦妙绝。"《世说新语·雅量第六》刘孝标注引《晋安帝纪》："（戴逵）少有清操，恬和通任，为刘真长所知。"《世说新语·识鉴第七》："戴安道年十余岁，在瓦官寺画。王长史见之曰：'此童非徒能画，亦终当致名。恨吾老，不见其盛时耳！'"注引《续晋阳秋》："逵善图画，穷巧丹青也。"上记诸事，年月不详，姑系于本年。本年逵约十五岁。

344 甲辰

晋建元二年　　汉(成)李势太和元年
后赵建武十年　　前燕八年
代建国七年　　前凉太元二十一年

卫铄七十三岁。蔡谟六十四岁。葛洪六十二岁。卢谌六十岁。庾冰五十四岁。何充五十三岁。范汪四十四岁。王述四十二岁。王羲之四十二岁。王彪之四十岁。庾翼四十岁。张骏三十八岁。谢尚三十七岁。王濛三十六岁。桓温三十三岁。道安三十三岁。袁乔三十三岁。郗愔三十二岁。孙绰三十一岁。支遁三十一岁。司马晞二十九岁。慕容儁二十六岁。司马昱二十五岁。谢安二十五岁。谢万二十五岁。郗昙二十五岁。司马岳二十三岁。王洽二十二岁。袁宏十七岁。庾龢十六岁。王坦之十五岁。王蕴十五岁。杨羲十五岁。慧远十一岁。王修十一岁。郗超九岁。苻坚七岁。吕光七岁。范宁六岁。司马丕四岁。王献之一岁。徐邈一岁。鸠摩罗什一岁。

1. 前凉张骏破南羌,败石季龙将。

《晋书》卷七《康帝纪》:本年“春正月,张骏遣其将和驎、谢艾讨南羌于阗和,大破之……四月,张骏将张瓘败石季龙将王擢于三交城。”

2. 前凉谢艾讨南羌于阗和，大破之。

见本年第 1 条。

3. 庾翼进征西将军。作《答殷豫章书》、《答何充书》。

《晋书》卷七十三《庾翼传》："又进翼征西将军，领南蛮校尉。胡贼五六百骑出樊城，翼遣冠军将军曹据追击于挠沟北，破之，死者近半，获马百匹。翼绥来荒远，务尽招纳之宜，立客馆，置典宾参军。桓宣卒，翼以长子方之为义成太守……康帝崩，兄冰卒，以家国情事，留方之戍襄阳……又领豫州刺史，辞豫州。复欲移镇乐乡，诏不许。缮修军器，大佃积谷，欲图后举。"卷七《康帝记》，本年"八月丙子，进安西将军庾翼为征西将军。"《世说新语·排调第二十五》："庾征西大举征胡，既成行，止镇襄阳。殷豫章与书，送一折角如意以调之。庾答书曰：'得所致，虽是败物，犹欲理而用之。'"此书《全晋文》漏收。《答何充书》见《通典》卷六十七："何充与庾翼书：'褚将军还朝，值太后临朝……'翼答曰……"

4. 何充立皇太子，加侍中。作《与庾翼书》、《褚太后敬父议》。性好佛道。

《晋书》卷七十七《何充传》："俄而帝疾笃，冰、翼意在简文帝，而充建议立皇太子，奏可。及帝崩，充奉遗旨，便立太子，是为穆帝，冰、翼甚恨之。献后临朝，诏曰：'骠骑任重，可以甲杖百人入殿。'又加中书监、录尚书事。充自陈既录尚书，不宜复监中书，许之。复加侍中，羽林骑十人。"《与庾翼书》见本年第 3 条。《褚太后敬父议》见《全晋文》卷三十二。《晋书》卷八《穆帝纪》：本年九月丙申康帝子聃立为皇太子。"戊戌，康帝崩。己亥，太子即皇帝位，时年二岁。大赦，尊皇后为皇太后。壬寅，皇太后临朝摄政。"《褚太后敬父议》当作于本年九月褚太后临朝后。《世说新语·排调第二十五》注引《晋阳秋》:“何充性好佛道,崇修佛寺……久在扬州,征役吏民,功赏万计,是以为遐迩所讥。”《世说新语·排调第二十一》:“何次道往瓦官寺礼拜甚勤。”注:“充崇释氏,甚加敬也。”

5. 谢万讥何充好佛。

《晋书》卷七十七《何充传》:“充居宰相……性好释典,崇修佛寺,供给沙门以百数,糜费巨亿而不吝也。亲友至于贫乏,无所施遗,以此获讥于世……于时郗愔及弟昙奉天师道,而充与弟准崇信释氏,谢万讥之云:‘二郗谄于道,二何佞于佛。’”讥何充事,时间未详。考卷七《康帝纪》、卷八《穆帝纪》,充于建元元年十月“录尚书事,辅政”,永和二年正月卒,讥何充当在其间。姑系于此。

6. 司马岳作《促顾和释服就职诏》、《以谢尚为南中郎将诏》。罢《绝倒》、《悬橦》之伎。卒。

《促顾和释服就职诏》见《晋书》卷八十三《顾和传》:“康帝即位,将祀南北郊,和议以为车驾宜亲行……迁尚书仆射……更拜银青光禄大夫,领国子祭酒。顷之,母忧去职……既练,卫将军褚裒上疏荐和,起为尚书令,遣散骑郎喻旨……帝又下诏曰……”是诏当作于本年。《以谢尚为南中郎将诏》见本年第10条。《建康实录》卷八:建元“二年秋八月,罢《绝倒》、《悬橦》之伎。”《晋书》卷七《康帝纪》:本年九月,“戊戌,帝崩于式乾殿,时年二十三,葬崇平陵。”《元和郡县图志》卷二十五上元县:“康帝岳崇平陵,在县东北二十里蒋山西南。”

《全晋文》卷十辑司马岳文十三篇,除已见上文者外,还有:《下东阳太守山遐诏》、《尚书增禄诏》、《书》。

《书小史》卷一:"康皇帝……善行、草书。"《述书赋上》:"康帝则幼少闲慢,迴出凡境,驷马安车,不尚驰骋。"《淳化阁贴》卷一辑有《书女郎帖》。

7. 谢沈迁著作郎。

《晋书》卷八十二《谢沈传》:"服阕,除尚书度支郎。何充、庾冰并称沈有史才,迁著作郎,撰《晋书》三十余卷。会卒,时年五十二。沈先著《后汉书》百卷及《毛诗》、《汉书外传》,所著述及诗赋文论皆行于世。其才学在虞预之右云。"沈迁著作郎,时间未详。按卷七《康帝纪》,康帝在位仅二年。又按卷八《穆帝纪》,庾冰卒于本年十一月,是何充、庾冰荐沈为著作郎必在本年十一月前。

《隋书》卷三十二《经籍志一》:《尚书》十五卷,晋祠部郎谢沈撰……《毛诗》二十卷,谢沈注……《毛诗义疏》十卷,谢沈撰。"卷三十五《经籍志四》:"梁有《谢沈集》十卷……《文章志录杂文》八卷,谢沈撰……亡。"《全晋文》卷一百三十辑谢沈文三篇:《祥禫议》、《答张祖高问》与《答王氏问》。

8. 庾冰卒。

《晋书》卷七十三《庾冰传》:"献皇后临朝,征冰辅政。冰辞以疾笃。寻而卒,时年四十九。册赠侍中、司空,谥曰忠成,祠以太牢。冰天性清慎,常以俭约自居。中子袭尝贷官绢十匹,冰怒,捶之,市绢还官。临卒,谓长史江虨曰:'吾将逝矣,恨报国之志不展,命也,如何!死之日,敛以时服,无以官物也。'及卒,无绢为衾。又室无妾媵,家无私积,世以此称之。"据卷八《穆帝纪》,冰卒于本年十一月庚辰。

《隋书》卷三十五《经籍志四》:"《晋司空庾冰集》七卷。梁二十卷,录一卷。"《全晋文》卷三十七辑文六篇,除已见上文者外，还有：《为成帝出令沙门致敬诏》、《用乐谟诏草》、《与王羲之书》。

《书小史》卷五："庾说……善书。"

《晋书·庾冰传》："冰七子：希、袭、友、蕴、倩、邈、柔。"

《晋书》卷三十二《废帝孝庾皇后传》："废帝孝庾皇后讳道怜，颍川鄢陵人也，父冰。"

9. 孙绰作《司空庾冰碑》。

《司空庾冰碑》见《全晋文》卷六十二，当作于本年庾冰卒后。

10. 谢尚为南中郎将，领江州刺史。

《晋书》卷七十九《谢尚传》："建元二年，诏曰：'尚往以戎戍事要……今以为南中郎将，余官如故。'会庾冰薨，复以本号督豫州四郡，领江州刺史。俄而复转西中郎将、督扬州之六郡诸军事、豫州刺史、假节、镇历阳。"《类聚》卷四十四引《俗说》："谢仁祖为豫州主簿，在桓温阁下。桓闻其善弹筝，便呼之。既至，取筝令弹。谢即理弦抚筝，因歌《秋风》，意气殊遒。桓大以此知之。"尚任豫州主簿，时间未详。疑在领江州刺史前或更前。《晋书》卷八十三《顾和传》："时南中郎将谢尚领宣城内史，收泾令陈干杀之，有司以尚违法纠黜，诏原之。"据此知尚任南中郎将后，曾领宣城内史。

11. 袁宏作《咏史》。

《晋书》卷九十二《袁宏传》："宏有逸才，文章绝美，曾为咏史诗，是其风情所寄。少孤贫，以运租自业。谢尚时镇牛渚，秋夜乘月，率尔与左右微服泛江，会宏在舫中讽咏，声既清会，辞又藻拔，遂驻听久之，遣问焉。答云：'是袁临汝郎诵诗。'即其咏史之作也。尚倾率有胜致，即迎升舟，与之谭论，申旦不寐，自此名誉日茂。"范晔撰《后汉书》卷六十七《魏朗传》李贤等注:"牛渚,山名。突出江中,谓为牛渚圻,在今宣州当涂县北也。"《御览》卷四十六引《舆地志》:"牛渚山北,谓之采石。按今对采石渡口,上有谢将军祠。吴初周瑜屯牛渚。镇西将军谢尚亦镇此城。"牛渚属豫州,谢尚镇牛渚,当在任豫州刺史时。考《晋书》卷七十九《谢尚传》、卷八《穆帝纪》,谢尚任豫州刺史在本年,《咏史》诗亦当作于本年或本年前。宏今存《咏史》诗二首,见《晋诗》卷十四。

12. 前秦苻坚聪敏好施。

《晋书》卷一百十三《苻坚载记》:"年七岁,聪敏好施,举止不逾规矩。每侍洪侧,辄量洪举措,取与不失机候。洪每曰:'此儿姿貌瓌伟,质性过人,非常相也。'高平徐统有知人之鉴,遇坚于路,异之,执其手曰:'苻郎,此官之御街,小儿敢戏于此,不畏司隶缚邪?'坚曰:'司隶缚罪人,不缚小儿戏也。'统谓左右曰:'此儿有霸王之相。'左右怪之,统曰:'非尔所及也。'后又遇之,统下车屏人,密谓之曰:'苻郎骨相不恒,后当大贵,但仆不见,如何!'坚曰:'诚如公言,不敢忘德。'"《世说新语·识鉴第七》刘孝标注引车频《秦书》谓坚六岁时,徐统见而异焉。今从《晋书》。

13. 王献之生。

《书断中》:"献之字子敬,逸少第七子……太元十一年卒于官,年四十三。"据此推之,当生于本年。

14. 徐邈生。

《晋书》卷九十一《徐邈传》:"徐邈,东莞姑幕人也,祖澄之为州治中,属永嘉之乱,遂与乡人臧琨等率子弟并闾里士庶千余家,南渡江,家于京口。父藻,都水使者。"据本传隆安元年卒,年五十四推之,当生于本年。

15. 鸠摩罗什生。

《高僧传》卷二《鸠摩罗什传》:“鸠摩罗什,此云童寿,天竺人也,家世国相。什祖父达多,倜傥不群,名重于国。父鸠摩炎,聪明有懿节,将嗣相位,乃辞避出家,东度葱岭。龟兹王闻其弃荣,甚敬慕之,自出郊迎,请为国师。王有妹年始二十,识悟明敏,过目必能,一闻则诵。且体有赤黡,法生智子。诸国聘之,并不肯行。及见摩炎,心欲当之,乃逼以妻焉,既而怀什。什在胎时,其母自觉神悟超解,有倍常日。闻雀梨大寺,名德既多,又有得道之僧,即与王族贵女、德行诸尼,弥日设供,请斋听法。什母忽自通天竺语……及什生之后,还忘前言。顷之,什母乐欲出家,夫未之许,遂更产一男,名弗沙提婆。后因出城游观,见冢间枯骨异处纵横,于是深惟苦本,定誓出家。若不落发,不咽饮食。至六日夜,气力绵乏,疑不达旦,夫乃惧而许焉……次日受戒,仍乐禅法。专精匪懈,学得初果……初,什一名鸠摩罗耆婆,外国制名多以父母为本,什父鸠摩炎,母字耆婆,故兼取为名。”《全晋文》卷一百六十五辑释僧肇《鸠摩罗什法师诔》谓什“癸丑之年,年七十。四月十三日,薨乎大寺”。癸丑为晋安帝义熙九年。据此推之,什当生于本年。

16. 卢谌迁侍中。

《晋书》卷四十四《卢谌传》:“以为……侍中。”时间不详。姑系于此。

17. 后赵韦謏为石季龙太子太傅。

《晋书》卷九十一《韦謏传》:“再为太子太傅,封京兆公。好直谏,陈军国之宜,多见允纳。著《伏林》三千余言,遂演为《典林》二十三篇。凡所述作及集记世事数十万言,皆深博有才义。”谡上年仍任侍中，其任太子太傅诸事，时间不详。姑系于此。

18. 王羲之拟效荀舆书。

《书小史》卷五：“荀舆字长胤(庾肩吾《书品》注作‘长允，一本做长辙。’)颍阴人，官至国子助教，工隶书、章草。尝写《狸骨方》一纸，右军见以为绝伦，拟效数十通，云：‘此乃天然，功弗可及也。’庾肩吾云：‘荀舆《狸骨方》，学而难治。’墨妙至此，时人不称，犹伯乐之顾，则价增十倍。然观其意趣，不先于卫夫人，当是右军中年所赏。若暮齿而见，应不至叹伏也。”《书断中》：荀舆隶、草，皆入妙品。荀舆生平，右军拟效之时间，未详。今据陈思之推测，姑系于此。

19. 王恬任会稽内史。

《晋书》卷六十五《王恬传》：“转……会稽内史，加散骑常侍。”《世说新语·赏誉第八》：“简文目敬豫为‘朗豫’。”注引《文字志》：“恬识理明贵，为后时冠冕也。”《宣和书谱》卷十四：“王恬……为会稽内史，加散骑常侍。是时张翼以书得名，议者谓不能过恬。”上述事时间未详，姑系于此。

20. 张翼以书得名。

翼生卒年未详。《宣和书谱》卷七：“张翼字君祖，下邳人，官至东海太守。善草、隶。”以书得名见本年第19条。

21. 王洽任中书郎。

《晋书》卷六十五《王洽传》：“历……中书郎。”年月不详，姑系于此。

345　乙巳

晋穆帝司马聃永和元年　　汉(成)太和二年
后赵建武十一年　　前燕九年
代建国八年　　前凉太元二十二年

卫铄七十四岁。蔡谟六十五岁。葛洪六十三岁。卢谌六十一岁，何充五十四岁。范汪四十五岁。王述四十三岁，王羲之四十三岁。王彪之四十一岁。庾翼四十一岁。张骏三十九岁。谢尚三十八岁。王濛三十七岁。桓温三十四岁。道安三十四岁。袁乔三十四岁。郗愔三十三岁。孙绰三十二岁。支遁三十二岁。司马晞三十岁。慕容儁二十七岁。司马昱二十六岁。谢安二十六岁。谢万二十六岁。郗昙二十六岁。王洽二十三岁。袁宏十八岁。庾龢十七岁。王坦之十六岁。王蕴十六岁。杨羲十六岁。慧远十二岁。王修十二岁。郗超十岁。苻坚八岁。吕光八岁。范宁七岁。司马丕五岁。王献之二岁。徐邈二岁。鸠摩罗什二岁。

1. 司马晞为镇军大将军。

《晋书》卷六十四《武陵威王晞传》："穆帝即位，转镇军大将军。"卷八《穆帝纪》：本年正月，"甲申，进镇军将军、武陵王晞为镇军大将军、开府仪同三司。"

2. 司马昱进位抚军大将军、录尚书六条事。

《晋书》卷九《简文帝纪》："永和元年，崇德太后临朝，进位抚军大将军，录尚书六条事。"卷八《穆帝纪》：本年，"夏四月壬戌，诏会稽王昱录尚书六条事。"

3. 谢万为抚军从事中郎。

《晋书》卷七十九《谢万传》："简文帝作相，闻其名，召为抚军从事中郎。万著白纶巾，鹤氅裘，履版而前。既见，与帝共谈移日。"据卷九《简文帝纪》，简文帝于太和元年进位丞相，时万已卒。简文帝"作相"一事疑为本年"进位抚军大将军"。"进位抚军大将军"与万任抚军从事中郎合。

4. 王彪之作《答抚军访郊祀有赦》，转吏部尚书。

《晋书》卷七十六《王彪之传》："时永嘉太守谢毅，赦后杀郡人周矫，矫从兄球诣州诉冤。扬州刺史殷浩遣从事收毅，付廷尉。彪之以球为狱主，身无王爵，非廷尉所料，不肯受，与州相反覆。穆帝发诏令受之。彪之又上疏执据，时人比之张释之。时当南郊，简文帝为抚军，执政，访彪之应有赦不。答曰……遂从之。转吏部尚书。简文有命用秣陵令曲安远补句容令，殿中侍御史奚朗补湘东郡。彪之执不从。"时间未详。本传叙于简文帝为抚军后、桓温欲北伐前。姑系于此。

5. 王濛为司马昱所贵幸。

《晋书》卷九十三《王濛传》："（王）濛性和畅，能言理，辞简而有会。及简文帝辅政，益贵幸之，与刘惔号为入室之宾。"

6. 袁乔作《与左军褚裒解交书》。

《晋书》卷八十三《袁乔传》："桓温镇京口，复引为司马，领广陵相。初，乔与褚裒友善，及康献皇后临朝，乔与裒书曰……论者以为得礼。"卷三十二《康献褚皇后传》："及穆帝即位……临朝称制。”

7. 庾翼卒。

《晋书》卷七十三《庾翼传》:“翼如厕,见一物如方相,俄而疽发背。疾笃,表第二子爰之行辅国将军、荆州刺史……永和元年卒,时年四十一。追赠车骑将军,谥曰肃。”卷八《穆帝记》:本年“七月庚午,持节、都督江荆司梁雍益宁七州诸军事、江州刺史、征西将军、都亭侯庾翼卒。”卷七十二《郭璞传》:“庾翼幼时尝令璞筮公家及身,卦成,曰:‘建元之末丘山倾,长顺之初子凋零。’及康帝即位,将改元为建元……及帝崩,何充改元为永和,庾翼叹曰:‘天道精微,乃当如是。长顺者,永和也,吾庸得免乎!’其年翼卒。”

《隋书》卷三十五《经籍志四》:“晋车骑将军《庾翼集》二十二卷,梁二十卷,录一卷。”《全晋文》卷三十七辑庾翼文十四篇,除已见前文者外,还有:《与僚属教》、《书》二篇、《答参军于瓒》、《答翟铿》。另,《宣和书谱》卷十五载翼《与昆弟辈书》,《全晋文》漏收。

《晋书》卷八十《王羲之传》:“羲之书初不胜庾翼、郗愔,及其暮年方妙。尝以章草答庾亮,而翼深叹伏,因与羲之书云:‘吾昔有伯英章草十纸,过江颠狈,遂乃亡失,常叹妙迹永绝。忽见足下答家兄书,焕若神明,顿还旧观。’”与羲之书又见虞龢《论书表》,文字略有不同。《宣和书谱》卷十五:“庾翼……善草、隶,与王羲之并驰争先。方羲之学者多所崇重,翼多所不平,因寄书昆弟辈云:‘可谓憎家鸡、好野雉也。’兄亮……尝就羲之求书法,羲之答云:‘翼在彼,岂复假此!’是知翼之书固自超绝,其为当日书家名流所推先如此。其自许亦自高。”羊欣《采古来能书人名》:“庾翼……善隶、行,时与羲之齐名。"李嗣真《书后品》:"稚恭章草颇推笔力,不谢子真。"《书断下》:"庾翼……善草、隶书,名亚右军。"《述书赋上》:"积薪之美,更览稚恭,名齐逸少,墨妙所宗。善草则鹰搏隼击,工正则剑锷刀锋。愧时誉之未尽,觉知音而罕逢。"《淳化阁帖》卷三辑有二贴:《故吏从事帖》、《已向帖》。《宣和书谱》卷十五谓:"《今御府所藏帖》二:草书《步征帖》、行书《盛事帖》。"

《晋书·庾翼传》:翼有二子:方之、爰之。"爰之有翼风,寻为桓温所废。温既废爰之,又以征虏将军刘惔监沔中军事,领义成太守,代方之。而方之、爰之并迁徙于豫章。"

8. 何充专辅幼主。

《晋书》卷七十七《何充传》:"(庾)冰、(庾)翼等寻卒,充专辅幼主。翼临终,表以后任委息爰之,于时论者并以诸庾世在西藩,人情所归,宜依翼所请,以安物情。充曰:'不然。荆、楚,国之西门,户口百万,北带强胡,西邻劲蜀,终略险阻,周旋万里。得贤则中原可定,势弱则社稷同忧,所谓陆抗存则吴存,抗亡则吴亡者,岂可以白面年少猥当此任哉!桓温英略过人,有文武识度,西夏之任,无出温者。'议者又曰:'庾爰之肯避温乎?如令阻兵,耻惧不浅。'充曰:'温足能制之,诸君勿忧。'乃使温西。爰之果不敢争。充以卫将军褚裒皇太后父,宜综朝政,上疏荐裒参录尚书。裒以地逼,固求外出。充每曰:'桓温、褚裒为方伯,殷浩居门下,我可无劳矣。'充居宰相,虽无澄正改革之能,而强力有器局,临朝正色,以社稷为己任,凡所选用,皆以功臣为先,不以私恩树亲戚,谈者以此重之。然所昵庸杂,信任不得其人……充能饮酒,雅为刘惔所贵。惔每云:'见次道饮,令人欲倾家酿。'言其能温克也。”

9. 有颜谦妇刘氏墓志。

考古编辑部编《考古》1959年第6期载南京市文物保管委员会撰《南京老虎山晋墓》:“老虎山位于南京挹江门外东北,下关车站东约3公里……1958年4月26日……在该山南麓……发现了一座比较完整的东晋墓。”墓中有墓志。“墓志为一长方砖刻而成,平面刻‘琅邪颜谦妇刘氏年卅四以晋永和元年七月廿日亡九月葬’廿四字。长32,宽14.5,厚4.5厘米。”书体为行书。附有墓志拓片。据张彦生著《善本碑帖录》卷二,墓志今藏南京博物院。

10. 桓温为安西将军,荆州刺史。作《请追录王浚后表》。

《晋书》卷八《穆帝纪》:永和元年八月,“以辅国将军、徐州刺史桓温为安西将军、持节、都督荆司雍益梁宁六州诸军事,领护南蛮校尉,荆州刺史。”《通鉴》卷九十七同。《晋书》卷四十二《王浚传》:“浚有二孙,过江不见齿录。安西将军桓温镇江陵,表言之曰……”

11. 罗含为桓温别驾。

《建康实录》卷八《孝宗穆皇帝》:“桓温为安西将军,荆州刺史。温表罗含为别驾。”《建康实录》系温任荆州刺史于明年十月。今从《晋书·穆帝纪》。

12. 孙盛为桓温参军。

《晋书》卷八十二《孙盛传》:“会桓温代(庾)翼,留盛为参军。”

13. 刘惔谓桓温不可镇上流。自许在会稽王之上。监沔中诸军事,领义成太守。

《晋书》卷七十五《刘惔传》:“惔每奇温才,而知其有不臣之迹。及温为荆州,惔言于帝曰:‘温不可使居形胜地,其位号常宜抑之。'劝帝自镇上流,而己为军司,帝不纳。又请自行,复不听。"《世说新语·品藻第九》:"桓大司马下都,问真长曰:'闻会稽王语奇进,尔邪?'刘曰:'极进,然故是第二流中人耳!'桓曰:'第一流复是谁?'刘曰:'正是我辈耳!'"笺疏引程炎震云:"此当是桓温自徐移荆时,永和元年也。"监沔中诸军事、领义成太守,见本年第7条。

14. 范汪为安西长史。

《晋书》卷七十五《范汪传》:"桓温代(庾)翼为荆州,复以汪为安西长史。"

15. 习凿齿任桓温从事。

凿齿生年未详。《晋书》卷八十二《习凿齿传》:"习凿齿字彦威,襄阳人也。宗族富盛,世为乡豪。凿齿少有志气,博学洽闻,以文笔著称。荆州刺史桓温辟为从事。"凿齿任温从事,确切时间不详,当在本年温任荆州刺史后。

16. 谢奕为安西司马。

《晋书》卷七十九《谢奕传》:"与桓温善。温辟为安西司马,犹推布衣好。在温坐,岸帻笑咏,无异常日。桓温曰:'我方外司马。'奕每因酒,无复朝廷礼,尝逼温饮,温走入南康主门避之。主曰:'君若无狂司马,我何由得相见!'奕遂推酒就听事,引温一兵帅共饮,曰:'失一老兵,得一老兵,亦何所怪。'温不之责。"《世说新语·忿狷第三十一》:"谢无奕性粗强。"

17. 王羲之书《桓安西帖》。

《全晋文》卷二十五辑《桓安西帖》云:"桓安西观自代蜀五。""桓安西"疑指桓温。本年桓温任安西将军。

18. 司马丕拜散骑常侍。

《晋书》卷八《哀帝纪》:"永和元年拜散骑常侍。"

19. 前凉张骏伐焉耆。从马岌上言，立西王母祠。始置百官。

《晋书》卷八《穆帝纪》：本年，“冬十二月……凉州牧张骏伐焉耆，降之。”主西王母祠见本年第22条。《晋书》卷八十六《张骏传》：“时骏尽有陇西之地，士马强盛，虽称臣于晋，而不行中兴正朔。舞六佾，建豹尾，所置官僚府寺拟于王者，而微异其名……又于姑臧城南筑城，起谦光殿，画以五色，饰以金玉，穷尽珍巧。殿之四面各起一殿。”

《通鉴》卷九十七：“是岁，骏分武威等十一郡为梁州，以世子重华为刺史；分兴晋等八郡为河州，以宁戎校尉张瓘为刺史；分敦煌等三郡及西域都护三营为沙州，以西胡校尉杨宣为刺史。骏自称大都督、大将军、假凉王，督摄三州；始置祭酒、郎中、大夫、舍人、谒者等官，官号皆仿天朝，而微变其名；车服旌旗拟于王者。”

20. 前秦苻坚请师就家学。

《晋书》卷一百三十《苻坚载记上》：“八岁，请师就家学。洪曰：‘汝戎狄异类，世知饮酒，今乃求学邪！’欣而许之。”

21. 杨羲受中黄制虎豹法。

《云笈七签》卷五《晋茅山真人杨君》：杨羲“似吴人，洁白美姿容，善言笑。攻书好学，该涉经史。性渊懿沈厚。幼而通灵，与二许早结神明之交。以永和初受中黄制虎豹法。”卷一百六《杨羲真人传》：“少好道，服食精思。”

22. 前凉马岌作《上言宜立西王母祠》，时任酒泉太守。访宋纤，作《题宋纤石壁诗》。

《晋书》卷八十六《张骏传》：“永和元年……酒泉太守马岌上言：‘酒泉南山……有石室玉堂，珠玑镂饰，焕若神宫。宜立西王母祠……’骏从之。”卷九十四《宋纤传》：“酒泉太守马岌,高尚之士也,具威仪,鸣铙鼓,造焉。纤高楼重阁,距而不见。岌叹曰:'名可闻而身不可见,德可仰而形不可睹,吾而今而后知先生人中之龙也。'铭诗于石壁曰……”此诗《全晋文》卷一百五十四亦收,题为《宋纤石壁铭》。诗作于岌任酒泉太守时,具体时间不详。

23. 前凉宋纤拒绝见马岌。为马岌所敬仰。

见本年第22条。

24. 前凉杨宣任沙州刺史,疆理西域。

任沙州刺史见本年第19条。《晋书》卷九十七《四夷传·焉耆国》:“张骏遣沙州刺史杨宣率众疆理西域,宣以部将张植为前锋,所向风靡。”疆理西域,当在本年任沙州刺史至明年五月张骏卒前,姑系于此。

25. 前凉李柏写有尺牍。

柏生卒年未详。《中国书法史图录简编》第248页:“从本世纪初开始,在位于新疆罗布泊西北的楼兰古城遗址,陆续发现了许多魏晋时期的简牍和纸文书……楼兰古城是魏晋及前凉时期西域长史的治所,在这里发现的文书主要是当地行政机构和驻军中的各种公文及往来书信……《李柏尺牍》是楼兰古城发现的文书中的重要作品。李柏是前凉的西域长史,在楼兰遗址共发现了他的三封书信……其书法古朴自然,与魏晋简牍墨迹的风格相一致,线条饱满,行笔多变,字形错落,虽是仓促写就,仍可见其功力。”第58页印有《李柏尺牍》中最完整的一件图录。据《晋书》卷八十六《张骏传》,本年柏在西域长史任上,本年前后事迹均不详。其三封书信,写作时间亦不详,姑系于此。

26. 范宣廉约，固辞殷羡、庾爰之遗给。

《晋书》卷九十一《范宣传》："家于豫章，太守殷羡见宣茅茨不完，欲为改宅，宣固辞之。庾爰之以宣素贫，加年荒疾疫，厚饷给之，宣又不受。爰之问宣曰：'君博学通综，何以太儒？'宣曰：'汉兴，贵经术，至于石渠之论，实以儒为弊。正始以来，世尚《老》、《庄》。逮晋之初，竞以裸裎为高。仆诚太儒，然"丘不与易"。'宣言谈未尝及《老》、《庄》。客有问人生与忧俱生，不知此语何出。宣云：'出《庄子·至乐篇》。'客曰：'君言不读《老》、《庄》，何由识此？'宣笑曰：'小时尝一览。'时人莫之测也。"上述事，时间不详。按卷十三《天文志下》、卷七十三《庾翼传》：本年七月庾爰之任荆州刺史，寻为桓温所废，迁徙于豫章。姑系于此。

27. 谢尚纳美妇人宋祎。

《世说新语·品藻第九》："宋祎曾为王大将军（石崇）妾，后属谢镇西。镇西问祎：'我何如王？'答曰：'王比使君，田舍、贵人耳！'镇西妖冶故也。"《御览》卷三八一引《俗说》："宋祎是石崇妓绿珠弟子，有色，善吹笛。"余嘉锡案："石崇以惠帝永康元年为孙秀所杀，谢尚以穆帝永和十一年加镇西将军，前后相距五十三年。祎既绿珠弟子，至此当已七十内外矣，方为谢尚所纳，殊不近情。盖《世说》例以镇西称尚，不必定在此时。但祎称尚为使君，必在建元二年以南中郎将领江州刺史之后。上距石崇、绿珠之死，亦四十余年矣。殆因祎善吹笛，故尚取之，以教伎人。"

28. 曹毗除郎中。

毗生卒年不详。《晋书》卷九十二《曹毗传》："曹毗字辅佐，谯国人也。高祖休，魏大司马。父识，右军将军。毗少好文籍，善属词赋。郡察孝廉,除郎中。""郡察孝廉,除郎中",时间未见记载,今假定在任佐著作郎前三年(任佐著作郎系于永和三年,详后),时毗当二十岁上下。

29. 袁宏起家建威参军。

《世说新语·言语第二》刘孝标注引《续晋阳秋》:"宏起家建威参军。"时间未详,姑系于十八岁时。

30. 许询于会稽西寺与王修辩论。

《世说新语·文学第四》:"许掾年少时,人以比王苟子,许大不平。时诸人士及于法师并在会稽西寺讲,王亦在焉。许意甚忿,便往西寺与王论理,共决优劣。苦相折挫,王遂大屈。许复执王理,王执许理,更相覆疏,王复屈,许谓支法师曰:'弟子向语何似?'支从容曰:'君语佳则佳矣,何至相苦邪?岂是求理中之谈哉!'"此事时间未详。今据许询"年少时",姑系于本年。本年询约十六岁。

31. 王修与许询于会稽西寺辩论。作《贤全论》。

修与许询于会稽西寺辩论见本年第30条。《晋书》卷九十三《王修传》:"年十二,作《贤全论》。濛以示刘惔曰:'敬仁此论,便足以参微言。'"《世说新语·文学第四》"年十二"作"年十三",《贤全论》作《贤人论》,今从《晋书·王修传》。《贤人论》,今存,见《世说新语·文学第四》刘孝标注引。

32. 支遁评许询、王修辩论。

见本年第30条。

33. 成(汉)龚壮约卒于本年。

《晋书》卷九十四《龚壮传》:"(龚壮)至李势时卒。初,壮每叹中夏多经学,而巴蜀鄙陋,兼遭李氏之难,无复学徒,乃著《迈德论》。"壮卒年未详。按《晋书》卷七《康帝纪》、卷八《穆帝纪》,李势于建元元年八月嗣位,永和三年三月降桓温,壮当卒于其间。姑系于本年。

《全晋文》卷一百五十六辑龚壮文一篇,《华阳国志》卷九载龚壮文一篇,均见上文。

346 丙午

晋永和二年　　汉(成)嘉宁元年
后赵建武十二年　前燕十年
代建国九年　　前凉张重华永乐元年

卫乐七十五岁。蔡谟六十六岁。葛洪六十四岁。卢谌六十二岁。何充五十五岁。范汪四十六岁。王述四十四岁。王羲之四十四岁。王彪之四十二岁。张骏四十岁。谢尚三十九岁。王濛三十八岁。桓温三十五岁。道安三十五岁。袁乔三十五岁。郗愔三十四岁。孙绰三十三岁。支遁三十三岁。司马晞三十一岁。慕容儁二十八岁。司马昱二十七岁。谢安二十七岁。谢万二十七岁。郗昙二十七岁。王洽二十四岁。袁宏十九岁。庾龢十八岁。王坦之十七岁。王蕴十七岁。杨羲十七岁。慧远十三岁。王修十三岁。郗超十一岁。苻坚九岁。吕光九岁。范宁八岁。司马丕六岁。王献之三岁。徐邈三岁。鸠摩罗什三岁。

1. 何充卒。

《晋书》卷七十七《何充传》:“永和二年卒,时年五十五。赠司空,谥曰文穆。”据卷八《穆帝纪》,充卒于本年春正月己卯。

《隋书》卷三十五《经籍志四》:“晋司空《何充集》四卷。梁五卷……亡。”《全晋文》卷三十二辑何充文七篇,除已见前文者外，还有《贺正表》。

《书小史》卷六："何充字次道……善于书。"《述书赋上》："次道淳实，寡于风采。自是雄姿，翰墨具在。如士大夫之京华游处，参贵胄而肤质未改。"

《晋书·何充传》："无子，弟子放嗣……充弟准。"卷九十三《何准传》："充居宰辅之重，权倾一时，而准散带衡门，不及人事，唯诵佛经，修营塔庙而已。"

2. 司马昱辅政，专总万机。作《答殷浩笺》、《奏四祖祧主》。

《晋书》卷八《穆帝纪》：本年"二月癸丑，以左光禄大夫蔡谟领司徒，录尚书六条事、抚军大将军、会稽王昱及谟并辅政。"卷九《简文帝纪》：本年，"崇德太后诏帝专总万机。"卷七十七《殷浩传》："简文帝时在藩，始综万几，卫将军褚裒荐浩，征为建武将军、扬州刺史。浩上疏陈让，并致笺于简文，具自申叙。简文答之曰……浩频陈让，自三月至七月，乃受拜焉。"卷八《穆帝纪》：本年"三月丙子，以前司徒左长史殷浩为建武将军、扬州刺史。"《奏四祖祧主》见本年第 7 条。

3. 蔡谟领司徒，辅政。作《奏请褚太后》、《四府君迁主议》。

谟领司徒，辅政见本年第 2 条。《晋书》卷三十二《康献褚皇后传》："及穆帝即位，尊后曰皇太后。时帝幼冲，未亲国政。领司徒蔡谟等上奏曰……"《四府君迁主议》见本年第 7 条。

4. 前凉张骏卒。

《晋书》卷八十六《张骏传》："骏在位二十二年卒，时年四十。私谥曰文公，穆帝追谥曰忠成公。"卷八《穆帝纪》：本年"五月丙戌，凉州牧张骏卒。"

《隋书》卷三十五《经籍志四》："晋《张骏集》八卷，残缺。"

《晋诗》卷十二辑张骏诗二首：《薤露行》、《东门行》。《全晋文》卷一百五十四辑张骏文三篇,除已见上文者外,还有《山海经图赞》。另,刘勰著、范文澜注《文心雕龙·章表篇》称张骏《自序》"文致耿介"。《自序》不知是否即本传所载《上疏请讨石虎李期》一文,待考。《文心雕龙·镕裁篇》:"昔谢艾、王济,西河文士;张骏以为:艾繁而不可删,济略而不可益。"骏评谢艾、王济,原文已佚。

《晋书·张骏传》:"子重华嗣。"

5. 前凉谢艾击败石季龙将麻秋。

《晋书》卷八十六《张重华传》:"(石)季龙使王擢、麻秋、孙伏都等侵寇不辍。金城太守张冲降于秋。于是凉州振动。重华扫境内,使其征南将军裴恒御之。恒壁于广武,欲以持久弊之。牧府相司马张耽言于重华曰:'……主簿谢艾,兼资文武,明识后略,若授以斧钺,委以专征,必能折冲御侮,歼殄凶类。'重华召艾,问以讨寇方略。艾曰……重华大悦,以艾为中坚将军,配步骑五千击秋。引师出振武,夜有二枭鸣于牙中。艾曰:'枭,邀也,六博得枭者胜。今枭鸣牙中,克敌之兆。'于是进战,大破之,斩首五千级。重华封艾为福禄伯,善待之……季龙又令麻秋进陷大夏……是月,有司议遣司兵赵长迎秋西郊。谢艾以《春秋》之义,国有大丧,省搜狩之礼,宜待逾年。"卷八《穆帝纪》:本年六月,"谢艾击(麻)秋,败之。"

6. 范宣作《答兄子问四祖迁主礼》。

《宋书》卷十六《礼志三》:"穆帝永和二年七月,有司奏:'十月殷祭,京兆府君当迁祧室……'时陈留范宣兄子问此礼。宣答曰……"

7. 虞喜作《答访四府君迁主》。

《晋书》卷九十一《虞喜传》:"永和初,有司奏称十月殷祭,京兆府君当选祧室，征西、豫章、颍川三府君初毁主，内外博议不能决。时喜在会稽，朝廷遣就喜咨访焉。”卷十九《礼志上》：“至康帝崩，穆帝立，永和二年七月，有司奏：‘十月殷祭，京兆府君当迁祧室……’领司徒蔡谟议……辅国将军谯王司马无忌等议……尚书郎孙绰与无忌议同，曰……尚书郎徐禅议……又遣禅至会稽，访处士虞喜。喜答曰……是时简文为抚军，与尚书郎刘邵等奏……”

《晋书·虞喜传》：“又释《毛诗略》，注《孝经》，为《志林》三十篇。凡所注述数十万言，行于世。年七十六卒。”喜卒年未详。《隋书》卷三十二《经籍志一》：“梁有《周官驳难》三卷，孙琦问，干宝驳，晋散骑常侍虞喜撰……《论语》九卷，郑玄注，晋散骑常侍虞喜赞……梁有……《新书对张论》十卷（校勘记：‘《册府》六〇五作“新书讨张论语”。’）”卷三十四《经籍志三》：“《志林新书》三十卷，虞喜撰。梁有《广林》二十四卷，又《后林》十卷，虞喜撰……《安天论》六卷，虞喜撰。”《全晋文》卷八十二辑喜文十五篇，除已见上文者外，还有：《吴纲二嫡妻议》、《答或问旧君服》、《答孔瑚问庶子为人后其妻为本舅姑服》、《又答孔瑚问玄孙之妇传重》、《难贺循论父未殡而祖父死服》、《中山王睦立祢庙论》、《释滞》、《通疑》、《释疑》、《志林》（其中包括：《孙讨逆杀于吉事江表传所载不实》、《吴主推五德之运以为土行用未祖辰腊》、《韦昭吴书不为丞相孙邵立传》、《吴主论郊祀》）。

《晋书·虞喜传》：“无子。弟豫（《校勘记：‘“豫”当从本传作“预”。’），自有传。”

8. 孙绰作《京兆府君迁主议》，时任尚书郎。

《晋书》卷五十六《孙绰传》：“迁尚书郎。”未记具体时间。作

《京兆府君迁主议》及时任尚书郎,见本年第7条。

9. 王胡之劝褚裒归藩,时任裒长史。

《世说新语·言语第二》刘孝标注引《晋阳秋》:"(何)充之卒,议者谓太后父(褚)裒宜秉朝政,裒自丹徒入朝。吏部尚书刘遐劝裒曰……裒长史王胡之亦劝归藩。"

10. 桓温率众西伐李势。

《晋书》卷九十八《桓温传》:"时李势微弱,温志在立勋于蜀,永和二年,率众西伐。时康献太后临朝。温将发,上疏而行。"卷八《穆帝纪》:永和二年,"十一月辛未,安西将军桓温帅征虏将军周抚,辅国将军、谯王无忌,建武将军袁乔伐蜀,拜表辄行。"《世说新语·言语第二》:"桓公入峡,绝壁天悬,腾波迅急。乃叹曰:'既为忠臣,不得为孝子,如何?"《黜免第二十八》:"桓公入蜀,至三峡中,部伍中有得猿子者。其母缘岸哀号,行百余里不去,遂跳上船,至便即绝。破视其腹中,肠皆寸寸断。公闻之,怒,命黜其人。"《建康实录》卷九《烈宗孝武帝》:"永和二年,(桓温)西伐马蜀,行见诸葛亮八阵图,指谓左右曰:'此常山蛇势也。'"

11. 袁乔作《劝桓温伐蜀》,随温西伐李势。器重习凿齿。

《晋书》卷八十三《袁乔传》:"迁安西咨议参军、长沙相,不拜。寻督沔中诸戍江夏随义阳三郡军事、建武将军、江夏相。时桓温谋伐蜀,众以为不可,乔劝温曰……温从之,使乔以江夏相领二千人为军锋……去成都十里,与贼大战,前锋失利。乔军亦退,矢及马首,左右失色。乔因麾而进,声气愈厉,遂大破之,长驱至成都。"器重习凿齿见本年第12条。

12. 习凿齿为袁乔所器重,转西曹主簿。

《晋书》卷八十二《习凿齿传》:"江夏相袁乔深器之,数称其才于(桓)温,转西曹主簿,亲遇隆密。时温有大志,追蜀人知天文者至,夜执手问国家祚运修短。答曰:‘世祀方永。’温疑其难言,乃饰辞云:‘如君言,岂独吾福,乃苍生之幸。然今日之语自可令尽,必有小小厄运,亦宜说之。’星人曰:‘太微、紫微、文昌三宫气候如此,决无忧虞。至五十年外不论耳。’温不悦,乃止。异日,送绢一匹、钱五千文以与之。星人乃驰诣凿齿曰:‘家在益州,被命远下,今受旨自裁,无由致其骸骨。缘君仁厚,乞为标碣棺木耳。’凿齿问其故,星人曰:‘赐绢一匹,令仆自裁,惠钱五千,以买棺耳。’凿齿曰:‘君几误死!君尝闻干知星宿有不覆之义乎?此以绢戏君,以钱供道中资,是听君去耳。’星人大喜,明便诣温别。温问去意,以凿齿言答。温笑曰:‘凿齿忧君误死,君定是误活。然徒三十年看儒书,不如一诣习主簿。’”

13. 范汪留桓温府。

《晋书》卷七十五《范汪传》:“(桓)温西征蜀,委以留府。”

14. 孙盛随桓温伐蜀。

《晋书》卷八十二《孙盛传》:“与(桓温)俱伐蜀。”

15. 刘惔以为桓温伐蜀必克。与王濛清言,品藻西朝及江左人物。

《晋书》卷七十五《刘惔传》:“及(桓)温伐蜀,时咸谓未易可制,惟惔以为必克。或问其故。云:‘以蒲博验之,其不必得,则不为也。恐温终专制朝廷。’及后竟如其言。尝荐吴郡张凭。凭卒为美士。众以此服其知人。”《世说新语·品藻第九》:“刘尹至王长史许清言,时苟子年十三,倚床边听。既去,问父曰:‘刘尹语何如尊?’长史曰:‘韶音令辞,不如我;往辄破的,胜我。’”刘孝标注引《刘惔别传》:“惔有俊才,其谈咏虚胜,理会所归,王濛略同,而叙致过之,其词当也。”《世说新语·品藻第九》:"刘丹阳、王长史在瓦官寺集,桓护军亦在坐,共商略西朝及江左人物。或问:'杜弘治何如卫虎?'桓答曰:'弘治肤清,卫虎奕奕神令。'王、刘善其言。"刘孝标注引《玠别传》:"永和中,刘真长、谢仁祖共商略中朝人。"又刘孝标注引《江左名士传》:"刘真长曰:'吾请评之:弘治肤清,叔宝神清。'论者谓为知言。"

16. 王修听刘惔与王濛清言。

见本年第15条。

17. 王羲之作《报殷浩书》,任护军将军,作《临护军教》,书《十四日帖》。

《晋书》卷八十《王羲之传》:"羲之既少有美誉,朝廷公卿皆爱其才器,频召为侍中、吏部尚书,皆不就。复授护军将军,又推迁不拜。扬州刺史殷浩素雅重之,劝使应命,乃遗羲之书曰……羲之遂报书曰:'……若不以吾轻微,无所为疑,宜及初冬以行,吾惟恭以待命。'羲之既拜护军……"据卷八《穆帝纪》,本年三月丙子,殷浩为建武将军、扬州刺史。是羲之任护军将军,当在本年。《全晋文》卷二十二辑《临护军教》盖作于任护军时。同卷辑《十四日帖》云:"十四日,诸问如昨,云西有伐蜀意,复是大事……""西有伐蜀意"当指本年桓温帅周抚等伐蜀一事。

18. 殷融以郑玄义议典礼,时任太常。

《晋书》卷三十二《康献褚皇后传》:"及穆帝即位,尊后曰皇太后。时帝幼冲,未亲国政。领司徒蔡谟等上奏曰……太常殷融议依郑玄义,卫将军裒在宫庭则尽臣敬,太后归宁之日自如家人之礼。"《世说新语·文学第四》刘孝标注引《中兴书》言融"累迁吏部尚书、太常卿,卒"。卒年未见记载。

《世说新语·文学第四》刘孝标注引《中兴书》："殷融……著《象不尽意》、《大贤须易论》，理义精微，谈者称焉。"《隋书》卷三十五《经籍志四》："晋太常卿《殷融集》十卷。"《晋诗》卷十五辑殷融《答孙兴公诗》一首。《世说新语·排调第二十五》："殷洪远答孙举公诗云：'聊复放一曲。'刘真长笑其语拙，问曰：'君欲云那放？'殷曰：'榼腊亦放，何必其枪铃邪？'"《全晋文》卷一百二十九辑殷融文六篇，除已见前文者外，还有：《后父不应拜后议》、无题《议》。

《世说新语·言语第二》刘孝标注引《续晋阳秋》："仲文……祖融，太常。父康，吴兴太守。"《晋书》卷八十四《殷仲堪传》："殷仲堪……祖融……父师，骠骑咨议参军、晋陵太守、沙阳男。"卷八十三《殷觊传》："殷觊……祖融……父康……弟仲文、叔献。"另，殷允亦为融孙、康子，详见本书381年第3条。

19. 孙统不就征北将军参军。

统生卒年未详。《晋书》卷五十六《孙楚传》："孙楚字子荆，太原中都人也……三子：众、洵、纂……纂子统、绰并知名。"同卷《孙统传》："统字承公。幼与绰及从弟盛过江。诞任不羁，而善属文，时人以为有楚风。征北将军褚裒闻其名，命为参军。辞不就，家于会稽。"据卷八《穆帝纪》，褚裒于本年七月至永和五年十二月己酉卒任征北大将军，统不就征北将军参军当在其间，姑系于本年。

20. 许迈移入临安西山。

《晋书》卷八十《许迈传》："永和二年，移入临安西山，登岩茹芝，眇尔自得，有终焉之志。乃改名玄，字远游。与妇书告别，又著诗十二首，论神仙之事焉。"

21. 慧远游学许、洛。

《高僧传》卷六《释慧远传》:“弱而好书,珪璋秀发。年十三(《世说新语·文学第四》刘孝标注引《远法师铭》作‘年十二’)随舅令狐氏游学许、洛,故少为诸生,博综六经,尤善《庄》、《老》。性度弘博,风鉴朗拔,虽宿儒英达,莫不服其深致。”

22. 前凉张重华制作《天竺乐》。

《隋书》卷十五《音乐志下》:“《天竺》者,起自张重华据有凉州,重四译来贡男伎,《天竺》即其乐焉。歌曲有《沙石疆》,舞曲有《天曲》。乐器有凤首箜篌、琵琶、五弦、笛、铜鼓、毛员鼓、都昙鼓、铜钹、贝等九种,为一部。工十二人。”中国艺术研究院音乐研究所编《中国音乐史图鉴》第68页:凤首箜篌是张重华“占领梁州时,自印度传入的。这种箜篌有其形制上的特点。《旧唐书·音乐志》:‘凤首箜篌,有项如轸。’……如新疆克孜尔38窟晋代思维菩萨像伎乐人所弹凤首箜篌,项上置十个轸。”《晋书》卷八《穆帝纪》:永和二年,“五月丙戌,凉州牧张骏卒,子重华嗣。”

23. 有玉门宫怂次次行木简。

《兰亭论辨》下编第26页图五五印有东晋永和二年玉门宫怂次次行木简。

24. 王濛转司徒左长史。与刘惔清言。

《晋书》卷九十三《王濛传》:“转司徒左长史。”时间不详,疑在本年。与刘惔清言见本年第15条。

347　丁未

晋永和三年　　　汉(成)嘉宁二年
后赵建武十三年　前燕十一年
代建国十年　　　前凉永乐二年

卫乐七十六岁。蔡谟六十七岁。葛洪六十五岁。卢谌六十三岁。范汪四十七岁。王述四十五岁。王羲之四十五岁。王彪之四十三岁。谢尚四十岁。王濛三十九岁。桓温三十六岁。道安三十六岁。袁乔三十六岁。郗愔三十五岁。孙绰三十四岁。支遁三十四岁。司马晞三十二岁。慕容儁二十九岁。司马昱二十八岁。谢安二十八岁。谢万二十八岁。郗昙二十八岁。王洽二十五岁。袁宏二十岁。庾龢十九岁。王坦之十八岁。王蕴十八岁。杨羲十八岁。慧远十四岁。王修十四岁。郗超十二岁。苻坚十岁。吕光十岁。范宁九岁。司马丕七岁。王献之四岁。徐邈四岁。鸠摩罗什四岁。

1. 桓温攻克成都。作《荐谯元彦表》。

《晋书》卷八《穆帝纪》:永和“三年春三月乙卯,桓温攻成都,克之。丁亥,李势降(校勘记:“三月己未朔,无乙卯,疑为‘丁卯’之误。又《载记》李势降文云‘三月十七日李势叩头’,十七日为乙亥,疑‘丁亥’为‘乙亥’之误。丁亥则三月二十九日),益州平……夏四月……蜀人邓定、隗文举兵反,桓温又击破之。"《世说新语·豪爽第十三》:"桓宣武平蜀,集参僚置酒于李势殿,巴、蜀缙绅,莫不来萃。桓既素有雄情爽气,加尔日音调英发,叙古今成败由人,存亡系才。其状磊落,一坐叹赏。既散,诸人追味余言。"《三国志》卷四十二《蜀书·谯周传》裴松之注:"(谯)周长子熙。熙子秀,字元彦。"注又引《晋阳秋》:"永和三年,安西将军平蜀,表荐秀曰……"

2. 孙盛赐爵安怀县侯。

《晋书》卷八十二《孙盛传》:"蜀平,赐爵安怀县侯,累迁温从事中郎。"

3. 袁乔击破隗文,进号龙骧将军,卒。

《晋书》卷八十三《袁乔传》:"李势既降,势将邓定、隗文以其属反,众各万余。温自击定,乔击文,破之。进号龙骧将军,封湘西伯。寻卒,年三十六。温甚悼惜之。追赠益州刺史,谥曰简。乔博学有文才,注《论语》及《诗》,并诸文笔皆行于世。"

《隋书》卷三十二《经籍志一》:"梁有……益州刺史袁乔……集注《论语》……十卷……亡。"卷三十五《经籍志四》:"梁……有……益州刺史《袁乔集》七卷。亡。"《全晋文》卷五十六辑乔文三篇,除已见上文者外,还有《江赋序》一篇。

《世说新语·排调第二十五》:"袁羊尝诣刘恢(笺疏引程炎震云:'"恢"当作"惔"。'),恢在内眠未起。袁因作诗调之曰……刘尚晋明帝女,主见诗,不平曰:'袁羊,古之遗狂。'"

《晋书·袁乔传》:"子方平嗣,亦以轨素自立,辟大司马掾,历义兴、琅邪太守。卒,子山松嗣。"

4. 蔡谟为扬州刺史。

《晋书》卷七十七《蔡谟传》:"代殷浩为扬州刺史。又录尚书事,领司徒如故。初,谟冲让不辟僚佐,诏屡敦逼之,始取掾属。”卷七十七《殷浩传》:“时桓温既灭蜀,威势转振,朝廷惮之。简文以浩有盛名,朝野推伏,故引为心膂,以抗于温,于是与温颇相疑贰。会遭父忧,去职,时以蔡谟摄扬州,以俟浩。”据此,知谟为扬州刺史当在桓温灭蜀后。

5. 前凉谢艾进击麻秋。作《密令与杨初》。大败麻秋。作《献晋帝表》。

《晋书》卷八十六《张重华传》:“俄而麻秋进攻枹罕……秋率众八万,围堑数重,云梯雹车,地突百道,皆通于内。城中亦应之,杀伤秋众已数万……秋退保大夏……重华以谢艾为使持节、军师将军,率步骑三万,进军临河。秋以三万众拒之。艾乘轺车,冠白帢,鸣鼓而行。秋望而怒曰:‘艾年少书生,冠服如此,轻我也。’命黑矟龙驤三千人驰击之。艾左右大扰。左战帅李伟劝艾乘马,艾不从,乃下车踞胡床,指麾处分。贼以为伏兵发也,惧不敢进。张瑁从左南缘河而截其后,秋军乃退。艾乘胜奔击,遂大败之,斩秋将杜勋、汲鱼,俘斩一万三千级,秋匹马奔大夏。重华论功,以谢艾为太府左长史,进封福禄县伯,邑五千户,帛八千匹。麻秋又据枹罕……重华议欲亲出距之,谢艾固谏以为不可。别驾从事索遐进曰:‘……左长史谢艾,文武兼资,国之方、邵,宜委以推毂之任……’重华纳之,于是以艾为使持节、都督征讨诸军事、行卫将军。”《十六国春秋》卷七十五《前凉录六·谢艾录》接叙本年谢艾事云:“艾建牙旗,盟将士,有西北风吹旌旗东南指,军正将军任遐曰:‘风为号令,今旌旗指敌,天所赞也。破之必矣。’乃密令与杨初曰……军次神鸟,王擢与艾前锋战,败,退遁河南。艾遂进击秋。秋遁归金城。艾乃为表献晋帝云……"《晋书》卷八《穆帝纪》:本年"八月戊午,张重华将谢艾进击麻秋,大败之。"

6. 王述作《婚礼应贺议》。

《晋书》卷二十一《礼志下》:"永和二年纳后(校勘记:'《诸史考异》:永和二年,穆帝四岁,无纳后之文。'),议贺不。王述云……王彪之议云……又云……于时竟不贺。"

《婚礼应贺议》又见《通典》卷五十九:"穆帝永和三年纳后,议贺不?王述曰……王彪之议……抚军答诸尚书云……彪之云……范汪云……彪之云……于时竟不贺,但上礼。"时间从《通典》。《通典》所载《婚礼应贺议》,文字与《晋书》所载稍有不同。

7. 王彪之作《婚礼不贺议》。

见本年第6条。

8. 桓伊频参刘惔、王濛府军事。

伊生卒年不详。《世说新语·方正第五》刘孝标注:"子野,桓伊小字也。"又注引《续晋阳秋》:"伊字叔夏,谯国铚人,父景,护军将军。伊少有才艺,又善声律。"《晋书》卷八十一《桓伊传》:"伊有武干,标悟简率,为王濛、刘惔所知,频参诸府军事。"濛卒于本年。上述诸事,时间不详。盖在本年或本年前。

9. 王濛卒。

《晋书》卷九十三《王濛传》:"晚节始克己励行,有风流美誉,虚己应物,恕而后行,莫不敬爱焉。事诸母甚谨,奉禄资产常推厚居薄,喜愠不行于色……美姿容,尝览镜自照,称其父字曰:'王文开生如此儿邪!'居贫,帽败,自入市买之。妪悦其貌,遗以新帽。时人以为达。与沛国刘惔齐名友善。惔常称濛性至通，而自然有节。濛每云：'刘君知我，胜我自知。'时人以惔方荀奉倩，濛比袁曜卿。凡称风流者，举濛、惔为宗焉。"《书断下》："王濛……永和三年卒，年三十九。"《世说新语·方正第五》："王长史求东阳，抚军不用。后疾笃，临终，抚军哀叹曰：'吾将负仲祖于此，命用之。'长史曰：'人言会稽王痴，真痴。'"《世说新语·伤逝第十七》："王长史病笃，寝卧灯下，转麈尾视之，叹曰：'如此人，曾不得四十！'及亡，刘尹临殡，以犀柄麈尾箸柩中，因恸绝。"《太平寰宇记》卷九十江宁县："高亭湖在县东南三十里，周回二十里。《丹阳记》云：'王仲祖墓东南十六里有高亭湖。'"

《隋书》卷三十二《经籍志一》："梁有……《论语义》一卷，王濛撰……亡。"卷三十五《经籍志四》："梁……有司徒左长史《王濛集》五卷……亡。"《全晋文》卷二十九辑王濛文四篇，除已见上文者外，还有《笺》一篇。另，《世说新语·赏誉第八》载濛《与大司马书》、《与刘尹书》二篇，《全晋文》漏收。

羊欣《采古来能书人名》："王濛……能草、隶。"《书断下》："王濛……善隶书，法于钟氏，状貌似而筋骨不备……隶、章草入能。卫臻、陶侃亚也。"《宣和书谱》卷七云濛"工隶书、草法，俱入能品。王僧虔以谓可比庾翼，议者不为过论。章草作人字法，尝谓'趯之欲利，按之欲轻'，世以濛为知言。然世所存者多行书……今御府所藏行书一：《余杭帖》。"

《历代名画记》卷五："王濛……收比庾翼，丹青甚妙，颇希高达。常往驴肆家画辒车。自云：'我嗜酒、好肉、善画。但人有饮食、美酒、精绢，我何不往也？'特善清言，为时所重。"

《晋书·王濛传》："有二子：修、蕴。"卷三十二《哀靖王皇后传》："哀靖王皇后讳穆之……司徒左长史濛之女也。后初为琅邪王妃。哀帝即位,立为皇后,追赠母爰氏为安国乡君。后在位三年,无子。兴宁二年崩。”

10. 孙绰作《王长史诔》。任建武长史。

《全晋文》卷六十二辑《王长史诔》。《世说新语·轻诋第二十六》:“孙长乐作《王长史诔》云……王孝伯见曰:‘才士不逊,亡祖何至与此人周旋!’”王长史,指王濛,据《晋书》卷九十三《王濛传》,曾任“司徒左长史”。《王长史诔》当作于本年王濛卒后。《晋书》卷五十六《孙绰传》:“扬州刺史殷浩以为建威(据《晋书》卷八《穆帝纪》、卷七十七《殷浩传》,‘威’当作‘武’)长史。”时间未见史载。考《穆帝纪》、《殷浩传》,殷浩于永和二年七月至六年正月闰月任建武将军、扬州刺史。绰任建武长史当在其间,暂系于此。

11. 后凉吕光懂战阵之法,不乐读书。

《晋书》卷一百二十二《吕光载记》:“年十岁,与诸童儿游戏邑里,为战阵之法,俦类咸推为主。部分详平,群童叹服。不乐读书,唯好鹰马。”

12. 王羲之书《蜀都帖》、《谯周帖》、《诸葛颙帖》、《盐井帖》、《盖州帖》。与谢安共登治城。

《全晋文》卷二十二辑《蜀都帖》云:“省足下别疏,具彼土山川诸奇,扬雄《蜀都》、左太冲《三都》,殊为不备……想足下镇彼土,未有动理耳……要欲及卿在彼,登汶岭峨眉而旋,实不朽之盛事。”又辑《谯周帖》:“云谯周有孙,高尚不出……严君平、司马相如、扬子云皆有后否?”又辑《诸葛颙帖》云:“往在都见诸葛颙,曾具问蜀中事,云成都城池门屋楼观,皆是秦时司马错所修。令人远想慨然。为尔不信,一一示,为欲广异闻。”卷二十五辑《盐井帖》云:“彼盐井、火井,皆有不?足下目见不？为欲广异闻，具示。"卷二十六辑《益州帖》云："周益州送此邛竹杖……"《晋书》卷八《穆帝纪》：本年"夏四月……蜀人邓定、隗文举兵反，桓温又击破之，使益州刺史周抚镇彭模。"卷五十八《周抚传》："抚字道和。强毅有父风……迁振威将军、豫章太守，后代毋丘奥监巴东诸军事、益州刺史……永和初桓温征蜀，进抚督梁州之汉中、巴西、梓潼、阴平四郡军事，镇彭模。抚击破蜀余寇隗文、邓定等，斩伪尚书仆射王誓、平南将军王润，以功迁平西将军。"上引羲之诸帖，或云蜀中事，或言周益州，当是予周抚书，疑当作于本年益州平定后。《世说新语·言语第二》："王右军与谢太傅共登冶城。谢悠然远想，有高世之志。王谓谢曰：'夏禹勤王，手足胼胝；文王旰食，日不暇给。今四郊多垒，宜人人自效。而虚谈废务，浮文妨要，恐非当今所宜。'"笺疏引程炎震云："王、谢冶城之语，《晋书》载于安石执政时，诚误。《晋略列传》二十七《谢安传》，作'咸康中，庾冰强致之，会羲之亦为庾亮长史，入都，共登冶城'云云。其自注曰：'安执政，羲之已殁。'递推上年，惟是时二人共在京师。考庾冰为扬州，传不记其年。据本纪，当是咸康五年，王导薨后。其明年正月一日，庾亮亦薨。如周说，则王、谢相遇必于是年矣。然是年安石方二十岁，传云弱冠诣王濛，为所赏。中经司徒府辟，又除佐著作郎。恐庾冰强致，非当年事。右军长安石十七岁，方佐剧府，鞅掌不遑。下都游憩，事或有之，无缘对未经事任之少年，而责以自效也。吾意是永和二三年间右军为护军时事。安石虽累避征辟，而其兄仁祖方镇历阳，容有下都之事，且年事既长，不能无意于当世，故右军有此言耳。过此以往，则右军入东，不至京师矣。"

13. 庾阐约卒于本年。

《晋书》卷九十二《庾阐传》:"年五十四卒,谥曰贞,所著诗赋铭颂十卷行于世。"

《隋书》卷三十五《经籍志四》:"晋给事中《庾阐集》九卷,梁十卷,录一卷。"庾阐撰有《扬都赋》注,《三国志》卷四十七《吴书·吴主传》裴松之注引。《全晋文》卷三十八辑庾阐文二十二篇,除已见上文者外,还有:《海赋》、《涉江赋》、《闲居赋》、《狭室赋》、《藏钩赋》、《浮查赋》、《恶饼赋》、《荐唐叏笺》、《虞舜像赞》、《二妃像赞》、《孙登赞》、《郭先生神论》、《蓍龟论》、《列仙论》、《断酒戒》。

《晋诗》卷十二辑庾阐诗二十一首。除已见上文者外,还有:《三月三日临曲水诗》、《三月三日诗》、《江都遇风诗》、《采药诗》、《游仙诗》十首、失题诗、《从征诗》。

《晋书·庾阐传》:"子肃之,亦有文藻著称,历给事中、相府记室、湘东太安。太元中卒。"

14. 习凿齿受桓温器重。作《与桓祕书》。有笺谢温。

《晋书》卷八十二《习凿齿传》:"累迁别驾。温出征伐,凿齿或从或守,所在任职,每处机要,莅事有绩,善尺牍论议,温甚器遇之。时清谈文章之士韩伯、伏滔等并相友善。后使至京师,简文亦雅重焉。既还,温问:'相王何似?'答曰:'生平所未见。'以此大忤温旨,左迁户曹参军……初,凿齿与其二舅罗崇、罗友俱为州从事。及迁别驾,以坐越舅右,屡经陈请。温后激怒既盛,乃超拔其二舅,相继为襄阳都督,出凿齿为荥阳(《世说新语·文学第四》及注引《续晋阳秋》均作'衡阳'。'荥阳'当作'衡阳')太守。温弟祕亦有才气,素与凿齿相亲善。凿齿既罢郡归,与秘书曰……"《世说新语·文学第四》:

“习凿齿史才不常，宣武甚器之，未三十，便用为荆州治中。凿齿谢笺亦云：‘不遇明公，荆州老从事耳！’”（此笺《全晋文》漏收）刘孝标注引《续晋阳秋》：“自州从事岁中三转至治中。”上述诸事，未知时间。姑系于此。

15. 许询受刘惔推重。诣简文帝，与之清谈。

《世说新语·言语第二》余嘉锡笺疏引唐释道宣《三宝感通录》一引《地志》：“晋时高阳许询诣建业，见者倾都。刘恢为丹阳尹，有名当世。日数造之，叹曰：‘今见许公，使我遂为轻薄京尹。’于郡立斋以处之。至于梁代，此屋犹在。许掾既反，刘尹尝至其斋曰：‘清风朗月，何尝不恒思玄度矣。’”余嘉锡按：“刘恢，即刘惔也。”《世说新语·赏誉第八》：“许掾尝诣简文。尔夜风恬夜朗，乃共作曲室中语。襟怀之咏，偏是许之所长，辞寄清婉，有逾平日。简文虽契素，此遇犹相咨嗟，不觉造厀，共叉手语，达于将旦。既而曰：‘玄度才情，故未易多有许。’”刘孝标注引《续晋阳秋》：“询能言理，曾出都迎姊，简文皇帝、刘真长说其情旨及襟怀之咏。每造厀赏对，夜以系日。”此事未知具体年月，当在本年前后。

16. 曹毗为佐著作郎。

《晋书》卷九十二《曹毗传》：“蔡谟举为佐著作郎。”此事当在蔡谟永和二年至六年任司徒时，具体时间未详。暂系于此。

17. 王胡之任吴兴太守。作《上疏荐沈劲》。

《晋书》卷七十六《王廙传》谓胡之“历郡守、侍中”。《世说新语·言语第二》刘孝标注引《王胡之别传》谓胡之“历吴兴太守，征侍中”。《世说新语·言语第二》：“王司州至吴兴印渚中看，叹曰：‘非唯使人情开涤，亦觉日月清朗。’”

《晋书》卷八十九《沈劲传》：“沈劲字世坚，吴兴武康人也……

年三十八,以刑家不得仕进。郡将王胡之深异之,及迁平北将军、司州刺史,将镇洛阳,上疏曰……诏听之。劲既应命,胡之以疾病解职。"据以上记载,胡之任侍中前,曾迁平北将军、司州刺史,再前任吴兴太守。胡之后年任侍中(详后),是其任吴兴太守、作《上疏荐沈劲》疑在本年前后。

18. 袁宏任安西将军桓温参军。

《文选集注》卷四十九《三国名臣序赞》注引臧荣绪《晋书》:"袁宏好学……桓温命为安西参军。"时间未详。按《晋书》卷八《穆帝纪》,温于永和元年任安西将军,四年八月为征西大将军。是宏任安西将军桓温参军盖在永和初任建威参军后至永和四年八月间。

348　戊申

晋永和四年　　后赵建武十四年
前燕十二年　　代建国十一年
前凉永乐三年

卫铄七十七岁。蔡谟六十八岁。葛洪六十六岁。卢谌六十四岁。范汪四十八岁。王述四十六岁。王羲之四十六岁。王彪之四十四岁。谢尚四十一岁。桓温三十七岁。道安三十七岁。郗愔三十六岁。孙绰三十五岁。支遁三十五岁。司马晞三十三岁。慕容儁三十岁。司马昱二十九岁。谢安二十九岁。谢万二十九岁。郗昙二十九岁。王洽二十六岁。袁宏二十一岁。庾龢二十岁。王坦之十九岁。王蕴十九岁。杨羲十九岁。慧远十五岁。王修十五岁。郗超十三岁。苻坚十一岁。吕光十一岁。范宁十岁。司马丕八岁。王献之五岁。徐邈五岁。鸠摩罗什五岁。

1. 桓温为征西大将军。游龙山。

《晋书》卷八《穆帝纪》:永和四年。"秋八月,进安西将军桓温为征西大将军、开府仪同三司,封临贺郡公。"《世说新语・识鉴第七》刘孝标注引《嘉别传》:"(孟嘉)后为征西桓温参军,九月九日(桓)温游龙山,参寮毕集,时佐史并著戎服,风吹嘉帽堕落,温戒左右勿言,以观其举止。嘉初不觉,良久如厕,命取还之。令孙盛作文嘲之,成,箸嘉坐。嘉还即答,四坐嗟叹。嘉喜酣畅,愈多不乱。温问:'酒有何好?而卿嗜之。'嘉曰:'明公未得酒中趣尔。'又问:'听伎,丝不如竹,竹不如肉,何好?'答曰:'渐近自然。'"

2. 孙盛作文嘲孟嘉。

见本年第1条。

3. 罗含补征西参军。

《晋书》卷九十二《罗含传》:"后桓温临州,又补征西参军。温尝使含诣尚,有所检劾。含至,不问郡事,与尚累日酣饮而还。温问所劾事,含曰:'公谓尚何如人?'温曰:'胜我也。'含曰:'岂有胜公而行非邪!故一无所问。'温奇其意而不责焉。转州别驾。以廨舍喧扰,于城西池小洲上立茅屋,伐木为材,织苇为席而居,布衣蔬食,晏如也。温尝与僚属燕会,含后至。温问众坐曰:'此何如人?'或曰:'可谓荆楚之材。'温曰:'此自江左之秀,岂惟荆楚而已。'征为尚书郎。温雅重其才,又表转征西户曹参军。俄迁宜都太守。"含为征西参军当在本年。

4. 谢尚进号安西将军。舍宅,造庄严寺。

《晋书》卷七十九《谢尚传》:"大司马桓温欲有事中原,使尚率众向寿春,进号安西将军。"卷八《穆帝纪》:本年八月,"西中郎将谢尚为安西将军"。《建康实录》卷八案引《塔寺记》:"尚尝梦其父告之曰:'西南有气至,冲人必死,行当其锋,家无一全,汝宜修福建塔寺,可禳之。若未暇立寺,可杖头刻作塔形,见有气来,可拟之。'尚寤惧,来辰造塔寺,遂刻小塔施杖头,恒置左右。后果有异黑气,遥见西南从天而下,始如车轮,渐弥大,直冲尚家,以杖头指之,气便回散,阖门获全。气所经处,数里无复孑遗。遂于永和四年舍宅造寺,名庄严寺。”

5. 袁宏入安西将军谢尚幕府,参其军事。

《晋书》卷九十二《袁宏传》:“(谢)尚为安西将军……引宏参其军事。”

6. 前燕慕容儁即燕王位。

《晋书》卷八《穆帝纪》:本年“九月丙申,慕容皝死,子儁嗣伪位。”《建康实录》卷八《孝宗穆皇帝》同。《通鉴》卷九十八:本年“冬,甲辰,葬燕文明王,世子儁即位。”录以俟考。

7. 蔡谟作《让侍中司徒疏》。

《晋书》卷七十七《蔡谟传》:“迁侍中、司徒。上疏让曰……皇太后诏报不许。谟犹固让,谓所亲曰……皇太后遣使喻意,自四年冬至五年末,诏书屡下,谟固守所执。”

8. 前秦苻坚博学多才艺,有经略大志。

《十六国春秋辑补》卷三十三《前秦录三·苻坚录》:“性至孝,有器度,博学多才艺。年十一,便有细略大志。”

9. 王羲之书《乐毅论》。

羲之书《乐毅论》见张光宾《中华书法史》第89页。《乐毅论》“是三国时代魏夏侯玄所撰……据传羲之先书于石,唐太宗求得此石,后殉昭陵,为盗掘时,石已破裂,入北宋高绅之手,加以整治,末行存海字,谓之海字本,辗转流传存亡不详。南宋越石氏刻本即据此上石。又有梁杬本,末有异、僧权三字,及永和四年十二月廿四日书付官奴一行”。

10. 有《王兴之妇墓志》。

见341年第8条。

11. 抚州有砖铭。

《文物考古工作三十年·江西考古三十年》:“在晋墓中还发

现有几座有绝对年代的墓葬……抚州东晋砖铭为：'永和四年六月壬子朔廿二日癸酉立'。"

12. 刘惔约卒于本年。

《世说新语·德行第一》："刘尹在郡，临终绵惙，闻阁下祠神鼓舞。正色曰：'莫得淫祀！'外请杀车中牛祭神。真长答曰：'丘之祷久矣，勿复为烦。'"《晋书》卷七十五《刘惔传》："尤好《老》《庄》，任自然趣……年三十六，卒官。孙绰为之诔云：'居官无官官之事，处事无事事之心。'时人以为名言。"《世说新语·赏誉第八》刘孝标注引宋明帝《文章志》："刘恢（礼按：'恢'当作'惔'）……为车骑司马。年三十六卒，赠前将军。"惔卒年未详。《世说新语·轻诋第二十六》："褚太傅南下，孙长乐（注：孙绰）于船中视之。言次，及刘真长死，孙流涕，因讽咏曰：'人之云亡，邦国殄瘁。'褚大怒曰：'真长平生，何尝相比数，而卿今日作此面向人！'"笺疏引程炎震曰："此盖褚裒彭城败后还镇京口时，故云'南下'。"按《晋书》卷八《穆帝纪》、《通鉴》卷九十八，永和五年七月，褚裒兵败，八月还镇京口。据此，知惔卒于永和五年八月前。又惔永和三年尚在。是惔约卒于本年。《隋书》卷三十五《经籍志四》："梁……有……丹阳尹《刘惔集》二卷，录一卷……亡。"《全晋文》卷一百三十一辑刘惔文二篇：《答范汪问》、《酒箴》。另，《世说新语·轻诋第二十六》载有《与诸人书》，仅存一句，《全晋文》漏收。《晋诗》卷十五辑有刘惔（原作"恢"）诗一首。

《述书赋上》：真长则草含稚恭之爽垲，正迩越石之羁束。轻浮森峭，秾媚藻缛。落众木于秋杪，狎群鸥于水曲。"

13. 孙绰作《惔诔叙》、《刘真长诔》。

《世说新语·赏誉第八》刘孝标注引"孙绰为《惔诔叙》曰：'神

犹渊镜，言必珠玉。'"余嘉锡笺疏："'诔'，景宋本作'诔'，是也。"此文《全晋文》漏收。《刘真长诔》见本年第12条。《惔诔叙》、《刘真长诔》当作于刘惔卒后。

14. 谢万作《驸马都尉刘真长诔》。

诔见《全晋文》卷八十三。当作于刘惔卒后。

15. 许询征为司徒掾，不就。

《世说新语·言语第二》刘孝标注引《续晋阳秋》谓询"长而风情简素，司徒掾辟（礼按：当作'辟司徒掾'），不就"。《文选》卷三十一江文通《杂体诗三十首·许征君自序》，李善注引《晋中兴书》："高阳许询……寓居会稽，司徒蔡谟辟，不起。"《文选集注》六十二引公孙罗《文选抄》："征为司徒掾，不就。故号征君。"（引自余嘉锡《世说新语笺疏》第128页）《晋书》卷七十七《蔡谟传》："康帝即位……领司徒。代殷浩为扬州刺史。又录尚书事，领司徒如故。（校勘记：'李校："康帝"当作"穆帝"。按：据《穆纪》及《殷浩传》，李说是。'）初，谟冲让不辟僚佐，诏屡敦逼之，始取掾属。"卷八《穆帝纪》：永和二年，"二月癸丑，以左光禄大夫蔡谟领司徒。"六年，"十二月，免司徒蔡谟为庶人。"是蔡谟自永和二年至六年任司徒。其举询为掾当在其间，姑系于此。

16. 江灌为抚军从事中郎、抚军司马。

灌生年不详。《晋书》卷八十三《江灌传》："灌字道群。父瞢，尚书郎。灌少知名，才识亚于逌。州辟主簿，举秀才，为治中，转别驾，历司徒属、北中郎长史，领晋陵太守。简文帝引为抚军从事中郎，后迁吏部郎。时谢奕为尚书，铨叙不允，灌每执正不从，奕托以他事免之，受黜无怨色。顷之，简文帝又以为抚军司马，甚相宾礼。迁御史中丞，转吴兴太守。"以上所述，时间未详。简文帝于永和元年四月迄八年七月任抚军大将军。灌为抚军从事中郎、抚军司马，当在其间。今姑一并系于此。据《晋书》同卷，灌为逌从弟。详见本书 327 年第 15 条。

17. 王嘉至长安，隐于终南山。

嘉生年未详。《晋书》卷九十五《王嘉传》："王嘉字子年，陇西安阳人也（一说为洛阳人。见《高僧传》卷五《道安传》）。轻举止，丑形貌，外若不足，而聪睿内明。滑稽好语笑，不食五谷，不衣美丽，清虚服气，不与世人交游。隐于东阳谷，凿岩穴居，弟子受业者数百人，亦皆穴处。石季龙之末，弃其徒众。至长安，潜隐于终南山，结庵庐而止。门人闻而复随之，乃迁于倒兽山。"嘉隐于终南山，时间未详。按卷八《穆帝纪》，石季龙卒于明年四月。今据"石季龙之末"，姑系于此。

18. 范宣以讲诵为业。以兄女嫁戴逵。

《晋书》卷九十一《范宣传》："宣虽闲居屡空，常以讲诵为业。谯国戴逵等闻风宗仰，自远而至，讽诵之声，有若齐、鲁。"宣以兄女嫁戴逵见本年第 19 条。又《范宣传》："太元中，顺阳范宁为豫章太守，宁亦儒博通综，在郡立乡校，教授恒数百人。由是江州人士并好经学，化二范之风也。"

19. 戴逵师事范宣，娶其兄女为妻。多与高门风流者游。

《晋书》卷九十四《戴逵传》："师事术士范宣于豫章，宣异之，以兄女妻焉。"《世说新语·巧艺第二十一》："戴安道就范宣学，视范所为：范读书亦读书，范钞书亦钞书。唯独好画，范以为无用，不宜劳思于此。戴乃画《南都赋》图，范看毕咨嗟，甚以为有益，始重画。"《世说新语·雅量第六》刘孝标注引《晋安帝纪》："（逵）性甚快畅，泰于娱生。好鼓琴，善属文，尤乐游燕，多与高门风流者游，谈者许其通隐。屡辞征命，遂箸高尚之称。”上述事时间未详。姑系于本年。本年逵约二十岁。

20. 顾恺之约生于本年。

《晋书》卷九十二《顾恺之传》：“顾恺（一作‘凯’）之字长康，晋陵无锡人也。父悦（《世说新语·言语第二》刘孝标注引《文章录》云其‘父说”，‘说’又作‘悦’）之，尚书左丞。”卷七十七《顾悦之传》：“顾悦之字郡叔，少有义行。与简文同年，而发早白。”恺之生卒年，未见明确记载。《晋书·顾恺之传》谓：“义熙初为散骑常侍……年六十二卒于官。”今暂定卒于义熙五年（详见 409 年第 6 条），以此上溯，恺之约生于本年。

349 己酉

晋永和五年　　后赵太宁元年
前燕十三年　　代建国十二年
前凉永乐四年

卫铄七十八岁。蔡谟六十九岁。葛洪六十七岁。卢谌六十五岁。范汪四十九岁。王述四十七岁。王羲之四十七岁。王彪之四十五岁。谢尚四十二岁。桓温三十八岁。道安三十八岁。郗愔三十七岁。孙绰三十六岁。支遁三十六岁。司马晞三十四岁。慕容儁三十一岁。司马昱三十岁。谢安三十岁。谢万三十岁。郗昙三十岁。王洽二十七岁。袁宏二十二岁。庾龢二十一岁。王坦之二十岁。王蕴二十岁。杨羲二十岁。慧远十六岁。王修十六岁。郗超十四岁。苻坚十二岁。吕光十二岁。范宁十一岁。司马丕九岁。王献之六岁。徐邈六岁。鸠摩罗什六岁。

1. 褚裒军中有歌谣。

《学津讨原》第十六集辑刘敬叔《异苑》卷四："河南褚裒字季野，将北伐，军士忽同时唱，言：'可各持两楯。'复相谓曰：'一人焉用两楯为？'及败北，抛戈弃甲，两手各持一楯，蒙首而奔。"据《晋书》卷八《穆帝纪》，本年二月褚裒北伐，七月败绩。

2. 崔悦为郡人所杀。被杀前任新平相。

《晋书》卷一百一十四《苻坚载记下》:“石季龙末,清河崔悦为新平相,为郡人所杀。”卷八《穆帝纪》:本年四月,石季龙死。是崔悦被杀当在本年,或以前。

《书小史》卷八:崔悦“善草隶”。《魏书》卷二十四《崔玄伯传》:“悦与范阳卢谌并以博艺著名……悦法卫瓘,而俱习索靖之草,皆尽其妙……悦传子潜,潜传玄伯。世不替业。”

《晋书·石季龙载记下》:“(崔)悦子液后仕坚,为尚书郎,自表父仇不同天地,请还冀州。坚愍之,禁锢新平人,缺其城角以耻之。”

3. 前燕慕容儁为大将军、幽冀并平四州牧、大单于、燕王。

《晋书》卷一百一十《慕容儁载记》:“永和五年……穆帝使谒者陈沈拜儁为使持节、侍中、大都督、都督河北诸军事、幽冀并平四州牧、大将军、大单于、燕王,承制封拜一如廆、皝故事。”卷八《穆帝纪》系上述事于本年四月。

4. 桓温欲率众北征。作《檄胡文》。

《晋书》卷八《穆帝纪》:本年四月,“征西大将军桓温遣督护滕畯讨范文,为文所败。石季龙死,子世嗣伪位。”卷九十八《桓温传》:“及石季龙死,温欲率众北征,先上疏求朝廷议水陆之宜,久不报。时知朝廷杖殷浩等以抗己,温甚忿之,然素知浩,弗之惮也。”卷八《穆帝纪》:本年“六月,桓温屯安陆,遣诸将讨河北。”《全晋文》卷一百十八辑《檄胡文》,其中有“寡人不德,忝荷戎重,师次安陆”等句,与《穆帝纪》所载本年“桓温屯安陆”相合,姑系于此。

5. 蔡谟以石季龙之死,更贻朝廷之忧。

《晋书》卷七十七《蔡谟传》:“石季龙死,中国大乱。时朝野咸谓当太平复旧，谟独谓不然，语所亲曰：‘胡灭，诚大庆也，然将贻王室之忧。’或曰：‘何哉？’谟曰：‘夫能顺天而奉时，济六和于草昧，若非上哲，必由英豪。度德量力，非时贤所及。必将经营分表，疲人以逞志。才不副意，略不称心，财单力竭，智勇俱屈，此韩卢、东郭所以双毙也。’”

6. 道安入居华林园。

《高僧传》卷五《释道安传》：“石虎死，彭城王……嗣立，遣中使竺昌蒲，请安入华林园，广修房舍。”又本传：“后避难潜于濩泽。太阳竺法济、并州支昙讲《阴持入经》，安后从之受业。顷之，与同学竺法汰俱憩飞龙山。沙门僧先、道护已在彼山，相见欣然，乃共披衣属思，妙出神情。”道安潜于濩泽、憩飞龙山，时间未详。姑一并系于此。

7. 郗愔为褚裒长史。

《晋书》卷六十七《郗愔传》：“征北将军褚裒镇京口，皆以愔为长史。”据卷八《穆帝纪》、卷九十三《褚裒传》，本年八月，褚裒镇京口。

8. 卢谌迁中书监。

《晋书》卷四十四《卢谌传》：“以为……中书监。”卷一〇七《石季龙载记下》：“（石）鉴乃僭位，大赦殊死已下，以……侍中卢谌为中书监。”按卷八《穆帝纪》，石鉴僭位在本年十一月。

9. 孙绰为褚裒所鄙，作《太傅褚褒碑》。

《世说新语·轻诋第二十六》：褚太傅南下，孙长乐于船中视之。言次，及刘真长死，孙流涕，因讽咏曰：‘人之云亡，邦国殄瘁。’褚大怒曰：‘真长平生，何尝相比数，而卿今日作此面向人！’孙回泣向褚曰：‘卿当念我！’时咸笑其才而性鄙。”余嘉锡笺疏引程炎震曰：“此盖褚裒彭咸（按：‘咸’当作‘城’）败后还镇京口时，故云‘南下’，永和五年也。”《御览》卷六十六引《语林》：“褚公游曲阿后湖。狂风忽起，船倾。褚公已醉，乃曰：‘止舫人皆无可以招天谴者，唯有孙兴公多尘滓，正当以此厌天欲耳！”便欲捉孙掷水中。孙惧无计，唯大呼曰：‘季野！卿念我！’”又云：“曲阿在京口，地亦相合，故是一时事。”《晋书》卷八《穆帝纪》：永和五年，“秋七月，褚裒进次彭城，遣部将王龛、李迈及石遵将李农战于伐陂，王师败绩……八月，褚裒退屯广陵……十二月己酉……褚裒卒。”卷九十三《褚裒传》：“使还镇京口……永和五年卒。”《全晋文》卷六十二辑孙绰《大傅褚褒（当作“裒”）碑》，当作于本年裒卒后。

10. 郗昙拜通直散骑侍郎。

《晋书》卷六十七《郗昙传》：“少赐爵东安县开国伯。司徒王导辟秘书郎。朝论以昙名臣之子，每逼以宪制，年三十，始拜通直散骑侍郎，迁中书侍郎。”

11. 卫铄卒。

《书断中》：“永和五年卒，年七十八。”

《全晋文》卷一百四十四辑卫铄文二篇：《与释某书》、《笔阵图》。《笔阵图》一文最早见张彦远《法书要录》。其作者众说纷纭。孙过庭《书谱》中，疑为右军所制；《法书要录》题卫夫人撰；朱长文辑《墨池编》又以为右军所作；《御览》卷七百四十八、陈思辑《书苑菁花》、《书史会要》复题卫夫人作。杨慎《墨池琐录》谓羊欣作、李后主续之。近人余绍宋《书画书录解题》以为：“其为六朝人所伪托，殆无可疑。作伪者或题为卫夫人，或为右军。”本书沿用张彦远等人之说，列卫铄名下。卫铄《与释某书》云：“卫随世所学，规摹钟繇，遂历多载。年廿著诗论草隶通解。”赵构《翰墨志》：卫铄“善钟法，能正书，入妙。"《淳化阁帖》卷五辑有《稽首和南帖》。麦华三《王羲之年谱》:"卫夫人有《名姬帖》,见《玉台名翰》。"《书断中》:"(卫铄)子克为中书郎,亦工书。"又据《采古来能书人名》,李充亦为卫铄之子。详见本书有关李充条。《书断下》:"李式字景则,江夏钟武人。官至侍中。卫夫人之犹子也,甚推其叔母,善书。右军云:李式、平南之流,亦可比庾翼。咸熙(礼按:晋无咸熙。'熙'当作'和')三年卒,年五十四。隶、草入能。"《晋书》卷九十二《李充传》:"充从兄式以平稳著称,善楷、隶。"《采古来能书人名》:"李式……善写隶、草。弟定,子公府(礼按:公府为李廞之号。廞为式弟。此处有误,详见下文)能名同式。"

《世说新语·栖逸第十八》刘孝标注引王愔《文字志》:"廞字宗子……好学,善草、隶,与兄式齐名。躄疾不能行坐,常仰卧,弹琴、读诵不辍……永和中卒。廞尝为二府辟,故号李公府也。式……廞长兄也。"

12. 王胡之任侍中。

《晋书》卷七十六《王廙传》:"胡之……历……侍中。"《东晋将相大臣年表》系胡之任侍中于本年。

13. 王恬卒。

《书断下》:"王恬……永和五年卒,年三十六。"《晋书》卷六十五《王恬传》:"卒,赠中军将军,谥曰宪。"

《全晋文》卷十九辑王恬文一篇:《书》。

《世说新语·德行第一》刘孝标注引《文字志》:"王恬……多才艺,善隶书,与济阳江虨以善弈闻。"《方正第五》刘孝标注引范汪《棋品》:"虨与王恬等,棋第一品,导第五品。"

《书断下》:"王恬……工于草、隶,当世难与为比。"《书小史》

卷五:“王恬……草、隶当时无与为比,尤长于临效,率性而运,则复非工。”《淳化阁帖》卷三辑有王恬《得示帖》。《宣和书谱》卷十四谓恬“善隶书,于草了尤妙……今御府所藏草书一:《得示帖》”。

《世说新语》(思贤讲舍刻本)附汪藻《叙录·考异》“王丞相梦人欲以百万钱买长豫”条下引敬胤注:“恬字敬豫……子混、浩等。”《世说新语·排调第二十五》刘孝标注引《王氏谱》:“混字奉正,中军将军恬子,仕至丹阳尹。”《晋书》卷六十五《王悦传》:“悦无子,以弟恬子琨(礼按:‘琨’当作‘混’)为嗣,袭导爵丹杨尹,卒,赠太常。”

14. 王彪之作《日食废朝会议》。

《晋书》卷十九《礼志上》:“至永和中,殷浩辅政,又欲从刘邵议不却会。王彪之据咸宁、建元故事,又白:‘《礼》云诸侯旅见天子……’于是又从彪之议。”上述事疑在本年。

15. 王坦之有重名。为抚军将军掾。

《世说新语·言语第二》刘孝标注引《王中郎别传》:“坦之器度淳深,孝友天至,誉辑朝野,标的当时。”《世说新语·品藻第九》刘孝标注引《续晋阳秋》:“坦之雅贵有识量,风格峻整。”《晋书》卷七十五《王坦之传》:“弱冠与郗超俱有重名,时人为之语曰:‘盛德绝伦郗嘉宾,江东独步王文度。’嘉宾,超小字也……简文帝为抚军将军,辟为掾。累迁参军、从事中郎,仍为司马,加散骑常侍。”简文帝于永和元年至八年任抚军将军。辟坦之为掾疑在本年或本年后。在其前,坦之年不满二十,似不可能。《晋书》叙此事于江虨将拟为尚书郎之后,误。坦之累迁参军诸事,当在本年后。姑一并系于此。

16. 王献之看诸门生樗蒲。

《世说新语·方正第五》："王子敬数岁时，尝看诸门生樗蒲。见有胜负，因曰：'南风不竞。'门生辈轻其小儿，乃曰：'此郎亦管中窥豹，时见一斑。'子敬瞋目曰：'远惭荀奉倩，近愧刘真长！'遂拂衣而去。"上述事年月不详，今据"数岁时"，姑系于本年。

17. 王蕴任佐著作郎。

《晋书》卷九十三《王蕴传》："起家佐著作郎。"时间未详，姑系于二十岁时。

18. 曹毗迁句章令。

《晋书》卷九十二《曹毗传》："蔡谟举为佐著作郎。父忧去职。服阕，迁句章令。"时间未见记载。今假定其永和三年遭父丧，安孝二年多，则迁句章令可能在本年。

19. 谢安欲立妓妾。

《世说新语·贤媛第十九》："谢公夫人帏诸婢，使在前作伎，使太傅暂见，便下帏。太傅索更开，夫人云：'恐伤盛德。'"《类聚》卷三十五引《妒记》："谢太傅刘夫人，不令公有别房。公既深好声乐，后遂颇欲立妓妾。兄子外生等微达此旨，共问讯刘夫人，因方便称《关雎》、《螽斯》有不忌之德。夫人知以讽己，乃问：'谁撰此诗？'答云'周公'。夫人曰：'周公是男子，相为尔，若使周姥撰诗，当无此也。'"上述事时间不详，姑系于此。

350　庚戌

晋永和六年　　　　卫李闵(石闵、冉闵)清龙元年
魏(冉)永兴元年　　前燕十四年
代建国十三年　　　前凉永乐五年

蔡谟七十岁。葛洪六十八岁。卢谌六十六岁。范汪五十岁。王述四十八岁。王羲之四十八岁。王彪之四十六岁。谢尚四十三岁。桓温三十九岁。道安三十九岁。郗愔三十八岁。孙绰三十七岁。支遁三十七岁。司马晞三十五岁。慕容儁三十二岁。司马昱三十一岁。谢安三十一岁。谢万三十一岁。郗昙三十一岁。王洽二十八岁。袁宏二十三岁。庾龢二十二岁。王坦之二十一岁。王蕴二十一岁。杨羲二十一岁。慧远十七岁。王修十七岁。郗超十五岁。苻坚十三岁。吕光十三岁。范宁十二岁。司马丕十岁。王献之七岁。徐邈七岁。鸠摩罗什七岁。王珣一岁。张野一岁。

1. 前燕慕容儁率军南伐后赵。

《晋书》卷一百一十《慕容儁载记》:本年,“儁率三军南伐,出自卢龙,次于无终。石季龙幽州刺史王午弃城走,留其将王他守蓟。儁攻陷其城,斩他,因而都之。徙广宁、上谷人于徐无,代郡人于凡城而还”。据《通鉴》卷九十八,本年二月慕容儁率军伐后赵。三月至无终,拔蓟城。九月,南徇冀州,取章武、河

间。十月，还蓟城，“留诸将守之；儁还至龙城，谒庙陵”。

2. 有“永和六年”刻字砖。

阮元《揅经室续集》卷三载《毗陵吕氏古砖文字拓本跋》：“试审此册内永和三、六、七、八、九、十年各砖隶体，乃造坯世俗工人所写。何古雅若此。且‘永和九年’反文隶字，尤为奇古。永和六年王氏墓，当是羲之之族。”书内附有“永和六年八月”、“永和七年”、“永和九年七月”三砖刻字影印。

3. 前秦苻坚为龙骧将军。

《晋书》卷一百一十三《苻坚载记上》：“（苻）健之入关也，梦天神遣使者朱衣赤冠，命拜坚为龙骧将军，健翌日为坛于曲沃以授之。健泣谓坚曰：‘汝祖昔受此号，今汝复为神明所命，可不勉之！’坚挥剑捶马，志气感厉，士卒莫不惮服焉……要结英豪，以图纬世之宜。王猛、吕婆楼、强汪、梁平老等并有王佐之才，为其羽翼。太原薛赞、略阳权翼见而惊曰：‘非常人也！’”据卷八《穆帝纪》，本年八月，“苻健帅众入关”。

4. 卢谌随冉闵攻石祗于襄国。

《晋书》卷四十四《卢谌传》：“属冉闵诛石氏，谌随闵军于襄国。”卷八《穆帝纪》：“闰月，冉闵弑石鉴，僭称天王，国号魏。鉴弟祗僭帝号于襄国……六月，石祗遣其弟琨攻冉闵将王泰于邯郸，琨师败第……冬十一月，冉闵围襄国。”《通鉴》卷九十八，胡三省音注引《长历》：“闰二月。”

5. 后赵韦謏任冉闵光禄大夫，作《启谏冉闵》，被杀。

《晋书》卷九十一《韦謏传》：“至冉闵，又署为光禄大夫。时闵拜其子胤为大单于，而以降阴胡一千处之麾下。謏谏曰……闵志在绥抚，锐于澄定，闻其言，大怒，遂诛之，并杀其子伯阳。謏性不严重，好徇己之功，论者亦以是少之。尝谓伯阳曰:"我高我曾重光累徽,我祖我考父父子子,汝为我对,正值恶抵。'伯阳曰:"伯阳之不肖,诚如尊教,尊亦正值软抵耳。'谡惭无言,时人传之以为嗤笑。"《通鉴》卷九十八系上述事于本年十一月。

《全晋文》卷一百四十八辑谡文三篇,已见上文。

6. 蔡谟免为庶人。

《晋书》卷七十七《蔡谟传》:"(永和)六年,复上疏,以疾病乞骸骨,上左光禄大夫、领司徒印授。章表十余上。穆帝临轩,遣侍中纪璩、黄门郎丁纂征谟。谟陈疾笃……皇太后诏曰:'……可依旧制免为庶人。'"《通鉴》卷九十八:"蔡谟除司徒,三年不就职。诏书屡下,太后遣使喻意,谟终不受。于是帝临轩,遣侍中……征谟。谟陈疾笃,使主簿谢攸陈让,自旦至申,使者十余返,而谟不至……会稽王昱令曹曰:'蔡公傲违上命,无人臣之礼。若人主卑屈于上,大义不行于下,亦不知所行为政矣。'公卿乃奏'谟悖慢傲上,罪同不臣,请送廷尉以正刑书'。谟惧,帅子弟诣阙稽颡,自到廷尉待罪。殷浩欲加谟大辟,会徐州刺史荀羡入朝,浩以问羡。羡曰:'蔡公今日事危,明日必有桓、文之举。'浩乃止。下诏免谟为庶人。"《晋书》卷八《穆帝纪》:本年"十二月,免司徒蔡谟为庶人。"

7. 司马昱指斥蔡谟。

见本年第 6 条。

8. 桓温表司马玄犯禁。

《晋书》卷三十七《彭城穆王权传》:"(司马)玄嗣立。会庚戌制不得藏户,玄匿五户,桓温表玄犯禁,收付廷尉。"表已佚。

9. 王述迁会稽内史。作《答讳》。

《晋书》卷七十五《王述传》:"述出补临海太守,迁建威将军、会稽内史。莅政清肃,终日无事。母忧去职。”《御览》卷五六二:“《语林》曰:王蓝田作会稽,令人问讳。答曰……”述母忧去职疑在期年(详下)。任会稽内史,当在本年或本年前,出补临海太守则当更前。姑一并系于此。

10. 王珣生。

《世说新语·言语第二》刘孝标注引《王司徒传》:“王珣字元琳,丞相导之孙,领军洽之子也。少以清秀称。”《晋书》卷六十五《王珣传》:“法护,珣小字也。”按《晋书》本传,珣卒于隆安五年,时年五十二。据此上溯,珣当生于本年。

11. 张野生。

《莲社高贤传·张野传》:“张野,字莱民,居寻阳柴桑,与(陶)渊明有婚姻契。”据本传,义熙十四年卒、年六十九推之,当生于本年。

12. 杨羲任公府舍人,就刘璞传灵符。

《云笈七签》卷五《晋茅山真人杨君》:“思玄荐于相王,用为公府舍人……(永和)六年又就刘璞传灵符。居渊沈应感,虚抱自得,若燥湿之引水火,冥然幽欵相袭无朕矣。”

13. 鸠摩罗什出家。

《高僧传》卷二《鸠摩罗什传》:“什年七岁,亦俱出家。从师受经,日诵千偈。偈有三十二字,凡三万二千言。诵《毗昙》既过,师授其义,即自通达,无幽不畅。时龟兹国人以其母王妹,利养甚多,乃携什避之。”

14. 道安西适牵口山,复入女林山

《高僧传》卷五《释道安传》:“安以石氏之末,国运将危,乃西适牵口山。迄冉闵之乱,人情萧索,安乃谓其众曰:‘今天灾旱蝗,寇贼纵横,聚则不立,散则不可。’遂复率众入王屋女林

山。"《晋书》卷八《穆帝纪》：本年正月"闰月，冉闵弑石鉴，僭称天王，国号魏。"后年"四月，冉闵为慕容儁所灭。"本传所载上述事，疑在本年前后。

15. 曹毗征拜太学博士。作嘲杜兰香诗二篇，续兰香歌诗十篇、《神母杜兰香传》、《扬都赋》。

《晋书》卷九十二《曹毗传》："征拜太学博士。时桂阳张硕为神女杜兰香所降，毗因以二篇诗嘲之，并续兰香歌诗十篇，甚有文采。又著《扬都赋》，亚于庾阐。"拜太学博士时间未详，可能在本年。嘲杜兰香诗二篇并续兰香歌诗十篇已亡佚。《全晋文》卷一百七辑有《神女杜兰香传》佚文。以上诗文当作于拜太学博士时。关于《神女杜兰香传》，除《全晋文》所辑《北堂书钞》卷一百四十二、一百四十八所辑两条外，《艺文类聚》卷八十一还辑有一条："神女兰香降张硕。硕问：'祷祀何如？'香曰：'消摩自可愈疾，淫祀无益。'香以药为消摩。"《扬都赋》仅存一句，见《全晋文》卷一百七，可能作于拜太学博士后。

16. 郗昙为抚军司马。

《晋书》卷六十七《郗昙传》："简文帝为抚军，引为司马。"简文帝自永和元年至八年任抚军大将军。昙任抚军司马疑在本年或本年后。

17. 王羲之书《十七日帖》。

《全晋文》卷二十二辑《十七日帖》云："十七日先书，郗司马未去。即日得足下书，为慰。先书以具，示复数字。""郗司马"当指郗昙。昙约于本年任司马。详见本年第16条。

18. 张翼善正、草、隶书，皆精妙。

虞龢《论书表》："羲之常自书表与穆帝，帝使张翼写效，一毫不异，题后答之。羲之初不觉，更详看，乃叹曰：‘小人几欲乱真。’”《宣和书谱》卷七：“王僧虔尝谓羲之书一朝人物莫有及者，而翼之书遂能乱真，故已咄咄羲之矣。盖翼正书学钟繇，草书学羲之，皆极精妙，当时与王修、江灌辈并驰争先。今观其行书，故可以想见其他云。”《书品》：“张翼善效晋帝。”《书断下》：“张翼善隶书，尤长于临效，率性而运，复非工，劣于敬豫也。”上述事时间不详，疑当在王羲之任会稽内史前。翼以后事迹不详。

《淳化阁帖》卷三辑有张翼《节过帖》。《室和书谱》卷七：今御府所藏张翼行书一：《舅氏帖》。

《全晋文》卷八十九辑张翼《书》一篇，文字与《淳化阁帖》稍异。《晋诗》卷十二辑张翼诗七首：《咏怀诗》三首、《赠沙门竺法頵》三首、《頵庾僧渊诗》（原注：“庾”当作“康”）。

351　辛亥

晋永和七年　　　　魏(冉)永兴二年
前燕十五年　　　　代建国十四年
前秦苻健皇始元年　前凉永兴六年

蔡谟七十一岁。葛洪六十九岁。卢谌六十七岁。范汪五十一岁。王述四十九岁。王羲之四十九岁。王彪之四十七岁。谢尚四十四岁。桓温四十岁。道安四十岁。郗愔三十九岁。孙绰三十八岁。支遁三十八岁。司马晞三十六岁。慕容儁三十三岁。司马昱三十二岁。谢安三十二岁。谢万三十二岁。郗昙三十二岁。王洽二十九岁。袁宏二十四岁。庾龢二十三岁。王坦之二十二岁。王蕴二十二岁。杨羲二十二岁。慧远十八岁。王修十八岁。郗超十六岁。苻坚十四岁。吕光十四岁。范宁十三岁。司马丕十一岁。王献之八岁。徐邈八岁。鸠摩罗什八岁。王珣二岁。张野二岁。李暠一岁。王珉一岁。

1. 卢谌被害。

《晋书》卷四十四《卢谌传》:“谌随闵军,于襄国遇害,时年六十七,是岁永和六年也。谌名家子,早有声誉,才高行洁,为一时所推。值中原丧乱,与清河崔悦、颍川荀绰、河东裴宪、北地傅畅并沦陷非所,虽俱显于石氏,恒以为辱。谌每谓诸子曰:“吾身没之后,但称晋司空从事中郎尔。’”卷一百七《石季龙载记下》:“闵率步骑十万攻石祗于襄国……祗冲其后,闵师大败……中书监卢谌……等及诸将士死者十余万人。”卷八《穆帝纪》:“七年春……二月戊寅……石祗大败冉闵于襄国。”又据《通鉴》卷九十九,卢谌于本年三月被害。总上所述,卢谌被害有永和六年及七年二说。永和七年说当为可靠,今从之。

《晋书·卢谌传》:“撰《祭法》,注《庄子》,及文集,皆行于世。”《隋书》卷三十二《经籍志一》:“梁有……《杂祭法》六卷,晋司空中郎卢谌撰……亡。”《新唐书》卷五十八《艺文志二》:“卢谌《杂祭注》六卷。”《隋书》卷三十五《经籍志四》:“晋司空从事中郎《卢谌集》十卷,梁有录一卷。”《全晋文》卷三十四辑卢谌文十四篇,除已见上文者外,还有:《感运赋》、《朝霞赋》、《登邺台赋》、《观猎赋》、《征艰赋》、《菊花赋》、《朝华赋》、《鹦武赋》、《燕赋》、《蟋蟀赋》、《与司空刘琨书》、《尚书武强侯卢府君诔》。附《祭法》佚文六条。《初学记》卷十二:“卢谌《宣徽赋》曰:‘郑山潜于谷口,扬朝隐于黄枢。’谌注曰……”《宣徽赋》及卢谌自注,《全晋文》漏收。《晋诗》卷十二辑卢谌诗十首,除已见上文者外,还有:《赠刘琨诗》二十章、《重赠刘琨诗》、《答刘琨诗》(“随宝产汉滨”)、《赠崔温诗》、《答魏子悌诗》、《览古诗》、《时兴诗》、失题诗三篇。其中《重赠刘琨诗》为刘琨所作,详见本书318年第14条。

《节小史》卷四:“卢谌善正书并草。”魏收撰《魏书》卷四十七《卢玄传》:“初,谌父志法钟繇书,传业累世,世有能名。至邈以上,兼善草迹。”卷二十四《崔玄伯传》:“谌法钟繇……习索靖之草,皆尽其妙。谌传子偃,偃传子邈……世不替业。故魏初重崔、卢之书。”卷四十七《卢玄传》:“魏初工书者,崔、卢二门。”康有为《广艺舟双楫·传卫第八》:“夫典午中衰,书家北渡,卢家谌、偃,嗣法无常。”《唐宰相世系表》十三上:卢谌五子:勖、凝、融、偃、征。《元和姓纂》卷三:勖号南祖,偃号北祖。《魏书·卢玄传》:谌子偃、孙邈,“并仕慕容氏为郡太守,皆以儒雅称。”

2. 谢艾任酒泉太守。作《上疏言赵长张祚事》。

《晋书》卷二十九《五行志下》:“永和七年三月,凉州大风拔木,黄雾下尘。是时,张重华纳谮,出谢艾为酒泉太守。”《上疏言赵长张祚事》,见《十六国春秋》卷七十五:“重华以艾枹罕之功,甚宠遇之,左右疾其贤,共相谮毁,出为酒泉太守。重华寝疾,嬖臣赵长等与长宁候祚,结异姓兄弟。艾上疏言……”

3. 桓温帅众北伐,作《上疏自陈》。

《晋书》卷九十八《桓温传》:“声言北伐,拜表便行,顺流而下,行达武昌,众四五万。殷浩虑为温所废,将谋避之,又欲以驺虞幡住温军,内外噂喈,人情震骇。简文帝时为抚军,与温书明社稷大计,疑惑所由。温即回军还镇,上疏曰……进位太尉,固让不拜。”简文帝司马昱与桓温书实为高崧所作。卷七十一《高崧传》:“崧少好学,善史书……简文帝辅政,引为抚军司马。时桓温擅威,率众北伐,军次武昌。简文患之。崧曰:‘宜致书喻以祝福,自当反旆。如其不尔,便六军整驾,逆顺于兹判矣。若有异计,请先衅鼓。便于坐为简文草书曰……温得书,还镇。”卷八《穆帝纪》:本年“十二月辛未,征西大将军桓温帅众北伐,次于武昌而止。”

4. 王彪之谓殷浩不宜去职。作《省官并职议》。

《晋书》卷七十六《王彪之传》:“太尉桓温欲北伐,屡诏不许。

温辄下武昌，人情震惧。或劝殷浩引身告退，彪之言于简文曰……又谓浩曰……温亦奉帝旨，果不进。时众官渐多，而迁徙每速，彪之上议曰……"

5. 前燕慕容儁命群司上甘棠颂。

《十六国春秋辑补》卷二十六《前燕录四·慕容儁录》："是岁，儁观兵近郊，见甘棠于道周。从者不识。儁曰："唏，此诗所谓"甘棠于道"。甘者，味之主也。木者，春之行也。五德属仁，五行主土。春以旋生，味以养物。色又赤者，言将有赫赫之庆于中土。吾谓国家之盛，此其征也。传曰："升高能赋，可以为大夫。"群司亦各书其志，吾将览焉。'于是内外臣僚，并上甘棠颂。"

6. 李暠生。

《晋书》卷八十七《凉武昭王李玄盛传》："武昭王讳暠，字玄盛，小字长生，陇西成纪人，姓李氏，汉前将军广之十六世孙也……世为西州右姓。高祖雍，曾祖柔，仕晋并历位郡守。祖弇，仕张轨为武卫将军、安世亭侯。父昶，幼有令名，早卒，遗腹生玄盛。"据本传，义熙十三年卒，时年六十七推之，当生于本年。

7. 王珉生。

《世说新语·政事第三》刘孝标注引《珉别传》："珉字季琰，琅邪人，丞相导孙，中领军洽少子。"据《晋书》卷六十五《王珉传》："太元十三年卒，时年三十八"推之，当生于本年。

8. 有"永和七年"刻字砖。

见本书 350 年第 2 条。

9. 王述母卒，去会稽内史。

《晋书》卷七十五《王述传》："迁建威将军，会稽内史……母忧去职。服阕,代殷浩为扬州刺史。”述代殷浩为扬州刺史在永和十年(详后)。按当时丧礼,服丧常须三年。述永和十年服阕,是其母忧盖在本年。《世说新语·仇隙第三十六》:“蓝田于会稽丁艰,停山阴治丧。右军代为郡。”

10. 王羲之为右军将军、会稽内史。书《复蒙殊遇帖》、《此郡帖》。书《乐毅论》与其子献之。

《晋书》卷八十《王羲之传》:“羲之既拜护军,又苦求宣城郡,不许,乃以为右军将军、会稽内史……述先为会稽,以母丧居郡境,羲之代述,上一吊,遂不重诣。述每闻角声,谓羲之当候己,辄洒扫而待之。如此者累年,而羲之竟不顾。”又本传:“羲之雅好服食养性,不乐在京师,初渡浙江,便有终焉之志。”《全晋文》卷二十四辑《复蒙殊遇帖》云:“复蒙殊遇,求之本心,公私愧叹,无言以喻。去月十一日发都,违远朝廷……”卷二十六辑《此郡帖》云:“此郡之弊,不谓顿至于此,诸逋滞非复一条。独坐不知何以为治。自非常方所济,吾无故舍逸而就劳,叹恨无所复及耳。”上述二帖,当作于本年。书《乐毅论》与其子献之,见本年第13条。

11. 孙绰任右军长史。曾就谢安宿。

《晋书》卷五十六《孙绰传》:“会稽内史王羲之引为右军长史。”时间未详。羲之本年为右军将军、会稽内史。《世说新语·轻诋第二十六》:“孙长乐兄弟就谢公宿,客至款杂。刘夫人在壁后听之,具闻其语。谢公明日还,问:‘昨客何似?’刘对曰:‘亡兄门,未有如此宾客!’谢深有愧色。”刘孝标注:“夫人,刘惔之妹。”此事时间未详,当是绰在会稽任右军长史时。

12. 支遁与王羲之论《逍遥游》。

《世说新语·文学第四》:“王逸少作会稽,初至,支道林在焉。

孙兴公谓王曰:'支道林拔新领导,胸怀所及,乃自佳,卿欲见不?'王本自有一往隽气,殊自轻之。后孙与支共载往王许,王都领域,不与交言。须臾支退,后正值王当行,车已在门。支语王曰:'君未可去,贫道与君小语。'因论《庄子·逍遥游》。支作数千言,才藻新奇,花烂映发。王遂披襟解带,留连不能已。"《高僧传》卷四《支遁传》:"王羲之时在会稽,素闻遁名,未之信,谓曰:'一往之气,何足言?'后遁既还剡,经由于郡,王故诣遁,观其风力。既至,王谓遁曰:'《逍遥篇》可得闻乎?'遁乃作数千字,标揭新理,才藻惊绝。王遂披襟解带,留连不能已,仍请住灵嘉寺,意存相近。"关于论《逍遥游》,《支遁传》所记与《世说》有所不同,特录以备考。又《支遁传》接叙曰:"俄又投迹剡山,于沃洲小岭立寺行道,僧众百余,常随禀学。时或有堕者,遁乃著座右铭以勖之,曰……时论以遁才堪经赞,而洁己拔俗,有违兼济之道,遁乃作《释曚论》。晚移石城山,又立栖光寺,宴坐山门,游心禅苑,木食涧饮,浪志无生,乃注《安般》、《四禅》诸经及《即色游玄论》、《圣不辩知论》、《道行旨归》、《学道诫》等,追踪马鸣,蹑影龙树,义应法本,不违实相。晚出山阴,讲《维摩经》,遁为法师,许询为都讲。遁通一义,众人咸谓询无以厝难,询设一难,亦谓遁不复能通,如此至竟,两家不竭。凡在听者,咸谓审得遁旨,回令自说,得两三反便乱。"上述诸事,时间不详,本传叙于哀帝即位前,今一并附于此。

13. 王献之学书,为其父所赞。

虞龢《论书表》:"献之始学父书,正体乃不相似……子敬七八岁学书,羲之从后掣其笔不脱,叹曰:'此儿书,后当大有名。'子敬出戏,见北馆新泥垩壁白净,子敬取帚沾泥汁书方丈一字，观者如市。羲之见叹美，问所作，答云：‘七郎。’羲之作书与亲故云：‘子敬飞白大有意。’是因于此壁也。有一好事年少，故作精白纱裓，着诣子敬；子敬便取书之，草、正诸体悉备，两袖及襟略周。年少觉王左右有凌夺之色，掣裓而走。左右果逐之，及门外，斗争分裂，少年才得一袖耳。”《书断中》云：“子敬五六岁时学书，右军潜于后，掣其笔不脱，乃叹曰：‘此儿当有大名。’遂书《乐毅论》与之。学竟，能极小真书。”张怀瓘《六体书论》又云：“献之年甫五岁，羲之奇其把笔，乃潜后掣之不脱，幼得其法。”《书断中》、《六体书论》所记献之学书时间、详略与《论书表》相异，今一并附于兹，俟考。

14. 前秦苻融上疏因辞安乐王。

融生年未详。《晋书》卷一百十四《苻坚载记下》附《苻融载记》：“苻融字博休，坚之季弟也。少而岐嶷夙成，魁伟美姿度。健之世封安乐王。融上疏固辞，健深奇之，曰：‘且成吾儿箕山之操。’乃止。苻生爱其器貌，常侍左右，未弱冠便有台辅之望。长而令誉弥高，为朝野所属。”融辞安乐王，时间不详，疑在其父健僭称天王时。《晋书》卷八《穆帝纪》：本年正月，“苻健僭称王，国号秦。”

15. 曹毗迁尚书郎。

《晋书》卷九十二《曹毗传》：“累迁尚书郎。”时间未详，暂系于此。

16. 郗超为征西大将军掾。作《与桓温笺》。

《晋书》卷六十七《郗超传》：“少卓荦不羁，有旷世之度，交游士林，每存胜拔，善谈论，义理精微，愔事天师道，而超奉佛。愔又好聚敛，积钱数千万，尝开库，任超所取。超性好施，一日中散与亲故都尽。其任心独诣，皆此类也。桓温辟为征西大将军掾。”温于永和四年至八年八月任征西大将军，超为征西大将军掾疑在本年。如再前，超年龄较小，似不可能。《世说新语·赏誉第八》：“谚曰：‘扬州独步王文度，后来出人郗嘉宾。’”刘孝标注引《续晋阳秋》：“超少有才气，越世负俗，不循常检。时人为一代盛誉者，语曰：‘太才槃槃谢家安，江东独步王文度，盛德日新郗嘉宾。’”《全晋文》卷一百十辑有郗超《与桓温笺》，其中有“云段龛归顺不知审不”句。据《晋书》卷八《穆帝纪》，本年春正月“辛丑，鲜卑段龛以青州来降”。《与桓温笺》当作于本年。

17. 王修任著作郎、琅邪王文学。

《晋书》卷九十三《王修传》：“明秀有美称，善隶书，号曰流奕清举……起家著作郎、琅邪王文学。”时间未详。姑系于本年。

352　壬子

晋永和八年　　魏（冉）永兴三年
前燕慕容儁元玺元年　　代建国十五年
前秦皇始二年　　前凉永乐七年

蔡谟七十二岁。葛洪七十岁。范汪五十二岁。王述五十岁。王羲之五十岁。王彪之四十八岁。谢尚四十五岁。桓温四十一岁。道安四十一岁。郗愔四十岁。孙绰三十九岁。支遁三十九岁。司马晞三十七岁。慕容儁三十四岁。司马昱三十三岁。谢安三十三岁。谢万三十三岁。郗昙三十三岁。王洽三十岁。袁宏二十五岁。庾龢二十四岁。王坦之二十三岁。王蕴二十三岁。杨羲二十三岁。慧远十九岁。王修十九岁。郗超十七岁。苻坚十五岁。吕光十五岁。范宁十四岁。司马丕十二岁。王献之九岁。徐邈九岁。鸠摩罗什九岁。王珣三岁。张野三岁。李暠二岁。王珉二岁。徐广一岁。

1. 前燕慕容儁作《辞尊号令》，即帝位，称燕。作《下书追崇祖考》。

《十六国春秋辑补》卷二十六《前燕录四·慕容儁录》：本年“正月，司南车成，儁大悦，告于虢庙……四月，遣辅国恪及相国封奕讨冉闵于安喜……闵师大败……擒闵送之，斩于龙城……燕巢于儁正阳殿之西椒，生三鸰……儁览之大悦……

相国奕等二百一十人，劝儁称尊号。儁令曰……八月，克邺……十月，辅国恪等五百五人奉皇帝玺，因以永和八年十一月，僭即皇帝位于正阳前殿，大赦境内，建元年曰元玺，署置百官……时晋遣使诣儁。儁谓使者曰：'汝还白汝天子，我承人乏，为中国所推，已为帝矣。'庚午，书曰：'追崇祖考……'"《辞尊号令》，《全晋文》漏收。

2. 谢尚为督统。讨张遇，为遇所败。

《晋书》卷七十七《殷浩传》："浩既受命，以中原为己任，上疏北征许、洛……既而以……安西将军谢尚、北中郎将荀羡督统。"卷七十九《谢尚传》："初，苻健将张遇降尚，尚不能绥怀之。遇怒，据许昌叛。尚讨之，为遇所败，收付廷尉。时康献皇后临朝，即尚之甥也，特令降号为建威将军……时苻健将杨平戍许昌，尚遣兵袭破之，征授给事中，赐轺车、鼓吹，戍石头。"卷八《穆帝纪》：本年四月，"谢尚帅姚襄与张遇战于许昌之诫桥，王师败绩。"据《通鉴》卷九十九，本年十月谢尚攻克许昌，戍石头。

3. 司马晞为太宰。

《晋书》卷八《穆帝纪》：本年七月，"丁酉……以镇军大将军、武陵王晞为太宰。"

4. 司马昱进位司徒。

《晋书》卷九《简文帝纪》：本年"进位司徒，固让不拜。"据卷八《穆帝纪》：本年七月"丁酉，抚军大将军、会稽王昱为司徒。"

5. 桓温为太尉。

《晋书》卷八《穆帝纪》：本年七月丁酉，"征西大将军桓温为太尉。"

6. 王羲之作《与殷浩书》，止殷浩北伐。作《与会稽王笺》，书《殷侯帖》。

《晋书》卷八十《王羲之传》:“时殷浩与桓温不协,羲之以国家之安在于内外和,因以与浩书以戒之。浩不从。及浩将北伐,羲之以为必败,以书止之,言甚切至。浩遂行……又与会稽王笺陈浩不宜北伐,并论时事曰……”本年羲之所作《与殷浩书》全文已佚,《全晋文》卷二十二仅辑有“下官又劝令画廉、蔺于屏风”一句。《与会稽王笺》,《晋书·王羲之传》系于明年。《通鉴》卷九十九定于本年。今从《通鉴》。《全晋文》卷二十二辑《殷侯帖》云:“昨送诸书,令示卿,想见之,恐殷侯必行,义坚虽宜尔,然今此集,信为未易。”此帖所言当指本年殷浩北伐事。《晋书》卷八《穆帝纪》:本年九月,“中军将军殷浩帅众北伐。”

7. 江逌为殷浩咨议参军,迁长史。

《晋书》卷八十三《江逌传》:“中军将军殷浩将谋北伐,请为咨议参军。浩甚重之,迁长史。浩方修复洛阳,经营荒梗,逌为上佐,甚有匡弼之益,军中书檄皆以委逌。”

8. 刘劭卒。

《书断下》:“刘劭……善小篆,工飞白,虽不及张、毛(‘毛’,《书小史》卷五作‘弘’),亦一时之秀,作《飞白势》。永和八年卒。小篆、飞白入能。柳详亦善飞白,彦祖之亚也。”

柳详生平未详。《书小史》卷五记刘劭引《书断》语后,接叙曰“时柳详亦善飞白……”据此,知当与刘劭同时人也。今一并系于此。

9. 戴逵拒绝为武陵王司马晞鼓琴。

《晋书》卷九十四《戴逵传》:“太宰、武陵王晞闻其善鼓琴,使人召之。逵对使者破琴曰:‘戴安道不为王门伶人!’晞怒,乃更引其兄述。述闻命欣然，拥琴而往。”本年七月，武陵王晞任太宰，上述事当在本年七月后。

10. 鸠摩罗什至罽宾，遇名德法师槃头达多，崇以师礼。

《高僧传》卷二《鸠摩罗什传》：“什年九岁，随母渡辛头河，至罽宾，遇名德法师槃头达多，即罽宾王之从弟也。渊粹有大量，才明博识，独步当时，三藏九部，莫不该练。从旦至中，手写千偈；从中至暮，亦诵千偈。名播诸国，远近师之。什至，即崇以师礼，从受杂藏中长二含，凡四百万言。达多每称什神俊，遂声彻于王。王即请入宫，集外道论师，共相攻难。言气始交，外道轻其年幼，言颇不逊。什乘隙而挫之，外道折伏，愧惋无言。王益敬异，日给鹅腊一双，粳米面各三斗，酥六升。此外国之上供也。所住寺僧乃差大僧五人、沙弥十人，营视扫洒，有若弟子。其见尊崇如此。”

11. 徐广生。

《宋书》卷五十五《徐广传》：“徐广字野民，东莞姑幕人也。父藻，都水使者。兄邈，太子前卫率。家世好学，至广尤精，百家数术，无不研览。”据本传“元嘉二年卒，时年七十四”推之，当生于本年。

12. 曹毗迁镇军大将军从事中郎。

《晋书》卷九十二《曹毗传》：“累迁……镇军大将军从事中郎。”据万斯同《东晋将相大臣年表》，东晋任镇军大将军者唯有武陵王晞一人。《晋书》卷八《穆帝纪》：永和元年正月武陵王晞为镇军大将军，八年七月为太宰。毗任镇军大将军从事中郎，疑在本年或本年前。

13. 杨羲仕简文帝。

《云笈七签》卷一百六《杨羲真人传》：“仕晋简文帝，为舍人。

朝隐为要，人莫能识。”羲仕简文帝，时间未详，疑在本年司马昱任司徒后。

14. 郗昙除尚书吏部郎。

《晋书》卷六十七《郗昙传》：“寻除尚书吏部郎，拜御史中丞。”《世说新语·轻诋第二十六》：“王中郎（礼按：王坦之）举许玄度为吏部郎。郗重熙曰：‘相王好事，不可使阿讷在坐。’”刘孝标注：“讷，询小字。”上述事疑在昙任尚书吏部郎时。“相王”当指简文帝。按《晋书》卷八《穆帝纪》，简文帝于本年七月丁酉任司徒，是昙任尚书吏部郎疑在本年或本年后，其拜御史中丞当在更后。

15. 王坦之举许询为吏部郎。

见本年第 14 条。

353　癸丑

晋永和九年　　前燕元玺二年
代建国十六年　前秦皇始三年
前凉永乐八年

蔡谟七十三岁。葛洪七十一岁。范汪五十三岁。王述五十一岁。王羲之五十一岁。王彪之四十九岁。谢尚四十六岁。桓温四十二岁。道安四十二岁。郗愔四十一岁。孙绰四十岁。支遁四十岁。司马晞三十八岁。慕容儁三十五岁。司马昱三十四岁。谢安三十四岁。谢万三十四岁。郗昙三十四岁。王洽三十一岁。袁宏二十六岁。庾龢二十五岁。王坦之二十四岁。王蕴二十四岁。杨羲二十四岁。慧远二十岁。王修二十岁。郗超十八岁。苻坚十六岁。吕光十六岁。范宁十五岁。司马丕十三岁。王献之十岁。徐邈十岁。鸠摩罗什十岁。王珣四岁。张野四岁。李暠三岁。王珉三岁。徐广二岁。

1. 王羲之与孙绰、谢安等宴集山阴兰亭，作《三月三日兰亭诗序》、《临河叙》、《兰亭诗》二首。书《得孔彭祖问帖》、《得豫章书帖》。作《与会稽王笺》、《遗谢尚书》、《又遗殷浩书》。书《增运帖》、《知数帖》、《郡荒帖》、《断酒帖》、《百姓帖》。

《晋书》卷八十《王羲之传》："尝与同志宴集于会稽山阴之兰

亭，羲之自为之序以申其志，曰……或以潘岳《金谷诗序》方其文，羲之比于石崇，闻而甚喜。”《全晋文》卷二十六辑《临河叙》曰：“永和九年，岁在癸丑，暮春之初，会于会稽山阴之兰亭，修禊事也。群贤毕至，少长咸集。此地有崇山峻岭……虽无丝竹管弦之盛，一觞一咏，亦足以畅叙幽情矣。故列序时人，录其所述，右将军司马太原孙丞公等二十六人赋诗如左。前余姚令会稽谢胜等十五人不能赋诗，罚酒各三斗。”此次宴集的地点，《水经注》卷四十渐江水注云：“浙江又东与兰溪水合，湖南有天柱山，湖口有亭，号曰兰亭，亦曰兰上里，太守王羲之、谢安兄弟数往造焉。吴郡太守谢勖，封兰亭侯，盖取此亭以为封号也。太守王廙之移亭在水中。晋司空何无忌之临郡也，起亭于山椒，极高尽眺矣。”《绍兴府志》云兰亭聚会在兰渚山，山“在山阴西南二十七里处，即《越绝书》勾践种兰渚田，及晋王羲之修禊处……兰渚之水出焉”。据施宿撰《嘉泰会稽志》载《天章寺碑》记载，参加兰亭集会凡四十二人：“羲之、谢安、谢万、孙绰、徐丰之、孙统、王彬之、王凝之、王肃之、王徽之、袁峤之、郗昙、王丰之、华茂、庾友、虞说、魏滂、谢绎、庾蕴、孙嗣、曹茂之、曹华、桓（原作‘平’，钦宗庙讳）伟、王玄之、王蕴之、王涣之各赋诗，合二十六人。谢瑰、卞迪、丘髦、王献之、羊模、孔炽、刘密、虞谷、劳夷、后绵、华耆、谢藤、任儗、吕系、吕本、曹礼，诗不成，罚三觥，合十六人。”《天章寺碑》所记赋诗人数与《临河叙》所记相同，而罚酒者多一人。《晋诗》卷十三辑《兰亭诗》作者二十六人，与《临河叙》、《天章寺碑》所载人数合。辑诗共三十七首，分别为：

王羲之《兰亭诗》二首，其五言一首分为五章。

孙绰《兰亭诗》二首。绰另有《三月三日兰亭诗序》，见《全晋文》卷六十一，当作于本年。

谢安《兰亭诗》二首。

谢万《兰亭诗》二首。

孙统《兰亭诗》二首。

孙嗣《兰亭诗》一首。嗣，孙绰子，详见371年第16条。

郗昙《兰亭诗》一首。

庾友《兰亭诗》一首。友，生卒年未详。《世说新语・贤媛第十九》刘孝标注："玉台，庾友小字。"又注引《庾氏谱》："友字惠彦，司空（庾）冰第三子。"又曰："友字弘之。"

庾蕴《兰亭诗》一首。蕴生年未详。据《晋书》卷七十三《庾冰传》，蕴为冰子。

曹茂之《兰亭诗》一首。茂之生卒年不详。《世说新语・品藻第九："庾季道云：'……曹蜍、李志虽见在，厌厌如九泉下人。人皆如此，便可结绳而治，但恐狐狸猯狢噉尽。'"刘孝标注："蜍，曹茂之小字也。《曹氏谱》曰：'茂之字永世，彭城人也。祖韶，镇东将军司马。父曼，少府卿。茂之仕至尚书郎。'"

华茂《兰亭诗》一首。茂生卒年不详。茂，华谭子。《晋书》卷五十二《华谭传》："华谭字令思，广陵人也……以功封都亭侯……二子：化、茂……茂嗣爵。"《晋诗》卷十三引《诗纪》云："上虞令华茂。"据此，知茂尝任上虞令。

桓伟《兰亭诗》一首。伟生年未详。据《晋书》卷九十八《桓温传》，伟为桓温子，"字幼道，平厚笃实，居藩为士庶所怀"。

袁峤之《兰亭诗》二首。峤之生平不详。《晋诗》卷十三引《诗纪》云："峤之，陈郡人。"

王玄之《兰亭诗》一首。据《晋书》卷八十《王羲之传》，玄之为羲之长子，早卒。《采古来能书人名》云："（玄之）善草、行。"

王凝之《兰亭诗》二首。凝之生年未详。《世说新语·言语第二》刘孝标注引《王氏谱》:“凝之字叔平,右将军羲之第二子也。”

王肃之《兰亭诗》二首。肃之生卒年未详。《世说新语·排调第二十五》刘孝标注引《王氏谱》:“肃之字幼恭,右将军羲之第四子。”

王徽之《兰亭诗》二首。徽之生卒年未详。《世说新语·雅量第六》刘孝标注引《中兴书》:“徽之,羲之第五子。”《晋书》卷八十《王羲之传》:“徽之字子猷。”

王涣之《兰亭诗》一首。涣之生年未详,羲之第三子。详见升平五年第15条。

王彬之《兰亭诗》二首。彬之生平未详。《晋书》卷八《穆帝纪》:本年十一月,“殷浩使部将刘启、王彬之讨姚襄,复为襄所败。”卷七十七《殷浩传》:“浩遣刘启、王彬之击襄于山桑,并为襄所杀。”

王蕴之《兰亭诗》一首。王蕴,见本书有关王蕴条。

王丰之《兰亭诗》一首。丰之生平不详。《晋诗》卷十三逯钦立引《诗纪》云:“行参军王丰之。”据此知丰之尝任行参军。

魏滂《兰亭诗》一首。滂生平不详。《晋诗》卷十三逯钦立曰:“《诗纪》作郡功曹魏滂。”据此知滂曾任郡功曹。

虞说(“说”,《戏鸿堂帖》作“悦”)《兰亭诗》一首。《晋诗》卷十三逯钦立曰:“《诗纪》作镇军司马虞说。”据此知说曾任镇军司马。

谢绎《兰亭诗》一首。绎生平不详。《晋诗》卷十三逯钦立曰:“《诗纪》作郡五官谢绎。”据此知绎尝为郡五官。

徐丰之《兰亭诗》二首。丰之生平不详。《晋诗》卷十三逯钦立曰:“丰之,东海郯人,徐宁子。”又曰:“《诗纪》作行参军徐丰之。”据此知丰之曾为行参军。

曹华《兰亭诗》一首。华生平不详。《晋诗》卷十三逯钦立曰:“《诗纪》作徐州西平曹华。”

《全晋文》卷二十二辑羲之《得孔彭祖问帖》云:“得孔彭祖十七日具问为慰,云襄径还蠡。是反善之诚也,于殷必得速还,无复道路之忧。”卷二十四辑《得豫章书帖》云:“得豫章书,为慰。想以具问。昨得都十七日书,贼径还蠡台,不攻谯,是其反善之诚也。想殷生得过此者,犹令人忧,期诸处分犹未定……”《晋书》卷一百十六《姚襄传》:“(殷)浩潜遣将军魏憬率五千余人袭,襄乃斩憬而并其众。浩愈恶之,乃使将军刘启守谯,迁襄于梁国蠡台。”《通鉴》卷九十九系上述事于本年九月。上引羲之二帖中有“襄径还蠡”、“贼径还蠡台”等句,当书于本年九月姚襄迁于蠡台后。《与会稽王笺》、《遗谢尚书》、《又遗殷浩书》均见《晋书》卷八十《王羲之传》:“又与会稽王笺陈浩不宜北伐,并论时事曰:‘……令殷浩、荀羡还据合肥、广陵,许昌、谯郡、梁、彭城诸军皆还保淮,为不可胜之基,须根立势举,谋之未晚,此实当今策之上者……’”笺当作于本年十一月浩复为姚襄所败之前。又本传:“时东土饥荒,羲之辄开仓振贷。然朝廷赋役繁重,吴会尤甚,羲之每上疏争之,事多见从。又遗尚书仆射谢安书曰……”按卷九《孝武帝纪》,谢安于孝武帝宁康元年九月任尚书仆射,此书当是与谢尚。据卷八《穆帝纪》,本年四月,谢尚为尚书仆射。又《晋书·王羲之传》:“(殷浩)果为姚襄所败。复图再举,又遗浩书曰……”据卷八《穆帝纪》,本年十一月浩使部将讨姚襄,复为襄所败。《又与殷浩书》当作于本年十一月浩讨姚襄前。

《全晋文》卷二十四辑羲之《增运帖》,其中有“吾于时地甚疏卑,致言诚不易……要为居时任,岂可坐视危难,今便极言于相,并与殷、谢书”等句。“极言于相”当指上引《与会稽王笺》,“与殷、谢书”,当指上引《又与殷浩书》、《遗谢尚书》,据此,知《增运帖》当书于本年。卷二十四又辑《知数帖》云:“知数致苦言于相。时弊亦何可不耳?颇得应对不?吾书未被答。得桓护军书云:‘口米增运,皆当停。’为善。”《知数帖》当与《增运帖》书写时间相近。卷二十三辑《郡荒帖》云:“知郡荒,吾前东,周旋五千里,所在皆尔,可叹!江东自有大顿势,不知何方以救其弊?”卷二十四辑《断酒帖》云:“断酒事终不见许,然守之尚坚……此郡断酒一年,所省百余万斛米,乃过于租,此救民命当可胜言!”卷二十六辑《百姓帖》云:“百姓之命(中缺)倒悬,吾夙夜忧。此时既不能开仓庾赈之,因断酒以救民命,有何不可……”以上所引“郡荒”等帖,与本传所言“时东土既荒”、“开仓振贷”等事相合,疑书于本年。

2. 谢尚为尚书仆射,领豫州刺史。

《晋书》卷八《穆帝纪》:本年,“夏四月,以安西将军谢尚为尚书仆射……十二月,加尚书仆射谢尚为都督豫、扬、江西诸军事,领豫州刺史、镇历阳。”

3. 王彪之作《上笺陈雷弱儿事》。

《晋书》卷七十六《王彪之传》:“长安人雷弱儿、梁安等诈云杀苻健、苻眉,请兵应接。时殷浩镇寿阳,便进据洛,营复山陵。属彪之疾归,上简文帝笺,陈……寻而弱儿果诈,姚襄反叛,浩大败,退守谯城。简文笑谓彪之曰:‘果如君言。自顷以来,君谋无遗策,张、陈复何以过之!’”卷八《穆帝纪》:本年“十月,中军将军殷浩进次山桑,使平北将军姚襄为前锋。襄叛，反击浩。浩弃辎重，退保谯城……十一月，殷浩使部将刘启、王彬之讨姚襄，复为襄所败。”

4. 前凉谢艾被杀。

《十六国春秋》卷七十五《前凉录六·谢艾录》：“（重华）既而疾甚，手令征艾为卫将军，监中外诸军事、辅政；（赵）长等匿而不宣。（张）祚既僭立，追恨，杀之。”《通鉴》卷九十九系艾被杀于本年十二月。

《宋书》卷九十八《大且渠蒙逊传》：元嘉十四年，茂虔奉表献书于宋，其中有《谢艾集》八卷。《隋书》卷三十五《经籍志四》：“张重华酒泉太守《谢艾集》七卷、梁八卷……亡。”《全晋文》卷一百五十四辑文三篇，已见上文。

《前凉录六·谢艾录》：“嗣子见杀。”

5. 袁宏任豫州别驾。

《晋书》卷九十二《袁宏传》：谢尚为“豫州刺史，引宏参其军事”。《文选集注》卷四十九《三国名臣序赞注》引臧荣绪《晋书》：“袁宏好学……谢尚以为豫州别驾。”《晋书》卷七十五《范坚传》：“子启，字荣期，虽经学不及坚，而以才义显于当世。于时清谈之士庾龢、韩伯、袁宏等，并相知友。”上述事时间不详，亦非某年之事，姑系于此。

6. 前凉国人咸赋《墙茨》之诗。

《晋书》卷八十六《张祚传》：“祚字太伯，博学雄武，有政事之才。既立，自称大都督、大将军、凉州牧、凉公。淫暴不道，又通重华妻裴氏，自阁内媵妾及骏、重华未嫁子女，无不暴乱，国人相目，咸赋《墙茨》之诗。”《通鉴》卷九十九系张祚上述事于本年。

7. 卢立身作《龙门赋》。

立身生平不详。《莫高窟年表》第43页：伯希和所盗窃敦煌文物“二五四四卷写江州刺史刘长卿《酒赋》，又写《龙门赋》，题南县尉卢立身撰，永和九年作”。

8. 有“永和九年”刻字砖。

见350年第2条。

9. 王修任著作郎、琅邪王文学。

《晋书》卷九十三《王修传》：“起家著作郎、琅邪王文学。”时间未详，姑系于二十岁时。

10. 戴逵徙居剡县，著《放达为非道论》、《与所亲书》。

《晋书》卷九十四《戴逵传》：“逵后徙居会稽之剡县。性高洁，常以礼度自处，深以放达为非道，乃著论曰……”《世说新语·栖逸第十八》刘孝标注引《续晋阳秋》：“逵不乐当世，以琴书自娱，隐会稽剡山，国子博士征，不就。”又《栖逸第十八》：“郗超每闻欲高尚隐退者，辄为办百万资，并为造立居宇。在剡为戴公起宅，甚精整。戴始往旧居，《与所亲书》曰：‘近至剡，如官舍。’”刘孝标注引《续晋阳秋》：“戴逵居剡，既美才艺而交游贵盛。”《南史》卷七十六《沈麟士传》：“隐居余不吴差山……麟士闻郡后堂有好山水，即戴安道游吴兴，因古墓为山池也。”据此，知戴逵曾游吴兴。上述事时间不详，姑系于此。

11. 范宁笃学，多所通览。

《晋书》卷七十五《范宁传》：“少笃学，多所通览。”

12. 崔潜为兄浑诔手笔草本。

潜生卒年未详。据《魏书》卷二十四《崔玄伯传》，潜，清河人，父悦，子玄伯。又《崔玄伯传》云：“潜为兄浑诔手笔草本，延昌初，著作佐郎王遵业买书于市而遇得之。计诔至今，将二百载，宝其书迹，深藏秘之。武定中，遵业子松年以遗黄门郎崔季舒,人多摹拓之。左光禄大夫姚元标以工书知名于时,见潜书,谓为过于己也。”潜为兄诔,时间未详,魏收北齐天宝五年(公元554年)完成《魏书》,由此推之,诔当作于本年前后。

13. 前凉杨宣为宋纤画像,并作《宋纤画像颂》。时任敦煌太守。

《晋书》卷九十四《宋纤传》:“张祚时,太守杨宣画其像于阁上,出入视之,作颂曰……”时间未详。“张祚时”,疑指本年祚为都督中外诸军事、抚军大将军、辅政,至永和十一年祚卒时。姑系于此,俟考。宣以后事迹不详。《全晋文》卷一百五十四辑杨宣文一篇,见上文。

14. 前凉宋纤被杨宣所颂扬,笃学不倦。

纤被杨宣所颂扬事,见本年第13条。《晋书》卷九十四《宋纤传》:“纤注《论语》,及为诗颂数万言。年八十,笃学不倦。”纤注《论语》,为诗颂数万言,时间不详,疑非作于一时,姑一并系于此。

354　甲寅

晋永和十年　　　前燕元玺三年
代建国十七年　　前秦皇始四年
前凉张祚和平元年

蔡谟七十四岁。葛洪七十二岁。范汪五十四岁。王述五十二岁。王羲之五十二岁。王彪之五十岁。谢尚四十七岁。桓温四十三岁。道安四十三岁。郗愔四十二岁。孙绰四十一岁。支遁四十一岁。司马晞三十九岁。慕容儁三十六岁。司马昱三十五岁。谢安三十五岁。谢万三十五岁。郗昙三十五岁。王洽三十二岁。袁宏二十七岁。庾龢二十六岁。王坦之二十五岁。王蕴二十五岁。杨羲二十五岁。慧远二十一岁。王修二十一岁。郗超十九岁。苻坚十七岁。吕光十七岁。范宁十六岁。司马丕十四岁。王献之十一岁。徐邈十一岁。鸠摩罗什十一岁。王珣五岁。张野五岁。李嵩四岁。王珉四岁。徐广三岁。

1. 前凉马岌任尚书，因切谏张祚免官，后又复位。

《晋书》卷八十六《张祚传》："永和十年，(张)祚纳尉缉、赵长等议，僭称帝位，立宗庙，舞八佾，置百官……灾异屡见，而祚凶虐愈甚。其尚书马岌以切谏免官……太尉桓温入关，王擢时镇陇西，驰使于祚，言温善用兵，势在难测。祚既震惧，又虑擢反噬，即召马岌复位而与之谋。密遣亲人刺擢，事觉，不克。”据卷八《穆帝纪》，本年正月，“凉州牧张祚僭帝位”。二月，桓温帅师伐关中。岌以后事迹不详。

《晋诗》卷十五辑马岌诗一首，见上文。《全晋文》卷一百五十四辑马岌文二篇，见上文。

2. 前凉宋纤至姑臧，为太子友，迁太子太傅。作《上疏辞张祚》。

《晋书》卷九十四《宋纤传》：“张祚后遣使者张兴备礼征为太子友，兴逼喻甚切，纤喟然叹曰：‘德非庄生，才非干木，何敢稽停明命！’遂随兴至姑臧。祚遣其太子太和以执友礼造之，纤称疾不见，赠遗一皆不受。寻迁太子太傅。顷之，上疏曰……”上述事确切时间不详，当在祚本年自称凉王、立子太和为太子后。

3. 桓温作《上疏废殷浩》，帅师伐关中。

《晋书》卷九十八《桓温传》：“时殷浩至洛阳修复园陵，经涉数年，屡战屡败，器械都尽。温复进督司州，因朝野之怨，乃奏废浩，自此内外大权一归温矣。”卷七十七《殷浩传》：“桓温素忌浩，及闻其败，上疏罪浩曰……”卷八《穆帝纪》曰：本年“二月己丑，太尉、征西将军桓温帅师伐关中。废扬州刺史殷浩为庶人……夏四月己亥，温及苻健子苌战于蓝田，大败之……六月，苻健将苻雄悉众及桓温战于白鹿原，王师败绩。秋九月辛酉，桓温粮尽，引还。”又《桓温传》：“初，温自以雄姿风气是宣帝、刘琨之俦，有以其比王敦者，意甚不平。及是征还，于北方得一巧作老婢，访之，及琨伎女也，一见温，便潸然而泣。温问其故，答曰：‘公甚似刘司空。’温大悦，出外整理衣冠，又呼婢问。婢云：‘面（校勘记：‘《御览》五〇〇引“面”作“唇”。’）甚似，恨薄；眼甚似，恨小；须甚似，恨赤；形甚似，恨短：声甚似，恨雌。'温于是褫冠解带，昏然而睡，不怡者数日。"

4. 江逌免官。除中书郎。

《晋书》卷八十三《江逌传》："及桓温奏废（殷）浩佐吏，逌遂免。顷之，除中书郎。"

5. 孙盛从桓温入关平洛。

《晋书》卷八十二《孙盛传》："从（桓温）入关平洛。"

6. 王述为扬州刺史。作《下主簿教》。

《晋书》卷七十五《王述传》："服阕，代殷浩为扬州刺史，加征虏将军。初至，主簿请讳。报曰……寻加中书监，固让，经年不拜。"卷八《穆帝纪》系述任扬州刺史于本年二月。《建康实录》卷八《孝宗穆皇帝》系于本年三月，《通鉴》卷九十九系于本年正月。今从《晋书·穆帝纪》。有关述为扬州刺史事，参见本年第14条。

7. 谢万见妻父王述。

《晋书》卷七十九《谢万传》："太原王述，万之妻父也，为扬州刺史。万尝衣白纶巾，乘平肩舆，径至听事前，谓述曰：'人言君侯痴，君侯信自痴。'述曰：'非无此论，但晚合耳。'"上述事当在本年王述任扬州刺史后。

8. 谢尚自历阳还卫京师。

《晋书》卷八《穆帝纪》：本年"五月，江西乞活郭敞等执陈留内史刘仕而叛，京师震骇……豫州刺史谢尚自历阳还卫京师。"卷七十九《谢尚传》："上表求入朝，因留京师，署仆射事。"

9. 前燕慕容儁进据河南。

《晋书》卷一百十《慕容儁载记》："姚襄以梁国降于儁。以……慕容疆为前锋都督、都督荆徐二州缘淮诸军事，进据河南。”时间从《通鉴》卷九十九。

10. 王胡之任丹杨尹。

《晋书》卷七十六《王廙传》:“胡之……历……丹杨尹。素有风眩疾,发动甚数,而神明不损。”《东晋将相大臣年表》系胡之任丹杨尹于本年。

11. 顾恺之父悦之抗表讼殷浩。

《世说新语·言语第二》刘孝标注引《中兴书》:顾悦之“初为殷浩扬州别驾”。《晋书》卷七十七《顾悦之传》:“始将抗表讼浩,浩亲故多谓非宜,悦之决意以闻,又与朝臣争论,故众无以夺焉。时人咸称之。”又《世说新语·言语第二》刘孝标注引恺之为父《传》曰:“君以直道陵迟于世。”当指抗表讼浩之类事。

12. 道安于太行恒山立寺。后应招至武邑。

《高僧传》卷五《释道安传》:“安后于太行恒山创立寺塔,改服从化者中分河北。时武邑太守卢歆,闻安清秀,使沙门敏见苦要之,安辞不获免,乃受请开讲,名实既符,道俗欣慕。”慧远本年至恒山拜道安为师(见本年第13条),道安于恒山立寺当在本年或去年。至武邑当在本年或本年后。

13. 慧远就道安出家。

《高僧传》卷六《释慧远传》:“年二十一,欲度江东,就范宣子共契遁。值石虎已死,中原寇乱,南路阻塞,志不获从。时沙门释道安立寺于太行恒山,弘赞像法,声甚著闻,远遂往归之。一面尽敬,以为真吾师也。后闻安讲《般若经》,豁然而悟,乃叹曰:‘儒道九流,皆糠粃耳。’便与弟慧持,投簪落发,委命受业。既入乎道,厉然不群,常欲总摄纲维,以大法为己任。精思讽持,以夜续昼。贫旅无资,缊纩常阙,而昆弟恪恭,始终不懈。有沙门昙翼,每给以灯烛之费。安公闻而喜曰:‘道士诚知人矣。’远藉慧解于前因,发胜心于旷劫,故能神明英越,机鉴遐深。安公常叹曰:‘使道流东国,其在远乎!’”慧远出家之时间,谢灵运《庐山慧远法师诔》曰:“鬒角味道,辞亲随师……公之出家年未志学。”其说与《高僧传》本传所记不同。今从本传。

14. 王羲之耻位于王述之下。书《殷废责事贴》、《二十三日帖》、《方轨帖》。

《晋书》卷八十《王羲之传》:“性爱鹅,会稽有孤居姥养一鹅,善鸣,求市未能得,遂携亲友命驾就观。姥闻羲之将至,烹以待之,羲之叹惜弥日。又山阴有一道士,养好鹅,羲之往观焉,意甚悦,固求市之。道士云:‘为写《道德经》,当举群相赠耳。’羲之欣然写毕,笼鹅而归,甚以为乐。其任率如此。尝诣门生家,见棐几滑净,因书之,真、草相半。后为其父误刮去之,门生惊懊者累日。又尝在蕺山见一老姥,持六角竹扇卖之。羲之书其扇,各为五字。姥初有愠色。因谓姥曰:‘但言是王右军书,以求百钱邪。’姥如其言,人竞买之。他日,姥又持扇来,羲之笑而不答。其书为世所重,皆此类也。每自称‘我书比钟繇,当抗行,比张芝草,犹当雁行也。’曾与人书云:‘张芝临池学书,池水尽黑,使人耽之若是,未必后之也。’……时骠骑将军王述少有名誉,与羲之齐名,而羲之甚轻之,由是情好不协。述先为会稽,以母丧居郡境,羲之代述,止一吊,遂不重诣。述每闻角声,谓羲之当候己,辄洒扫而待之。如此者累年,而羲之竟不顾,述深以为恨。及述为扬州刺史,将就征,周行郡界,而不过羲之,临发,一别而去。先是,羲之常谓宾友曰:‘怀祖正当作尚书耳,投老可得仆射。

更求会稽，便自邈然。'及述蒙显授，羲之耻为之下，遣使诣朝廷，求分会稽为越州。行人失辞，大为时贤所笑。既而内怀愧叹，谓其诸子曰：'吾不减怀祖，而位遇悬邈，当由汝等不及坦之故邪！'"《全晋文》卷二十四辑《殷废责事帖》云："殷废责事便行也，令人叹怅不已。"当书于本年殷浩废后。卷二十三辑《二十三日帖》云："二十三日发至长安，云谓南患无他，然云苻健众尚七万，苟及最近，虽众由匹夫耳。即今剋此一段，不知岁终云何守之，想胜才弘之，自当有方耳。"帖中所云当指本年桓温伐关中事。

15. 谢安说贤圣与常人相近。与子弟论《毛诗》。

《世说新语·言语第二》："谢公云：'贤圣去人，其间亦迩。'子侄未之许。公叹曰：'若郗超闻此语，必不至河汉。'"又《文学第四》："谢公因子弟集聚，问《毛诗》何句最佳？遏称曰：'昔我往矣，杨柳依依；今我来思，雨雪霏霏。'公曰：'讦谟定命，远猷辰告。'谓此句偏有雅人深致。"上述二事当在安出仕前，具体时间未详，故系于此。

16. 谢道韫适王凝之。

道韫生卒年未详。《世说新语·言语第二》余嘉锡笺疏录唐陈子良注《唐释法琳辨正论》引《晋录》曰："瑯玡王凝之夫人，陈郡谢氏，名韬元，奕女也。清心玄旨，姿才秀远。"《晋书》卷九十六《列女·王凝之妻谢氏传》："王凝之妻谢氏，字道韫，安西将军奕之女也。聪识有才辩。叔公安尝问：'《毛诗》何句最佳？'道韫称：'吉甫所颂，穆如清风。仲山甫永怀，以慰其心。'安谓有雅人深致。"《世说新语·言语第二》："谢太傅寒雪日内集，与儿女讲论文义。俄而雪骤，公欣然曰：'白雪纷纷何所似？'兄子胡儿曰：'撒盐空中差可拟。'兄女曰：'未若柳絮因风起。'公大笑乐。即公大兄无奕女,左将军王凝之妻也。"《晋书·列女·王凝之妻谢氏传》:"初适凝之,还,甚不乐。安曰:'王郎,逸少子,不恶,汝何恨也?'答曰:'一门叔父则有阿大、中郎,群从兄弟复有封、胡、羯、末,不意天壤之中乃有王郎!'封谓谢韶,胡谓谢朗,羯谓谢玄,末为谢川,皆其小字也。又尝讥玄学植不进,曰:'为尘务经心,为天分有限邪?'凝之弟献之尝与宾客谈议,词理将屈,道韫遣婢白献之曰:'欲为小郎解围。'乃施青绫步鄣自蔽,申献之前议,客不能屈。"上述事,时间未详。按《晋书》卷八十《王羲之传》,羲之共七子,凝之为次,献之第七。献之本年十一岁,凝之当较献之长十余岁,则本年当过二十,其妻道韫年盖相若,姑系道韫适凝之于本年。

17. 王坦之与支遁论辩。

《世说新语·排调第二十五》:"王文度在西州,与林法师讲,韩、孙诸人并在坐。林公理每欲小屈,孙兴公曰:'法师今日如著弊絮在荆棘中,触地挂阂。'"余嘉锡笺疏引程炎震曰:"坦之未尝为扬州,支遁下都在哀帝时,王述方刺扬州,盖就其父官廨中设讲耳。"上述事时间不详,姑系于此。

355 乙卯

晋永和十一年　　前燕元玺四年
代建国十八年　　前秦苻生寿光元年
前凉张玄靓太始元年

蔡谟七十五岁。葛洪七十三岁。范汪五十五岁。王述五十三岁。王羲之五十三岁。王彪之五十一岁。谢尚四十八岁。桓温四十四岁。道安四十四岁。郗愔四十三岁。孙绰四十二岁。支遁四十二岁。司马晞四十岁。慕容儁三十七岁。司马昱三十六岁。谢安三十六岁。谢万三十六岁。郗昙三十六岁。王洽三十三岁。袁宏二十八岁。庾龢二十七岁。王坦之二十六岁。王蕴二十六岁。杨羲二十六岁。慧远二十二岁。王修二十二岁。郗超二十岁。苻坚十八岁。吕光十八岁。范宁十七岁。司马丕十五岁。王献之十二岁。徐邈十二岁。鸠摩罗什十二岁。王珣六岁。张野六岁。李暠五岁。王珉五岁。徐广四岁。范泰一岁。

1. 王羲之作《为会稽内史称疾去郡于父墓前自誓文》、《与谢万书》。书《羊参军帖》,与许迈共修服食。

《晋书》卷八十《王羲之传》:“时骠骑将军王述少有名誉,与羲之齐名,而羲之甚轻之,由是情好不协……述后检察会稽郡,辩其刑政,主者疲于简对。羲之深耻之,遂称病去郡,于父母墓前自誓曰:‘维永和十一年三月癸卯朔,九日辛亥,小子羲之敢告二尊之灵……谨以今月吉辰肆筵设席,稽颡归诚,告誓先灵……信誓之诚,有如皦日’。”《全晋文》卷二十三辑《羊参军帖》,其中有“今又告诚先灵,以文示足下”等句。“告诚先灵”与《墓前自誓文》中所云“告誓先灵”、“信誓之诚”意近。此帖当书于本年。本传又云:“羲之既去官,与东土人士尽山水之游,弋钓为娱。又与道士许迈共修服食,采药石不远千里,遍游东中诸郡,穷诸名山,泛沧海,叹曰:‘我卒当以乐死。’谢安尝谓羲之曰:‘中年以来,伤于哀乐,与亲友别,辄作数日恶。’羲之曰:‘年在桑榆,自然至此。顷正赖丝竹陶写,恒恐儿辈觉,损其欢乐之趣。’朝廷以其誓苦,亦不复征之……羲之既优游无事,与吏部郎谢万书曰……”《与谢万书》又见《全晋文》卷二十二,较本传所载多出几句。羲之与许迈之关系,除上述记载外,另见本年第2条。《新唐书·艺文志》有王羲之《许先生传》一卷。鲁一同《右军年谱·丛谈》:“《温州府志》:‘永嘉自东晋置郡,为之守者,若王羲之、谢灵运,并以循吏称,有王、谢祠,在华盖山下。有五马坊,谓羲之守郡,尝控五马出游。’又万历《旧志》:‘有墨池,在墨池坊,右军临池作书于此,今在郡署东偏。’按:羲之未尝守永嘉,而郡县旧志,皆承宋、元,数修之后必有所因。又《欧江逸志》云:‘温州自百里坊至平阳畤百里皆荷,羲之自南门登舟赏荷于此。’又《旧志》载:‘城北八里有华岩山,中有黄岩洞,其石可为砚。’右军帖云:‘近得华岩石砚,颇佳。’又引谢灵运《与弟书》云:‘闻道恶溪中九十九里、五十九滩,王右军游此尝叹其奇绝,遂书突星濑于石。’又云:‘郭公山有富览亭额,乃右军书,字迹犹存。’”上述有关羲之诸事,盖在羲之永和七年至本年去郡之前,今附于此,以资参考。

2. 许迈与王羲之为世外之交。作《遗王羲之书》。

《晋书》卷八十《许迈传》:"羲之造之,未尝不弥日忘归,相与为世外之交。玄遗羲之书云……羲之自为之传,述灵异之迹甚多,不可详记。"《御览》卷四一〇引《道学论》:"许迈……与王右军父子为世外之交。王亦辞荣好养生之事,每造远游,未尝不弥日忘返。"上述事当在本年羲之称疾去郡之后。

3. 王彪之为尚书右仆射。

《晋书》卷八《穆帝纪》:本年七月,以"领军将军王彪之为尚书右仆射。"《通鉴》卷一百:本年,"或告会稽王昱曰:'武陵王第中大修器仗,将谋非常。'昱以告太常王彪之。彪之曰:'武陵王之志,尽于驰骋畋猎而已耳,深愿静之,以安异同之论,勿复以为言!'昱善之。"

4. 谢尚迁尚书仆射,镇西将军。制钟石之乐。

《晋书》卷八《穆帝纪》:本年,"冬十月,进豫州刺史谢尚督并冀幽三州诸军事、镇西将军,镇马头。"《建康实录》卷八《孝宗穆皇帝》谓谢尚"后以获玺功,迁尚书仆射、镇西将军"。《晋书》卷七十九《谢尚传》:"寻进号镇西将军,镇寿阳。尚于是采拾乐人,并制石磬,以备太乐。江表有钟石之乐,自尚始也。"《宋书》卷十九《乐志下》:"庾翼、桓温专事军旅,乐器在库,遂至朽坏焉。晋氏之乱也,乐人悉没戎虏,及胡亡,邺下乐人,颇有来者。谢尚时为尚书仆射,因之以具钟、磬。"《隋书》卷十五《音乐志下》:"咸和间鸠集遗逸。邺没胡后,乐人颇复南度,东晋因之以具钟律。"

5. 前燕慕容儁作《下书定冠冕制》。

《十六国春秋辑补》卷二十六《前燕录四·慕容儁录》:本年"儁

给事黄门侍郎申胤上言曰：‘夫名尊礼重，先王之制。冠冕之式，代或不同……’下书曰：‘周礼冠冕体制，君臣略同……。’”

6. 鸠摩罗什还龟兹，后到沙勒国。

《高僧传》卷二《鸠摩罗什传》：“至年十二，其母携还龟兹。诸国皆聘以重爵，什并不顾。时什母将什至月氏北山……什进到沙勒国，顶戴佛钵……遂停沙勒一年……什以说法之暇，乃寻访外道经书，善学《围陀含多论》，多明文辞制作问答等事，又博览《四围陀》典及五明诸论，阴阳星算，莫不必尽，妙达吉凶，言若符契。为性率达，不厉小检。修行者颇共疑之，然什自得于心，未尝介意。时有莎车王子参军王子兄弟二人，委国请从而为沙门。兄字须利耶跋陀，弟字须邪利苏摩。苏摩才伎绝伦，专以大乘为化，其兄及诸学者皆共师焉。什亦宗而奉之，亲好弥至。”《晋书》卷九十五《鸠摩罗什传》：“年十二，其母携到沙勒。”

7. 范泰生。

《宋书》卷六十《范泰传》：“范泰字伯伦，顺阳山阴人也。（校勘记：“《廿二史考异》云：‘按《州郡志》，顺阳无山阴县。《梁书·范云、范缜传》并云南乡舞阴人。南乡与顺阳本一郡，似山阴当为舞阴之讹。而《州郡志》舞阴属南阳，未详其故。’李慈铭《宋书札记》云：‘山阴字有误。《晋书·范晷传》，南阳顺阳人。《南史》泰传但作顺阳人。’”）祖汪，晋安北将军，徐兖二州刺史。父宁，豫章太守。”据本传元嘉五年卒，时年七十四推之，当生于本年。

8. 孙绰与谢安等泛海戏。作《赠谢安诗》。

《世说新语·雅量第六》：“谢太傅盘桓东山时，与孙兴公诸人泛海戏。风起浪涌，孙、王诸人色并遽，便唱始还。太傅神情方王,吟啸不言。舟人以公貌闲意说,犹去不止。既风转急,浪猛,诸人皆喧动不坐。公徐云:'如此,将无归!'众人即承响而回。"刘孝标注引《中兴书》:"安先居会稽,与支道林、王羲之、许询共游处。出则渔弋山水,入则谈说属文,未尝有处世意也。"上述事,具体时间,未见记载,当在谢安出仕前、羲之辞官之后。《晋书》卷七十九《谢安传》:"及(谢)万黜废,安始有仕进志,时年已四十余矣。征西大将军桓温请为司马。"据《通鉴》卷一百一,升平四年,谢安出仕为桓温司马。又羲之于本年辞官,是上引《世说新语》所记之事,当在升平四年前,永和十一年羲之辞官后。今暂系于此,俟考。又《晋书》卷十三辑绰《赠谢安诗》,细读诗中"洋洋浚泌,蔼蔼丘园。庭无乱辙,室有清弦。足不越疆,谈不离玄"等句,当作于安出仕前,今亦暂系于此。

9. 许询在会稽与谢安、王羲之等游处。

见本年第1条、第8条。

10. 前凉宋纤约卒于本年。

《晋书》卷九十四《宋纤传》:"遂不食而卒,时年八十二,谥曰玄虚先生。"纤卒之时间不详,疑在本年张祚卒后不久。《全晋文》卷一百五十四辑宋纤文一篇,见上文。

11. 吕光除美阳令。

《晋书》卷一百二十二《吕光载记》:"沉毅凝重,宽简有大量,喜怒不形于色。时人莫之识也,惟王猛异之,曰:'此非常人。'言之苻坚,举贤良,除美阳令,夷夏爱服。"光除美阳令,时间不详,疑在十八岁或以后,再早似不可能。

356 丙辰

晋永和十二年　　前燕元玺五年
代建国十九年　　前秦寿光二年
前凉太始二年

蔡谟七十六岁。葛洪七十四岁。范汪五十六岁。王述五十四岁。王羲之五十四岁。王彪之五十二岁。谢尚四十九岁。桓温四十五岁。道安四十五岁。郗愔四十四岁。孙绰四十三岁。支遁四十三岁。司马晞四十一岁。慕容儁三十八岁。司马昱三十七岁。谢安三十七岁。谢万三十七岁。郗昙三十七岁。王洽三十四岁。袁宏二十九岁。庾龢二十八岁。王坦之二十七岁。王蕴二十七岁。杨羲二十七岁。慧远二十三岁。王修二十三岁。郗超二十一岁。苻坚十九岁。吕光十九岁。范宁十八岁。司马丕十六岁。王献之十三岁。徐邈十三岁。鸠摩罗什十三岁。王珣七岁。张野七岁。李暠六岁。王珉六岁。徐广五岁。范泰二岁。

1. 桓温欲移都洛阳，未许。为征讨大都督，击败姚襄。作《平洛表》。

　　《晋书》卷九十八《桓温传》："母孔氏卒，上疏解职，欲送葬宛陵，诏不许。赠临贺太夫人印绶，谥曰敬，遣侍中吊祭，谒者监护丧事，旬月之中，使者八至。轺轩相望于道。温葬毕视事，欲修复园陵，移都洛阳，表疏十余上，不许。进温征讨大都督、督司冀二州诸军事，委以专征之任……师次伊水，姚襄屯水北，距水而战。温结阵而前，亲被甲督弟冲及诸将奋击，襄大败……温屯故太极殿前，徙入金镛城，谒先帝诸陵……遂旋军。”卷八《穆帝纪》：本年，“三月，姚襄入于许昌，以太尉桓温为征讨大都督以讨之。秋八月己亥，桓温及姚襄战于伊水，大败之。”《世说新语·赏誉第八》刘孝标注引《温集》载其《平洛表》曰：“今中州既平，宜时绥定。镇西将军豫州刺史（谢）尚，神怀挺率，少致人誉，是以入赞百揆，出蕃方司。宜进据洛阳，抚宁黎庶。”

2. 孙盛封吴昌县侯，出补长沙太守。

《晋书》卷八十二《孙盛传》：“从入关平洛，以功进封吴昌县侯，出补长沙太守。以家贫，颇营资货，部从事至郡察知之，服其高名而不劾之。盛与温笺，而辞旨放荡，称州遣从事观采风声，进无威凤来仪之美，退无鹰鹯搏击之用，徘徊湘川，将为怪鸟。温得盛笺，复遣从事重案之，赃私狼籍，槛车收盛到州，舍而不罪。”

3. 王羲之书《二日帖》、《六日帖》、《东方朔画赞》、《适太常帖》、《司州帖》、《诸从帖》、《桓公以至洛帖》、《虞义兴帖》、《远近清和帖》、《九日帖》、《伏想清和帖》。

《全晋文》卷二十四辑《二日帖》云：“昨暮得无奕、阿万此月二日书，甚近清和月。羌贼故在许下，自当了也。桓公未有行日，阿万定吴兴。”《晋书》卷一百十六《姚襄传》：“襄方轨北引……进攻外黄，为晋边将所败。襄收散卒而勤抚恤之，于是复振。乃据许昌。”卷八《穆帝纪》：“三月，姚襄入于许昌。”帖当书于本年三月后。《全晋文》卷二十四辑《六日帖》云：

“得谢范六日书，为慰。桓公威勋，当求之古，令人叹息。比当集姚襄也。”“桓公”指桓温。《六日帖》当书于桓温败姚襄后。《书断下》：“王修……尝求右军书，乃写《东方朔画赞》与之。”据《中国书法史》第89页：羲之《东方朔画赞》书于穆帝永和十二年五月十三日。《全晋文》卷二十二辑《适太常帖》、《司州帖》、《诸从帖》。《适太常帖》云：“适太常、司州、领军诸人廿五六书皆佳。司州以为平复，此庆之可言，余亲亲皆佳。”《司州帖》云：“司州供给寥落，去无期也，不果者，公私之望。”《诸从帖》云：“司州疾笃不果西，公私可恨。”以上三帖中所云之“司州”，当指王胡之。本年朝廷以胡之为司州刺史，以疾固辞，未行而卒。详见本年第7条。《全晋文》卷二十六辑《桓公以至洛帖》云：“知虞帅云，桓公以至洛，即摧破羌贼。贼重命，想必禽之。王略始及旧都，使人悲慨深。”同卷辑《虞义兴帖》云：“虞义兴适送此。桓公摧寇，罔不如志。今以当平定，古人之美，不足比踪，使人叹慨。”上述二帖所云之“桓公”，盖指桓温。二帖当书于本年桓温攻克洛阳后。《全晋文》卷二十二辑《远近清和帖》云：“远近清和，士人平安。荀侯定住下邳，复遣军下城……”《晋书》卷七十五《荀羡传》：“及慕容儁攻段兰（校勘记：当作‘段龛’）于青州，诏使羡救之……军次琅邪，而兰已没，羡退还下邳。”卷八《穆帝纪》系上述荀羡事于本年十月。《全晋文》卷二十五辑《九日帖》云：“得都下九日书，见桓公当阳去月九日书，久当至洛，但运迟可忧耳。蔡公遂委笃，又加瘫下，日数十行，深可忧虑。得仁祖廿六日问，疾更委笃，深可忧……”“蔡公者”，指蔡谟。本年，卒。“仁祖”，谢尚字。本年“将镇洛阳，以疾病不行”。《九日帖》当作于本年。《全晋文》卷二十六辑《伏想清和帖》

云:“伏想清和,士人皆佳适。桓公十月末书为慰,云所在荒甚可忧。殷生数问北事,势复云何。想安西以至,能数面不?或云顿历阳,尔耶。”“桓公”指桓温,“所在荒甚”当指伊水一带。“殷生”,指殷浩。“安西”,当指谢尚。《晋书》卷七十九《谢尚传》:“大司马桓温欲有事中原,使尚率众向寿春,进号安西将军……升平初……卒于历阳。”据卷八《穆帝纪》,谢尚卒于升平元年五月。此帖当作于本年十月末至明年五月间。严可均《全梁文》卷四十六辑陶弘景《与梁武帝启》:“逸少自吴兴以前,诸书犹未为称。凡厥好迹,皆是向会稽时、永和十许年中者。从失郡告灵不仕以后,略不复自书。”《晋书》卷八十《王羲之传》:“羲之书初不胜庾翼、郗愔,及其暮年方妙。”

4. 谢尚作《大道曲》。桓温上疏请都督司州诸军事。

《大道曲》见《乐府诗集》卷七十五。诗曰:“青阳二三月,柳青桃复红。车马不相识,音落黄埃中。”并引《乐府解题》曰:“谢尚为镇西将军,尝着紫罗襦,据胡床,在市中佛国门楼上弹琵琶,作《大道曲》。市人不知是三公也。”尚上年十月为镇西将军,诗中有“青阳二三月”句,知诗当作于本年春。《世说新语·容止第十四》:“或以方谢仁祖不乃重者。桓大司马(桓温)曰:‘诸君莫轻道,仁祖企脚北窗下弹琵琶,故自有天际真人想。’”刘孝标注引《晋阳秋》:“(谢)尚善音乐。”又注引《裴子》:“丞相尝曰:‘坚石挈脚枕琵琶,有天际想。’”“坚石,尚小名。”上述事,时间未详,姑附于此,备考。《晋书》卷七十九《谢尚传》:“桓温北平洛阳,上疏请尚为都督司州诸军事。将镇洛阳,以疾病不行。”

5. 王彪之上言疾疫之年,朝臣可入宫。作《上言开陵皇太后服》。

《晋书》卷七十六《王彪之传》:“永和末,多疾疫。旧制,朝臣家有时疾，染易三人以上者，身虽无病，百日不得入宫。至是，百官多列家疾，不入。彪之又言……朝廷从之。"《上言开陵皇太后服》见《通典》卷一百二："永和十二年，修复峻平四陵。大使开陵表，至尊及百官皆服缌。尚书符问：皇太后应何服。博士曹耽、胡讷议……领国子博士荀讷议……太常王彪之上言……尚书范汪亦同彪之，云……遂上皇太后缌服。"《晋书》卷八《穆帝纪》：本年"十二月庚戌，以有事于王陵，告于太庙，帝及群臣皆服缌，于太极殿临三日。"

6. 范汪议开陵皇太后服。

见本年第 5 条。

7. 王胡之为西中郎将、司州刺史，未行而卒。

《晋书》卷七十六《王廙传》："石季龙死，朝廷欲绥辑河洛，以胡之为西中郎将、司州刺史、假节，以疾固辞，未行而卒。"据卷八《穆帝纪》，永和五年四月石季龙死，而朝廷以胡之为西中郎将、司州刺史在其后。《通鉴》卷一百：永和十二年，"司州都督谢尚以疾不行，以丹阳尹王胡之代之。"原校："十二行本'之'下有'未行而卒'四字。"《世说新语·品藻第九》刘孝标注引《王胡之别传》："胡之好谈谐，善属文辞，为当世所重。"

《隋书》卷三十五《经籍志四》："晋西中郎将《王胡之集》十卷，梁五卷，录一卷。"《晋诗》卷十二辑王胡之诗二首：《赠庾翼诗》八章、《答谢安诗》八章。《全晋文》卷二十辑王胡之文四篇，除已见上文者外，还有：《释奠表》、《与庾安西笺》、《遗从弟洽书》。

《晋书》卷七十六《王廙传》：胡之"子茂之亦有美誉，官至晋陵太守。子敬弘，义熙末为尚书。"此外，还有子和之。《世说新语·轻诋第二十六》刘孝标注引《永嘉记》:"王和之字兴道……父胡之……和之历永嘉太守、正员常侍。"

8. 郗昙任丹阳尹。

《世说新语·贤媛第十九》刘孝标注引《郗昙别传》:"累迁丹阳尹。"《郗昙别传》叙昙任丹阳尹于迁北中郎将前。后年昙迁北中郎将。昙任丹阳尹疑在本年王胡之由丹阳尹出任司州刺史后。

9. 司马丕加中军将军。

《晋书》卷八《哀帝纪》:本年"加中军将军。"

10. 蔡谟作《谢拜光禄大夫疏》。卒。

《晋书》卷七十七《蔡谟传》:"谟既被废,杜门不出,终日讲诵,教授子弟。数年,皇太后诏曰:'……以谟为光禄大夫、开府仪同三司。'于是遣谒者仆射孟洪就加册命。谟上疏陈谢曰……遂以疾笃,不复朝见。诏赐几杖,门施行马。十二年,卒,时年七十六。赗赠之礼,一依太尉陆玩故事。诏赠侍中、司空,谥曰文穆。谟博学,于礼仪宗庙制度多所议定。文笔论议,有集行于世。总应劭以来注班固《汉书》者,为之集解……谟性方雅。丞相王导作女伎,施设床席。谟先在坐,不悦而去,导亦不止之。性尤笃慎,每事必为过防。"

《隋书》卷三十二《经籍志一》:"《丧服谱》一卷,晋开府仪同三司蔡谟撰……《礼记音》……梁有蔡谟、东晋安北咨议参军曹耽、国子助教尹毅、李轨、员外郎范宣音各二卷……亡。"丁国钧《补晋书艺文志》卷一:"《论语注》,蔡谟。谨按,江熙《集解》引,见皇侃《论语义疏序》。"《旧唐书》卷七十六《经籍志上》:"《晋七庙议》三卷,蔡谟撰。"《新唐书》卷五十八《艺文志二》同。《隋书》卷三十五《经籍志四》:"晋司徒《蔡谟集》十七卷,梁四十三卷。"《旧唐书》卷四十七《经籍志下》、《新唐书》卷六十《艺文志四》均作十卷。《隋书·经籍志四》:"《蔡司徒书》三卷,蔡谟撰……亡。"《全晋文》卷一百十四辑蔡谟文三十二篇,除已见上文者外,还有:《上表引疾》、《祈谷歌云汉之诗议》、《父母乖离议》、《父母乖离不知存亡议》、《皇后每年拜陵议》、《剑履议》、《答兰台议》、《褚太后敬父议》、《生不及祖父母诸父昆弟不税服议》、《易子檄》、《与骠骑何充书》、《与弟书》、《书》、《答刘氏问》、《答范朗难》、《答王濛问》、《答族父是姨弟为服问》、《答或问》、《已拜时成妇论》、《防墓论》。

《晋书·蔡谟传》:"长子邵,永嘉太守。少子系,有才学文义,位至抚军长史。"

11. 道安还冀部,住受都寺。

《高僧传》卷五《释道安传》:"至年四十五,复还冀部,住受都寺,徒众数百,常宣法化。"

12. 李充为大著作郎,整理典籍。

《晋书》卷九十二《李充传》:"服阕,为大著作郎。于时典籍混乱,充删除烦重,以类相从,分作四部,甚有条贯,秘阁以为永制。"充为大著作郎之时间,史籍未记。充永和九年遭母忧,守孝当不会短于三年。姑系于此。

13. 孙绰转永嘉太守。

《晋书》卷五十六《孙绰传》:"转永嘉太守。"时间未详,疑在王羲之辞官之后。《御览》卷五八九引《语林》:"孙兴公作永嘉郡,郡人甚轻之。桓公后遣传教,令作敬夫人碑。郡人云:'故当有才,不尔,桓公那得令作碑!'于此重之。"

14. 袁宏为谢奉司马。

《世说新语·言语第二》:"袁彦伯为谢安南司马,都下诸人送至濑乡。将别，既自凄惘，叹曰：‘江山辽落，居然有万里之势。’”谢安南指谢奉，曾任安南将军。《世说新语·雅量第六》刘孝标注引《晋百官名》：“谢奉字弘道，会稽山阴人。”又引《谢氏谱》：“奉历安南将军、广州刺史、吏部尚书。”《晋书》卷二十《礼志中》：“穆帝崩，哀帝立……尚书谢奉等六人云……”哀帝于升平五年五月即位，是升平五年奉已任尚书。其任尚书前，曾任广州刺史，再前任安南将军。其任安南将军可能在永和后期或升平初。宏为司马亦可能在此期间，姑系于此。

15. 范宣作《答或问》。

《通典》卷一百二：“或问曰：‘曾祖墓，从祖墓毁发，哭制云何？’范宣曰……”写作时间未详，《通典》叙于本年后，姑系于此。宣以后事迹不详。《晋书》卷九十一《范宣传》：“年五十四卒。著《礼》、《易论难》皆行于世。”

《隋书》卷三十二《经籍志一》：“梁有《拟周易说》八卷，范氏撰。”《全晋文》卷一百三十谓此范氏即范宣。又《隋书·经籍志一》谓员外郎范宣著有《礼记音》二卷，亡。《全晋文》卷一百三十辑范宣文七篇，除已见上文者外，还有：《答万蒋问次孙传重》、《答雷孝清问》、《难段畼谅闇议》、《礼二墓论》。

《晋书·范宣传》：“子辑，历郡守、国子博士、大将军从事中郎。自免归，亦以讲授为事。义熙中，连征不至。”

357　丁巳

晋升平元年　　前燕光寿元年
代建国二十年　　前秦苻坚永兴元年
前凉太始三年

葛洪七十五岁。范汪五十七岁。王述五十五岁。王羲之五十五岁。王彪之五十三岁。谢尚五十岁。桓温四十六岁。道安四十六岁。郗愔四十五岁。孙绰四十四岁。支遁四十四岁。司马晞四十二岁。慕容儁三十九岁。司马昱三十八岁。谢安三十八岁。谢万三十八岁。郗昙三十八岁。王洽三十五岁。袁宏三十岁。庾龢二十九岁。王坦之二十八岁。王蕴二十八岁。杨羲二十八岁。慧远二十四岁。王修二十四岁。郗超二十二岁。苻坚二十岁。吕光二十岁。范宁十九岁。司马丕十七岁。王献之十四岁。徐邈十四岁。鸠摩罗什十四岁。王珣八岁。张野八岁。李暠七岁。王珉七岁。徐广六岁。范泰三岁。

1. 前燕慕容儁复立次子暐为皇太子,改元光寿。自蓟城迁于邺。

《晋书》卷一百一十《慕容儁载记》:"儁太子晔死,伪谥献怀。升平元年,复立次子暐为皇太子,赦其境内,改元曰光寿……初,廆有骏马曰赭白,有奇相逸力。石季龙之伐棘城也,皝将出避难,欲乘之,马悲鸣踶啮,人莫能近。皝曰:'此马见异先朝,孤常仗之济难,今不欲者,盖先君之意乎!'乃止。季龙寻退,皝益奇之。至是,四十九岁矣,而骏逸不亏,儁比之于鲍氏聪,命铸铜以图其象,亲为铭赞,镌勒其旁,置之蓟城东掖门。是岁,象成而马死……儁自蓟城迁于邺,赦其境内,缮修宫殿,复铜雀台……使昌黎、辽东二郡营起廆庙,范阳、燕郡构皝庙,以其护军平熙领将作大匠,监造二庙焉。"《通鉴》卷一百:本年二月癸丑,慕容儁立時为太子。《晋书》卷十三《天文志下》:本年"十二月,慕容儁入屯邺。"

2. 谢尚进都督豫、冀、幽、并四州。卒。

《晋书》卷七十九《谢尚传》:"升平初,又进都督豫、冀、幽、并四州。病笃,征拜卫将军,加散骑常侍,未至,卒于历阳,时年五十。诏赠散骑常侍、卫将军、开府仪同三司,谥曰简。"据卷八《穆帝纪》,尚卒于本年五月庚午。

《隋书》卷三十五《经籍志四》:"梁有……卫将军《谢尚集》十卷录一卷……亡。"《旧唐书》卷四十七《经籍志下》、《新唐书》卷六十《艺文志四》均作五卷。《晋诗》卷十二辑谢尚诗三首,除上文已引者外,另有:《赠王彪之诗》、《筝歌》。关于《筝歌》,《御览》卷五七六引《俗说》曰:"谢仁祖为豫州主簿,在桓温阁下。闻其善弹筝,便呼之。既至,取筝与令弹。谢即理弦抚筝,因歌曰'秋风意殊道'("道"当作"迫"),桓大以此知之,取谢引诣府。"特录以备考。《全晋文》卷八十三辑谢尚文四篇,除已见上文者外,另有佚文三篇:《谈赋》、《与张凉州书》、《与杨征南书》。《书断中》:"(谢)尚……工书。"窦臮《述书赋上》:"谢氏三昆,尚草特峻。犹注飞涧之瀑溜,投全牛之虚刃。"《宣和书谱》卷十五:"谢尚……善音律,博综众艺。作草书,深得昔人行笔之意……今御府所藏草书一:《余寒帖》。"

《晋书·谢尚传》:“无子,从弟奕以子康袭爵。”

3. 前秦苻坚称大秦王。有《苻坚初童谣》、《苻坚时新城谣》、《苻坚时鱼羊谣》。

《晋书》卷一百十三《苻坚载记上》:“及苻生嗣伪位,赞、翼说坚曰:‘今主上昏虐,天下离心。有德者昌,无德受殃,天之道也。神器业重,不可令他人取之,愿君王行汤武之事,以顺天人之心。’坚深然之,纳为谋主。生既残虐无度,梁平老等亟以为言,坚遂弑生,以伪位让其兄法。法自以庶孽,不敢当。坚及母苟氏并虑众心未服,难居大位,群僚固请,乃从之。以升平元年僭称大秦天王,诛生佞倖臣董龙、赵韶等二十余人,赦其境内,改元曰永兴。追谥父雄为文桓皇帝,尊母苟氏为皇太后,妻苟氏为皇后,子宏为皇太子。兄法为使持节、侍中、都督中外诸军事、丞相、录尚书,从祖侯为太尉,从兄柳为车骑大将军、尚书令,封弟融为阳平公,双河南公,子丕长乐公,晖平原公,熙广平公,睿钜鹿公……初,坚母以法长而贤,又得众心,惧终为变,至此,遣杀之。坚性仁友,与法诀于东堂,恸哭呕血,赠以本官……于是修废职,继绝世,礼神祇,课农桑,立学校,鳏寡孤独高年不自存者,赐谷帛有差,其殊才异行、孝友忠义、德业可称者,令在所以闻。”卷八《穆帝纪》本年五月,“苻生将苻眉、苻坚击姚襄,战于三原,斩之。六月,苻坚杀苻生而自立”。《晋书》卷二十八《五行志中》:“苻坚初,童谣云……及坚在位凡三十年,败于淝水,是其应也。又谣语云……及坚为姚苌所杀,死于新城。复谣歌云……识者以为‘鱼羊,鲜也;田升,卑也,坚自号秦,言灭之者鲜卑也。’其群臣谏坚,令尽诛鲜卑,坚不从。及淮南败还,初为慕容冲所攻,又为姚苌所杀,身死国灭。”上引三谣,时间不详。按卷八《穆帝纪》、卷九《孝武帝纪》,苻坚于本年六月,“杀苻生而自立”,太元十年八月被姚苌所杀,前后近三十年。今据《五行志中》所云“苻坚初”,姑系于此。

4. 前秦苻融拜侍中,寻除中军将军。被封为南平公。

《晋书》卷一百十四《苻坚载记下》附《苻融载记》:“坚僭号,拜侍中,寻除中军将军。融聪辩明慧,下笔成章,至于谈玄论道,虽道安无以出之。耳闻则诵,过目不忘,时人拟之王粲。尝著《浮图赋》,壮丽清赡,世咸珍之。未有升高不赋,临丧不诔,朱彤、赵整等推其妙速。旅力雄勇,骑射击刺,百夫之敌也。铨综内外,刑政修理,进才理滞,王景略之流也。尤善断狱,奸无所容,故为坚所委任。后为司隶校尉。”封南平公见本年第3条。为司隶校尉,时间未详,姑系于此。

5. 谢奕为豫州刺史。

《晋书》卷七十九《谢奕传》:“从兄尚有德政,既卒,为西藩所思,朝议以奕立行有素,必能嗣尚事,乃迁都督豫司冀并四州军事、安西将军、豫州刺史、假节。”卷八《穆帝纪》系奕任豫州刺史于本年六月。

6. 王羲之书《旦夕帖》、《君顷帖》、《义兴帖》、《太常帖》。

《全晋文》卷二十二辑《旦夕帖》,其中有“谢无奕外任,数书问无他。仁祖日往,言寻悲酸”等句。“谢无奕外任”当指谢奕任豫州刺史事。“仁祖日往”二句,盖指谢尚卒一事。详见本年第5条、第2条。《全晋文》卷二十三辑《君顷帖》,其中有“仁祖家欲至芜湖,单弱伶俜何所成?君书得载停郡迎丧甚事宜。但异域之乖,素已不可言。何时可得发”等句,当书于谢尚卒后。详见本年第2条。《全晋文》卷二十三辑《义兴帖》云:“慕容遂来据邺,可深忧。”“遂来据邺”当指慕容儁本年自蓟城迁于邺事。详见本年第1条。《全晋文》卷二十五辑《太常帖》云:"太常故患胛,灸愈,体中可可耳。仆射事已行。以表让,未知恕不?""太常"云云,当指王彪之。详见本年第7条。

7. 王彪之作《册立皇后何氏文》、《正纳皇后礼》、《上书论皇后拜讫上礼》、《奏议陈留王废疾求立后》、《婚不举乐议》。为尚书左仆射。

《晋书》卷二十一《礼志下》:"穆帝升平元年,将纳皇后何氏。太常王彪之大引经传及诸故事以定其礼,深非《公羊》婚礼不称主人之义。又曰……于是从之。"《策立皇后何氏文》见《通典》卷五十八。文曰:"维升平元年八月,皇帝使使持节、兼太保、侍中、太宰武陵王晞,册命故散骑侍郎女何氏为皇后……"《上书论皇后拜讫上礼》见《通典》卷五十九:"升平元年,台符问:'皇后拜讫,何官应上礼?上礼悉何用?'太常王彪之上书以为……"《奏议陈留王废疾求立后》见《通典》卷七十四:"升平元年,陈留王励表称……太常王彪之奏……"《婚不举乐议》见《通典》卷五十九:"升平元年,台符问……太常王彪之上书以为……"《晋书》卷八《穆帝纪》:本年"八月丁未,立皇后何氏……冬十月,皇后见于太庙……十二月,以太常王彪之为尚书左仆射。"

8. 庾龢任丹杨尹。

《晋书》卷七十三《庾龢传》:"升平中,代孔严为丹杨尹,表除重役六十余事。"《东晋将相大臣年表》系龢任丹杨尹于本年。

9. 王修卒。

《晋书》卷九十三《王修传》:"转中军司马,未拜而卒,年二十四。临终,叹曰:'无愧古人,年与之齐矣。'"《法书要录》辑张怀瓘《书断下》:“王修以升平元年卒,年二十四。”《世说新语·赏誉第八》:“谢镇西道敬仁‘文学镞镞,无能不新。’”《隋书》卷三十五《经籍志四》:“梁有骠骑司马《王修集》二卷,录一卷……亡。”《全晋文》卷二十九辑王修《贤人论》一篇,见上文。

羊欣《采古人能书人名》:“太原王濛……子修……善隶、行,与羲之善,故殆穷其妙。早亡,未尽其美。子敬每省修书云:‘咄咄逼人。’”张怀瓘《书断下》:“王修……尝求右军书,乃写《东方朔画赞》与之。”《书小史》卷五:“始王导爱钟氏书,丧乱狼狈,犹衣带盛《尚书宣示帖》过江,后以与右军。右军借敬仁。及敬仁亡,其母见此书平生所好,母遂与入棺。”

10. 王洽持节奉册立穆章何皇后。时任中领军。

《晋书》卷六十五《王洽传》:洽任“中军长史、司徒左长史、建武将军、吴郡内史。征拜领军,寻加中书令,固让,表疏十上。穆帝诏曰……苦让,遂不受。”卷三十二《穆帝何皇后传》:“升平元年八月,下玺书曰……又使……中领军洽,持节奉册立为皇后。”洽任中军长史、司徒左长史、建武将军、吴郡内吏、拜领军、加中书令,疑在本年。

11. 慧远便就讲说。

《高僧传》卷六《释慧远传》:“年二十四,便就讲说。尝有客听讲,难实相义,往复移时,弥增疑昧。远乃引《庄子》义为连类,于是惑者晓然。是后,安公特听慧远不废俗书。安有弟子法遇、昙徽,皆风才照灼,志业清敏,并推伏焉。”

12. 有《阿子歌》、《欢闻歌》。

《宋书》卷十九《乐志一》:“《阿子》及《欢闻歌》者,晋穆帝升平初,哥毕辄呼‘阿子,汝闻不?’……后人演其声,以为二曲。”

《通典》卷一百四十五："《阿子歌》、《欢闻歌》者，晋穆帝升平初，童子辈或歌于道，歌毕辄呼'阿子，汝闻否'，又呼'欢闻否'，以为送声。后人演其声，以为此二曲。宋、齐时用'莎乙子'之语，稍讹异也。"《宋书》卷三十一《五行志二》："晋穆帝升平中，童子辈忽歌于道曰'阿子闻'，曲终辄云'阿子汝闻不'。无几而穆帝崩，太后哭曰'阿子汝闻不?'"《乐府诗集》卷四十五引《乐苑》："嘉兴人养鸭儿，鸭儿既死，因有此歌。未知孰是。"并载《阿子歌》三首。又同卷引《古今乐录》："《欢闻歌》者，晋穆帝升平初歌，毕辄呼'欢闻不?'以为送声，后因此为曲名。今世用'莎持乙子'代之，语稍讹异也。"并载《欢闻歌》一首。

13. 有刘剋墓志。

《考古》1964 年第 5 期载镇江市博物馆撰《镇江市东晋刘剋墓的清理》："1962 年 12 月镇江市砖瓦厂发现一座墓葬……1963 年 2 月我馆文物考古组前往发掘。墓葬位于市东 4.5 公里，镇(江)常(州)公路南侧，贾家湾村西南土山南阜。"墓中有"砖刻墓志 2 方。出土时横置于祭台前侧。阴文，表面涂有黑漆。砖文内向相对。东首砖长 27、宽 15.5、厚 3.5 厘米。正面刻'东海郡郯县都乡容丘里刘剋年廿九字彦成'18 字。西首砖志长 28、宽 15.5、厚 4.5 厘米。正面刻'晋故升平元年十二月七日亡'12 字。每砖反面所刻文字都与另一砖正面所刻相同;东首砖反面不同于西首砖正面的是，两行字分为三行排列。"附有墓砖铭文拓片。

14. 有霍君墓壁墨书铭记。

《兰亭论辨》下编第二十七页图六三印有永和十三年霍君墓壁墨书铭记(摹本)。按《晋书》卷八《穆帝纪》，东晋永和凡十二年，升平元年正月壬戌朔，改元为升平，霍君墓壁墨书铭记曰“永和十三年”，即升平元年。

15. 谢安畜妓游肆。

《世说新语·识鉴第七》：“谢公在东山畜妓，简文曰：‘安石必出。既与人同乐，亦不得不与人同忧。’”刘孝标注引宋明帝《文章志》：“安纵心事外，疏略常节，每畜女妓，携持游肆也。”时间未详，姑系于此。

16. 谢万任吴兴太守。

《御览》卷七百一引《俗说》曰：“谢万作吴兴郡，其兄安时随至郡中，万眠常晏起，安清朝便往床前，叩屏风呼万起。”《晋书》卷七十九《谢万传》未载万任吴兴太守事。据卷八《穆帝纪》，明年八月万以吴兴太守迁豫州刺史。疑万本年当已任吴兴太守。

17. 徐邈博涉多闻。

《晋书》卷九十一《徐邈传》：“邈姿性端雅，勤行励学，博涉多闻，以慎密自居。少与乡人臧寿齐名，下帷读书，不游城邑。”以上所述非某年事。今据“少与乡人”云云，姑系于本年。

18. 戴逵与谢安论琴书。沈道虔受琴于戴逵。

《世说新语·雅量第六》：“戴公从东出，谢太傅往看之。谢本轻戴，见但与论琴书。戴既无吝色，而谈琴书愈妙。谢悠然知其量。”以上所叙事，未知时间，当在谢安出仕前。姑系于此。《宋书》卷九十三《沈道虔传》：“沈道虔，吴兴武康人也。少仁爱，好《老》、《易》，居县北石山下……受琴于戴逵。”未知时间，今姑系于此。又姚思廉《梁书》卷二十一《柳恽传》：“宋世有嵇元荣、羊盖，并善弹琴，云传戴安道之法。”

19. 鸠摩罗什随母到温宿国。

《高僧传》卷二《鸠摩罗什传》：“顷之，随母进到温宿国……声满葱左，誉宣河外。”什至温宿国，约在本年。

20. 支遁与谢玄剧谈。

《世说新语·文学第四》：“谢车骑（谢奕）在安西艰中，林道人往就语，将夕乃退。有人道上见者，问云：‘公何处来？’答云：‘今日与谢孝（谢玄）剧谈一出来。’”上述事时间不详。据《晋书》卷八《穆帝纪》，明年，安西将军谢奕卒，姑系于此。

21. 辽阳上王家村有壁画墓。

《文物》1959 年第 7 期载李庆发撰《辽阳上王家村晋代壁画墓清理简报》：“1957 年 9 月间，辽阳上王家村发现壁画墓一座，墓在辽阳市北郊约十里，南距棒台子约一里，东南隔长大铁路距三道壕约八里。1958 年 5 月，辽宁省博物馆进行了清理……在棺室前柱石及左右两小室的壁上，有朱、墨、黄、白等色绘的壁画，颜色以朱为主，轮廓用墨钩勒，构图简单，线条粗豪，不同于汉魏风格。在右小室正壁上绘主人宴饮图，堂上朱幕高悬，下垂朱帷四结，男主人端坐在方榻上，头戴冠蓄须，红唇，右手持麈尾，着服模糊不清，面前置红方案，背后有朱色屏障。榻右侍立一人，黑帻长袍束腰，捧笏面向主人，头部墨题‘书佐’字样，标明侍者的身份。屏后侍立三人，均黑帻长袍束腰，捧笏面向主人。榻左一侍人似向主人进食，人已模糊不清，仅见手里举的儿环等物，左小室正壁上绘车骑出行图，前导骑八人分列路两侧，骑吏均黑帻长袍，拱手捧笏，鞍勒俱全。后有黄牛黑轮车一辆，车厢内坐一人，黑冠，作拱手状，当为主人。御者黑帻短袍，持缰绳步行。小室右壁上呈现朱黑粗线，可能是房宅，已难辨认。棺室壁上有朱笔钩勒的框线，可能原绘有壁画，由于渗水冲刷，颜色多已褪落。棺前柱石上则绘有流云图纹……辽阳壁画墓，从东汉至魏晋时期的,以前共发现过十余座,其中魏晋时期的壁画墓,右小室多长于左小室,画面色彩简单,墨线粗豪,死者头下常用石灰枕,殉葬品很少。此墓除具有这些特点外,还有抹角叠压的平顶方形天井,同时壁画的内容及画法都与朝鲜安岳东晋冬寿壁画墓壁画相同,而从画上题字、陶盘上'徐'字已近于楷书、出土物如青瓷虎子等来看,都可以说明墓的年代不能早于西晋,也不能晚于东晋。"并附有右小室壁画、墓主人宴饮图、左小室车骑出行图。《考古》1959年第1期载洪晴玉撰《关于冬寿墓的发现和研究》云:"在朝鲜黄海北道安岳发现了有壁画的冬寿墓,墓前室进西侧室的左边壁上,有如下墨书铭记:囦和十三年十月戊子朔廿六日。"上王家村壁画墓壁画的题材风格与冬寿墓壁画相似,壁画年代亦当接近,姑系于此。按《晋书》卷八《穆帝纪》,东晋永和凡十二年,升平元年正月壬戌朔,改元为升平。冬寿墓墨书铭记所谓永和十三年,当为升平元年。

358　戊午

晋升平二年　　　　前燕光寿二年
代建国二十一年　　前秦永兴二年
前凉太始四年

葛洪七十六岁。范汪五十八岁。王述五十六岁。王羲之五十六岁。王彪之五十四岁。桓温四十七岁。道安四十七岁。郗愔四十六岁。孙绰四十五岁。支遁四十五岁。司马晞四十三岁。慕容儁四十岁。司马昱三十九岁。谢安三十九岁。谢万三十九岁。郗昙三十九岁。王洽三十六岁。袁宏三十一岁。庾龢三十岁。王坦之二十九岁。王蕴二十九岁。杨羲二十九岁。慧远二十五岁。郗超二十三岁。苻坚二十一岁。吕光二十一岁。范宁二十岁。司马丕十八岁。王献之十五岁。徐邈十五岁。鸠摩罗什十五岁。王珣九岁。张野九岁。李暠八岁。王珉八岁。徐广七岁。范泰四岁。

1. 司马昱稽首归政，帝不许。

《晋书》卷九《简文帝纪》："穆帝始冠，帝稽首归政，不许。"卷八《穆帝纪》系上述事于本年正月。

2. 前秦苻坚自将击败张平。至韩原，赋诗而归。

《十六国春秋》卷三十六《前秦录四·苻坚录上》："永兴二年，

春二月，坚自将讨张平……三月，坚至铜壁……平众大溃，惧而请降……夏四月，坚如雍祠五畤。六月，如河东，祠后土。秋八月，自临晋登龙门，顾谓群臣曰：'美哉！山河之固。娄敬有言，关中四塞之国，真不虚也。'……至韩原，观晋魏颗鬼结草抗秦军之处，赋诗而归。九月庚辰，坚还长安……是秋，大旱。坚减膳彻乐，金玉绮绣，皆散之戎士。命后妃以下，悉去罗纨，衣不曳地。开山泽之利，公私共之，息兵养民。"

3. 前秦吕光从苻坚征张平。

《晋书》卷一百二十二《吕光载记》："迁鹰扬将军。从坚征张平，战于铜壁，刺平养子蚝，中之，自是威名大著。"

4. 前燕慕容儁尽陷河北之地。

《晋书》卷一百十《慕容儁载记》："常山大树自拔，根下得璧七十、珪七十三，光色精奇，有异常玉。儁以为岳神之命，遣其尚书郎段勤以太牢祀之。"卷八《穆帝纪》：本年"三月，慕容儁陷冀州诸郡……六月，并州刺史张平为苻坚所逼，帅众三千奔于平阳，坚追败之。慕容恪进据上党，冠军将军冯鸯以众叛归慕容儁，儁尽陷河北之地……十二月，北中郎将荀羡及慕容儁战于山茌，王师败绩。"

5. 有《王闽之墓志》。

《文物》1972年第11期载南京市博物馆撰《南京象山5号、6号、7号墓清理简报》：1965年12月21至24日，我馆清理了在南京新民门外的象山发掘的王闽之墓，其中有王闽之的墓志。墓志"砖质，为印有粗绳纹的特制青灰砖，长方形，长4.23、宽19.8、厚6.5厘米。两面均刻志文，并以细线分格，是在刻字前先把砖面磨平，然后划格，再写字刻字的。全志共84个字，字体为隶书。正面每行刻12个字，共60个字，全文为:‘晋故男子琅邪临沂都乡南仁里王闽之字洽民故尚书左仆射特进卫将军彬之孙赣令兴之之元子年廿八升平二年三月九日卒葬于旧墓在赣令墓’。反面仅在中间三行刻字,志文是紧接正面的,共24个字,全文为:‘之后故刻砖于墓为识妻吴兴施氏字女式弟嗣之咸之预之’”。并附有王闽之墓志正面拓片、王闽之墓志背面拓片。

6. 谢奕卒。

《晋书》卷七十九《谢奕传》:“卒官,赠镇西将军。”据卷八《穆帝纪》,奕卒于本年八月。

《宣和书谱》卷七谓奕“喜作字,尤长于行书,飘逸之气,入人眉睫,故窦臮以赋美之曰:‘达士逸迹,乃推无奕。毫翰云为,任兴所适。’又见无奕之书,不拘于俗学之妙,而风气自高,当时以为达士也……今御府所藏行书一:《秋月帖》。”

《晋书·谢奕传》:“三子:泉(校勘记:“《世说·贤媛》注‘泉’作‘渊’。盖本名渊,唐人避讳改泉。”)、靖、玄。泉早有名誉,历义兴太守。靖官至太常。”又据同卷《谢尚传》,奕尚有子康。康为靖兄。又据卷九十六《王凝之妻谢氏传》,奕有女谢道韫。见本书有关谢道韫条。

7. 谢安送兄谢奕葬。

《世说新语·尤悔第三十三》:“谢太傅于东船行,小人引船,或迟或速,或停或待,又放船从横,撞人触岸。公初不呵谴。人谓公常无嗔喜。曾送兄征西葬还(原注:“征西,谢奕。”),日莫雨驶,小人皆醉,不可处分。公乃于车中,手取车柱撞驭人,声色甚厉。夫以水性沈柔,入隘奔激。方之人情,固知迫隘之地,无得保其夷粹。”

8. 谢万任豫州刺史。

《晋书》卷八《穆帝纪》：本年八月，“壬申，以吴兴太守谢万为西中郎将、持节、监司豫冀并四州诸军事、豫州刺史。”卷七十九《谢万传》：“万再迁豫州刺史、领淮南太守……”

9. 王羲之作《与桓温笺》、《又遗谢万书》。书《群从帖》、《适重熙书帖》。

《晋书》卷七十九《谢万传》：“（谢）万再迁豫州刺史、领淮南太守、监司豫冀并四州军事、假节。王羲之与桓温笺曰……温不从。”卷八十《王羲之传》：“（谢）万后为豫州都督，又遗万书诫之曰……。”谢万于本年任豫州刺史。《全晋文》卷二十四辑《群从帖》云：“群从凋落将尽……且和方左右时务，公私所赖，一旦长逝，相为痛惜。”“和”当指敬和。王洽字敬和，卒于本年。《全晋文》卷二十五辑《适重熙书帖》云：“适重熙书如此……张平不立势向河南者，不知诸侯何以当之……”“张平不立势向河南者”当指本年六月张平奔于平阳事。上述二帖当书于本年。

10. 郗昙任荀羡军司、北中郎将、徐兖二州刺史。

《晋书》卷六十七《郗昙传》：“时北中郎将荀羡有疾，朝廷以昙为羡军司，加散骑常侍。顷之，羡征还，仍除北中郎将、都督徐兖青幽扬州之晋陵诸军事、领徐兖二州刺史、假节，镇下邳。”《通鉴》卷一百：本年八月，昙为荀羡军司，十二月任北中郎将、徐兖二州刺史。

11. 王洽卒。

《晋书》卷六十五《王洽传》：“升平二年卒于官，年三十六。”卷七十五《荀羡传》：羡于“升平二年卒（校勘记：‘二’当为‘三’）……帝闻之，叹曰：‘荀令则、王敬和相继凋落，股肱腹心将复谁寄乎！’”

《隋书》卷三十五《经籍志四》:“晋中书令《王洽集》五卷,录一卷。”《旧唐书》卷四十七《经籍志下》、《新唐书》卷六十《艺文志四》均作三卷。《全晋文》卷十九辑王洽文七篇:《临吴郡上表》、《辞中书令表》、书四(礼按:原为书三。其第一、二书,严氏合二为一。据《淳化阁帖》卷二,严氏所辑第一书,其“洽白”至“王洽再拜”为一书,自“洽顿首言”以下为另一书)、《与林法师书》。

羊欣《采古来能书人名》:“王洽……众书通善,尤能隶、行。从兄羲之云:‘弟书遂不减吾。’(原注:‘恬弟也。”)”王僧虔《论书》:“亡曾祖领军洽与右军俱变古形,不尔,至今犹法钟、张。”庾肩吾《书品》:“王洽以并通诸法。”李嗣真《书品后》:“逸少谓领军‘弟书不减吾’,吾观可者有数十纸,信佳作矣,体裁用笔全似逸少,虚薄不伦。”《书断中》:“王洽……导第四子(礼按:应从《晋书》作‘第三子’),理识明敏……书兼诸法,于草尤工……敬和隶、行、草入妙。”《淳化阁帖》卷二辑有洽四帖:《辱告帖》、《仁爱帖》、《视抚兄子帖》、《得告帖》。《宣和书谱》卷十四:今御府所藏王洽帖四:“草书《叙还帖》,行书《仁爱帖》、《兄子帖》、《承问帖》。”

《书断中》:“(王洽)妻荀氏亦善书。”

《晋书·王洽传》:“二子:珣、珉。”珣、珉见本书有关王珣条、王珉条。

12. 有《吴中为庾羲王洽谣》。

《宋书》卷三十一《五行志二》:“庾羲在吴郡(校勘记:“‘庾羲’各本并作‘庾义’。”)谣曰……无几而庾羲、王洽相继亡。”童谣当作于庾羲、王洽相继亡前。庾羲卒年未详。洽卒于本年(详见本年第11条)。童谣当作于本年或本年前。

13. 温放之任交州刺史。

放之生卒年未详。《晋书》卷六十七《温峤传》："放之嗣爵，少历清官，累至给事黄门侍郎。以贫，求为交州，朝廷许之。王述与会稽王笺曰：'放之温峤之子，宜见优异，而投之岭外，窃用愕然。愿远存周礼，近参人情，则望实惟允。'时竟不纳。放之既至南海，甚有威惠。"万斯同《东晋方镇年表》系放之任交州刺史于本年。

14. 王述作《与会稽王笺》。

见本年第13条。

15. 王彪之为会稽内史。

《晋书》卷七十六《王彪之传》："后以彪之为镇军将军、会稽内史，加散骑常侍。居郡八年。"彪之任会稽内史，时间不详，彪之"居郡八年"，后任尚书仆射。其任尚书仆射在兴宁三年（详后）。由兴宁三年上溯至本年，凡八年。姑系其任会稽内史于本年。

16. 王坦之拒绝江彪拟以为尚书郎。

《晋书》卷七十五《王坦之传》："仆射江彪领选，将拟为尚书郎。坦之闻曰：'自过江来，尚书郎正用第二人，何得以此见拟！'彪遂止。"卷五十六《江彪传》："代王彪之为尚书仆射。"据《东晋将相大臣年表》，本年江彪任仆射。

17. 许迈答简文帝问。

《晋书》卷三十二《孝武文李太后传》："始简文帝为会稽王，有三子，俱夭。自道生废黜，献王早世，其后诸姬绝孕将十年。帝令卜者扈谦筮之，曰：'后房中有一女，当育二贵男，其一终盛晋室。'时徐贵人生新安公主，以德美见宠。帝常冀之有娠，而弥年无子。会有道士许迈者，朝臣时望多称其得道。

帝从容问焉,答曰:'迈是好山水人,本无道术,斯事岂所能判!但殿下德厚庆深,宜隆奕世之绪,当从扈谦之言,以存广接之道。'帝然之,更加采纳。又数年无子,乃令善相者召诸爱妾而示之,皆云非其人,又悉以诸婢媵示焉。时后为宫人…… 既至,相者惊云:'此其人也。'帝以大计,召之侍寝……遂生孝武帝。"据卷九《孝武帝纪》,孝武帝隆和元年(公元 362 年)生。简文帝因无子问许迈在孝武帝生前数年。姑系于此。卷八十《许迈传》:"玄自后莫测所终,好道者皆谓之羽化矣。"《全晋文》卷一百六十七辑许迈文一篇,已见上文。另,《云笈七签》卷一百六《许迈真人传》中有《于东山与弟穆书》一篇,《全晋文》漏收。

359　己未

晋升平三年　　　　前燕光寿三年
代建国二十二年　　前秦甘露元年
前凉太始五年

葛洪七十七岁。范汪五十九岁。王述五十七岁。王羲之五十七岁。王彪之五十五岁。桓温四十八岁。道安四十八岁。郗愔四十七岁。孙绰四十六岁。支遁四十六岁。司马晞四十四岁。慕容儁四十一岁。司马昱四十岁。谢安四十岁。谢万四十岁。郗昙四十岁。袁宏三十二岁。庾龢三十一岁。王坦之三十岁。王蕴三十岁。杨羲三十岁。慧远二十六岁。郗超二十四岁。苻坚二十二岁。吕光二十二岁。范宁二十一岁。司马丕十九岁。王献之十六岁。徐邈十六岁。鸠摩罗什十六岁。王珣十岁。张野十岁。李暠九岁。王珉九岁。徐广八岁。范泰五岁。

1. 有写《譬喻经》。

《文物》1963 年第 4 期载紫溪撰《由魏晋南北朝的写经看当时的书法》：自清末光绪年间，在新疆的吐鲁番、甘肃的敦煌，都发现了不少的六朝写经，其中有“记有甘露元年款的《譬喻经》卷，只记年号，不书甲子，从纸本及书法笔势的逸气浑穆看来，当是苻秦的甘露元年。又《西陲秘籍丛残》中，载有残经，书法正同此卷，当是同时代的作品。”并附有甘露元年写《譬喻经》照片。《莫高窟年表》第43页，升平三年：“三月十七日或于酒泉写《譬喻经》一卷。《昭和法宝目录》引日本中村不折藏《敦煌遗书目录》尾云：‘甘露元年三月十七日于酒泉城内□□中写讫。’”

2. 前秦苻坚南游霸陵，命群臣赋诗。作《下书征王猛辅政》。

《十六国春秋》卷三十六《前秦录四·苻坚录上》：“甘露元年……五月，坚如河东，南游霸陵，顾谓群臣曰：‘汉祖起自布衣，廓平四海，佐命功臣，孰为首乎？’权翼进曰：‘《汉书》以萧、曹为功臣之冠。’坚曰：‘汉祖与项羽争天下，困于京索之间，身被七十创，通中六七，父母妻子，为楚所困，平城之下，七日不火食，赖陈平之谋，太上妻子克全，免匈奴之祸。二相何得独高也！虽有人狗之喻，岂黄中之言乎！’于是酣歌极欢，命群臣赋诗。六月，甘露降……，改元为甘露。秋七月，坚自河东还……八月下书曰……十二月……遣使巡察四方及戎夷种落，州郡有高年孤寡，不能自存，长吏刑罚失中、为百姓所苦，清修疾恶、劝课农桑、有便于俗，笃学至孝、义烈力田者，皆令条具以闻。”《御览》卷五八七引崔鸿《十六国春秋·前秦录》：“苻坚宴群臣于逍遥园，将军讲武，文官赋诗。有洛阳年少者，长不满四尺，而聪博善属文，因朱彤上《逍遥戏马赋》一篇。坚览而奇之曰：‘此文绮藻清丽，长卿俦也。’”上述事，时间未详，姑系于是。

3. 有《丹虎墓志》。

《兰亭论辨》辑郭沫若《由王谢墓志的出土论到兰亭序的真伪》云：“顷得南京文管会五月十九日（礼按：1965年）来信，言于兴之墓旁又发现王彬长女丹虎之墓，出土物较为丰富。有砖志一块，其文为：‘晋故散骑常侍特进卫将军尚书左仆射都亭肃侯琅邪临沂王彬之长女字丹虎，年五十八。升平三年七月廿八日卒。其年九月卅日，葬于白石，在彬之墓右。刻砖为识。’……由寄来的拓片看来，《丹虎墓志》和《兴之夫妇墓志》是一人所书。字迹完全相同。”《兰亭论辨》图版陆印有东晋王丹虎墓砖志拓片。

4. 慕容儁寇东阿。立小学，宴群臣于蒲池，酒酣赋诗。

《晋书》卷八《穆帝纪》：本年“冬十月，慕容儁寇东阿……王师败绩。”卷一百十《慕容儁载记》：“儁立小学于显贤里以教胄子。封其子泓为济北王，冲为中山王。燕群臣于蒲池，酒酣，赋诗，因谈经史，语及周太子晋，潸然流涕……儁夜梦石季龙啮其臂，寤而恶之，命发其墓，剖棺出尸，蹋而骂之曰：‘死胡安敢梦生天子！’遣其御史中尉阳约数其残酷之罪，鞭之，弃于漳水。”

5. 谢万领兵北伐，兵溃。作《与王右军书》。废为庶人。

《晋书》卷八《穆帝纪》：本年“冬十月慕容儁寇东阿，遣西中郎将谢万次下蔡……王师败绩。”卷七十九《谢万传》：“万既受任北征，矜豪傲物，尝以啸咏自高，未尝抚众。兄安深忧之，自队主将帅已下，安无不慰勉。谓万曰：‘汝为元帅，诸将宜数接对，以悦其心，岂有傲诞若斯而能济事也！’万乃召集诸将，都无所说，直以如意指四坐云：‘诸将皆劲卒。’诸将益恨之……北中郎将郗昙以疾病退还彭城，万以为贼胜致退，便引军还，众遂溃散，狼狈单归，废为庶人。”《世说新语·轻诋第二十六》：“谢万寿春败后，还，书与王右军云：‘惭负宿顾。’右军推书曰：‘此禹、汤之戒。’”《与王右军书》，《全晋文》漏收。

6. 谢安至谢万军中抚慰众士。

《世说新语·简傲第二十四》:“谢万北征,常以啸咏自高,未尝抚慰众士。谢公甚器爱万,而审其必败,乃俱行,从容谓万曰……谢公欲深箸恩信,自队主将帅以下,无不身造,厚相逊谢。及万事败,军中因欲除之。复云:‘当为隐士。’故幸而得免。”据《晋书》卷八《穆帝纪》,谢万于本年十月北征。

7. 郗昙击慕容儁。败。降号建威将军。

《晋书》卷八《穆帝纪》:本年“冬十月,慕容儁寇东阿,遣……北中郎将郗昙次高平以击之,王师败绩。”卷六十七《郗昙传》:“后与贼帅傅末波等战失利,降号建威将军。”卷一百十《慕容儁载记》:“(慕容)儁遣慕容评、傅颜(傅末波)等统步骑五万,战于东阿,王师败绩。”

8. 王羲之作书与谢万。书《云停云子帖》。

作书与谢万,见本年第5条。《全晋文》卷二十五辑《云停云子帖》曰:“云停云子代万。顷桓公至。今令荀临淮权领其府,惟祖都共事,已行。”《晋书》卷七十四《桓云传》:“云字云子。”盖谢万败后,始欲使云代万,后更为荀临淮。《云停云子帖》当书于本年。唐裴通撰《金庭观晋右军书楼墨池记》:“有晋六龙失驭,五马渡江,中朝衣冠,尽寄南国,是以琅琊王羲之家于此山,书楼、墨池,旧制犹在。至南齐永元三年,道士褚伯玉仍思幽绝,勤求上元,启高宗明皇帝,于此山置金庭观,正当右军之家。”据此知羲之晚年定居剡县金庭山。

9. 郗超评谢万之败。

《世说新语·品藻第九》:“谢万寿春败后,简文问郗超:‘万自可败,那得乃尔失士卒情?’超曰:‘伊以率任之性,欲区别智勇。’”

10. 王述任卫将军

《晋书》卷七十五《王述传》:"复加征虏将军,进都督扬州徐州之琅邪诸军事、卫将军、并冀幽平四州大中正,刺史如故。"卷八《穆帝纪》:本年"十一月戊子,进扬州刺史王述为卫将军。"

11. 萼绿华作《赠羊权诗》三首。

《云笈七签》卷九十七:"萼绿华者,仙女也。年二十许,上下青衣,颜色绝整。以晋穆帝升平三年己未十一月十日夜,降于羊权家。自云是南山人。不知何山也。自此一月辄六过其家。权字道舆,即晋简文帝黄门侍郎、羊欣之祖也。权及欣皆潜修道要,耽玄味真。绿华云:'我本姓杨。'又云是九嶷山中得道女罗郁也,宿命时曾为其师母毒杀。乳妇玄洲以先罪未灭,故暂谪降臭浊以偿其过。赠权诗一篇……谓权曰:'慎无泄我下降之事,泄之则彼此获罪'……授权尸解药,亦隐形化形而去。今在湘东山中。绿华初降赠诗曰……"

12. 司马丕为骠骑将军。

《晋书》卷八《穆帝纪》:本年"十二月,又以中军将军、琅邪王丕为骠骑将军。"

13. 温放之帅兵讨参黎、耽潦。

《晋书》卷六十七《温峤传》:"(放之)将征林邑,交阯太守杜宝、别驾阮朗并不从,放之以其沮众,诛之,勒兵而进,遂破林邑而还。卒于官。"卷八《穆帝纪》本年十二月,"交州刺史温放之帅兵讨林邑参黎、耽潦,并降之"。放之卒年未详。《书小史》卷六:"(温放之)善草书。"《述书赋上》:"放之率尔,草健笔力。岂忘保持,足见准则。犹片锦呈巧,细流不极。"

14. 道安依陆浑,投襄阳。

《高僧传》卷五《释道安传》:"复渡河依陆浑,山栖木食修学。

俄而慕容儁逼陆浑，遂南投襄阳，行至新野，谓徒众曰：‘今遭凶年，不依国主，则法事难立，又教化之体，宜令广布。’咸曰：‘随法师教。’乃令法汰诣扬州，曰：‘彼多君子，好尚风流。法和入蜀，山水可以修闲。’安与弟子慧远等四百余人渡河。”考《晋书》卷八《穆帝纪》：升平二年六月，慕容儁“尽陷河北之地。”三年十月寇东阿，晋师败绩；四年正月，慕容儁卒。道安依陆浑、投襄阳当在本年。

15. 王献之与其父论草书。

张怀瓘《书议》：“子敬年十五六时，尝白其父云：‘古之章草，未能宏毅。今穷伪略之理，极草纵之致，不若藁行之间，于往法固殊，大人宜改体；且法既不定，事贵变通，然古法亦局而执。’”

16. 江逌迁吏部郎，长兼侍中。作《谏凿北池表》。

《晋书》卷八十三《江逌传》：“升平中，迁吏部郎，长兼侍中。穆帝将修后池，起阁道，逌上疏（《艺文类聚》卷九题为《谏凿北池表》）曰……帝嘉其言而止。复领本州大中正。”上述诸事，时间未详，升平凡五年，姑系于此。

17. 李充任中书侍郎。

《晋书》卷九十二《李充传》：“累迁中书侍郎。”时间未详。充为大著作郎，整理典籍，任务繁重，疑至少需三年时间方能完成。完成后当改任中书侍郎。姑系于本年。

18. 孙盛迁秘书监，加给事中。

《晋书》卷八十二《孙盛传》：“累迁秘书监，加给事中。”时间未详，今假定在任长沙太守后三年。

19. 谢道韫为济尼所称道。

《世说新语·贤媛第十九》：“谢遏绝重其姊，张玄常称其妹，欲以敌之。有济尼者,并游张、谢二家。人问其优劣,答曰:‘王夫人神情散朗,故有林下风气。顾家妇清心玉映,自是闺房之秀。’”此事时间未详。济尼称道韫为“王夫人”,当在其适王凝之之后。姑系于此。

360 庚申

晋升平四年　　　　前燕慕容暐建熙元年
代建国二十三年　　前秦甘露二年
前凉太始六年

葛洪七十八岁。范汪六十岁。王述五十八岁。王羲之五十八岁。王彪之五十六岁。桓温四十九岁。道安四十九岁。郗愔四十八岁。孙绰四十七岁。支遁四十七岁。司马晞四十五岁。慕容儁四十二岁。司马昱四十一岁。谢安四十一岁。谢万四十一岁。郗昙四十一岁。袁宏三十三岁。庾龢三十二岁。王坦之三十一岁。王蕴三十一岁。杨羲三十一岁。慧远二十七岁。郗超二十五岁。苻坚二十三岁。吕光二十三岁。范宁二十二岁。司马丕二十岁。王献之十七岁。徐邈十七岁。鸠摩罗什十七岁。王珣十一岁。张野十一岁。李暠十岁。王珉十岁。徐广九岁。范泰六岁。裴松之一岁。王敬弘一岁。刘穆之一岁。

1. 前燕慕容儁卒。

《晋书》卷一百十《慕容儁载记》:"升平四年,儁死,时年四十二,在位十一年(校勘记:"《校文》:儁立于永和四年,至升平四年凡十三年,此云'十一年','一'当为'三'之讹。按:此自永和五年改元起算,亦当是'十二年','一'字必讹。")伪谥景昭皇帝，庙号烈祖，墓号龙陵，儁雅好文籍，自初即位至末年，讲论不倦，览政之暇，唯与侍臣错综义理，凡所著述四十余篇。性严重，慎威仪，未曾以慢服临朝，虽闲居宴处亦无懈怠之色云。”卷八《穆帝纪》：本年正月，“丙戌，慕容儁死，子暐嗣伪位”。《全晋文》一百四十九辑慕容儁文三篇，除已见上文者外，还有《手令敕常炜》。另，《辞尊号令》一文，《全晋文》漏收，见上文。

2. 前秦苻坚置雍州。徙乌桓独孤部、鲜卑没奕干于塞外。

《十六国春秋》卷三十六《前秦录四·苻坚录上》：“甘露二年，春正月，坚分司、隶置雍州……冬十月，乌桓独孤部、鲜卑没奕干，各帅众数万来降，坚初欲处之塞内。阳平公(苻)融谏曰：‘戎狄异类，人面兽心，不知仁义。其稽颡内附，实贪地利，非怀德也。不敢犯边，实惮兵威，非感恩也。今处之于塞内，与民杂居，彼窥郡县虚实，必为边患，不如徙之塞外，以存荒服之义。’坚从之。”

3. 谢安出仕桓温司马。

《晋书》卷七十九《谢安传》：“安虽处衡门，其名犹出(谢)万之右，自然有公辅之望，处家常以仪范训子弟。安妻，刘惔妹也，既见家门富贵，而安独静退，乃谓曰：‘丈夫不如此也?’安掩鼻曰：‘恐不免耳。’及万黜废，安始有仕进志，时年已四十余矣。征西大将军桓温请为司马，将发新亭，朝士咸送，中丞高崧戏之曰：‘卿累违朝旨，高卧东山，诸人每相与言：安石不肯出，将如苍生何！苍生今亦将如卿何！’安甚有愧色。既到，温甚喜，言生平，欢笑竟日。既出，温问左右：‘颇尝见我有如此客不?’温后诣安，值其理发。安性迟缓，久而方罢，使取帻。温见，留之曰：‘令司马著帽进。’其见重如此。”《世说新语·排调第二十五》:“谢公始有东山之志,后严命屡臻,势不获已,始就桓公司马。于时人有饷桓公药草,中有‘远志’。公取以问谢:‘此药又名“小草”,何一物而有二称?’谢未即答。时郝隆在坐,应声答曰:‘此甚易解:处则为远志,出则为小草。’谢甚有愧色。桓公目谢而笑曰:‘郝参军此过乃不恶,亦极有会。’”《世说新语·赏誉第八》刘孝标注引《续晋阳秋》:“初,安优游山水,以敷文析理自娱。桓温在西蕃,钦其盛名,讽朝廷请为司马。以世道未夷,志存匡济。年四十,起家应务也。”《续晋阳秋》言安四十出任司马,恐非。谢万于上年兵败黜废,时安四十。本传言安出仕“年已四十余矣”。可从。《通鉴》卷一〇一亦系于本年八月后、十月前。

4. 前秦苻融谏苻坚徙乌桓、鲜卑于塞外。

见本年第2条。

5. 桓温封为南郡公。

《晋书》卷八《穆帝纪》:升平四年,“十一月,封太尉桓温为南郡公,温弟冲为丰城县公,子济为临贺郡公。”

6. 罗含为郎中令。

《晋书》卷九十二《罗含传》:“及温封南郡公,引为郎中令。寻征正员郎。”含为郎中令,在本年十一月,任正员郎当在本年十一月后。

7. 裴松之生。

《宋书》卷六十四《裴松之传》:“裴松之字世期,河东闻喜人也。祖昧,光禄大夫。父珪,正员外郎。”松之生年,有二说。《建康实录》卷十四:裴子野“曾祖,宋中大夫(礼按:《南齐书》卷五十三《裴昭明传》、《梁书》二十九《裴子野传》均作‘宋太中大夫’)、西乡侯,以文帝十三年受诏撰《起居注》。十六年,重被诏续成何承天《宋书》,其年终于位,书则未遑述作。"《史通·外篇·古今正史》:"宋史,元嘉中,著作郎何承天草创纪传……后又命裴松之续成国史。松之寻卒。"《宋书·裴松之传》:"续何承天国史,未及撰述,(元嘉)二十八年卒,时年八十。"依前说,若据卒年八十推之,当生于本年。依后说,则当生于咸安二年。今从前说。

8. 王敬弘生。

《宋书》卷六十六《王敬弘传》:"王敬弘,琅邪临沂人也。与高祖讳同,故称字(《南史》卷二十四本传谓"王裕之字敬弘")。曾祖廙,晋骠骑将军。祖胡之,司州刺史。父茂之(《南史》本传云茂之字兴元),晋陵太守。"据本传元嘉二十四年卒,时年八十八推之,知生于本年。

9. 刘穆之生。

《宋书》卷四十二《刘穆之传》:"刘穆之,字道和,小字道民,东莞莒人,汉齐悼惠王肥后也。世居京口。"据本传,义熙十一年卒,时年五十八推之,知生于本年。

10. 王羲之书《十四日帖》、《十一月帖》。

《全晋文》卷二十五辑《十四日帖》云:"十四日疏……适得孔彭祖书,得其弟都下七日书,说云子暴霍乱亡……"据《晋书》卷七十四《桓云传》:云卒于本年。又同卷辑《十一月帖》,其中有"力因谢司马书不具"一句。"谢司马"疑指谢安。安本年出仕桓温司马。

11. 袁宏任南海太守。作《单道开赞》、《罗山疏》。

《晋书》卷九十五《单道开传》:"升平三年至京师,后至南海,入罗浮山……年百余岁。卒于山舍,敕弟子以尸置石穴中,弟子乃移入石室。陈郡袁宏为南海太守,与弟颖叔及沙门支法防共登罗浮山,至石室口,见道开形骸如生,香火瓦器犹存。宏曰:‘法师业行殊群,正当如蝉蜕耳。’乃为之赞云。”据此知宏曾为南海太守,时间未详。可能在升平年间。《全晋文》卷五十七辑宏《单道开赞》、《罗山疏》二文。《罗山疏》云:“单道开尸在石室北壁下,形体朽坏,有白骨。在昔在都,识此道士……”二文当作于任南海太守时。

12. 王献之娶道茂。

《世说新语·德行第一》刘孝标注引《王氏谱》:“献之娶高平郗昙女,名道茂,后离婚。”时间不详。《全晋文》卷二十五辑王羲之《李母帖》云:“李母犹小小不和,驰情,伏想行平康,郗新妇大都小差。”“郗新妇”当指郗昙女道茂。羲之明年卒,其卒前献之已娶道茂。是献之娶道茂当在本年或本年前。

361　辛酉

晋升平五年　　　前燕建熙二年
代建国二十四年　前秦甘露三年
前凉升平元年

葛洪七十九岁。范汪六十一岁。王述五十九岁。王羲之五十九岁。王彪之五十七岁。桓温五十岁。道安五十岁。郗愔四十九岁。孙绰四十八岁。支遁四十八岁。司马晞四十六岁。司马昱四十二岁。谢安四十二岁。谢万四十二岁。郗昙四十二岁。袁宏三十四岁。庾龢三十三岁。王坦之三十二岁。王蕴三十二岁。杨羲三十二岁。慧远二十八岁。郗超二十六岁。苻坚二十四岁。吕光二十四岁。范宁二十三岁。司马丕二十一岁。王献之十八岁。徐邈十八岁。鸠摩罗什十八岁。王珣十二岁。张野十二岁。李暠十一岁。王珉十一岁。徐广十岁。范泰七岁。裴松之二岁。王敬弘二岁。刘穆之二岁。

1. 郗昙卒，墓中葬有王羲之书。

《晋书》卷六十七《郗昙传》："寻卒，年四十二。追赠北中郎，谥曰简。"据卷八《穆帝纪》，昙卒于本年正月。《晋书》卷七十七《何充传》："郗愔与弟昙奉天师道。"姚思廉撰《陈书》卷二十八《世祖九王传》："是时征北军人于丹徒盗发晋郗昙墓，大获晋右将军王羲之书及诸名贤遗迹。事觉,其书并没县官,藏于秘府。”《至顺镇江志》卷一二:郗昙墓在郡城东。

《世说新语·排调第二十五》载郗昙《与谢公书》一篇。《全晋文》漏收。

《书小史》卷五:“郗昙字重熙……善草书。”

《述书赋上》:“方回、重熙,接翼嗣兴……密壮奇姿,抚迹重熙。若投石拔距,怒目扬眉。”

《书小史》卷五:“郗俭之字处约,昙之子,官至太子率更令,善草书。”《晋书》卷六十七《郗昙传》:“子恢嗣。”恢详见本书有关郗恢条。《世说新语·德行第一》刘孝标注引《王氏谱》:“献之娶高平郗昙女,名道茂。”

2. 郗愔任临海太守。

《晋书》卷六十七《郗愔传》:“再迁黄门侍郎。时吴郡守阙,欲以愔为太守。愔自以资望少,不宜超莅大郡,朝议嘉之。转为临海太守。会弟昙卒,益无处世意,在郡优游,颇称简默,与姊夫王羲之、高士许询并有迈世之风,俱栖心绝谷,修黄老之术。后以疾去职,乃筑宅章安,有终焉之志。十许年间,人事顿绝。”《世说新语·排调第二十五》刘孝标注引《中兴书》:“郗愔及弟昙奉天师道。”《术解第二十》:“郗愔信道甚精勤,常患腹内恶,诸医不可疗。闻于法开有名,往迎之。既来,便脉云:‘郡侯所患,正是精进太过所致耳。’合一剂汤与之。一服,即大下,去数段许纸如拳大;剖看,乃先所服符也。”余嘉锡笺疏曰:“《真诰·运象篇》有九月六日夕紫微夫人《喻作示许长史并与同学诗》,注云:‘同学,谓郗方回也。’又有九月九日紫微夫人《喻作因许示郗诗》,注云:‘郗犹是方回也。’嘉锡案:许长史名谧,一名穆,即道士许迈之弟……《真诰》称愔为同学,是愔已入道受箓,同于道士。而许穆又示以神仙之诗,将谓飞升可望,固宜其信道精勤矣。"《御览》卷六六六引《太平经》曰:郗愔"心尚道法,密自遵行。"愔信天师道,时间不详,今一并系于此。

3. 范汪任安北将军、徐兖二州刺史。因过免为庶人。研讲六籍。

《晋书》卷八《穆帝纪》:本年"二月,以镇军将军范汪为都督徐兖青冀幽五州诸军事、安北将军、徐兖二州刺史。"卷七十五《范汪传》:"既而桓温北伐,令汪率文武出梁国,以失期,免为庶人。朝廷惮温不敢执,谈者为之叹恨。汪屏居吴郡,从容讲肆,不言枉直。"卷八《哀帝纪》系汪废为庶人于本年十月,《通鉴》卷一百一亦系于十月。《晋书》卷十三《天文志下》系于本年八月,误。研讲六籍见本书365年第15条。

4. 桓温镇宛。谋移晋室。

《晋书》卷八《穆帝纪》:升平五年四月,"太尉桓温镇宛,使其弟豁将兵取许昌。"卷十二《天文志中》,升平五年,"时桓温擅权,谋移晋室"。

5. 有《阿子歌》、《升平末廉歌》。

《晋书》卷二十八《五行志中》:"穆帝升平中,童儿辈忽歌于道曰:'阿子闻。'曲终辄云'阿子汝闻不?'无几而帝崩,太后哭之曰:'阿子汝闻不?'升平末,俗间忽作《廉歌》,有扈谦者闻之曰:'廉者,临也。歌云……内外悉临,国家其大讳乎!'少时而穆帝晏驾。"

6. 王述作《立琅琊王议》。议哀帝宜继康皇。

《通典》卷八十:"东晋穆帝升平五年五月崩,皇太后令立琅邪王丕……扬州刺史蓝田侯臣述议……"《晋书》卷二十《礼志中》:"穆帝崩,哀帝立。帝于穆帝为从父昆弟,穆帝舅褚歆有表,中书答表朝廷无其仪,诏下议……卫军王述等二十五云:

‘成帝不私亲爱，越授天伦，康帝受命显宗。社稷之重，已移所授，纂承之序，宜继康皇。’……诏从述等议，上继显宗。”卷八《哀帝纪》：本年五月庚申，哀帝丕即皇帝位。

7. 司马丕即帝位。作《以东海王奕为琅邪王诏》、《上嗣显宗以修本统诏》、《以谢万为散骑常侍诏》、《诏为朝臣不为太妃敬》。遣使请支遁。

《晋书》卷八《哀帝纪》：本年“五月丁巳，穆帝崩……庚申，即皇帝位，大赦。壬戌，诏曰……十一月丙辰，诏曰……”《以谢万为散骑常侍诏》见本年第12条。《晋书》卷三十二《周太妃传》：“章太妃周氏以选入成帝宫，有宠，生哀帝及海西公。始拜为贵人。哀帝即位，诏有司议贵人位号，太尉桓温议宜称夫人……诏崇为皇太妃，仪服与太后同。又诏……太常江逌议……”《世说新语·文学第四》刘孝标注引《高逸沙门传》：支遁“居会稽，晋哀帝钦其风味，遣中使至东迎之。遁遂辞丘壑，高步天邑。”详见本年第9条。

8. 江逌迁太常。作《奏谏山陵用宝器》。议贵人位号。

《晋书》卷八十三《江逌传》：“升平末，迁太常，逌累让，不许。穆帝崩，山陵将用宝器，逌谏曰……书奏，从之。”议贵人位号见本年第7条。

9. 支遁至都，住东安寺。

《高僧传》卷四《支遁传》：“至晋哀帝即位，频遣两使，征请出都，止东安寺，讲《道行般若》，白黑钦崇，朝野悦服。”《全晋文》卷一百五十七辑遁《上书告辞哀帝》云：“自到天庭，屡蒙引见，优游宾礼，策以微言。”

10. 有长沙出土石墓卷。

《考古学报》1959年第3期载湖南省博物馆撰写《长沙两晋南

朝隋墓发掘报告》：自1952年至1958年在长沙市郊发掘晋墓27座，均为砖石墓。其中墓1出有晋升平五年墓卷，“长24，上端宽12.7，下端宽12.1，厚0.8厘米。用灰白色滑石制成，石质松脆。两面刻阴文……录文如下：‘……升平五年六月丙寅朔廿九日甲午，不禄……东海童子书，书讫还海去。如律令。’”并附墓卷正背面拓片。

11. 前秦苻坚亲为赦文，广修学官。

《晋书》卷一百十三《苻坚载记上》：“坚僭位五年，凤皇集于东阙，大赦其境内，百僚进位一级。初，坚之将为赦也，与王猛、苻融密议于露堂，悉屏左右。坚亲为赦文，猛、融供进纸墨。有一大苍蝇入自牖间，鸣声甚大，集于笔端，驱而复来。俄而长安街巷市里人相告曰：‘官今大赦。’有司以闻。坚惊谓融、猛曰：‘禁中无耳属之理，事何从泄也？’于是敕外穷推之，咸言有一小人衣黑衣，大呼于市曰：‘官今大赦。’须臾不见。坚叹曰：‘其向苍蝇乎？声状非常，吾固恶之。谚曰：“欲人勿知，莫若勿为。”声无细而弗闻，事未形而必彰者，其此之谓也。’坚广修学官，召郡国学生通一经以上充之，公卿已下子孙并遣受业。其有学为通儒、才堪干事、清修廉直、孝悌力田者，皆旌表之。于是人思劝励，号称多士，盗贼止息，请托路绝，田畴修辟，帑藏充盈，典章法物靡不悉备。”

12. 谢万卒。

《初学记》卷十二引《晋起居注》：“升平五年诏曰：‘前西中郎将谢万，才义简亮，宜居献替，其以为散骑常侍。’”《晋书》卷七十九《谢万传》：“后复以为散骑常侍，会卒，时年四十二，因以为赠。”

《隋书》卷三十二《经籍志一》：“《周易系辞》二卷，晋西中郎将谢万等注。"《旧唐书》卷四十六《经籍志上》、《新唐书》卷五十七《艺文志一》均无"等"字。《隋书·经籍志一》:"《集解孝经》一卷,谢万集。"《旧唐书·经籍志上》、《新唐书·艺文志一》均云谢万注《孝经》一卷。《隋书》卷三十五《经籍志四》:"晋散骑常侍《谢万集》十六卷,梁十卷。"《晋诗》卷十三辑谢万诗二首,见前。《全晋文》卷八十三辑谢万文六篇,除已见上文者外,还有:《春游赋》、《与子朗等疏》、《八贤颂》、《七贤嵇中散赞》。

《书断中》:"安石……弟万,字万石。并工书。"《淳北阁帖》卷二辑谢万一帖:《告朗帖》。《宣和书谱》卷七:"万工言论,善属文,作字自得家学,清润遒劲,风度不凡,然于行、草最长,少及见者,独《鲠恨》一帖,尤著见于世,其亦魏、晋已来流传到眼者,类多哀悼语,此其然也。今御府所藏行书二:《贤妹帖》、《鲠恨帖》。"

《晋书·谢万传》:"子韶,字穆度,少有名。时谢氏尤彦秀者,称封、胡、羯、末。封谓韶……韶……早卒……韶至车骑司马。"

13. 谢安投笺求归。

《晋书》卷七十九《谢安传》:"(桓)温当北征,会(谢)万病卒,安投笺求归。"

14. 许询卒。

《世说新语·言语第二》刘孝标注引《续晋阳秋》:"许询……蚤卒。"具体时间,未见记载。按《晋书》卷六十七《郗愔传》,知许询卒于郗昙后。昙卒于本年正月,详见本年第1条、第2条。据此知许询卒于本年正月后。《全晋文》卷二十二辑王羲之帖云:"七日告期。痛念玄度……但昨来念玄度,体中便不堪之耶告。"卷二十三辑帖云:"痛念玄度,立如志而更速祸,可惋可痛者,省君书,亦增酸。"《世说新语·规箴第十》:"王右军与王敬仁、许玄度并善。二人亡后,右军为论议更克。"据上述记载,又知许询卒于本年羲之卒前。《两浙名贤录》:许询"尝筑室金庭,其裔孙在金庭者名潜,唐中叶为著作郎;曾孙丑,唐末为秘书郎,五代间自金庭徙居东林。今金庭有济渡村,许家庙其遗迹也。许询终剡山,墓在孝嘉乡济庆寺。"

《隋书》卷三十五《经籍志四》:"晋征士《许询集》三卷,梁八卷,录一卷。"《全晋文》卷一百三十五辑许询文二篇:《墨麈尾铭》、《白麈尾铭》。《建康实录》卷八《孝宗穆皇帝》注按引《许玄度集》:"(支)遁字道林,常隐剡东山,不游人事,好养鹰马,而不乘放,人或讥之。遁曰:'贫道爱其神骏。'"上引许询写支遁文,《全晋文》漏收。《晋诗》卷十二辑许询诗三首:《竹扇诗》、《农里诗》、《无题诗》。许文雨编著《钟嵘诗品讲疏》第15页:《剡溪诗话》引许询诗:"丹葩耀芳蕤,绿竹荫闲敞。""曲棂激鲜飚,石室有幽响。"上引四句诗,《晋诗》漏收。孙绰今存《答许询诗》九章,其八曰:"贻我新诗,韵灵旨清。"据此可以推知许有诗赠绰,已佚。《文选》卷三十一江文通《杂体诗》三十首,其中有拟《许征君·自序诗》。《自序诗》已佚。

15. 王羲之书《应期帖》、《足下帖》。卒。

《全晋文》卷二十三辑《应期帖》云:"应期承运,践登大阼。普天率土,莫不同庆。臣抱疾遐外,不获随例,瞻望宸极,屏营一隅。"此帖书写时间不详,疑是贺本年哀帝登位。卷二十五辑《足下帖》云:"足下今年政七十耶……吾年垂耳顺,推之人理,得不以为厚幸……"此帖当作于本年或本年前。羲之晚年多病,其杂帖常言及,如:《全晋文》卷二十三《西夕帖》云:

"民年以西夕，而衰疾日甚。自恐无踅展语平生理也。"卷二十五辑《五顷帖》云："吾顷无一日佳，衰老之弊日至。夏不得有所啖，而犹有劳务，甚劣之。"

《御览》卷六六六引《太平经》："王右军病，请杜恭。恭谓弟子曰：'右军病不差，何用吾？'十余日果卒。"恭，即杜子恭。据《晋书》卷一百《孙恩传》，杜子恭奉五斗米道，有秘术。

陶弘景《真诰》卷十六《阐幽微》注："逸少……至升平五年辛酉岁亡，年五十九。"《晋书》卷八十《王羲之传》："年五十九卒，赠金紫光禄大夫。诸子遵父先旨，固让不受。"《御览》卷四十七引孔晔《会稽记》："诸暨县北界有罗山，越时西施、郑旦所居，所在有方石，是西施晒纱处，今名纻罗山。王羲之墓在山足，有石碑。孙兴公为文，王子敬所书也。"关于羲之墓，除上述记载外，另有他说。明《弘治嵊县志》云："盖右军居金庭，卒葬焉。隋僧尚皋作墓地志藏于家。"特录以备考。

《世说新语·赏誉第八》："庾公云：'逸少国举。'故庾倪为碑文云：'拔萃国举。'"刘孝标注："倪，庾倩小字也。"又注引徐广《晋纪》："倩字少彦，司空冰子，皇后兄也。"

《采古来能书人名》："王羲之……博精群法，特善草、隶。"《书断中》："王羲之……尤善书，草、隶、八分、飞白、章、行，备精诸体，自成一家法。《旧唐书》卷八十九《王方庆传》："则天以方庆家多书籍，尝访求右军遗迹。方庆奏曰：'臣十代从祖伯羲之书，先有四十余纸，贞观十二年，太宗购求，先臣并已进之。唯有一卷见今在。又进臣十一代祖导、十代祖洽、九代祖询、八代祖昙首、七代祖僧绰、六代祖仲宝、五代祖骞、高祖规、曾祖褒，并九代三从伯祖晋中书令献之已下二十八人书，共十卷。'"《述书赋上》："然则穷极奥旨，逸少之始。虎变而百兽跄，风加而众草靡。肯綮游刃，神明合理。虽兴酣兰亭，墨仰池水。《武》未尽善，《韶》乃尽美。犹以为登泰山之崇高，知群阜之迤逦。逮乎作程昭彰，褒贬无方。秾不短，纤不长。信古今之独立，岂未学而能扬。”周越《法书苑》引《尚书故事》云：“唐太宗酷好书法，有大王真迹三千六白纸，率以一丈二尺为一轴。”褚遂良撰《晋右军王羲之书目》曰：“正书都五卷”；“行书都五十八卷”（转引自祝嘉《书学史》第 68—69 页）。《淳化阁帖》卷六、卷七、卷八载羲之书一百六十帖：《适得书帖》、《知欲东帖》、《差凉帖》、《奉对帖》、《汝不帖》、《奄至帖》、《日月如驰帖》、《灵柩垂至帖》、《慈颜幽翳帖》、《远宦帖》、《都邑帖》、《嫂安和帖》、《诸从帖》、《此诸贤帖》、《宰相安和帖》、《啖豆鼠帖》、《旃罽帖》、《秋中帖》、《又不能帖》、《疾不退帖》、《儿女帖》、《蜀都帖》、《谯周帖》、《平康帖》、《宾至帖》、《散势帖》、《衰老帖》、《昨得熙帖》、《不快帖》、《小佳帖》、《奉告帖》、《鲤鱼帖》、《月半帖》、《乡里人帖》、《行成帖》、《近得书帖》、《昨书帖》、《阔别帖》、《极寒帖》、《虞休帖》、《建安帖》、《一日一起帖》、《侍中帖》、《敬豫帖》、《清和帖》、《追寻帖》、《临川帖》、《袁生帖》、《想宾帖》、《太常帖》、《司州帖》、《里人帖》、《疾患帖》、《想弟帖》、《节日帖》、《仆可帖》、《定听帖》、《重熙书帖》、《二谢帖》（以上卷六）、《秋月帖》、《桓公帖》、《谢光录帖》、《徂暑帖》、《月半帖》、《长素帖》、《敬豫帖》、《知念帖》、《每念长风帖》、《谢生多在帖》、《初月帖》、《时事帖》、《吾怪帖》、《从洛帖》、《寒切帖》、《劳弊帖》、《皇象帖》、《远妇帖》、《阮生帖》、《君晚帖》、《嘉兴帖》、《尚停帖》、《足下疾苦帖》、《长平帖》、《都下帖》、《省飞白帖》、《丹杨帖》、《太常帖》、《得万书帖》、《热日帖》、《贤室帖》、《多日帖》、《期已至帖》、《力东帖》、《舍子帖》、《飞白帖》、《月末帖》、《择药帖》、《昨见帖》、《承足下帖》、《雪候帖》、《知远帖》、《荀侯佳帖》、《知君帖》、《旦反省》、《自慰帖》、《毒热帖》、《足下家帖》、《小园帖》、《龙保帖》、《清晏帖》、《朱处仁帖》、《爱为上帖》、《盐井帖》、《七十帖》(以上卷七)、《小大悉帖》、《不审帖》、《清和帖》、《运民帖》、《八日帖》、《转佳帖》、《大热帖》、《周常侍帖》、《诸怀帖》、《得西问帖》、《中郎帖》、《发疟帖》、《肿不差帖》、《昨还帖》、《贤内妹帖》、《狼毒帖》、《夜来腹痛帖》、《安西帖》、《阔转久帖》、《十一月四日帖》、《益州帖》、《执手帖》、《阮郎帖》、《月末帖》、《蒸湿帖》、《西问帖》、《丘令帖》、《谢生在山帖》、《不审帖》、《飞白帖》、《昨故遣书帖》、《采菊帖》、《增慨帖》、《由为帖》、《月半贴》、《独坐贴》、《安西帖》、《如兄子帖》、《黄甘帖》、《尊夫人帖》、《日五帖》、《雨快帖》、《取卿帖》、《适欲遣书帖》、《此郡帖》(以上卷八)。《宣和书谱》卷十五:“羲之少学卫夫人书,自谓深穷,及过江游名山间,见李斯、曹喜、钟繇、梁鹄等字,又去洛见蔡邕《石经》,于从弟洽处复见张昶《华岳碑》,始喟然叹曰:‘学卫夫人书,徒费年月!’或谓其得笔法于白云先生。暮年乃作《笔阵图》、《笔势论》、《用笔赋》、《草书热》等以遗训其子孙……有七子,为世所称者五人……家传之学未有如王氏之盛者也。今御府所藏二百四十有三:草书:《桓公帖》(唐贞观中题跋附)、《朝廷帖》、《宰相帖》、《司徒帖》、《中书帖》、《侍中帖》、《尚书帖》、《司马帖》、《太常司州帖》、《太常帖》二、《护军帖》、《司州帖》、《谯周帖》、《参军帖》、《谢二侯帖》、《朱处仁帖》、《二谢帖》、《荀侯帖》、《阮生帖》、《江生帖》、《远生帖》、《道家帖》、《龙保帖》、《舅母帖》、《母子帖》、《贤姊帖》、《姊告安和帖》、《贤室帖》、《诸贤帖》、《远妇帖》、《儿女帖》、《留女帖》、《小女帖》、《女孙帖》、《官舍帖》、《讲堂帖》、《修园帖》、《屏风帖》、《门风帖》、《气力帖》、《胁中帖》、《初月帖》(内一轴《从洛帖》附)、《月半帖》二、《月末帖》、《二月帖》、《四月帖》、《末春帖》、《去夏帖》、《秋来帖》、《季冬帖》、《雨晴帖》、《热日帖》、《大热帖》、《热甚帖》、《异热帖》、《差凉帖》、《节日帖》、《节气帖》、《当日帖》、《雪候帖》、《数年帖》、《草书帖》、《飞白帖》、《王略帖》、《临书帖》、《数字帖》、《三都帖》二、《过京帖》、《乡里帖》、《永嘉帖》、《成旅帖》、《山川帖》、《州中帖》、《钱塘帖》、《江州帖》、《临川帖》、《丹阳帖》二、《山阴帖》、《嘉兴帖》、《余杭帖》、《远宦帖》、《附农帖》、《勿杀生帖》、《方物帖》、《旃罽胡桃帖》、《胡桃帖》、《山药帖》、《祀物帖》、《纯酒帖》、《裹鲊帖》、《海盐帖》、《盐井帖》、《送梨帖》(唐柳公权题附)、《白石枕帖》、《高枕帖》、《石班帖》、《清宴帖》、《情虑帖》、《和书帖》、《书问帖》、《乐问帖》、《知问帖》、《北问帖》、《得告帖》、《得书帖》三、《二书帖》、《遗书帖》、《旦书帖》二、《累书帖》、《有书帖》、《无书帖》、《顿喜帖》、《喜庆帖》、《庆慰帖》、《安慰帖》、《清和等帖》、《清和帖》四、《安和帖》、《平安帖》、《安西帖》、《安善帖》、《小佳帖》、《佳静帖》、《小差帖》、《奉对帖》、《奉待帖》、《大醉帖》、《奉意帖》、《甚快帖》、《有理帖》、《万福帖》、《造次帖》、《方回帖》、《省别帖》二、《此辈帖》、《瞻近帖》二、《知远帖》、《远近帖》、《远念帖》、《逋滞帖》、《内事帖》、《先期帖》、《举聚帖》、《界内帖》、《远事帖》、《慨然帖》、《多义帖》、《适为诸帖》、《如命帖》、《阿万帖》、《悬量帖》、《行穰帖》、《送谢帖》、《所论帖》、《虞休帖》、《速还帖》、《数有帖》、《得熙帖》、《人理帖》、《集理帖》、《旧志帖》、《重熙帖》、《甚佳帖》、《委曲帖》、《当有帖》、《晚善帖》、《晚可帖》、《还白帖》、

《君事帖》、《此事帖》、《平定帖》、《大都帖》、《致此帖》、《昨有帖》、《兼致帖》、《东北帖》、《念虑帖》、《七十帖》、《下附马帖》、《十一月》等帖(王荟等章集附)。章草:《豹奴帖》。正书:《乐毅论》、《黄庭经》、《东方朔书像赞》、《定公帖》、《报国帖》、《口诀帖》、《草命帖》。行书:《伯熊帖》、《阮公帖》、《蔡家帖》、《家中帖》、《夫人帖》、《贤弟帖》、《诸弟帖》、《从弟帖》、《曹妹贴》、《诸贤子帖》、《贤女帖》、《此月帖》、《六月帖》、《九月帖》、《十月帖》、《三月帖》、《快雨帖》、《夏日帖》、《极寒帖》、《快雪时晴帖》、《州民帖》、《旧京帖》、《安西帖》、《山阴帖》、《永兴帖》、《建安帖》、《啖豆帖》、《青李来禽帖》、《慈颜帖》、《平安帖》、《奉告帖》、《小佳帖》、《悉佳帖》、《自慰帖》、《叙慰帖》、《廓然帖》、《遣书帖》、《省书帖》、《宿昔帖》、《十三帖》、《书魏钟繇千文》。《旧唐书》卷四十六《经籍志上》:"《小学篇》一卷,王羲之撰。"丁国钧《补晋书艺文志》卷一:"《月仪书》,王羲之。谨按,见《御览引书纲目》。"《隋书》卷三十五《经籍志四》:"晋金紫光禄大夫《王羲之集》九卷,梁十卷,录一卷。"

《旧唐书》卷四十七《经籍志下》、《新唐书》卷六十《艺文志四》均作五卷。《全晋文》卷二十二至二十六辑羲之文五卷,除已见上文者外,还有:《用笔赋》、《报殷浩书》、《与殷浩书》、《遗谢安书》、《与谢安书》、《与谢万书》、《与人书》、《与所知书》(以上卷二十二)、杂帖(卷二十二至二十六)、《游四郡记》、《书论》、《题卫夫人笔阵图后》、《月仪》、《笔经》(以上卷二十六)。《晋诗》卷十三辑羲之诗四首,除已见上文者外,还有《答许询诗》。《御览》卷七三九引《语林》曰:"王右军少重患,一二年辄发动。后答许掾(礼按:许询)诗,忽复恶中得二十字云:'取欢仁智乐,寄畅山水阴。清泛涧下濑,历落松竹林。'既醒,左右诵之,读竟乃叹曰:'癫何预盛德事耶。'"《文选》卷二十二鲍照《行药至城东桥》李善注引"王羲之答许询诗曰:'争先非吾事,静照在忘求。'"是现存《答许询诗》当为二首,第一首全四句,第二首仅存二句。

《琴史》卷四:"王、谢诸俊,皆好声乐……逸少尝云:'年在桑榆,正赖丝竹陶写。'其于琴也,孰谓不能?但史氏不暇尽言之耳。"

《世说新语·贤媛第十九》:"王尚书惠尝看王右军夫人,问:'耳眼未觉恶不?'答曰:'发白齿落,属乎形骸;至于眼耳,关于神明,那可便与人隔?'"刘孝标注:"《妇人集》载《谢表》曰:'妾年九十,孤骸独存,愿蒙哀矜,赐其鞠养。'"若夫人年与羲之相上下,则羲之卒后三十余年尚在也。《书小史》卷二:"王羲之妻郗氏……甚工书,兄愔与昙(礼按:《世说新语·贤媛第十九》,愔、昙均为郗氏之弟)谓之女中笔仙。"

《全晋文》卷二十二辑羲之《吾有帖》云:"吾有七儿一女,皆同生……今内外孙有十六人。"《晋书》卷八十《王羲之传》:"有七子,知名者五人。玄之早卒。次凝之。"关于凝之,详见本书有关凝之条。《世说新语·排调第二十五》刘孝标注引《王氏谱》:"肃之字幼恭,右将军羲之第四子。历中书郎、骠骑咨议。"《隋书》卷三十五《经籍志四》:"梁有……太子左率《王肃之集》三卷,录一卷……亡。"《世说新语·雅量第六》刘孝标注引《中兴书》:"徽之,羲之第五子。"关于徽之,详见本书有关徽之条。《世说新语·品藻第九》刘孝标注引《王氏谱》:"操之字子重,羲之第六子。历秘书监、侍中、尚书、豫章太守。"《全晋文》卷二十七辑操之《书》一篇。《书小史》卷五称操之"善正、行、草书"。《淳化阁帖》卷三辑有操之《年光帖》。《世说新语·品藻第九》刘孝标注引《王氏谱》:"桢之……徽之子……”又注:“第七叔,献之也。”关于献之,详见本书有关献之条。黄伯思《东观余论》卷上:“王氏凝、操、徽、涣之四子书皆真帖……皆得家范而体各不同……涣之得其貌。”伯思以涣之为羲之子,当有所据。综观有关羲之七子之记载,是涣之当为羲之第三子。《全晋文》卷二十七辑涣之《书》一篇。《书小史》卷五谓涣之“善行,草书。”《淳化阁帖》卷三辑有涣之《二婢帖》。《二王帖》卷一《玉润帖》:“官女小女玉润,病来十余日,了不令民知……”《刘禹锡集》卷三十七、外集卷七《酬柳柳州家鸡之赠》:“日日临池弄小雏,还思写论付官奴。柳家新样元和脚,且尽姜芽敛手徒。”世彩堂本《柳河东集》附于卷四十二,于“官奴”下注:“褚遂良撰《右军书目》正书五卷,第一《乐毅论》,四十四行,书赐官奴。行书五十八卷,其第十九有与官奴小女书。官奴,羲之女。是时柳未有子,故梦得以此戏之。”

16. 李志书与王羲之争衡。

志生平不详。《书学史》第六章:“李志,字温祖,江夏人。杨慎《墨池琐录》云:‘与右军同时,书亦争衡。’”今据“与右军同时”姑附于此。

17. 许静民为王羲之高足。

静民生卒年未详。《采古来能书人名》:“高阳许静民,镇军参军。善隶、草,羲之高足。”《书断下》:“许静民善题宫观额,将方直之体。其草稍乏筋骨,亦景则(礼按:李式字)之亚也。”今据为“羲之高足”,姑附于此。

18. 孙绰作王羲之碑文。迁散骑常侍,领著作郎。

绰作王羲之碑文,见本年第15条。碑文已佚。《晋书》卷五十六《孙绰传》:“迁散骑常侍,领著作郎。”未知时间,本传叙于作《谏移都洛阳疏》之前。《谏移都洛阳疏》作于明年。姑系于此。

19. 王献之书王羲之碑文。

见本年第15条。

20. 习凿齿著《汉晋春秋》。

《晋书》卷八十二《习凿齿传》:“是时(桓)温觊觎非望,凿齿在郡,著《汉晋春秋》以裁正之。起汉光武,终于晋愍帝。于三国之时,蜀以宗室为正,魏武虽受汉禅晋,尚为篡逆,至文帝平蜀,乃为汉亡而晋始兴焉。引世祖讳炎兴而为禅受,明天心不可以势力强也。凡五十四卷。后以脚疾,遂废于里巷。”《世说新语·文学第四》:“于病中犹作《汉晋春秋》,品评卓逸。”凿齿著《汉晋春秋》,时间不详,今据“是时(桓)温觊觎非望”,姑系于此。

21. 袁山松文饰旧歌《行路难》。出游,好令左右作挽歌。

山松生年不详。《世说新语·排调第二十五》刘孝标注引《续晋阳秋》:“山松,陈郡人。祖乔,益州刺史。父方平,义兴太守。山松历秘书监……”《晋书》卷八十三《袁山松传》:“山松少有才名,博学有文章,著《后汉书》百篇。矜情秀远,善音乐。旧歌有《行路难》曲,辞颇疏质,山松好之,乃文其辞句,婉其节制,每因酣醉纵歌之,听者莫不流涕。初,羊昙善唱乐,桓伊能挽歌,及山松《行路难》继之,时人谓之‘三绝’。时张湛好于斋前种松柏,而山松每出游,好令左右作挽歌,人谓‘湛屋下陈尸,山松道上行殡’。”以上诸事,时间未详。《世说新语·任诞第二十三》刘孝标注引裴启《语林》言及张湛好于斋前种松,袁山松出游,好令左右作挽歌等事。《语林》作于隆和时(详下),则上述诸事当在隆和前,姑系于此。

362 壬戌

晋哀帝司马丕隆和元年　　前燕建熙三年
代建国二十五年　　前秦甘露四年
前凉升平二年

葛洪八十岁。范汪六十二岁。王述六十岁。王彪之五十八岁。桓温五十一岁。道安五十一岁。郗愔五十岁。孙绰四十九岁。支遁四十九岁。司马晞四十七岁。司马昱四十三岁。谢安四十三岁。袁宏三十五岁。庾龢三十四岁。王坦之三十三岁。王蕴三十三岁。杨羲三十三岁。慧远二十九岁。郗超二十七岁。苻坚二十五岁。吕光二十五岁。范宁二十四岁。司马丕二十二岁。王献之十九岁。徐邈十九岁。鸠摩罗什十九岁。王珣十三岁。张野十三岁。李暠十二岁。王珉十二岁。徐广十一岁。范泰八岁。裴松之三岁。王敬弘三岁。刘穆之三岁。司马曜一岁。

1. 桓温作《请还都洛阳疏》。

《晋书》卷九十八《桓温传》:"隆和初,寇逼河南,太守戴施出奔,冠军将军陈祐告急,温使竟陵太守邓遐率三千人助祐,并欲还都洛阳,上疏曰……诏曰……于是改授并、司、冀三州,以交、广辽远,罢都督,温表辞不受。"《通鉴》卷一百一系温欲迁都洛阳于本年五月。

2. 司马丕作《鸿祀诏》、《答桓温请还都洛阳诏》、《日蚀诏》。

《鸿祀诏》见《晋书》卷七十八《孔严传》："隆和元年，诏曰……"《答桓温请还都洛阳诏》见本年第1条。《日蚀诏》见《晋书》卷八《哀帝纪》：本年"十二月戊午朔，日有蚀之，诏曰……"

3. 孙绰作《谏移都洛阳疏》。寻转廷尉卿，领著作。

《晋书》卷五十六《孙绰传》："时大司马桓温欲经纬中国，以河东粗平，将移都洛阳。朝廷畏温，不敢为异，而北土萧条，人情疑惧，虽并知不可，莫敢先谏。绰乃上疏曰……桓温见绰表，不悦，曰：'致意兴公，何不寻君《遂初赋》，知人家国事邪！'寻转廷尉卿，领著作。"《世说新语·轻诋第二十六》："桓见表心服，而忿其为异，令人致意孙云：'君何不寻《遂初赋》，而强知人家国事？'"

4. 王述议桓温迁都洛阳，止桓温欲移洛阳钟虡。

《晋书》卷七十五《王述传》："桓温平洛阳，议欲迁都，朝廷忧惧，将遣侍中止之。述曰：'温欲以虚声威朝廷，非事实也。但从之，自无所至。'事果不行。又议欲移洛阳钟虡，述曰：'永嘉不竞，暂都江左。方当荡平区宇，旋轸旧京。若其不耳，宜改迁园陵，不应先事钟虡。'温竟无以夺之。"

5. 前秦苻坚亲临太学，考第诸生经义。

《晋书》卷一百十三《苻坚载记上》："坚亲临太学，考学生经义优劣，品而第之。问难五经，博士多不能对。坚谓博士王寔曰：'朕一月三临太学，黜陟幽明，躬亲奖励，罔敢倦违，庶几周孔微言不由朕而坠，汉之二武其可追乎！'寔对曰：'自刘石扰覆华畿，二都鞠为茂草，儒生罕有或存，坟籍灭而莫纪，经沦学废，奄若秦皇。陛下神武拨乱，道隆虞夏，开庠序之美，弘儒教之风，化盛隆周，垂馨千祀，汉之二武焉足论哉！'坚自是每月一临太学，诸生竞劝焉。”《十六国春秋辑补》卷三十三《前秦录三·苻坚录》系上述事于本年。《通鉴》卷一百一系上述事于本年五月。

6. 晋孝武帝司马曜生。

《晋书》卷九《孝武帝纪》：“孝武皇帝讳曜，字昌明，简文帝第三子也……简文帝见谶云：‘晋祚尽昌明。’及帝之在孕也，李太后梦神人谓之曰：‘汝生男，以“昌明”为字。’及产，东方始明，因以为名焉。”据《考武帝纪》，太元二十一年卒，时三十五岁推之，当生于本年。

7. 有《隆和初童谣》二则。

《晋书》卷二十八《五行志中》：“哀帝隆和初，童谣曰……朝廷闻而恶之，改年曰兴宁。人复歌曰……哀帝寻崩。升平五年而穆帝崩，‘不满斗’，升平不至十年也。”（校勘记：“不满斗升平不至十年也　《册府》八九四此下有‘无聊生，谓哀帝寻晏驾也。后桓温入朝废海西公’十九字。‘不满斗’，释上隆和初一谣；‘无聊生’，释改年后一谣。”）卷八《哀帝纪》：“隆和元年春正月壬子，大赦，改元……兴宁元年春二月己亥（校勘记：‘二月己亥　二月丁巳朔，不得有己亥。’），大赦，改元。”据此知隆和初一谣作于本年，改年后一谣作于明年，今一并系于此。

8. 裴启撰《语林》。

启生卒年未详。《世说新语·文学第四》刘孝标注引《裴氏家传》：“裴荣字荣期，河东人。父樨，丰城令。荣期少有风姿才气，好论古今人物。撰《语林》数卷，号曰《裴子》。”《轻诋第二十六》刘孝标注引檀道鸾《续晋阳秋》：“晋隆和中，河东裴启撰汉、魏以来迄于今时，言语应对之可称者，谓之《语林》。”裴荣、裴启当为一人。《文学第四》刘孝标注:“檀道鸾谓裴松之,以为启作《语林》,荣傥别名启乎?”裴荣,《世说新语·文学第四》又称裴郎:“裴郎作《语林》,始出,大为远近所传。时流年少,无不传写,各有一通。”《续晋阳秋》谓裴启“晋隆和中”撰《语林》。隆和仅本年一年,姑系于此。

9. 江逌作《上疏谏修洪祀》二篇。

《晋书》卷八十三《江逌传》:“哀帝以天文失度,欲以《尚书》洪祀之制,于太极前殿亲执虔肃,冀以免咎,使太常集博士草其制。逌上疏谏曰……帝不纳,逌又上疏曰……帝犹敕撰定,逌又陈古义,帝乃止。逌在职多所匡谏。著《阮籍序赞》、《逸士箴》(校勘记:‘《逸士箴》,《斠注》、《类聚》三六引作《逸民箴》。’)及诗赋奏议数十篇行于世。病卒,时年五十八。”哀帝在位凡四年,逌卒年未详,姑一并系于此。

《隋书》卷三十五《经籍志四》:“晋太常《江逌集》九卷。”《旧唐书》卷四十七《经籍志下》、《新唐书》卷六十《艺文志四》均作五卷。《晋诗》卷十二辑江逌诗三首:《咏秋诗》、《咏贫诗》、失题诗。《全晋文》卷一百七辑江逌文十篇,除已见上文者外,还有:《风赋》、《述归赋》、《井赋》、《羽扇赋》、《竹赋》。

《晋书·江逌传》:“子蔚,吴兴太守。”

10. 王珉有才艺,善行书,解《毗昙经》。

《晋书》卷六十五《王珉传》:“少有才艺,善行书,名出珣右。时人为之语曰:‘法护非不佳,僧弥难为兄。”僧弥,珉小字也。时有外国沙门,名提婆,妙解法理,为珣兄弟讲《毗昙经》。珉时尚幼,讲未半,便云已解,即于别室与沙门法纲等数人自讲。法纲叹曰:‘大义皆是,但小未精耳。’”上述事,时间未详,今据“少有才艺”、“珉时尚幼”,姑一并系于此。

11. 支遁造《即色论》,示王坦之。

《世说新语·文学第四》:"支道林造《即色论》,论成,示王中郎(刘孝标注:王坦之)。中郎都无言。支曰:'默而识之乎?'王曰:'既无文殊,谁能见赏?'"上述事时间不详。支遁卒于太和元年,上述事疑在升平五年至兴宁二年支遁在京师时。姑系于此。《世说新语·轻诋第二十六》:"王中郎与林公绝不相得。王谓林公诡辩,林公道王云'著腻颜帢,缟布单衣,挟《左传》,逐郑康成车后,问是何物尘垢囊!'"又"王北中郎不为林公所知,乃著《论沙门不得为高士论》,大略云……"上述事,时间不详,姑附于此,以资参考。

12. 王坦之议支遁所作《即色论》。

见本年第11条。

13. 李充约卒于本年。

《晋书》卷九十二《李充传》:"累迁中书侍郎,卒官。"充卒年未详。今暂定在任中书侍郎三年时。又本传:"充注《尚书》及《周易旨》六篇、《释庄论》上下二篇、诗赋表颂等杂文二百四十首,行于世。"《隋书》卷三十二《经籍志一》:"《论语》十卷,晋著作郎李充注。"丁国钧《补晋书艺文志》卷一:"《史记索隐·仲尼弟子列传》引作《论语解》。"丁国钧撰、子辰述注《晋书艺文志补遗》:"《论语音》,李充,见《经典释文》。"《旧唐书》卷四十七《经籍志下》:"《释庄子论》二卷,李充撰。《新唐书》卷五十九《艺文志三》同。《隋书》卷三十五《经籍志四》:"晋李充集》二十二卷,梁十五卷,录一卷。"《旧唐书》卷四十七《经籍志下》、《新唐书》卷六十《艺文志四》均作十四卷。《隋书·经籍志四》:《翰林论》三卷,李充撰。梁五十四卷。"《全晋文》卷五十三辑李充文十五篇,除已见上文者外,还有:

"《风赋》、《春游赋》、《怀愁赋》、《玄宗赋》、《穆天子赋》、《九贤颂》、《起居诫》、《登安仁峰铭》、《良弓铭》、《壶筹铭》、《博铭》、《舟楫铭》、《吊嵇中散》、《翰林论》。《晋诗》卷十一辑李充诗三首:《嘲友人诗》、《七月七日诗》、《送许从诗》。

李颙生卒年未详。《晋书·李充传》:"子颙,亦有文义,多所述作,郡举孝廉。"《全晋文》卷五十三:"颙字长林……为本郡太守。"又据《隋书》卷三十二《经籍志一》,知颙曾被封为乐安亭侯。

《隋书·经籍志一》:"梁有……《周易卦象数旨》六卷,东晋乐安亭侯李颙撰……亡……《集解尚书》十一卷,李颙注……《尚书新释》二卷,李颙撰。"卷三十五《经籍志四》:"晋《李颙集》十卷,录一卷。"《晋诗》卷十一辑李颙诗七首:《经涡路作诗》、《涉湖诗》、《夏日诗》、《羡夏诗》、《感冬诗》、《离思诗》、失题诗。《全晋文》卷五十三辑李颙文八篇:《雪赋》、《雷赋》、《悲四时赋》、《感兴赋》、《凌仙赋》、《龟赋》、《镜论》、《阮彦伦诔》。

363　癸亥

晋兴宁元年　　前燕建熙四年
代建国二十六年　　前秦甘露五年
前凉张天锡太清元年

葛洪八十一岁。范汪六十三岁。王述六十一岁。王彪之五十九岁。桓温五十二岁。道安五十二岁。郗愔五十一岁。孙绰五十岁。支遁五十岁。司马晞四十八岁。司马昱四十四岁。谢安四十四岁。袁宏三十六岁。庾龢三十五岁。王坦之三十四岁。王蕴三十四岁。杨羲三十四岁。慧远三十岁。郗超二十八岁。苻坚二十六岁。吕光二十六岁。范宁二十五岁。司马丕二十三岁。王献之二十岁。徐邈二十岁。鸠摩罗什二十岁。王珣十四岁。张野十四岁。李暠十三岁。王珉十三岁。徐广十二岁。范泰九岁。裴松之四岁。王敬弘四岁。刘穆之四岁。司马曜二岁。刘裕一岁。

1. 司马昱总内外众务。

《晋书》卷八《哀帝纪》：本年三月，“癸卯，帝奔丧，诏司徒、会稽王昱总内外众务。”

2. 宋武帝刘裕生。

《宋书》卷一《武帝纪上》：“高祖武皇帝讳裕，字德舆，小名寄奴，彭城县绥舆里人，汉高帝弟楚元王交之后也。交生红懿侯富，富生宗正辟彊，辟彊生阳城缪侯德，德生阳城节侯安民，安民生阳城釐侯庆忌，庆忌生阳城肃侯岑，岑生宗正平，平生东武城令某，某生东莱太守景，景生明经洽，洽生博士弘，弘生琅邪都尉悝，悝生魏定襄太守某，某生邪城令亮，亮生晋北平太守膺，膺生相国掾熙，熙生开封令旭孙。旭孙生混，始过江，居晋陵郡丹徒县之京口里，官至武原令。混生安东太守靖，靖生郡功曹翘，是为皇考。高祖以晋哀帝兴宁元年岁次癸亥三月壬寅夜生。"卷二十七《符瑞志上》："宋武帝居在丹徒，始生之夜，有神光照室，其夕，甘露降于墓树。皇考以高祖生有奇异，名为奇奴。皇妣既殂，养于舅氏，改为寄奴焉。"

3. 桓温加侍中、大司马，帅众北伐。

《晋书》卷八《哀帝纪》：本年，"五月，加征西大将军桓温侍中、大司马、都督中外诸军事、录尚书事、假黄钺……九月壬戌，大司马桓温帅众北伐。"

4. 郗超任大司马参军。

《晋书》卷六十七《郗超传》："（桓）温迁大司马，又转为参军。温英气高迈，罕有所推，与超言，常谓不能测，遂倾意礼待。超亦深自结纳。"

5. 伏滔任桓温参军。

滔生卒年不详。《晋书》卷九十二《伏滔传》："伏滔字玄度，平昌安丘人也。有才学，少知名。州举秀才，辟别驾，皆不就。大司马桓温引为参军，深加礼接，每宴集之所，必命滔同游。"滔任大司马桓温参军，当在本年桓温任大司马后。

6. 王坦之为大司马桓温长史。在西州与支遁论讲。

《晋书》卷七十五《王坦之传》："出为大司马桓温长史。"《世说新语·方正第五》:“王文度为桓公长史时,桓为儿求王女,王许咨蓝田。既还,蓝田爱念文度,虽长大犹抱著膝上。文度因言桓求己女婚。蓝田大怒,排文度下膝曰:‘恶见,文度已复痴,畏桓温面?兵,那可嫁女与之!’文度还报云:‘下官家中先得婚处。’桓公曰:‘吾知矣,此尊府君不肯耳。’后桓女遂嫁文度儿。”在西州与支遁论讲见本年第12条。

7. 袁宏迁大司马桓温府记室。

《晋书》卷九十二《袁宏传》:“累迁大司马桓温府记室。温重其文笔,专综书记。”宏为大司马桓温府记室当在本年五月后。

8. 王徽之任大司马桓温参军。

《晋书》卷八十《王徽之传》:“性卓荦不羁,为大司马桓温参军,蓬首散带,不综府事。”徽之为大司马桓温参军,盖在本年五月后。

9. 桓伊迁大司马参军。

《晋书》卷八十一《桓伊传》:“累迁大司马参军。时苻坚强盛,边鄙多虞,朝议选能距捍疆埸者,乃授伊淮南太守。以绥御有方,进督豫州之十二郡扬州之江西五郡军事、建威将军、历阳太守,淮南如故。”桓温于本年任大司马。伊迁大司马参军盖在本年或本年后,迁任淮南太守等职,当在更后,姑一并系于此。

10. 葛洪卒。

《晋书》卷七十二《葛洪传》:“后忽与(邓)岳疏云:‘当远行寻师,克期便发。’岳得疏,狼狈往别。而洪坐至日中,兀然若睡而卒。岳至,遂不及见。时年八十一。视其颜色如生,体亦柔软,举尸入棺,甚轻,如空衣,世以为尸解得仙云。”

《晋书·葛洪传》:"洪博闻深洽,江左绝伦。著述篇章富于班、马,又精辩玄赜,析理入微。"其著述除已见上文者外,见于其他记载的还有多种:《隋书》卷三十二《经籍志一》:"《丧服便除》一卷,晋散骑常侍葛洪撰。"据《梁书》卷五十《刘杳传》,颜之推撰、王利器集解《颜氏家训集解》卷六《书证篇》,葛洪撰有《字苑》。《旧唐书》卷四十六《经籍志上》:"《要用字苑》一卷,葛洪撰。"《晋书·葛洪传》:葛洪著《良吏》、《集导》等传各十卷。《隋书》卷三十三《经籍志二》:"《神仙传》十卷,葛洪撰。"《新唐书》卷五十八《艺文志二》:"葛洪《史记钞》十四卷。"《隋书·经籍志二》:"《汉书钞》三十卷,晋散骑常侍葛洪撰……《汉武内传》三卷。"未著撰者。文廷式《补晋书艺文志》卷四:"《日本见存书目》题葛洪,今从之。"余嘉锡撰《四库提要辩证》卷十七据宋晁伯宇《续谈助》卷一《洞冥记》后引柬之之言,亦定为葛洪撰。《旧唐书》卷四十六《经籍志上》:"《后汉书钞》三十卷,葛洪撰。"《太平寰宇记》卷一百六分宁县:"幕府山在县西二百九十里,晋葛洪著《山记》一卷。"《直斋书录解题》卷八作《幙阜山记》一卷,又"《关中记》一卷,晋葛洪稚川撰。所载殊简略"。《旧唐书》卷四十七《经籍志下》:"《老子道德经序诀》二卷,葛洪撰。"《新唐书》卷五十九《艺文志三》同。《隋书》卷三十四《经籍志三》:"《抱朴子内篇》二十一卷、音一卷,葛洪撰。"《旧唐书》卷四十七《经籍志下》、《新唐书》卷五十九《艺文志三》、《郡斋读书志校证》卷十六均作二十卷。《隋书·经籍志三》:"《抱朴子外篇》三十卷,葛洪撰。梁有五十一卷。"《旧唐书·经籍志下》、《新唐书·艺文志三》、《郡斋读书志校证》卷十二均作十卷。《晋书》卷十一《天文志上》:"至于浑天理妙,学者多疑……葛洪释之曰……"文廷式《补晋书艺文志》卷四题此文为《浑天论》。《抱朴子·杂应篇》:葛洪撰"《玉函方》一百卷。"又《登涉篇》:葛洪撰"《遁甲书》乃有六十余卷,不可卒精,故钞集其要以为《囊中立成》。"《隋书·经籍志三》作《遁甲肘后立成囊中秘》一卷。《晋书·葛洪传》:著《金匮药方》一百卷、《肘后要急方》四卷。《抱朴子·杂应篇》:洪撰《救卒方》三卷。《御览》卷七二二引《晋中兴书》:"洪撰《经用旧验方》三卷,号曰《肘后方》……于今行用。"《隋书·经籍志三》作"《肘后方》六卷"。"《遁甲返覆图》一卷,葛洪撰……《遁甲要用》四卷,葛洪撰……《遁甲秘要》一卷,葛洪撰……《遁甲要》一卷,葛洪撰。"《旧唐书·经籍志下》:"《三元遁甲图》三卷,葛洪撰。"《新唐书·艺文志三》同。《隋书·经籍志三》:"《龟决》二卷,葛洪撰……梁有《周易杂占》十卷,葛洪撰,亡……《玉函煎方》五卷,葛洪撰……《神仙服食药方》十卷,抱朴子撰。"《新唐书·艺文志三》:"抱朴子《太清神仙服食经》五卷。"丁国钧《补晋书艺文志》卷三:"《服食方》四卷,葛洪。谨按,沙门法琳《辨正论》卷九引。"《隋书·经籍志三》:"《序房内秘术》一卷,葛氏撰。"卷三十五《经籍志四》:"《抱朴君书》一卷,葛洪撰。"《全晋文》辑葛洪文八篇,除已见上文者外,还有:《遐观赋》、《西京杂记序》、《关尹子序》、《肘后备急方序》、《养生论》(以上卷一一六)、《抱朴子·内篇》(佚文)、《抱朴子·外篇》、《备阙》、《军术》及缺篇名佚文(以上卷一一七)。《晋诗》卷二十一辑葛洪诗五首:《洗药池诗》、《法婴玄灵之曲》二首、《上元夫人步玄之曲》、《四非歌》。

米芾《海岳名言》:"葛洪天台之观飞白,为大字之冠,古今第一。"郑杓《衍极》卷四《古学篇》刘有定注:"葛仙翁《勒字法应神集音义章》……极言题署之法。"《书断中》:"吴皇象字休明……工章草,师于杜度……抱朴云:书圣者皇象。"

11. 鸠摩罗什返龟兹。受戒于王宫,学《十诵律》。

《高僧传》卷二《鸠摩罗什传》:"龟兹王躬往温宿,迎什还国,广说诸经,四远宗仰,莫之能抗。时王子为尼,字阿竭耶末帝,博览群经,特深禅要,云已证二果。闻法喜踊,乃更设大集,请开《方等》经奥。什为推辩'诸法皆空无我',分别'阴界假名非实'。时会听者莫不悲感追悼,恨悟之晚矣。"什还龟兹时间,《高僧传·鸠摩罗什传》未记年月,《晋书》卷九十五《鸠摩罗什传》:"年二十,龟兹王迎之还国,广说诸经,四远学徒莫之能抗。"《高僧传·鸠摩罗什传》:"年二十,受戒于王宫,从卑摩罗叉学《十诵律》。有顷,什母辞往天竺……什母临去,谓什曰:'《方等》深教,应大阐真丹。传之东土,唯尔之力。但于自身无利,其可如何?'什曰:'大士之道,利彼忘躯。若必使大化流传,能洗悟矇俗,虽复身当炉镬,苦而无恨。'于是留住龟兹,止于新寺。后于寺侧故宫中,初得《放光经》,始就披读。"

12. 支遁在西州与王坦之辩讲。

《世说新语·排调第二十五》:"王文度在西州,与林法师讲,韩、孙诸人并在坐。林公理每欲小屈,孙兴公曰:'法师今日如著弊絮在荆棘中,触地挂阂。'"余嘉锡笺疏引程炎震曰:"坦之未尝为扬州,支遁下都在哀帝时,王述方刺扬州,盖就其父官廨中设讲耳。"周一良《魏晋南北朝史札记》:"《晋书》谢安传云'遂还都,闻当舆入西州门'。按:西州指扬州刺史廨舍。"考《晋书》卷八《穆帝纪》、《哀帝纪》,哀帝升平五年五月即位。王述任扬州刺史始于永和十年二月,终于兴宁二年五月。又《高僧传》卷四《支遁传》:“哀帝即位……(支遁)出都,止东安寺……淹留京师涉将三载,乃还东山。”据上述记载,支遁与王坦之辩讲当在明年五月前。姑系于此。

13. 谢安除吴兴太守。拜见竺法旷。

《晋书》卷七十九《谢安传》:“寻除吴兴太守。在官无当时誉,去后为人所思。”时间疑在本年。《高僧传》卷五《竺法旷传》:“后辞师远游,广寻经要。还止于潜青山石室……谢安为吴兴,故往展敬。而山栖幽阻,车不通辙。于是解驾山椒,陵峰步往。”

364　甲子

晋兴宁二年　　前燕建熙五年
代建国二十七年　　前秦甘露六年
前凉太清二年

范汪六十四岁。王述六十二岁。王彪之六十岁。桓温五十三岁。道安五十三岁。郗愔五十二岁。孙绰五十一岁。支遁五十一岁。司马晞四十九岁。司马昱四十五岁。谢安四十五岁。袁宏三十七岁。庾龢三十六岁。王坦之三十五岁。王蕴三十五岁。杨羲三十五岁。慧远三十一岁。郗超二十九岁。苻坚二十七岁。吕光二十七岁。范宁二十六岁。司马丕二十四岁。王献之二十一岁。徐邈二十一岁。鸠摩罗什二十一岁。王珣十五岁。张野十五岁。李暠十四岁。王珉十四岁。徐广十三岁。范泰十岁。裴松之五岁。王敬弘五岁。刘穆之五岁。司马曜三岁。刘裕二岁。司马道子一岁。郑鲜之一岁。

1. 桓温作《上疏陈便宜七事》，率军进合肥，加扬州牧、录尚书事。作《辞参政朝疏》。

《晋书》卷九十八《桓温传》："温以既总督内外，不宜在远，又上疏陈便宜七事……有司皆奏行之。寻加羽葆鼓吹，置左右长史、司马、从事中郎四人。受鼓吹，余皆辞。复率舟军进合肥。加扬州牧、录尚书事，使侍中颜旄宣旨，召温入参朝政。温上疏曰……诏不许，复征温。温至赭圻，诏又使尚书车灌止之，温遂城赭圻，固让内录，遥领扬州牧。”卷八《哀帝纪》：本年二月，“慕容暐将慕容评袭许昌，颍川太守李福死之。评遂侵汝南……又进围陈郡……桓温遣江夏相刘岵击退之。”四月，“温帅舟次于合肥”。五月戊辰，“以桓温为扬州牧、录尚书事。壬申，遣使喻温入相，温不从。秋七月丁卯，复征温入朝。八月，温至赭圻，遂城而居之。”

2. 司马丕不悆。好黄、老，饵长生药，中毒。

《晋书》卷八《哀帝纪》：本月三月，“辛未，帝不悆。帝雅好黄、老，断谷，饵长生药，服食过多，遂中毒，不识万机，崇德太后复临朝摄政。”《建康实录》卷八《哀帝纪》：本年“诏移陶官于淮水北，遂以南岸窑处之地施僧慧力，告瓦官寺。”潘天寿著《顾恺之》引《佛祖统记》：“瓦官寺，在金陵凤凰台，又名瓦棺寺。晋哀帝时所创立。寺中有瓦官阁，高三十五丈。”

3. 王述为尚书令。

《晋书》卷七十五《王述传》：“寻迁散骑常侍、尚书令，将军如故。述每受职，不为虚让，其有所辞，必于不受。至是，子坦之谏，以为故事应让。述曰：‘汝谓我不堪邪？’坦之曰：‘非也，但克让自美事耳。’述曰：‘既云堪，何为复让！人言汝胜我，定不及也。’……简文帝每言述才既不长，直以真率便敌人耳。谢安亦叹美之。”卷八《哀帝纪》：本年五月，“以扬州刺史王述为尚书令、卫将军。”述升平三年已任卫将军，《哀帝纪》系于本年，误。

4. 前秦苻坚作《下制禁车服僭侈》。

《晋书》卷一百十三《苻坚载记上》：“时商人赵掇、丁妃、邹瓮等皆家累千金，车服之盛，拟则王侯，坚之诸公竞引之为国二卿。黄门侍郎程宪言于坚曰：'赵掇等皆商贩丑竖，市郭小人，车马衣服僭同王者，官齐君子，为藩国列卿，伤风败俗，有尘圣化，宜肃明典法，使清浊显分。'坚于是推检引掇等为国卿者，降其爵。乃下制……"《通鉴》卷一百一本年引上文为"下诏曰……"诏文中"本欲使诸公延选英儒"等六句，《全晋文》无。此文《全晋文》漏收。

5. 司马道子生。

《晋书》卷六十四《简文三子传》："简文帝七子……李夫人生孝武帝、会稽文孝王道子。"同卷《会稽王道子传》："会稽文孝王道子字道子。"据《会稽王道子传》、卷十《安帝纪》，道子元兴元年卒，时年三十九推之，当生于本年。

6. 郑鲜之生。

《宋书》卷六十四《郑鲜之传》："郑鲜之字道子，荥阳开封人也。高祖混（校勘记引张森楷《校勘记》云：'鲜之去郑浑且二百年，以寻常数计之，当在六世之外。此云高祖，于事不合。'），魏将作大匠。祖袭，大司农。父遵，尚书郎。袭初为江乘令，因居县境。"据本传，元嘉四年卒，时年六十四推之，当生于本年。

7. 鸠摩罗什广诵大乘经。

《高僧传》卷二《鸠摩罗什传》："停住二年，广诵大乘经，论洞其秘奥，龟兹王为造金师子座，以大秦锦褥铺之，令什升而说法……俄而大师盘头达多不远而至……什得师至欣遂本怀，为说《德女问经》……师谓什曰：'汝于大乘见何异相而欲尚之？'……什乃连类而陈之，往复若至。经一月余日，方乃信服……于是礼什为师……西域诸国咸伏什神俊，每至讲说，诸王皆长跪座侧，令什践而登焉。其见重如此。什既道流西域，名被东川。”

8. 道安达襄阳，复宣佛法。

《高僧传》卷五《释道安传》：“既达襄阳，复宣佛法。初，经出已久，而旧译时谬，致使深义隐没未通，每至讲说，唯叙大意转读而已。安穷览经典，钩深致远，其所注《般若》、《道行》、《密迹》、《安般》诸经，并寻文比句，为起尽之义，乃析疑甄解，凡二十二卷。序致渊富，妙尽深旨，条贯既叙，文理会通，经义克明，自安始也。自汉魏迄晋，经来稍多，而传经之人，名字弗说，后人追寻，莫测年代。安乃总集名目，表其时人，诠品新旧，撰为《经录》，众经有据，实由其功。四方学士，竞往师之。”道安达襄阳时间未详。据本传，苻丕攻克襄阳时，道安在襄阳已十五年。太元四年苻丕克襄阳。据此上推，当于本年达襄阳。

9. 慧远随道安南游樊、沔。

《高僧传》卷六《释慧远传》：“后随安公南游樊、沔。”上述事当在本年道安到襄阳后。

10. 习凿齿往见释道安。

《高僧传》卷五《释道安传》：“时襄阳习凿齿锋辩天逸，笼罩当时，其先闻安高名，早已致书通好，曰……及闻安至止，既往修造。”萧绎《金楼子》卷五《捷对篇》：“习凿齿诣释道安，值持钵趋堂，凿齿乃翔往众僧之斋也。众皆舍钵敛衽，唯道安食不辍，不之礼也。习甚恚之，乃厉声曰：‘四海习凿齿，故故来看尔。’道安应曰：‘弥天释道安，无暇得相看。’习愈忿曰：‘头有钵上色，钵无头上毛。’道安曰：‘面有匙上色，匙无面上坳（原注：习面坳也）。’习又曰：‘大鹏从南来，众鸟皆戢翼。何物冻老鸱,腩腩低头食。'道安曰:'微风入幽谷,安能动大材?猛虎当道食,不觉蚤虻来。'于是习无以对。"

11. 支遁于瓦官寺与道人辩答。还东山。作《上书告辞哀帝》。

《世说新语·文学第四》:"有北来道人好才理,与林公相遇于瓦官寺,讲《小品》。于时竺法深、孙兴公悉共听。此道人语,屡设疑难,林公辩答清析,辞气俱爽。此道人每辄摧屈。孙问深公:'上人当是逆风家,向来何以都不言?'深公笑而不答。林公曰:'白旃檀非不馥,焉能逆风?'深公得此义,夷然不屑。"《高僧传》卷四《支遁传》:"遁淹留京师,涉将三载,乃还东山,上书告辞曰:'……上愿陛下,特蒙放遣,归之林薄,以鸟养鸟,所荷为优。谨露板以闻,伸其愚管,裹粮望路,伏待慈诏。'诏即许焉,资给发遣,事事丰厚,一时名流,并饯离于征虏……既而收迹剡山,毕命林泽。"《世说新语·雅量第六》:"支道林还东,时贤并送于征虏亭。"刘孝标注引《高逸沙门传》:"遁为哀帝所迎,游京邑久,心在故山,乃拂衣王都,还就岩穴。"上述支遁事,确切时间不详。据《建康实录》卷八《哀皇帝》,本年造瓦官寺。又遁于升平五年五月哀帝即位后至京都,"涉将三载,乃还东山",据以上记载推测,上述事疑在本年。

12. 孙绰于瓦官寺听讲《小品》。

见本年第 11 条。

13. 顾恺之画维摩诘。

《历代名画记》:"长康又曾于瓦官寺北小殿画维摩诘,画讫,光彩耀目数日。"《建康实录》卷八《太宗简文皇帝》原按引《京师寺记》:"兴宁中,瓦官寺初置僧众设会,请朝贤鸣刹注疏。其时士大夫莫有过十万者。既至,长康直打刹一百万。长康素贫，时以为大言僧，后寺成，请勾疏。长康曰：‘宜备一壁。’遂闭户往来，一百余日，所画维摩一躯，工毕，将欲点眸子，谓寺僧曰：‘第一日开见者，责施十万。第二日开，可五万。第三日，可任例责施。’及开户，光明照寺，施者填咽，俄而果百万钱也。”《历代名画记》卷二：“顾生首创维摩诘象，有清羸示病之容，隐几忘言之状。”又卷三：“顾恺之画维摩诘，在大殿外西壁。”《世说新语·文学第四》刘孝标注引《中兴书》：“恺之博学有才气，为人迟钝而自矜尚，为时所笑。”

14. 谢安作《与支遁书》。

《高僧传》卷四《支遁传》：“晚欲入剡，谢安为吴兴守，与支遁书曰……”时间未详，疑在本年。

15. 王献之任州主簿、秘书郎。转丞。

《晋书》卷八十《王献之传》：“起家州主簿、秘书郎，转丞。”时间未详，献之十八岁时丧父，服孝约须三年，起家州主簿疑在本年。

16. 王蕴迁尚书吏部郎。

《晋书》卷九十三《王蕴传》：“迁尚书吏部郎。性平和，不抑寒素，每一官缺，求者十辈，蕴无所是非。时简文帝为会稽王，辅政，蕴辄连状白之，曰：‘某人有地，某人有才。’务存进达，各随其方，故不得者无怨焉。”上述事，时间不详。明年简文帝改封琅邪王，姑系于此。

365　乙丑

晋兴宁三年　　　　前燕建熙六年
代建国二十八年　　前秦建元元年
前凉太清三年

范汪六十五岁。王述六十三岁。王彪之六十一岁。桓温五十四岁。道安五十四岁。郗愔五十三岁。孙绰五十二岁。支遁五十二岁。司马晞五十岁。司马昱四十六岁。谢安四十六岁。袁宏三十八岁。庾龢三十七岁。王坦之三十六岁。王蕴三十六岁。杨羲三十六岁。慧远三十二岁。郗超三十岁。苻坚二十八岁。吕光二十八岁。范宁二十七岁。司马丕二十五岁。王献之二十二岁。徐邈二十二岁。鸠摩罗什二十二岁。王珣十六岁。张野十六岁。李暠十五岁。王珉十五岁。徐广十四岁。范泰十一岁。裴松之六岁。王敬弘六岁。刘穆之六岁。司马曜四岁。刘裕三岁。司马道子二岁。郑鲜之二岁。陶渊明一岁。

1. 桓温移镇姑孰。表朱序为征讨都护。

《晋书》卷九十八《桓温传》："属鲜卑攻洛阳，陈祐出奔，简文帝时辅政，会温于洌洲，议征讨事，温移镇姑孰。会哀帝崩，事遂寝。"《资治通鉴》卷一百一：本年正月，"大司马（桓）温移镇姑孰……二月……司徒昱闻陈祐弃洛阳，会大司马温于洌洲。”《晋书》卷八十一《朱序传》:“兴宁末,梁州刺史司马勋反,桓温表序为征讨都护往讨之。”表已佚。

2. 司马丕卒。

《建康实录》卷八《哀皇帝》:本年“二月甲午,疾笃,丙申,帝崩于西堂。三月,葬安平陵。在县北九里鸡笼山之阳,元帝同处……谥哀帝。帝虽即尊位,而政不由己,军事权于桓温,机务在于会稽,天子不得自由,故兴宁童谣云:‘虽复转宁,后无聊生。’”

《全晋文》卷十一辑晋哀帝司马丕文七篇,除已见上文者外,还有《书》一篇。另,《诏问朝臣不为太妃敬》一篇,《全晋文》漏收,已见上文。

《书小史》卷一:“哀皇帝……善行书。”《淳化阁帖》卷一辑有晋哀帝《中书帖》。

3. 前秦苻坚改元为建元。屯陕城以备慕容恪。率军击败匈奴叛兵。

《晋书》卷一百十三《苻坚载记上》:“兴宁三年,坚又改元为建元。慕容暐遣其太宰慕容恪攻拔洛阳,略地至于崤渑。坚惧其入关,亲屯陕城以备之。匈奴右贤王曹毂、左贤王卫辰举兵叛,率众二万攻其杏城已南郡县,屯于马兰山。索虏乌延等亦叛坚而通于辰、毂。坚率中外精锐以讨之。”《通鉴》卷一百一:本年二月,“秦大赦,改元建元。”

4. 王珣议王导初营建康,制置纡余委曲。

《世说新语·言语第二》:“宣武移镇南州,制街衢平直。人谓王东亭(礼按:指王珣,曾封东亭侯,详后)曰:‘丞相初营建康,无所因承,而制置纡曲,方此为劣。’东亭曰:‘此丞相乃所以为巧。江左地促,不如中国;若使阡陌条畅,则一览而尽。

故纡余委曲,若不可测。'"《文选》卷二十二殷仲文《南州桓公九井作》李善注引《水经注》:"淮南郡之于湖县南,所谓姑孰,即南州矣。"桓温本年移镇姑孰。

5. 王献之作《保母砖志》。

《全晋文》卷二十七辑《保母砖志》曰:"琅邪王献之保母,姓李名如意……在母家,志行高秀;归王氏,柔顺恭勤。善属文,能草书。解释老旨趣。年七十,兴宁三年岁在乙丑二月六日,无疾而终。仲冬既望,葬会稽山阴之黄闳冈下。"《善本碑帖录》卷二:"晋琅邪王献之书保母砖志　行书,十行共约百字,有漫漶,又多谓伪造。晋兴宁三年二月六日。王献之书。砖志南宋嘉泰二年夏六月山阴农人辟土得于黄闳冈。录《金石萃编》。王献之保母李如意,广汉人,善文能书。志佚。"

6. 习凿齿作《与释道安书》。

《全晋文》卷一百三十四辑凿齿《与释道安书》曰:"兴宁三年四月五日,凿齿稽首和南……"

7. 司马昱会桓温于洌洲。改封为琅邪王。

会桓温于洌洲,见本年第1条。《晋书》卷九《简文帝纪》:"废帝即位,以琅邪王绝嗣,复徙封琅邪,而封王子昌明为会稽王。帝固让,故虽封琅邪而不去会稽之号。"卷八《海西公纪》系上述事于本年七月。

8. 道安往江陵。

《高僧传》卷五《释道安传》:"时征西将军桓朗子(礼按:桓豁字朗子)镇江陵,要安暂住。"《晋书》卷八《哀帝纪》:本年二月桓豁任荆州刺史。

9. 郗愔为辅国将军、会稽内史。

《晋书》卷六十七《郗愔传》:"简文帝辅政,与尚书仆射江虨等荐愔,以为执德存正,识怀沉敏,而辞职遗荣,有不拔之操,成务须才,岂得遂其独善,宜见征引,以参政术。于是征为光禄大夫,加散骑常侍。既到,更除太常,固让不拜。深抱冲退,乐补远郡,从之,出为辅国将军、会稽内史。"愔任会稽内史,时间不详。据《东晋将相大臣年表》,本年十二月王彪之代江虨为尚书仆射。愔任会稽内史当在本年或本年前。

10. 王彪之任尚书仆射。

《晋书》卷七十六《王彪之传》:"居郡八年,豪右敛迹……(桓)温以山阴县折布米不时毕,郡不弹纠,上免彪之。彪之去郡,郡见罪谪未上州台者,皆原散之。温复以为罪,乃槛收下吏。会赦,免。"卷八《海西公纪》:本年"十二月戊戌,以会稽内史王彪之为尚书仆射。"

11. 陶渊明生。

《宋书》卷九十三《陶潜传》:"陶潜字渊明,或云渊明字元亮,寻阳柴桑人也。曾祖侃,晋大司马。"《晋书》卷九十四《陶潜传》:"祖茂,武昌太守。"陶澍《陶靖节年谱考异》:"李公焕《命子诗》注引陶茂麟《家谱》,以先生……父名逸,为姿城太守,生五子。又引赵泉山云:'靖节之父,史轶其名,惟见于茂麟《家谱》……考《晋书·地理志》、《宋书·州郡志》,皆无姿城……当以安城为是。"《晋诗》卷十六辑陶渊明《命子诗》:"於穆仁考,淡焉虚止。寄迹风云,冥兹愠喜。"《全晋文》卷一百十二辑陶渊明《晋故征西大将军长史孟府君传》:"渊明先亲,君之第四女也。"《宋书·陶潜传》:"潜元嘉四年卒,时年六十三。"据此上溯,知当生于本年。

12. 杨羲受众真降授。

《云笈七签》卷五《晋茅山真人杨君》:"年三十六,以兴宁乙丑岁众真降授，有若上相青童君，太虚真人赤君……莫不霓旌暗曳，神辔潜竦，纷纷属乎烟消。沦踪收于俗蹊，燕声金响于君。月无旷日，岁不虚矣。君师魏夫人，俪九华而朋于诸真。"《本起录》载："先生以甲子、乙丑、丙寅之中，就兴世馆主东阳孙游岳咨领家符图经法，虽相承皆是真本，而历经摹写，意有所未惬者。于是更相博访远近以正之。"甲子为去年，丙寅为明年，今一并系于此。

13. 支遁悲悼法虔。

《世说新语·伤逝第十七》："支道林丧法虔之后，精神霣丧，风味转坠。常谓人曰：'昔匠石废斤于郢人，牙生辍弦于钟子，推己外求，良不虚也！冥契既逝，发言莫赏，中心蕴结，余其亡矣！'却后一年，支遂殒。"支遁明年卒，故系上述事于本年。

14. 范汪卒。

《晋书》卷七十五《范汪传》："后至姑孰，见温。温时方起屈滞以倾朝廷，谓汪远来诣己，倾身引望，谓袁宏曰：'范公来，可作太常邪？'汪既至，才坐，温谢其远来意。汪实来造温，恐以趋时致损，乃曰：'亡儿瘗此，故来视之。'温殊失望而止。时年六十五，卒于家。赠散骑常侍，谥曰穆。"《隋书》卷三十二《经籍志一》："梁有……《祭典》三卷，晋安北将军范汪撰……亡。"丁国钧《补晋书艺文志》卷一："诸书有引（范）汪祠法者，见《御览》引书目。有引汪祠制者，《书钞》百五十春类。有引汪祀礼者，盖此书之篇目也。"《隋书》卷三十三《经籍志二》："《尚书大事》二十卷，范汪撰。"《新唐书》卷五十八《艺文志二》作二十一卷，《旧唐书》卷四十六《经籍志上》亦作二十一卷，未著撰者。《新唐书·艺文志二》："范汪《杂府州郡仪》十卷。"《隋书·经籍志二》:"《范氏家传》一卷,范汪撰。"《荆州记》,范汪撰。《类聚》卷六十四引。《隋书》卷三十四《经籍志三》:"梁有……《围棋九品序录》五卷,范汪等撰……亡……《棋九品序录》一卷,范汪等注。"《旧唐书》卷四十七《经籍志下》、《新唐书》卷五十九《艺文志三》录有范汪等注《棋品》五卷。《隋书·经籍志三》:"《范东阳方》一百五卷,录一卷,范汪撰。梁一百七十六卷……亡。"《新唐书·艺文志三》:"尹穆纂《范东阳杂药方》一百七十卷,范汪。"丁国钧《补晋书艺文志》卷三:"《解散方》七卷,范汪。谨按,见《七录》。家大人曰:此书旧与下二书,但题范氏,无名。考《隋志·医方类》,东阳外无别有姓范者,此三种亦为汪书……《疗妇人药方》十一卷,范汪。谨按,见《七录》。《疗小儿药方》一卷,范汪。谨按,见《七录》。"《隋书》卷三十五《经籍志四》:"晋《范汪集》一卷,梁十卷。"《旧唐书》卷四十七《经籍志下》、《新唐书》卷六十《艺文志四》均作八卷。《全晋文》卷一百二十四辑范汪文九篇,除已见上文者外,还有:《在东阳郡表瑞》、《为旧君服议》、《与王彪之书》、《与江惇书》、《答高崧问》、《答高崧访》、《祭典》、《棋品》。其中《棋品》只收一条。《世说新语·方正第五》刘孝标注引《棋品》一条,《全晋文》漏收。

《书小史》卷五:"范汪……善正书,有《谢瓜启》传于世。"《述书赋上》:"顺阳笔精,吾见玄平。近瞻元常,俯视国明。利且淹薄,多能似生。如班输子之运斧,乏栋梁以经营。"《晋书·范汪传》:"长子康嗣,早卒。康弟宁,最知名。"关于范宁,见本书有关范宁条。

15. 范宁作《春秋穀梁传集解》。

《全晋文》卷一百二十五辑范宁《春秋穀梁传集解序》曰:"升

平之末，岁次大梁。先君北蕃回轸，顿驾于吴，乃帅门生故吏、我兄弟子侄，研讲六籍，次及三传。《左氏》则有服、杜之注，《公羊》则有何、严之训，释《穀梁传》者虽近十家，皆肤浅末学，不经师匠。辞理典据，既无可观。又引《左氏》、《公羊》以解此传，文义违反，斯害也已。于是乃商略名例，敷陈疑滞，博示诸儒同异之说。昊天不吊，太山其颓，匍匐墓次，死亡无日，日月逾迈。跂及视息，乃与二三学士及诸子弟，各记所识，并言其意。业未及终，严霜夏坠，从弟凋落，二子泯没。天实丧予，何痛如之。今撰诸子之言，各记其姓名，名曰《春秋穀梁传集解》。"《晋书》卷七十五《范宁传》："宁以《春秋穀梁氏》未有善释，遂沉思积年，为之集解。其义精审，为世所重。"宁父汪卒于本年，《春秋穀梁传集解》成书疑在本年或本年后。

16. 袁宏作《东征赋》、《名士传》。

《世说新语·文学第四》刘孝标注引《续晋阳秋》："（袁）宏为大司马记室参军，后为《东征赋》，悉称过江诸名望。时桓温在南州，宏语众云：'我决不及桓宣城。'时伏滔在温府，与宏善，苦谏之，宏笑而不答。滔密以启温，温甚忿，以宏一时文宗，又闻此赋有声，不欲令人显闻之。后游青山饮酌，既归，公命宏同载，众为危惧。行数里，问宏曰：'闻君作《东征赋》，多称先贤，何故不及家君？'宏答曰：'尊公称谓，自非下官所敢专，故来呈启，不敢显之耳。'温乃云：'君欲为何辞？'宏即答云：'风鉴散朗，或搜或引。身虽可亡，道不可陨。则宣城之节，信为允也。'温泫然而止。"《晋书》卷九十二《袁宏传》："宏赋又不及陶侃，侃子胡奴尝于曲室抽刃问宏曰：'家君勋迹如此，君赋云何相忽？'宏窘急，答曰：'我已盛述尊公，何乃言无?’因曰:‘精金百汰,在割能断,功以济时,职思静乱,长沙之勋,为史所赞。’胡奴乃止。”上述诸事之时间,《续晋阳秋》仅言“时桓温在南州”,此外,未见明确记载。《文选》卷二十二殷仲文《南州桓公九井作》李善注引《水经注》曰:“淮南郡之于湖县南,所谓姑孰,即南州矣。”《东征赋》当作于本年或本年前。《世说新语·文学第四》:“袁彦伯作《名士传》成(刘孝标注:‘宏以夏侯太初、何平叔、王辅嗣为正始名士,阮嗣宗、嵇叔夜、山巨源、向子期、刘伯伦、阮仲容、王浚仲为竹林名士,裴叔则、乐彦辅、王夷甫、庾子嵩、王安期、阮千里、卫叔宝、谢幼舆为中朝名士。’),见谢公。公笑曰:‘我尝与诸人道江北事,特作狡狯耳! 彦伯遂以著书。’”《名士传》写作时间未详。当作于谢安仕进后,今姑系于此。《名士传》,《晋书》卷九十二《袁宏传》作《竹林名士传》三卷。此书所写不限于正始名士,应从《世说新语》作《名士传》。

17. 伏滔苦谏袁宏。

见本年第16条。

18. 顾恺之随桓温游江津。

《世说新语·言语第二》:“桓征西治江陵城甚丽,会宾僚出江津望之,云:‘若能目此城者有赏。’顾长康时为客,在坐,目曰:‘遥望层城,丹楼如霞。’桓即赏以二婢。”余知古《渚宫旧事》卷五云:“温治江陵城甚丽,会宾僚出江津云……顾恺之为参军在坐……”所记其时恺之“为参军”,与《世说新语》所云恺之“为客”不同。时间未详。盖恺之先为温客,后任参军,较合情理。恺之明年任参军,故系游江津于此。

19. 李暠少好学,善文义。

《晋书》卷八十七《凉武昭王李玄盛传》:“少而好学,性沈敏宽和,美器度,通涉经史,尤善文义。及长,颇习武艺,诵孙、吴兵法。”上述诸事时间不详,亦非一年之事,姑一并系于此。

20. 崔潜仕慕容暐,为黄门侍郎。

《魏书》卷二十四《崔玄伯传》:“父潜,仕慕容暐,为黄门侍郎,并有才学之称。”潜仕慕容暐时间不详。据《晋书》卷八《哀帝纪》、《海西公纪》,慕容暐于升平四年正月嗣前燕皇帝位,太和五年十二月被俘获,凡十一年。潜仕慕容暐当在其间,姑系于此。潜以后事迹不详。

《书小史》卷八:崔潜“善隶、草”。据《魏书·崔玄伯传》,潜子除玄伯外,还有徽,“字玄猷。少有文才,与勃海高演俱知名”。

366　丙寅

晋废帝司马奕太和元年　　前燕建熙七年
代建国二十九年　　前秦建元二年
前凉太清四年

王述六十四岁。王彪之六十二岁。桓温五十五岁。道安五十五岁。郗愔五十四岁。孙绰五十三岁。支遁五十三岁。司马晞五十一岁。司马昱四十七岁。谢安四十七岁。袁宏三十九岁。庾龢三十八岁。王坦之三十七岁。王蕴三十七岁。杨羲三十七岁。慧远三十三岁。郗超三十一岁。苻坚二十九岁。吕光二十九岁。范宁二十八岁。王献之二十三岁。徐邈二十三岁。鸠摩罗什二十三岁。王珣十七岁。张野十七岁。李暠十六岁。王珉十六岁。徐广十五岁。范泰十二岁。裴松之七岁。王敬弘七岁。刘穆之七岁。司马曜五岁。刘裕四岁。司马道子三岁。郑鲜之三岁。陶渊明二岁。

1. 支遁卒。卒前作《切悟章》。

《世说新语·言语第三》刘孝标注引《高逸沙门传》:“支遁……年五十三终于洛阳。”支遁卒地,另有二说。《伤逝第十七》刘孝标注引《支遁传》:“遁太和元年终于剡之石城山,因葬焉。”《高僧传》卷四《支道林传》:“遁先经余姚坞山中住,至于明辰，犹还坞中。或问其意，答云：'谢安在昔数来见，辄移旬日，今触情举目，莫不兴想。'后病甚，移还坞中，以晋太和元年闰四月四日，终于所住，春秋五十有三。即窆于坞中，厥冢存焉。"又《伤逝第十七》刘孝标注引王珣《法师墓下诗序》："余……命驾之剡石城山，即法师之丘也。高坟郁为荒楚……"据此知遁当卒于石城山。《高僧传·支道林传》："郗超为之序传，袁宏为之铭赞，周昙宝为之作诔……遁有同学法虔，精理入神，先遁亡，遁叹曰……乃著《切悟章》，临亡成之，落笔而卒。凡遁所著文翰集有十卷，盛行于世。"

《隋书》卷三十五《经籍志四》："晋沙门《支遁集》八卷，梁十三卷……亡。"《晋诗》卷二十辑支遁诗十八首，除已见上文者外，还有：《四月八日赞佛诗》、《咏八日诗》三首、《五月长斋诗》、《咏怀诗》五首、《述怀诗》二首、《咏大德诗》、《咏禅思道人诗》、《咏利城山居》。《全晋文》卷一百五十七辑支遁文二十六篇，除已见上文者外，还有：《与桓玄书论州符求沙门名籍》、《与高骊道人论竺法深书》、《逍遥论》、《大小品对比要钞序》、《咏禅思道人诗序》、《释迦文佛像赞并序》、《阿弥陀佛像赞并序》、《文殊师利赞》、《弥勒赞》、《维摩诘赞》、《善思菩萨赞》、《法作菩萨不二入菩萨赞》、《闬首菩萨赞》、《不眴菩萨赞》、《善宿菩萨赞》、《善多菩萨赞》、《首立菩萨赞》、《月光童子赞》、《法护像赞》、《于法兰像赞》、《于道邃像赞》、《天台山铭序》。共二十二篇。

2. 郗超为支遁作序传。

见本年第1条。序传已佚。

3. 袁宏为支遁作铭赞。

见本年第1条。铭赞已佚。

4. 前秦苻坚使王猛等攻荆州。

《晋书》卷一百十三《苻坚载记上》："使王猛、杨安等率众二万寇荆州北鄙诸郡，掠汉阳万余户而还。"卷八《海西公纪》系上述事于本年十月辛丑。

5. 司马昱为丞相。

《晋书》卷九《简文帝纪》："太和元年，进位丞相、录尚书事，入朝不趋，赞名不拜，剑履上殿，给羽葆鼓吹班剑六十人，又固让。"卷八《海西公纪》：本年十月，"以会稽王昱为丞相。"

6. 司马晞加羽葆鼓吹。固让。

《晋书》卷六十四《武陵威王晞传》："太和初，加羽葆鼓吹，入朝不趋，赞名不拜，剑履上殿。固让。"

7. 庾龢任中领军。与戴逵论画。

《晋书》卷七十三《庾龢传》："太和初，代王恪为中领军。"与戴逵论画见本年第11条。

8. 前秦始建莫高窟。

莫高窟第十四窟内《唐李怀让重修莫高窟碑》："莫高窟者，厥前秦建元二年，有沙门乐僔，戒行清虚，执心恬静，尝杖锡林野，行至此山，忽见金光，状有千佛，因就此山造窟一龛。次有法良禅师，从东届此，又于僔师窟侧，更即营造。伽蓝之起，滥觞二僧。复有刺史建平公、东阳王等□□□□□后合州黎度，造作相仍，实神秀之幽岩、灵奇之静域也。西达九陇坡，鸣沙飞井擅其名，东接三危峰，法露翔云腾□□。"《中国美术全集》绘画编14《敦煌壁画上》载段文杰撰《敦煌壁画概述》："最早建窟者是两位禅僧乐僔与法良。二六八——二七五这一组洞窟便是这一时期的遗存。"

9. 范宁为司马昱所辟，未行。作《王弼何晏论》。

《晋书》卷七十五《范宁传》:“简文帝为相,将辟之,为桓温所讽,遂寝不行。故终温之世,兄弟无在列位者。时以浮虚相扇,儒雅日替,宁以为其源始于王弼、何晏,二人之罪深于桀、纣,乃著论曰……宁崇儒抑俗,率皆如此。”《王弼何晏论》写作时间未详。故系于此。

10. 顾恺之任桓温参军。

《晋书》卷九十二《顾恺之传》:“桓温引为大司马参军,甚见亲昵。”恺之任温参军未详年月,今暂系于此。《世说新语·文学第四》刘孝标注引宋明帝《文章志》:“桓温云:‘顾长康体中痴黠各半,合而论之,正平平耳。’世云有三绝,画绝、文绝、痴绝。”《晋书·顾恺之传》云三绝为“才绝、画绝、痴绝”。桓温评恺之,年月未详,可能在任参军时。

11. 戴逵画行像极精妙。

《世说新语·巧艺第二十一》:“戴安道中年画行像甚精妙。庾季道看之,语戴云:‘神明太俗,由卿世情未尽。’戴云:‘唯务光当免卿此语耳。’”上述事时间不详,今据“中年”姑系于本年。本年逵约近四十岁。

12. 江灌迁御史中丞。

《晋书》卷八十三《江灌传》:“迁御史中丞。”时间未见记载,姑系于此。

367　丁卯

晋太和二年　　　　前燕建熙八年
代建国三十年　　　前秦建元三年
前凉太清五年

王述六十五岁。王彪之六十三岁。桓温五十六岁。道安五十六岁。郗愔五十五岁。孙绰五十四岁。司马晞五十二岁。司马昱四十八岁。谢安四十八岁。袁宏四十岁。庾龢三十九岁。王坦之三十八岁。王蕴三十八岁。杨羲三十八岁。慧远三十四岁。郗超三十二岁。苻坚三十岁。吕光三十岁。范宁二十九岁。王献之二十四岁。徐邈二十四岁。鸠摩罗什二十四岁。王珣十八岁。张野十八岁。李暠十七岁。王珉十七岁。徐广十六岁。范泰十三岁。裴松之八岁。王敬弘八岁。刘穆之八岁。司马曜六岁。刘裕五岁。司马道子四岁。郑鲜之四岁。陶渊明三岁。

1. 前秦《邓太尉祠碑》立。

方若原著、王壮弘增补《增补校碑随笔》第二一〇页:"邓太尉祠碑　隶书,十九行。前八行,行二十九字。后十一行,书立石人名作三列。相传有额,然审视较旧拓本穿上与其左右无字可见。在陕西蒲城。建元三年六月。旧拓本字多清晰,间有漫漶亦可辨,近则漫漶殊甚。"《考古与文物》1980 年第 2 期载闻宥撰《记有关羌族历史的石刻》云：此碑“一般称为《修邓天尉祠碑》……此碑发见的年代不详。地点有的说在蒲城，有的说在泾阳。该碑现存陕西省博物馆。拓本甚难得，截至现在，还没有发表过。至于迻录铭文……比较准确的有陆增祥的《八琼室金石补正》本。”

2. 郗愔任平北将军、徐州刺史。作《上言魏隲事》。

《晋书》卷六十七《郗愔传》：“大司马桓温以愔与徐、兖有故义，乃迁愔都督徐兖青幽扬州之晋陵诸军事、领徐兖二州刺史、假节。虽居藩镇，非其好也。”卷八《海西公纪》：本年，“九月，以会稽内史郗愔为都督徐兖青幽四州诸军事、平北将军、徐州刺史。”《通典》卷五十九：“东晋废帝太和中，平北将军郗愔上言……”上言当在本年任平北将军后、太和四年转会稽太守前。

3. 郗超任散骑侍郎。

《晋书》卷六十七《郗超传》：“寻除散骑侍郎。时（郗）愔在北府。”本年九月愔在北府。超除散骑侍郎当在本年九月后。

4. 王徽之拜徐州刺史郗愔。

《世说新语·排调第二十五》：“郗司空拜北府（注引《南徐州记》：‘旧徐州都督以东为称。晋氏南迁，徐州刺史王舒加北中郎将。北府之号，自此起也。’）。王黄门（礼按：徽之后任黄门侍郎）诣郗门拜，云：‘应变将略，非其所长。’骤咏之不已。郗仓谓嘉宾曰：‘公今日拜，子猷言语殊不逊，深不可容！’嘉宾曰：‘此是陈寿作诸葛评。人以汝家比武侯，复何所言？’”上述事当在本年郗愔任徐州刺史后。

5. 王述作《上疏乞骸骨》。

《晋书》卷七十五《王述传》：“太和二年，以年迫悬车，上疏乞骸骨，曰……不许。述竟不起。”

6. 王献之隐林下，有飞鸟惠字。

《全晋文》卷二十七辑王献之《进书诀表》曰：“臣献之顿首言：臣年二十四，隐林下，有飞鸟，左手持纸，右手持笔，惠臣五百七十九字。”

7. 裴松之学通《论语》、《毛诗》。

《宋书》卷六十四《裴松之传》：“松之年八岁，学通《论语》、《毛诗》。”

8. 竺道壹始造金牒千像。

《莫高窟年表》第46页，太和二年，“晋造像大兴，沙门竺道一始为金牒千像。按金牒者，以薄铜片覆模型上，以锤打成。前乎道一，未闻此法。自此法兴，中土锤牒造像，遂为佛教艺术之一种。”

9. 新疆吐鲁番阿斯塔那古墓有卖驼契、“富且昌宜侯王夫延命长”织成履。

《中国美术全集》工艺美术编6《印染织绣上·图版说明》第46页：“‘富且昌宜侯王夫延命长’织成履　东晋　长二二·五厘米　宽八厘米　高四·五厘米　一九六四年新疆吐鲁番阿斯塔那北区三九号墓出土　新疆维吾尔自治区博物馆藏　底用麻线编织，其他部分用褐、红、白、黑、蓝、黄、土黄、金黄、绿等九种色丝按履的成型，以‘通经断纬’的方法编织花边和‘富且昌宜侯王夫延命长’汉体铭文，由中心向两边对称排列，每句各织两遍。鞋尖部织有对称的夔纹。此履完整，色艳如新，为汉魏文献‘丝履’之新发现。同墓出东晋升平十一年……卖驼契和升平十四年……文书。”附“富且昌宜侯王夫延命长”织成履图。

10. 桓温请顾恺之论书画。

《历代名画记》卷五引刘义庆《世说新语》云："桓大司马每请长康与羊欣论书画，竟夕忘倦。"今本《世说新语》未载此条。年月未详，姑系于恺之任大司马参军后。又羊欣生于太和五年，此处所云羊欣，误。

11. 戴逵见支遁墓。

《建康实录》卷八《孝宗穆皇帝》注按："（支遁）卒后，戴安道尝经其墓。"《世说新语·伤逝第十七》："戴公见林法师墓，曰：'德音未远，而拱木已积。冀神理绵绵，不与气运俱尽耳。'"戴逵往见支遁墓，时间未详。遁卒于上年，姑系于此。

12. 王珣作《黄公酒垆下赋》。

珣作《黄公酒垆下赋》之时间有二说：《世说新语·文学第四》："裴郎作《语林》……载王东亭作《经王公酒垆下赋》，甚有才情。"据此，赋当作于裴启撰《语林》前。《语林》作于隆和时。《轻诋第二十六》刘孝标注引《续晋阳秋》："晋隆和中，河东裴启撰……《语林》……后说太傅事不实，而有人于谢坐叙其黄公酒垆，司徒王珣为之赋，谢公加以与王不平，乃云：'君遂复作裴郎学！'"按《续晋阳秋》所记，是裴启先作《语林》，王珣后作赋。如取第一说，隆和前一年，王珣年十二岁，似不可能。今从第二说。姑系于本年。本年珣十八岁。其赋已佚。

13. 庾龢议裴启所著《语林》，陈王珣《经酒垆下赋》。

《世说新语·轻诋第二十六》："庾道季诧谢公曰：'裴郎云："谢安谓裴郎乃可不恶，何得为复饮酒？"裴郎又云：'谢安目支道林，如九方皋之相马，略其玄黄，取其俊逸。'谢公云：'都无此二语，裴自为此辞耳！'庾意甚不以为好，因陈东亭《经酒垆下赋》。读毕，都不下赏裁，直云：'君乃复作裴氏学！'于此,《语林》遂废。”庾龢上述事,时间未详。龢约卒于太和四年,故系于此。

14. 裴启所著《语林》被废。

见本年第 13 条。《隋书》卷三十四《经籍志三》:“《语林》十卷,东晋处士裴启撰。亡。”

15. 郭瑀开凿马蹄寺石窟。

瑀生年未详。《东乐县志》:“薤谷石窟,在县城西南一百一十公里临松山下,今有马蹄寺佛龛……晋名贤郭瑀开辟隐居教学处。”“石窟凿于郭瑀及其弟子,后人扩而充之,加以佛像。”《晋书》卷九十四《郭瑀传》:“郭瑀字元瑜,敦煌人也。少有超俗之操,东游张掖,师事郭荷,尽传其业。精通经义,雅辩谈论,多才艺,善属文。荷卒,瑀以为父生之,师成之,君爵之,而五服之制,师不服重,盖圣人谦也,遂服斩衰,庐墓三年。礼毕,隐于临松薤谷,凿石窟而居,服柏实以轻身,作《春秋墨说》、《孝经错纬》,弟子著录千余人。”瑀开凿石窟,时间未详。咸安二年,张天锡备礼征瑀(详后)。自本年至咸安二年,凡五年,瑀凿石窟,并教授弟子千余人,时间不会太短。姑系于本年。

16. 张野拒绝为秀才。

《莲社高贤传·张野传》:“野学兼华梵,尤善属文,性孝友,田宅悉推与弟,一味之甘,与九族共。州举秀才……不就。”野不就秀才,时间不详,姑系于十八岁时。

368 戊辰

晋太和三年　　　前燕建熙九年
代建国三十一年　前秦建元四年
前凉太清六年

王述六十六岁。王彪之六十四岁。桓温五十七岁。道安五十七岁。郗愔五十六岁。孙绰五十五岁。司马晞五十三岁。司马昱四十九岁。谢安四十九岁。袁宏四十一岁。庾龢四十岁。王坦之三十九岁。王蕴三十九岁。杨羲三十九岁。慧远三十五岁。郗超三十三岁。苻坚三十一岁。吕光三十一岁。范宁三十岁。王献之二十五岁。徐邈二十五岁。鸠摩罗什二十五岁。王珣十九岁。张野十九岁。李暠十八岁。王珉十八岁。徐广十七岁。范泰十四岁。裴松之九岁。王敬弘九岁。刘穆之九岁。司马曜七岁。刘裕六岁。司马道子五岁。郑鲜之五岁。陶渊明四岁。

1. 王述卒。

《晋书》卷七十五《王述传》:"(太和)三年卒,时年六十六……追赠侍中、骠骑将军、开府,谥曰穆,以避穆帝,改曰简。"据卷八《海西公纪》,述卒于本年八月壬寅。《建康实录》卷八系述卒于永和二年,疑误。今从《晋书》。

《隋书》卷三十二《经籍志一》:"《春秋左氏经传通解》四卷,王述之撰……《春秋旨通》十卷，王述之撰。"《世说新语·轻诋第二十六》余嘉锡笺疏："六朝人名有之者，多去'之'为单名。述之疑即王述。故《金楼子·立言篇》云：'王怀祖颇有儒术。'盖谓此也。"《隋书》卷三十五《经籍志四》："晋尚书仆射《王述集》八卷。"《旧唐书》卷四十七《经籍志下》、《新唐书》卷六十《艺文志四》均作五卷。《全晋文》卷二十九辑王述文九篇，除已见上文者外，还有：《庆老人星表》、《上白麐表》。

《书小史》卷五："王述字怀祖……善草书。"《述书赋上》："怀祖通文瓛之情……高利迅薄，连属欹倾。犹鸟避罗而势侧，泉激石而分横。"

《晋书·王述传》："子坦之嗣。"《世说新语·品藻第九》刘孝标注引《王氏世家》："祎之字文劭，述次子。少知名，尚寻阳公主。仕至中书郎，未三十而卒。坦之悼念，与桓温称之，赠散骑常侍。"《假谲第二十七》："王文度弟阿智。"刘孝标注："阿智，王处之小字。处之字文将，辟州别驾，不就。娶太原孙绰女，字阿恒。"

2. 王坦之以父忧去大司马桓温长史。

《晋书》卷七十五《王坦之传》："出为大司马桓温长史。寻以父忧去职。"

3. 前秦广武将军□产碑立。

张彦生著《善本碑帖录》卷二："前秦苻氏广武将军□产碑隶书，十七行，行卅一字。阴题名首列十五行，下题名十八行，行卅多字，有界格顺序书，二侧一列、二列、一八列字大小不等。额隶书一行五字。苻秦建元四年十月一日。旧碑在陕西白水县史官村仓颉庙，约乾隆初石佚，于民国九年拆除仓颉庙前影壁时发现。碑多考为张姓，阳漫漶，阴侧题名较清晰。

4. 桓温位在诸王上。

《通鉴》卷一百一：本年，“加大司马（桓）温殊礼，位在诸侯王上。”

5. 庾蕴任广州刺史。

《晋书》卷七十三《庾冰传》：“太和中……（庾）蕴为广州刺史，并假节。”《东晋将相大臣年表》系蕴为广州刺史于本年。

6. 陶渊明程氏妹生。

《全晋文》卷一百十二辑陶渊明《祭程氏妹文》：“慈妣早世，时尚乳婴，我年二六，尔才九龄。”是程氏妹少渊明四岁，当生于本年。

7. 徐邈应选。

《晋书》卷九十一《徐邈传》：“及孝武帝始览典籍，招延儒学之士，邈既东州儒素，太傅谢安举以应选。”时间不详，姑系于本年。本年孝武帝司马曜七岁。

8. 竺道壹出都止瓦官寺，从竺法汰受学。

《高僧传》卷五《竺道壹传》：“琅邪王珣兄弟深加敬事。晋太和中出都止瓦官寺，从汰公受学。数年之中，思彻渊深，讲倾都邑。汰有弟子昙一，亦雅有风操，时人呼昙一为大壹，道一为小壹。名德相继，为时论所宗。晋简文皇帝深所知重。”道壹出都止瓦官寺，确切时间不详。太和共五年，今据“太和中”，姑系于此。

9. 王珉辟州主簿，不行，娶谢安女。

《晋书》卷六十五《王珉传》：“辟州主簿，举秀才，不行。”卷七十九《谢琰传》：“王珣娶（谢）万女，珣弟珉娶（谢）安女，并不终。”以上所述事，时间不详，姑系于十八岁时。

10. 庾友任东阳太守。

《世说新语·贤媛第十九》刘孝标注引《庾氏谱》:庾友"历中书郎、东阳太守。"《晋书》卷七十三《庾冰传》:'"太和中……友东阳太守……初,郭璞筮冰云:'子孙必有大祸,唯用三阳可以有后。'故希求镇山阳,友为东阳,家于暨阳。"友任东阳太守确切时间不详,太和凡五年,姑系于此。友任中书郎,时间未详,姑一并系于此。

369　己巳

晋太和四年　　　前燕建熙十年
代建国三十二年　前秦建元五年
前凉太清七年

王彪之六十五岁。桓温五十八岁。道安五十八岁。郗愔五十七岁。孙绰五十六岁。司马晞五十四岁。司马昱五十岁。谢安五十岁。袁宏四十二岁。庾龢四十一岁。王坦之四十岁。王蕴四十岁。杨羲四十岁。慧远三十六岁。郗超三十四岁。苻坚三十二岁。吕光三十二岁。范宁三十一岁。王献之二十六岁。徐邈二十六岁。鸠摩罗什二十六岁。王珣二十岁。张野二十岁。李暠十九岁。王珉十九岁。徐广十八岁。范泰十五岁。裴松之十岁。王敬弘十岁。刘穆之十岁。司马曜八岁。刘裕七岁。司马道子六岁。郑鲜之六岁。陶渊明五岁。桓玄一岁。孔琳之一岁。

1. 桓温帅众北伐，败。

《晋书》卷九十八《桓温传》："太和四年，又上疏悉众北伐。平北将军郗愔以疾解职，又以温领平北将军、徐兖二州刺史，率弟南中郎冲、西中郎袁真步骑五万北伐……真讨谯梁皆平之，而不能开石门，军粮竭尽……战于襄邑，温军败绩，死者三万人。温甚耻之，归罪于真，表废为庶人。真怨温诬己，据寿阳以自固，潜通苻坚、慕容暐。帝遣侍中罗含以牛酒犒温于山阳……诏以温世子给事熙为征虏将军、豫州刺史、假节。及南康公主薨，诏赙布千匹，钱百万，温辞不受。又陈息熙三年之孤，且年少未宜使居偏任，诏不许。发州人筑广陵城，移镇之。时温行役既久，又兼疾疠，死者十四五，百姓嗟怨。”又《晋书·桓温传》：“温自江陵北伐，行经金城，见少为琅邪时所种柳皆已十围，慨然曰：‘木犹如此，人何以堪！’攀枝执条，泫然流涕。于是过淮、泗，践北境，与诸僚属登平乘楼，眺望中原，慨然曰：‘遂使神州陆沉，百年丘墟，王夷甫诸人不得不任其责！’袁宏曰：‘运有兴废，岂必诸人之过！’温作色谓四座曰：‘颇闻刘景升有千斤大牛，啖刍豆十倍于常牛，负重致远，曾不若一羸牸，魏武入荆州，以享军士。’意以况宏，坐中皆失色。”《世说新语·言语第二》余嘉锡笺疏引刘盼遂曰：“穆帝永和十二年，（桓）温自江陵北伐。海西公太和四年，温发姑孰伐燕。金城泣柳事，当在太和四年之行。由姑孰赴广陵，金城为所必经。攀枝流涕，当此时矣。”又《轻诋第二十六》余嘉锡笺疏，程炎震引周保绪《晋略列传》二十五曰：“（桓）温伐燕，自姑孰乘舟，顺江而下，入淮、泗，登平乘楼。”《真诰》卷十八《握真辅》：“公明日当复南州，与大司马别。大司马克二十六日发也。”原注：“公是简文，为司徒也。大司马是桓温也。温在姑孰，应北伐慕容……于时是太和四年己巳岁三月中书也。”《晋书》卷八《海西公纪》：“（太和）四年夏四月庚戌，大司马桓温帅众伐慕容暐。秋七月辛卯，暐将慕容垂帅众拒温，温击败之……九月……戊子，温至枋头。丙申，以粮运不继，焚舟而归。辛丑，慕容垂追败温后军于襄邑。冬十月……己巳，温收散卒，屯于山阳。豫州刺史袁真以寿阳叛。十一月辛丑,桓温自山阳及会稽王昱会于涂中,将谋后举。十二月,遂城广陵而居之。”

2. 郗愔从桓温北伐。作《遗桓温笺》。转会稽太守。

《晋书》卷六十七《郗愔传》:“俄属桓温北伐,愔请督所部出河上,用其子超计,以己非将帅才,不堪军旅,又固辞解职,劝温并领己所统。转冠军将军、会稽内史。”作《遗桓温笺》见本年第3条。

3. 郗超为其父愔更作《遗桓温笺》。谏桓温。

《晋书》卷六十七《郗超传》:“时愔在北府,徐州人多劲悍,温恒云‘京口酒可饮,兵可用’。深不欲愔居之。而愔暗于事机,遣笺诣温,欲共奖王室,修复园陵。超取视,寸寸毁裂,乃更作笺,自陈老病,甚不堪人间,乞闲地自养。温得笺大喜,即转愔为会稽太守……太和中,温将伐慕容氏于临漳,超谏以道远,汴水又浅,运道不通。温不从,遂引军自济入河,超又进策于温曰……温不从,果有枋头之败,温深惭之。”

4. 袁宏从桓温北征,作《北征赋》。被责免官。

《全晋文》卷五十七辑袁宏《北征赋》。《晋书》卷九十二《袁宏传》:“从桓温北征,作《北征赋》,皆其文之高者。尝与王珣、伏滔同在温坐,温令滔读其《北征赋》,至‘闻所传于相传,云获麟于此野,诞灵物以瑞德,奚授体于虞者!疚尼父之洞泣,似实恸而非假。岂一性之足伤,乃致伤于天下’,其本至此便改韵。珣云:‘此赋方传千载,无容率耳。今于“天下”之后,移韵徙事,然于写送之致,似为未尽。’滔云:‘得益写韵一句,或为小胜。’温曰:‘卿思益之。’宏应声答曰:‘感不绝于余心,愬流风而独写。’珣诵味久之,谓滔曰:‘当今文章之美,故当共推此生。’”《世说新语·文学第四》:“桓宣武命袁彦伯作

《北征赋》。"《北征赋》中有"于时天高地涸,木落水凝。繁霜夜洒,劲风晨兴"等句,赋当作于本年秋后。又《晋书·袁宏传》:"性强正亮直,虽被温礼遇,至于辩论,每不阿屈,故荣任不至。与伏滔同在温府,府中呼为'袁伏'。宏心耻之,每叹曰:'公之厚恩未优国士,而与滔比肩,何辱之甚。'"《世说新语·文学第四》:"桓宣武北征,袁虎时从,被责免官。会须露布文,唤袁倚马前令作。手不辍笔,俄得七纸,殊可观。东亭在侧,极叹其才。袁虎云:'当令齿舌间得利。'"刘孝标注引《(桓)温别传》:"温以太和四年上疏自征鲜卑。"袁宏被免官,不见《晋书》本传及《桓温传》,刘孝标注定于太和四年。

5. 伏滔随桓温北伐,读议袁宏《北征赋》。从桓温伐袁真,作《正淮论》上、下。

随桓温北伐,读议《北征赋》见本年第4条。《晋书》卷九十二《伏滔传》:"从(桓)温伐袁真,至寿阳,以淮南屡叛,著论二篇,名曰《正淮》。其上篇曰……其下篇曰……"滔从桓温伐袁真当在本年十月袁真叛后。

6. 罗含任侍中,被遣至山阳,以牛酒慰劳桓温。

《晋书》卷九十二《罗含传》:"累迁散骑常侍、侍中。"时间不详,疑在本年或本年前。至山阳慰劳桓温见本年第1条。

7. 王珣任桓温主簿,从讨袁真,封东亭侯。

《晋书》卷六十五《王珣传》:"弱冠与陈郡谢玄为桓温掾,俱为温所敬重,尝谓之曰:'谢掾年四十,必拥旄杖节。王掾当作黑头公。皆未易才也。'珣转主簿。时温经略中夏,竟无宁岁,军中机务并委珣焉。文武数万人,悉识其面。从讨袁真,封东亭侯。"《世说新语·宠礼第二十二》:"王珣、郗超并有奇才,为大司马所眷拔。珣为主簿,超为记室参军。超为人多须，珣状短小。于是荆州(笺疏引程炎震注云：'此荆州字误。珣弱冠从温，已移镇姑熟，不在荆州矣。')为之语曰：'髯参军，短主簿。能令公喜，能令公怒。'"《文学第四》："王东亭到桓公吏，既伏阁下，桓令人窃取其白事。东亭即于阁下更作，无复向(按：'向'一作'同')一字。"刘孝标注引《续晋阳秋》："珣学涉通敏，文高当世。"《书断中》："(王)珣亦善书。"《世说新语·雅量第六》："王东亭为桓宣武主簿，既承藉，有美誉，公甚欲其人地为一府之望。初，见谢失仪，而神色自若。坐上宾客即相贬笑。公曰：'不然，观其情貌，必自不凡。吾当试之。'后因月朝阁下伏，公于内走马直出突之，左右皆宕仆，而王不动。名价于是大重，咸云'是公辅器也'。"《容止第十四》："简文作相王时，与谢公共诣桓宣武。王珣先在内，桓语王：'卿尝欲见相王，可住帐里。'二客既去，桓谓王曰：'定何如？'王曰：'相王作辅，自然湛若神君，公亦万夫之望。不然，仆射何得自没？'"笺疏引程炎震注云："桓温自徐移荆，迄于废立，与简文会者二：前在兴宁三年乙丑洌洲，后在太和四年己巳涂中。此是会涂中事。"

8. 吴隐之拜奉朝请、尚书郎。

隐之生年不详。《世说新语·德行第一》刘孝标注："附子，隐之小字也。"又注引《吴氏谱》："父坚，取东苑童侩女，名秦姬。"《晋书》卷九十《吴隐之传》："吴隐之字处默，濮阳鄄城人，魏侍中质六世孙也。隐之美姿容，善谈论，博涉文史，以儒雅标名。弱冠而介立，有清操，虽日晏歠菽，不飨非其粟，儋石无储，不取非其道。年十余，丁父忧，每号泣，行人为之流涕。事母孝谨，及其执丧，哀毁过礼……与太常韩康伯邻居，康伯母，殷浩之姊，贤明妇人也，每闻隐之哭声，辍餐投箸,为之悲泣。既而谓康伯曰:'汝若居铨衡,当举如此辈人。'及康伯为吏部尚书,隐之遂阶清级,解褐辅国功曹,转参征虏军事。兄坦之为袁真功曹,真败,将及祸,隐之诣桓温,乞代兄命,温矜而释之。遂为温所知赏,拜奉朝请、尚书郎。"本年九月袁真败,见本年第1条。隐之拜奉朝请、尚书郎当在本年九月后。又《晋书·吴隐之传》:"隐之为奉朝请,谢石请为卫将军主簿。隐之将嫁女,石知其贫素,遣女必当率薄,乃令移厨帐助其经营。使者至,方见婢牵犬卖之,此外萧然无办。"

9. 司马昱与桓温将谋后举。

见本年第1条。

10. 前秦苻坚与前燕慕容暐连横抗晋,后又击败慕容暐。

《晋书》卷一百十三《苻坚载记上》:"太和四年,晋大司马桓温伐慕容暐,次于枋头,暐众屡败,遣使乞师于坚,请割武牢以西之地。坚亦欲与暐连横,乃遣其将苟池等率步骑二万救暐。王师寻败,引归,池乃还。是时慕容垂避害奔于坚,王猛言于坚曰:'慕容垂,燕之戚属……不如除之。'坚曰:'吾方以义致英豪,建不世之功。且其初至,吾告之至城,今而害之,人将谓我何!'王师既旋,慕容暐悔割武牢之地……坚大怒,遣王猛与建威梁成、邓羌率步骑三万,署慕容垂为冠军将军,以为乡导,攻暐洛州刺史慕容筑于洛阳……猛振旅而归。"

11. 孙盛作《晋阳秋》。

《晋书》卷八十二《孙盛传》:"著……《晋阳秋》……《晋阳秋》词直而理正,咸称良史焉。既而桓温见之,怒谓盛子曰:'枋头诚为失利,何至乃如尊君所说!若此史遂行,自是关君门户事。'其子遽拜谢,谓请删改之。时盛年老还家,性方严有轨宪，虽子孙班白，而庭训愈峻。至此，诸子乃共号泣稽颡，请为百口切计。盛大怒。诸子遂尔改之。盛写两定本，寄于慕容儁(礼按：慕容儁卒于升平四年，而盛书曾写有太和四年枋头之役。此处谓'寄于慕容儁'，误)。太元中，孝武帝博求异闻，始于辽东得之，以相考校，多有不同，书遂两存。"《晋阳秋》恐非一时之作，书中写及本年桓温枋头失利一事，据此可推断成书当在本年。《通鉴》卷一百二亦系于本年。《隋书》卷三十三《经籍志二》："《晋阳秋》三十二卷，讫哀帝。孙盛撰。"《晋阳秋》写有海西公太和四年枋头之役，《隋书》所言"讫哀帝"，不确。《晋阳秋》，全书已佚。今有汤球辑本三卷。另，文化部文物局文献研究室编《出土文献研究》载陈国灿、李征《吐鲁番出土的东晋写本〈晋阳秋〉残卷》一文云：1972年，新疆博物馆考古队在吐鲁番阿斯塔那发掘了151号墓，获得大批纸制文书，其中有《晋阳秋》残本千余字，为东晋的写本，字全为隶体。

12. 桓玄生。

《晋书》卷九十九《桓玄传》："桓玄字敬道，一名灵宝，大司马温之孽子也。其母马氏尝与同辈夜坐，于月下见流星坠铜盆水中，忽如二寸火珠，冏然明净，竞以瓢接取，马氏得而吞之，若有感，遂有娠。及生玄，有光照室，占者奇之，故小名灵宝。奶媪每抱诣温，辄易人而后至，云其重兼常儿，温甚爱异之。"据《晋书·桓玄传》，玄于元兴三年被斩，时三十六岁推之，当生于本年。

13. 孔琳之生。

《宋书》卷五十六《孔琳之传》："孔琳之字彦琳，会稽山阴人。祖沈，晋丞相掾。父廞，光禄大夫……景平元年卒，时年五十五。”据此推之,当生于本年。

14. 庾龢卒。

《晋书》卷七十三《庾龢传》:“卒于官。”时间未详。据《东晋将相大臣年表》,龢上年仍任领军将军,本年则不见任职。姑系卒年于此。

《隋书》卷三十五《经籍志四》:“梁又有……中领军《庾龢集》二卷,录一卷……亡。”《全晋文》卷三十七辑龢文一篇,已见上文。

《晋书》卷七十三《庾龢传》:“子恒,尚书仆射,赠光禄大夫。”

370 庚午

晋太和五年　　前燕建熙十一年

代建国三十三年　　前秦建元六年

前凉太清八年

王彪之六十六岁。桓温五十九岁。道安五十九岁。郗愔五十八岁。孙绰五十七岁。司马晞五十五岁。司马昱五十一岁。谢安五十一岁。袁宏四十三岁。王坦之四十一岁。王蕴四十一岁。杨羲四十一岁。慧远三十七岁。郗超三十五岁。苻坚三十三岁。吕光三十三岁。范宁三十二岁。王献之二十七岁。徐邈二十七岁。鸠摩罗什二十七岁。王珣二十一岁。张野二十一岁。李暠二十岁。王珉二十岁。徐广十九岁。范泰十六岁。裴松之十一岁。王敬弘十一岁。刘穆之十一岁。司马曜九岁。刘裕八岁。司马道子七岁。郑鲜之七岁。陶渊明六岁。桓玄二岁。孔琳之二岁。羊欣一岁。何承天一岁。

1. 桓温自广陵率军击败袁瑾。

《晋书》卷九十八《桓温传》:"袁真病死,其将朱辅立其子瑾以嗣事。慕容暐、苻坚并遣军援瑾,温使督护竺瑶、矫阳之等与水军击之。时暐军已至,瑶等与战于武丘,破之。"卷八《海西公纪》:本年,"二月癸酉,袁真死,陈郡太守朱辅立真子瑾嗣事，求救于慕容暐……八月癸丑，桓温击袁瑾于寿阳，败之。”

2. 前秦苻坚作《报王猛》、《燕平下诏大赦》，歌劳止之诗。

《十六国春秋》卷三十六《前秦录四·苻坚录上》：“建元六年……六月，坚复遣王猛督镇南将军杨安、虎牙将军张蚝、建武将军邓羌等十将，率步骑六万，讨平燕冀。乙卯，坚亲送猛于灞上……十一月，辛亥，猛留将军武都毛当戍晋阳，进次潞川……猛望燕兵之盛，驰骑遣邓羌往击之……猛长驱而东，丁卯，进兵卫邺，猛上疏称……坚报之曰……坚留李威辅太子宏守长安，阳平公融镇洛阳。躬帅精锐十万向邺，七日而至安阳。过旧闾，引诸耆老，语及祖父之事，泫然流涕，乃停信宿……戊寅，坚攻邺拔之。慕容暐等出奔高阳，游击将军郭庆执而送之。辛巳，坚入邺宫。诸州牧守及六夷渠帅，尽来降附……坚散燕宫人珍宝，分赐将士，下诏大赦，曰……以常山太守申绍为散骑侍郎，使与散骑侍郎京兆韦儒，俱为绣衣使者，循行关东州郡，观省风俗，劝课桑农，振恤穷困，收葬死亡，旌显节行，燕政有不便于民者，皆变除之。十二月……坚自邺如枋头，行饮至之礼，歌劳止之诗，以飨群臣，宴诸父老……甲寅，还长安。”

3. 前秦苻融镇洛阳。

见本年第2条。

4. 前秦吕光封都亭侯。

《晋书》卷一百二十二《吕光载记》：“从王猛灭慕容暐，封都亭侯。”卷八《海西公纪》：本年“十一月，猛克邺，获慕容暐，尽有其地。”

5. 有“太和五”年楔形砖文。

《考古》1985年11期载无锡市博物馆撰《无锡赤墩里东晋

墓》:“无锡县赤墩里位于无锡市西约10公里。1965年夏,在赤墩里东南桃花山北麓发现一座砖室墓……整个墓室用青灰砖筑成。墓砖分长方砖和楔形砖两类……楔形砖有两种……一种呈梯形,长31.8、宽8.16、厚5.3厘米,正背两面饰绳纹,头端模印阳文‘江’字……其中甬道顶部一块楔形砖侧刻划阴文‘太和五八月四日作小釜’。该砖出土完整,后因砖角损裂,‘太’字部分残缺。”并附有楔形砖文字和纹饰拓本。

6. 有“太和五年”等墓砖字。

《文物资料丛刊》(8)载新昌县文管会撰《浙江新昌县七座两晋墓清理概况》:“1974年回山公社殿前大队开辟茶山,在下里山南坡发现有纹饰的古砖……墓砖规格5.5×16×36厘米,两端有万字纹,一侧为三钱纹,一侧有古隶体‘太和五年八月十五日作庚午’字样。”附“太和五年”墓砖拓片。

7. 有“晋泰和五年”墓砖铭文。

中国社会科学院考古研究所编《考古学报》1988年第2期载胥浦六朝墓发掘队撰《扬州胥浦六朝墓》曰:“胥浦位于江苏省扬州市义征县之西约十公里……1981年1—8月……先后在这一区域内清理了一批古墓葬,其中有六朝砖室墓二十座,编号为MI……室内残有刀形砖,砖长30、宽14、一侧厚5、另一侧厚3.6厘米……砖为素面砖,在部分长方形砖的侧面发现模制铭文:‘晋泰和五年岁在庚午秋九月’。在部分刀形砖的端面上亦发现模制铭文:‘晋泰和六年岁在辛未’。均为阳文。”并附有墓砖铭文拓本二。

8. 杨羲东行浙越,得真人遗迹十余卷。

《本起录》:“(杨羲)至庚午年,又启假东行浙越,处处寻求异灵……并得真人遗迹十余卷。”

9. 羊欣生。

《宋书》卷六十二《羊欣传》:“羊欣字敬元,泰山南城人也。曾祖忱,晋徐州刺史。祖权,黄门郎。父不疑,桂阳太守……元嘉十九年,卒,时年七十三。”据此推之,当生于本年。郑杓《衍极》卷一《至朴篇》刘有定注:“献之传其甥羊欣。”据此知欣为王献之外甥。

10. 何承天生。

《宋书》卷六十四《何承天传》:“何承天,东海郯人也。从祖伦,晋右卫将军。”据本传,卒于元嘉二十四年,年七十八推之,当生于本年。

11. 袁宏作《孟处士铭》。

《世说新语·栖逸第十八》刘孝标注引袁宏《孟处士铭》曰:“处士名陋,字少孤,武昌阳新人,吴司空孟宗后也。少而希古,布衣蔬食,栖迟蓬荜之下,绝人间之事,亲族慕其孝。大将军命会稽王辟之,称疾不至,相府历年虚位,而澹然无闷,卒不降志,时人奇之。”《晋书》卷九十四《孟陋传》:“简文帝辅政,命为参军,称疾不起。桓温躬往造焉。或谓温曰:‘孟陋高行,学为儒宗,宜引在府,以和鼎味。’温叹曰:‘会稽王尚不能屈,非敢拟议也。’陋闻之曰:‘桓公正当以我不往故耳。亿兆之人,无官者十居其九,岂皆高士哉!我疾病不堪恭相王之命,非敢为高也。’由是名称益重。博学多通,长于《三礼》。注《论语》,行于世。卒以寿终。”《孟处士铭》写作时间不详。铭中称司马昱为会稽王,又云“相府历年虚位”。《晋书·孟陋传》载陋自称“我疾病不堪恭相王之命”,据此知铭当作于司马昱太和元年十月为丞相后、咸安元年十一月即帝位前。姑系于此。

371　辛未

晋太和六年　　　简文帝司马昱咸安元年
代建国三十四年　前秦建元七年
前凉太清九年

王彪之六十七岁。桓温六十岁。道安六十岁。郗愔五十九岁。孙绰五十八岁。司马晞五十六岁。司马昱五十二岁。谢安五十二岁。袁宏四十四岁。王坦之四十二岁。王蕴四十二岁。杨羲四十二岁。慧远三十八岁。郗超三十六岁。苻坚三十四岁。吕光三十四岁。范宁三十三岁。王献之二十八岁。徐邈二十八岁。鸠摩罗什二十八岁。王珣二十二岁。张野二十二岁。李暠二十一岁。王珉二十一岁。徐广二十岁。范泰十七岁。裴松之十二岁。王敬弘十二岁。刘穆之十二岁。司马曜十岁。刘裕九岁。司马道子八岁。郑鲜之八岁。陶渊明七岁。桓玄三岁。孔琳之三岁。羊欣二岁。何承天二岁。

1.《晋爨龙骧墓石》立。

《云南古代石刻丛考》第4页:“此石一九六五年一月出于陆良县十里许霸岩上一古墓中……文凡四行,每行四至六字不等,共二十字。书体在隶、楷之间。太和六年……立。”后附碑文。顾峰著《云南碑刻与书法》第71页云:爨龙骧墓石“刻有二十个字:'太和五年岁在辛未正月八日戊寅立爨龙骧之墓。'按辛未是太和六年(371),'正月八日'刚是六年的开头,疑为书碑者误写为五年。"

2. 桓温斩袁瑾。废帝海西公,立简文帝。作《表免武陵王晞》、《除太宰父子表》。命伏滔为隐士瞿硎先生作铭赞。

《晋书》卷九十八《桓温传》:"苻坚乃使其将王鉴、张蚝等率兵以救(袁)瑾,屯洛涧,先遣精骑五千次于肥水北。温遣桓伊及弟子石虔等逆击,大破之,瑾众遂溃,生擒之,并其宗族数十人及朱辅送于京都而斩之,瑾所侍养乞活数百人悉坑之,以妻子为赏。温以功,诏加班剑十人,犒军于路次,文武论功赏赐各有差。"卷八《海西公纪》系斩袁瑾于本年正月。又《海西公纪》:本年"十一月癸卯,桓温自广陵屯于白石。丁未,诣阙,因图废立,诬帝在藩夙有痿疾,嬖人相龙(校勘记:'《五行志》作"向龙"')、计好、朱灵宝等参侍内寝,而二美人田氏、孟氏生三男,长欲封树,时人惑之,温因讽太后以伊、霍之举。己酉,集百官于庙堂,宣崇德太后令曰……于是百官入太极前殿,即日桓温使散骑侍郎刘享收帝玺绶……初,桓温有不臣之心,欲先立功河朔,以收时望。及枋头之败,威名顿挫,遂潜谋废立,以长威权。然惮帝守道,恐招时议。以宫闱重闷,床第易诬,乃言帝为阉,遂行废辱。"《世说新语·尤悔第三十三》:"桓宣武对简文帝,不甚得语。废海西后,宜自申叙,乃豫撰数百语,陈废立之意。既见简文,简文便泣下数十行。宣武矜愧,不得一言。"《晋书·桓温传》:"参军郗超进废立之计,温乃废帝而立简文帝。诏温依诸葛亮故事,甲仗百人入殿,赐钱五千万,绢二万匹,布十万匹。温多所废徙,诛庾倩、殷涓、曹秀等……温复还白石,上疏求归姑孰。诏曰……"《表免武陵王晞》见本年第11条。《除太宰父子表》见本年第9条。命伏滔为隐士瞿硎先生作铭赞见本年第4条。

3. 桓伊破苻坚将王鉴、张蚝等，封宣城县子。

《晋书》卷八十一《桓伊传》："与谢玄共破贼别将王鉴、张蚝等，以功封宣城县子。"卷八《海西公纪》系伊破鉴、蚝于本年春正月。

4. 伏滔封闻喜县侯。为隐士瞿硎作铭赞。

《晋书》卷九十二《伏滔传》："寿阳平，以功封闻喜县侯，除永世令。"卷九十四《瞿硎先生传》："瞿硎先生者，不得姓名，亦不知何许人也。太和末，常居宣城郡界文脊山中，山有瞿硎，因以为名焉。大司马桓温尝往造之。既至，见先生被鹿裘，坐于石室，神无忤色，温及僚佐数十人皆莫测之，乃命伏滔为之铭赞。竟卒于山中。"铭赞已佚。

5. 郗超进桓温废立之计，迁中书侍郎。

《晋书》卷六十七《郗超传》："寻而有寿阳之捷。（桓温）问超曰：'此足以雪枋头之耻乎？'超曰：'未厌有识之情也。'既而超就温宿，中夜谓温曰：'明公都有虑不？'温曰：'卿欲有所言邪？'超曰：'明公既居重任，天下之责将归于公矣。若不能行废立大事，为伊、霍之举者，不足镇压四海、震服宇内，岂可不深思哉！'温既素有此计，深纳其言，遂定废立，超始谋也。迁中书侍郎。谢安尝与王文度共诣超，日旰未得前，文度便欲去，安曰：'不能为性命忍俄顷邪！'其权重当时如此。"

6. 前秦苻坚祀孔子。作《下书召徐统子孙》、《以邓羌为镇军将军诏》、《报王猛》。

《十六国春秋》卷三十六《前秦录四·苻坚录上》："建元七年，

春正月,行礼于辟雍,祀先师孔子。太子及公侯卿大夫士之元子,皆束脩释奠焉。高平苏通、长乐刘祥,并硕学耆儒,尤精二《礼》。坚以通为《礼记》祭酒,居于东庠,祥为《仪礼》祭酒,处于西亭。坚每月朔旦,率百僚亲临讲论……秋七月七日,坚如洛阳,下书曰……九月,坚还长安……冬十月,坚如邺,狩于西山,亲驰射兽,游猎旬余,乐而忘返。伶人王洛叩马谏曰……坚曰:'善哉……。'王猛因进曰……自是遂不复猎。十一月……车骑大将军王猛以六州任重,言于坚,请改授亲贤,及府选便宜,辄已停寝,别乞一州自效。坚报曰……仍遣侍中梁谠诣邺喻旨,猛乃视事如故。"《以邓羌为镇军将军诏》见卷四十二《前秦录十·邓羌录》:"(王)猛以潞川之功,请以羌为司隶。坚下诏曰……"《通鉴》卷一百三系上述事于本年八月。

7. 王坦之征拜侍中,领左卫将军。又领本州大中正。造临秦、安乐二寺。

《晋书》卷七十五《王坦之传》:"服阕,征拜侍中,袭父爵。时卒士韩帐逃亡归首,云'失牛故叛'。有司劾帐偷牛,考掠服罪。坦之以为帐束身自归,而法外加罪,懈怠失牛,事或可恕,加之木石,理有自诬,宜附罪疑从轻之例,遂以见原。海西公废,领左卫将军……又领本州大中正。"《东晋将相大臣年表》系坦之任侍中于本年。《建康实录》卷八《废皇帝》:原按:"(废皇)帝时,侍中、中书令王坦之造临秦、安乐二寺,在今县南二里半,南门临秦淮水也。"坦之宁康元年迁中书令(详后),此处云"中书令王坦之",不确。

8. 王彪之谏桓温。

《晋书》卷七十六《王彪之传》:"(桓)温将废海西公,百僚震慄,温以色动,莫知所为。彪之既知温不臣迹已著,理不可夺,乃谓温曰:'公阿衡皇家,便当倚傍先代耳。'命取《霍光传》。礼度仪制,定于须臾,曾无惧容。温叹曰:'作元凯不当如是邪!'时废立之仪既绝于旷代,朝臣莫有识其故典者。彪之神彩毅然,朝服当阶,文武仪准莫不取定,朝廷以此服之。温又废武陵王遵,以示事彪之。彪之曰:'武陵亲尊,未有显罪,不可以猜嫌之间,便相废徙。公建立圣明,遐迩归心,当崇奖王室,伊、周同美。此大事,宜更深详。'温曰:'此事已成,卿勿复言。'"

9. 司马昱即皇帝位。作《手诏报桓温》、《诏谯王恬》、《大赦诏》、《不听桓温还姑孰诏》,咏庾阐诗。自立僧寺一波提寺。遣曲安远诏问竺法旷。

《晋书》卷九《简文帝》:"及废帝废,皇太后诏曰:'丞相、录尚书、会稽王体自中宗,明德劭令,英秀玄虚,神栖事外……宜从天人之心,以统皇极。主者明依旧典,以时施行。'……咸安元年冬十一月己酉,即皇帝位。桓温出次中堂,令兵屯卫。乙卯(校堪记:'乙卯当在癸丑下。'),温奏废太宰、武陵王晞及子总(校勘记:'周校:据《晞传》,"总"宜作"综"。')。诏魏郡太守毛安之帅所领宿卫殿内,改元为咸安。庚戌,使兼太尉周颐告于太庙。辛亥,桓温遣弟秘逼新蔡王晃诣西堂,自列与太宰、武陵王晞等谋反。帝对之流涕,温皆收付廷尉。癸丑,杀东海王二子及其母。初,帝以冲虚简贵,历宰三世,温素所敬惮。及初即位,温乃撰辞欲自陈述,帝引见,对之悲泣,温惧不能言。至是,有司承其旨,奏诛武陵王晞,帝不许。温固执至于再三,帝手诏报曰:'若晋祚灵长,公便宜奉行前诏。如其大运去矣,请避贤路。'温览之,流汗变色,不复敢言。乙卯,废晞及其三子,徙于新安。丙辰,放新蔡王晃于衡阳。”《世说新语·黜免第二十八》:“桓宣武既废太宰父子,仍上表曰……简文手答表曰:‘所不忍言,况过于言?’宣武又重表,辞转苦切。简文更答曰……”温《除太宰父子表》、司马昱诏“所不忍言”二句,《全晋文》漏收。《通鉴》卷一百三:本年“御史中丞谯王恬承温旨,请依律诛武陵王晞。诏曰……”《晋书·简文帝纪》:本年十一月,“戊午,诏曰……”《不听桓温还姑孰诏》,见本年第2条。《简文帝纪》:“荧惑入太微,寻而海西废。及帝登阼,荧惑又入太微,帝甚恶焉。时中书郎郗超在直,帝乃引入,谓曰:‘命之修短,本所不计,故当无复前日事邪!’超曰:‘大司马臣温方内固社稷,外恢经略,非常之事,臣以百口保之。’及超请急省其父,帝谓之曰:‘致意尊公,家国之事,遂至于此!由吾不能以道匡卫,愧叹之深,言何能喻!’因咏庾阐诗云‘志士痛朝危,忠臣哀主辱’,遂泣下沾襟。”《建康实录》卷八《太宗简文皇帝》:原按:“简文即位,自立僧寺一波提寺。”《高僧传》卷五《竺法旷传》:“晋简文皇帝遣堂邑太守曲安远诏问起居,并咨以妖星,请旷为力。旷答诏曰……”上述事疑在本年。

10. 有《太和百姓歌》、《太和末童谣》。

《晋书》卷二十八《五行志中》:“海西公太和中,百姓歌曰……识者曰:‘白者,金行。马者,国族。紫为夺正之色,明以紫间朱也。’海西公寻废,其三子并非海西公之子,缢以马缰。死之明日,南方献甘露焉。太和末,童谣曰……及海西公被废,百姓耕其门以种小麦,遂如谣言。”

11. 司马晞被桓温免官,徙新安郡。

《晋书》卷六十四《武陵威王晞传》:“晞无学术而有武干,为桓温所忌。及简文帝即位，温乃表晞曰……请免晞官，以王归藩，免其世子综官，解子璲散骑常侍。'璲以梁王随晞，晞既见黜，送马八十五匹、三百人杖以归温。温又逼新蔡王晃使自诬与晞、综及著作郎殷涓、太宰长史庾倩、掾曹秀、舍人刘彊等谋逆，遂收付廷尉，请诛之。简文帝不许，温于是奏徙新安郡，家属悉从之。"《世说新语·黜免第二十八》刘孝标注引《司马晞传》："晞未败，四五年中，喜为挽歌，自摇大铃，使左右习和之。又燕会，使人作新安人歌舞离别之辞，其声甚悲，后果徙新安。"

12. 庾友当伏诛，获免。

《晋书》卷七十三《庾冰传》："及海西公废，桓温陷（庾）倩及（庾）柔以武陵王党，杀之。希闻难，便与弟邈及子攸之逃于海陵陂泽中……及友当伏诛，友子妇，桓秘女也，请温，故得免。故青州刺史武沈，希之从母兄也，潜饷给希经年。温后知之，遣兵捕希……希、邈及子侄五人斩于建康市……唯友及蕴诸子获全。"据上述记载，友明年尚在，以后事迹不详。

《晋诗》卷十三辑友诗一首，见353年第1条。

《晋书·庾冰传》："友子叔宣，右卫将军。"

13. 庾蕴自杀。

《晋书》卷七十三《庾冰传》："及海西公废，桓温陷（庾）倩及（庾）柔以武陵王党，杀之……蕴于广州饮鸩而死。"卷七十二《郭璞传》："（庾）冰又令筮其后嗣，卦成，曰：'卿诸子并当贵盛，然有白龙者，凶征至矣。若墓碑生金，庾氏之大忌也。'后冰子蕴为广州刺史，妾房内忽有一新生白狗子，莫知所由来，其妾秘爱之，不令蕴知。狗转长大，蕴入，见狗眉眼分明，又身至长而弱，异于常狗，蕴甚怪之。将出，共视在众人前，忽失所在。蕴慨然曰:'殆白龙乎! 庾氏祸至矣。'又墓碑生金。俄而为桓温所灭,终如其言。"

《晋诗》卷十三辑蕴诗一首,见353年第1条。

《晋书》卷七十三《庾冰传》:"蕴子廓之,东阳太守。"

14. 郗愔加镇军、都督浙江东五郡军事。

《晋书》卷六十七《郗愔传》:"及(简文)帝践阼,就加镇军、都督浙江东五郡军事。"《世说新语·俭啬第二十九》:"郗公大聚敛,有钱数千万。嘉宾意甚不同,常朝旦问讯。郗家法:子弟不坐。因倚语移时,遂及财货事。郗公曰:'汝正当欲得吾钱耳!'乃开库一日,令任意用。郗公始正谓损数百万许。嘉宾遂一日乞与亲友,周旋略尽。郗公闻之,惊怪不能已已。"此事时间不详,姑系于此。

15. 顾恺之父悦之上表请诏复殷浩本官。

《建康实录》卷八《太宗简文皇帝》:本年十二月,顾恺之父"尚书右丞顾悦之上表请诏复殷浩本官。悦之……与(简文)帝同岁,而头早白,帝问其故。悦之对曰:'松柏之姿,经霜益茂;蒲柳常质,望秋先零。'帝悦。抗表讼浩,疏奏,诏追复本官。"

16. 孙绰卒。

《建康实录》卷八《太宗简皇帝》:咸安元年,"是岁,散骑常侍领著作孙绰卒……时年五十八。"

《隋书》卷三十二《经籍志一》:"《集解论语》十卷,晋廷尉孙绰解。"《经典释文》卷一《序录》作《集注》十卷,当为一书。《隋书》卷三十三《经籍志二》:"《至人高士传赞》二卷,晋廷尉卿孙绰撰……《列仙传赞》三卷,刘向撰,鬷续,孙绰赞。"孙绰撰《嵇中散传》,《文选》卷二十一《五君咏五首·嵇中散》,六臣注李善注引。《隋书》卷三十四《经籍志三》:"《孙子》十二卷,孙绰撰。"《御览》卷七二引作《孙绰子》,当为一书。《隋书》卷三十五《经籍志四》:"晋卫尉卿《孙绰集》十五卷,梁二十五卷。"《全晋文》卷六十一至六十二辑孙绰文三十六篇,除已见上文者外,还有:《游天台山赋并序》、《望海赋》、《父卒继母还前亲子家继子为服议》、《父母乖离议》、《为功曹参军驳事笺》、《表哀诗序》、《聘士徐君墓颂》、《贺司空循像赞》、《孔松阳像赞》、《太常碑赞》、《至人高士传赞·原宪》、《列仙传赞·老子、商丘子》(《世说新语·轻诋第二十六》:"孙绰作《列仙商丘子赞》曰……时人多以为能。王蓝田语人云:'近见孙家儿作文,道何物真猪也。'")、《名德沙门赞·支孝龙、康法郎、刘元真、于法威、释道安、竺法、竺道壹、支愍度》(以上卷六十一)、《名德沙门论目》、《难谢万八贤论》、《喻道论》、《道贤论》、《太平山铭》、《漏刻铭》、《樽铭》、《绢扇铭》、《颍州府君碑》、《桓玄城碑》、《孙子》(以上卷六十二)。此外,严可均漏收之文尚有:《与庾亮笺》(见《世说新语·赏誉第八》注引)。《晋诗》卷十三辑孙绰诗十三首,除已见上文者外,还有:《表哀诗》、《答许询诗》九章、《三月三日诗》、《秋日诗》、《失题诗》二首,《情人碧玉歌》二首(《乐府诗集》云宋汝南王作)。《晋书》卷五十六《孙绰传》:"子嗣,有绰风,文章相亚,位至中军参军,早亡。"《隋书》卷三十五《经籍志四》:"梁……有中军参军《孙嗣集》三卷,录一卷……亡。"《晋诗》卷十三辑嗣诗一首,见 353 年第 1 条。《世说新语·假谲第二十七》刘孝标注:"(王)虔之字文将,辟州别驾,不就。娶太原孙绰女,字阿恒。"

17. 有"晋泰和六年"墓砖铭文。

见 370 年第 5 条。

18. 戴逵刻成无量寿木像。

《历代名画记》卷五："（戴）逵既巧思，又善铸佛像及雕刻。曾造无量寿木像，高丈六，并菩萨。逵以古制朴拙，至于开敬，不足动心，乃潜坐帷中，密听众论，所听褒贬，辄加详研，积思三年，刻像乃成，迎至山阴灵宝寺。郗超观而礼之，撮香誓曰……既而手中香勃然烟上，极目云际。"释道世《法苑珠林》卷二十一："东晋会稽山阴耿宝寺木像者，征士谯国戴逵所制。逵以中古制像，略皆朴拙……素有洁信，又甚巧思，方欲改斵威容，庶参真极，注虑累年乃得成。遂东夏制像之妙，未之有如上之像也。致使道俗瞻仰，忽若亲遇……像今在越州嘉祥寺。"据以上记载，木雕像迎至山阴时，郗超曾"观而礼之"。《世说新语·言语第二》："简文登阼……时郗超为中书在直……郗受假还东，帝曰：'致意尊公……'"《晋书》卷六十七《郗愔传》："简文帝辅政……出为辅国将军、会稽内史……及帝践阼，就加镇军、都督浙江东五郡军事。"是郗超于本年简文帝登阼后曾请假至会稽探望其父愔。此时木雕像已刻成，迎之山阴。

19. 王献之作与简文帝笺。尚新安公主。

虞龢《论书表》曰："子敬常笺与简文十许纸，题最后云：'民此书甚合，愿存之。'"笺当写于简文帝称帝后。《世说新语·德行第一》刘孝标注引《献之别传》："咸宁中，诏尚余姚公主。"余嘉锡笺疏引程炎震云："《御览》一百五十二引《中兴书》曰：'新安愍公主道福，简文第三女，徐淑媛所生，适桓济，重适王献之。'献之以选尚主，必是简文即位之后，此咸宁当作咸安。"程氏又云："'余姚'，《晋书》八十《献之传》、三十二《后妃传》并作'新安'，盖追封。"东晋年号无咸宁，程说可从。

《书断中》曰:“献之……初娶郗昙女,离婚,后尚新安愍公主,无子,唯一女。”

20. 孙盛约卒于本年。

《晋书》卷八十二《孙盛传》:“年七十二卒。盛笃学不倦,自少至老,手不释卷。著《魏氏春秋》……并造诗赋论难复数十篇。”《隋书》卷三十三《经籍志二》:“《魏氏春秋》二十卷,孙盛撰。”《旧唐书》卷四十六《经籍志上》、《新唐书》卷五十八《艺文志二》均作《魏武春秋》。“武”当为“氏”。《异同杂语》,孙盛撰,《三国志》卷一《武帝纪》裴注引。《杂记》,孙盛撰,《三国志·武帝纪》、卷四十四《姜维传》裴注引。《杂语》,孙盛撰,《三国志》卷九《夏侯玄传》裴注引。《异同杂语》、《杂记》、《杂语》,疑为一书。《异同评》,孙盛撰,《三国志·武帝纪》裴注引。《魏世谱》,孙盛撰,《三国志》卷四《三少帝纪》裴注引。《蜀世谱》,孙盛撰,《三国志》卷三十四《二主妃子传》裴注引。《隋书·经籍志二》:“《晋阳秋》三十二卷,讫哀帝。孙盛撰。”《新唐书》卷五十八《艺文志二》作二十二卷。《逸人传》,孙盛撰,《初学记》卷十七引。《老子考讯》,孙盛撰,《广弘明集》卷五载七条。《隋书》卷三十五《经籍志四》:“晋秘书监《孙盛集》五卷,残缺。梁十卷,录一卷。”《全晋文》卷六十三至六十四辑孙盛文十篇:《镜赋序》、《奏事》、《作南苍令教》、《与罗君章书》、《太伯三让论》、《老聃非大贤论》、《魏氏春秋评》、《魏氏春秋异同评》、《晋阳秋评》、《老子疑问反讯》。

《晋书·孙盛传》:“子潜、放。潜字齐由,为豫章太守……以忧卒。放字齐庄,幼称令慧……终于长沙相。”

21. 罗含转廷尉。

《晋书》卷九十二《罗含传》:“仍转廷尉、长沙相。年老致仕,加中散大夫,门施行马。初,含在官舍,有一白雀栖集堂宇,及致仕还家,阶庭忽兰菊丛生,以为德行之感焉。年七十七卒,所著文章行于世。”上引罗含诸事及卒年,时间未详,今一并系于此。《太平寰宇记》卷一百十五耒阳县:“罗含墓在县南四十里,碑文讹缺,其墓犹存。”

《直斋书录解题》卷八:“《湘中山水记》三卷,晋耒阳罗含君章撰。范阳卢拯注。其书颇及隋、唐以后事,则亦后人附益也。”《太平寰宇记》卷一百一十四、《御览》卷三十九等引作《湘中记》,当为《湘中山水记》之简称。《隋书》卷三十五《经籍志四》:“晋中散大夫《罗含集》三卷。”《全晋文》卷一百三十一辑罗含文二篇:《答孙安国书》、《更生论》。

22. 苏蕙作《回文旋图诗》。

蕙生卒年不详。《十六国春秋》卷四十二《前秦录十·窦滔妻苏氏录》:“窦滔妻苏氏,始平武功人。陈留令苏道贤之第三女也。名蕙,字若兰。善属文。智识精明,仪容妙丽,年十六归于窦滔,滔甚敬之。”《晋书》卷九十六《窦滔妻苏氏传》:“滔,苻坚时为秦州刺史,被徙流沙,苏氏思之。织绵为回文旋图诗以赠滔。宛转循环以读之,词甚凄惋,凡八百四十字,文多不录。”《文选》卷十六江文通《别赋》:“织锦曲兮泣已尽,回文诗兮影独伤。”李善注引《织锦回文诗序》曰:“窦滔秦州被徙沙漠,其妻苏氏。秦州临去,别苏,誓不更娶。至沙漠,便娶妇。苏氏织锦,端中作此回文诗以赠之。符(苻)国时人也。”《隋书》卷三十五《经籍志四》:“《织锦回文诗》一卷,苻坚秦州刺史窦氏妻苏氏作。”《初学记》卷二十七:“前秦苻坚秦州刺史窦滔妻苏氏织锦回文七言诗……”凡十六句。全诗见《晋诗》卷十五,题为《璇玑图诗》。《回文旋图诗》当作于苻坚自立至被杀时。据《晋书》卷八《穆帝纪》、卷九《孝武帝纪》，苻坚于升平元年自立，太元十年被杀，前后凡二十八年。今姑系诗作于本年，时苻坚在位十四年。

372　壬申

晋咸安二年　　　代建国三十五年
前秦建元八年　　前凉太清十年

王彪之六十八岁。桓温六十一岁。道安六十一岁。郗愔六十岁。司马晞五十七岁。司马昱五十三岁。谢安五十三岁。袁宏四十五岁。王坦之四十三岁。王蕴四十三岁。杨羲四十三岁。慧远三十九岁。郗超三十七岁。苻坚三十五岁。吕光三十五岁。范宁三十四岁。王献之二十九岁。徐邈二十九岁。鸠摩罗什二十九岁。王珣二十三岁。张野二十三岁。李暠二十二岁。王珉二十二岁。徐广二十一岁。范泰十八岁。裴松之十三岁。王敬弘十三岁。刘穆之十三岁。司马曜十一岁。刘裕十岁。司马道子九岁。郑鲜之九岁。陶渊明八岁。桓玄四岁。孔琳之四岁。羊欣三岁。何承天三岁。

1. 前秦苻坚留心儒学。祖于灞东，奏乐赋诗。有《长安民为苻坚歌》。作《报王猛》。

《晋书》卷九《简文帝纪》：本年“二月，苻坚伐慕容桓于辽东，灭之。”《十六国春秋》卷三十七《前秦录五·苻坚录中》：“建元八年……三月，诏关东之民学通一经、才成一艺者，所在郡县，以礼送之。在官，百石以上、学不通一经、才不成一艺者，罢遣还民。复魏晋士籍,使役有常。其诸非正道典学,一皆禁之。自永嘉之乱,庠序无闻。及坚之僭,颇留心儒学……六月癸酉,冀州牧王猛入为丞相……阳平公融为使持节、都督六州诸军事、镇东大将军、冀州牧。融将发,坚祖于灞东,奏乐赋诗。秋八月,丞相王猛至长安,复加都督中外诸军事……关陇清晏,百姓丰乐,自长安至于诸州,皆夹路树槐柳。二十里一亭,四十里一驿,旅行者取给于途,工商贸贩于道,百姓歌之曰……"《报王猛》见《晋书》卷一百十四《苻坚载记下》附《王猛载记》:"稍加都督中外诸军事。猛表让久之……(苻)坚曰……遂不许。"

2. 前秦苻融任镇东大将军、冀州牧。

融任镇军大将军、冀州牧,见本年第1条。《晋书》卷一百十四《苻坚载记下》附《苻融载记》:"在冀州……所在盗贼止息,路不拾遗。坚及朝臣雅皆叹服,州郡疑狱莫不折之于融。融观色察形,无不尽其情状。虽镇关东,朝之大事靡不驰驿与融议之。性至孝,初届冀州,遣使参问其母动止,或日有再三。坚以为烦,月听一使。后上疏请还侍养,坚遣使慰喻不许。"

3. 司马昱作《诏百官》、《优恤军士诏》、《诏增百官俸》,遗诏以桓温辅政。卒。

《晋书》卷九《简文帝纪》:本年"三月丁酉,诏曰……癸丑,诏曰……乙卯,诏曰……秋七月……己未……帝崩于东堂,时年五十三。葬高平陵(《元和郡县图志》卷二十五上元县:'简文帝昱高平陵……在县东北二十里蒋山西南。'),庙号太宗。遗诏以桓温辅政,依诸葛亮、王导故事……尝与桓温及武陵王晞同载游版桥,温遽令鸣鼓吹角,车驰卒奔,欲观其所为。晞大恐,求下车,而帝安然无惧色,温由此惮服。温既仗文武之任，屡建大功，加以废立，威振内外。帝虽处尊位，拱默守道而已，常惧废黜。”

《隋书》卷三十四《经籍志三》：“《简文谈疏》六卷，晋简文帝撰。”卷三十五《经籍志四》：“梁有……《简文帝集》五卷，录一卷……亡。”《全晋文》卷十一辑简文帝司马昱文十二篇，除已见上文者外，还有《书》一篇。另，《世说新语·黜免第二十八》引《手诏报桓温》中“所不忍言”二句，《全晋文》漏收。见上文。

《书小史》卷一：“简文帝……工行、草书。”《淳化阁帖》卷一辑有《庆赐帖》。

《晋书》卷六十四《简文三子传》：“简文帝七子：王皇后生会稽思世子道生、皇子俞生。胡淑仪生临川献王郁、皇子朱生。王淑仪生皇子天流。李夫人生孝武帝、会稽文孝王道子。俞生、朱生、天流并早夭……会稽思世子道生字延长。帝为会稽王，立道生为世子，拜散骑侍郎、给事中。性疏躁，不修行业，多失礼度，竟以幽废而卒，时年二十四，无后……临川献王郁字深仁，幼而敏慧。道生初以无礼失旨，郁数劝以敬慎之道。道生不纳，郁为之流涕，简文帝深器异之。年十七而薨。”孝武帝司马曜、会稽文孝王道子分别见本书司马曜、司马道子条。

4. 桓温上疏荐谢安。作《帝不豫上疏》、《与弟冲书》。评谢安所作《简文帝谥议》。

《晋书》卷七十九《谢安传》：“简文帝病笃，（桓）温上疏荐安宜受顾命。”此疏已佚。卷九十八《桓温传》：“及帝不豫，诏温曰……温上疏曰……疏未及奏而帝崩，遗诏家国事一禀之于公，如诸葛武侯、王丞相故事。温初望简文临终禅位于己，不尔便为周公居摄。事既不副所望,故甚愤怒,与弟冲书曰……及孝武帝即位,诏曰……又诏……复遣谢安征温入辅,加前部羽葆鼓吹,武贲六十人,温让不受。"《世说新语·文学第四》:"桓公见谢安石作简文谥议,看竟,掷于坐上诸客曰:'此是安石碎金。'"

5. 谢安任侍中,作《简文帝谥议》。

《晋书》卷七十九《谢安传》:"征拜侍中,迁吏部尚书、中护军。"安任侍中等职,时间未详,今据《东晋将相大臣年表》系于本年。《简文帝谥议》见《世说新语·文学第四》刘孝标注引刘谦之《晋纪》,当作于简文帝本年卒后。

6. 王坦之于简文帝前毁诏。

《晋书》卷七十五《王坦之传》:"简文帝临崩,诏大司马温依周公居摄故事。坦之自持诏入,于帝前毁之。帝曰:'天下,傥来之运,卿何所嫌!'坦之曰:'天下,宣、元之天下,陛下何得专之!'帝乃使坦之改诏焉。"

7. 王彪之力主定太子。止桓温依周公居摄朝政。

《晋书》卷七十六《王彪之传》:"及简文崩,群臣疑惑,未敢立嗣。或云,宜当须大司马处分。彪之正色曰:'君崩,太子代立,大司马何容得异!若先面咨,必反为所责矣。'于是朝议乃定。及孝武帝即位,太皇太后令以帝冲幼,加在谅闇,令温依周公居摄故事。事已施行,彪之曰:'此异常大事,大司马必当固让,使万机停滞,稽废山陵,未敢奉令。谨具封还内,请停。'事遂不行。"

8. 司马曜为皇太子,即皇帝位。作《即位诏》、《诏桓温》。

《晋书》卷九《孝武帝纪》:"咸安二年秋七月己未,立为皇太子。是日,简文帝崩,太子即皇帝位。诏曰……"又《孝武帝纪》:“帝幼称聪悟。简文之崩也,时年十岁(礼按:应作十一岁。《世说新语·言语第二》:‘简文崩,孝武年十余岁立。’),至晡不临,左右进谏。答曰:‘哀至则哭,何常之有?’谢安尝叹以为精理不减先帝。”《诏桓温》见本年第4条。

9. 司马道子封琅邪王,领会稽内史。

《晋书》卷六十四《会稽文孝王道子传》:“少以清澹为谢安所称。年十岁(礼按:当为九岁),封琅邪王,食邑一万七千六百五十一户,摄会稽国五万九千一百四十户。”卷九《简文帝纪》:本年七月,“皇子道子为琅邪王,领会稽内史。”

10. 王劭诣桓温。

《世说新语·雅量第六》:“王劭、王荟共诣宣武,正值收庾希家。荟不自安,逡巡欲去;劭坚坐不动,待收信还,得不定乃出。”《晋书》卷九《简文帝纪》:本年“秋七月壬辰,桓温遣东海内史周少孙讨希,擒之,斩于建康市。”

11. 王荟诣桓温。

见本年第10条。

12. 郭瑀应张天锡之征,至姑臧。

《晋书》卷九十四《郭瑀传》:“张天锡遣使者孟公明持节,以蒲轮玄纁备礼征之,遗瑀书曰……公明至山,瑀指翔鸿以示之曰:‘此鸟也,安可笼哉!’遂深逃绝迹。公明拘其门人,瑀叹曰:‘吾逃禄,非避罪也,岂得隐居行义,害及门人!’乃出而就征。及至姑臧,值天锡母卒,瑀割发入吊,三踊而出,还于南山。”《十六国春秋辑补》卷七十三《前凉录七·张天锡录》:本年“天锡母刘氏卒,时备礼迎处士郭瑀。”

13. 陶渊明父卒。

《全晋文》卷一百十二辑陶渊明《祭从弟敬远文》:“相及龆齿,

并罹偏咎。"李公焕注:"龆与龀义同,毁齿也。《家语》曰:'男子八岁而龀。'靖节年三十七,母孟氏卒,是偏咎为失怙也。"

14. 崔玄伯拜阳平公侍郎,领冀州从事。

玄伯生年不详。《魏书》卷二十四《崔玄伯传》:"崔玄伯,清河东武城人也,名犯高祖庙讳,魏司空林六世孙也。祖悦……父潜……玄伯少有俊才,号曰冀州神童。苻融牧冀州,虚心礼敬,拜阳平公侍郎,领冀州从事,管征东记室。出总庶事,入为宾友,众务修理,处断无滞。苻坚闻而奇之,征为太子舍人,辞以母疾不就,左迁著作佐郎。"苻融本年任冀州牧。玄伯拜阳平公侍郎,领冀州从事当在本年。左迁著作佐郎,时间未详,姑一并系于此。

15. 江灌转吴兴太守,为桓温所恶。

《晋书》卷八十三《江灌传》:"转吴兴太守。灌性方正,视权贵蔑如也,为大司马桓温所恶。温欲中伤之,征拜侍中,以在郡时公事有失,追免之。后为秘书监,寻复解职。时温方执权,朝廷希旨,故灌积年不调。"灌转吴兴太守,当在本年谢安由吴兴太守征拜侍中后。

16. 王珣任大司马参军等职。

《晋书》卷六十五《王珣传》:"转大司马参军、琅邪王友、中军长史、给事黄门侍郎。"珣任上述官职之时间,未见记载,今姑一并系于此。

17. 吴隐之入为中书侍郎。

《晋书》卷九十《吴隐之传》:"入为中书侍郎、国子博士、太子右卫率,转散骑常侍,领著作郎。"隐之上述事,时间不详,姑系于本年。

373　癸酉

晋孝武帝司马曜宁康元年　　代建国三十六年
前秦建元九年　　前凉太清十一年

王彪之六十九岁。桓温六十二岁。道安六十二岁。郗愔六十一岁。司马晞五十八岁。谢安五十四岁。袁宏四十六岁。王坦之四十四岁。王蕴四十四岁。杨羲四十四岁。慧远四十岁。郗超三十八岁。苻坚三十六岁。吕光三十六岁。范宁三十五岁。王献之三十岁。徐邈三十岁。鸠摩罗什三十岁。王珣二十四岁。张野二十四岁。李暠二十三岁。王珉二十三岁。徐广二十二岁。范泰十九岁。裴松之十四岁。王敬弘十四岁。刘穆之十四岁。司马曜十二岁。刘裕十一岁。司马道子十岁。郑鲜之十岁。陶渊明九岁。桓玄五岁。孔琳之五岁。羊欣四岁。何承天四岁。袁豹一岁。

1. 桓温来朝，有篡夺之志，顿兵新亭。归姑孰，卒。

《晋书》卷九《孝武帝纪》：本年“二月，大司马桓温来朝……”卷九十八《桓温传》：“及温入朝，赴山陵，诏曰……又敕尚书（谢）安等于新亭奉迎，百僚皆拜于道侧。当时豫有位望者咸战慑失色，或云因此杀王、谢，内外怀惧。温既至，以卢悚入宫，乃收尚书陆始付廷尉，责替慢罪也。于是拜高平陵，左右觉其有异,既登车,谓从者曰:‘先帝向遂灵见。’既不述帝所言,故众莫之知,但见将拜时频言‘臣不敢’而已。又问左右殷涓形状,答者言肥短,温云:‘向亦见在帝侧。’初,殷浩既为温所废死,涓颇有气尚,遂不诣温,而与武陵王晞游,故温疑而害之,竟不识也。及是,亦见涓为祟,因而遇疾。凡停京师十有四日,归于姑孰,遂寝疾不起。讽朝廷加己九锡,累相催促。谢安、王坦之闻其病笃,密缓其事。锡文未及成而薨,时年六十二。皇太后与帝临于朝堂三日,诏赐九命衮冕之服,又朝服一具,衣一袭,东园秘器,钱二百万,布二千匹,腊五百斤,以供丧事。及葬,一依太宰安平献王、汉大将军霍光故事,赐九旒鸾辂,黄屋左纛,辒辌车,挽歌二部,羽葆鼓吹,武贲班剑百人,优册即前南郡公增七千五百户,进地方三百里,赐钱五千万,绢二万匹,布十万匹,追赠丞相。初,(桓)冲问温以谢安、王坦之所在,温曰:‘伊等不为汝所处分。’温知己存彼不敢异,害之无益于冲,更失时望,所以息谋。”据卷九《孝武帝纪》,温卒于本年七月己亥。《世说新语・言语第二》余嘉锡笺疏引陆游《入蜀记》:“太平州正据姑孰溪北,桓温墓亦在近郊。有石兽石马,制作精妙。又有碑,悉刻当时车马衣冠之类。”《御览》卷五百五十六引谢绰《宋拾遗记》:“桓温葬姑孰之青山,平坟不为封域。于墓旁开隧立碑,故谬其处,令后代不知所在。”

《隋书》卷三十五《经籍志四》:“晋大司马《桓温集》十一卷。梁有四十三卷。又有《桓温要集》二十卷,录一卷……亡。”《全晋文》卷一百十八辑桓温文十八篇,除已见上文者外,还有:《贺白兔表》、失题表、《与抚军笺》、《与慕容暐书》、《答慕容暐书》、失题书。

《宣和书谱》卷七："（桓）温墨迹见于世者尤少，然颇长于行、草，观其《收东道表》与夫法帖、石刻，字势遒劲，有王、谢之余韵，亦其英伟之气形之于心画也。今御府所藏行书一：《东道表》。"《述书赋上》："元子正、草，厚而不伦。若遗翰墨，犹带真淳。似山林之乐道，非玉帛之能亲。"《淳化阁帖》卷二辑有桓温《大事帖》。

《晋书·桓温传》："温六子：熙、济、歆、祎、伟、玄。熙字伯道，初为世子，后以才弱，使冲领其众。及温病，熙与叔秘谋杀冲。冲知之，徙于长沙。济字仲道，与熙同谋，俱徙长沙。歆字叔道，赐爵临贺公。祎最愚，不辨菽麦。伟字幼道……玄嗣爵。"桓伟、桓玄见本书有关桓伟、桓玄条。

2. 郗超与桓温议芟夷朝臣。

《世说新语·雅量第六》："桓宣武与郗超议芟夷朝臣，条牒既定，其夜同宿。明晨起，呼谢安、王坦之入，掷疏示之。郗犹在帐内，谢都无言，王直掷还，云：'多！'宣武取笔欲除，郗不觉窃从帐中与宣武言。谢含笑曰：'郗生可谓入幕宾也。'"《通鉴》卷一百三系上述事于本年二月。

3. 谢安止桓温移晋室、加九锡。任尚书仆射。以舞相属。

《晋书》卷九十八《桓温传》："是时温威势翕赫，侍中谢安见而遥拜，温惊曰：'安石，卿何事乃尔！'安曰：'未有君拜于前，臣揖于后。'"《世说新语·雅量第六》："桓公伏甲设馔，广延朝士，因此欲诛谢安、王坦之。王甚遽，问谢曰：'当作何计？'谢神意不变，谓文度曰：'晋阼存亡，在此一行。'相与俱前。王之恐状，转见于色。谢之宽容，愈表于貌。望阶趋席，方作洛生咏，讽'浩浩洪流'。桓惮其旷远，乃趣解兵（刘孝标注引宋明帝《文章志》：'安能作洛下书生咏，而少有鼻疾，语音浊。

后名流多敩其咏,弗能及,手掩鼻而吟焉。桓温止新亭,大陈兵卫,呼安及坦之,欲于坐害之。王入失措,倒执手版,汗流沾衣。安神姿举动,不异于常。举目遍历温左右卫士,谓温曰:"安闻诸侯有道,守在四邻。明公何有壁间著阿堵辈?"温笑曰:"正自不能不尔。"于是矜庄之心顿尽。命部左右,促燕行觞,笑语移日。')王、谢旧齐名,于此始判优劣。"《晋书》卷七十九《谢安传》:"时孝武帝富于春秋,政不自己,温威振内外,人情噂嗒,互生同异。安与坦之尽忠匡翼,终能辑穆。及温病笃,讽朝廷加九锡,使袁宏具草。安见,辄改之,由是历旬不就。会温薨,锡命遂寝。寻为尚书仆射,领吏部,加后将军。"卷九《孝武帝纪》:本年九月丙申,以"吏部尚书谢安为尚书仆射。"《宋书》卷十九《乐志一》:"前世乐饮,酒酣,必起自舞。《诗》云'屡舞仙仙'是也。宴乐必舞,但不宜屡尔。讥在屡舞,不讥舞也。汉武帝乐饮,长沙定王舞又是也。魏、晋已来,尤重以舞相属,所属者代起舞,犹若饮酒以杯相属也。谢安舞,以属桓嗣是也。"上述事时间不详,姑系于此。

4. 司马曜作《诏桓温》。

《诏桓温》见本年第1条。《晋书》卷九《孝武帝纪》:本年"八月壬子,崇德太后临朝摄政。"《世说新语·夙惠第十二》:"晋孝武年十二,时冬天,昼日不著复衣,但著单练衫五六重,夜则累茵褥。谢公谏曰:'圣体宜令有常。陛下昼过冷,夜过热,恐非摄养之术。'帝曰:'昼动夜静。'谢公出叹曰:'上理不减先帝。'"

5. 王坦之惧桓温。迁中书令,领丹阳尹。

《晋书》卷十三《天文志下》:"(简文)帝崩,桓温以兵威擅权,将诛王坦之等,内外迫胁。"惧桓温见本年第3条。《晋书》卷七十五《王坦之传》:“(桓)温薨,坦之与谢安共辅幼主,迁中书令,领丹阳尹。”

6. 袁宏作文求朝廷加九锡于桓温。作《丞相桓温碑铭》、《与谢仆射书》,任吏部郎。作颂九章。

《晋书》卷七十六《王彪之传》:“(桓)温遇疾,讽朝廷求九锡。袁宏为文,以示彪之。彪之视讫,叹其文辞之美,谓宏曰:‘卿固大才,安可以此示人!’时谢安见其文,又频使宏改之,宏遂逡巡其事。既屡引日,乃谋于彪之。彪之曰:‘闻彼病日增,亦当不复支久,自可更小迟回。’宏从之,温亦寻薨。”卷九十一《范弘之传》载弘之与会稽王道子笺曰:“(桓温)逼胁袁宏,使作九锡,备物光赫,其文具存,朝廷畏怖,莫不景从,惟谢安、王坦之以死守之,故得稽留耳。”求朝廷加九锡于桓温一文已佚。《丞相桓温碑铭》见《全晋文》卷五十七,当作于本年桓温卒后。《全晋文》卷五十七辑袁宏《与谢仆射书》云:“闻见拟为吏部郎,不知审尔?果当至此,诚相遇之过。”谢仆射当指谢安。据《晋书》卷九《孝武帝纪》:宁康元年九月,谢安为尚书仆射。三年五月,“尚书仆射谢安领扬州刺史”。宏作《与谢仆射书》及出任吏部郎当在本年九月至三年五月间。《晋书》卷九十二《袁宏传》:“宏见汉时傅毅作《显宗颂》,辞甚典雅,乃作颂九章,颂简文之德,上之于孝武。”宏作颂九章,已佚。当作于孝武即位后。

7. 王彪之赞叹袁宏文辞之美。为尚书令。

赞叹袁宏文辞之美,见本年第6条。《晋书》卷七十六《王彪之传》:“时桓冲及安夹辅朝政,安以新丧元辅,主上未能亲览万机,太皇太后宜临朝。彪之曰:‘先代前朝,主在襁抱,母子一体,故可临朝。太后亦不能决政事,终是顾问仆与君诸人耳。今上年出十岁,垂婚冠,反令从嫂临朝,示人君幼弱,岂是翼戴赞扬立德之谓乎!二君必行此事,岂仆所制,所惜者大体耳。'时安不欲委任桓冲,故使太后临朝决政,献替专在乎己。彪之不达安旨,故以为言。安竟不从。寻迁尚书令,与(谢)安共掌朝政。安每曰:'朝之大事,众不能决者,咨王公无不得判。'以年老,上疏乞骸骨,诏不许。"卷九《孝武帝纪》:本年九月,"丙申,以尚书仆射王彪之为尚书令。"

8. 前秦苻坚作《报苻融》。攻陷梓潼及梁、益二州。

《十六国春秋》卷三十七《前秦录五·苻坚录中》:"建元九年……夏四月,天鼓鸣,有彗星出于尾箕,长十余丈……太史令张孟言于坚曰:'……臣请就妖言之勠。'坚不纳,更以(慕容)暐为尚书……阳平公融闻之,上疏曰……坚报之曰……九月,(杨)安遂进寇汉川……十一月,安克梓潼……遂陷梁、益二州。"

9. 前秦苻融作《上疏谏用慕容暐等》。

见本年第8条。

10. 江灌任咨议参军,迁尚书、中护军。

《晋书》卷八十三《江灌传》:"(桓)温末年,以为咨议参军。会温薨,迁尚书、中护军,复出为吴郡太守,加秩中二千石,未拜,卒。"灌出为吴郡太守及卒年,时间不详。姑一并系于此。

《书小史》卷五:"江灌……善行书。"《述书赋上》:"道群闲慢,气格自充。始习新制,全移古风。与伯舆之合极,苦子敬之童蒙。犹富礼乐之世胄,备神彩于厥躬。"《宣和书谱》:"(张)翼正书学钟繇……当时与王修、江澄(礼按:'澄'应作'灌')辈,并驰争先"。

《晋书·江灌传》:"子绩。绩字仲元,有志气,除秘书郎。以父与谢氏不穆,故谢安之世辟召无所从,论者多之。安薨,始为会稽王道子骠骑主簿,多所规谏。历咨议参军,出为南郡相……为御史中丞,奏劾无所屈挠……卒,朝野悼之。”

11. 王劭任侍中,迁领军将军。

劭任侍中,《晋书》卷六十五《王劭传》未载。《世说新语·容止第十四》:“王敬伦风姿似父,作侍中,加授桓公,公服从大门入。桓公望之,曰:‘大奴固自有凤毛。’”刘孝标注:“大奴,王劭也。”《东晋将相大臣年表》系劭任侍中、迁领军将军于本年。

12. 伏滔任桓豁参军。

《晋书》卷九十二《伏滔传》:“(桓)温薨,征西将军桓豁引为参军,领华容令。”卷九《孝武帝纪》:本年七月,“庚戌,进右军将军桓豁为征西将军。”

13. 桓玄为嗣。

《晋书》卷九十九《桓玄传》:桓温“临终,命以为嗣。”《世说新语·忿狷第三十一》:“桓南郡小儿时,与诸从兄弟各养鹅共斗。南郡鹅每不如,甚以为忿。乃夜往鹅栏间,取诸兄弟鹅悉杀之。既晓,家人咸以惊骇,云是变怪,以白车骑。车骑曰:‘无所致怪,当是南郡戏耳!’问,果如之。”

14. 范宁为余杭令。

《晋书》卷七十五《范宁传》:“(桓)温薨之后,始解褐为余杭令。”

15. 顾恺之拜桓温墓,作《拜桓宣武墓诗》。

《世说新语·言语第二》:“顾长康拜桓宣武墓,作诗云:‘山崩溟海竭,鱼鸟将何依。’人问之曰:‘卿凭重桓乃尔,哭之状其可见乎?’顾曰:‘鼻如广莫长风,眼如悬河决溜。’或曰:‘声如震雷破山，泪如倾河注海。'"又《文选》卷二十三谢灵运《庐陵王墓下作》李善注引顾恺之《拜宣武墓诗》曰："远念羡昔存，抚坟哀今亡。"当与《世说新语》所载为一首。诗当作于本年桓温卒后。

16. 袁豹生。

《世说新语·文学第四》刘孝标注引丘渊之《文章叙》："豹字士蔚，陈郡人。祖耽，历阳太守。父质，琅邪内史。"《南史》卷二十六《袁湛传》："湛少与弟豹并为从外祖谢安所知。"据《宋书》卷五十二《袁豹传》，义熙九年卒，年四十一推之，当生于本年。

17. 王献之作《与郗超书》。

《世说新语·品藻第九》："袁彦伯为吏部郎，子敬与郗嘉宾书曰：'彦伯已入，殊足顿兴往之气……'"彦伯为吏部郎之时间，见本年第6条。

18. 道安复还襄阳，立檀溪寺。

《高僧传》卷五《释道安传》："朱序西镇，复请还襄阳，深相结纳。序每叹曰：'安法师道学之津梁，澄治之炉肆矣。'安以白马寺狭，乃更立寺，名曰檀溪，即清河张殷宅也。大富长者，并加赞助。建塔五层，起房四百。凉州刺史杨弘忠送铜万斤，拟为承露盘。安曰：'露盘已托汰公营造，欲回此铜铸像，事可然乎？'忠欣而敬诺。于是众共抽舍，助成佛像。光相丈六，神好明著，每夕放光，彻照堂殿。像后又自行至万山，举邑皆往瞻礼，迁以还寺。安既大愿果成，谓言：'夕死可矣。'苻坚遣使送外国金箔倚像，高七尺，又金坐像、结珠弥勒像、金缕绣像、织成像各一张。每讲会法聚，辄罗列尊像，布置幢幡，珠佩迭晖，烟花乱发，使夫升阶履闼者，莫不肃然尽敬矣。

有一外国铜像，形制古异，时众不甚恭重。安曰：‘像形相致佳，但髻形未称。’令弟子炉治其髻。既而光炎焕炳，耀满一堂。详视髻中，见一舍利，众咸愧服。安曰：‘像既灵异，不烦复治。’乃止。识者咸谓：‘安知有舍利，故出以示众。’”《晋书》卷八十一《朱序传》：“宁康初，拜使持节、监沔中诸军事、南中郎将、梁州刺史，镇襄阳。”据上述记载，道安上述事当在本年或本年后。

374　甲戌

晋宁康二年　　　代建国三十七年

前秦建元十年　　前凉太清十二年

王彪之七十岁。道安六十三岁。郗愔六十二岁。司马晞五十九岁。谢安五十五岁。袁宏四十七岁。王坦之四十五岁。王蕴四十五岁。杨羲四十五岁。慧远四十一岁。郗超三十九岁。苻坚三十七岁。吕光三十七岁。范宁三十六岁。王献之三十一岁。徐邈三十一岁。鸠摩罗什三十一岁。王珣二十五岁。张野二十五岁。李暠二十四岁。王珉二十四岁。徐广二十三岁。范泰二十岁。裴松之十五岁。王敬弘十五岁。刘穆之十五岁。司马曜十三岁。刘裕十三岁。司马道子十一岁。郑鲜之十一岁。陶渊明十岁。桓玄六岁。孔琳之六岁。羊欣五岁。何承天五岁。袁豹二岁。傅亮一岁。

1. 王坦之为北中郎将、徐兖二州刺史。作《将之广陵镇上孝武帝表》、《答谢安书》。

《晋书》卷七十五《王坦之传》:“俄授都督徐兖青三州诸军事、北中郎将、徐兖二州刺史,镇广陵。将之镇,上表曰……表奏,帝纳之。”卷九《考武帝纪》系坦之为北中郎将、徐兖二州刺史于本年二月癸丑。《晋书·王坦之传》:“初,谢安爱好声律,期功之惨，不废妓乐，颇以成俗。坦之非而苦谏之。安遗坦之书曰……坦之答曰……书往反数四，安竟不从。"《建康实录》卷九《烈宗孝武皇帝》系坦之《答谢安书》于其镇广陵时。

2. 谢安总关中书事。欲修缮宫室。丧不废乐，作《遗王坦之书》。议丧遇闰。

《晋书》卷七十九《谢安传》："及中书令王坦之出为徐州刺史，诏安总关中书事。安义存辅导，虽会稽王道子亦赖弼谐之益。时强敌寇境，边书续至，梁益不守，樊邓陷没，安每镇以和靖，御以长算。德政既行，文武用命，不存小察，弘以大纲，威怀外著，人皆比之王导，谓文雅过之……是时宫室毁坏，安欲缮之。尚书令王彪之等以外寇为谏……性好音乐，自弟万丧，十年不听音乐。及登台辅，期丧不废乐。王坦之书喻之，不从，衣冠效之，遂以成俗。又于土山营墅，楼馆林竹甚盛，每携中外子侄往来游集，肴馔亦屡费百金，世颇以此讥焉，而安殊不以屑意。常疑刘牢之既不可独任，又知王味之不宜专城。牢之既以乱终，而味之亦以贪败，由是识者服其知人。"作《遗王坦之书》见本年第1条。议丧遇闰见本年第4条。

3. 前秦苻坚作《下书遣邓羌讨蜀》。

《十六国春秋》卷三十七《前秦录五·苻坚录中》：本年"四月，坚下书曰：'巴夷险逆，寇乱益州……特进镇军将军、护羌校尉邓羌，可帅甲士五万，星夜赴讨。'"《晋书》卷九《孝武帝纪》：本年"五月，蜀人张育自号蜀王，帅众围成都，遣使称藩。秋七月……苻坚将邓羌攻张育，灭之。"

4. 王彪之作《丧不数闰启》。启改作新宫。

《晋书》卷二十《礼志中》："宁康二年七月，简文帝崩再周而遇闰。博士谢攸，孔粲议……尚书仆射谢安，中领军王劭……

骁骑将军袁宏……意皆同……宏曰……尚书令王彪之……等议异,彪之曰……于是启曰……己酉晦,帝除缟即吉。”启改作新宫,见378年第1条。

5. 郗愔作《论丧遇闰书则时》。

《通典》卷一百:“东晋孝武帝宁康二年七月,简文帝崩再周而遇闰……会稽内史郗愔书云……”

6. 王劭迁领中领军。议丧遇闰。

《晋书》卷六十五《王劭传》:“迁……领中领军。”《东晋将相大臣年表》系于本年。议丧遇闰见本年第4条。

7. 袁宏议丧遇闰,时任骁骑将军。

见本年第4条。宏任骁骑将军,《晋书》卷九十二《袁宏传》未载,时间不详,疑始于宁康元年桓温卒后。

8. 司马曜有《诏赙竺道潜》。

《高僧传》卷四《竺法潜传》:“竺潜字法深,姓王,琅邪人,晋丞相武昌郡公敦之弟也,年十八出家……以晋宁康二年卒于山馆,春秋八十有九。烈宗孝武诏曰……”

9. 王荟任侍中。

《晋书》卷六十五《王荟传》:“除吏部郎、侍中。”据《东晋将相大臣年表》荟于本年至太元元年任侍中。

10. 王珣作《法师墓下诗并序》

诗已佚。《全晋文》卷一九辑诗序曰:“余以宁康二年,命驾之剡石城山,即法师之丘也……”

11. 道安作《众经录》一卷。

《全晋文》卷一百五十八辑道安文曰:“此土众经,出不一时,自孝灵、光和已来,迄今晋宁康二年,近二百载,值残出残,遇全出全,非是一人难卒综理,为之录一卷。”

12. 何承天父丧。

《宋书》卷六十四《何承天传》："承天五岁失父，母徐氏，广之姊也，聪明博学，故承天幼渐训义，儒史百家，莫不该览。叔父肹为益阳令，随肹之官。"

13. 傅亮生。

《宋书》卷四十三《傅亮传》："傅亮字季友，北地灵州人也。高祖咸，司隶校尉。父瑗，以学业知名，位至安成太守。"据本传，元嘉三年卒，时年五十三推之，当生于本年。

14. 前秦赵整作《谏歌》。请苻坚诛鲜卑。时任秘书侍郎。

整生卒年不详。《十六国春秋》卷四十二《前秦录十・赵整录》："赵整，字文业，一名正，略阳清水人，或云济阴人。年十八，为（苻）坚著作郎，后迁黄门侍郎、武威太守。为人无须而瘦，有妻妾而无儿，时人谓为阉。然有情度敏达，学兼内外，性好几谏，无所回避。建元中，慕容垂夫人段氏，得幸于坚。坚与之同辇，游于后庭，整作歌以讽之，云……坚改容谢之，命夫人下辇。"整作《谏歌》，时间未详，姑系于此。卷三十七《前秦录五・苻坚录中》：本年"十二月，有人入明光殿，大呼谓坚曰：'甲申乙酉，鱼羊食人，悲哉无复遗。'坚命执之，俄而不见……秘书侍郎略阳赵整固请诛鲜卑。坚不听。"

15. 范宁在余杭县崇学敦教。

《晋书》卷七十五《范宁传》："在（余杭）县兴学校，养生徒，洁己修礼，志行之士莫不宗之。期年之后，风化大行。自中兴已来，崇学敦教，未有如宁者也。"

16. 张野不就南中郎府功曹等职。

《莲社高贤传・张野传》："州举……南中郎府功曹、州治中，征拜散骑常侍，俱不就。"上述事时间不详，姑系于野二十五岁时。

375　乙亥

晋宁康三年　　　　代建国三十八年
前秦建元十一年　　前凉太清十三年

王彪之七十一岁。道安六十四岁。郗愔六十三岁。司马晞六十岁。谢安五十六岁。袁宏四十八岁。王坦之四十六岁。王蕴四十六岁。杨羲四十六岁。慧远四十二岁。郗超四十岁。苻坚三十八岁。吕光三十八岁。范宁三十七岁。王献之三十二岁。徐邈三十二岁。鸠摩罗什三十二岁。王珣二十六岁。张野二十六岁。李暠二十五岁。王珉二十五岁。徐广二十四岁。范泰二十一岁。裴松之十六岁。王敬弘十六岁。刘穆之十六岁。司马曜十四岁。刘裕十三岁。司马道子十二岁。郑鲜之十二岁。陶渊明十一岁。桓玄七岁。孔琳之七岁。羊欣六岁。何承天六岁。袁豹三岁。傅亮二岁。宗炳一岁。王诞一岁。

1. 前秦苻坚征隐士王欢,作《下诏简学生受经》。

《十六国春秋》卷三十七《前秦录五·苻坚录中》:"建元十一年,春正月,长安大风,宫中树悉拔。遣使巡行四方,观风俗,问政道,明黜陟,恤孤独不能自存者。赐谷帛有差。以安车蒲轮征隐士乐陵王欢(一作'观',又作'劝',见《前燕传》)为国子祭酒。坚雅好文学,英儒毕集,纯博之精,莫如欢也……

冬十月，下诏曰：‘新丧贤辅，百司或未称朕心，可置听讼观于未央南，朕五日一临，以求民隐。今天下虽未大定，权可偃武修文，以称武侯雅旨。其尊崇儒教，禁老庄图谶之学，犯者弃市。妙简学生，太子及公侯百僚之子，皆就学受业。中外四禁二卫四军长上将士，皆令受学，二十人给一经生，教读音句。后宫置典学，立内司，以教掖庭。选阉人及女隶敏慧者，诣博士受经。尚书郎王佩读谶，杀之。学谶者遂绝。”

2. 道安于檀溪寺铸造金铜无量寿佛。作《襄阳金像铭》。

释道世撰《法苑珠林》卷二十一：“东晋孝武宁康三年四月八日，襄阳檀溪寺沙门释道安盛德昭彰，擅声宇内，于郭西精舍铸造丈八金铜无量寿佛……建德三年，甲午之岁……（长孙）哲当毁像时，于腋下倒垂衣内铭云：‘晋太元十九年，岁次甲午月朔日次，比丘道安于襄阳西都郭造丈八金像一躯，此像更三周甲午，百八十年当灭。’后计年月、兴废，悉符合焉，信知安师圣人，诚无虚记。”道安卒于太元十年（详后），上引《襄阳金像铭》云“太元十九年”，误。特录以备考。

3. 王坦之卒。

《晋书》卷七十五《王坦之传》：“初，坦之与沙门竺法师甚厚，每共论幽明报应，便要先死者当报其事。后经年，师忽来云：‘贫道已死，罪福皆不虚。惟当勤修道德，以升济神明耳。’言讫不见。坦之寻亦卒，时年四十六。临终，与谢安、桓冲书，言不及私，惟忧国家之事，朝野甚痛惜之。追赠安北将军，谥曰献。”据卷九《孝武帝纪》，坦之卒于本年五月丙午。

《隋书》卷三十五《经籍志四》：“晋尚书仆射《王坦之集》七卷。梁五卷，录一卷，亡。”（礼按：坦之未任尚书仆射。《隋书》误）

《晋书·王坦之传》：“坦之有风格，尤非时俗放荡，不敦儒教，颇尚刑名学,著《废庄论》曰……坦之又尝与殷康子书论公谦之义曰……康子及袁宏并有疑难,坦之标章擿句,一一申而释之,莫不厌服。又孔严著《通葛论》,坦之与书(礼按:此书已佚)赞美之。其忠公慷慨,标明贤胜,皆此类也。"《全晋文》卷二十九辑王坦之文六篇,除已见上文者外,还有《与某书》一篇。另,《世说新语·品藻第九》有坦之为其祖父承作《碑》。《全晋书》漏收。

《书小史》卷五:"王坦之……善行书。"《淳化阁帖》卷三辑有王坦之《谢郎帖》。

《世说新语·巧艺第二十一》:"王中郎以围棋是坐隐,支公以围棋为手谈。"刘孝标注引《语林》:"王以围棋为手谈,故其在哀制中,祥后客来,方幅会戏。"

《世说新语·方正第五》刘孝标注引《王氏谱》:"王坦之娶顺阳郡范汪女,名盖,即宁妹也,生忱。"

《晋书·王坦之传》:"坦之四子:恺、愉、国宝、忱。恺字茂仁,愉字茂和,并少践清阶。恺袭父爵,愉稍迁骠骑司马,加辅国将军……兄弟贵盛,当时莫比……国宝少无士操,不修廉隅。妇父谢安恶其倾侧,每抑而不用……忱字元达。弱冠知名,与王恭,王珣俱流誉一时……性任达不拘,末年又嗜酒。"

《世说新语·德行第一》刘孝标注引《中兴书》:"(王)绥字彦猷(礼按:《书小史》卷六'猷'作'献',误。《晋书》卷七十五《王绥传》亦作'猷'),愉子也。少有令誉。自王浑(余嘉锡笺疏引李慈铭云:'按王浑当作王泽。')至坦之,六世盛德,绥又知名,于时冠冕,莫与为比。位至中书令、荆州刺史。"《书小史》卷六:"王绥……善正、行书。"

4. 郗超止桓冲外出。

《晋书》卷七十四《桓冲传》:"谢安以时望辅政,为群情所归,冲惧逼,宁康三年,乃解扬州,自求外出。桓氏党与以为非计,莫不扼腕苦谏,郗超亦深止之。冲皆不纳……于是改授都督徐兖豫青扬五州之六郡军事、车骑将军、徐州刺史。"按卷九《孝武帝纪》,冲于本年五月甲寅任徐州刺史。

5. 谢安领扬州刺史。私庭讲习《孝经》。孝武帝讲《孝经》,谢安侍坐。撰《孝经注》。

《晋书》卷七十九《谢安传》:"又领扬州刺史,诏以甲仗百人入殿。"据卷九《孝武帝纪》:安于本年五月甲寅领扬州刺史。《世说新语·言语第二》:"孝武将讲《孝经》,谢公兄弟与诸人私庭讲习。"孝武帝讲《孝经》,谢安侍坐,见本年第7条。丁国钧《补晋书艺文志》卷一:"《孝经注》,谢安。谨按,见《孝经正义》。本书言孝武帝讲《孝经》,安与袁宏诸人同予其事,意此注当成于彼时。"

6. 王蕴迁光禄大夫,领五兵尚书、本州大中正,封建昌县侯,固辞不拜。

《晋书》卷九十三《王蕴传》:"定后立,以后父,迁光禄大夫,领五兵尚书、本州大中正,封建昌县侯。蕴以恩泽赐爵,非三代令典,固辞不受。朝廷敦劝,终不肯拜。"按卷九《孝武帝纪》,本年"秋八月癸巳,立皇后王氏。"《世说新语·方正第五》注引《中兴书》:"王蕴女讳法惠,为孝武皇后。"

7. 司马曜讲《孝经》,祠孔子。

《晋书》卷九《孝武帝纪》:本年"九月,帝讲《孝经》……十二月……癸巳,帝释奠于中堂,祠孔子,以颜回配。"卷八十三《车胤传》:"孝武帝尝讲《孝经》,仆射谢安侍坐,尚书陆纳侍讲,侍中卞眈执读,黄门侍郎谢石、吏部郎袁宏执经,胤与丹杨尹王混摘句,时论荣之。"《世说新语·言语第二》刘孝标注引《续晋阳秋》:"宁康三年九月九日,帝讲《孝经》。仆射谢安侍坐。"

8. 司马曜讲《孝经》,袁宏执经,出为东阳郡太守。

袁宏执经见本年第7条。《晋书》卷九十二《袁宏传》:"谢安常赏其机对辩速。后安为扬州刺史,宏自吏部郎出为东阳郡,乃祖道于冶亭。时贤皆集,安欲以卒迫试之,临别执其手,顾就左右取一扇而授之曰:'聊以赠行。'宏应声答曰:'辄当奉扬仁风,慰彼黎庶。'时人叹其率而能要焉。"《晋书》卷九《孝武帝纪》:宁康三年五月甲寅,"谢安领扬州刺史。"宏出为东阳郡当在本年九月后。

9. 桓伊任豫州刺史。

《晋书》卷八十一《桓伊传》:"又进都督豫州诸军事、西中郎将、豫州刺史……伊在州十年……桓冲卒,迁……江州刺史。"伊太元九年迁江州刺史,上推至本年,在豫州凡十年。是其本年始任豫州刺史。万斯同《东晋方镇年表》亦系于本年。

10. 桓玄袭封南郡公。

《世说新语·德行第一》刘孝标注引《桓玄别传》:"年七岁,袭封南郡公。"《晋书》卷九十九《桓玄传》:"年七岁,温服终,州府文武辞其叔父冲,冲抚玄头曰:'此汝家之故吏也。'玄因涕泪覆面,众并异之。"

11. 宗炳生。

《宋书》卷九十三《宗炳传》:"宗炳字少文,南阳涅阳人也。祖承,宜都太守。父繇之,湘乡令。母同郡师氏,聪辩有学义,教授诸子。"据本传卒于元嘉二十年,时六十九推之,当生于本年。

12. 王诞生。

《宋书》卷五十二《王诞传》:"王诞字茂世,琅邪临沂人,太保弘从兄也。祖恬,中军将军,父混,太常……(义熙)九年,卒,时年三十九。"据此难之,诞当生于本年。

13. 有长沙出土隶书铭墓砖。

《考古学报》1959年第3期载《长沙两晋南朝隋墓发掘报告》:自1952年至1958年在长沙市郊发掘晋墓27座,均为砖室墓,墓2有铭墓砖,"有少数砖的一侧有隶书阳文'晋宁康三年刘氏女墓'九字,个别斧形砖的一端有阳文'刘'字"。并附墓砖文拓片。

376 丙子

晋太元元年　　代建国三十九年
前秦建元十二年　　前凉太清十四年

王彪之七十二岁。道安六十五岁。郗愔六十四岁。司马晞六十一岁。谢安五十七岁。袁宏四十九岁。王蕴四十七岁。杨羲四十七岁。慧远四十三岁。郗超四十一岁。苻坚三十九岁。吕光三十九岁。范宁三十八岁。王献之三十三岁。徐邈三十三岁。鸠摩罗什三十三岁。王珣二十七岁。张野二十七岁。李暠二十六岁。王珉二十六岁。徐广二十五岁。范泰二十二岁。裴松之十七岁。王敬弘十七岁。刘穆之十七岁。司马曜十五岁。刘裕十四岁。司马道子十三岁。郑鲜之十三岁。陶渊明十二岁。桓玄八岁。孔琳之八岁。羊欣七岁。何承天七岁。袁豹四岁。傅亮三岁。宗炳二岁。王诞二岁。张茂度一岁。释宝云一岁。

1. 司马曜临朝。作《地震诏》、《报桓冲请讨苻坚诏》、《诏定病假限》、《许桓秘辞散骑常侍诏》。

　　《晋书》卷九《孝武帝纪》:"太元元年春正月壬寅朔,帝加元服,见于太庙。皇太后归政。甲辰,大赦,改元。丙午,帝始临朝……夏五月癸丑,地震。甲寅,诏曰……"卷七十四《桓冲传》:"苻坚寇凉州,冲……表曰……诏答曰……"据《孝武帝纪》:本年"七月,苻坚将苟苌陷梁州。"《御览》卷六三四引《晋起居注》:"孝武太元元年诏……"《晋书》卷七十四《桓秘传》:"(桓)温病笃,秘与温子熙、济等谋共废冲。冲密知之,不敢入。顷温气绝,先遣力士拘录熙、济,而后临丧。秘于是废弃,遂居于墓所,放志田园,好游山水。后起为散骑常侍,凡三表自陈。诏曰……秘素轻冲,冲时贵盛,秘耻常侍位卑,故不应朝命。与谢安书及诗十首,辞理可观,其文多引简文帝之眄遇。"诏疑作于本年前后。

2. 郗愔任镇军大将军。

《晋书》卷九《孝武帝纪》:本年正月,以"领军将军郗愔为镇军大将军。"

3. 谢安加中书监,录尚书事。

《晋书》卷七十九《谢安传》:"时帝始亲万机,进安中书监、骠骑将军、录尚书事,固让军号。"据卷九《孝武帝纪》本年正月,加安中书监、录尚书事。《世说新语·赏誉第八》:"谢公领中书监,王东亭有事应同上省,王后至,坐促,王、谢虽不通,太傅犹敛膝容之。王神意闲畅,谢公倾目。还谓刘夫人曰:'向见阿瓜,故自未易有。虽不相关,正是使人不能已已。'"刘孝标注:"按王珣小字法护,而此言阿瓜,未为可解,傥小名有两耳。"

4. 王珣见谢安。

见本年第3条。

5. 王徽之任车骑骑兵参军。

《晋书》卷八十《王徽之传》:"又为车骑桓冲骑兵参军,冲问:'卿署何曹?'对曰:'似是马曹。'又问:'管几马?'曰:'不知马,何由如数!'又问:'马比死多少?'曰:'未知生,焉知死!'

尝从冲行,值暴雨,徽之因下马排入车中,谓曰:'公岂得独擅一车!'冲尝谓徽之曰:'卿在府日久,比当相料理。'徽之初不酬答,直高视,以手版柱颊云:'西山朝来致有爽气耳。'时吴中一士大夫家有好竹,欲观之,便出坐舆造竹下,讽啸良久。主人洒扫请坐,徽之不顾。将出,主人乃闭门,徽之便以此赏之,尽欢而去。尝寄居空宅中,便令种竹。或问其故,徽之但啸咏,指竹曰:'何可一日无此君邪!'"按卷九《孝武帝纪》,冲于本年正月任车骑将军,是徽之任车骑骑兵参军当在本年。

6. 前秦苻坚作《下诏分遣侍臣问民疾苦》、《下诏征张天锡入朝》、《下诏论平凉州及索头功》。于凉州得《清乐》。征郭瑀定礼仪。

《十六国春秋》卷三十七《前秦录五·苻坚录中》:"建元十二年……二月,下诏曰:'……可分遣侍臣周巡郡县,问民疾苦。'……四月,下诏曰:'……下书征(张)天锡入朝,若有违王命,即进师扑讨。'……十二月……坚下诏曰:'……有司可速班功受爵……'"《隋书》卷十五《音乐志下》:"《清乐》其始即《清商三调》是也,并汉来旧曲。乐器形制,并歌章古辞,与魏三祖所作者,皆被于史籍。属晋朝播迁,夷羯窃据,其音分散,苻永固平张氏,始于凉州得之。"《晋书》卷九《孝武帝纪》:本年"秋七月,苻坚将苟苌陷凉州,虏刺史张天锡,尽有其地。"《建康实录》卷九《烈宗孝武皇帝》系苟苌陷凉州于本年九月,《通鉴》卷一百四则系于本年八月。特录以俟考。《晋书·孝武帝纪》:本年"十二月苻坚使其将苻洛攻代,执代王涉翼犍。"征郭瑀定礼仪见本年第7条。

7. 前秦郭瑀授书生三百人。

《晋书》卷九十四《郭瑀传》:"及(张)天锡灭,苻坚又以安车征瑀定礼仪,会父丧而止。太守辛章遣书生三百人就受业焉。"

卷九《孝武帝纪》:本年七月,张天锡被俘。

8. 有砖刻孟府君墓志。

《考古》1980 年第 6 期载安徽省文物工作队撰《安徽马鞍山东晋墓清理》:“1976 年秋,马鞍山市教育局在营建湖东路小学校舍时,发现一座砖室墓。”墓中有“砖刻墓志五方。因此墓早期被盗,原来放置的位置可能被挪动,根据出土情况,墓室四隅各一方,内容相同。志文曰:‘泰元元年十二月十二日晋故平昌郡安丘县始兴相散骑常侍孟府君墓’二十九字。字迹清楚。”附有砖刻墓志及墓砖刻字拓片。《文物考古工作三十年·安徽文物考古工作新收获》云孟府墓志砖五块,“其书体有三块为今隶,两块为真书”。

9. 陶渊明庶母卒。

《全晋文》卷一百十二辑渊明《祭程氏妹文》:“慈妣早世,时尚乳婴,我年二六。”陶澍《陶靖节年谱考异》:“汤东碉注《祭妹文》,以慈妣为庶母,于‘昔在江陵,重罹天罚’注云:‘晋安帝隆安五年秋七月,赴江陵假还。是冬母夫人孟氏卒。’……盖程氏妹之生母,而先生之庶母也。”

10. 司马道子任散骑常侍、中军将军,进骠骑将军。

《晋书》卷六十四《会稽文孝王道子传》:“太元初,拜散骑常侍、中军将军,进骠骑将军。”

11. 范泰任会稽王道子参军。

《宋书》卷六十《范泰传》:“泰初为太学博士……骠骑将军会稽王道子……府参军。”泰为道子参军当在本年道子任骠骑将军后。

12. 王劭任丹阳尹。

《晋书》卷六十五《王劭传》:“历……丹阳尹。”《东晋将相大臣年表》系于本年。

13. 袁宏卒。

《晋书》卷九十二《袁宏传》："太元初，卒于东阳，时年四十九。"

《隋书》卷三十二《经籍志一》："《周易谱》一卷。"脱撰人名。《旧唐书》卷四十六《经籍志上》定为袁宏撰。《新唐书》卷五十七《艺文志一》《易》类："袁宏《略谱》一卷。"丁国钧《补晋书艺文志》卷一："《集议孝经》一卷，东阳太守袁宏。谨按，见《隋志》，旧题袁敬仲。家大人曰：袁宏为东阳太守，见本传。《释文·叙录》载此书亦作袁宏。"《晋书·袁宏传》："撰《后汉纪》三十卷及《竹林名士传》三卷……传于世。"《旧唐书·经籍志上》："《名士传》三卷，袁宏撰。"《新唐书》卷五十八《艺文志二》同。《山涛别传》，袁宏撰，《御览》卷四〇九引。《去伐论》，袁宏撰，《类聚》卷二十三引。《晋书》卷七十五《韩伯传》："王坦之又尝著《公谦论》，袁宏作论以难之。"《隋书》卷三十五《经籍志四》："晋东阳太守《袁宏集》十五卷，梁二十卷，录一卷。"《晋书·袁宏传》：撰"诗、赋、诔、表等杂文凡三百首，传于世。"《全晋文》卷五十七辑袁宏文十八篇，除已见上文者外，还有：《酎宴赋》、《夜酣赋》、《表》、《与范曾书》、《后汉记序》、《七贤序》、《三国名臣序赞》、《去伐论》、《明谦》、《祖狄碑》、《祭牙文》。《晋诗》卷十四辑袁宏诗六首，除已见上文者外，还有：《从征行方头山诗》、《采菊诗》、《拟古诗》和失题诗句。

《晋书·袁宏传》："三子：长超子，次成子，次明子。明子有父风，最知名，官至临贺太守。"

14. 张茂度生。

《宋书》卷五十三《张茂度传》："张茂度，吴郡吴人，张良后也。

名与高祖讳同，故称字。良七世孙为长沙太守，始迁于吴。高祖嘉，曾祖澄，晋光禄大夫。祖彭祖，广州刺史。父敞，侍中、尚书、吴国内史。”据本传，元嘉十九年卒，时年六十七推之，当生于本年。

15. 释宝云生。

《高僧传》卷三《释宝云传》：“释宝云，未详氏族。传云，梁州人……以元嘉二十六年终于山寺，春秋七十有四。”据此推之，当生于本年。

16. 前秦有梁舒墓表。

《文物》1981年第2期载钟长发等撰《武威金沙公社出土前秦建元十二年墓表》：“1975年3月，在武威县城西北7.5公里的金沙公社赵家磨大队……挖出石刻墓表一块，墓表扁平，上圆下方，高37、宽26.5、厚5厘米。墓表下承以长方形覆莲座，莲花纹饰为浅浮雕，二重尖角莲瓣。具有魏晋至十六国时期莲瓣的特点。莲花座高9、长40、宽18.2厘米。墓表上部篆书‘墓表’二字，下部用魏体字书写，表文分九行，每行八字。十六国时期，只有前秦苻坚的建元纪年达十二年，因此墓表年代为前秦建元十二年……墓表上的梁舒在史书上虽无记载，但《晋书·张天锡传》卷八十六提及：‘安定梁景，敦煌刘肃并以门胄……景、肃等俱参政事。’”附墓表图。

377　丁丑

晋太元二年　　前秦建元十三年

王彪之七十三岁。道安六十六岁。郗愔六十五岁。司马晞六十二岁。谢安五十八岁。王蕴四十八岁。杨羲四十八岁。慧远四十四岁。郗超四十二岁。苻坚四十岁。吕光四十岁。范宁三十九岁。王献之三十四岁。徐邈三十四岁。鸠摩罗什三十四岁。王珣二十八岁。张野二十八岁。李暠二十七岁。王珉二十七岁。徐广二十六岁。范泰二十三岁。裴松之十八岁。王敬弘十八岁。刘穆之十八岁。司马曜十六岁。刘裕十五岁。司马道子十四岁。郑鲜之十四岁。陶渊明十三岁。桓玄九岁。孔琳之九岁。羊欣八岁。何承天八岁。袁豹五岁。傅亮四岁。宗炳三岁。王诞三岁。张茂度二岁。释宝云二岁。周续之一岁。

1. 前秦苻坚遣使求释道安、鸠摩罗什。

《十六国春秋》卷三十七《前秦录五·苻坚录中》:"建元十三年,春……太史奏有星见于外国之分,当有圣人入辅中国,得之者昌。坚曰:'朕闻西域有鸠摩罗什,襄国有释道安,神清气足,方欲致之,以辅朕躬。并遣求之。"《高僧传》卷二《鸠摩罗什传》:"时苻坚僭号关中,有外国前部王及龟兹王弟,并来朝坚。坚引见。二王说坚云:'西域多产珍奇,请兵往定以求内附。'至苻坚建元十三年，岁次丁丑正月，太史奏云：'有星见于外国分野，当有大德智人入辅中国。'坚曰：'朕闻西域有鸠摩罗什，襄阳有沙门释道安，将非此邪？'即遣使求之。"

2. 谢安为司徒。

《晋书》卷七十九《谢安传》："于时悬象失度，亢旱弥年，安奏兴灭继绝，求晋初佐命功臣后而封之。顷之，加司徒，后军文武尽配大府，又让不拜。复加侍中、都督扬豫徐兖青五州幽州之燕国诸军事、假节。"据卷九《孝武帝纪》，安于本年八月为司徒。

3. 王蕴为徐州刺史。

《晋书》卷九十三《王蕴传》："乃授都督京口诸军事、左将军、徐州刺史、假节，复固让。谢安谓蕴曰：'卿居后父之重，不应妄自菲薄，以亏时遇，宜依褚公故事，但令在贵权于事不事耳。可暂临此任，以纾国姻之重。'于是乃受命，镇于京口。"卷九《孝武帝纪》：本年冬十月辛丑，"尚书王蕴为徐州刺史、督江南晋陵诸军。"

4. 徐广被辟为谢玄从事。

《南史》卷三十三《徐广传》："家贫，未尝以产业为意，妻中山刘谧之女忿之，数以相让。广终不改。如此数十年，家道日弊，遂与广离。"《晋书》卷八十二《徐广传》："谢玄为兖州，辟从事。"据卷九《孝武帝纪》，谢玄于本年十月辛丑为兖州刺史。

5. 王彪之卒。

《晋书》卷七十六《王彪之传》："加光禄大夫、仪同三司，未拜。疾笃，帝遣黄门侍郎问所苦，赐钱三十万以营医药。太元二年卒，年七十三。即以光禄为赠，谥曰简。"据卷九《孝武帝纪》,彪之卒于本年十月壬寅。《建康实录》卷九《烈宗孝武皇帝》:本年秋,王彪之卒,年五十六。与《晋书·王彪之传》及《孝武帝纪》所记不同,录以备考。

《隋书》卷三十五《经籍志四》:"晋左光禄《王彪之集》二十卷、梁有录一卷。"《庐山记》,王彪之撰,《北堂书钞》卷一百五十八引。《晋诗》卷十四辑王彪之诗四首:《登会稽刻石山诗》、《游仙诗》、《与诸兄弟方山别诗》、《登冶城楼诗》。《全晋文》卷二十一辑王彪之文四十篇。除已见前文者外,还有:《庐山赋序》、《水赋》、《井赋》、《闽中赋》、《赋》、《纳采版文玺书》、《问名版文》、《纳吉版文》、《纳征版文》、《请期版文》、《迎后版文》、《整市教》、《上书论皇太子纳妃用玉璧虎皮》、《太后为亲属举哀议》、《驳彭城国李太妃谥议》、《帝加元服议》、《优遇陈留王议》、《优赙陈留王议》、《讳议》、《太后父丧废乐议》、《答台符问小功服成婚》、《与会稽王笺》、《答会稽王书》、《与扬州刺史殷浩书》、《答孔严论蔡谟谥书》、《二疏画诗序》、《伏牺赞》。

《晋书·王彪之传》:"二子:越之,抚军参军;临之,东阳太守。"

6. 王劭任吏部尚书、尚书仆射。

《晋书》卷六十五《王劭传》:"迁吏部尚书、尚书仆射。"卷九《孝武帝纪》:本年"十二月庚寅,以尚书王劭为尚书仆射。"

7. 傅亮被郗超所评。

《宋书》卷四十三《傅亮传》:"(傅)瑗与郗超善,超尝造瑗,瑗见其二子迪及亮。亮年四五岁,超令人解亮衣,使左右持去,初无吝色。超谓瑗曰:'卿小儿才名位宦,当远逾于兄。然保家传祚,终在大者。'"

8. 郗超称道谢玄有才,必不负举。卒。

《晋书》卷七十九《谢玄传》:"于时苻坚强盛,边境数被侵寇,朝廷求文武良将可以镇御北方者,安乃以玄应举。中书郎郗超虽素与玄不善,闻而叹之,曰:'安违众举亲,明也。玄必不负举,才也。'时咸以为不然。超曰:'吾尝与玄共在桓公府,见其使才,虽履屐间亦得其任,所以知之。'于是征还,拜建武将军、兖州刺史、领广陵相、监江北诸军事。"据卷九《孝武帝纪》,本年十月玄为兖州刺史。卷六十七《郗超传》:"以为临海太守,加宣威将军,不拜。年四十二,先愔卒。初,超虽实党桓氏,以愔忠于王室,不令知之。将亡,出一箱书,付门生曰:'本欲焚之,恐公年尊,必以伤愍为弊。我亡后,若大损眠食,可呈此箱,不尔,便烧之。'愔后果哀悼成疾,门生依旨呈之,则悉与温往返密计。愔于是大怒曰:'小子死恨晚矣!'更不复哭。凡超所交友,皆一时秀美,虽寒门后进,亦拔而友之。及死之日,贵贱操笔而诔者四十余人,其为众所宗贵如此。王献之兄弟,自超未亡,见愔,常蹑履问讯,甚修舅甥之礼。及超死,见愔慢怠,屐而候之,命席便迁延辞避。愔每慨然曰:'使嘉宾不死,鼠子敢尔邪!'性好闻人栖遁,有能辞荣拂衣者,超为之起屋宇,作器服,畜仆竖,费百金而不吝。又沙门支遁以清淡著名于时,风流胜贵,莫不崇敬,以为造微之功,足参诸正始。而遁常重超,以为一时之俊,甚相知赏。"《通鉴》卷一百四:本年"十二月,临海太守郗超卒。"

《高僧传》卷十四《序录》:"郗景兴《东山僧传》……竞举一方,不通今古,务存一善,不及余行。"《隋书》卷三十五《经籍志四》:"晋中书郎《郗超集》九卷。梁十卷……亡。"《旧唐书》卷四十七《经籍志下》、《新唐书》卷六十《艺文志四》均作十五卷。《晋诗》卷十二辑郗超《答傅郎诗》六章。《全晋文》卷一百十辑郗超文四篇,除已见上文者外,还有:《与亲友书论支道林》、《与谢庆绪书论三幡义》、《奉法要》。另《世说新语·赏誉第八》载有《与袁虎书》,《排调第二十五》载有《与袁虎书》、《答范启书》,《全晋文》漏收。《采古来能书人名》:"郗超……善草。"《论书》:"郗超草书亚于二王,紧媚过其父,骨力不及也。"《述书赋上》:"景兴当年,曷云世乏。正、草轻利,脱略古法。迹因心而谓何?为吏士之所多。惜森然之俊爽,嗟蔑尔于中和。"

《世说新语·贤媛第十九》:"郗嘉宾丧,妇兄弟欲迎妹还,终不肯归,曰:'生纵不得与郗郎同室,死宁不同穴!'"刘孝标注引《郗氏谱》:"超娶汝南周闵女,名马头。"

《晋书·郗超传》:"超无子,从弟俭之以子僧施嗣。"

9. 郗僧施嗣郗超。

僧施生年未详。《晋书》卷六十七《郗超传》:"僧施字惠脱,袭爵南昌公。弱冠,与王绥、桓胤齐名,累居清显。"嗣郗超见本年第8条。

10. 郗愔闻子超卒,始恸而后怒之。

《世说新语·伤逝第十七》:"郗嘉宾丧,左右白郗公'郎丧'。既闻,不悲,因语左右:'殡时可道。'公往临殡,一恸几绝。"怒子超见本年第8条。

11. 周续之生。

《宋书》卷九十三《周续之传》:"周续之字道祖,雁门广武人也。其先过江居豫章建昌县……景平元年卒,时年四十七。"据此推之,当生于本年。

12. 酒泉有程段儿石塔。

《中国美术全集》雕塑编3《魏晋南北朝雕塑·图版说明》第12页:"程段儿石塔　太元二年　石质　高四二·八厘米

底径一二厘米 甘肃省酒泉市出土 酒泉市博物馆藏 塔上部呈上小下大的圆柱体，顶为半圆体，下有七道弦纹。塔中间开八龛，楣额饰火焰纹。龛楣额上有一圈莲瓣纹，每龛内刻坐佛一尊。龛下一柱体刻经文与发愿文。其下为八面柱形，每面有线刻菩萨。”附程段儿石塔图。

13. 竺慧猷夜梦读诗五首。

慧猷生平未详。《异苑》卷七：“晋武太元二年，沙门竺慧猷夜梦读诗五首，其一篇后曰：‘陌南酸枣树，名为六奇木。遣人以伐取，载还柱马屋。”此诗《晋诗》漏收。

14. 王献之任谢安长史。

《晋书》卷八十《王献之传》：“谢安甚钦爱之，请为长史。”时间未详，张怀瓘《书断中》：“初，谢安请为长史，太康（礼按：‘康’应作‘元’）中新起太极殿……”新起太极殿在明年（详后），献之为长史当在其前，姑系于此。

15. 道安在襄阳常再讲《放光般若》。

《高僧传》卷五《释道安传》：“（道）安在樊沔十五载，每岁常再讲《放光般若》，未尝废阙。晋孝武皇帝承风钦德，遣使通问，并有诏曰……时苻坚素闻安名，每云：‘襄阳有释道安是神器，方欲致之，以辅朕躬。’后遣苻丕南攻襄阳。”

16. 司马曜遣使通问道安，作《俸给释道安诏》。

见本年第15条。

378　戊寅

晋太元三年　　前秦建元十四年。

道安六十七岁。郗愔六十六岁。司马晞六十三岁。谢安五十九岁。王蕴四十九岁。杨羲四十九岁。慧远四十五岁。苻坚四十一岁。吕光四十一岁。范宁四十岁。王献之三十五岁。徐邈三十五岁。鸠摩罗什三十五岁。王珣二十九岁。张野二十九岁。李暠二十八岁。王珉二十八岁。徐广二十七岁。范泰二十四岁。裴松之十九岁。王敬弘十九岁。刘穆之十九岁。司马曜十七岁。刘裕十六岁。司马道子十五岁。郑鲜之十五岁。陶渊明十四岁。桓玄十岁。孔琳之十岁。羊欣九岁。何承天九岁。袁豹六岁。傅亮五岁。宗炳四岁。王诞四岁。张茂度三岁。释宝云三岁。周续之二岁。戴颙一岁。荀伯子一岁。

1. 谢安作新宫。

《建康实录》卷九《烈宗孝武皇帝》：本年“春正月，尚书仆射谢安以宫室朽坏，启作新宫，帝权出居会稽王第。二月，始工内外，日役六千人。安与大将毛安之决意修定，皆仰模玄象，体合辰极，并新制置省阁堂宇名署时政。构太极殿欠一梁，乃有梅木流至石头津。津主启闻，取用之，因画花于梁上，以表瑞焉。又起朱雀门，重楼皆绣栭藻井，门开三道，上重名朱雀观。观下门上有两铜雀，悬楣上刻木为龙虎左右对……秋七月，新宫成，内外殿宇大小三千五百间。（原按：‘《苑城记》：城外堑内并种桔树，其宫墙内则种石榴，其殿庭及三台三省悉列种槐树，其宫南夹路出朱雀门，悉垂杨与槐也。’）辛巳，帝居新宫。”

2. 王献之固辞为太极殿题榜。

《晋书》卷八十《王献之传》：“太元中，新起太极殿，（谢）安欲使献之题榜，以为万代宝，而难言之，试谓曰：‘魏时陵云殿榜未题，而匠者误钉之，不可下，乃使韦仲将悬橙书之。比讫，须鬓尽白，裁余气息。还语子弟，宜绝此法。’献之揣知其旨，正色曰：‘仲将，魏之大臣，宁有此事！使其若此，有以知魏德之不长。’安遂不之逼。”《御览》卷七百四十八、《太平广记》卷二百七并引《书断》曰：“太元中，孝武帝改治宫室及庙诸门，并欲使王献之隶书题榜，献之固辞。”阮元《北碑南帖论》：“王献之特精行、楷，不习篆、隶，谢安欲献之书太极殿榜，而献之斥韦仲将事以拒之，此自藏其短也。”孙过庭《书谱》曰：“谢安素善尺牍，而轻子敬之书。子敬尝作佳书与之，谓必存录，安辄题后答之，甚以为恨。”盖谢安先轻子敬书，后又重之。

3. 刘瓌之书太极殿榜。

瓌之生卒年不详。《书小史》卷六：“刘瓌之（礼按：原文无‘之’字）字元宝。沛国人，官至御史中丞、义成伯。善行、草、八分。太元中孝武帝令八分题诸门榜。”黄伯思《东观余论》卷上：“刘瓌之乃东晋时善八分者。大令既不肯书太极殿榜，谢安石遂令瓌之以八分题之。”瓌之书太极殿榜当在本年，以后事迹不详。

《述书赋上》：“元宝刚直，两王之次。骨正力全，轨范宏丽。

凌突子敬，病于轻肆。同变武而习文，若访龙而得骥。”《淳化阁帖》卷三辑有晋刘瓌之书《感闰帖》。《全晋文》卷一百四十三辑刘瓌之《书》一篇，即《淳化阁帖》所辑之《感闰帖》。

4. 韦昶以大篆题榜。

昶生年未详。《书断下》：“韦昶字文休，诞兄凉州刺史康之玄孙，官至颍州刺史、散骑常侍。善古文、大篆。见王右军父子书云：‘二王未足知书也。’又妙作笔。子敬得其笔，称为绝世。”《太平广记》卷二百七：“晋书昶字文休（礼按：‘休’原文误作‘林’），仲将兄康字元将，凉州刺史之玄孙。官至颍川太守、散骑常侍。善古文、大篆及草。状貌极古，亦犹人则抱素，木则封冰，奇而且劲。太元中，孝武帝改治宫室及庙诸门，并欲使王献之隶、草书题榜。献之固辞。及使刘瓌之（礼按：原文无‘之’字）以八分书之。后又以文休以大篆改八分焉。或问：‘王右军父子书，君以为云何？’答曰：‘二王自可谓能，未是知（礼按：原文‘是知’二字倒）书也。’”上述诸事，时间不详，亦非某年之事。今据《广记》所谓“太元中孝武帝改治宫室”云云，姑系于此。

5. 前秦苻坚遣苻丕攻襄阳。命群臣作止马之诗。

《十六国春秋》卷三十七《前秦录五·苻坚录中》：“建元十四年春二月，坚遣……（苻）丕……寇襄阳……夏四月，师次沔北。晋南中郎将、梁州刺史朱序监沔中诸军，镇襄阳……冬十月，大宛献天马千里驹，皆汗血朱鬣，五色，凤膺麟身，及诸珍异五百余种。坚曰：‘吾尝慕汉文帝之返千里马，咨嗟美咏。今所献马，其悉返之，庶克念前王，仿佛古人矣。’乃命群臣作止马之诗而遣之，示无欲也。群下以为盛德之事，远同汉文，于是献诗者四百余人。”

6. 慧远别道安东下。

《高僧传》卷六《释慧远传》:“秦将苻丕寇斥襄阳,道安为朱序所拘,不能得去,乃分张徒众,各随所之。临路,诸长德皆被诲约,远不蒙一言。远乃跪曰:‘独无训勖,惧非人例?’安曰:‘如公者,岂复相忧?’远于是与弟子数十人,南适荆州,住上明寺。”

7. 道安被朱序所拘,分遣徒众。

见本年第6条。

8. 前秦赵整作《酒德歌》。

《十六国春秋》卷四十二《前秦录十·赵整录》:“(苻)坚与群臣饮酒,以秘书监朱肜为酒正,令人以极醉为限。整乃作《酒德歌》曰……又云……坚大悦,命整书之以为酒戒。自是每宴群臣,礼饮而已。”又《御览》卷八四二引崔鸿《十六国春秋·前秦录》:“苻坚燕群臣于钓台,秘书侍郎赵整以坚颇好酒,因为《酒德之歌》曰……”《十六国春秋》卷三十七《前秦录五·苻坚录中》系上述事于本年十月。

9. 戴颙生。

《宋书》卷九十三《戴颙传》:“戴颙字仲若,谯郡铚人也。父逵,兄勃,并隐遁有高名。”据本传,元嘉十八年卒,时年六十四推之,当生于本年。

10. 荀伯子生。

《宋书》卷六十《荀伯子传》:“荀伯子,颍川颍阴人也。祖羡,骠骑将军。父猗,秘书郎……元嘉十五年,卒官,时年六十一。”据此推之,当生于本年。

11. 邓粲应召任荆州刺史别驾。

粲生卒年未详。《晋书》卷八十二《邓粲传》:“邓粲,长沙人。

少以高洁著名,与南阳刘驎之、南郡刘尚公同志友善,并不应州郡辟命。荆州刺史桓冲卑辞厚礼请粲为别驾,粲嘉其好贤,乃起应召。驎之、尚公谓之曰:'卿道广学深,众所推怀,忽然改节,诚失所望。'粲笑答曰:'足下可谓有志于隐而未知隐。夫隐之为道,朝亦可隐,市亦可隐。隐初在我,不在于物。'尚公等无以难之,然粲亦于此名誉减半矣。"粲任荆州刺史别驾,时间不详。据卷九《孝武帝纪》,桓冲于上年十月至太元九年二月卒前任荆州刺史。疑粲任荆州别驾当在本年,或本年后。关于粲此后事迹,《晋书·邓粲传》云:"后患足疾,不能朝拜,求去职,不听,令卧视事。后以病笃,乞骸骨,许之。粲以父骞有忠信言而世无知者,乃著《元明纪》十篇,注《老子》,并行于世。"

《隋书》卷三十三《经籍志二》:"《晋纪》十一卷,讫明帝。晋荆州别驾邓粲撰。"

379　己卯

晋太元四年　　前秦建元十五年

道安六十八岁。郗愔六十七岁。司马晞六十四岁。谢安六十岁。王蕴五十岁。杨羲五十岁。慧远四十六岁。苻坚四十二岁。吕光四十二岁。范宁四十一岁。王献之三十六岁。徐邈三十六岁。鸠摩罗什三十六岁。王珣三十岁。张野三十岁。李暠二十九岁。王珉二十九岁。徐广二十八岁。范泰二十五岁。裴松之二十岁。王敬弘二十岁。刘穆之二十岁。司马曜十八岁。刘裕十七岁。司马道子十六岁。郑鲜之十六岁。陶渊明十五岁。桓玄十一岁。孔琳之十一岁。羊欣十岁。何承天十岁。袁豹七岁。傅亮六岁。宗炳五岁。王诞五岁。张茂度四岁。释宝云四岁。周续之三岁。戴颙二岁。荀伯子二岁。王弘一岁。蔡廓一岁。

1. 司马曜作《除三吴租布诏》、《苻坚攻陷襄阳下诏申警》。

《除三吴租布诏》见《全晋文》卷十一。严注系于本年正月。

《晋书》卷九《孝武帝纪》：本年“正月辛酉，大赦，郡县遭水旱者减租税……二月戊午，苻坚使其子丕攻陷襄阳，执南中郎将朱序，又陷顺阳。三月，大疫。壬戌，诏曰……”

2. 前秦苻坚攻陷襄阳。招致习凿齿、道安，作《与诸镇书》。

《十六国春秋》卷三十七《前秦录五·苻坚录中》：“建元十五

年春正月……坚欲自率众助(苻)丕,诏阳平公(苻)融,将关东六州之众,会于寿春,梁统('统',一作'熙')率河西之兵为后继。融谏曰……统亦谏曰……坚乃止……二月……戊午,克襄阳,执朱序,送长安。"招致习凿齿、道安,作《与诸镇书》,分别见本年第3条、第4条。

3. 习凿齿至长安,受苻坚赐遗。

《晋书》卷八十二《习凿齿传》:"及襄阳陷于苻坚,坚素闻其名,与道安俱舆而致焉。既见,与语,大悦之,赐遗甚厚。又以其蹇疾,与诸镇书:'昔晋氏平吴,利在二陆;今破汉南,获士裁一人有半耳。'"《十六国春秋》卷三十七《前秦录五·苻坚录中》系上述事于去年,误。

4. 道安被苻丕所获,至长安。

《高僧传》卷五《释道安传》:"(苻坚)后遣苻丕南攻襄阳,安与朱序俱获于坚。坚谓仆射权翼曰:'朕以十万之师取襄阳,唯得一人半。'翼曰:'谁耶?'坚曰:'安公一人,习凿齿半人也。'既至,住长安五重寺,僧众数千,大弘法化。初魏晋沙门依师为姓,故姓各不同。安以为大师之本,莫尊释迦,乃以释命氏。后获《增一阿含》,果称四河入海,无复河名,四姓为沙门,皆称释种。既悬与经符,遂为永式。安外涉群书,善为文章。长安中衣冠子弟为诗赋者,皆依附致誉。时蓝田县得一大鼎,容二十七斛,边有篆铭,人莫能识,乃以示安,安云:'此古篆书,云鲁襄公所铸。'乃写为隶文。"

5. 前秦苻融谏苻坚不可自率众助苻丕。

见本年第2条。

6. 谢安遣谢石、谢玄征讨苻坚。

《晋书》卷七十九《谢安传》:"时苻坚强盛,疆埸多虞,诸将败退相继。安遣弟石及兄子玄等应机征讨,所在克捷。”据卷九《孝武帝纪》,谢玄于本年六月大破苻坚将。

7. 曹毗作《对儒》、《请雨文》,时任下邳太守。

《晋书》卷九十二《曹毗传》:“迁……下邳太守。以名位不至,著《对儒》以自释。其辞曰:……”《类聚》卷一百辑曹毗《请雨文》。其中有“下邳内史曹毗,敬告山川诸灵。顷节运错戾,旱亢阴消。川竭谷虚,石流山燋。天无纤云,野有横飙。盛夏应暑而或凉,草木无霜而自凋。遑遑农夫,辍耕田畔。悠悠舟人,顿楫川岸……圣主当膳而减味,牧伯忘餐而过晏”等句,知毗任下邳内史时,夏遇大旱,作《请雨文》。考《晋书》卷二十八《五行志中》,从元帝建武元年至东晋末年,夏大旱二:一于永昌元年,一于太元四年。据卷九《孝武帝纪》,太元四年“六月,大旱”。曹毗所遇之大旱只能是太元四年。因永昌元年,曹毗是否出生尚待定,更不可能任职下邳内史。由此可知,曹毗本年已任下邳内史。《晋书》本传于任下邳太守后,接叙“著《对儒》以自释”,《对儒》当作于迁下邳太守后,具体时间未详,今一并系于此。

8. 王蕴拜尚书仆射,出任镇军将军、会稽内史。

《晋书》卷九十三《王蕴传》:“征拜尚书左仆射,将军如故,迁丹杨尹,即本军号加散骑常侍。蕴以姻戚,不欲在内,苦求外出,复以为都督浙江东五郡、镇军将军、会稽内史,常侍如故。”卷九《孝武帝纪》:本年“秋八月丁亥,以左将军王蕴为尚书仆射。”《补晋执政表》:本年蕴迁浙东,任镇军将军。

9. 徐邈作《君臣同谥议》。

《通典》卷一百四:“东晋孝武太元四年,光禄勋王欣之表……徐邈议……”

10. 王劭出为吴国内史。

《晋书》卷六十五《王劭传》:“出为建威将军、吴国内史。”据《东晋将相大臣年表》,本年劭出为吴国内史。

11. 王荟任中护军。

《晋书》卷六十五《王荟传》:“徙尚书,领中护军。”据《东晋将相大臣年表》,荟于本年至太元八年任中护军。

12. 裴松之拜殿中将军。

《宋书》卷六十四《裴松之传》:“博览坟籍,立身简素。年二十,拜殿中将军。此官直卫左右,晋孝武太元中革选名家以参顾问,始用琅邪王茂之、会稽谢辅,皆南北望。舅庾楷在江陵,欲得松之西上,除新野太守,以事难不行。拜员外散骑侍郎。”松之拜员外散骑侍郎,时间未详,姑一并系于此。

13. 范宁迁临淮太守,封阳遂乡侯。

《晋书》卷七十五《范宁传》:“在职六年,迁临淮太守,封阳遂乡侯。”宁于宁康二年为余杭令,至本年凡六年。

14. 王弘生。

《宋书》卷四十二《王弘传》:“王弘字休元,琅邪临沂人也。曾祖导,晋丞相。祖洽,中领军。父珣,司徒。”据本传,元嘉九年卒,时年五十四推之,当生于本年。

15. 蔡廓生。

《宋书》卷五十七《蔡廓传》:“蔡廓字子度,济阳考城人也。曾祖谟,晋司徒。祖系,抚军长史。父綝,司徒左西属……元嘉二年,廓卒,时年四十七。”据此推之,廓当生于本年。

16. 刘穆之任琅邪内史府主簿。

《宋书》卷四十二《刘穆之传》:“少好《书》、《传》,博览多通,为济阳江敳所知。敳为建武将军、琅邪内史,以为府主簿。”穆之任琅邪内史府主簿，时间不详，姑次于二十岁时。

17. 王敬弘起家本国左常侍，卫军参军。

《宋书》卷六十六《王敬弘传》："敬弘少有清尚，起家本国左常侍，卫军参军。"时间未详，姑系于二十岁时。

18. 吴隐之守廷尉。

《晋书》卷九十《吴隐之传》："孝武帝欲用为黄门郎，以隐之貌类简文帝，乃止。寻守廷尉、秘书监、御史中丞，领著作如故，迁左卫将军。虽居清显，禄赐皆班亲族，冬月无被，尝澣衣，乃披絮，勤苦同于贫庶。"隐之守廷尉等职，时间不详，姑一并系于此。

19. 王献之答谢安问书。

《世说新语·品藻第九》："谢公问王子敬：'君书何如君家尊？'答曰：'固当不同。'公曰：'外人论殊不尔。'王曰：'外人那得知？'"刘孝标注引宋明帝《文章志》："献之善隶书，变右军法为今体。字画秀媚，妙绝时伦，与父俱得名。其章草疏弱，殊不及父。或讯献之曰：'羲之书胜不？''莫能判。'有问羲之云：'世论卿书不逮献之？'答曰：'殊不尔也。'它日见献之，问：'尊君书何如？'献之不答。"此事虞龢《论书表》亦有所记。但其说不同："谢安尝问子敬：'君书何如右军？'答云：'故当胜。'"以上所叙之事，时间未详。姑系于此。

380　庚辰

晋太元五年　　前秦建元十六年

道安六十九岁。郗愔六十八岁。司马晞六十五岁。谢安六十一岁。王蕴五十一岁。杨羲五十一岁。慧远四十七岁。苻坚四十三岁。吕光四十三岁。范宁四十二岁。王献之三十七岁。徐邈三十七岁。鸠摩罗什三十七岁。王珣三十一岁。张野三十一岁。李暠三十岁。王珉三十岁。徐广二十九岁。范泰二十六岁。裴松之二十一岁。王敬弘二十一岁。刘穆之二十一岁。司马曜十九岁。刘裕十八岁。司马道子十七岁。郑鲜之十七岁。陶渊明十六岁。桓玄十二岁。孔琳之十二岁。羊欣十一岁。何承天十一岁。袁豹八岁。傅亮七岁。宗炳六岁。王诞六岁。张茂度五岁。释宝云五岁。周续之四岁。戴颙三岁。荀伯子三岁。王弘二岁。蔡廓二岁。谢方明一岁。王韶之一岁。

1. 前秦苻坚败行唐公洛。国内殷实。敕学士以道安为师。

《十六国春秋》卷三十七《前秦录五・苻坚录中》:“建元十六年……二月,起教武堂于渭城,命太学生明阴阳兵法者,教授诸将。秘书监朱彤谏曰……坚乃止……夏四月,(行唐公)洛帅众七万发和龙,将图长安。于是关中骚动,盗贼并起……坚大怒,遣左将军窦冲及步兵校尉吕光帅步骑四万讨之。右将军都贵驰传诣邺,将冀州兵三万为前锋,以阳平公融为征讨大都督,授之节度……五月……洛兵大败……六月,征阳平公融为侍中、中书监,都督中外诸军事、车骑大将军、司隶校尉,领宗正,录尚书事……坚自平诸国之后,国内殷实,遂示人以侈。悬珠帘于太极前殿,以朝群臣。宫宇车乘,器物服御,悉以珠玑琅玕奇宝珍怪饰之。又使熊邈造金银细铠,金为綖以缧之。尚书金部郎中裴元略谏曰……坚大悦,曰:'非卿之忠,何由闻朕过乎!'悉命去之……是年,有人持一铜斛,于市卖之。其形正员,下向为斗,横梁昂者为升,低者为合,梁一头为龠,龠同黄钟,可容半合,边有篆铭。坚以问道安。安曰:'此王莽时物。自言出自舜黄龙戊辰,改正即真,以同律量,布之四方,欲大小器钧,令天下取平焉。'坚乃敕学士内外有疑,皆师于安。故时人为之谚曰:'学不师安,义不中难。'"

2. 前秦吕光帅步骑击败行唐公洛。时任步兵校尉。

见本年第1条。

3. 前秦苻融督兵击败行唐公洛。任侍中、中书监、车骑大将军等职。

见本年第1条。

4. 前秦赵整作《琴歌》。

《晋书》卷一百十三《苻坚载记上》:"洛既平,坚以关东地广人殷,思所以镇静之……于是分四帅子弟三千户,以配苻丕镇邺,如世封诸侯,为新券主。坚送丕于灞上,流涕而别。诸戎子弟离其父兄者,皆悲号哀恸,酸感行人,识者以为丧乱流离之象。"卷一百十四《苻坚载记下》:"坚之分氐户于诸镇也,赵整因侍,援琴而歌曰……坚笑而不纳。"《十六国春秋》卷三十七《前秦录五·苻坚录中》系坚分氐户、送丕至灞上于本年

七、八月。

5. 道安释铜斛。前秦有颂道安之谣谚。

见本年第1条。

6. 谢安任卫将军,始立国学。重书法,为王献之书嵇康诗。其参军任靖亦善书。

《晋书》卷七十九《谢安传》:"拜卫将军,开府仪同三司,封建昌县公。"卷九《孝武帝纪》,系上述事于本年五月。

《世说新语·政事第三》刘孝标注引《续晋阳秋》:"自中原丧乱,民离本域,江左造创,豪族并兼,或客寓流难,名籍不立。太元中,外御强氏,搜简民实,三吴颇加澄检,正其里伍。其中时有山湖遁逸,往来都邑者。后将军(谢)安方接客。时人有于坐言:宜纠舍藏之失者。安每以厚德化物,去其烦细。又以强寇入境,不宜加动人情,乃答之云:'卿所忧,在于客耳!然不尔,何以为京都?'言者有惭色。"《宋书》卷五十五《臧焘传》:"晋孝武帝太元中,卫将军谢安始立国学。"上述事时间未详,今据《续晋阳秋》及《宋书》所言"太元中"及安为"将军",姑系于此。《南齐书》卷三十三《王僧虔传》载其《论书》曰:"谢安亦入能书录,亦自重,为子敬书嵇康诗。"时间未详,疑在献之复为长史时,姑系于此。

《法书要录》卷二载陶弘景《陶隐居又启》:右军书中,"《给事黄门》一纸,《治廉沥》一纸,凡二篇,并是谢安卫军参军任靖书。"庾肩吾《书品》云:"任靖矫名……允为中之中。"任靖生平未详,今据其任谢安卫军参军,姑附于此。

7. 王献之复任谢安长史。性甚整峻,不交非类。

《晋书》卷八十《王献之传》:"(谢)安进号卫将军,复为长史。"《世说新语·忿狷第三十一》:"王令诣谢公,值习凿齿已在坐,当与并榻。王徙倚不坐,公引之与对榻。去后,语胡儿曰:'子敬实自清立,但人为尔多矜咳,殊足损其自然。'"刘孝标注引刘谦之《晋纪》:"王献之性甚整峻,不交非类。"上述事时间未详,疑在本年献之复任谢安长史后至太元九年刁凿齿卒前。

8. 司马道子领司徒。

《晋书》卷六十四《会稽文孝王道子传》:"后公卿奏:'道子亲贤莫二,宜正位司徒。'固让不拜。"卷九《孝武帝纪》:本年六月,"丁卯,以骠骑将军、琅邪王道子为司徒。"

9. 王蕴女法慧卒。

《晋书》卷三十二《孝武定王皇后传》:"孝武定王皇后讳法慧,哀靖皇后之侄也。父蕴……后性嗜酒骄妒,帝甚患之。乃召蕴于东堂,具说后过状,令加训诫。蕴免冠谢焉。后于是少自改饰。太元五年崩,年二十一,葬隆平陵。"卷九《孝武帝纪》:本年"九月癸未,皇后王氏崩……十一月乙酉,葬定皇后于隆平陵。"

10. 司马曜作《皇后王氏崩下诏》。

《宋书》卷十五《礼志二》:"孝武帝太元四年九月,皇后王氏崩,诏曰……又诏……"据《晋书》卷九《孝武帝纪》、《建康实录》卷九《烈宗孝武皇帝》,皇后王氏卒于本年九月癸未,与《宋书》所记不同,今从《晋书》、《建康实录》。

11. 王韶之生。

《宋书》卷六十《王韶之传》:"王韶之字休泰,琅邪临沂人也。曾祖廙,晋骠骑将军。祖羡之,镇军掾。"《南史》卷二十四《王韶之传》:"父伟之,少有志尚,当世诏命表奏,辄手自书写。太元、隆安时事,大小悉撰录。位本国郎中令。"据《宋书·王韶之传》，韶之元嘉十二年卒，时年五十六推之，当生于本年。

12. 谢方明生。

《宋书》卷五十三《谢方明传》："谢方明，陈郡阳夏人，尚书仆射景仁从祖弟也。祖铁（《南史》卷十九本传：'铁字铁石'），永嘉太守。父冲（《南史》本传：'字秀度'），中书侍郎……（方明）元嘉三年，卒官，年四十七。"据此推之，知生于本年。

381　辛巳

晋太元六年　　前秦建元十七年

道安七十岁。郗愔六十九岁。司马晞六十六岁。谢安六十二岁。王蕴五十二岁。杨羲五十二岁。慧远四十八岁。苻坚四十四岁。吕光四十四岁。范宁四十三岁。王献之三十八岁。徐邈三十八岁。鸠摩罗什三十八岁。王珣三十二岁。张野三十二岁。李暠三十一岁。王珉三十一岁。徐广三十岁。范泰二十七岁。裴松之二十二岁。王敬弘二十二岁。刘穆之二十二岁。司马曜二十岁。刘裕十九岁。司马道子十八岁。郑鲜之十八岁。陶渊明十七岁。桓玄十三岁。孔琳之十三岁。羊欣十二岁。何承天十二岁。袁豹九岁。傅亮八岁。宗炳七岁。王诞七岁。张茂度六岁。释宝云六岁。周续之五岁。戴颙四岁。荀伯子四岁。王弘三岁。蔡廓三岁。谢方明二岁。王韶之二岁。

1. 司马曜初奉佛法。作《诏迎武陵王晞柩于新安》、《诏封前武陵王晞并爵其三子》、《议祭皇子庙诏》。

　　《晋书》卷九《孝武帝纪》：本年“正月，帝初奉佛法，立精舍于殿内，引诸沙门以居之。”《诏迎武陵王柩于新安》、《诏封前武陵王晞并爵其三子》见本年第 8 条。《议祭皇子庙诏》见《通典》卷四十七：“东晋孝武帝太元六年，诏曰……”

2. 前秦苻坚收起居注及著作所录之事，大检史官。

《十六国春秋》卷三十七《前秦录五·苻坚录中》："建元十七年……自正月不雨，至于六月。坚彻乐减膳，出宫女以迎和气。秋八月，收起居注及著作所录而观之，见苟太后、李威之事，惭怒，乃焚其书，而大检史官，将加其罪。著作郎赵泉、车敬等已死，乃止。著作郎董裴虽更书时事，然十不得一。"《晋书》卷九《孝武帝纪》：本年"十二月甲辰，苻坚遣其襄阳太守阎震（校勘记：'《苻坚载记》、《通鉴》一〇四皆作司马阎振。'）寇竟陵，襄阳太守桓石虔（校勘记：'《石虔传》时为南平太守，非襄阳。'）讨禽之。"

3. 殷允作《祭徐孺子文》。时任豫章太守。

殷允生卒年不详。《世说新语·赏誉第八》刘孝标注引《中兴书》："允字子思，陈郡人。太常康第六子。恭素谦退，有儒者之风。历吏部尚书。"《隋书》卷三十五《经籍志四》："太常《殷允集》……"据此知允曾任太常。《祭徐孺子文》见《类聚》卷三十八、《御览》卷五二六。《御览》："殷允《祭徐孺子文》曰：'惟太元六年龙集荒洛，冬十月哉生魄，试守豫章太守殷君谨遣左右某甲奉清酌芗合，一簋单羞，再拜奠故聘士豫章徐先生……"允以后事迹不详。

《隋书》卷三十五《经籍志四》："梁有……太常《殷允集》十卷。亡。"《全晋文》卷一百二十九辑殷允文四篇，除已见上文者外，还有：《石榴赋》、《与徐邈书》、《杖铭》。

4. 郗愔拜司空。

《晋书》卷六十七《郗愔传》："久之，以年老乞骸骨，因居会稽。征拜司空，诏书优美，敦奖殷勤，固辞不起。"据卷九《孝武帝纪》，本年十一月，"以镇军大将军郗愔为司空"。

《学津讨原》第十六集第三册载刘敬叔《异苑》卷七："晋司空郗方回葬妇于骊山，使会稽郡吏史泽治墓，多平夷古坟，后坏一冢，搆制甚伟，器物殊盛，冢发闻鼓角声。"

5. 前秦赵整与道安集僧宣译佛经《阿毗昙毗婆沙》。作《讽谏诗》二首。

《高僧传》卷一《僧伽跋澄传》："僧伽跋澄……苻坚建元十七年，来入关中……苻坚秘书郎赵正崇仰大法，尝闻外国宗习《阿毗昙毗婆沙》，而跋澄讽诵。乃四事礼供，请译梵文，遂共名德法师释道安等集僧宣译。"《十六国春秋》卷四十二《前秦录十·赵整录》："（苻坚）末年，宠惑鲜卑，惰于政治。整又援琴而歌曰……坚笑曰：'将非赵文业耶？'其调戏机捷皆此类也。"上述《讽谏诗》二首写作时间未详，今据"苻坚末年"，姑系于此。

6. 道安与赵整等宣译佛经《阿毗昙毗婆沙》。

见本年第5条。

7. 慧远至浔阳，立精舍。

《高僧传》卷六《释慧远传》："后欲往罗浮山，及届浔阳，见庐峰清静，足以息心，始住龙泉精舍。"《莲社高贤传·慧远传》："太元六年至寻阳，见庐山开旷，可以息心，乃立精舍。"

8. 司马晞卒。

《晋书》卷六十四《武陵威王晞传》："太元六年，晞卒于新安，时年六十六。孝武帝三日临于西堂，诏曰……复下诏曰……"

《书小史》卷二："武陵威王晞字道叔……善正书。"《述书赋上》："赳赳道叔，远淳迩俗。举姓名而孰多，议风度而不足。元子惮其威武，吾徒遵其轨躅。"

《晋书·武陵威王晞传》："晞三子：综、瑲、遵。以遵嗣。追赠综给事中，璀散骑郎。十二年，追复晞武陵国，综、璀各复先官，璀还继梁国。梁王璀字贤明，出继梁王翘，官至永安太仆，与父晞俱废。”

9. 王献之知爱羊欣。时任建威将军、吴兴太守。

《晋书》卷八十《王献之传》：“寻除建威将军、吴兴太守。”献之除建威将军、吴兴太守，时间未详。知爱羊欣，时任建威将军、吴兴太守见本年第10条。

10. 羊欣为王献之所知爱。

《宋书》卷六十二《羊欣传》：“欣少靖默，无竞于人，美言笑，善容止。泛览经籍，尤长隶书。不疑初为乌程令，欣时年十二，时王献之为吴兴太守，甚知爱之。献之尝夏月入县，欣著新绢裙昼寝，献之书裙数幅而去。欣本工书，因此弥善。”虞龢《论书表》：“子敬为吴兴，羊欣父不疑为乌程令。欣时年十五六，书已有意，为子敬所知。子敬往县，入欣斋，欣衣白新绢裙昼眠，子敬因书其裙幅及带。欣觉，欢乐，遂宝之。后以上朝廷，中乃零失。”《论书表》所言与《宋书·羊欣传》所记有异，特录以备考。

《书断中》：“羊欣……师资大令，时亦众矣，非无云尘之远，若亲承妙旨，入于室者，唯独此公。亦犹颜回与夫子，有步骤之近。”

《南齐书》卷三十三《王僧虔传》载其《论书》曰：“羊欣书见重一时，亲受子敬……丘道护与羊欣俱面受子敬，故当在欣后。”道护生卒年不详。《隋书》卷三十五《经籍志四》：“梁有……征西主簿《丘道护集》五卷，录一卷……亡。”

382　壬午

晋太元七年　　前秦建元十八年

道安七十一岁。郗愔七十岁。谢安六十三岁。王蕴五十三岁。杨羲五十三岁。慧远四十九岁。苻坚四十五岁。吕光四十五岁。范宁四十四岁。王献之三十九岁。徐邈三十九岁。鸠摩罗什三十九岁。王珣三十三岁。张野三十三岁。李暠三十二岁。王珉三十二岁。徐广三十一岁。范泰二十八岁。裴松之二十三岁。王敬弘二十三岁。刘穆之二十三岁。司马曜二十一岁。刘裕二十岁。司马道子十九岁。郑鲜之十九岁。陶渊明十八岁。桓玄十四岁。孔琳之十四岁。羊欣十三岁。何承天十三岁。袁豹十岁。傅亮九岁。宗炳八岁。王诞八岁。张茂度七岁。释宝云七岁。周续之六岁。戴颙五岁。荀伯子五岁。王弘四岁。蔡廓四岁。谢方明三岁。王韶之三岁。何尚之一岁。

1. 前秦苻坚飨群臣，奏乐赋诗。西伐龟兹、焉耆诸国。欲讨东晋，不从众谏。

　　《十六国春秋》卷三十八《前秦录六·苻坚录下》："建元十八年，春正月，飨群臣于前殿，奏乐赋诗。秦州别驾天水姜平子，诗有'丁'字，直而不曲。坚问其故。平子曰：'臣丁至刚，不可以屈，且曲下者，不正之物，未足献也。'坚曰：'名不虚得。’因擢为上第……三月，徙铜驼、铜马、飞廉、翁仲于长安……四月……阳平公（苻）融以位忝宗正，不能肃遏奸萌，上疏请待罪私藩。不许。乃以融为司徒，固辞不受。坚锐意荆、扬，将谋入寇，乃改授融征南大将军、开府仪同三司。时新平郡献玉器。初，坚即位，新平王雕，陈说图谶，坚大悦，以雕为太史令。言于坚曰：‘谨按谶云：古月之末乱中州，洪水大起健西流，惟有雄子定九州。此即三祖陛下之圣讳也。’又曰：‘当有草付臣又土，灭东燕，破白虏，氐在中，华在表。按图谶之文，陛下当灭燕平六州。愿徙汧陇诸氐于京师，三秦大户置之边地，以应图谶之言。’王猛以为左道，劝坚诛之。雕临刑上疏曰：‘臣以赵建武四年，从京兆刘湛学明于图记，谓臣曰：新平地，古颛顼之墟，里名曰鸡闾，记言此里，应出古帝王宝器，其名曰延寿宝鼎……’至是而新平人耕地得之，以献。器铭篆书文题之法。一为天王，二为皇后……七为元士。自此已下，考载文记列帝王名臣。自天子三后，内外次序，上应天文象紫宫布列……坚以雕言有征，追赠光禄大夫……九月，车师前部王弥寘、鄯善王休密驮入朝。坚赐以朝服，引见西堂。寘等观其宫宇壮丽，仪卫严肃，甚惧……寘等请曰：‘大宛诸国，虽通贡献，然诚节未纯，乞以汉法置都护故事。若王师出关，请为乡导。’于是遣骁骑将军吕光为使持节、都督西域征讨诸军事……西伐龟兹及焉耆诸国。阳平公融切谏曰……朝臣又屡谏，坚皆不纳……十月，坚临太极殿，引群臣会议，曰：‘自吾统承大业，垂三十载。芟夷逋秽，四方略定，唯东南一隅，未宾王化。吾每思天下不一，未尝不临食辍铺。今欲起天下兵以讨之……此行也，朕与阳平公之任，非诸将之事。于诸卿意何如？’秘书监朱彤曰：‘陛下应天顺时，恭行天罚……即可赐命南巢……'坚大悦，曰：'吾之志也。'……尚书左仆射权翼曰：'臣以为晋不可伐……'坚默然良久，曰：'诸君各言其志。'……群臣各言利害，庭议者久之，不决。坚曰：'此所谓筑室道旁，无时可成。吾当内断于心耳。'群臣皆出，独留阳平公议之。坚曰：'自古定大事者，不过一二臣而已。今群议纷纭，徒乱人意。吾当与汝决之。'融曰："今伐晋有三难：岁星在斗牛，吴越之福，不可以伐，一也；晋主休明，朝臣用命，不可以伐，二也；我数战兵疲，将倦，有惮敌之心，不可以伐，三也。诸言不可者，策之上也。愿陛下纳之。'坚作色曰：'汝复如此，天下之事，吾当谁与言之……'融泣曰：'晋不可伐，昭然甚明……'于是朝臣进谏者众。坚南游灞上，从容谓群臣曰：'……吾计决矣。不复与诸卿议也。'……坚锐意欲取江东，寝不能旦。阳平公融复谏曰：'知足不辱，知止不殆，自古穷兵极武，未有不亡者，且国家本戎狄也，正朔会不归。今江东虽微弱仅存，然中华正统，天意必不绝之。'坚曰：'帝王历数，岂有常耶！惟德之所在耳……'坚素重沙门道安。群臣谓道安曰：'主上将有事于东南，公何不乘间为苍生致一言也！'十一月，坚出游东苑，与道安同辇，顾谓安曰：'朕将与公南游吴越……'安曰：'陛下应天御世，富有八州……何为劳身于驰骑、倦口于经略、栉风沐雨、蒙尘野次乎！且东南区区、地卑气疠……何足以上劳神驾、下困苍生！诗云："惠此中国，以绥四方。"苟文德足以怀远……'坚曰：'非为地不广、人不足也，但思混一六合，以济苍生……'安曰：'若銮驾必欲亲动，亦不须远涉江、淮，止宜驻跸洛阳，枕戈蓄锐，遣使者奉尺书于前，诸将总六师于后，彼必稽首入陈。如其不庭，伐之未晚。'坚不纳。坚所幸张夫人又切谏，亦不纳。融与尚书原绍、石越等，上书、面谏，前后数十，终不从。坚少子中山公诜亦谏曰……坚曰：‘天下大事，孺子安知？’”

2. 前秦苻朗任镇东将军、青州刺史。

朗生年未详。《十六国春秋》卷四十一《前秦录九·苻朗录》：“苻朗，字元达，（苻）坚之从兄也。性宏达，神气爽迈。幼怀远操，不屑时荣。坚尝目之曰：‘吾家千里驹也。’征拜使持节、都督青徐兖三州诸军事、镇东将军、青州刺史，封乐安男，朗固辞，不得已，起而就官。既为方伯，有若素士，耽玩经籍，手不释卷。每谈虚语玄，不觉日之将夕。登涉山水，不知老之将至。在任甚有称绩。”据卷三十八《前秦录六·苻坚录下》，本年八月朗任镇东将军、青州刺史。

《晋书》卷八十八《桑虞传》：“虞五世同居，闺门邕穆。苻坚青州刺史苻朗甚重之，尝诣虞家，升堂拜其母。时人以为荣。”

3. 前秦苻融固辞司徒。任征南大将军。切谏苻坚不宜讨定龟兹、焉耆诸国，不宜兴兵伐晋。

见本年第1条。

4. 前秦吕光持节、都督西域征讨诸军事。

《晋书》卷一百二十二《吕光载记》：“（苻）坚既平山东，士马强盛，遂有图西域之志，乃授光使持节、都督西讨诸军事，率将军姜飞、彭晃、杜进、康盛等总兵七万，铁骑五千，以讨西域。”《十六国春秋》卷三十八《前秦录六·苻坚录下》系吕光持节、都督西域征讨诸军事于本年九月。

5. 前秦道安谏苻坚不宜伐晋。

见本年第1条。

6. 前秦有《苻坚妾引谚》。

《晋书》卷九十六《苻坚妾张氏传》："苻坚妾张氏，不知何许人，明辩有才识。坚将入寇江左，群臣切谏不从。张氏进曰：'……谚言……秋冬已来，每夜群犬大嗥，众鸡夜鸣，伏闻厩马惊逸，武库兵器有声，吉凶之理，诚非微妾所论，愿陛下详而思之。'坚曰：'军旅之事非妇人所豫也。'"

7. 王嘉预言苻坚南征必败。

《晋书》卷九十五《王嘉传》："苻坚累征不起，公侯已下咸躬往参诣，好尚之士无不师宗之。问其当世事者，皆随问而对。好为譬喻，状如戏调，言未然之事，辞如谶记，当时鲜能晓之，事过皆验。坚将南征，遣使者问之。嘉曰：'金刚火强。'乃乘使者马，正衣冠，徐徐东行数百步，而策马驰反，脱衣服，弃冠履而归，下马踞床，一无所言。使者还告，坚不悟，复遣问之，曰：'吾世祚云何？'嘉曰：'未央。'咸以为吉。明年癸未，败于淮南，所谓未年而有殃也。人候之者，至心则见之，不至心则隐形不见。衣服在架，履杖犹存，或欲取其衣者，终不及，企而取之，衣架逾高，而屋亦不大，履杖诸物亦如之。"

8. 鸠摩罗什劝龟兹国王勿抗东来勍敌。

《高僧传》卷二《鸠摩罗什传》：前秦建元"十八年九月，坚遣骁骑将军吕光、陵江将军姜飞，将前部王及车师王等，率兵七万，西伐龟兹及乌耆诸国。临发，坚饯光于建章宫，谓光曰：'……朕闻西国有鸠摩罗什，深解法相，善闲阴阳，为后学之宗，朕甚思之。贤哲者，国之大宝。若克龟兹，即驰驿送什。'光军未至，什谓龟兹王白纯曰：'国运衰矣，当有勍敌，日下人从东方来，宜恭承之，勿抗其锋。'纯不从而战。"

9. 司马曜作《赙赠周虓诏》。

《晋书》卷五十八《周虓传》："太元三年，虓潜至汉中，(苻)坚追得之。后又与坚兄子苞(校勘记:《载记》'苞'作'阳')谋袭坚,事泄……遂挞之,徙于太原……虓竟以病卒于太原。其子兴迎致其丧,冠军将军谢玄亲临哭之,因上疏曰……孝武帝诏曰……"《建康实录》卷九《烈宗孝武皇帝》:本年,"周虓卒于秦之太原……帝悲之,追赠益州刺史。"

10. 何尚之生。

《宋书》卷六十六《何尚之传》:"何尚之字彦德,庐江灊人也。曾祖准,高尚不应征辟。祖恢,南康太守。父叔度,恭谨有行业。"据《宋书》本传,大明四年卒,时年七十九推之,当生于本年。

11. 范宁任中书侍郎。

《晋书》卷七十五《范宁传》:"顷之,征拜中书侍郎。在职多所献替,有益政道。时更营新庙,博求辟雍、明堂之制。宁据经传奏上,皆有典证。孝武帝雅好文学,甚被亲爱,朝廷疑议,辄咨访之。宁指斥朝士,直言无讳。"任中书侍郎,时间不详。本传言"迁临淮太守……顷之,征拜中书侍郎",似任临淮太守后不久即任中书侍郎。

12. 殷仲堪任谢玄参军、长史。

仲堪生年不详。《晋书》卷八十四《殷仲堪传》:"殷仲堪,陈郡人也。祖融,太常、吏部尚书。父师,骠骑咨议参军、晋陵太守、沙阳男。仲堪能清言,善属文,每云三日不读《道德论》,便觉舌本间强。其谈理与韩康伯齐名,士咸爱慕之。调补佐著作郎。冠军谢玄镇京口,请为参军。除尚书郎,不拜。玄以为长史,厚任遇之。"据卷七十九《谢玄传》、卷九《孝武帝纪》,玄于太元四年,"进号冠军",八年仍任冠军将军。仲堪任其参军、长史,时间不详,暂系于此。

13. 王珣与谢氏有隙。迁秘书监。

《晋书》卷七十九《谢琰传》:"王珣娶(谢)万女,珣弟珉娶(谢)安女,并不终,由是与谢氏有隙。"卷六十五《王珣传》:"珣兄弟皆谢氏婿,以猜嫌致隙。太傅安既与珣绝婚,又离珉妻,由是二族遂成仇衅。时希安旨,乃出珣为豫章守,不之官。除散骑常侍,不拜。迁秘书监。"上述事时间不详,姑系于是。

383 癸未

晋太元八年　　前秦建元十九年

道安七十二岁。郗愔七十一岁。谢安六十四岁。王蕴五十四岁。杨羲五十四岁。慧远五十岁。苻坚四十六岁。吕光四十六岁。范宁四十五岁。王献之四十岁。徐邈四十岁。鸠摩罗什四十岁。王珣三十四岁。张野三十四岁。李暠三十三岁。王珉三十三岁。徐广三十二岁。范泰二十九岁。裴松之二十四岁。王敬弘二十四岁。刘穆之二十四岁。司马曜二十二岁。刘裕二十一岁。司马道子二十岁。郑鲜之二十岁。陶渊明十九岁。桓玄十五岁。孔琳之十五岁。羊欣十四岁。何承天十四岁。袁豹十一岁。傅亮十岁。宗炳九岁。王诞九岁。张茂度八岁。释宝云八岁。周续之七岁。戴颙六岁。荀伯子六岁。王弘五岁。蔡廓五岁。谢方明四岁。王韶之四岁。何尚之二岁。

1. 前秦吕光发兵长安。降伏焉耆，围龟兹城。

《十六国春秋》卷三十八《前秦录六·苻坚录下》："建元十九年，春正月，吕光发兵长安。坚饯之于建章宫，谓光曰：'西戎荒俗，非礼义之邦。羁縻之道，服而赦之……'"卷八十一《后凉录一·吕光录》："秦建元十九年……行至高昌，闻坚寇晋。光欲更须后命，部将杜进曰：'节下受任金方，赴机宜速，有何不了，而更留乎？'冬十二月，光进及流沙……进兵焉耆，其王泥流率其旁国请降。惟龟兹王帛纯拒命不降。光军其城南……各婴城自守。"

2. 前秦段业从吕光征西域，时任杜进记室。

业生年未详。《晋书》卷一百二十九《沮渠蒙逊载记》："（段）业，京兆人也。博涉史传，有尺牍之才，为杜进记室，从征塞表。""从征塞表"，当指本年从吕光征西域。

3. 前秦苻坚伐晋，作《下诏伐晋》、《下令国中》、《兼道赴寿春下令》。于肥水大败。

《十六国春秋》卷三十八《前秦录六·苻坚录下》："建元十九年……五月，晋车骑将军桓冲，帅众十万来伐，遂攻襄阳……六月，冲别将攻万岁筑阳，拔之。坚大怒，遣子征南将军钜鹿公睿……等帅步骑五万救襄阳……秋七月……坚下诏书曰……又下书(礼按：即《下书国中》。《全晋文》卷一百五十一题为《下令国中》。《下书国中》除此处所载外，《魏书》卷九十六《司马昌明传》还有三句。)……时朝臣皆不欲坚行……阳平公融言于坚曰……坚不听……八月戊午，遣征南大将军阳平公融督骠骑将军张蚝……等帅步骑二十五万，号称三十万，为前锋……甲子，坚发长安……众号百万。九月，坚至项城……冬十月，融等攻寿春，癸酉，克之……频败王师……胡彬粮尽，诈扬沙以示融军，潜遣使告(谢)石等曰：'今贼盛粮尽，恐不复见大军。'融军获之，送于融。融乃驰使白坚曰……坚大悦，恐石等遁去，乃留大军于项城，引轻骑八千，兼道赴融于寿春，令军人曰……十一月，谢玄遣龙骧将军广陵相刘牢之帅劲卒五千，趋洛涧……融步兵崩溃……于是谢石等诸军水陆继进。坚与融登寿春城望之，见晋兵部阵严整，将士精锐。又望见八公山上草木，皆以为晋兵，顾谓融曰：'此亦劲敌，何谓弱也！'怃然始有惧色……谢玄、谢琰、桓伊等，以精卒八千，涉渡肥水击之，仍进决战于淮水南。融驰骑略陈，欲以帅退者，马倒，为晋兵所杀。军遂大败……获坚所乘云母车及仪服器械军资珍宝山积……坚大惭，顾谓夫人张氏曰：'朕若用朝士之言，岂见今日之事耶！当何面目复临天下也。'潸然流涕。初谚云……群臣劝坚停项城，为六军声镇，坚不从，故致于败。先是有童谣云……坚果为谢石所破……坚收离集散，比至洛阳，众十余万……十二月，坚至自淮南，次于长安东之行宫，哭阳平公融而后入，告罪于太庙……赠融大司马，谥曰哀公。"

4. 前秦苻融任伐晋前锋，陷寿春。于肥水溃败，被杀。赠大司马。见本年第3条。

《先秦汉魏晋南北朝诗·梁诗》卷二十九辑融《企喻歌》一首，并引《古今乐录》曰："《企喻歌》四曲……最后'男儿可怜虫'一曲，是苻融诗，本云'深山解谷口，把谷无人收'。与今传者小异。"《全晋文》卷一百五十一辑苻融文一篇，见上文。

5. 谢安加征讨大都督，指挥将帅，于肥水大破苻坚。

《晋书》卷七十九《谢安传》："（苻）坚后率众，号百万，次于淮、肥，京师震恐。加安征讨大都督。玄入问计，安夷然无惧色，答曰：'已别有旨。'既而寂然。玄不敢复言，乃令张玄重请。安遂命驾出山墅，亲朋毕集，方与玄围棋赌别墅。安常棋劣于玄，是日玄惧，便为敌手而又不胜。安顾谓其甥羊昙曰：'以墅乞汝。'安遂游涉，至夜乃还，指授将帅，各当其任。玄等既破坚，有驿书至，安方对客围棋，看书既竟，便摄放床上，了无喜色，棋如故。客问之，徐答曰：'小儿辈遂已破贼。'既罢，还内，过户限，心喜甚，不觉屐齿之折，其矫情镇物如此。”卷九《孝武帝纪》：本年“八月，苻坚帅众渡淮……冬十月……乙亥，诸将及苻坚战于肥水，大破之（校勘记：‘《通鉴》一〇五记肥水之捷在十一月，较合当时情事。’）……十一月庚申（校勘记：‘十一月丙戌朔，无庚申。’）诏卫将军谢安劳旋师于金城。”《世说新语·尤悔第三十三》刘孝标注引《续晋阳秋》：“（桓冲）自谓少经军镇，及为荆州，闻苻坚自出淮、肥，深以根本为虑，遣其随身精兵三千人赴京师。时安亦遣诸军，且欲外示闲暇，因令冲军还。冲大惊曰：‘谢安乃有庙堂之量，不闲将略。吾量贼必破襄阳，而并力淮、肥。今大敌果至，方游谈示暇，遣诸不经事年少，而实寡弱，天下谁知？吾其左衽矣！’”

6. 桓伊与谢玄等破苻坚于肥水，进号右军将军。

《晋书》卷八十一《桓伊传》：“及苻坚南寇，伊与冠军将军谢玄、辅国将军谢琰俱破坚于肥水，以功封永修县侯，进号右军将军，赐钱百万，袍表千端。伊性谦素，虽有大功，而始终不替。善音乐，尽一时之妙，为江左第一。有蔡邕柯亭笛，常自吹之。王徽之赴召京师，泊舟青溪侧。素不与徽之相识。伊于岸上过，船中客称伊小字曰：‘此桓野王也。’徽之便令人谓伊曰：‘闻君善吹笛，试为我一奏。’伊是时已贵显，素闻徽之名，便下车，踞胡床，为作三调，弄毕，便上车去，客主不交一言。”

7. 前秦赵整译出佛经《阿毗昙毗婆沙》。

《高僧传》卷一《僧伽跋澄传》：“苻坚秘书郎赵正崇仰大法，尝闻外国宗习《阿毗昙毗婆沙》，而跋澄讽诵，乃四时礼供，请译梵文。遂共名德法师释道安等集会宣译。跋澄口诵经本，外国沙门昙摩难提笔受为梵文,佛图罗刹宣译,秦沙门敏智笔受为晋本。以伪秦建元十九年译出,自孟夏至仲秋方讫。”

8. 道安与赵整等集会宣译《阿毗昙毗婆沙》。将所制僧尼轨范、佛法宪章,条为三例。

道安与赵整等集会宣译《阿毗昙毗婆沙》见本年第7条。

《高僧传》卷五《释道安传》:“安常注诸经,恐不合理,乃誓曰:‘若所说不堪远理,愿见瑞相。’乃梦见胡道人,头白眉毛长,语安云:‘君所注经,殊合道理,我不得入泥洹,住在西域,当相助弘通。可时时设食。’后十诵律至,远公乃知和上所梦宾头卢也。于是立座饭之,处处成则。安既德为物宗,学兼三藏,所制僧尼轨范,佛法宪章,条为三例:一曰,行香定座上讲经上讲之法;二曰,常日六时行道饮食唱时法;三曰,布萨差使悔过等法。天下寺舍,遂则而从之。”上述事时间未详,当在今明二年,姑系于此。

9. 司马道子录尚书六条事,专政。

《晋书》卷九《孝武帝纪》:本年“九月,诏司徒、琅邪王道子录尚书六条事”。卷二十九《五行志下》:“孝武太元八年……是时,道子专政,亲近佞人,朝纲方替。”

10. 王劭卒。

《晋书》卷六十五《王劭传》:“卒,赠车骑将军,谥曰简。”

劭卒于本年,见本年第11条。

《全晋文》卷十九辑王劭文一篇:《书》。

《书小史》卷五:“(劭)善草书。”《述书赋上》:“业盛琅邪,茂弘厥初……有子敬伦,迹存目验。”《淳化阁帖》卷三辑有王劭《夏节帖》。

《晋书》卷六十五《王劭传》:“(劭)三子:穆、默、恢。穆,临海太守。默，吴国内史，加二千石。恢，右卫将军。”

《世说新语·品藻第九》刘孝标注引《中兴书》：“谧字雅远，丞相导孙，车骑劭子。有才器，袭爵武冈侯，位至司徒。”《晋书·王劭传》未记劭有子谧，疑遗漏。

11. 王荟复为吴国内史，因兄劭丧，辞出补江州刺史。

《晋书》卷六十五《王荟传》：“徙尚书，领中护军，复为征虏将军、吴国内史。”《东晋将相大臣年表》系荟由中护军复为吴国内史于本年。《晋书》卷七十四《桓冲传》：“冲既惮坚众，又以疾疫，还镇上明。表以‘夏口江沔冲要……请以王荟补江州刺史’。诏从之。时荟始遭兄劭丧，将葬，辞不欲出……冲……求自领江州，帝许之。”《通鉴》卷一百五系冲还镇上明诸事于本年七月。

12. 司马曜作《张天锡归国诏》，得关中檐橦胡伎、登歌，获乐工杨蜀等。

《晋书》卷八十六《张天锡传》：“（苻）坚大败于淮、肥时，天锡为苻融征南司马，于阵归国。诏曰……”《南齐书》卷十一《乐志》：“太元中，苻坚败后，得关中檐橦胡伎，进太乐，今或有存亡。”《隋书》卷十三《音乐志上》：“苻坚北败，孝武获登歌。”卷十五《音乐志下》：“太元间，破苻永固，又获乐工杨蜀等……寻其设悬音调，并与江左是同。”又卷十三《音乐志上》：“（梁武）帝曰：著晋、宋史者皆言太元、元嘉四年，四厢金石大备。今检乐府止有黄钟、姑洗、蕤宾、太簇四格而已。六律不具，何谓四厢？备乐之文，其义焉在？”

13. 曹毗增造宗庙歌诗十一首。

《晋书》卷二十三《乐志下》：“太元中，破苻坚，又获其乐工杨蜀等，闲习旧乐，于是四厢金石始备焉。乃使曹毗、王珣等增造宗庙歌诗，然郊祀遂不设乐。今列其词于后云。”下引曹毗所造宗庙歌诗有：《歌宣帝》、《歌景帝》、《歌文帝》、《歌武帝》、《歌元帝》、《歌明帝》、《歌成帝》、《歌康帝》、《歌穆帝》、《歌哀帝》、《四时祠祀》。共十一首。王珣所造有：《歌简文帝》、《歌孝武帝》。共二首。

14. 王珣造宗庙歌诗二首。

见本年第13条。

15. 王珉为张天锡所讶服。

《世说新语·赏誉第八》：“张天锡世雄凉州，以力弱诣京师，虽远方殊类，亦边人之桀也。闻皇京多才，钦羡弥至。犹在渚住，司马著作往诣之。言容鄙陋，无可观听。天锡心甚悔来，以遐外可以自固。王弥有俊才美誉，当时闻而造焉（原注引《续晋阳秋》：‘珉风情秀发，才辞富赡。’）。既至，天锡见其风神清令，言话如流，陈说古今，无不贯悉。又谙人物氏族，中来（笺疏引李慈铭按：‘“中来”当是“中表”之误’）皆有证据。天锡讶服。”《言语第二》：“张天锡为凉州刺史，称制西隅。既为苻坚所禽，用为侍中。后于寿阳俱败，至都，为孝武帝所器。”《建康实录》卷九《烈宗孝武皇帝》：本年十月乙亥，“（谢）玄、（谢）琰与桓伊等涉淝水，鼓噪决战，大破秦军于淝南……而朱序、张天锡俱奔归。冬十一月……拜朱序为龙骧将军，以张天锡为员外散骑常侍。”据上引《世说新语》及《建康实录》有关记载，王珉为张天锡所讶服当在本年十一月后。

16. 殷仲堪作《致谢玄书》。

《致谢玄书》见《晋书》卷八十四《殷仲堪传》：“致书于玄曰：‘胡亡之后，中原子女鬻于江东者不可胜数……玄深然之。”“胡亡之后”当指本年苻坚大败。疑书当作于本年。

17. 戴逵作《与远法师书》、《重与远法师书》、《答远法师书》。

以上三书见释道宣撰《广弘明集》卷二十。写作时间不详。慧远于太元三年别道安东下，则《与远法师书》等当作于太元三年后。又《与远法师书》中有"是以自少束脩，至于白首，行不负于所知，言不伤于物类"等句，盖书当作于戴逵晚期。姑一并系于此。

18. 慧远作《答戴处士书》、《与戴处士书》。

二书见《广弘明集》卷二十。写作时间见本年第 17 条。

19. 王徽之任黄门侍郎。

《晋书》卷八十《王徽之传》："后为黄门侍郎。"时间不详，姑系于此。

384　甲申

晋太元九年　　　　前秦建元二十年
后燕慕容垂元年　　后秦姚苌白雀元年
西燕慕容泓燕兴元年

道安七十三岁。郗愔七十二岁。谢安六十五岁。王蕴五十五岁。杨羲五十五岁。慧远五十一岁。苻坚四十七岁。吕光四十七岁。范宁四十六岁。王献之四十一岁。徐邈四十一岁。鸠摩罗什四十一岁。王珣三十五岁。张野三十五岁。李暠三十四岁。王珉三十四岁。徐广三十三岁。范泰三十岁。裴松之二十五岁。王敬弘二十五岁。刘穆之二十五岁。司马曜二十三岁。刘裕二十二岁。司马道子二十一岁。郑鲜之二十一岁。陶渊明二十岁。桓玄十六岁。孔琳之十六岁。羊欣十五岁。何承天十五岁。袁豹十二岁。傅亮十一岁。宗炳十岁。王诞十岁。张茂度九岁。释宝云九岁。周续之八岁。戴颙七岁。荀伯子七岁。王弘六岁。蔡廓六岁。谢方明五岁。王韶之五岁。何尚之三岁。颜延之一岁。僧肇一岁。王神爱一岁。

1. 前秦苻坚作《报慕容垂》。阿房城被慕容冲占据。之前，有《长安为慕容冲歌》、《长安为凤凰谣》。作《下书吕光》、《诏慕容冲》。征王嘉、道安。

《十六国春秋》卷四十四《后燕录二·慕容垂录中》：本年正月，“自称大将军、大都督、燕王，承制行事，令称统府……上表于苻坚曰……坚报曰……”《晋书》卷九《孝武帝纪》：本年二月，“慕容垂自洛阳与翟辽攻苻坚子丕于邺。”

《十六国春秋》卷三十八《前秦录六·苻坚录下》：本年“三月，慕容暐弟燕故济北王泓为坚北地长史，闻垂攻邺，亡奔关东，收集诸马牧鲜卑众至数千，还屯华阴……泓弟燕故中山王慕容冲，时为平阳太守，据河东以叛……四月……左将军窦冲，击慕容冲于河东，大破之，冲帅鲜卑骑八千奔泓……七月……坚闻慕容冲去长安二百余里，引师而归……坚又以尚书姜宇为前将军……击冲于灞上，为冲所败……冲遂据阿房城。初，坚之灭燕，冲姊清河公主，年十四，有殊色，坚纳之，宠冠后庭。冲年十三，亦有龙阳之姿，坚又幸之。姊弟专宠，宫人莫进。长安歌之曰……咸惧为乱，王猛切谏，坚乃出冲。及其母卒，葬以燕后之礼，长安又谣曰……坚以凤凰非梧桐不栖，非竹实不食，乃植桐竹数千万株于阿房城，以待凤凰之至……时骁骑将军吕光，讨平西域，还上疏曰……坚下书：‘以光为使持节、散骑常侍、都督玉门以西诸军事、安西将军、西域校尉。’道绝不通。九月……慕容冲进逼长安……十月……坚遣鸿胪郝稚征处士王嘉于倒兽山。嘉有异术，能知未然，人咸神之。姚苌及慕容冲皆遣使迎之。十一月，嘉入长安，众闻之，以为坚有福，故圣人助之。三辅堡壁及四山氐羌归坚者四万余人。坚每日召嘉与道安于外殿，动静咨之。慕容暐入见东堂，稽首谢曰：‘弟冲不识义方，孤背国恩，臣罪应万死。陛下垂天地之容，臣蒙更生之惠。臣二子昨婚，明当三日。愚欲暂屈銮驾，幸臣私第。坚许之。暐出，王嘉曰：

‘权芦作蘧蒢，不成文章。会天大雨，不得杀羊。’言玮将杀坚而不果也。坚与群臣莫之能解。明日大雨，乃不果往。”

2. 前秦吕光攻占龟兹城，赋诗言志。命段业著《龟兹宫赋》。得西域乐器、歌曲、舞曲。作《平西域上疏》。

《十六国春秋》卷八十一《后凉录一・吕光录》：“遂进攻龟兹城，其夜梦金象飞越城外。光曰：‘此谓佛神去之，胡必亡矣。’……战于城西，大败之。斩首万余级。帛纯收其珍宝遁走，王侯降者三十余国。光入其城。城有三重，广轮与长安城等。城中塔庙千数……宫室壮丽，焕若神居。光乃大飨将士，赋诗言志。命参军京兆段业著《龟兹宫赋》以记之……因得其乐器，有箜篌、琵琶、五弦笙、笛、箫、觱、篥、毛圆鼓、都昙鼓、答腊鼓、腰鼓、羯鸡娄鼓、钟鼓其等，十五种为一部。工二十人。歌曲有《善善摩尼》、解曲《婆迦儿》。舞曲有《天殊勒监曲》……光抚宁西域，威恩甚著，桀黠胡王，昔所未宾者，不远万里，望风归附。上汉所赐节传，光皆表而易之……秋八月，光上疏奏捷于坚。坚知光平西域，以为使持节……进封顺乡侯，增邑一千户。道绝不通。”

《御览》卷八百九十五引崔鸿《十六国春秋》：“骁骑将军吕光讨西域，平，上疏曰……”疏当作于本年平西域后。严可均《全晋文》卷一百五十四辑此文，题为《平西域还上疏》，不知何据。依严氏说，疏应作于明年。

3. 前秦段业著《龟兹宫赋》。时任吕光参军。

见本年第2条。《龟兹宫赋》已佚。

4. 鸠摩罗什被吕光所获。

《高僧传》卷二《鸠摩罗什传》：“（吕光）遂破龟兹，杀（帛）纯（礼按：据《晋书》卷一百二十二《吕光载记》：纯逃走，并非被吕光所杀)。立纯弟震为主。光既获什,未测其智量,见年齿尚少,乃凡人戏之。强妻以龟兹王女。什距而不受,辞甚苦到。光曰:'道士之操,不逾先父,何可固辞!'乃饮以醇酒,同闭密室。什被逼既至,遂亏其节。或令骑牛及乘恶马,欲使堕落。什常怀忍辱,曾无异色。光惭愧而止。"

5. 桓伊迁江州刺史。作《到江州上疏》。

《晋书》卷八十一《桓伊传》:"时谢安女婿王国宝专利无检行,安恶其为人,每抑制之。及孝武末年,嗜酒好内,而会稽王道子昏醟尤甚,惟狎昵谄邪,于是国宝谗谀之计稍行于主相之间。而好利险诐之徒,以安功名盛极,而构会之,嫌隙遂成。帝召伊饮燕,安侍坐。帝命伊吹笛。伊神色无迕,即吹为一弄,乃放笛云:'臣于筝分乃不及笛,然自足以韵合歌管,请以筝歌,并请一吹笛人。'帝善其调达,乃敕御妓奏笛。伊又云:'御府人于臣必自不和,臣有一奴,善相便串。'帝弥赏其放率,乃许召之。奴既吹笛,伊便抚筝而歌《怨诗》曰:'为君既不易,为臣良独难。忠信事不显,乃有见疑患。周旦佐文、武,《金縢》功不刊。推心辅王政,二叔反流言。'声节慷慨,俯仰可观。安泣下沾衿,乃越席而就之,捋其须曰:'使君于此不凡!'帝甚有愧色。伊在州十年,绥抚荒杂,甚得物情。桓冲卒,迁都督江州荆州十郡豫州四郡军事、江州刺史,将军如故,假节。伊到镇,以边境无虞,宜以宽恤为务,乃上疏以……诏令移州寻阳,其余皆听之。伊随宜拯抚,百姓赖焉。"按卷九《孝武帝纪》,桓冲卒于本年二月辛巳。

6. 有《荆州百姓歌》。

《晋书》卷二十八《五行志中》:"桓石民为荆州,镇上明,百姓忽歌曰……曲中又曰(校勘记:'中'当从《宋志》作'终')……

顷之而桓石民死,王忱为荆州。黄昙子乃是王忱字也。忱小字佛大,是‘大佛未上明’也。”卷七十四《桓石民传》:“(桓)冲薨,诏以石民监荆州军事、西中郎将、荆州刺史。桓氏世莅荆土,石民兼以才望,甚为人情所仰。”按卷九《孝武帝纪》,桓冲卒于本年二月。是《百姓歌》当作于本年二月后。

7. 谢安为太保,上疏求自北征,大都督扬、江等十五州诸军事。

《晋书》卷七十九《谢安传》:“以总统功,进拜太保。安方欲混一文轨,上疏求自北征,乃进都督扬、江、荆、司、豫、徐、兖、青、冀、幽、并、宁、益、雍、梁十五州军事,加黄钺,其本官悉如故,置从事中郎二人。安上疏让太保及爵,不许。是时桓冲既卒,荆、江二州并缺,物论以玄勋望,宜以授之。安以父子皆著大勋,恐为朝廷所疑,又惧桓氏失职,桓石虔复有沔阳之功,虑其骁猛,在形势之地,终或难制,乃以桓石民为荆州,改桓伊于中流,石虔为豫州。既以三桓据三州,彼此无怨,各得所任。其经远无竞,类皆如此。”卷九《孝武帝纪》系安为太保于本年三月,大都督十五州诸军事于九月。

8. 司马曜增置太学生百人。作《复张天锡西平郡公爵诏》、《以苻朗为员外散骑侍郎诏》。

《晋书》卷九《孝武帝纪》:本年“夏四月己卯,增置太学生百人。”《复张天锡西平郡公爵诏》见《晋书》卷八十六《张天锡传》。《以苻朗为员外散骑侍郎诏》见《御览》卷二二四引《晋中兴书》:“苻坚青州刺史苻朗降,烈宗诏曰……”《晋书·孝武帝纪》:本年四月,“封张天锡为西平公……冬十月……苻朗帅众来降。”

9. 前秦赵整请僧伽跋澄出《婆须蜜》梵本。请昙摩难提译出《阿含》。时任武威太守。

《高僧传》卷一《僧伽跋澄传》:"初跋澄又赍《婆须蜜》梵本自随,明年(礼按:太元九年)赵正复请出之。"又同卷《昙摩难提传》:"先是中土群经,未有《四含》,(苻)坚臣武威太守赵正欲请出经。时慕容冲已叛,起兵击坚,关中扰动。正慕法情深,忘身为道,乃请安公等于长安城中集义学僧,请难提译出中、增一二《阿含》,并先所出《毗昙心》、《三法度》等,凡一百六卷。佛念传译,慧嵩笔受,自夏迄春,绵涉两载,文字方具……其时也,苻坚初败,群锋互起,戎妖纵暴,民流四出,而犹得传译大部,盖由赵正之力。"同卷《竺佛念传》:"苻氏建元中,有僧伽跋澄、昙摩难提等入长安,赵正请出诸经……至建元二十年五月,复请昙摩难提出《增一阿含》,及《中阿含》,于长安城内集义学沙门,请念为译。敷析研核,二载乃竟。"

10. 道安与赵整等请昙摩难提译出《阿含》。

见本年第9条。

11. 郗愔卒。

《晋书》卷六十七《郗愔传》:"太元九年卒,时年七十二。追赠侍中、司空,谥曰文穆。"卷九《孝武帝纪》:本年"八月戊寅,司空郗愔薨。"

《隋书》卷三十五《经籍志四》:"晋新安太守《郗愔集》四卷,残缺。梁五卷。"《全晋文》卷一百九辑郗愔文六篇,除已见前文者外,还有:《杂帖》四篇。

羊欣《采古来能书人名》:"高平郗愔……善草书,亦能隶。"王僧虔《论书》:"郗愔章草,亚于右军。"庾肩吾《书品》:"郗愔、安石,草、正并驱。"《书断中》:"郗愔……善众书,虽齐名庾翼,不可同年,其法遵于卫氏,尤长于章草,纤秾得中,意态无穷,筋骨亦胜……方回章草入妙,草、隶入能。"《御览》卷六六六引《太平经》:“(郗愔)心尚道法,密自遵行。善隶书,与右军相埒。手自起写道经,将盈百卷。于今多有在者。”《淳化阁帖》卷二辑有郗愔四帖:《至庆帖》、《比书帖》、《远近帖》、《敬豫帖》。《宣和书谱》卷十四:“今御府所藏(郗愔帖)二:章草《谅弟帖》、草书《远近帖》。”贾嵩《华阳隐居内传》言陶弘景“年十二时,于渠阁法书中见郗愔以黄素写太清诸丹法,乃忻然有志”。

《书断中》:“(郗愔)妻傅氏善书。”

《晋书·郗愔传》:“三子:超、融、冲。超最知名。”郗超,见本书有关郗超条。

12. 习凿齿作《临终上疏》、《晋承汉统论》。卒。

《晋书》卷八十二《习凿齿传》:“寻而襄、邓反正,朝廷欲征凿齿,使典国史,会卒,不果。临终上疏曰……论曰……”。据《建康实录》卷九《烈宗孝武皇帝》,凿齿卒于本年十月。

《隋书》卷三十三《经籍志二》:“《汉晋阳秋》四十七卷,讫愍帝。晋荥阳太守习凿齿撰。”《旧唐书》卷四十六《经籍志上》、《新唐书》卷五十八《艺文志二》均作《汉晋春秋》五十四卷。《隋书·经籍志二》:“《襄阳耆旧记》五卷,习凿齿撰。”《旧唐书·经籍志上》、《新唐书·艺文志二》均作《襄阳旧耆传》。《郡斋读书志校证》卷九:“观其书记录丛脞,非传体也,名当从《经籍志》云。”《旧唐书·经籍志上》:“《逸人高士传》八卷,习凿齿撰。”《新唐书·艺文志二》同。《隋书》卷三十五《经籍志四》:“晋荥阳太守《习凿齿集》五卷。”《晋诗》卷十四辑凿齿诗二首:诗(注云:一作《咏灯笼》)、《嘲道安诗》(此诗为上引与道安巧对中之四句)。《全晋文》卷一百三十四辑凿齿文二十七篇,除已见上文者外,还有:《与谢安书》、《又与谢安书称释道安》、《与谢侍中书》、《与燕王书》、《汉晋春秋论先主到当阳》、《孔明杀马谡》、《孔明卒使廖立垂泣李平发病死》、《庞统谏先主》、《法正劝先主纳刘焉子瑁妻吴氏》、《费诗谏先主称尊号》、《曹操不存录张松》、《曹操封阎圃》、《高堂隆》、《钟会劝曹向雄》、《贾逵援曹休》、《毌丘俭举义》、《司马景王引过》、《司马文王赦三叛党属》、《周瑜鲁肃》、《张昭闭户拒命》、《羊祜陆抗两境交和》、《傅玄言上终丧下短丧为但有父子无复君臣》、《诸葛武侯宅铭》。

《晋书·习凿齿传》："子辟强，才学有父风，位至骠骑从事中郎。"

13. 前秦苻朗降于晋，任员外散骑侍郎。

《晋书》卷一百十四《苻朗载记》："后晋遣淮阴太守（校勘记：周校：'"淮阴"，《谢玄传》作"淮陵"为是。'）高素伐青州，朗遣使诣谢玄于彭城求降，玄表朗许之，诏加员外散骑侍郎。既至扬州，风流迈于一时，超然自得，志陵万物，所与悟言，不过一二人而已。骠骑长史王忱，江东之俊秀，闻而诣之，朗称疾不见。沙门释法汰问朗曰：'见王吏部兄弟未？'朗曰：'吏部为谁？非人面而狗心、狗面而人心兄弟者乎？'王忱丑而才慧，国宝美貌而才劣于弟，故朗云然。汰怅然自失。其忤物侮人，皆此类也。谢安常设讌请之，朝士盈坐，并机褥壶席。朗每事欲夸之，唾则令小儿跪而张口，既唾而含出，顷复如之，坐者以为不及之远也。又善识味，咸酢及肉皆别所由。会稽王司马道子为朗设盛馔，极江左精肴。食讫，问曰：'关中之食孰若此？'答曰：'皆好，惟盐味小生耳。'既问宰夫，皆如其言。或人杀鸡以食之，既进，朗曰：'此鸡栖恒半露。'检之，皆验……时人咸以为知味。"《晋书》卷九《孝武帝纪》：本年十月，“苻坚青州刺史苻朗帅众来降。”《世说新语·排调第二十五》：“符朗初过江，王咨议（注：王羲之第四子肃之）大好事，问中国人物及风土所生，终无极已。朗大患之。次复问奴婢贵贱，朗云：‘谨厚有识，中者，乃至十万；无意为奴婢，问者，止数千耳。’”

14. 王嘉应苻坚之召。

见本年第1条。

15. 周续之丧母。

《宋书》卷九十三《周续之传》：“续之年八岁丧母，哀戚过于成人，奉兄如事父。”

16. 王蕴卒。

《晋书》卷九十三《王蕴传》：“蕴素嗜酒，末年尤甚。及在会稽，略少醒日，然犹以和简为百姓所悦。时王悦来拜墓，蕴子恭往省之，素相善，遂留十余日方还。蕴问其故，恭曰：‘与阿太语，蝉连不得归。’蕴曰：‘恐阿太非尔之友。’阿太，悦小子也。后竟乖初好，时以为知人。太元九年卒，年五十五，追赠左光禄大夫、开府仪同三司。”

《晋诗》卷十三辑蕴诗一首，已见上文。

《晋书·王蕴传》：“长子华，早卒。次恭……恭弟爽，字季明，强正有志力。”另有女法慧，孝武帝皇后。见380年第9条。

17. 褚爽生女儿灵媛。

爽生卒年不详。《晋书》卷九十三《褚爽传》：“褚爽字弘茂（‘弘茂’，《世说新语·识鉴第七》注引《续晋阳秋》作‘茂弘’），小字期生，恭思皇后父也。祖裒，父歆（‘歆’，《世说新语·识鉴第七》注引《续晋阳秋》作‘韶’）。爽少有令称，谢安甚重之，尝曰：‘若期生不佳，我不复论士矣。’为义兴太守。”

《世说新语·识鉴第七》刘孝标注引《续晋阳秋》曰:"爽……及长,果俊迈有风气。好老、庄之言,当世荣誉,弗之屑也。唯与殷仲堪善。累迁中书郎、义兴太守。"《晋书》卷三十二《恭思褚皇后传》:"恭思褚皇后讳灵媛,河南阳翟人,义兴太守爽之女也……宋元嘉十三年崩,时年五十三。"据此知爽本年生女儿灵媛。

《晋书·褚爽传》:"(褚爽)早卒,以后父,追赠金紫光禄大夫。"

《隋书》卷三十五《经籍志四》:梁有"金紫光禄大夫《褚爽集》十六卷,录一卷。亡。"《全晋文》卷六十七辑褚爽文一篇:《禊赋》。

《晋书·褚爽传》:"爽子秀之、炎之、喻之,义熙中并历大官。"

18. 颜延之生。

《宋书》卷七十三《颜延之传》:"颜延之字延年,琅邪临沂人也。曾祖含,右光禄大夫。祖约,零陵太守。父显(校勘记:'显',《南史》作'颙'),护军司马……孝建三年卒,时年七十三。"据此推之,当生于本年。

19. 僧肇生。

《高僧传》卷六《释僧肇传》:"释僧肇,京兆人……义熙十年卒……春秋三十有一矣。"据此推之,当生于本年。

20. 安僖王皇后王神爱生。

《晋书》卷三十二《安僖王皇后传》:"安僖王皇后讳神爱,琅邪临沂人也。父献之……母新安愍公主……义熙八年崩于徽音殿,时年二十九。"据此推之,当生于本年。

21. 王献之拜中书令。

《晋书》卷八十《王献之传》:"征拜中书令。"献之任中书令之时间,未见记载。据卷九十一《徐邈传》,明年献之已任中书令(详后),则始任中书令或在本年。

22. 陶渊明委怀琴书,逢世阻,家贫乏。

《晋诗》卷十六辑陶渊明《始作镇军参军经曲阿》:‘弱龄寄事外,委怀在琴书。被褐欣自得,屡空常晏如。”同卷《怨诗楚调示庞主簿邓治中》:“弱冠逢世阻。”卷十七《有会而作》:“弱年逢家乏。”上引诗中所云“弱龄”、“弱年”,指少年至二十岁间,并非特指二十,姑系于此。

23. 谢瞻约生于本年。

《宋书》卷五十六《谢瞻传》:“谢瞻字宣远,一名檐字通远,陈郡阳夏人。”《南史》卷十九《谢晦传》:瞻为“晋太常裒之玄孙也。裒子奕、据、安、万、铁,并著名前史。据子朗字长度,位东阳太守。朗子重字景重,位会稽王道子骠骑长史。重生绚、瞻、晦、曒、遁。绚位至宋武帝镇军长史,早卒。”《宋书·谢瞻传》:瞻永初二年卒、时年三十五(《南史》卷十九本传同)。据此推之,瞻当生于太元十二年。但本传所记卒年有误。《宋书·谢瞻传》:“瞻善于文章……与族叔混、族弟灵运相抗。”《南史·谢瞻传》:“瞻文章之美,与从叔混、族弟灵运相抗。”《文选》卷二十五谢宣远《答灵运》:“忽获愁霖唱,怀劳奏所成。”李善注:“灵运《愁霖诗序》云:‘示从兄宣远。’”《文选》同卷谢宣远《于安城答灵运》诗中有“比景后鲜辉,方年一日长”句,李善注:“谢灵运《赠宣远序》曰:‘从兄宣远。’”综上所述,知瞻为灵运从兄。灵运明年生,瞻约生于本年。

24. 戴逵厉操东山,不改其乐。

《晋书》卷七十九《谢玄传》:“始从玄征伐者……戴遂字安丘,处士逵之弟,并骁果多权略。逵厉操东山,而遂以武勇显。

谢安尝谓邃曰:‘卿兄弟志业何殊?’邃曰:‘下官不堪其忧,家兄不改其乐。’”上述事,时间不详,当在肥水之战后、谢安卒前,谢安明年卒,姑系于此。

25. 袁豹为谢安所知。

《宋书》卷五十二《袁豹传》:“为谢安所知,好学博闻,多览典籍。”上述事时间不详,谢安明年卒,姑系于此。

385　乙酉

晋太元十年　　前秦建元二十一年
前秦苻丕太安元年　　后燕慕容垂二年
后秦白雀二年　　西秦乞伏国仁建义元年
西燕慕容冲更始元年

道安七十四岁。谢安六十六岁。杨羲五十六岁。慧远五十二岁。苻坚四十八岁。吕光四十八岁。范宁四十七岁。王献之四十二岁。徐邈四十二岁。鸠摩罗什四十二岁。王珣三十六岁。张野三十六岁。李暠三十五岁。王珉三十五岁。徐广三十四岁。范泰三十一岁。裴松之二十六岁。王敬弘二十六岁。刘穆之二十六岁。司马曜二十四岁。刘裕二十三岁。司马道子二十二岁。郑鲜之二十二岁。陶渊明二十一岁。桓玄十七岁。孔琳之十七岁。羊欣十六岁。何承天十六岁。袁豹十三岁。傅亮十二岁。宗炳十一岁。王诞十一岁。张茂度十岁。释宝云十岁。周续之九岁。戴颙八岁。荀伯子八岁。王弘七岁。蔡廓七岁。谢方明六岁。王韶之六岁。何尚之四岁。颜延之二岁。僧肇二岁。王神爱二岁。谢灵运一岁。

1. 司马曜立国学。作《以琅邪王道子为都督中外诸军事诏》。

《建康实录》卷九《烈宗孝武皇帝》："（太元）十年春，尚书令谢石以学校陵迟，上疏请兴复国学太庙之南。”原按：“《舆地志》：在江宁县东南二里一百步右御街东，东逼淮水，当时人呼为国子学。西有夫子堂，画夫子及十弟子像。西又有皇太子堂。”《晋书》卷九《孝武帝纪》：本年“二月，立国学。”《以琅邪王道子为都督中外诸军事诏》见卷六十四《会稽文孝王道子传》：“及谢安薨，诏曰……”

2. 王嘉往候道安。

见本年第3条。

3. 道安卒。

《高僧传》卷五《释道安传》：“安每与弟子法遇等，于弥勒前立誓，愿生兜率。后至秦建元二十一年……二月八日忽告众曰：‘吾当去矣。’是日斋毕，无疾而卒。葬城内五级寺中，是岁晋太元十年也。”关于道安卒年月日，汤用彤疑在本年二月八日后，详见《汉魏两晋南北朝佛教史》上册第140—141页。又本传：“未终之前，隐士王嘉往候安。安曰：‘世事如此，行将及人，相与去乎？’嘉曰：‘诚如所言，师且前行，仆有小债未了，不得俱去。’……安之潜契神人，皆此类也。安先闻罗什在西国，思共讲析，每劝坚取之。什亦远闻安风，谓是东方圣人，恒遥而礼之……安终后十六年，什公方至，什恨不相见，悲恨无极。安既笃好经典，志在宣法，所请外国沙门僧伽提婆、昙摩难提及僧伽跋澄等，译出众经百余万言。常与沙门法和诠定音字，详核文旨，新出众经，于是获正。”

《隋书》卷三十三《经籍志二》：“《四海百川水源记》一卷，释道安撰。”《全晋文》卷一百五十八辑道安著作，除已见上文者外，还有：《答郗超书》、《道行般若多罗蜜经序》、《增一阿含经序》、《人本欲生经序》、《僧伽罗刹所集佛行经序》、《阿毗昙八楗度论序》、《安般注序》、《阴持入经序》、《了本生死经序》、《十二门经序》、《大十二门经序》、《合放光光赞略解序》、《摩诃钵罗若波罗蜜经钞序》、《道地经序》、《十法句义经序》、《鞞婆沙序》、《比上大戒序》、《疑经录序》、《注经及杂经志录序》、《光赞折中解》一卷。《光赞钞解》一卷。"般若放光品者，分别尽漏，而不澄八地也。源流浩汗，厥义幽邃，非彼草次可见宗庙之义也。安为《折疑准》一卷，《折疑略》一卷，《起尽解》一卷。""《道行品》者，般若钞也。佛去世后，外国高明者撰也。辞句质复，首尾互隐，为集异注一卷。""《大小十二门》者，禅思之奥府也。为各作注。大作注十二门二卷，小十二门一卷。""《了本生死》者，四谛四信之玄薮也，为注一卷。""《密迹金刚经》、《持心梵天经》，此二经者，护公所出也。多有隐义，为作甄解一卷。""《贤劫八万四千度无极》者，大乘之妙目也，为解一卷。""《人本欲生经》者，九止八脱之妙要也。为注撮解一卷。""《安般》，守意多念之要药也，为解一卷。""《阴持入》者，世高所出残经也。渊流美妙，至道直径也。为注二卷。""《大道地》者，修行钞也。外国所钞。为注一卷。""众经众行，或有未曾共知者，安集之为《十法句义》一卷，连杂解共卷。""《义指》者，外国沙门于此土所传义也。云诸部训导，欲广来学视听也，增之为注一卷。""《九十八结》者，《阿毗昙》之要义，为解一卷，连约通解共卷。""又为《三十二相解》一卷。""《三界诸天》，混然淆杂，安为录一卷。"《答沙汰难》二卷。《答法将难》一卷。《西域志》一卷。

4. 前秦吕光带西域珍宝、奇伎异戏等还姑臧，自领梁州刺史。

《十六国春秋》卷八十一《后梁录一·吕光录》："建元二十一年，春正月，光既平龟兹，以龟兹饶乐，遂有留居之志，始获天竺沙门鸠摩罗什……光还中路，置军山下。将士已休，什曰：'不可在此，必见狼狈。宜徙军陇上。'光不纳，夜果大雨，洪潦暴起……遂深异之。光欲留王西国，什谓光曰：'此凶亡之地，不可淹留，推运揆数，将军宜速东归，中路自有福地可居。'光乃大飨文武，博议进止。众咸请还，光乃从之。三月，光以驼二万余头，致外国珍宝及奇伎异戏、殊禽怪兽千有余品，骏马万余匹而还。秋九月，光自龟兹还……光遂入姑臧，自领凉州刺史，护羌校尉。表杜进为辅国将军。"

5. 鸠摩罗什劝吕光东还。至凉州。

劝吕光东还见本年第 4 条。《高僧传》卷二《鸠摩罗什传》："至凉州，闻苻坚已为姚苌所害。"据此，知什至凉州当在本年。

6. 王徽之折苻宏。弃官东归。

《世说新语·轻诋第二十六》："符宏叛来归国。谢太傅每加接引，宏自以有才，多好上人，坐上无折之者。适王子猷来，太傅使共语。子猷直孰视良久，回语太傅云：'亦复竟不异人！'宏大惭而退。"《晋书》卷十《孝武帝纪》系宏来降于本年六月。《世说新语·任诞第二十三》刘孝标注引《中兴书》："徽之任性放达，弃官东归，居山阴也。"《任诞第二十三》："王子猷居山阴，夜大雪，眠觉，开室，命酌酒。四望皎然，因起仿偟，咏左思《招隐诗》。忽忆戴安道，时戴在剡，即便夜乘小船就之。经宿方至，造门不前而返。人问其故，王曰：'吾本乘兴而行，兴尽而返，何必见戴？'"

《晋书》卷八十《王徽之传》："雅性放诞，好声色。尝夜与弟献之共读《高士传赞》，献之赏井丹高洁，徽之曰：'未若长卿慢世也。'其傲达若此。时人皆钦其才而秽其行。"上述诸事，时间来详，姑一并系于此。

7. 谢安帅众救苻坚。出镇广陵。上疏逊位。卒。

《晋书》卷九《孝武帝纪》：本年四月，“壬戌，太保谢安帅众救苻坚……六月，（苻）宏来降。”《世说新语·轻诋第二十六》：“符宏叛来归国。谢太傅每加接引。”《晋书》卷七十九《谢安传》：“时会稽王道子专权，而奸谄颇相扇构，安出镇广陵之步丘，筑垒曰新城以避之（《宋书》卷三十一《五行志二》：本年‘四月，谢安出镇广陵。’）。帝出祖于西池，献觞赋诗焉。安虽受朝寄，然东山之志始末不渝，每形于言色。及镇新城，尽室而行，造泛海之装，欲须经略粗定，自江道还东。雅志未就，遂遇疾笃。上疏请量宜旋旆……诏遣侍中慰劳，遂还都。闻当舆入西州门，自以本志不遂，深自慨失，因怅然谓所亲曰：‘昔桓温在时，吾常惧不全。忽梦乘温舆行十六里，见一白鸡而止。乘温舆者，代其位也。十六里，止今十六年矣。白鸡主酉，今太岁在酉，吾病殆不起乎！’乃上疏逊位，诏遣侍中、尚书喻旨……寻薨，时年六十六。帝三日临于朝堂，赐东园秘器、朝服一具、衣一袭、钱百万、布千匹、蜡五百斤，赠太傅，谥曰文靖。以无下舍，诏府中备凶仪。及葬，加殊礼，依大司马桓温故事。又以平苻坚勋，更封庐陵郡公。”《异苑》卷四：“东晋谢安字安石，于后府接宾。妇刘氏见狗衔谢头来，久之乃失所在。妇具说之，谢容色无易。是月而薨。”据《晋书》卷九《孝武帝纪》，安卒于本年八月丁酉。十月丁亥，论淮、肥之功，追封庐陵郡公。《元和郡县图志》卷二十五上元县：“谢安墓，在县东南十里石子冈北。”《御览》卷五八九引李绰《尚书故实》：“东晋谢太傅墓碑，树贞石，初无文字，盖重难制述之意。”《陈书》卷三十六《始兴王叔陵传》：“晋世王公贵人，多葬梅岭，及彭（礼按：叔陵母）卒，叔陵启求于梅岭葬之，乃发故太傅谢安旧墓，弃去安柩，以葬其母。”《太平寰宇记》卷九十江宁县：梅岭冈在县南九里，与上元县东南十里之石子冈相近。又据《舆地纪胜》卷四，谢安墓被毁后，安裔孙谢夷吾徙葬于长兴县南之三鸦村。《嘉泰吴兴县志》卷十三："谢太傅庙在县南三鸦冈，庙前即其墓。"

《隋书》卷三十五《经籍志四》："晋太傅《谢安集》十卷。梁十卷，录一卷……亡。"《旧唐书》卷四十七《经籍志下》、《新唐书》卷六十《艺文志四》均作五卷。《全晋文》卷八十三辑谢安文七篇，除已见上文者外，还有：《上疏论王恭》、《魏鹭周丧拜时议》、《与某书》（二篇）。另，《世说新语·赏誉第八》载《与王右军书》，《全晋文》漏收。《晋诗》卷十三辑谢安诗三首，除已见上文者外，还有《与王胡之诗》（六章）。

孙过庭《书谱》："谢安素善尺牍，而轻子敬之书。子敬尝作佳书与之，谓必存录。安辄题后答之，甚以为恨。"《采古来能书人名》："谢安……善隶、行。"《书断中》："安石尤善行书，亦犹卫洗马风流名士，海内所瞻……安石隶、行、草入妙。"《述书赋上》："能事雅量，末归安石。至夫蕴虚静，善草、正。方圆自穷，礼法拘性。犹恒德之仁智，应物之龟镜。怅其心惧景兴，书轻子敬。塞孟津而捧土，损智力而余病。"《淳化阁帖》卷二辑谢安二帖：《凄闷帖》、《六月廿帖》。《宣和书谱》卷七谓谢安"初慕羲之作草、正字，而羲之有解书之目，后之评其字者，亦谓'纵任自在，若螭盘虎踞之势'，要当入能品也。然其妙处，独隶与行、草耳。此所有唯行书为多……今御府所藏行书三：《中郎帖》、《近问帖》、《善护帖》。"

朱长文撰《琴史》卷四："（谢）安性好音乐，常隐遁山林，游赏必以妓女。及晚登台辅，虽期丧，犹有丝竹。家有名琴，后为齐竟陵王所宝。以此知太傅之工琴也。或曰尝作《升平调》云。又传戴公从东出，太傅往见之。太傅轻戴，但与论琴书。戴无吝色，论琴尽妙。”

《晋书·谢安传》：“安有二子：瑶、琰。瑶袭爵，官至琅邪王友，早卒……琰字瑗度。弱冠，以贞干称，美风姿……拜著作郎，转秘书丞，累迁散骑常侍、侍中……以勋封望蔡公……除征虏将军、会稽内史。顷之，征为尚书右仆射，领太子詹事，加散骑常侍，将军如故……太元末，为护军将军，加右将军。会稽王道子以为司马，右将军如故……迁卫将军、徐州刺史、假节……孙恩作乱，加督吴兴、义兴二郡军事，讨恩……败绩……与二子肇、峻俱被害……三子：肇、峻、混。”

《四库全书·松弦馆琴谱、松风阁琴谱、内廷翰林等考据琴谱指法按语》：“《琴史》：谢安石弟谐，颇有文学，善鼓琴，以新声手势，京师士子翕然从学。”谢谐事迹未详，姑附于此。

8. 前秦苻坚作《招魂》。有《长安民谣》。卒。

《晋书》卷九《孝武帝纪》：本年三月，“苻坚国乱，使使奉表请迎。”《十六国春秋》卷三十八《前秦录六·苻坚录下》：“建元二十一年……五月，慕容冲帅众攻长安，坚身贯甲胄，躬自督战，拒之，飞矢满身，流血被体，城陷奔遁……三辅人为冲所略者，遣人密告坚，请遣兵攻冲，欲放火以为内应……乃遣骑七百赴之，而冲营纵火者，反为风焰所烧，其得免者，什有一二。坚身痛之，身为设祭而招之，曰……每夜有人周城大呼曰：‘杨定健儿应属我，宫殿台观应坐我，父子同出不共汝。’且寻求，不见人迹。长安城中有书曰：‘《古苻传贾录》载：‘帝出五将久长得。’先是，又谣曰……坚大信之，乃留太子宏守长安,谓之曰:‘脱如谣言,天或导予出外……’于是遣卫将军杨定击冲于城西,为冲所擒。坚弥惧,遂付宏以后事,帅骑数百,与张夫人及中山公诜、幼女宝锦出奔五将山……六月……慕容冲入据长安,纵兵大略,死者不可胜计。初,坚之未乱,关中土燃,无火,而烟气大起,方数十里中,月余不灭,坚每临听讼观,令民有怨者,举烟于城北观而录之,长安为之谣曰……关中又为谣曰……秋七月,坚至五将山,姚苌遣骁骑将军吴忠帅骑围之,坚众奔散……俄而忠至,执坚以归新平县,幽之于别室……八月,苌使求传国玺于坚……坚瞋目叱之……坚自以平生遇苌有恩,尤忿之,数骂苌求死,谓张夫人曰:‘岂可令羌奴辱吾儿!’乃先杀宝锦。辛丑,苌遣人缢坚于新平佛寺中,时年四十八。张夫人、中山公诜等皆自杀。三军皆为之哀恸。苌欲匿杀之名,谥曰庄烈天王……及丕称号,伪谥坚曰世祖宣昭皇帝。”

《全晋文》卷一百五十一辑苻坚文二十篇,除已见上文者外,还有:《沙汰众僧别诏》、《与僧朗书》。

9. 前秦赵整出家,作《出家更名颂》。

《高僧传》卷一《昙摩难提传》:“后因关中佛法之盛,乃愿欲出家,(苻)坚惜而未许。及坚死后,方遂其志,更名道整,因作颂曰……”

10. 徐邈劝王献之奏加谢安殊礼。转祠部郎。

《晋书》卷九十一《徐邈传》:“及谢安薨,论者或有异同,邈固劝中书令王献之奏加殊礼,仍崇进谢石为尚书令,玄为徐州。邈转祠部郎,上南北郊宗庙迭毁礼,皆有证据。”

11. 王献之哭谢安。作《上疏议谢安赠礼》。

《世说新语·伤逝第十七》:“王(珣)在东闻谢(安)丧,便出都诣子敬道:‘欲哭谢公。’子敬始卧,闻其言,便惊起曰:‘所望于法护。’王于是往哭。督帅刁约不听前,曰:‘官平生在时,不见此客。’王亦不与语,直前,哭甚恸,不执末婢手而退。”刘孝标注:“末婢,谢琰小字。”《上疏议谢安赠礼》见《晋书》卷八十《王献之传》:“及(谢)安薨,赠礼有同异之议,惟献之、徐邈共明安之忠勋。献之乃上疏曰……孝武帝遂加安殊礼。”

12. 王珣欲哭谢安。

见本年第11条。

13. 羊昙因谢安卒辍乐弥年。

昙生卒年未详。据《晋书》卷七十九《谢安传》,昙为谢安甥。又《谢安传》:“羊昙者,太山人,知名士也,为安所爱重。安薨后,辍乐弥年,行不由西州路。尝因石头大醉,扶路唱乐,不觉至州门。左右白曰:‘此西州门。’昙悲感不已,以马策扣扉,诵曹子建诗曰:‘生存华屋处,零落为山丘。’恸哭而去。”昙以后事迹不详。《晋书》卷八十三《袁山松传》:“羊昙善唱乐,桓伊能挽歌,及山松《行路难》继之,时人谓之‘三绝’。”

14. 司马道子都督中外诸军事。

《晋书》卷九《孝武帝纪》:本年八月,“庚子,以琅邪王道子为都督中外诸军事。”

15. 桓伊追封为永修公。

《晋书》卷九《孝武帝纪》:本年“冬十月丁亥,论淮、肥之功,封……桓伊永修公。”

16. 谢灵运生。

《宋书》卷六十七《谢灵运传》:“谢灵运,陈郡阳夏人也。祖玄,晋车骑将军。父瑍,生而不慧,为秘书郎。”《法书要录》卷二载虞龢《论书表》:“谢灵运,母刘氏,子敬之甥,故灵运能书,而特多王法。”《异苑》卷七:“初,钱塘杜明师夜梦东南有人来入其馆,是夕,即灵运生于会稽。旬日而谢元(礼按:‘元’当作‘瑍’)亡。其家以子孙难得,送灵运于杜治养之……故名客儿。”自注云:“治,音稚,奉道之家静室也。”《宋书·谢灵运传》:元嘉十年卒,年四十九。又《晋书》卷七十九《谢玄传》载玄本年上疏云:“亡叔臣安、亡兄臣靖,数月之间,相系殂背,下逮稚子,寻复夭昏。”安卒于本年八月丁酉。据此推之,灵运当生于本年十月前后。

17. 崔玄伯避难于齐、鲁之间,为张愿所留絷,作诗以自伤。

《魏书》卷二十四《崔玄伯传》:“(苻)坚亡,避难于齐、鲁之间,为丁零翟钊及司马昌明叛将张愿所留挚。”“玄伯因苻坚乱,欲避地江南,于泰山为张愿所获,本图不遂,乃作诗以自伤,而不行于时,盖惧罪也。及浩诛,中书侍郎高允受敕收浩家,始见此诗。”

18. 谢道韫答桓玄问。

《世说新语·排调第二十五》刘孝标注引“《妇人集》载桓玄问王凝之妻谢氏曰:‘太傅东山二十余年,遂复不终,其理云何?’谢答曰:‘亡叔太傅先正,以无用为心,显隐为优劣,始末正当动静之异耳。’”道韫称谢安为“亡叔”,则答玄问当在本年谢安卒后。

19. 殷仲堪领晋陵太守。

《晋书》卷八十四《殷仲堪传》:“领晋陵太守,居郡禁产子不举,久丧不葬,录父母以质亡叛者,所下条教甚有义理。父病积年,仲堪衣不解带,躬学医术,究其精妙,执药挥泪,遂眇一目。居丧哀毁,以孝闻。”上述事时间不详,姑系于此。

20. 苏彦任北中郎参军。

彦生卒年不详。《全晋文》卷一百三十八严可均云:“(苏)彦,孝武时为北中郎参军。”据此知孝武时曾任北中郎参军,时间未详,姑系于此。彦任北中郎参军以后事迹亦不详。

《隋书》卷三十四《经籍志三》:“梁有《苏子》七卷,晋北中郎参军苏彦撰……亡。”卷三十五《经籍志四》:“梁有晋北中郎参军《苏彦集》十卷……亡。”《晋诗》卷十四辑苏彦诗三首:《七月七日咏织女诗》、《西陵观涛诗》、《秋夜长》。《全晋文》卷一百三十八辑文十一篇:《芙蕖赋》、《浮萍赋》、《秋夜长》(与《晋诗》所辑同)、《鹅诗序》、《舜华诗序》、《女贞颂序》、《语箴》、《隐几铭》、《邛竹杖铭》、《楠榴枕铭》、《柏枕铭》。另辑有《苏子》佚文十二则。

21. 庾肃之约卒于本年。

肃之生卒年不详。《晋书》卷九十二《庾阐传》:“子肃之,亦有文藻著称,历给事中、相府记室、湘东太守。太元中卒。”太元凡二十一年,今据“太元中卒”,姑系于此。

《隋书》卷三十五《经籍志四》:“晋湘东太守《庾肃之集》十卷,录一卷。”《全晋文》卷三十八辑肃之文五篇:《雪赞》、《山赞》、《水赞》、《玉赞》、《松赞》。

22. 曹毗任光禄勋。

《晋书》卷九十二《曹毗传》:“累迁至光禄勋,卒。”毗迁光禄勋及卒年,未详,姑系于此。

《隋书》卷三十二《经籍志一》:“《论语释》一卷,曹毗撰。”卷三十三《经籍志二》:“《曹氏家传》一卷,曹毗撰。”《曹肇传》,曹毗撰,《北堂书钞》卷一百三引。《曹毗志怪》,曹毗撰,《初学记》卷七引。《隋书》卷三十五《经籍志四》:“晋光禄勋《曹毗集》十卷,梁五卷,录一卷……晋《曹毗集》四卷。”《旧唐书》卷四十七《经籍志下》、《新唐书》卷六十《艺文志四》均作十五卷。《全晋文》卷一百七辑曹毗文二十篇，除已见上文者外，还有：《秋兴赋》、《涉江赋》、《观涛赋》、《水赋》、《湘中赋》、《魏都赋》（礼按：曹毗撰有《魏都赋注》，《文选》卷四《南都赋》六臣注李善注引）、《临园赋》、《咏冶赋》、《冶成赋》、《箜篌赋》、《鹦武赋》、《马射赋》、《双鸿诗序》、《屏风诗序》（以上二诗已佚）、《王鼎颂》、《黄帝赞》。《晋诗》卷十二、卷十九辑曹毗诗二十首，除已见上文者外，还有：《黄帝赞诗》（即《全晋文》所辑之《黄帝赞》）、《咏冬诗》、《夜听捣衣诗》、《正朝诗》、《霖雨诗》、《郗公墓诗》、《箜篌诗》、失题诗、《军中诗》。

386　丙戌

晋太元十一年　　北魏王拓跋珪登国元年
前秦太安二年　　苻登太初元年
后燕建兴元年　　后秦建初元年
西秦建义二年　　西燕慕容永中兴元年
后凉吕光太安元年

杨羲五十七岁。慧远五十三岁。吕光四十九岁。范宁四十八岁。王献之四十三岁。徐邈四十三岁。鸠摩罗什四十三岁。王珣三十七岁。张野三十七岁。李暠三十六岁。王珉三十六岁。徐广三十五岁。范泰三十二岁。裴松之二十七岁。王敬弘二十七岁。刘穆之二十七岁。司马曜二十五岁。刘裕二十四岁。司马道子二十三岁。郑鲜之二十三岁。陶渊明二十二岁。桓玄十八岁。孔琳之十八岁。羊欣十七岁。何承天十七岁。袁豹十四岁。傅亮十三岁。宗炳十二岁。王诞十二岁。张茂度十一岁。释宝云十一岁。周续之十岁。戴颙九岁。荀伯子九岁。王弘八岁。蔡廓八岁。谢方明七岁。王韶之七岁。何尚之五岁。颜延之三岁。僧肇三岁。王神爱三岁。谢灵运二岁。雷次宗一岁。沈庆之一岁。

1. 郭瑀任张穆太府左长史、军师将军。

《晋书》卷九十四《郭瑀传》:“及苻氏之末,略阳王穆起兵酒泉,以应张大豫,遣使招瑀。瑀叹曰:‘临河救溺,不卜命之短长;脉病三年,不豫绝其餐馈;鲁连在赵,义不结舌,况人将左衽而不救之!’乃与敦煌索嘏起兵五千,运粟三万石,东应王穆。穆以瑀为太府左长史、军师将军。虽居无佐,而口咏黄、老,冀功成世定,追伯成之踪。”《通鉴》卷一百六系张大豫、王穆起兵于本年二月。

2. 后凉吕光大破张大豫。自称大将军、凉州牧、酒泉公。

《十六国春秋》卷八十一《后凉录一·吕光录》:“太安元年……夏四月,(张)大豫自扬坞进屯姑臧城西……光出击,大破之……是时,坚子丕以光为车骑大将军、凉州牧、领护西羌大都督、酒泉公,使者没于后秦,不能达。秋九月,光始闻苻坚为姚苌所害,奋袂哀号,三军缟素,大临于城南,传檄诸州,期孟冬大举。伪谥坚曰文昭皇帝,长吏百石已上,服斩缞三月,庶人哭泣三日。冬十月,光大赦境内,建元太安。十一月,群僚劝进,光曰:‘长蛇未殄,方扫除国难,不宜进位元台。’张大豫自西郡入临洮……广武人执大豫,送之,斩于姑臧市。十二月,光自称使持节、侍中、中外大都督、督陇右河西诸军事、大将军、领护匈奴中郎将、凉州牧、酒泉公。”

3. 王嘉受姚苌礼遇。

《晋书》卷九十五《王嘉传》:“姚苌之入长安,礼嘉如苻坚故事,逼以自随,每事咨之。”据《十六国春秋》卷五十五《后秦录三·姚苌录》:本年五月,“苌僭即皇帝位于长安”。

4. 司马曜诏封孔靖之为奉圣亭侯,立宣尼庙。作《诏谢石复职》、《以侍王珉兼中书令诏》。

《建康实录》卷九《烈宗孝武皇帝》:本年,“秋八月庚午,诏封孔靖之为奉圣亭候，奉宣尼祀，立宣尼庙，在故丹杨郡城前隔路东南。"《晋书》卷七十九《谢石传》："兄安薨，石迁卫将军，加散骑常侍……有司奏，石辄去职，免官。诏曰……"此诏《全晋文》漏收。谢安卒于上年，疑诏当作于本年。《以侍中王珉兼中书令诏》，见《类聚》卷四十八引《王珉别传》。写作时间，见本年第8条。

5. 范宁作《奏烝祠》。

《晋书》卷十九《礼志上》："孝武太元十一年九月，皇女亡，及应烝祠，中书侍郎范宁奏……于是尚书奏使三公行事。"

6. 王珣迁侍中。

《晋书》卷六十五《王珣传》："（谢）安卒后，迁侍中，孝武深杖之。"

7. 王献之卒。

《晋书》卷八十《王献之传》："献之遇疾，家人为上章，道家法应首过，问其有何得失。对曰：'不觉余事，惟忆与郗家离婚。'献之前妻，郗昙女也。俄而卒于官。安僖皇后立，以后父追赠侍中、特进、光禄大夫、太宰，谥曰宪。"关于献之卒年有二说：一、《世说新语·伤逝第十七》刘孝标注："献之以泰元十三年卒，年四十五。"二、《书断中》："子敬为中书令，太元十一年卒于官，年四十三。族弟珉代居之，至十三年而卒，年三十八。"按《晋书》卷六十五《王珉传》所记珉代职及卒年同《书断》。又上引《晋书·王献之传》叙谢安卒后，接叙曰："未几，献之遇疾……俄而卒于官。"是《书断》所云当可信。

《书断中》："（王）献之……尤善草、隶，幼学于父，次习于张，后改变制度，别创其法……人有求书，罕能得者，虽权贵所逼，了不介怀。偶其兴会，则触遇造笔，皆发于衷，不从于外，亦由或默或语，即铜鞮伯华之行也。”《述书赋上》：“（王羲之）幼子子敬，创草破正。雍容文经，踊跃武定。态遗妍而多状，势由己而靡罄。天假神凭，造化莫竟。象贤虽乏乎百中，偏悟何惭乎一圣。斯二公者，能知方祁氏之奚、午，天性近周家之文、武。诚一字而万殊，岂含规而孕矩。然而真迹之称，独标俣俣。忘本世心，余所不取。何哉？且得于书法，失于背古。是知难与之浑朴言，可以为斲磨主矣。”《淳化阁帖》卷九、卷十辑献之帖七十六：《相迎帖》、《诸舍帖》、《永嘉帖》、《鹅还帖》、《诸女帖》、《授衣帖》、《安和帖》、《相彼帖》、《姑比日帖》、《思恋帖》、《节过岁终帖》、《愿余帖》、《适奉帖》、《夏节近帖》、《思恋帖》、《岁尽帖》、《卫军帖》、《静息帖》、《姊性缠绵帖》、《鄱阳帖》、《阮新妇帖》、《奉对帖》、《夏日帖》、《思恋帖》、《白东帖》、《发吴兴帖》、《二十九日帖》、《肾气丸帖》、《先夜帖》、《玄度帖》、《慕容帖》、《薄冷帖》、《益部帖》、《饧大佳帖》、《前告帖》、《郁郁帖》、《仲宗帖》、《黄门帖》、《外甥帖》、《冠军帖》、《可必不帖》、《诸舍帖》（以上卷九）、《江州帖》、《转胜帖》、《消息帖》、《集聚帖》、《近与铁石帖》、《知铁石帖》、《玄度帖》、《忽动帖》、《委曲帖》、《庆等帖》、《地黄汤帖》、《鸭头丸帖》、《阿姨帖》、《豹奴帖》、《江东帖》、《鄱阳帖》、《散情帖》、《极热帖》、《患脓帖》、《冠军帖》、《服油帖》、《阿姑帖》、《舍内帖》、《复面帖》、《还此帖》、《西问帖》、《月终帖》、《参军帖》、《昨日诸愿帖》、《不审尊体帖》、《姬等帖》、《鄱阳归乡帖》、《鹅群帖》、《敬祖帖》（以上卷十）。《宣和书谱》卷十六：“（王）献之虽以隶称，而草书所得特为多焉。今御府所藏八十有九。”草书：《洛神赋》、《侍中帖》、《马侍御帖》、《裴员外帖》、《裴九帖》、《崔十九帖》、《二妹帖》、《从子帖》、《左髀帖》、《肾气丸帖》、《服油得力帖》、《铁石帖》、《八月帖》、《十二月帖》、《秋冷帖》、《秦中帖》、《东阳帖》二、《东县帖》、《丹阳帖》、《南阳帖》、《江州帖》、《广州帖》二、《东山帖》、《下山帖》、《灞亭帖》、《慰意帖》、《转胜帖》、《奉别帖》、《晚际帖》、《知汝帖》、《久达帖》、《皆佳帖》、《当语帖》、《潜处帖》、《来处帖》、《胜常帖》、《前书帖》、《昼夜帖》、《安石帖》、《庆等帖》、《数日帖》、《远书帖》、《二告帖》、《事后帖》、《西问帖》、《复面帖》、《法愿帖》、《相送帖》、《处分帖》、《奉书帖》、《欲发帖》。章草:《七月帖》、《跨州帖》、《量力帖》。正书:《洛神赋》(不完)、《丙舍帖》。行书:《黄门帖》、《李参军帖》、《仲宗帖》、《荐王德祖帖》、《府君帖》、《阿姑帖》、《阿姨帖》、《贤弟帖》、《罽奴帖》、《外甥帖》、《吾贤帖》、《诸舍帖》、《舍内帖》、《东园帖》、《鸭头丸帖》、《地黄汤帖》、《都邑帖》、《鄱阳帖》、《山阴帖》、《安西帖》、《吴兴帖》、《冠军帖》二、《鹅群帖》、《进退帖》、《体中帖》、《授衣帖》、《思恋帖》、《如意帖》、《古诗帖》二。

丁国钧《补晋书艺文志》卷一:"《孝经注》,王献之。谨按,见《孝经正义》。"《隋书》卷三十五《经籍志四》:"金紫光禄大夫《王献之集》十卷,录一卷。"米芾《画史》云:"海州刘先生收王献之画符及神咒一卷,小字,五斗米道也。"《全晋文》卷二十七辑王献之文六篇及杂帖。除已见上文者外,还有:《为中书令启琅邪王为中书监表》、《进书诀表》、《辞尚书令与州将军书》。《晋诗》卷十三辑献之诗四首:《桃叶歌》三首,失题诗一首。另,《世说新语·赏誉第八》辑有献之写袁虎诗一句:"袁生开美度。"《晋诗》漏收。《世说新语·品藻第九》刘孝标注引《续晋阳秋》:"献之文义并非所长,而能撮其胜会,故擅名一时,为风流之冠也。"

《晋书·王献之传》:"无子,以兄子静之嗣,位至义兴太守。"另,有女神爱,详见本书有关王神爱条。

《晋诗》卷十三:"桃叶,王献之妾。"有诗四首:《答王团扇歌》三首、《团扇郎》。桃叶,生平不详,姑附于此。《太平寰宇记》卷九十上元县:"桃叶渡在秦淮口,王献之爱妾桃叶尝渡此,献之作歌送之,故名。"

8. 王珉任侍中,代王献之为长兼中书令。作《直中书诗》。

《晋书》卷六十五《王珉传》:"后历著作、散骑郎、国子博士、黄门侍郎、侍中,代王献之为长兼中书令。二人素齐名,世谓献之为'大令',珉为'小令'。"代献之为长兼中书令,详见本年第7条。珉任著作、散骑郎著作等职,时间不详。据《东晋将相大臣年表》,本年珉任侍中兼中书令。《初学记》卷十一:"王珉《直中书诗》云……"诗当作于任中书令后。《世说新语·政事第三》:"王大(礼按:《世说新语·德行第一》注:'王忱,小字佛大。')为吏部郎,尝作选草,临当奏,王僧弥来,聊出示之。僧弥得便以己意改易所选者近半,王大甚以为佳,更写即奏。"《宋书》卷十九《乐志一》:"《团扇哥》者,晋中书令王珉与嫂婢有情,爱好甚笃,嫂捶挞婢过苦,婢素善哥,而珉好捉白团扇,故制此哥。"

《乐府诗集》卷四十五引《古今乐录》:"《团扇郎歌》者,晋中书令王珉,捉白团扇与嫂婢谢芳姿有爱,情好甚笃。嫂捶挞婢过苦,王东亭闻而止之。芳姿素善歌,嫂令歌一曲当赦之。应声歌曰……珉闻,更问之:'汝歌何遗?'芳姿即改云……后人因而歌之。"上述事时间未详,姑附于此。

9. 王徽之卒。

《世说新语·伤逝第十七》:"王子猷、子敬俱病笃,而子敬先亡。子猷问左右:'何以都不闻消息?此已丧矣!'语时了不悲。便索舆来奔丧,都不哭。子敬素好琴,便径入坐灵床上,取子敬琴弹,弦既不调,掷地云:'子敬!子敬!人琴俱亡。'因恸绝良久,月余而卒。"刘孝标注引《幽明录》:"泰元中,有一师从远来,莫知所出。云:'人命应终,有生乐代者,则死者可生。若逼人求代,亦复不过少时。'人闻此,咸怪其虚诞。王子猷、子敬兄弟,特相和睦。子敬疾,属纩,子猷谓之曰:'吾才不如弟,位亦通塞,请以余年代弟。'师曰:'夫生代死者,以己年限有余,得以足亡者耳。今贤弟命既应终,君侯算亦当尽,复何所代?'子猷先有背疾,子敬病笃,恒禁来往。闻亡,便抚心悲惋,都不得一声,背即溃裂。推师之言,信而存实。"

《隋书》卷三十五《经籍志四》:"梁有……黄门郎《王徽之集》八卷……亡。"《晋诗》卷十三辑徽之诗二首,见上文。《全晋文》卷二十七辑徽之《书》一篇。

《宣和书谱》卷七谓徽之"其作字,亦自韵胜,羊欣谓尤长于行、草,信不诬矣……今御府所藏行书四:《僧伦帖》、《至节帖》、《仲宗帖》、《蔡家帖》"。《书小史》卷五:"王徽之……善正、草书。"《淳化阁帖》卷三辑有徽之《得信帖》。

《晋书》卷八十《王徽之传》:"子桢之。桢之字公干,历位侍中、大司马长史。桓玄为太尉,朝臣毕集,问桢之:'我何如君亡叔?'在坐咸为气咽。桢之曰:'亡叔一时之标,公是千载之英。'一坐皆悦。"

10. 慧远移居东林寺。

《高僧传》卷六《释慧远传》:"时有沙门慧永,居在西林,与远同门旧好,遂要远同止。永为刺史桓伊曰:'远公方当弘道,今徒属已广，而来者方多，贫道所栖褊狭，不足相处，如何?’桓乃为远复于山东更立房殿，即东林是也。”

《莲社高贤传·慧远传》:“(桓)伊大敬感，乃为建刹，名其殿曰‘神运’。以在永师舍东，故号‘东林’。时太元十一年也。”

《异苑》卷五:“沙门释慧远栖神庐岳，常有游龙翔其前。远公有奴以石掷中，乃腾跃上升。有顷，风云飚煜。公知是龙之所兴。登山烧香，会僧齐声唱偈。于是霹雳回向投龙之石，云雨乃除。”上述事时间未详，姑系于此。

11. 桓伊任护军将军。

《晋书》卷八十一《桓伊传》:“在任累年，征拜护军将军，以右军府千人自随，配护军府。”《补晋执政表》系伊任护军将军于本年。

12. 雷次宗生。

《宋书》卷九十三《雷次宗传》:“雷次宗字仲伦，豫章南昌人也……(元嘉)二十五年，卒于钟山，时年六十三。”以此推之，当生于本年。

13. 沈庆之生。

《宋书》卷七十七《沈庆之传》:“沈庆之字弘先，吴兴武康人也。兄敞之。”据本传，泰始元年卒，时年八十推之，当生于本年。

14. 崔玄伯任慕容垂吏部郎、尚书左丞、高阳内史。

《魏书》卷二十四《崔玄伯传》:“慕容垂以为吏部郎、尚书左丞、高阳内史。所历著称，立身雅正，与世不群，虽在兵乱，犹励志笃学，不以资产为意，妻子不免饥寒。”玄伯任垂吏部郎等职时间未详，疑在垂即皇帝位以后。《晋书》卷九《孝武帝记》:本年“正月辛未，慕容垂僭即皇帝位于中山”。

15. 司马道子宴朝士。悦裴氏。

《晋书》卷八十四《王恭传》:"(司马)道子尝集朝士,置酒于东府,尚书令谢石因醉为委巷之歌,恭正色曰:'居端右之重,集藩王之第,而肆淫声,欲令群下何所取则!'石深衔之。淮陵内史虞珧子妻裴氏有服食之术,常衣黄衣,状如天师,道子甚悦之,令与宾客谈论,时人皆为降节。恭抗言曰:'未闻宰相之坐有失行妇人。'坐宾莫不反侧,道子甚愧之。"据卷九《孝武帝纪》,谢石于太元八年十二月任尚书令,十三年十二月卒。上述事疑在本年前后。

16. 桓玄博综艺术,善属文。朝廷疑而未用。

《晋书》卷九十九《桓玄传》:"及长,形貌瓌奇,风神疏朗,博综艺术,善属文。常负其才地,以雄豪自处,众咸惮之,朝廷亦疑而未用。"以上所述,非某年之事,姑系于玄十八岁时。

17. 康昕学王羲之、王献之书,密易献之题方山亭壁。画妙绝。

昕生卒年未详。《历代名画记》卷五:"康昕,字君明。外国胡人。或云义兴人。书类子敬,亦比羊欣。曾潜易子敬题方山亭壁。子敬初不疑之。画又为妙绝。官至临沂令。"原注:"孙畅之云:胜杨惠。《五兽图》传于代。"《采古来能书人名》:"胡人康昕,并攻隶、草。"王僧虔《论书》:"康昕学右军草,亦欲乱真,与南州释道人作右军书货。"李嗣真《书后品》:"康昕巧密精勤,有翰飞莺哢之体。"《法书要录》载《书断中》:"义兴康昕与南州惠式道人俱学二王,转以己书货之。世人或谬宝此迹,亦或谓羊(欣)。式道人,右军之甥,与王无别。"《书断下》原注:"康昕亦善隶书(校:广记、百川、说郛作'草、隶'),王子敬常题方山亭壁数行,昕密改之。子敬后过不疑。又为谢居士题画(校:'画'下,广记、百川、说郛有'像'字)以示子敬。子敬叹能，以为西河绝矣。”

18. 惠式道人学王羲之、王献之书，以己书货之。

惠式道人生平事迹不详。学王羲之、王献之书等事见本年第17条。

19. 伏滔拜著作郎。

《晋书》卷九十二《伏滔传》：“太元中，拜著作郎，专掌国史，领本州大中正。孝武帝尝会于西堂，滔豫坐。还，下车先呼子系之谓曰：‘百人高会，天子先问伏滔在坐不，此故未易得。为人作父如此，定何如也？’迁游击将军，著作如故。卒官。”滔拜著作郎及上引其他事，时间未详，今据“太元中”，姑一并系于此。

《大司马僚属名》，伏滔撰，见《世说新语·赏誉第八》。

《隋书》卷三十五《经籍志四》：“晋《伏滔集》十一卷，并目录。梁五卷，录一卷。”《北征记》，伏滔撰，《文选》卷二十六《初发石首城》六臣注李善注、《类聚》卷九屡引。

《旧唐书》卷四十七《经籍志下》：“《晋元氏宴会游集》四卷，伏滔、袁豹、谢灵运等撰。”校勘记：“元氏”，一作“元王”。《新唐书》卷六十《艺文志四》作“元正”，并云：“伏滔、袁豹、谢灵运集。”

《全晋文》卷一百三十三辑伏滔文七篇，除已见上文者外，还有：《望涛赋》、《长笛赋并序》（《世说新语·轻诋第二十六》刘孝标注引《长笛赋叙》，与《全晋文》所载，文字有异）、《登故台诗序》、《论青楚人物》、《帝尧功德铭》。

《隋书》卷十五《音乐志下》：“《巾舞》者，《公莫舞》也。伏滔云：‘项庄因舞，欲剑高祖，项伯纡长袖以扞其锋，魏、晋传为舞焉。’”据此知滔对歌舞亦有所关注。

《晋书·伏滔传》："子系之，亦有文才，历黄门郎、侍中、尚书、光禄大夫。"系之生卒年未详。《隋书》卷三十五《经籍志四》称"晋光禄大夫《伏系之集》"，而《类聚》卷三、卷八十八则谓"宋伏系之"，疑系之生活在晋宋时代。

《隋书》卷三十五《经籍志四》："梁有晋光禄大夫《伏系之集》十卷，录一卷。亡。"《类聚》卷三辑系之赋一篇："宋伏系之《秋怀》曰……"《御览》卷十二辑系之赋序一句："伏系之《雪赋序》曰……"《类聚》卷八十八辑系之诗一首："宋伏系之《咏椅桐诗》曰……"

20. 卞范之任始安太守。

范之生年不详。《晋书》卷九十九《卞范之传》："卞范之字敬祖，济阳宛句人也。识悟聪敏，见美于当世。太元中，自丹杨丞为始安太守。"范之任始安太守，时间不详，今据"太元中"，姑系于此。

21. 殷觊以中书郎擢为南蛮校尉。

觊生年不详。《晋书》卷八十三《殷觊传》："殷觊字伯通，陈郡人也。祖融，太常卿。父康（礼按：《世说新语·轻诋第十六》注引《谢氏谱》：'谢尚"次女僧韶适殷歆"。'依此，觊父应作歆，特录以俟考），吴兴太守。觊性通率，有才气，少与从弟仲堪俱知名。太元中，以中书郎擢为南蛮校尉，莅职清明，政绩肃举。"《世说新语·轻诋第二十六》："殷觊……是谢镇西外孙。"刘孝标注："巢，殷觊小字也。"觊为南蛮校尉，时间不详，今据"太元中"，姑系于此。

22. 湛方生作《庐山神仙诗并序》。

方生生平不详。文廷式《补晋书艺文志》卷六："王谟《豫章十代文献略》云：'《隋志》不详何许人。今考湛氏望出豫章，而方生又有《庐山诗序》及《帆入南湖诗》,其为豫章人无疑也。'"《隋书》卷三十五《经籍志四》:"晋卫军咨议《湛方生集》……"《晋诗》卷十五辑其《后斋诗》云:"解缨复褐,辞朝归薮。门不容轩,宅不盈亩……素构易抱,玄根难朽。即之匪远,可以长久。"据上述资料,方生曾任卫军咨议参军,后辞官归隐。《庐山神仙诗并序》见《晋诗》卷十五。《序》曰:"寻阳有庐山者……太元十一年,有樵采其阳者……诗曰……"据此知诗并序当作于本年。

《隋书》卷三十五《经籍志四》:"晋卫军咨议《湛方生集》十卷,录一卷。"《晋诗》卷十五辑方生诗十二首,除已见上文者外,还有:《还都帆诗》、《天晴诗》、《诸人共讲老子诗》、失题诗三首、《怀归诗》、《秋夜诗》、《游园咏》。《全晋文》卷一百四十辑文十八篇,除已见上文者外,还有:《风赋》、《怀春赋》、《秋夜》(即《晋诗》所辑之《秋夜诗》)、《游园咏》(亦见《晋诗》)、《怀归谣》(亦见《晋诗》)、《上贞女解》、《修学校教》、《七欢》、《羁鹤吟序》、《木连理颂》、《老子赞》、《孔公赞》、《北叟赞》、《庭前植稻苗赞》、《长鸣鸡赞》、《灵秀山铭》、《吊鹤文》。

387 丁亥

晋太元十二年　　北魏登国二年
前秦太初二年　　后燕建兴二年
后秦建初二年　　西秦建义三年
后凉太安二年　　西燕中兴二年

杨羲五十八岁。慧远五十四岁。吕光五十岁。范宁四十九岁。徐邈四十四岁。鸠摩罗什四十四岁。王珣三十八岁。张野三十八岁。李暠三十七岁。王珉三十七岁。徐广三十六岁。范泰三十三岁。裴松之二十八岁。王敬弘二十八岁。刘穆之二十八岁。司马曜二十六岁。刘裕二十五岁。司马道子二十四岁。郑鲜之二十四岁。陶渊明二十三岁。桓玄十九岁。孔琳之十九岁。羊欣十八岁。何承天十八岁。袁豹十五岁。傅亮十四岁。宗炳十三岁。王诞十三岁。张茂度十二岁。释宝云十二岁。周续之十一岁。戴颙十岁。荀伯子十岁。王弘九岁。蔡廓九岁。谢方明八岁。王韶之八岁。何尚之六岁。颜延之四岁。僧肇四岁。王神爱四岁。谢灵运三岁。雷次宗二岁。沈庆之二岁。

1. 后梁吕光遣房晷祀风穴，改昌松郡为张掖郡，攻克酒泉。

《十六国春秋》卷八十一《后梁录一·吕光录》："太安二年，春正月，姑臧大风折木，从申至辰。遣中郎房晷至晋昌祀风穴。

(鸠摩)罗什谓光曰:'不祥之风,当有奸叛,然不劳自定也。'秋八月,甘露降于逍遥园,白燕翔于酒泉,众燕成列而从之。时王穆袭据酒泉,自称大将军,凉州牧。光以郭麐谶言,改昌松郡为东张掖郡。冬十二月……光闻(王)穆之伐(索)嘏,谓诸将曰:'二虏相攻,此成擒也。'……遂率步骑二万攻酒泉,克之……(龟兹)国使至,献宝货奇珍、汗血马。光临正殿设会文武博戏。"

2. 鸠摩罗什议不祥之风。

见本年第1条。

3. 徐邈作《明堂郊祀配享议》。补中书舍人。撰正《五经》音训。

《明堂郊祀配享议》见《全晋文》卷一百三十六。《晋书》卷十九《礼志上》:"孝武帝太元十二年五月壬戌,诏曰……祠部郎中徐邈议……"《晋书》卷九十一《徐邈传》:"年四十四,始补中书舍人,在西省侍帝。虽不口传章句,然开释文义,标明指趣,撰正《五经》音训,学者宗之。"

4. 司马曜作《诏议明堂郊祀》,聘处士戴逵、龚玄之。作《征谯武戴龚诏》、《诏赙竺法汰》。

《诏议明堂郊祀》见本年第3条。聘戴逵、龚玄之见本年第5条。《征谯武戴龚诏》见《晋书》卷九十四《龚玄之传》,又见《全晋文》卷十一。《全晋文》所辑较《龚玄之传》所载,文句简略。《诏赙竺法汰》见《高僧传》卷五《竺法汰传》:"以晋太元十二年卒,春秋六十有八。烈宗孝武诏曰……"《全晋文》卷十一辑有此诏。《世说新语·赏誉第八》刘孝标注引《泰元起居注》载烈宗诏文三句,其中"法汰饰丧逝,哀痛伤怀"二句,《全晋文》无。

5. 戴逵不就散骑常侍、国子博士,逃于吴。谢玄上疏请绝其召命,复还剡。

《晋书》卷九十四《戴逵传》:“孝武帝时,以散骑常侍、国子博士累征,辞父疾不就。郡县敦逼不已,乃逃于吴。吴国内史王珣有别馆在武丘山,逵潜诣之,与珣游处积旬。会稽内史谢玄虑逵远遁不反,乃上疏曰:‘伏见谯国戴逵希心俗表,不婴世务,栖迟衡门,与琴书为友,虽策命屡加,幽操不回,超然绝迹,自求其志。且年垂耳顺,常抱羸疾,时或失适,转至委笃。今王命未回,将离风霜之患。陛下既已爱而器之,亦宜使其身名并存,请绝其召命。’疏奏,帝许之,逵复还剡。”卷九《孝武帝纪》:本年“六月癸卯(校勘记:‘六月乙丑朔,无癸卯。’),束帛聘处士戴逵、龚玄之。”王珣为吴郡内史在本年,详见本年第6条。《通鉴》卷一百七:太元十二年春正月以谢玄“为会稽内史。”《晋书》卷七十九《谢玄传》:“十三年,卒于官。”又谢玄上疏中有戴逵本年“年垂耳顺”句。《论语·为政》:“六十而耳顺”。据此知逵本年近六十。

6. 王珣转吴国内史。

《晋书》卷八十三《王雅传》:“会稽王道子领太子太傅,以(王)雅为太子少傅。时王珣儿婚,宾客车骑甚众,会闻雅拜少傅,回诣雅者过半。时风俗颓弊,无复廉耻。然少傅之任,朝望属珣,珣亦颇以自许,及中诏用雅,众遂赴雅焉。将拜,遇雨,请以伞入。王珣不许之,因冒雨而拜。”卷九《孝武帝纪》:本年“秋八月辛巳,立皇子德宗为皇太子。”王雅为太子少傅当在本年八月。卷六十五《王珣传》:“转辅国将军、吴国内史。在郡为士庶所悦。”珣上年任侍中,明年征为尚书右仆射,任吴国内史盖在本年。

7. 郭瑀谏王穆。还酒泉,卒。

《晋书》卷九十四《郭瑀传》:"(王)穆惑于谗间,西伐索嘏。瑀谏曰:'昔汉定天下,然后诛功臣。今事业未建而诛之,立见麋鹿游于此庭矣。'穆不从。瑀出城大哭,举手谢城曰:'吾不复见汝矣!'还而引被覆面,不与人言,不食七日,舆疾而归,旦夕祈死。夜梦乘青龙上天,至屋而止,寤而叹曰:'龙飞在天,今止于屋。屋之为字,尸下至也。龙飞至尸,吾其死也。'古之君子不卒内寝,况吾正士乎!'遂还酒泉南山赤崖阁,饮气而卒。"《通鉴》卷一百七系上述事于本年十二月。

8. 竺道壹还东至虎丘山,作《答丹阳尹》。

《高僧传》卷五《竺道壹传》:"及(简文)帝崩、(竺法)汰死,壹乃还东,止虎丘山。学徒苦留不止,乃令丹阳尹移壹还都。壹答移曰……壹于是闲居幽阜,晦影穷谷。"据同卷《竺法汰传》,法汰卒于本年。

9. 杨羲卒。

《云笈七签》卷五《晋茅山真人杨君》:"太元十二年丙戌去世。"

《述书赋上》:"杨真人之正行,兼淳熟而相成。方圆自我,结构遗名。如舟楫之不系,混宠辱以若惊。"《本起录》谓陶弘景"戊辰年始住茅山,更得杨(羲)、许手书真迹,欣然感激"。张雨《玄品录》卷一:"孙文韬……入茅山师隐居,参受真法,乃见杨(羲)、许三真手书《上经》,稍学模写,遂大巧妙。"

10. 沈嘉丹杨尹职为王恭所代。

嘉生卒年不详。《书小史》卷六:"沈嘉字长茂,吴郡人。"

《晋书》卷八十四《王恭传》:"太元中,代沈嘉为丹杨尹。"据此知嘉于恭任丹阳尹前曾为丹杨尹。《东晋将相大臣年表》系恭任丹杨尹于本年。《书小史》卷六:"沈嘉……官至吴兴太守。”盖恭代嘉任丹杨尹后，嘉又任吴兴太守。时间不详。

《书小史》卷六：“沈嘉……善草书。”《述书赋上》：“长茂草势，既捷而疏。慕王不及，独断所如。犹鸷鸟击搏而失中，因蹭蹬于古墟。”窦蒙注：“今见具姓名草书，共三行。”

《淳化阁帖》卷三辑有“晋太守沈嘉长书《感怀帖》”。

《全晋文》卷一百四十三辑沈嘉《书》一篇。

11. 谢灵运颖悟。为谢玄所称许。谢氏家族始创始宁山居。

《宋书》卷六十七《谢灵运传》：“灵运幼便颖悟，玄甚异之，谓亲知曰：‘我乃生瑍，瑍那得生灵运！’”上述事时间未详。《通鉴》卷一〇七：“（太元）十三年春正日，康乐献武公谢玄卒。”据上述记载，谢玄称许灵运必在明年正月前，姑系于此。《宋书》卷六十七《谢灵运传》载其《山居赋》自注：“余祖车骑（谢玄）建大功淮、肥，江左得免横流之祸。后及太傅（谢安）既薨，远图已辍，于是便求解驾东归，以避君侧之乱。兴废隐显，当是贤达之心，故选神丽之所，以申高栖之意。经始山川，实基于此。”据《通鉴》卷一百七，谢玄于本年正月为会稽内史，明年正月卒。始创始宁山居当在本年。

12. 张野入庐山依慧远。

《莲社高贤传·张野传》：“入庐山，依远公。与刘、雷同尚净业。”野入庐山依慧远，时间不详。《莲社高贤传·慧远传》记上年慧远建东林寺后接叙曰：“既而谨律息心之士，绝尘清信之宾不期而至者”之中有张野，据此，野入庐山依慧远疑在本年前后。其与刘、雷同尚净业，则在其后。

388　戊子

晋太元十三年　　北魏登国三年
前秦太初三年　　后燕建兴三年
后秦建初三年　　西秦乞伏乾归太初元年
后凉太安三年　　西燕中兴三年

慧远五十五岁。吕光五十一岁。范宁五十岁。徐邈四十五岁。鸠摩罗什四十五岁。王珣三十九岁。张野三十九岁。李暠三十八岁。王珉三十八岁。徐广三十七岁。范泰三十四岁。裴松之二十九岁。王敬弘二十九岁。刘穆之二十九岁。司马曜二十七岁。刘裕二十六岁。司马道子二十五岁。郑鲜之二十五岁。陶渊明二十四岁。桓玄二十岁。孔琳之二十岁。羊欣十九岁。何承天十九岁。袁豹十六岁。傅亮十五岁。宗炳十四岁。王诞十四岁。张茂度十三岁。释宝云十三岁。周续之十二岁。戴颙十一岁。荀伯子十一岁。王弘十岁。蔡廓十岁。谢方明九岁。王韶之九岁。何尚之七岁。颜延之五岁。僧肇五岁。王神爱五岁。谢灵运四岁。雷次宗三岁。沈庆之三岁。

1. 后凉吕光杀杜进，受段业之谏，崇宽简之政。诸臣献诗赋。

《晋书》卷一百二十二《吕光载记》："光之定河西也，杜进有力焉，以为辅国将军、武威太守。既居都尹，权高一时，出入羽仪，与光相亚。光甥石聪至自关中，光曰：'中州人言吾政化何如？'聪曰：'止知有杜进耳，实不闻有舅。'光默然，因此诛进。光后宴群僚，酒酣，语及政事。时刑法峻重，参军段业进曰：'严刑重宪，非明王之义也。'光曰："商鞅之法至峻，而兼诸侯；吴起之术无亲，而荆蛮以霸，何也？'业曰：'明公受天眷命，方君临四海，景行尧舜，犹惧有弊，奈何欲以商申之末法临道义之神州，岂此州士女所望于明公哉！'光改容谢之，于是下令责躬，及崇宽简之政。"《十六国春秋》卷八十一《后梁录一·吕光录》："太安三年，春正月，光信谗言，杀武威太守杜进……是年，敦煌太守宗歆送同心梨，陈平仲（《凉州记》作陈冲）得玉玺，献之。博三寸，长四寸。直看无文字，向日视之，字在腹中，有三十四字，言光当王。又白雀巢于阳川令盖敏室。光下令，诸臣为之赋诗。献诗及赋者凡百余人。"

2. 后梁段业谏吕光。

见本年第1条。

3. 徐广任镇北参军。

《晋书》卷八十二《徐广传》："谯王恬为镇北，补参军。"据卷九《孝武帝纪》，司马恬于本年四月戊午为镇北将军，后年正月乙亥卒。

4. 王珉卒。

《晋书》卷六十五《王珉传》："太元十三年卒，时年三十八，追赠太常。"

丁国钧《补晋书艺文志》卷一："《论语注》，王珉。谨按，江熙《集解》引，见皇侃《论语义疏序》。"《隋书》卷三十五《经籍志四》："晋太常卿《王珉集》十卷，梁录一卷。"《晋诗》卷十四辑王珉《直中书诗》一首，已见前文。《全晋文》卷二十辑王珉文六篇:《告庙议》、《答徐邈书》、《杂帖》三、《论序高座师帛尸梨蜜多罗》。另《书断上》录有《行书状》一文,《全晋文》漏收。

《采古来能书人名》:"王珉……善隶、行。"王僧虔《书论》:"亡从祖中书令珉,笔力过于子敬。书《旧品》云:有四疋素,自朝操笔,至暮便竟,首尾如一,又无误字。子敬戏云:'弟书如骑骡,骎骎恒欲度骅骝前。'"《书断中》:"王珉……工隶及行、草。金剑霜断,崎嵚历落,时谓小王之亚也。自导至珉,三世善书,时人方之杜、卫二氏……隶、行入妙。"《述书赋上》:"绳绳宜尔,杰出季琰。露锋芒而豁怀,傍礼乐而无检。犹抟扶摇而坐致,超峻极而非险。"米芾《书史》:"王珉书真草,是真迹,有钟、张法。"《淳化阁帖》卷二辑王珉四帖:《此年帖》、《十八日帖》、《何如帖》、《欲出帖》。《宣和书谱》卷十四:"王珉……工隶及行、草,世所宝者,特是草圣,名出珣兄之右……今御府所藏二:草书《力书帖》、行书《镇抚书》。"

《书断中》:"王珉……妻汪氏善书。"

《晋书·王珉传》:"二子:朗、练。义熙中,并历侍中。"

5. 范宁任豫章太守。作《为豫章临发上疏》、《陈时政疏》。

《晋书》卷七十五《范汪传》:"王国宝,宁之甥也,以谄媚事会稽王道子,惧为宁所不容,乃相驱扇,因被疏隔。求补豫章太守,帝曰:'豫章不宜太守,何急以身试死邪?'宁不信卜占,固请行。临发上疏曰……帝诏公卿牧守议得失,宁又陈时政曰……帝善之。初,宁之出,非帝本意,故所启多合旨。"宁始任豫州太守,时间不详。据《宋书》卷九十三《周续之传》,宁本年已在豫章太守任上。详见本年第6条。

6. 周续之诣范宁受业。

《宋书》卷九十三《周续之传》:"豫章太守范宁于郡立学,招集生徒，远方至者甚众，续之年十二，诣宁受业。居学数年，通《五经》并《纬》、《候》（《南史》卷七十五《周续之传》作'通《五经》、《五纬》，号曰十经。"），名冠同门，号曰'颜子'。"

7. 庾准任豫州刺史、西中郎将。

准生卒年未详。《述书赋上》窦蒙注："庾准字彦祖。"《晋书》卷七十三《庾亮传》：准祖亮，父羲。准"太元中，自侍中代桓石虔为豫州刺史、西中郎将，镇历阳"。据万斯同《东晋方镇年表》：本年准为豫州刺史。

8. 帛道猷作《与竺道壹书》、《陵峰采药触兴为诗》。

道猷生卒年未详。《高僧传》卷五《竺道壹传》："时若耶山有帛道猷者，本姓冯，山阴人，少以篇牍著称，性率，素好丘壑，一吟一咏有濠上之风，与道壹经有讲筵之遇。后与壹书云：'始得优游山林之下，纵心孔、释之书，触兴为诗，陵峰采药……因有诗曰……'壹既得书，有契心抱，乃东适耶溪，与道猷相会定于林下。于是纵情尘外，以经书自娱。"道壹上年至虎丘山，上述道猷事疑在本年或本年后。

9. 竺道壹东适耶溪。

见本年第8条。

10. 王嘉约于本年为姚苌所斩。

《晋书》卷九十五《王嘉传》："（姚）苌既与苻登相持，问嘉曰：'吾得杀苻登定天下不？'嘉曰：'略得之。'苌怒曰：'得当云得，何略之有！'遂斩之。"《云笈七签》卷一百一十《王嘉传》："姚苌定长安，问嘉：'朕应九五不？'嘉曰：'略当得。'苌大怒曰：'小道士答朕不恭！'有司奏诛嘉及二弟子。苌先使人陇右，逢嘉将两弟子，计已千余里，正是诛日。嘉使书与苌，苌令发嘉及二弟子棺，并无尸，各有竹杖一枚，苌寻亡。"嘉被斩时间未详。《晋书》卷一百十六《姚苌载记》：苌“与苻登相持积年。”又卷九《孝武帝纪》：明年八月“姚苌袭破苻登。”后年，“冬十一月，姚苌败苻登于安定。”嘉被斩，约在本年。又本传：“先此，释道安谓嘉曰：‘世故方殷，可以行矣。’嘉答曰：‘卿其先行，吾负债未果去。’俄而道安亡，至是而嘉戮死，所谓‘负债’者也。苻登闻嘉死，设坛哭之，赠太师，谥曰文。及苌死，苌子兴字子略方杀登，‘略得’之谓也。嘉之死日，人有陇上见之。其所造《牵三歌谶》，事过皆验。累世犹传之。又著《拾遗录》十卷，其记事多诡怪，今行于世。”

《隋书》卷三十三《经籍志二》：“《拾遗录》二卷，伪秦姚苌方士王子年撰。”《旧唐书》卷四十六《经籍志上》、《新唐书》卷五十八《艺文志二》均著录三卷。《隋书》卷三十四《经籍志三》：“《王子年拾遗记》十卷，萧绮撰。”《旧唐书·经籍志上》、《新唐书·艺文志二》均作“萧绮录”。《隋志》“撰”当从《唐志》作“录”。关于《拾遗记》萧绮《序》曰：“《拾遗记》者，晋陇西安阳人王嘉字子年所撰，凡十九卷，二百二十篇，皆为残缺……今搜检残遗，合为一部，凡十一卷，序而录焉。”《直斋书录解题》卷十一：“《名山记》一卷，亦称王子年，即前之第十卷。大抵皆诡诞。”丁国钧《补晋书艺文志》卷一：“《王子年歌》一卷，王嘉。谨按，见《七录》，《南齐书·祥瑞记》引。”《晋诗》卷十四辑王嘉诗七首：《歌》三首、《歌》、《皇娥歌》、《白帝子歌》、《采药歌》。

11. 祖台之被免尚书左丞。

台之生卒年不详。《晋书》卷七十五《祖台之传》：“祖台之字元辰，范阳人也。”（礼按：《南史》卷七十二《祖冲之传》云为范阳遒人）《晋书》卷七十五《王国宝传》：“骠骑参军王徽请国宝同宴。国宝素骄贵使酒,怒尚书左丞祖台之,攘袂大呼,以盘醆乐器掷台之。台之不敢言,复为(褚)粲所弹。诏以国宝纵肆情性,甚不可长,台之懦弱,非监司体,并坐免官。"台之被免官,时间未详。姑系于此。

389 己丑

晋太元十四年　　北魏登国四年
前秦太初四年　　后燕建兴四年
后秦建初四年　　西秦太初二年
后凉麟嘉元年　　西燕中兴四年

慧远五十六岁。吕光五十二岁。范宁五十一岁。徐邈四十六岁。鸠摩罗什四十六岁。王珣四十岁。张野四十岁。李暠三十九岁。徐广三十八岁。范泰三十五岁。裴松之三十岁。王敬弘三十岁。刘穆之三十岁。司马曜二十八岁。刘裕二十七岁。司马道子二十六岁。郑鲜之二十六岁。陶渊明二十五岁。桓玄二十一岁。孔琳之二十一岁。羊欣二十岁。何承天二十岁。袁豹十七岁。傅亮十六岁。宗炳十五岁。王诞十五岁。张茂度十四岁。释宝云十四岁。周续之十三岁。戴颙十二岁。荀伯子十二岁。王弘十一岁。蔡廓十一岁。谢方明十岁。王韶之十岁。何尚之八岁。颜延之六岁。僧肇六岁。王神爱六岁。谢灵运五岁。雷次宗四岁。沈庆之四岁。

1. 后凉吕光即三河王位

《晋书》卷一百二十二《吕光载记》:“是时麟见金泽县,百兽从之,光以为己瑞,以孝武太元十四年僭即三河王位,置百官自丞郎已下,赦其境内,年号麟嘉……立妻石氏为王妃,子绍为世子。"《十六国春秋》卷八十一《后凉录一·吕光录》:"麟嘉元年,春正月,张掖金泽县有麟见。"《晋书》卷九《孝武帝纪》,本年二月,"吕光僭号三河王"。

2. 司马道子移扬州。多树立郡守长吏,势倾天下。奢侈腐败。

《建康实录》卷九《烈宗孝武皇帝》:本年"六月,会稽王道子移扬州,理于东第。"《晋书》卷六十四《会稽文孝王道子传》:"于时孝武帝不亲万机,但与道子酣歌为务,姏姆尼僧,尤为亲昵,并窃弄其权。凡所幸接,皆出自小竖。郡守长吏,多为道子所树立。既为扬州总录,势倾天下,由是朝野奔凑。中书令王国宝性卑佞,特为道子所宠昵。官以贿迁,政刑谬乱。又崇信浮屠之学,用度奢侈,下不堪命……嬖人赵牙出自优倡,茹千秋本钱塘捕贼吏,因赂谄进,道子以牙为魏郡太守,千秋骠骑咨议参军。牙为道子开东第,筑山穿池,列树竹木,功用钜万。道子使宫人为酒肆,沽卖于水侧,与亲昵乘船就之饮宴,以为笑乐。帝尝幸其宅,谓道子曰:'府内有山,因得游瞩,甚善也。然修饰太过,非示天下以俭。'道子无以对,唯唯而已,左右侍臣莫敢有言。帝还宫,道子谓牙曰:'上若知山是板筑所作,尔必死矣。'牙曰:'公在,牙何敢死!'营造弥甚。千秋卖官贩爵,聚资货累亿。"

3. 苻朗为王国宝所害,被害前作《临终诗》。

《晋书》卷一百十四《苻朗载记》:"后数年,王国宝谮而杀之。王忱将为荆州刺史,待杀朗而后发。临刑,志色自若,为诗曰……著《苻子》数十篇行于世,亦老、庄之流也。"

《世说新语·排调第二十五》刘孝标注引裴景仁《秦书》:"朗矜高忤物,不容于世,后众谗而杀之。"据《通鉴》卷一百七,本年七月，以骠骑长史王忱为荆州刺史……忱，国宝之弟也。”《隋书》卷三十四《经籍志三》：“《苻子》二十卷，东晋员外朗苻朗撰。”《旧唐书》卷四十七《经籍志下》、《新唐书》卷五十九《艺文志三》均作三十卷。《苻子》已佚，《全晋文》卷一百五十二辑五十条，其中除《方外》、《家策》二篇外，其他篇名均阙。《晋诗》卷十四辑苻朗诗二首，除上引《临终诗》外，还有一首《拟关龙逢行歌》，仅存二句。

4. 徐邈迁散骑常侍。常为帝修饰诗章。作《与范宁书》。

《晋书》卷九十一《徐邈传》：“迁散骑常侍，犹处西省，前后十年，每被顾问，辄有献替，多所匡益，甚见宠待。帝宴集酣乐之后，好为手诏诗章以赐侍臣，或文词率尔，所言秽杂，邈每应时收敛，还省刊削，皆使可观，经帝重览，然后出之。是时侍臣被诏者，或宣扬之，故时议以此多邈……豫章太守范宁欲遣十五议曹下属城采求风政，并吏假还，讯问官长得失。邈与宁书曰……初，范宁与邈皆为帝所任使，共补朝廷之阙。宁才素高而措心正直，遂为王国宝所谗，出守远郡。邈孤宦易危，而无敢排强族，乃为自安之计。会帝颇疏会稽王道子，邈欲和协之，因从容言于帝曰：‘昔淮南、齐王，汉、晋成戒。会稽王虽有酣媟之累，而奉上纯一，宜加弘贷，消散纷议，外为国家之计，内慰太后之心。’帝纳焉。邈尝诣东府，遇众宾沉湎，引满喧哗。道子曰：‘君时有畅不？’邈对曰：‘邈陋巷书生，惟以节俭清修为畅耳。’道子以邈业尚道素，笑而不以为忤也。道子将用为吏部郎，邈以波竞成俗，非己所能节制，苦辞乃止。”邈迁散骑常侍，时间不详，疑在本年前后。《通鉴》卷一百七系邈作《与范宁书》于本年。

5. 范宁欲遣十五议曹下属城采求风政。

见本年第4条。

6. 范泰任天门太守。

《宋书》卷六十《范泰传》："荆州刺史王忱，泰外弟也，请为天门太守。忱嗜酒，醉辄累旬，及醒，则俨然端肃，泰谓忱曰：'酒虽会性，亦所以伤生。游处以来，常欲有以相戒，当卿沉湎，措言莫由，及今之遇，又无假陈说。'忱嗟叹久之，曰：'见规者众矣，未有若此者。'或问忱曰：'范泰何如谢邈？'忱曰：'茂度慢。'又问：'何如殷觊？'忱曰：'伯通易。'忱常有意立功，谓泰曰：'今城池既立，军甲已充，将欲扫除中原，以申宿昔之志。伯通意锐，当令拥戈前驱。以君持重，欲相委留事，何如？'泰曰：'百年逋寇，前贤挫屈者多矣。功名虽贵，鄙生所不敢谋。'"据《通鉴》卷一百七、一百八，王忱于本年七月至太元十七年十月任荆州刺史，泰为天门太守当在其间，具体时间未详，姑系于是。

7. 孔琳之辟本国常侍。

《宋书》卷五十六《孔琳之传》："琳之强正有志力，好文义，解音律，能弹棋，妙善草、隶。郡命主簿，不就，后辟本国常侍。"琳之任本国常侍，时间未详，姑系于二十一岁时。

8. 竺道壹居嘉祥寺僧首，造金牒千像。

《高僧传》卷五《竺道壹传》："郡守琅邪王荟于邑西起嘉祥寺，以壹之风德高远，请居僧首。壹乃抽六物遗于寺，造金牒千像。壹既博通内外，又律行清严，故四远僧尼咸依附咨禀，时人号曰九州都维那。"上述事时间未详，疑在本年或本年后。

9. 王荟起嘉祥寺，时任会稽内史。

荟起嘉祥寺见本年第8条。

《晋书》卷六十五《王荟传》："转督浙江东五郡、左将军、会稽内史。进号镇军将军,加散骑常侍。卒于官,赠卫将军。”荟任会稽内史时间及以后事迹未详。据《高僧传》卷五《竺道壹传》,本年荟当在会稽内史任上(详见本年第8条),其卒年当在以后。

《书小吏》卷五:荟“善行书。”

《晋书·王荟传》:“子廞。”廞见本书有关王廞条。

10. 羊欣任辅国参军。

《宋书》卷六十二《羊欣传》:“起家辅国参军,府解还家。”时间未详,姑系于二十岁时。

11. 谢瞻作《紫石英赞》、《果然诗》。

《建康实录》卷十二《太祖文皇帝》谓瞻“五岁能属文”。

《宋书》卷五十六《谢瞻传》:“年六岁,能属文,为《紫石英赞》、《果然诗》,当时才士,莫不叹异。”《紫石英赞》、《果然诗》已佚。本年谢瞻约六岁。

390 庚寅

晋太元十五年　北魏登国五年
前秦太初五年　后燕建兴五年
后秦建初五年　西秦太初三年
后凉麟嘉二年　西燕中兴五年

慧远五十七岁。吕光五十三岁。范宁五十二岁。徐邈四十七岁。鸠摩罗什四十七岁。王珣四十一岁。张野四十一岁。李暠四十岁。徐广三十九岁。范泰三十六岁。裴松之三十一岁。王敬弘三十一岁。刘穆之三十一岁。司马曜二十九岁。刘裕二十八岁。司马道子二十七岁。郑鲜之二十七岁。陶渊明二十六岁。桓玄二十二岁。孔琳之二十二岁。羊欣二十一岁。何承天二十一岁。袁豹十八岁。傅亮十七岁。宗炳十六岁。王诞十六岁。张茂度十五岁。释宝云十五岁。周续之十四岁。戴颙十三岁。荀伯子十三岁。王弘十二岁。蔡廓十二岁。谢方明十一岁。王韶之十一岁。何尚之九岁。颜延之七岁。僧肇七岁。王神爱七岁。谢灵运六岁。雷次宗五岁。沈庆之五岁。谢晦一岁。殷景仁一岁。刁雍一岁。高允一岁。

1. 司马道子恃宠骄恣，时亏礼敬。

《晋书》卷六十四《会稽文孝王道子传》："道子既为皇太妃所

爱，亲遇同家人之礼，遂恃宠乘酒，时失礼敬。帝益不能平，然以太妃之故，加崇礼秩。博平令吴兴闻人奭上疏曰……疏奏，帝益不平，而逼于太妃，无所废黜，乃出王恭为兖州……王珣为仆射……”据卷九《孝武帝纪》：本年二月，王恭为青、兖二州刺史。九月王珣为仆射。

2. 司马曜潜制司马道子。作《答孙潜诏》，作诗示殷仲堪。

潜制司马道子见本年第1条。《答孙潜诏》见《全晋文》卷十一。严可均注：“《释藏给》三集《古今佛道论衡实录》一：孙盛子潜，以晋太元十五年上之，诏。”作诗示殷仲堪见本年第15条。

3. 慧远与刘遗民、周续之、毕颖之、宗炳、张莱民、张季硕等建斋立誓。令刘遗民著文。作《念佛三昧诗集序》。

《高僧传》卷六《释慧远传》：“于是率众行道，昏晓不绝；释迦余化，于斯复兴。既而谨律息心之士，绝尘清信之宾，并不期而至，望风遥集。彭城刘遗民、豫章雷次宗、雁门周续之、新蔡毕颖之、南阳宗炳、张莱民、张季硕等，并弃世遗荣，依远游止，远乃于精舍无量寿像前，建斋立誓，共期西方。乃令刘遗民著其文曰：‘维岁在摄提格七月戊辰朔，二十八日乙未。法师释慧远贞感幽奥，宿怀特发，乃延命同志息心贞信之士百有二十三人，集于庐山之阴般若台精舍阿弥陀像前，率以香华敬荐而誓焉……’”古代用岁星纪年，摄提格为寅年，据此可知刘遗民之誓文作于寅年。又据《莲社高贤传·刘程之传》、《高僧传·释慧远传》，誓文中所谓的摄提格，当指本年的庚寅。（参见《游国恩学术论文集·莲社成立年月考》）按《宋书》卷九十三《雷次宗传》，次宗本年五岁，《释慧远传》云次宗亦曾参与建斋立誓，疑误。《念佛三昧诗集序》见《全晋文》卷一百六十二。《汉魏两晋南北朝佛教史》上册第260页："同志立誓者有百二十三人……是时诸人唱和纂为《念佛三昧诗集》，远公作序……和诗诸人，今只确实有王齐之（诗亦载《广弘明集》，应即《佛祖统记》二六之王乔之），亦当与百二十三人之数。"《全晋文》卷一百六十四辑僧肇《答刘遗民书》云："得君《念佛三昧咏》，并得远法师《三昧咏及序》。此作兴寄既高，辞致清婉，能文之士，率称其美。可谓游涉圣门，扣玄关之唱也。"《念佛三昧诗》及慧远序之写作时间，疑在本年或本年后，姑一并系于此。

4. 周续之参与慧远等建斋立誓。

见本年第3条。

5. 宗炳参与慧远等建斋立誓。

见本年第3条。

6. 王珣任尚书右仆射。

《晋书》卷六十五《王珣传》："征为尚书右仆射，领吏部。"卷九《孝武帝纪》：本年"九月丁未，以吴郡太守王珣为尚书仆射。"《世说新语·谗险第三十二》："孝武甚亲敬王国宝、王雅。雅荐王珣于帝。帝欲见之。尝夜与国宝、雅相对，帝微有酒色，令唤珣。垂至，已闻卒传声，国宝自知才出珣下，恐倾夺要宠，因曰：'王珣当今名流，陛下不宜有酒色见之，自可别诏也。'帝然其言，心以为忠，遂不见珣。"

7. 戴逵复拒任国子祭酒、加散骑常侍。

《晋书》卷九十四《戴逵传》："后王珣为尚书仆射，上疏复请征为国子祭酒，加散骑常侍，征之，复不至。"上述事当在本年九月王珣任尚书右仆射后。

8. 徐邈为前卫率，领本郡大中正，授太子经。作《王公妾子服其所生母议》。

《晋书》卷九十一《徐邈传》："时皇子尚幼，帝甚钟心，文武之选皆一时之俊。以邈为前卫率，领本郡大中正，授太子经。帝谓邈曰：'虽未敕以师礼相待，然不以博士相遇也。'古之帝王，受经必敬，自魏、晋以来，多使微人教授，号为博士，不复尊以为师，故帝有云。"《晋书》卷二十《礼志中》："孝武帝太元十五年，淑媛陈氏卒，皇太子所生也。有司参详母以子贵，赠淑媛为夫人，置家令典丧事。太子前卫率徐邈议……从之。"

9. 谢晦生。

《宋书》卷四十四《谢晦传》："谢晦字宣明，陈郡阳夏人也。"其祖父兄弟名位，详见本书 384 年第 23 条。据本传元嘉三年卒，时年三十七岁推之，当生于本年。

10. 殷景仁生。

《宋书》卷六十三《殷景仁传》："殷景仁，陈郡长平人也。曾祖融，晋太常，祖茂（礼按：《南史》卷二十七《殷景仁传》，'茂'后有'之'字），散骑常侍、特进、左光禄大夫。父道裕，蚤亡。"据本传及卷五《文帝纪》，景仁元嘉十七年卒，时年五十一推之，当生于本年。

11. 刁雍生。

《魏书》卷三十八《刁雍传》："刁雍字淑和，勃海饶安人也。高祖攸，晋御史中丞。曾祖协，从司马睿渡江，居于京口，位至尚书令。父畅，司马德宗右卫将军……太和八年冬卒，年九十五。"以此推之，当生于本年。

12. 高允生。

《北史》卷三十一《高允传》："高允字伯恭，勃海蓨人，汉太祖裒之后也。曾祖庆，慕容垂司空。祖父泰，吏部尚书。父韬，少以英朗知名,同郡封懿雅相推敬。亦仕慕容垂,为太尉从事中郎。道武平中山,以为丞相参军,早卒。"据允本传,太和十一年卒,时九十八推之,当生于本年。

13. 庾准卒。

《晋书》卷七十三《庾亮传》:准"卒官"。时间未详。卷八十四《庾楷传》:"庾楷,征西将军亮之孙,会稽内史羲小子也。初拜侍中,代兄准为西中郎将、豫州刺史、假节,镇历阳。"按万斯同《东晋方镇年表》,本年庾楷为豫州刺史。准当卒于本年。

《书小史》卷五:"庾准字彦祖……善草书。"《述书赋上》:"其荒芜快利,彦祖为容。似较狡兔于大野,任平陂之所从。"

14. 桓伊为孝武帝吹笛,抚筝而歌。

《类聚》卷四十四引《语林》:"桓野王善解音。晋孝武祖宴西堂,乐阕酒阑,将诏桓野王筝歌。野王辞以须笛。于是诏其常吹奴硕,赐姓曰张,加四品将军,引使上殿。张硕意气激扬,吹破三笛。末取睹脚笛,然后乃理调成曲。"上述事时间不详,伊明年卒,姑系于此。

15. 殷仲堪为太子中庶子,复领黄门侍郎。作赋。

《晋书》卷八十四《殷仲堪传》:"服阕,孝武帝诏为太子中庶子,甚相亲爱。仲堪父尝患耳聪,闻床下蚁动,谓之牛斗。帝素闻之而不知其人。至是,从容问仲堪曰:'患此者为谁?'仲堪流涕而起曰:'臣进退维谷。'帝有愧焉。复领黄门郎,宠任转隆。帝尝示仲堪诗,乃曰:'勿以己才而笑不才。'"《世说新语·雅量第六》:"殷荆州有所识,作赋,是束皙慢戏之流。殷甚以为有才,语王恭:'适见新文,甚可观。'便于手巾函中出之。王读,殷笑之不自胜。王看竟,既不笑,亦不言好恶,但以如意帖之而已。殷怅然自失。”上述仲堪所作之赋已佚。以上诸事,时间不详。后年,仲堪任荆州刺史,姑系于此。

16. 释宝云出家。

《高僧传》卷三《释宝云传》:“少出家。精勤有学行,志韵刚洁,不偶于世,故少以方直纯素为名。”上述事时间不详,今据“少出家”,姑系于十五岁时。

17. 昭通有霍承嗣墓壁画。

《文物》1963 年第 12 期载云南省文物工作队撰《云南省昭通后海子东晋壁画墓清理简报》云:“一九六三年三月五日,云南省昭通县后海子……发现了一座东晋太元十余年间的壁画墓……墓顶呈复斗形,顶上复盖一块每边长 32 厘米的正方形石块,其上浮雕直径 28 厘米的垂莲。室内四壁抹上一层约 2 厘米厚的石灰,上面满绘壁画……壁画除四壁接近地面部分和前壁因石墙有部分崩裂,脱落较多外,一般保存比较完好,色彩亦较清晰……此墓墨书铭记有:‘以太元十□□二月五日改葬朱提’之句……根据墨书铭记,墓主人姓霍字承嗣……铭记中还提及:‘卒是荆州南郡枝江牧’、‘先葬蜀郡’,若与古文献记载相对证,墓主人是霍峻后裔无疑……此墓壁画题材除部分属于宗教迷信外,大部分是反映现实生活的。墓主人、侍从、家丁、部曲、中间侯与玉女等人物的服饰形象,仪仗架上的仪仗以及楼房与阙等等,皆为研究东晋时期的社会生活、仪仗制度、服饰与建筑,提供了珍贵的资料。值得注意的是部曲中有少数民族的形象,梳‘天菩萨’(发髻)、披披毡、赤足,与今天大小凉山彝族的装饰相同。”后附有云南昭通后海子东晋墓北壁壁画(摹本)、北壁墨书铭记(摹本)、北壁壁画仪仗架(部分摹本)、云南昭通后海子东晋墓东壁壁画(摹本)、东壁下层壁画(部分摹本)、云南昭通后海子东晋墓西壁壁画(摹本)、西壁下层壁画(部分摹本)、云南昭通后海子东晋墓南壁壁画(摹本)、南壁下层壁画(摹本)图版。壁画当画于太元十一年至十九年间,具体时间未详,姑系于本年。

391　辛卯

晋太元十六年　　北魏登国六年
前秦太初六年　　后燕建兴六年
后秦建初六年　　西秦太初四年
后凉麟嘉三年　　西燕中兴六年

慧远五十八岁。吕光五十四岁。范宁五十三岁。徐邈四十八岁。鸠摩罗什四十八岁。王珣四十二岁。张野四十二岁。李暠四十一岁。徐广四十岁。范泰三十七岁。裴松之三十二岁。王敬弘三十二岁。刘穆之三十二岁。司马曜三十岁。刘裕二十九岁。司马道子二十八岁。郑鲜之二十八岁。陶渊明二十七岁。桓玄二十三岁。孔琳之二十三岁。羊欣二十二岁。何承天二十二岁。袁豹十九岁。傅亮十八岁。宗炳十七岁。王诞十七岁。张茂度十六岁。释宝云十六岁。周续之十五岁。戴颙十四岁。荀伯子十四岁。王弘十三岁。蔡廓十三岁。谢方明十二岁。王韶之十二岁。何尚之十岁。颜延之八岁。僧肇八岁。王神爱八岁。谢灵运七岁。雷次宗六岁。沈庆之六岁。谢晦二岁。殷景仁二岁。刁雍二岁。高允二岁。

1. 司马曜诏徐广校秘阁四部，改筑太庙。作《受桓伊所上之铠诏》。

《建康实录》卷九《烈宗孝武皇帝》：本年"春正月，诏徐广校秘阁四部，见书凡三万六千卷……二月庚申，改筑太庙（礼按：《晋书》卷九《孝武帝纪》系于本年正月）……秋九月，新庙成。"原案："《地志》：太庙，中宗置，郭璞迁卜，定在今处……及帝即位，常嫌庙东迫淮水，西逼路，至此年因修筑，欲依洛阳改入宣阳门内。尚书仆射王珣奏以为龟筮弗违，帝从之。于旧地不移，更开墙埤，东西四十丈，南北九十丈。"作《受桓伊所上之铠诏》见本年第 6 条。此诏《全晋文》漏收。

2. 徐广为秘书郎，校秘阁四部，转员外散骑常侍。

《宋书》卷五十五《徐广传》："晋孝武帝以广博学，除为秘书郎，校书秘阁，增置职僚。转员外散骑侍郎，领校书如故。"校秘阁四部见本年第 1 条。转员外散骑侍郎疑在本年后。

3. 后凉吕光览段业表志诗而悦之。

《十六国春秋》卷八十一《后凉录一·吕光录》："麟嘉三年春二月，著作郎段业，以光未能扬清激浊，使贤愚殊贯，因疗疾于天梯山，作表志诗《九叹》、《七讽》十六篇以讽之。光览之而悦。署业为建康太守。"

4. 后凉段业作表志诗《九叹》、《七讽》十六篇。任建康太守。

见本年第 3 条。《九叹》、《七讽》已佚。

5. 王珣任尚书左仆射。

《晋书》卷九《孝武帝纪》：本年"秋九月，癸未，以尚书右仆射王珣为尚书左仆射。"

6. 桓伊卒。卒前作《上马具装步铠表》。

《晋书》卷八十一《桓伊传》："卒官。赠右将军，加散骑常侍，谥曰烈。初，伊有马步铠六百领，豫为表，令死乃上之。表曰……诏曰：'伊忠诚不遂，益以伤怀，仍受其所上之铠。'"据

《建康实录》卷九《烈宗孝武皇帝》，伊卒于本年十一月。《全晋文》卷一百三十二辑桓伊文二篇，已见前文。

《晋书·桓伊传》："子肃之，嗣。卒，子陵嗣。宋受禅，国除。伊弟不才，亦有将略，讨孙恩，至冠军将军。"

7. 慧远请僧迦提婆译《阿毗昙心》、《三法度论》。

《高僧传》卷六《释慧远传》："初，经流江东，多有未备，禅法无闻，律藏残阙。远慨其道缺，乃令弟子法净、法领等，远寻众经。逾越沙雪，旷岁方反。皆获梵本，得以传译。昔安法师在关，请昙摩难提出《阿毗昙心》。其人未善晋言，颇多疑滞。后有罽宾沙门僧迦提婆，博识众典，以晋太元十六年，来至浔阳，远请重译《阿毗昙心》及《三法度论》，于是二学乃兴。"《全晋文》卷一百六十七辑阙名《阿毗昙心序》云："以晋太元十六年，岁在单阏，贞于重光，其年冬，于浔阳南山精舍，提婆自执梵经，先诵本文，然后乃译为晋语。比丘道慈笔受。"

8. 徐邈作《答傅瑗难》、《答伏系之问》。

《答傅瑗难》、《答伏系之问》见《通典》卷五十五："孝武帝太元十六年，告移庙奠币。祠部郎傅瑗问徐邈：'应设奠否？'邈答曰……瑗难曰……邈曰……又曰……伏系问……徐邈答……"

9. 桓玄始拜太子洗马。

《晋书》卷九十九《桓玄传》："年二十三，始拜太子洗马。时议谓温有不臣之迹，故折玄兄弟而为素官。"《世说新语·任诞第二十三》："桓南郡被召作太子洗马，船泊荻渚。王大服散后已小醉，往看桓。桓为设酒，不能冷饮，频语左右：'令温酒来！'桓乃流涕呜咽，王便欲去。桓以手巾掩泪，因谓王曰：'犯我家讳，何预卿事？'王叹曰：'灵宝故自达。'"《御览》卷五六二引《世说》曰："桓玄呼人温酒，自道其父名。既而曰：'英雄正自粗疏。'"今本《世说》无其语,特录以备考。

10. 郗恢为孝武帝司马曜器重。

恢生卒年未详。《世说新语·任诞第二十三》刘孝标注引《中兴书》:"郗恢字道胤,高平人。父昙……自太子左率(礼按:《晋书》卷六十七《郗恢传》作'太子右卫率"),擢为雍州刺史。"《晋书·郗恢传》:"少袭父爵,散骑侍郎,累迁给事黄门侍郎,领太子右卫率。恢身长八尺,美须髯,孝武帝深器之,以为有藩伯之望。"明年,恢任雍州刺史(详后),其任太子右卫率疑在本年或以前。

392　壬辰

晋太元十七年　　北魏登国七年
前秦太初七年　　后燕建兴七年
后秦建初七年　　西秦太初五年
后凉麟嘉四年　　西燕中兴七年

慧远五十九岁。吕光五十五岁。范宁五十四岁。徐邈四十九岁。鸠摩罗什四十九岁。王珣四十三岁。张野四十三岁。李暠四十二岁。徐广四十一岁。范泰三十八岁。裴松之三十三岁。王敬弘三十三岁。刘穆之三十三岁。司马曜三十一岁。刘裕三十岁。司马道子二十九岁。郑鲜之二十九岁。陶渊明二十八岁。桓玄二十四岁。孔琳之二十四岁。羊欣二十三岁。何承天二十三岁。袁豹二十岁。傅亮十九岁。宗炳十八岁。王诞十八岁。张茂度十七岁。释宝云十七岁。周续之十六岁。戴颙十五岁。荀伯子十五岁。王弘十四岁。蔡廓十四岁。谢方明十三岁。王韶之十三岁。何尚之十一岁。颜延之九岁。僧肇九岁。王神爱九岁。谢灵运八岁。雷次宗七岁。沈庆之七岁。谢晦三岁。殷景仁三岁。刁雍三岁。高允三岁。谢弘微一岁。

1. 有《夏金虎墓志》。

《文物》1972 年第 11 期载南京市博物馆撰《南京象山 5 号、6

号、7号墓清理简报》:"6号墓(夏金虎墓):清理于1966年2月12日至15日……墓志出在甬道西侧,直立斜靠在墓壁上。在墓遭破坏时已被乱砖压断。砖质,较一般墓砖为大,正面长50.8、宽23.7、厚5.8厘米,反面印有粗斜绳纹。墓志刻工较差,书写者也较匆忙了草,有漏刻笔画的,有一格写二字的,有漏字后又在边上补刻的,以至错字等。字体属隶书。志文共六行,每行字数不一,共86个字,全文为:'晋故卫将军左仆射肃侯琅邪　临沂王彬继室夫人夏金虎年八十五　太元十七年正月廿二亡夫人男佡之卫军　　参军……'"附夏金虎墓志拓片。

2. 桓玄出补义兴太守。弃官。作《上疏理谤》。

《晋书》卷九十九《桓玄传》:"太元末,出补义兴太守,郁郁不得志。尝登高望震泽,叹曰:'父为九州伯,儿为五湖长。'弃官归国。自以元勋之门而负谤于世,乃上疏曰……疏寝不报。"《建康实录》卷九《烈宗孝武皇帝》:太元十七年,"九月,除南郡公桓玄义兴太守。"所记时间与《晋书》本传不同,今从《建康实录》卷九。《世说新语·德行第一》刘孝标注引《桓玄别传》:"拜太子洗马、义兴太守。不得志,少时去职,归其国。"又《世说新语·言语第二》:"桓玄义兴还后,见司马太傅,太傅已醉,坐上多客,问人云:'桓温来欲作贼,如何?'桓玄伏不得起。谢景重时为长史,举板答曰:'故宣武公黜昏暗,登圣明,功超伊、霍。纷纭之议,裁之圣鉴。'太傅曰:'我知!我知!'即举酒云:'桓义兴,劝卿酒。'桓出谢过。"《桓玄别传》既言"少时去职",是玄任义兴太守为时不长。

3. 范泰为骠骑咨议参军,迁中书侍郎。

《宋书》卷六十《范泰传》:"会(王)忱病卒,召泰为骠骑咨议参军，迁中书侍郎。时会稽王世子元显专权，内外百官请假，不复表闻，唯签元显而已。泰建言以为非宜，元显不纳。”据《晋书》卷九《孝武帝纪》，王忱卒于本年十月。

4. 王珣以才学文章见昵于孝武帝。议殷仲堪出任荆州刺史。

《晋书》卷六十五《王珣传》：“时（孝武）帝雅好典籍，珣与殷仲堪、徐邈、王恭、郗恢等并以才学文章见昵于帝。及王国宝自媚于会稽王道子，而与珣等不协，帝虑晏驾后怨隙必生，故出恭、恢为方伯，而委珣端右。”《世说新语・识鉴第七》：“王忱死，西镇未定，朝贵人人有望。时殷仲堪在门下，虽居机要，资名轻小，人情未以方岳相许。晋孝武欲拔亲近腹心，遂以殷为荆州。事定，诏未出。王珣问殷曰：‘陕西何故未有处分？’殷曰：‘已有人。’王历问公卿，咸云‘非’。王自计才地必应在己，复问：‘非我耶？’殷曰：‘亦似非。’其夜诏出用殷。王语所亲曰：‘岂有黄门郎而受如此任？仲堪此举乃是国之亡征。’”《晋书》卷九《孝武皇帝纪》：本年十一月癸酉，殷仲堪为荆州刺史。

5. 司马曜以殷仲堪为荆州刺史，作《与殷仲堪诏》。

《世说新语・识鉴第七》余嘉锡笺疏引梁释宝唱《比丘尼传一》：“妙音，未详何许人也。晋孝武帝、太傅会稽王道子并相敬奉。每与帝及太傅中朝学士谈论属文。一时内外才义者，因之以自达。供僳无穷，富倾都邑，贵贱宗事，门有车马日百余乘。荆州刺史王忱死，烈宗意欲以王恭代之。时桓玄在江陵，为忱所折挫，闻恭应往，素又惮恭。殷仲堪时为黄门侍郎，玄知仲堪弱才，亦易制御，意欲得之。乃遣使凭妙音尼为堪图州。既而烈宗问妙音尼：‘荆州缺，外闻云谁应作者？’答曰：‘贫道出家人，岂容及俗中论议。如闻内外谈者，并云无过殷仲堪，以其意虑深远，荆、楚所须。’帝然之，遂以代忱。权倾一朝，威行内外。”作《与殷仲堪诏》见本年第 6 条。

6. 殷仲堪任荆州刺史。

《晋书》卷八十四《殷仲堪传》：“帝以会稽王非社稷之臣，擢所亲幸以为藩捍，乃授仲堪都督荆益宁三州军事、振威将军、荆州刺史、假节，镇江陵。将之任，又诏曰……其恩狎如此。仲堪虽有英誉，议者未以分陕许之。既受腹心之任，居上流之重，朝野属想，谓有异政。及在州，纲目不举，而好行小惠，夷夏颇安附之。”卷八十三《王雅传》：“帝以道子无社稷器干……将擢王恭、殷仲堪等，先以访雅。雅……乃从容曰：‘……仲堪虽谨于细行，以文义著称，亦无弘量，且干略不长。若委以连率之重，据形胜之地，今四海无事，足能守职，若道不常隆，必为乱阶矣。’”

7. 慧远与殷仲堪论《易》。作《阿毗昙心序》。

《高僧传》卷六《释慧远传》：“殷仲堪至荆州，过山展敬，与远共临北涧，论《易》体要，移景不倦。既而叹曰：‘识信深明，实难庶几。’”《世说新语·文学第四》：“殷荆州曾问远公：‘《易》以何为体？’答曰：‘《易》以感为体。’殷曰：‘铜山西崩，灵钟东应，便是《易》耶？’远公笑而不答。”上述事当在本年仲堪任荆州刺史后。《说郛》卷六十引《寰宇记》云：“浔阳县落星山涧有五松桥，昔惠远法师与殷仲堪席涧谈《易》于此树，而树下泉涌，号聪明泉。”

《阿毗昙心序》见《全晋文》卷一百六十二。写作时间未详。据《全晋文》卷一百六十七辑阙名《阿毗昙心序》，本年秋，僧迦提婆复重校定译文《阿毗昙心》，慧远作序当在校正定本之后。

8. 郗恢任雍州刺史，镇襄阳。

《晋书》卷六十七《郗恢传》："会朱序自表去职，擢恢为梁秦雍司荆扬并等州诸军事、建威将军、雍州刺史、假节，镇襄阳。恢甚得关、陇之和，降附者动有千计。"据《东晋方镇年表》，恢自本年十月至隆和二年任雍州刺史。

9. 司马道子委任王绪，朋党竞扇。时人作《云中诗》。道子受封会稽国。

《晋书》卷六十四《会稽文孝王道子传》："道子复委任王绪，由是朋党竞扇，友爱道尽，太妃每和解之。而道子不能改……时有人为《云中诗》以指斥朝廷曰：'…荆州大度，散诞难名；盛德之流，法护、王宁；仲堪、仙民，特有言咏；东山安道，执操高抗，何不征之，以为朝匠？'荆州，谓王忱也；法护，即王珣；宁即王恭；仙民，即徐邈字；安道，戴逵字也。及恭帝为琅邪王，道子受封会稽国，并宣城为五万九千户。"卷九《孝武帝纪》：本年十一月，"庚寅，徙封琅邪王道子为会稽王。"

10. 谢弘微生。

《宋书》卷五十八《谢弘微传》："谢弘微，陈郡阳夏人也。祖韶，车骑司马。父思（校勘记：'"思"，《南史》同。《晋书·谢万传》作"恩"'），武昌太守。从叔峻，司空琰第二子也，无后，以弘微为嗣。弘微本名密，犯所继内讳，故以字行……（元嘉）十年卒，时年四十二。"据此推之，当生于本年。

11. 殷仲文为会稽王道子骠骑参军。

《晋书》卷九十九《殷仲文传》："从兄仲堪荐之于会稽王道子，即引为骠骑参军，甚相赏待。俄转咨议参军。"上述事时间不详，疑在本年。

12. 昙谛约生于本年。

《高僧传》卷七《昙谛传》:“释昙谛,姓康。其先康居人,汉灵帝时移附中国。献帝末乱,移止吴兴。谛父肜尝为冀州别驾。母黄氏昼寝,梦见一僧呼黄为母,寄一麈尾并铁镂书镇二枚。眠觉见两物具存,因而怀孕生谛……以宋元嘉末卒于山舍,春秋六十余。”据此推之,约生于本年。

393　癸巳

晋太元十八年　　北魏登国八年
前秦太初八年　　后燕建兴八年
后秦建初八年　　西秦太初六年
后凉麟嘉五年　　西燕中兴八年

慧远六十岁。吕光五十六岁。范宁五十五岁。徐邈五十岁。鸠摩罗什五十岁。王珣四十四岁。张野四十四岁。李暠四十三岁。徐广四十二岁。范泰三十九岁。裴松之三十四岁。王敬弘三十四岁。刘穆之三十四岁。司马曜三十二岁。刘裕三十一岁。司马道子三十岁。郑鲜之三十岁。陶渊明二十九岁。桓玄二十五岁。孔琳之二十五岁。羊欣二十四岁。何承天二十四岁。袁豹二十一岁。傅亮二十岁。宗炳十九岁。王诞十九岁。张茂度十八岁。释宝云十八岁。周续之十七岁。戴颙十六岁。荀伯子十六岁。王弘十五岁。蔡廓十五岁。谢方明十四岁。王韶之十四岁。何尚之十二岁。颜延之十岁。僧肇十岁。王神爱十岁。谢灵运九岁。雷次宗八岁。沈庆之八岁。谢晦四岁。殷景仁四岁。刁雍四岁。高允四岁。谢弘微二岁。

1. 后凉有《西海民谣》。

《十六国春秋》卷八十一《后凉录一·吕光录》:“麟嘉五年春

正月，初，光徙西海郡人于诸郡，至是谣曰……顷之，遂相扇动，复徙之于河西乐都。”

2. 有写《维摩经》。

《兰亭论辨》辑徐森玉撰《〈兰亭序〉真伪的我见》：东晋后凉麟嘉五年写《维摩经》，现藏上海博物馆。《兰亭论辨》图版玖印有后凉麟嘉五年写维摩经图片。

3. 有印文“太元十八年”墓砖字。

《文物资料丛刊》(8)载新昌县文化馆撰《浙江新昌县七座两晋墓清理概况》：“1977 年 11 月，新昌文化馆在八一公社大联大队象鼻山东麓……发现了有‘太元十八年’等字样的印文残砖……墓砖规格为 5.5—6×17—18×35—36 厘米。”

4. 陶渊明为江州祭酒，未几辞归，躬耕自资。

《宋书》卷九十三《陶潜传》：“亲老家贫，起为州祭酒，不堪吏职，少日，自解归。州召主簿，不就。躬耕自资。”

《晋诗》卷十七辑陶渊明《饮酒诗》二十首，其十九：“畴昔苦长饥，投耒去学仕。将养不得节，冻馁固缠己。是时向立年，志意多所耻。遂尽介然分，终死归田里。”据此，知渊明本年为江州祭酒。

5. 桓玄常与殷仲堪清谈。

《世说新语·文学第四》：“桓南郡与殷荆州共谈，每相攻难。年余后，但两番。桓自叹才思转退。殷云：‘此乃是君转解。’”刘孝标注引周祇《隆安记》：“玄善言理，弃郡还国，常与殷荆州仲堪终日谈论不辍。”

6. 殷仲堪常与桓玄清谈。降号鹰扬将军。作《奏请巴西等三郡不戍汉中》。

与桓玄清谈见本年第 5 条。《晋书》卷八十四《殷仲堪传》：

“时朝廷征益州刺史郭铨,犍为太守卞苞于坐劝铨以蜀反,仲堪斩之以闻。朝廷以仲堪事不预察,降号鹰扬将军。尚书下以益州所统梁州三郡人丁一千番戍汉中,益州未肯承遣。仲堪乃奏之曰…… 书奏,朝廷许焉。”上述诸事之时间,未见明确记载,姑系于本年。

7. 宗炳辞殷仲堪辟为主簿。

《宋书》卷九十三《宗炳传》:“炳居丧过礼,为乡闾所称。刺史殷仲堪……辟主簿,举秀才,不就。”仲堪于上年十一月任荆州刺史,辟炳为主簿约在本年。

8. 谢瞻善言玄理。

《建康实录》卷十二《太祖文皇帝》:瞻“十岁善玄理,风华黼藻,独步当时。”本年瞻约十岁。

9. 戴逵雕制佛像五躯。

《法苑珠林》卷二十四:“(戴)逵又造像五躯,积虑十年。像旧在瓦官寺。逵第二子颙……逵每制像,常共参虑。”

《宋书》卷九十三《戴颙传》:“自汉世始有佛像,形制未工,逵特善其事,颙亦参焉。”戴逵雕制佛像五躯,未知何时,今假定完成于本年。如定于本年前,子颙不满十六岁,似不可能。

10. 戴颙参与制佛像。

见本年第 9 条。

394　甲午

晋太元十九年	北魏登国九年
前秦苻崇延初元年	后燕建兴九年
后秦姚兴皇初元年	西秦太初七年
后凉麟嘉六年	西燕中兴九年

慧远六十一岁。吕光五十七岁。范宁五十六岁。徐邈五十一岁。鸠摩罗什五十一岁。王珣四十五岁。张野四十五岁。李暠四十四岁。徐广四十三岁。范泰四十岁。裴松之三十五岁。王敬弘三十五岁。刘穆之三十五岁。司马曜三十三岁。刘裕三十二岁。司马道子三十一岁。郑鲜之三十一岁。陶渊明三十岁。桓玄二十六岁。孔琳之二十六岁。羊欣二十五岁。何承天二十五岁。袁豹二十二岁。傅亮二十一岁。宗炳二十岁。王诞二十岁。张茂度十九岁。释宝云十九岁。周续之十八岁。戴颙十七岁。荀伯子十七岁。王弘十六岁。蔡廓十六岁。谢方明十五岁。王韶之十五岁。何尚之十三岁。颜延之十一岁。僧肇十一岁。王神爱十一岁。谢灵运十岁。雷次宗九岁。沈庆之九岁。谢晦五岁。殷景仁五岁。刁雍五岁。高允五岁。谢弘微三岁。王昙首一岁。徐爰一岁。

1. 徐邈作《议宣太后不应配食元帝》、《褚爽上表称太子名议》。

《通鉴》卷一百八：本年“六月，壬子，追尊会稽王太妃郑氏曰简文宣太后。群臣谓宣太后应配食元帝，太子前率徐邈曰……乃立庙于太庙路西。”此文《全晋文》漏收。

《褚爽上表称太子名议》见《通典》一百四：“东晋孝武太元十九年七月，义兴太守褚爽上表称太子名，下太学议……徐邈议云……”

2. 赵整遁迹商洛山，著书不止。

《高僧传》卷一《昙摩难提传》：赵整“后遁迹商洛山，专精经律。”《史通》外篇《古今正史》：“先是，秦秘书郎赵整参撰国史，值秦灭，隐于商洛山，著书不辍，有冯翊车频助其经费。”《通鉴》卷一百八：本年七月“苻登为姚兴所杀，前秦灭。”

3. 司马曜作《上会稽太妃尊号诏》。

《晋书》卷三十二《简文宣郑太后传》：“太元十九年，诏曰……”

4. 司马道子作《请崇正文立太妃名号启》。

《晋书》卷三十二《孝武文李太后传》：“及孝武帝初即位，尊为淑妃。太元……十九年，会稽王道子启……”

5. 群臣上《木连理颂》。

《隋书》卷三十五《经籍志四》：“梁有……《木连理颂》二卷，太元十九年群臣上。亡。”

6. 陶渊明妻卒。

《晋诗》卷十六辑渊明《怨诗楚调示庞主簿邓治中》：“始室丧其偏。”吴仁杰《陶靖节先生年谱》：“《礼》：‘三十曰壮，有室。’《左传》：‘齐崔杼生成及强而寡，娶东郭氏。’杜《注》：‘偏丧曰寡。’先生《与子俨等疏》云：‘汝辈虽不同生，当思四海兄弟之义。他人尚尔，况共父之人哉！’先生盖两娶。本传：‘其妻翟氏，志趣亦同，能安苦节，夫耕于前，妻锄于后。’则继室实翟氏。”

7. 王凝之任江州刺史。作《劾范宁表》。

《晋书》卷八十《王凝之传》:“仕历江州刺史、左将军。”万斯同《东晋方镇年表》系凝之任江州刺史于本年。任左将军时间未详。《劾范宁表》见本年第10条,当作于本年或本年后。

8. 王昙首生。

《宋书》卷六十三《王昙首传》:“王昙首,琅邪临沂人,太保弘少弟也。”据《南史》卷二十二《王昙首传》,元嘉七年卒、时年三十七推之,知生于本年。

9. 徐爰生。

《宋书》卷九十四《徐爰传》:“徐爰字长玉,南琅邪开阳人也。本名瑗,后以与傅亮父同名,改为爰……元徽三年,卒,时年八十二。”据此推之,知生于本年。

10. 范宁在郡大设庠序,课读《五经》。拜佛讲经。作《答王珣书论慧远慧持孰愈》、《为豫章郡表》。

《晋书》卷七十五《范宁传》:“宁在郡又大设庠序,遣人往交州采磬石,以供学用,改革旧制,不拘常宪。远近至者千余人,资给众费,一出私禄。并取郡四姓子弟,皆充学生,课读《五经》。又起学台,功用弥广,江州刺史王凝之上言曰:‘豫章郡居此州之半。太守臣宁入参机省,出宰名郡,而肆其奢浊,所为狼籍……’诏曰:‘……若范宁果如凝之所表者,岂可复宰郡乎!’以此抵罪。子泰时为天门太守,弃官称诉。帝以宁所务惟学,事久不判。会赦,免。”《世说新语・言语第二》:“范宁作豫章,八日请佛有板。众僧疑,或欲作答。有小沙弥在坐末曰:‘世尊默然,则为许可。’众从其义。”《高僧传》卷六《释慧持传》:“少时豫章太守范宁请讲《法华毗昙》。于是四方云聚,千里遥集。王珣与范宁书云:‘远公、持公孰愈?’范宁答书云:‘诚为贤兄弟也!”《为豫章郡表》见《全晋文》卷一百二十五。上述范宁诸事疑在本年前后。

11. 王珣作《与范宁书论释慧持》。

见本年第10条。

395 乙未

晋太元二十年　　北魏登国十年
后燕建兴十年　　后秦皇初二年
西秦太初八年　　后凉麟嘉七年

慧远六十二岁。吕光五十八岁。范宁五十七岁。徐邈五十二岁。鸠摩罗什五十二岁。王珣四十六岁。张野四十六岁。李暠四十五岁。徐广四十四岁。范泰四十一岁。裴松之三十六岁。王敬弘三十六岁。刘穆之三十六岁。司马曜三十四岁。刘裕三十三岁。司马道子三十二岁。郑鲜之三十二岁。陶渊明三十一岁。桓玄二十七岁。孔琳之二十七岁。羊欣二十六岁。何承天二十六岁。袁豹二十三岁。傅亮二十二岁。宗炳二十一岁。王诞二十一岁。张茂度二十岁。周续之十九岁。戴颙十八岁。荀伯子十八岁。王弘十七岁。蔡廓十七岁。谢方明十六岁。王韶之十六岁。何尚之十四岁。颜延之十二岁。僧肇十二岁。王神爱十二岁。谢灵运十一岁。雷次宗十岁。沈庆之十岁。谢晦六岁。殷景仁六岁。刁雍六岁。高允六岁。谢弘微四岁。王昙首二岁。徐爰二岁。

1. 司马道子与王雅、王珣作《请征戴逵疏》

见本年第3条。此疏《全晋文》卷十七系于司马道子名下。

2. 王珣与司马道子、王雅作《请征戴逵疏》。时为太子詹事。

《晋书》卷六十五《王珣传》:"加征虏将军,复领太子詹事。"作《请征戴逵疏》及时为太子詹事,见本年第3条。此疏《全晋文》卷二十王珣名下未收。

3. 戴逵病卒。

《晋书》卷九十四《戴逵传》:"太元二十年,皇太子始出东宫,太子太傅会稽王道子、少傅王雅、詹事王珣又上疏曰:'逵执操贞厉,含味独游,年在耆老,清风弥劭。东宫虚德,式延事外,宜加旌命,以参僚侍。逵既重幽居之操,必以难进为美,宜下所在备礼发遣。'会病卒。"《通鉴》卷一百八:本年三月,"皇太子出就东宫。"

《隋书》卷三十二《经籍志一》:"《五经大义》三卷,戴逵撰。"丁国钧《补晋书艺文志》卷一:"原本《书钞·地部》曾引戴逵《杂义》,即是书。"《隋书》卷三十三《经籍志二》:"《竹林七贤论》二卷,晋太子中庶子戴逵撰。"卷三十四《经籍志三》:"梁有《老子音》一卷,晋散骑常侍戴逵撰,亡……《纂要》一卷,戴安道撰,亦云颜延之撰。"卷三十五《经籍志四》:"晋征士《戴逵集》九卷,残缺,梁十卷,录一卷。"另,卷三十二《经籍志一》:"《琴谱》四卷,戴氏撰。"(礼按:此戴氏当为戴逵或其兄与子)《诗品》卷下:"安道诗虽嫩弱,有清上之句。"其诗今不传。《全晋文》卷一百三十七辑戴逵文二十一篇,除已见上文者外,还有:《流火赋》、《离兴赋》、《栖林赋》、《答范宁问马郑二义书》、《山赞》、《水赞》、《琴赞》、《酒赞》、《颜回赞》、《尚长赞》、《申三复赞》、《闲游赞》、《松竹赞》、《释疑论》、《答周居士难释疑论》、《竹林七贤论》三十三条。据《世说新语·巧艺第二十一》,戴逵画有《南都赋》。《贞观公私画史》载戴逵画有:

"《尚平子图》、《董威辇诗图》、《嵇阮像》、《胡人献兽图》、《渔父图》、《十九首诗图》、《五天罗汉像》、《杜征南人物图》、《吴中溪山邑居图》、《黑狮子图》、《名马图》。"以上"十一卷,戴逵画,隋朝官本。"《历代名画记》卷五载戴逵画十八件:"《阿谷处女图》、《孙绰高士像》、《胡人弄猿画》、《濠梁图》、《董威辇狮图》、《孔子弟子图》、《金人铭》、《三马伯乐图》、《三牛图》、《尚子平白画》、《嵇阮像》、《嵇阮十九首诗图》、《五天罗汉图》、《名马图》、《渔父图》、《狮子图》、《吴中溪山邑居图》、《杜征南人物图》。并传前代。"米芾《画史》:"戴逵观音在余家,天男相,无髭,皆贴金。"

戴逵雕塑作品,除已见上文者外,见于史籍的还有:《历代名画记》卷五:"今亦有逵手铸铜佛并二菩萨,在故洛阳城白马寺,隋文帝自荆南兴皇寺取来。"《法苑珠林》谓逵于镇江招隐寺制作五尊夹纻佛像。

《晋书·戴逵传》:"长子勃。"又据《宋书》卷九十三《戴颙传》,勃有弟颙。勃、颙分别见本书有关戴勃、戴颙条。

4. 戴勃遭父忧。不忍复奏其父所传之声,造新弄五部。

勃生年未详。《晋书》卷九十四《戴逵传》:"长子勃,有父风。"遭父忧诸事见本年第3条、第5条。

5. 戴颙遭父忧。

《宋书》卷九十三《戴颙传》:"颙年十六,遭父忧,几于毁灭,因此长抱羸患。以父不仕,复修其业。父善琴书,颙并传之,凡诸音律,皆能挥手。会稽剡县多名山,故世居剡下。颙及兄勃,并受琴于父。父没,所传之声,不忍复奏,各造新弄,勃五部,颙十五部。颙又制长弄一部,并传于世。"据《宋书》卷九十三《戴颙传》载颙卒年及《晋书》卷九十四《戴逵传》记逵卒于太元二十年推之，逵卒时，颙年应为十八，本传云“年十六”，当误。

6. 后燕有《崔遹墓碑》。

《文物》1981年第4期载李宇峰撰《辽宁朝阳发现十六国时期后燕崔遹墓碑》：“1979年8月上旬，辽宁省朝阳县十二台公社四家子大队……发现一块石质墓碑。碑高30、宽40、厚10厘米，绿色砂岩刻制，碑石侵蚀较重。碑面阴刻‘燕建兴十年昌黎太守清河武城崔遹’三行十五字。每字方约5厘米左右……《北史·崔逞传》后附有崔遹传……崔遹墓碑字体规整，笔力苍劲，既兼有汉隶、魏碑的特点，又具有方整清秀的楷书字体的雏形。”附崔遹墓碑拓片。

7. 顾恺之为殷仲堪参军，作《与殷仲堪笺》，与桓玄等作了语、危语。

《晋书》卷九十二《顾恺之传》：“恺之好谐谑，人多爱狎之。后为殷仲堪参军，亦深被眷接。仲堪在荆州，恺之尝因假还，仲堪特以布帆借之，至破冢，遭风大败。恺之与仲堪笺曰：‘地名破冢，真破冢而出。行人安稳，布帆无恙。’还至荆州，人问以会稽山川之状。恺之云：‘千岩竞秀，万壑争流。草木蒙笼，若云兴霞蔚。’……恺之每食甘蔗，恒自尾至本。人或怪之。云：‘渐入佳境。’”《建康实录》卷八《太宗简文皇帝》：顾恺之“曾为殷仲堪镇南府参军，将下都，给布帆，至破冢……。”《世说新语·排调第二十五》：“桓南郡与殷荆州语次，因共作了语。顾恺之曰：‘火烧平原无遗燎。’桓曰：‘白布缠棺竖旒旐。’殷曰：‘投鱼深渊放飞鸟。’次复作危语。桓曰：‘矛头淅米剑头炊。’殷曰：‘百岁老翁攀枯枝。’顾曰：‘井上辘轳卧婴儿。’殷有一参军在坐，云：‘盲人骑瞎马，夜半临深池。’殷曰：‘咄咄逼人!'仲堪眇目也。"《世说新语·巧艺第二十一》:"顾长康好写起人形。欲图殷荆州,殷曰:'我形恶,不烦耳。'顾曰:'明府正为眼尔。但明点童子,飞白拂其上,使如轻云之蔽日。'"《渚宫旧事》卷五:"殷仲堪与桓元共藏钩,一朋百筹。桓朋欲不胜;唯余虎探在。顾恺之为殷仲堪参军,属病疾在廨。桓遣信请顾起病,令射取虎探。既来坐定。语顾曰:'君可取钩。'顾答曰:'赏百匹布。'顾即取得钩,桓朋遂胜。"据《晋书》卷九《孝武帝纪》、卷十《安帝纪》,仲堪于太元十七年十一月任荆州刺史,隆安三年十二月桓玄袭江陵,遇害。上述事当在太元十七年十一月后至隆安三年十二月桓玄袭江陵前。具体时间未详,姑系于此。

8. 桓玄作《四皓论》。与顾恺之、殷仲堪作了语、危语。

《晋书》卷八十四《殷仲堪传》:"桓玄在南郡,论四皓来仪汉庭……以其文赠仲堪。仲堪乃答之曰……玄屈之。"卷九十九《桓玄传》:"玄在荆、楚积年,优游无事,荆州刺史殷仲堪甚敬惮之。"与顾恺之、殷仲堪共作了语、危语,见本年第7条。

9. 殷仲堪与桓玄、顾恺之共作了语、危语。作《答桓玄四皓论》。降为宁远将军。

与桓玄、顾恺之共作了语、危语,见本年第7条。作《答桓玄四皓论》见本年第8条。《晋书》卷八十四《殷仲堪传》:"仲堪自在荆州,连年水旱,百姓饥馑,仲堪食常五碗,盘无余肴,饭粒落席间,辄拾以啖之,虽欲率物,亦缘其性真素也……其后蜀水大出,漂浮江陵数千家。以堤防不严,复降为宁远将军。"据卷九《孝武帝纪》,上年七月、本年六月,荆州大水。仲堪降为宁远将军,当在上年六月或本年七月后。

396　丙申

晋太元二十一年	北魏皇始元年
后燕慕容宝永康元年	后秦皇初三年
西秦太初九年	后凉龙飞元年

慧远六十三岁。吕光五十九岁。范宁五十八岁。徐邈五十三岁。鸠摩罗什五十三岁。王珣四十七岁。张野四十七岁。李暠四十六岁。徐广四十五岁。范泰四十二岁。裴松之三十七岁。王敬弘三十七岁。刘穆之三十七岁。司马曜三十五岁。刘裕三十四岁。司马道子三十三岁。郑鲜之三十三岁。陶渊明三十二岁。桓玄二十八岁。孔琳之二十八岁。羊欣二十七岁。何承天二十七岁。袁豹二十四岁。傅亮二十三岁。宗炳二十二岁。王诞二十二岁。张茂度二十一岁。释宝云二十一岁。周续之二十岁。戴颙十九岁。荀伯子十九岁。王弘十八岁。蔡廓十八岁。谢方明十七岁。王韶之十七岁。何尚之十五岁。颜延之十三岁。僧肇十三岁。王神爱十三岁。谢灵运十二岁。雷次宗十一岁。沈庆之十一岁。谢晦七岁。殷景仁七岁。刁雍七岁。高允七岁。谢弘微五岁。王昙首三岁。徐爰三岁。

1. 司马曜造清暑殿。作《遣兼司空谢琰纳太子妃王氏诏》。卒。

《晋书》卷九《孝武帝纪》：本年“春正月，造清暑殿。”《遣兼司空谢琰纳太子妃王氏诏》见《御览》卷一四九引《晋孝武帝起居注》:"上临轩设悬而不乐,遣兼司空望蔡公谢琰纳太子妃王氏,诏曰……"《晋书·孝武帝纪》:本年"秋九月庚申,帝崩于清暑殿,时年三十五。"《建康实录》卷九《烈宗孝武皇帝》:本年"冬十月甲申,葬隆平陵。在今县城东十五里钟山之阳,不起坟……谥曰孝武皇帝,庙号烈宗。"《晋书·孝武帝纪》:"帝幼称聪悟……既威权己出,雅有人主之量。既而溺于酒色,殆为长夜之饮。末年长星见,帝心甚恶之,于华林园举酒祝之曰:'长星,劝汝一杯酒,自古何有万岁天子邪!'太白连年昼见,地震水旱为变者相属。醒日既少,而傍无正人,竟不能改焉。时张贵人有宠,年几三十,帝戏之曰:'汝以年当废矣。'贵人潜怒,向夕,帝醉,遂暴崩。时道子昏惑,元显专权,竟不推其罪人……晋祚自此倾矣。"

《隋书》卷三十五《经籍志四》:"梁……有……《孝武帝集》二卷,录一卷……亡。"《全晋文》卷十一辑孝武帝司马曜文三十八篇,除已见上文者外,还有:《访嵇绍宗族袭爵诏》、《赙丁穆诏》、《诏》、《与朗法师书》、《帖》。另,《诏谢石复职》,《全晋文》漏收,已见上文。《晋诗》卷十四辑司马曜诗一首,已见上文。

《书小史》卷一:"孝武皇帝……善行、草书。"《述书赋上》:"真率孝武,不规不矩,气有余高,体无所主。若露滋蔓草,风送骤雨。"《淳化阁帖》卷一辑有司马曜《谯王帖》。

2. 后凉吕光即天王位。作《下书讨乞伏乾归》。

《十六国春秋》卷八十一《后凉录一·吕光录》:"龙飞元年,夏六月,五龙见于浩亹,群臣咸贺,劝光称尊。光于是以晋太元二十一年僭即天王位,大赦境内殊死已下,改元龙飞。备置郡司，立世子绍为太子……著作郎段业等五人为尚书……冬十月，西秦凉州牧乞伏轲弹与秦州牧乞伏益州不平，弹率众来奔，光下书曰……”

3. 后凉段业任吕光尚书。

见本年第2条。

4. 司马道子作《皇太子纳妃启》、《命谒陵》。任太傅，摄政。

《皇太子纳妃启》见《御览》卷一四九引《东宫旧事》：“司徒会稽王道子等启曰……太元二十一年，皇太子纳妃琅邪临沂王氏，时年十四。”据《通鉴》卷一百八，本年七月，“纳故中书令王献之女为太子妃”。《晋书》卷六十四《会稽文孝王道子传》：“领徐州刺史、太子太傅。公卿又奏：‘宜进位丞相、扬州牧、假黄钺、羽葆鼓吹。’并让不受。”《命谒陵》见《宋书》卷十五《礼志二》：“至孝武崩，骠骑将军司马道子命曰……”《晋书·会稽文孝王道子传》：“安帝践阼，有司奏：‘道子宜进位太傅、扬州牧、中书监，假黄钺，备殊礼。’固辞不拜，又解徐州。诏内外众事，动静咨之。”《晋书》卷十《安帝纪》：本年九月，“癸亥，以司徒、会稽王道子为太傅，摄政。”《世说新语·言语第二》：“司马太傅斋中夜坐，于时天月明净，都无纤翳，太傅叹以为佳。谢景重在坐，答曰：‘意谓乃不如微云点缀。’太傅因戏谢曰：‘卿居心不净，乃复强欲滓秽太清邪？’”上述事时间未详，疑在道子为太傅后。

5. 王神爱被纳为太子妃。

《晋书》卷三十二《安僖王皇后传》：“后以太元二十一年纳为太子妃。”

6. 崔玄伯任北魏黄门侍郎。

《魏书》卷二十四《崔玄伯传》：“太祖征慕容宝，次于常山，玄伯弃郡，东走海滨。太祖素闻其名，遣骑追求，执送于军门，引见与语，悦之，以为黄门侍郎，与张兖对总机要，草创制度。”卷二《太祖纪》：本年“八月庚寅，治兵于东郊。己亥，大举讨慕容宝……初建台省，置百官，封拜公侯、将军、刺史、太守，尚书郎已下悉用文人。帝初拓中原，留心慰纳，诸士大夫诣军门者，无少长，皆引入赐见，存问周悉，人得自尽，苟有微能，咸蒙叙用。”

7. 王珣作《孝武帝哀策文》。止王恭杀王国宝。

《晋书》卷六十五《王珣传》：“珣梦人以大笔如椽与之，既觉，语人云：‘此当有大手笔事。’俄而帝崩，哀册谥议，皆珣所草。”《孝武帝哀策文》见《类聚》卷十三，当作于孝武帝卒后不久。《晋书·王珣传》：“王恭赴山陵，欲杀（王）国宝，珣止之曰：‘国宝虽终为祸乱，要罪逆未彰，今便先事而发，必大失朝野之望。况拥强兵，窃发于京辇，谁为非逆！国宝若遂不改，恶布天下，然后顺时望除之，亦无忧不济也。’恭乃止。既而谓珣曰：‘比来视君，一似胡广。’珣曰：‘王陵廷争，陈平慎默，但问岁终何如耳。’”《通鉴》卷一百系上述事于本年九月。

8. 王诞增益王珣所作哀策文。

《宋书》卷五十二《王诞传》：“诞少有才藻，晋孝武帝崩，从叔尚书令珣为哀策文，久而未就，谓诞曰：‘犹少序节物一句。’因出本示诞。诞揽笔便益之，接其‘秋冬代变’后云：‘霜繁广除，风回高殿。’珣嗟叹清拔，因而用之。袭爵雉乡侯，拜秘书郎，琅邪王文学，中军功曹。”诞袭爵雉乡侯诸事，时间未详。姑一并系于此。

9. 徐邈拜骁骑将军。

《晋书》卷九十一《徐邈传》：“邈虽在东宫，犹朝夕入见，参综朝政，修饰文诏，拾遗补阙，劬劳左右。帝嘉其谨密，方之于金、霍，有托重之意，将进显位，未及行而帝暴卒。安帝即位，拜骁骑将军。”

10. 殷仲堪进号冠军将军，固让不受。

《晋书》卷八十四《殷仲堪传》：“安帝即位，进号冠军将军，固让不受。”

11. 有《太元末京口谣》。

《晋书》卷二十八《五行志中》：“孝武帝太元末，京口谣曰……”

12. 后燕有《慕容德时民谣》。

《晋书》卷一百二十七《慕容德载记》：“宝既嗣位，以德为使持节、都督冀兖青徐荆豫六州诸军事、特进、车骑大将军、冀州牧，领南蛮校尉，镇邺……魏将拓拔章攻邺，德遣南安王慕容青等夜击，败之……魏又遣辽西公贺赖卢率骑与章围邺，德遣其参军刘藻请救于姚兴……时魏师入中山，慕容宝出奔于蓟，慕容详又僭号。会刘藻自姚兴而至，兴太史令高鲁遣其甥王景晖随藻送玉玺一纽，并图谶秘文曰：‘有德者昌，无德者亡。德受天命，柔而复刚。’又有谣曰……”据上述记载，民谣当作于慕容德镇邺、魏将攻邺后。《通鉴》卷一百八系德镇邺、魏将攻邺于本年。

13. 有《历阳百姓歌》。

时间未详。《晋书》卷二十八《五行志中》：“庾楷镇历阳，百姓歌曰……后楷南奔桓玄，为玄所诛。”据此，《历阳百姓歌》当作于楷镇历阳后。又卷八十四《庾楷传》：“初拜侍中，代兄准为西中郎将、豫州刺史、假节，镇历阳。隆安初，进号左将军。”本传叙楷镇历阳于隆安前，据此《历阳百姓歌》当作于本年。

14. 徐广素善历数。

《宋书》卷十二《律历志中》:"宋太祖颇好历数,太子率更令何承天私撰新法。元嘉二十年上表曰:'臣授性顽惰,少所关解。自昔幼年,颇好历数……臣亡舅故秘书监徐广,素善其事,有既往《七曜历》,每记其得失。自太和至太元之末,四十许年……'"

15. 赵整与郗恢同游。

《高僧传》卷一《昙摩难提传》记赵整:"晋雍州刺史郗恢钦其风尚,逼共同游。"据《晋书》卷六十七《郗恢传》、卷八十一《朱序传》、卷二十七《五行志上》,恢于太元十八年任雍州刺史,镇襄阳,隆安三年被杀。是恢逼整同游之时间,上限约在太元二十年,下限在隆安三年,姑系于此。

16. 北魏谷浑以善隶书内侍左右。

浑生年未详。《魏书》卷三十三《谷浑传》:"谷浑,字元冲,昌黎人也。父衮……仕慕容重,至广武将军。浑少有父风,任侠好气,以父母在,常自退抑。晚乃折节受经业,遂览群籍,被服类儒者。太祖时,以善隶书为内侍左右。"浑内侍左右,时间不详。本年拓跋珪广揽人才,姑系于此。

397　丁酉

晋安帝司马德宗隆安元年　北魏皇始二年
后燕永康二年　后秦皇初四年
西秦太初十年　后凉龙飞二年
南凉秃发乌孤太初元年　北凉段业神玺元年

慧远六十四岁。吕光六十岁。范宁五十九岁。徐邈五十四岁。鸠摩罗什五十四岁。王珣四十八岁。张野四十八岁。李暠四十七岁。徐广四十六岁。范泰四十三岁。裴松之三十八岁。王敬弘三十八岁。刘穆之三十八岁。刘裕三十五岁。司马道子三十四岁。郑鲜之三十四岁。陶渊明三十三岁。桓玄二十九岁。孔琳之二十九岁。羊欣二十八岁。何承天二十八岁。袁豹二十五岁。傅亮二十四岁。宗炳二十三岁。王诞二十三岁。张茂度二十二岁。释宝云二十二岁。周续之二十一岁。戴颙二十岁。荀伯子二十岁。王弘十九岁。蔡廓十九岁。谢方明十八岁。王韶之十八岁。何尚之十六岁。颜延之十四岁。僧肇十四岁。王神爱十四岁。谢灵运十三岁。雷次宗十二岁。沈庆之十二岁。谢晦八岁。殷景仁八岁。刁雍八岁。高允八岁。谢弘微六岁。王昙首四岁。徐爰四岁。

1. 司马道子稽首归政。杀王国宝、王绪。

《晋书》卷十《安帝纪》：本年正月，“太傅、会稽王道子稽首归政。”卷六十四《会稽文孝王道子传》：“帝既冠，道子稽首归政，王国宝始总国权，势倾朝廷。王恭乃举兵讨之，道子惧，收国宝付廷尉，并其从弟琅邪内史绪悉斩之，以谢于恭，恭即罢兵。道子乞解中外都督、录尚书以谢方岳，诏不许。道子世子元显，时年十六，为侍中，心恶恭，请道子讨之。乃拜元显为征虏将军。”据卷十《安帝纪》：本年四月甲戌王恭等举兵讨王国宝。甲申，国宝被杀。

2. 王珣迁尚书令。请僧伽提婆讲《阿毗昙》、重译《中阿含》等。

《晋书》卷六十五《王珣传》：“隆安初，国宝用事，谋黜旧臣，迁珣尚书令。”卷十《安帝纪》：本年正月，“以尚书左仆射王珣为尚书令。”卷七十五《王国宝传》：“时王恭与殷仲堪并以才器，各居名藩。恭恶道子、国宝乱政，屡有忧国之言，道子等亦深忌惮之，将谋去其兵。未及行，而恭檄至，以讨国宝为名，国宝惶遽不知所为。绪说国宝，令矫道子命，召王珣、车胤杀之，以除群望，因挟主相以讨诸侯。国宝许之。珣、胤既至，而不敢害，反问计于珣。珣劝国宝放兵权以迎恭，国宝信之。”《高僧传》卷一《僧伽提婆传》：“隆安元年来游京师，晋朝王公及风流名士，莫不造席致敬。时卫军东亭侯琅邪王珣渊懿有深信，荷持正法，建立精舍，广招学徒。提婆既至，珣即延请，仍于其舍讲《阿毗昙》。名僧毕集。提婆宗致既精，词旨明析，振发义理，众咸悦悟。时王弥亦在座听，后于别屋自讲。珣问法纲道人：‘阿弥所得云何？’答曰：‘大略全是，小未精核耳。’其敷析之明，易启人心如此。其冬珣集京都义学沙门释慧持等四十余人，更请提婆重译《中阿含》等。罽宾沙门僧伽罗叉执梵本，提婆翻为晋言，至来夏方讫。”

3. 王神爱为皇后。

《晋书》卷三十二《安僖王皇后传》:“及安帝即位,立为皇后。”卷十《安帝纪》:本年二月“戊午(校勘记:‘二月己巳朔,无甲寅、戊午日,此二日宜在三月’)立皇后王氏。”

4. 有《京口民谣》三首。

《晋书》卷二十八《五行志中》:“王恭镇京口,举兵诛王国宝。百姓谣云……识者曰:‘昔年食白饭,言得志也。今年食麦麸,麸粗秽,其精已去,明将败也,天公将加谴谪而诛之也。捻咙喉,气不通,死之祥也。败复败,丁宁之辞也。’恭寻死,京都又大行欬疾,而喉并欬焉。王恭在京口,百姓间忽云……又云……黄字上恭字头也,小人恭字下也,寻如谣言者焉。”据卷十《安帝纪》,本年四月王恭等举兵诛王国宝,明年九月,王恭被斩。

5. 桓玄劝殷仲堪推王恭为盟主。任广州刺史,受命不行。

《晋书》卷九十九《桓玄传》:“及中书令王国宝用事,谋削弱方镇,内外骚动,知王恭有忧国之言,玄潜有意于功业,乃说仲堪曰……玄曰:‘……推王恭为盟主,仆等亦皆投袂……’仲堪迟疑未决。俄而王恭信至,招仲堪及玄匡正朝廷。国宝既死,于是兵罢。玄乃求为广州,会稽王道子亦惮之,不欲使在荆楚,故顺其意……诏以玄督交广二州、建威将军、平越中郎将、广州刺史、假节,玄受命不行。”

6. 殷仲堪推王恭为盟主。抗表兴师。

《晋书》卷八十四《殷仲堪传》:“初,桓玄将应王恭,乃说仲堪,推恭为盟主,共兴晋阳之举,立桓文之功,仲堪然之。仲堪以王恭在京口,去都不盈二百,自荆州道远连兵,势不相及,乃伪许恭,而实不欲下。闻恭已诛王国宝等,始抗表兴师,遣龙骧将军杨佺期次巴陵。会稽王道子遣书止之,仲堪乃还……国宝之役,仲堪既纳玄之诱,乃外结雍州刺史郗恢,内要从兄南蛮校尉觊、南郡相江绩等。恢、觊、绩并不同之,乃以杨佺期代绩,觊自逊位。"

7. 殷觊谏劝殷仲堪。逊位。

《晋书》卷八十三《殷觊传》:"及仲堪得王恭书,将兴兵内伐,告觊,欲同举。觊不平之,曰:'夫人臣之义,慎保所守。朝廷是非,宰辅之务,岂藩屏之所图也。晋阳之事,宜所不豫。'仲堪要之转切,觊怒曰:'吾进不敢同,退不敢异。'仲堪甚以为恨。犹密谏仲堪,辞甚切至。仲堪既贵,素情亦殊,而志望无厌,谓觊言为非。觊见江绩亦以正直为仲堪所斥,知仲堪当逐异己,树置所亲,因出行散,托疾不还。"

8. 王廞举兵讨王恭,溃败奔走。临败作《长史变歌》。

廞生卒年未详。《世说新语·任诞第二十三》刘孝标注引《王氏谱》:"廞字伯舆,琅邪人。"《晋书》卷六十五《王荟传》:'子廞,历太子中庶子、司徒左长史。以母丧,居于吴。王恭举兵,假廞建武将军、吴国内史,令起军,助为声援。廞即墨绖合众,诛杀异己,仍遣前吴国内史虞啸父等入吴兴、义兴聚兵,轻侠赴者万计。廞自谓义兵一动,势必未宁,可乘间而取富贵。而曾不旬日,国宝赐死,恭罢兵,符廞去职。绖大怒,回众讨恭。恭遣司马刘牢之距战于曲阿,廞众溃奔走,遂不知所在。"《宋书》卷六十三《王华传》:"父廞……晋隆安初,王恭起兵讨王国宝,时廞丁母忧在家,恭檄令起兵,廞即聚众应之,以女为贞烈将军,以女人为官属……"《晋书》卷二十三《乐志下》:"《长史变》者,司徒左长史王廞临败所制。凡此诸曲,始皆徒歌,既而被之管弦。又有因丝竹金石,造歌以被之，魏世三调歌辞之类是也。”《乐府诗集》卷四十五辑廞制《长史变歌》三首。《世说新语·纰漏第三十四》注引《中兴书》：“啸父……少历显位，与王廞同废为庶人。”据此知廞曾被废为庶人，时间当在本年前。《晋书》卷十《安帝纪》系王廞以吴郡反及被讨平于本年五月。《世说新语·任诞第二十三》：“王长史登茅山，大恸哭曰：‘琅邪王伯舆，终当为情死。’”

《全晋文》卷二十辑廞文一篇：《与静媛等疏》。

《书小史》卷五：廞“善行书。”《述书赋上》：“温温伯舆，亦扇其风。风流之表，轩冕之中。骨体遒正，精彩冲融。已高天然，恨乏其功。如承奕叶之贵胄，备夙训之神童。”

《淳化阁帖》卷三辑有廞《静媛帖》。

《晋书·王荟传》：廞“长子泰为恭所杀，少子华以不知廞存亡，忧毁布衣蔬食。后从兄谧言其死所，华始发丧，入仕。”

9. 后凉吕光政衰，为郭黁、杨轨所攻。作《遗杨轨书》。为世窟。

《十六国春秋》卷八十一《后凉录一·吕光录》：“龙飞二年……五月……男成进攻建康，遣人说太守段业曰：‘吕氏政衰，权臣擅命，刑罚失中，人不堪役，一州之地，叛者连城，瓦解之形，昭然在目，百姓嗷然，无所依附，府君奈何以盖世之才，欲立忠于垂亡之国乎，男城等既倡大义，欲屈府君俯临鄙州……’业不从。相持二旬，外救不至。郡人高逵、史惠等言于业曰：‘今孤城独立，台无救援，府君虽心过田单，而地非即墨，宜思高算，转祸为福。’业先与光侍中房晷、仆射王详不平，惧不自容，乃许之自称大都督、龙骧大将军、凉州牧、建康公。光命太原公(吕)纂将兵五万讨业。时谓业等乌合，纂有威声，势必克之。光以问(鸠摩)罗什。什曰：‘观察此行，未见其利。’……纂兵大败。秋八月,光散骑常侍西平郭麐,以光年老,知其将败,遂与仆射王详,起兵作乱。详为内应。事发,光乃诛详。麐遂据东苑以叛……凉人张捷、宋生等……与麐共以书笺招诱后将军杨轨,推为盟主……(轨)乃自称大将军、凉州牧、西平公……冬十一月,光遣杨轨书曰……轨不答。”《莫高窟年表》:本年“后凉太祖吕光于凉州南北里山崖,为石窟,造石象塐象。”

10. 北凉段业自称凉州牧。

《晋书》卷一百二十九《沮渠蒙逊载记》:“男成推(吕)光建康太守段业为使持节、大都督、龙骧大将军、凉州牧、建康公,改吕光龙飞二年为神玺元年。”详见本年第 9 条。卷十《安帝纪》系段业自号凉州牧于本年三月,《十六国春秋》卷八十一《后凉录一·吕光录》、《通鉴》卷一百九均系于本年五月。

11. 后凉李暠为宁朔将军、敦煌太守,后又为安西将军、领护西胡校尉。

《晋书》卷八十七《凉武昭王李玄盛传》:“吕光末,京兆段业自称凉州牧,以敦煌太守赵郡孟敏为沙州刺史,署玄盛效谷令。敏寻卒,敦煌护军冯翊郭谦、沙州治中敦煌索仙等以玄盛温毅有惠政,推为宁朔将军、敦煌太守……业以玄盛为安西将军、敦煌太守,领护西胡校尉。”

12. 郗恢进征虏将军,领秦州刺史。

《晋书》卷六十七《郗恢传》:“恢以随郡太守夏侯宗之为河南太守,戍洛阳。姚苌遣其子略攻湖城及上洛,又使其将杨佛嵩围洛阳。恢遣建武将军辛恭靖救洛阳,梁州刺史王正胤率众出子午谷,以为声援。略惧而退。恢以功进征虏将军,又领秦州刺史,加督陇上军。”卷十三《天文志下》:“安帝隆安元年……六月,姚兴攻洛阳,郗恢遣兵救之。”

13. 有直书“隆安元年”等墓砖字。

《文物资料丛刊》(8)载新昌县文化馆撰《浙江新昌县七座两晋墓清理概况》:“隆安元年墓两座,都在红旗公社下王大队道场山东坡,两墓相邻……墓底铺有人字形地砖。墓砖共三式……Ⅲ式砖一侧有直书‘隆安元年太岁丁酉八月二十四日故记’字样。”

14. 殷仲文为征虏长史,左迁新安太守。

《晋书》卷九十九《殷仲文传》:“后为元显征虏长史。会桓玄与朝廷有隙,玄之姊,仲文之妻,疑而间之,左迁新安太守。”据《晋书》卷六十四《会稽文孝王道子传》,本年“拜元显为征虏将军”。

15. 徐邈卒。

《晋书》卷九十一《徐邈传》:“隆安元年,遭父忧。邈先疾患,因哀毁增笃,不逾年而卒,年五十四,州里伤悼,识者悲之。邈莅官简惠,达于从政,论议精密,当时多咨禀之,触类辩释,问则有对……所注《穀梁传》,见重于时。”《隋书》卷三十二《经籍志一》:“《周易音》一卷,东晋太子前率徐邈撰……《古文尚书音》一卷,徐邈撰。梁有《尚书音》五卷,孔安国、郑玄、李轨、徐邈等撰。”《新唐书》卷五十七《艺文志一》《尚书》类:“徐邈注《逸篇》三卷。”《隋书·经籍志一》:“《毛诗音》二卷,徐邈撰……《礼记音》……梁有……徐邈音三卷……亡。”《经典释文》卷一《序录》:“徐邈《周礼音》一卷。”《隋书·经籍志一》:《春秋左氏传音》三卷,徐邈撰……《春秋穀梁传》十二卷,徐邈撰……《春秋穀梁传义》十卷,徐邈撰……徐邈《答春秋穀梁义》三卷……梁有……《论语音》二卷,徐邈等撰。

亡。”《经典释文·序录》:“徐邈《论语音》一卷。”《隋书·经籍志一》:“《五经音》十卷,徐邈撰。”卷三十四《经籍志三》:“《庄子音》三卷,徐邈撰。”卷三十五《经籍志四》:“《楚辞音》一卷,徐邈撰。《庄子集音》三卷,徐邈撰……晋太子前率《徐邈集》九卷,并目录。梁二十卷,录一卷。”《全晋文》卷一百三十六辑徐邈文二十五篇,除已见上文者外,还有:《奏议东宫班剑》、《殷祭仪》、《与范宁书问告定用牲否》、《重与范宁书》、《答徐乾书》、《答曹述初难》、《答曹述初问》、《答孔安国问》、《答王奥问》、《又答王奥问》、《答孔汪问》、《答或问》、《答虞道恭问》、《答范宁问》、《答刘氏问》、《答王珣问》、《答杜挹问》、《问王珉》。

《晋书·徐邈传》:“邈长子豁,有父风,以孝闻,为太常博士、秘书郎。豁弟浩,散骑侍郎。镇南将军何无忌请为功曹,出补西阳太守,与无忌俱为卢循所害。邈弟广。”

16. 北凉沮渠蒙逊开建石窟。

唐道宣《集神州三宝感通录》:“凉州石崖瑞像者。昔沮渠蒙逊,以晋安帝隆安元年,据有凉土,三十余载。陇西五凉,斯最久盛。专崇福业,以城寺塔,修非云固,古来帝宫,终逢煨烬,若依立之,效尤斯及。又用金银,易被毁盗。乃顾眄山宇,可以终天。于州百里,连崖绵亘,东西不测。就而斲窟,安设尊仪。或石或塑,千变万化。有礼敬者,惊眩心目。中土有圣僧、可如人等,常自经行,初无宁舍,遥见便行,近瞩便止。视其颜面,如行之状。或有罗土坌地,观其行不,人才远之,即便踏地,足迹纳纳,来往不住。如是……今百余年,彼人说之如此。”

17. 宗炳辞桓玄辟为主簿。

《宋书》卷九十三《宗炳传》:"刺史……桓玄并辟主簿,举秀才,不就。"桓玄于本年任广州刺史,其辟炳为主簿,疑在本年。

18. 谢混娶晋陵公主。

混生年不详。《晋书》卷七十九《谢安传》:"安有二子:瑶、琰……琰字瑗度……三子:肇、峻、混……混字叔源。少有美誉,善属文……益寿,混小字也。"《世说新语·言语第二》刘孝标注引《晋安帝纪》:"混陈郡人,司空琰少子也。文学砥砺立名。"《晋书》卷七十九《谢混传》:"孝武帝为晋陵公主求婿,谓王珣曰:'主婿但如刘真长、王子敬便足……'珣对曰:'谢混虽不及真长,不减子敬。'帝曰:'如此便足。'未及,帝崩,袁山松欲以女妻之,珣曰:'卿莫近禁脔。'"孝武帝为晋陵公主求婿在上年九月卒前。谢混娶晋陵公主疑在本年或以后。姑系于此。

19. 袁山松欲择谢混为婿,未成。

见本年第18条。

398　戊戌

晋隆安二年　北魏皇始三年　天兴元年
后燕慕容盛建平元年　　后秦皇初五年
西秦太初十一年　　后凉龙飞三年
南凉太初二年　　北凉神玺二年
南燕慕容德燕平元年

慧远六十五岁。吕光六十一岁。范宁六十岁。鸠摩罗什五十五岁。王珣四十九岁。张野四十九岁。李暠四十八岁。徐广四十七岁。范泰四十四岁。裴松之三十九岁。王敬弘三十九岁。刘穆之三十九岁。刘裕三十六岁。司马道子三十五岁。郑鲜之三十五岁。陶渊明三十四岁。桓玄三十岁。孔琳之三十岁。羊欣二十九岁。何承天二十九岁。袁豹二十六岁。傅亮二十五岁。宗炳二十四岁。王诞二十四岁。张茂度二十三岁。释宝云二十三岁。周续之二十二岁。戴颙二十一岁。荀伯子二十一岁。王弘二十岁。蔡廓二十岁。谢方明十九岁。王韶之十九岁。何尚之十七岁。颜延之十五岁。僧肇十五岁。王神爱十五岁。谢灵运十四岁。雷次宗十三岁。沈庆之十三岁。谢晦九岁。殷景仁九岁。刁雍九岁。高允九岁。谢弘微七岁。王昙首五岁。徐爰五岁。范晔一岁。

1. 北魏崔玄伯议宜以魏为国号，迁吏部尚书，总裁官制、爵品、律吕、音乐等。

《魏书》卷二十四《崔玄伯传》："诏有司博议国号。玄伯议曰……太祖从之。于是四方宾王之贡，咸称大魏矣。太祖幸邺，历问故事于玄伯，应对若流，太祖善之。及车驾还京师，次于恒岭。太祖亲登山顶，抚慰新民，适于玄伯扶老母登岭，太祖嘉之，赐以牛米……迁吏部尚书。命有司制官爵，撰朝仪，协音乐，定律令，申科禁，玄伯总而裁之，以为永式。"卷二《太祖纪》："天兴元年春正月……庚子，车驾……遂幸于邺……六月丙子，诏有司议定国号……十有一月辛亥，诏尚书吏部郎中邓渊典官制，立爵品，定律吕，协音乐……吏部尚书崔玄伯总而裁之……十有二月……改年……乐用《皇始》之舞。诏百司议定行次，尚书崔玄伯等奏从土德。"令狐德棻等撰《周书》卷四十七《黎景熙传》："季明少好读书……尝从吏部尚书清河崔玄伯受字义。"此事时间不详，当在本年玄伯任吏部尚书后。

2. 郗恢与魏主战于荥阳，大败。任尚书。

《晋书》卷六十七《郗恢传》："时魏氏强盛，山陵危逼，恢遣江夏相邓启方等以万人距之，与魏主拓跋珪战于荥阳，大败而还。"卷十二《天文志中》系上述事于本年六月。又《晋书·郗恢传》："及王恭讨王国宝，桓玄、殷仲堪皆举兵应恭，恢与朝廷犄角玄等。襄阳太守夏侯宗之、府司马郭毗并以为不可，恢皆杀之。既而玄等退守寻阳，以恢为尚书。"

3. 司马道子委事于世子元显。加黄钺。讨王恭、桓玄。

《晋书》卷六十四《会稽文孝王道子传》："于时王恭威振内外，道子甚惧，复引谯王尚之以为腹心。尚之说道子曰：'藩伯强盛，宰相权轻，宜密树置，以自藩卫。’道子深以为然，乃以其司马王愉为江州刺史以备恭，与尚之等日夜谋议，以伺四方之隙。王恭知之，复举兵，以讨尚之为名……元显攘袂慷慨为道子曰：‘去年不讨王恭，致有今役。今若复从其欲，则太宰之祸至矣。’道子日饮醇酒，而委事于元显。”卷十《安帝纪》：本年秋七月，“兖州刺史王恭、豫州刺史庾楷、荆州刺史殷仲堪、广州刺史桓玄、南蛮校尉杨佺期等举兵反。八月，江州刺史王愉奔于临川……桓玄大败王师于白石。”“九月辛卯，加太傅、会稽王道子黄钺。遣征虏将军会稽王世子元显、前将军王珣、右将军谢琰讨桓玄等。己亥，破庾楷于牛渚。丙午，会稽王道子屯中堂，元显守石头。己酉，前将军王珣守北郊，右将军谢琰备宣阳门。辅国将军刘牢之次新亭，使子敬宣击败恭……斩之。于是遣太常殷茂喻仲堪及玄，玄等走于寻阳。”“冬十月……壬午，仲堪等盟于寻阳，推桓玄为盟主。”

4. 桓玄举兵反，被殷仲堪等推为盟主。作《王孝伯诔》。

《晋书》卷九十九《桓玄传》：“王恭又与庾楷起兵讨江州刺史王愉及谯王尚之兄弟。玄、仲堪谓恭事必克捷，一时响应。仲堪给玄五千人，与杨佺期俱为前锋……玄、佺期至石头，仲堪至芜湖。恭将刘牢之背恭归顺。恭既死，庾楷战败，奔于玄军。既而诏以玄为江州，仲堪等皆被换易，乃各回舟西还，屯于寻阳，共相结约，推玄为盟主。玄始得志，乃连名上疏申理王恭，求诛尚之、牢之等。朝廷深惮之，乃免桓修、复仲堪以相和解。初，玄在荆州豪纵，士庶惮之，甚于州牧。仲堪亲党劝杀之，仲堪不听。及还寻阳，资其声地，故推为盟主，玄逾自矜重。佺期为人骄悍，常自谓承藉华胄，江表莫比，而玄每以寒士裁之，佺期甚憾，即欲于坛所袭玄。仲堪恶佺期兄弟虓勇，恐克玄之后复为己害，苦禁之。于是各奉诏还镇。玄亦知佺期有异谋，潜有吞并之计，于是屯于夏口。"《世说新语·文学第四》："桓玄尝登江陵城南楼云：'我今欲为王孝伯作诔。'因吟啸良久。随而下笔。一坐之间，诔以之成。"刘孝标注引《晋安帝纪》："玄文翰之美，高于一世。"又注引《玄集》载其《诔叙》曰："隆安二年九月十七日，前将军青、兖二州刺史太原王孝伯薨……"《晋书》卷八十四《王恭传》："王恭字孝伯。"

5. 殷仲堪与王恭等举兵反，推桓玄为盟主。

见本年第4条。

6. 王珣讨王恭。事平，加散骑常侍。

《晋书》卷六十五《王珣传》：本年，"（王）恭复举兵，假珣节，进卫将军、都督琅邪水陆军事。事平，上所假节，加散骑常侍。"

7. 北魏拓跋珪诏定律吕，协音乐。

《魏书》卷一百九《乐志》："天兴元年冬，诏尚书吏部郎邓渊定律吕，协音乐。及追尊皇曾祖、皇祖、皇考诸帝，乐用《八佾》，舞《皇始》之舞。《皇始舞》，太祖所作也，以明开大始祖之业。后更制宗庙。皇帝入庙门，奏《王夏》，太祝迎神于庙门，奏迎神曲，犹古降神之乐；乾豆上，奏登歌，犹古清庙之乐；曲终，下奏《神祚》，嘉神明之飨也；皇帝行礼七庙，奏《陛步》，以为行止之节；皇帝出门，奏《总章》，次奏《八佾舞》，次奏送神曲。又旧礼：孟秋祀天西郊，兆内坛西，备列金石，乐具，皇帝入兆内行礼，咸奏舞《八佾》之舞；孟夏有事于东庙，用乐略与西郊同。太祖初，冬至祭天于南郊圆丘，乐用《皇矣》，奏《云和》之舞，事讫，奏《维皇》，将燎；夏至祭地祇于北郊方泽，乐用《天祚》,奏《大武》之舞。正月上日,飨群臣,宣布政教,备列宫悬正乐,兼奏燕、赵、秦、吴之音,五方殊俗之曲。四时飨会亦用焉。凡乐者乐其所自生,礼不忘其本,掖庭中歌《真人代歌》,上叙祖宗开基所由,下及君臣废兴之迹,凡一百五十章,昏晨歌之,时与丝竹合奏。郊庙宴飨亦用之。"

8. 王凝之为中护军。任会稽内史。

《晋书》卷七十四《桓修传》谓修曾"代王凝之为中护军"。知凝之仕历中护军。卷八十《王凝之传》:"仕历……会稽内史。"《东晋将相大臣年表》系凝之任中护军、出任会稽内史于本年。

9. 有玄武画像砖。

《中国美术全集》雕塑编3《魏晋南北朝雕塑·图版说明》第8页:玄武画像砖,"陶质长三一·五厘米 宽一八厘米厚四·五厘米 一九七二年江苏省镇江市郊农牧场出土镇江市博物馆藏 玄武为'四灵'(朱雀、玄武、青龙、白虎)之一……此墓出土有'四灵'画像砖多件,仅'玄武'就出土有六方……此砖一幅一像,形象集中突出,以单色涂成,古朴生动。在玄武旁有隶书两行。右为:'晋隆安二年造立冢(冢)郭',左为:'顯(显)阳山子纡(孙)安寿万年。'"附玄武画像砖图。字为隶书阳文。

10. 有白虎画像砖。

《中国美术全集》雕塑编3《魏晋南北朝雕塑·图版说明》第9页:"白虎画像砖 东晋隆安二年 陶质 长三一·五厘米 宽一八厘米 厚四·五厘米 一九七二年江苏省镇江市郊农牧场出土 镇江市博物馆藏 虎身修长,向后弯曲作盘绕之状。张露齿大口,伸钩爪四腿,形虽瘦而凶,体虽柔而猛,是为四灵中最凶恶之形象。虎纹两旁,饰连环半圆珠纹。”附白虎画像砖图。

11. 有虎首戴人首蛇怪兽画像砖。

《中国美术全集》雕塑编 3《魏晋南北朝雕塑·图版说明》第 9 页:“虎首戴人首蛇怪兽画像砖　东晋隆安二年　陶质长三一·五厘米　宽一八厘米　厚四·五厘米　一九七二年江苏省镇江市郊农牧场出土　镇江市博物馆藏　中间为张口露齿虎首,颔下有须。两肢曲张勾爪。虎首上戴二人头的蛇身,二人头蛇戴高冠,由上挂下又昂起,面向两侧下角的植物图形。该形象的砖此墓内共出土五块,其所在的位置,处于有画像壁面的中部,所以它造型对称,完全适应画面的要求。”附虎首戴人首蛇怪兽画像砖图。

12. 有北凉写经。

《兰亭论辨》辑赵万里撰《从字体上试论〈兰亭序〉的真伪》:“清光绪年间甘肃敦煌出的……北凉神玺二年写经,现藏安徽博物馆。”

13. 有青龙、白虎、兽首雕塑。

史岩编《中国雕塑史图录》(二)第 421 页图四八五:“青龙(上)白虎(下)　砖质　模制(长 31.5 厘米　宽 18 厘米)　1972 年江苏镇江画像砖墓出土　东晋隆安二年江苏南京博物院藏。”第 422—423 页图四八六:“兽首　砖质　模制(长 31.5 厘米、宽 18 厘米)1972 年江苏镇江画像砖墓出土　东晋隆安二年　江苏南京博物院藏。”

14. 范晔生。

《宋书》卷六十九《范晔传》:“范晔字蔚宗,顺阳人,车骑将军泰少子也。母如厕产之,额为砖所伤,故以砖为小字。出继从伯弘之，袭封武兴县五等侯。”据本传，元嘉二十二年卒，时年四十八推之，当生于本年。

15. 殷觊约卒于本年。

《晋书》卷八十三《殷觊传》：“仲堪闻其病，出省之，谓觊曰：‘兄病殊为可忧。’觊曰：‘我病不过身死，但汝病在灭门，幸熟为虑，勿以我为念也。’仲堪不从，卒与杨佺期、桓玄同下。觊遂以忧卒。隆安中，诏曰：‘故南蛮校尉殷觊忠绩未融，奄焉陨丧，可赠冠军将军。’”《世说新语·德行第一》：“初桓南郡、杨广共说殷荆州，宜夺殷觊南蛮以自树。觊亦即晓其旨。尝因行散，率尔去下舍，便不复还。内外无预知者，意色萧然，远同斗生之无愠，时论以此多之。”《隋书》卷三十五《经籍志四》：“梁……有……《殷觊集》十卷，录一卷。亡。”《晋诗》卷十四辑殷觊诗一首：《应晴诗》，仅存一句。

《晋书·殷觊传》：“弟仲文、叔献。”

16. 徐广任祠部郎。

《宋书》卷五十五《徐广传》：“隆安中，尚书令王珣举为祠部郎。”据《晋书》卷六十五《王珣传》，王珣于隆安元年至四年任尚书令，广为祠部郎当在其间，姑系于此。

17. 王弘任骠骑参军主簿，作《陈会稽王道子请建屯田》。

《宋书》卷四十二《王弘传》：“弘少好学，以清恬知名，与尚书仆射混善。弱冠，为会稽王司马道子骠骑参军主簿。时农务顿息，末役繁兴，弘以为宜建屯田，陈之曰……道子欲以为黄门侍郎，（王）珣以其年少固辞。”弘任骠骑参军主簿诸事，确切时间未详，今据“弱冠”，姑系于二十岁时。

18. 王韶之为卫将军谢琰行参军。

《南史》卷二十四《王韶之传》：“韶之家贫好学，尝三日绝粮而执卷不辍，家人诮之曰：'困穷如此，何不耕？'答曰：'我常自耕耳。'父伟之为乌程令，韶之因居县境。好史籍，博涉多闻。初为卫将军谢琰行参军。"

19. 僧肇历观经史，欢喜顶受旧《维摩经》。

《高僧传》卷六《释僧肇传》："家贫以佣书为业。遂因缮写，乃历观经史，备尽坟籍。志好玄微，每以《庄》、《老》为心要。尝读《老子·道德章》，乃叹曰：'美则美矣。然期栖神冥累之方，犹未尽善。'后见旧《维摩经》，欢喜顶受，披寻玩味，乃言始知所归矣。因此出家，学善方等，兼通三藏。"上述诸事，时间不详，姑一并系于此。

20. 有《荆州童谣》。

《晋书》卷二十八《五行志中》："殷仲堪在荆州，童谣曰……未几而仲堪败，桓玄遂有荆州。"据卷十《安帝纪》，本年十月，"仲堪等盟于寻阳，推桓玄为盟主"。明年十二月，桓玄袭江陵，仲堪遇害。

21. 袁豹为著作佐郎、记室参军。

《晋书》卷八十三《袁豹传》："博学善文辞，有经国材，为刘裕所知。"《宋书》卷五十二《袁豹传》："初为著作佐郎，卫军桓谦记室参军。"时间未详。《世说新语·文学第四》刘孝标注引《文章叙》："豹隆安中著作佐郎。"隆安共五年，今假定在二年。

22. 有《懊侬歌》。

《宋书》卷十九《乐志一》："《懊侬哥》者，晋隆安初，民间讹谣之曲……宋少帝更制新哥，太祖常谓之《中朝曲》。"卷三十一《五行志二》："晋安帝隆安中，民忽作《懊恼歌》，其曲中有'草生可揽结，女儿可揽抱'之言。桓玄既篡居天位，义旗以三月二日扫定京都,玄之宫女及逆党之家子女伎妾,悉为军赏。东及瓯、越,北流淮、泗,皆人有所获焉。时则草可结,事则女可抱,信矣。"《乐府诗集》卷四十六引《古今乐录》:"《懊侬歌》者,晋石崇(礼按:《御览》卷五七三引'崇'下有'为'字)绿珠所作,唯'丝布涩难缝'一曲而已。后皆隆安初民间讹谣之曲。宋少帝更制新歌三十六曲。齐太祖(礼按:《御览》卷五七三引作"宋太祖",是)常谓之《中朝曲》。"并载《懊侬歌》十四首,但其中无"草生可揽结,女儿可揽抱"二句。东晋《懊侬歌》写作具体时间不详,据《宋书》有"隆安初"、"隆安中"二说,今姑系于此,俟考。

399　己亥

晋隆安三年　　北魏天兴二年
后燕长乐元年　后秦弘始元年
西秦太初十二年　后凉吕纂咸宁元年
南凉太初三年　北凉段业天玺元年
南燕燕平二年

慧远六十六岁。吕光六十二岁。范宁六十一岁。鸠摩罗什五十六岁。王珣五十岁。张野五十岁。李暠四十九岁。徐广四十八岁。范泰四十五岁。裴松之四十岁。王敬弘四十岁。刘穆之四十岁。刘裕三十七岁。司马道子三十六岁。郑鲜之三十六岁。陶渊明三十五岁。桓玄三十一岁。孔琳之三十一岁。羊欣三十岁。何承天三十岁。袁豹二十七岁。傅亮二十六岁。宗炳二十五岁。王诞二十五岁。张茂度二十四岁。释宝云二十四岁。周续之二十三岁。戴颙二十二岁。荀伯子二十二岁。王弘二十一岁。蔡廓二十一岁。谢方明二十岁。王韶之二十岁。何尚之十八岁。颜延之十六岁。僧肇十六岁。王神爱十六岁。谢灵运十五岁。雷次宗十四岁。沈庆之十四岁。谢晦十岁。殷景仁十岁。刁雍十岁。高允十岁。谢弘微八岁。王昙首六岁。徐爰六岁。范晔二岁。

1. 北凉段业自称凉王。受聘于利鹿孤。

《十六国春秋》卷九十四《北凉录一·段业录》："天玺元年，春二月，业僭称凉王，赦其境内，改元天玺。"《晋书》卷一百二十六《秃发利鹿孤载记》："利鹿孤以隆安三年即伪位……使记室监麹梁明聘于段业……业曰：'美哉！使乎之义也。'"

2. 北魏崔玄伯通署三十六曹。势倾朝廷，俭约自居。

《魏书》卷二十四《崔玄伯传》："及置八部大夫以拟八坐，玄伯通署三十六曹，如令仆统事，深为太祖所任。势倾朝廷。而俭约自居，不营产业，家徒四壁；出无车乘，朝晡步上；母年七十，供养无重膳。太祖尝使人密察，闻而益重之，厚加馈赐。时人亦或讥其过约，而玄伯为之逾甚。太祖常引问古今旧事，王者制度，治世之则。玄伯陈古人制作之体，及明君贤臣，往代废兴之由，甚合上意。未尝謇谔忤旨，亦不谄谀苟容。"《通鉴》卷一百一十一：本年三月"甲子，(拓跋)珪分尚书三十六曹及外署……吏部尚书崔宏通署三十六曹……置五经博士，增国子太学生员合三千人。"

3. 郗恢被殷仲堪所杀。

《晋书》卷六十七《郗恢传》："将家还都，至杨口，仲堪阴使人于道杀之，及其四子，托以群蛮所杀。丧还京师，赠镇军将军。"卷二十七《五行志上》：本年春仲堪杀恢。

《书小史》卷五："郗恢字道胤，俭之之弟……善正、行书。"

《述书赋上》："处约、道胤，家之后俊。狂草势而兄优，谨正书而弟润。俱始登于学次，惭一亏于九仞。"

《晋书·郗恢传》："子循嗣。"

4. 王珣进卫将军。

《晋书》卷十《安帝纪》，本年"夏四月乙未，加尚书令王珣卫将军”。

5. 司马道子有疾，解扬州刺史、司徒，委政元显。

《晋书》卷六十四《会稽文孝王道子传》：“会道子有疾，加以昏醉，元显知朝望去之，谋夺其权，讽天子解道子扬州、司徒，而道子不之觉……既而道子酒醒，方知去职，于是大怒，而无如之何……既而孙恩乘衅作乱，加道子黄钺，元显为中军以讨之。又加元显录尚书事。然道子更为长夜之饮，政无大小，一委元显。时谓道子为东录，元显为西录。西府车骑填凑，东第门下可设雀罗矣……会洛阳覆没，道子以山陵幽辱，上疏送章绶，请归藩，不许。”

6. 卢循与孙恩通谋。

循生年未详。《晋书》卷一百《卢循传》：“卢循字于先，小名元龙，司空从事中郎谌之曾孙也。双眸冏彻，瞳子四转，善草隶弈棋之艺。沙门慧远有鉴裁，见而谓之曰：‘君虽体涉风素，而志存不轨。’循娶孙恩妹。及恩作乱，与循同谋。恩性酷忍，循每谏止之，人士多赖以济免。”

7. 刘裕为刘牢之参府军事。

《宋书》卷一《武帝纪上》：“及长，身长七尺六寸，风骨奇特。家贫，有大志，不治廉隅。事继母以孝谨称。初为冠军孙无终司马。安帝隆安三年十一月，妖贼孙恩作乱于会稽，晋朝卫将军谢琰、前将军刘牢之东讨。牢之请高祖参府军事。十二月，牢之至吴，而贼缘道屯结，牢之命高祖与数十人觇贼远近。会遇贼至，众数千人，高祖便进与战。所将人多死，而战意方厉，手奋长刀，所杀伤甚众。”

8. 王凝之为孙恩所害。

《晋书》卷八十《王凝之传》：“王氏世事张氏五斗米道，凝之弥笃。孙恩之攻会稽，僚佐请为之备。凝之不从，方入靖室请祷，出语诸将佐曰：'吾已请大道，许鬼兵相逐，贼自破矣。'既不设备，遂为孙恩所害。"卷十《安帝纪》：隆安三年，"十一月甲寅，妖贼孙恩陷会稽，内史王凝之死之。"《全晋文》卷二十七辑凝之文三篇，除已见上文者外，还有《风赋》和《书》一篇。《晋诗》卷十三辑凝之诗二首，见上文。

《晋书·王凝之传》："工草、隶。"《淳化阁帖》卷三辑有凝之《庾氏女帖》。

《异苑》卷六："琅邪王凝之……妻，左将军夫人谢氏奕之女也。尝频亡二男，悼惜甚过，哭泣累年，若居至艰。后忽见二男俱还，皆若锁械，慰免其母：'宜自宽割，儿并有罪，若垂哀怜，可为作福。'于是哀痛稍止，而勤功德。"上述事时间未详，姑附于此。

9. 谢道韫遭孙恩之难，临危不惧。

《晋书》卷九十六《王凝之妻谢氏传》："及遭孙恩之难，举厝自若，既闻夫及诸子已为贼所害，方命婢肩舆抽刃出门，乱兵稍至，手杀数人，乃被虏。其外孙刘涛时年数岁，贼又欲害之，道蕴云：'事在王门，何关他族！必其如此，宁先见杀。'恩虽毒虐，为之改容，乃不害涛。自尔嫠居会稽，家中莫不严肃。"

10. 徐广任中军参军，迁领军长史。

《宋书》卷五十五《徐广传》："时会稽王世子元显录尚书，欲使百僚致敬，台内使广立议，由是内外并执下官礼，广常为愧恨焉。元显引为中军参军，迁领军长史。"元显录尚书事见本年第5条。据《东晋将相大臣年表》，本年元显任领军将军。

11. 桓玄作《与殷仲堪书》。败殷仲堪，经庐山，见慧远。

《与殷仲堪书》见《全晋文》卷一一九。《晋书》卷九十九《桓玄传》:“隆安中,诏加玄都督荆州四郡,以兄伟为辅国将军、南蛮校尉。仲堪虑玄跋扈,遂与佺期结婚为援。初,玄既与仲堪、佺期有隙,恒虑掩袭,求广其所统……玄于是兴军西征,亦声云救洛,与仲堪书,说佺期受国恩而弃山陵,宜共罪之……后荆州大水,仲堪振恤饥者,仓廪空竭。玄乘其虚而伐之……密报兄伟令为内应。伟遑遽不知所为,乃自赍疏示仲堪。仲堪执伟为质,令与玄书,辞甚苦至。玄曰:‘仲堪为人不能专决,常怀成败之计,为儿子作虑,我兄必无忧矣。’玄既至巴陵,仲堪遣众距之,为玄所败。”卷十《安帝纪》:隆安三年“十二月,桓玄袭江陵,荆州刺史殷仲堪、南蛮校尉杨佺期并遇害”。《世说新语·尤悔第三十三》:“桓公(礼按:‘桓公’当作‘桓玄’)初报破殷荆州,曾(礼按:‘曾’当作‘会’)讲《论语》,至‘富与贵,是人之所欲,不以其道得之不处。’玄意色甚恶。”《高僧传》卷六《释慧远传》:“桓玄征殷仲堪,军经庐山,要远出虎溪。远称疾不堪。玄自入山,左右谓玄曰:‘昔殷仲堪入山礼远,愿公勿敬之。’玄答:‘何有此理?仲堪本死人耳。’及至见远,不觉致敬。玄问:‘不敢毁伤,何以剪削?’远答云:‘立身行道。’玄称善。所怀问难,不敢复言。乃说征讨之意。远不答。玄又问:‘何以见愿?’远云:‘愿檀越安稳,使彼亦复无他。’玄出山,谓左右曰:‘实乃生所未见。’”

12. 桓伟任南蛮校尉。为殷仲堪所执。

《晋书》卷八十四《杨佺期传》:“佺期、仲堪与桓玄素不穆,佺期屡欲相攻,仲堪每抑止之。玄以是告执政,求广其所统。朝廷亦欲成其衅隙,故以桓伟为南蛮校尉。”为殷仲堪所执,见本年第11条。

13. 何承天任桓伟参军,解职还益阳。

《宋书》卷六十四《何承天传》:"隆安四年,南蛮校尉命为参军。时殷仲堪、桓玄等互举兵以向朝廷,承天惧祸难未已,解职还益阳。"桓伟于本年任南蛮校尉,承天任其参军当在本年。《宋书》本传谓于隆安四年,误。

14. 殷仲堪为桓玄兵所俘,逼令自杀。

《建康实录》卷十《安皇帝》:殷仲堪,"及与桓玄应王恭,后不受诏命。朝廷惮之。然与桓玄素不穆,司马杨佺期屡欲攻玄,玄知,遂举兵攻仲堪。"《晋书》卷八十四《殷仲堪传》:"桓玄将讨佺期……仲堪乃执玄兄伟……玄顿巴陵,而馆其谷。玄又破杨广于夏口。仲堪既失巴陵之积,又诸将皆败,江陵震骇。城内大饥,以胡麻为廪。仲堪急召佺期。佺期率众赴之,直济江击玄,为玄所败,走还襄阳。仲堪出奔酇城,为玄追兵所获,逼令自杀,死于柞溪,弟子道护、参军罗企生等并被杀。仲堪少奉天师道,又精心事神,不吝财贿,而怠行仁义,啬于周急,及玄来攻,犹勤请祷。然善取人情,病者自为诊脉分药,而用计倚伏烦密,少于鉴略,以至于败。"

《隋书》卷三十二《经籍志一》:"《毛诗杂义》四卷,晋江州刺史(礼按:'江州'当作'荆州')殷仲堪撰……梁有《常用字训》一卷,殷仲堪撰……亡。"卷三十四《经籍志三》:"《论集》八十六卷,殷仲堪撰。梁九十六卷……亡……梁有……《殷荆州要方》一卷,殷仲堪撰,亡。"卷三十五《经籍志四》:"晋荆州刺史《殷仲堪集》十二卷并目录。梁十卷,录一卷,亡……《杂集》一卷,殷仲堪撰。"《旧唐书》卷四十七《经籍志下》:"《杂论》九十五卷,殷仲堪撰。"《新唐书》卷六十《艺文志四》同。《全晋文》卷一百二十九辑仲堪文十七篇,除已见上文者外,还有:《游园赋》、《将离赋》、《太子令》、《上白鹿表》、《表》、《与相王笺》、《与徐邈书》、《答徐农人问》、《水赞》、《琴赞》、《天圣论》、《酒盘铭》、诔(此诔系为韩康伯作,见《世说新语·品藻第九》)、《合社文》。

《书断下》:"王修字敬仁……善隶、行书……殷仲堪亦敬仁之亚也。"

《晋书·殷仲堪传》:"子简之,载丧下都,葬于丹徒,遂居墓侧。义旗建,率私僮客随义军蹑桓玄。玄死,简之食其肉。桓振之役,义军失利,简之没阵。弟旷之,有父风,仕至剡令。"

15. 殷仲文答桓玄问。

《世说新语·赏誉第八》:"殷仲堪丧后,桓玄问仲文:'卿家仲卿,定是何似人?'仲文曰:'虽不能休明一世,足以映彻九泉。'"

16. 有枳杨阳神道阙。

《善本碑帖录》卷二:"晋枳杨阳神道阙　隶正书,七行,行七字。隆安三年十月十一日。石原在四川巴县,为人凿去,归归安姚氏,后归端方,又归周进,今藏故宫。成都唐少公云四川巴县原阙处有石人双手头顶阙,今仍留此石人,唐来京时适由端方家散出,此石唐欲购回川未果。"《增补校碑随笔》第199页:《巴郡察孝骑都尉枳杨阳神道阙》:"四川出土,即为归安姚氏所得。后归长白托活洛氏。"增补:"(按此石虽有隶意,仍应是正书。)此石后归建德周进。有重刻本石泐痕极不自然。"

17. 后凉吕光卒。

《十六国春秋》卷八十一《后凉录一·吕光录》:"龙飞四年……秋九月,光寝疾。冬十二月,光疾甚,立太子绍为天王,自号太上皇帝……是日光卒……光年六十三(礼按:光咸康四年生，至本年卒，应为六十二岁），在位十四年（礼按：光于太元十四年即三河王位，至本年卒，应为十一年）。伪谥懿武皇帝，庙号太祖，墓号高陵。”

《全晋文》卷一百五十四辑吕光文三篇，已见上文。

18. 谢方明掩讨冯嗣之等。

《宋书》卷五十三《谢方明传》：“方明随伯父吴兴太守邈在郡，孙恩寇会稽，东土诸郡皆响应，吴兴民胡桀、郜骠破东迁县，方明劝邈避之，不从，贼至被害。方明逃窜遂免。初，邈舅子长乐冯嗣之及北方学士冯翊仇玄达，俱往吴兴投邈，并舍之郡学，礼待甚简。二人并忿愠，遂与恩通谋……刘牢之、谢琰等讨恩，恩走入海，嗣之等不得同去，方更聚合。方明结邈门生义故得百余人，掩讨嗣之等，悉禽而手刃之。”据《晋书》卷十《安帝纪》，本年十一月甲寅，孙恩陷会稽，被谢琰、刘牢之击走。

19. 郑鲜之为桓伟辅国主簿，作《滕羡仕宦议》。

《宋书》卷六十四《郑宣之传》：“鲜之下帷读书，绝交游之务。初为桓伟辅国主簿。先是，兖州刺史滕恬为丁零翟辽所没，尸丧不反，恬子羡仕宦不废，议者嫌之。桓玄在荆州，使群僚博议，鲜之议曰……”本年桓伟任辅国将军，详见本年第11条。鲜之上述事当在本年。

20. 王敬弘任天门太守。

《宋书》卷六十六《王敬弘传》：“性恬静，乐山水。为天门太守。敬弘妻，桓玄姊也。敬弘之郡，玄时为荆州，遣信要令过。敬弘至巴陵，谓人曰：‘灵宝见要，正当与其姊集聚耳，我不能为桓氏赘婿。’乃遣别船送妻往江陵。妻在桓氏，弥年不迎。山郡无事，恣其游适，累日不回，意甚好之。”

21. 北凉李暠都督凉兴以西诸军事、镇西将军，领护西夷校尉。

《晋书》卷八十七《凉武昭王李玄盛传》："及（段）业僭称凉王，其右卫将军索嗣构玄盛于业，乃以嗣为敦煌太守……玄盛素与嗣善，结为刎颈交，反为所构，故深恨之，乃罪状嗣于段业。业将且渠男又恶嗣，至是，因劝除之。业乃杀嗣，遣使谢玄盛，分敦煌之凉兴、乌泽、晋昌之宜禾三县为凉兴郡，进玄盛持节、都督凉兴已西诸军事、镇西将军，领护西夷校尉。"

22. 慧远作《答王谧书》。

《答王谧书》见《全晋文》卷一百六十一。《高僧传》卷六《释慧远传》："司徒王谧、护军王默等，并钦慕风德，遥致师敬。谧修书曰：'年始四十，而衰同耳顺。'远答曰……"《晋书》卷六十五《王谧传》："义熙三年卒，时年四十八。"据此推之，谧本年四十岁。《答王谧书》当作于本年。

23. 谢灵运欲作佛教门徒，未遂。自钱塘至建康。

《全宋文》卷三十三辑谢灵运《庐山慧远法师诔并序》："予志学之年，希门人之末。惜哉，诚愿弗遂。"《论语·为政》："子曰：'吾十有五而志于学。'"钟嵘《诗品上》："灵运……十五方还都。"

24. 顾恺之画被桓玄所盗。

《世说新语·巧艺第二十一》刘孝标注引《续晋阳秋》："恺之尤好丹青，妙绝于时。曾以一厨画寄桓玄，皆其绝者，深所珍惜，悉糊题其前。桓乃发厨后取之，好加理。后恺之见封题如初，而画并不存，直云：'妙画通灵，变化而去，如人之登仙矣。'"《晋书》卷九十二《顾恺之传》："尤信小术。以为求之必得。桓玄尝以一柳叶绐之曰：'此蝉所翳叶也，取以自蔽，人不见己。'恺之喜，引叶自蔽，玄就溺焉，恺之信其不见己也，甚以珍之。”以上诸事，时间不详，姑系于此。

25. 沈庆之随乡族击孙恩部下。

《宋书》卷七十七《沈庆之传》：“庆之少有志力。孙恩之乱也，遣人寇武康，庆之未冠，随乡族击之，由是以勇闻。荒扰之后，乡邑流散，庆之躬耕垄亩，勤苦自立。”据《晋书》卷十《安帝纪》，孙恩于本年十一月起义，元兴元年三月被杀。庆之击孙恩部下，当在其间。

26. 竺道壹约于本年卒于虎丘山。

《高僧传》卷五《竺道壹传》：“后暂往吴之虎丘山，以晋隆安中遇疾而卒，即葬于山南，春秋七十有一矣。”道壹确切卒年未详，隆安凡五年，今据“隆安中遇疾而卒”，姑系于此。

《全晋文》卷一百五十九辑道壹文一篇，已见上文。

27. 僧肇至姑臧，从鸠摩罗什。

《高僧传》卷六《释僧肇传》：“后罗什至姑臧，肇自远从之。什嗟赏无极。”肇至姑臧时间不详。肇后年随什入长安。至姑臧约在本年。

28. 雷次宗入庐山，事慧远。

《宋书》卷九十三《雷次宗传》：“少入庐山，事沙门释慧远，笃志好学，尤明《三礼》、《毛诗》，隐退不交世务。”又本传载次宗《与子侄书》云：“吾少婴羸患，事钟养疾，为性好闲，志栖物表，故虽在童稚之年，已怀远迹之意。”次宗入庐山事慧远，确切时间不详。今据“少入庐山”句，姑系于十四岁时。

29. 有写《优婆塞戒经》。

中国美术全集编辑委员会编《中国美术全集》书法篆刻编(2)魏晋南北朝书法·图版说明第26页：“优婆塞戒经残片　北京　纸本　中国历史博物馆藏　《优婆塞戒经》是中国历史

博物馆收藏的没有年款的写经残片，和罗振玉《汉晋墨影》收录的写经残片，乃是同一写本的前后部分。历史博物馆所藏是该经卷六《五戒品第廿二》最后一段，存三百余字；另一残片为卷六《尸婆罗密品第廿三》最前一段，存二十余字。罗振玉印本所收残片是卷七的最后一段，亦即全经的最后一段。关于写经的年代，罗振玉定为晋咸和年间，据罗印本经卷末的一段后记的内容，现确定应为北凉时期的写经，此经有一些字和北凉著名的《且渠安周造佛寺碑》写法相近。《优婆塞戒经残片》为白麻纸，纵二七厘米，乌丝栏，栏纵二二厘米，横一·五厘米，每行书写十七字左右。书体接近汉代的章草，有浓厚隶意。是我国书法从隶书发展成为楷书这一转折时期，遗留下来的极为有用的文字资料。”图版三九印有《优婆塞戒经残片》。据《通鉴》卷一百九、卷一百二十三，北凉建于本年五月，亡于宋元嘉十六年九月。姑系写《优婆塞戒经》于本年。

400　庚子

晋隆安四年	北魏天兴三年
后燕长乐二年	后秦弘始二年
西秦太初十三年	后凉咸宁二年
南凉秃发利鹿孤建和元年	北凉天玺二年
南燕建平元年	西凉李暠元年

慧远六十七岁。范宁六十二岁。鸠摩罗什五十七岁。王珣五十一岁。张野五十一岁。李暠五十岁。徐广四十九岁。范泰四十六岁。裴松之四十一岁。王敬弘四十一岁。刘穆之四十一岁。刘裕三十八岁。司马道子三十七岁。郑鲜之三十七岁。陶渊明三十六岁。桓玄三十二岁。孔琳之三十二岁。羊欣三十一岁。何承天三十一岁。袁豹二十八岁。傅亮二十七岁。宗炳二十六岁。王诞二十六岁。张茂度二十五岁。释宝云二十五岁。周续之二十四岁。戴颙二十三岁。荀伯子二十三岁。王弘二十二岁。蔡廓二十二岁。谢方明二十一岁。王韶之二十一岁。何尚之十九岁。颜延之十七岁。僧肇十七岁。王神爱十七岁。谢灵运十六岁。雷次宗十五岁。沈庆之十五岁。谢晦十一岁。殷景仁十一岁。刁雍十一岁。高允十一岁。谢弘微九岁。王昙首七岁。徐爰七岁。范晔三岁。萧思话一岁。

1. 庐山诸道人游石门山，作《游石门诗并序》。

诗并序见《晋诗》卷二十，未知作者。序云："石门在精舍南十余里，一名障山……释法师以隆安四年仲春之月，因咏山水，遂杖锡而游。于时交徒同趣三十余人，咸拂衣晨征，怅然增兴……各欣一遇之同欢，感良辰之难再，情发于中，遂共咏之云尔。"序中所云之"释法师"疑是慧远。

2. 桓玄任后将军、荆州刺史，复领江州刺史。答版皆粲然成章。

《晋书》卷九十九《桓玄传》：玄"表求领江、荆二州。诏以玄都督荆司雍秦梁益宁七州、后将军、荆州刺史、假节，以桓修为江州刺史。玄上疏固争江州，于是进督八州及扬、豫八郡，复领江州刺史。玄又辄以伟为冠军将军、雍州刺史。时寇贼未平，朝廷难违其意，许之。"《建康实录》卷十《安皇帝》，本年三月，"以桓玄为后将军、荆州刺史"。《世说新语·文学第四》："桓玄初并西夏，领荆、江二州，二府一国。于时始雪，五处俱贺，五版并入。玄在听事上，版至即答，版后皆粲然成章，不相杂糅。"

3. 桓伟任冠军将军、雍州刺史。

见本年第2条。

4. 卞范之任江州刺史长史。

《晋书》卷九十九《卞范之传》："桓玄少与之游，及玄为江州，引为长史，委以心膂之任，潜谋密计，莫不决之。"

5. 陶渊明从建康还寻阳，途中作《庚子岁五月中从都还阻风于规林诗》二首。

《晋诗》卷十六辑《庚子岁五月中从都还阻风于规林诗》二首，据诗题及诗内容，知所谓"从都还"，指从都城建康回到其故乡寻阳。又据诗中"自古叹行役，我今始知之"二句，知此次赴都城是为公事。时渊明盖在桓玄幕中任职。其在桓玄幕中任职事详见明年第3条。

6. 有谢琰及妻王氏墓志、文字砖。

《考古》1973年第3期载晓光撰《江苏溧阳发现东晋墓志》:“1972年10月,在县城西北25公里……发现东晋残墓一座,出土砖刻墓志一块。因该墓曾被盗掘,故其他出土物甚少,仅有文字砖、图案砖……墓志因年久变化,字迹多处模糊不清,查看《晋书》及其他资料,认为可能是东晋后期谢琰(谢安的儿子)与其妻的合葬墓……这块墓志的书法仍保留较多的隶书笔法并有章草(草隶)笔意,但较同时期的《爨宝子碑》,较早期的《王兴之墓志》接近楷书。”附有砖刻墓志图片、文字砖拓片。《晋书》卷十《安帝纪》:本年五月“己卯,会稽内史谢琰为孙恩所败,死之。”

7. 刘裕破孙恩于南山,戍句章城。

《晋书》卷十《安帝纪》:本年六月,“辅国司马刘裕破(孙)恩于南山。”《宋书》卷一《武帝纪上》:本年“十一月,刘牢之复率众东征,恩退走。牢之屯上虞,使高祖戍句章城。句章城既卑小,战士不盈数百人,高祖常被坚执锐,为士卒先,每战辄摧锋陷阵,贼乃退还浃口。于时东伐诸帅,御军无律,士卒暴掠,甚为百姓所苦。唯高祖法令明整,所至莫不亲赖焉。”

8. 谢方明奔东阳,还都,寄居国子学。

《宋书》卷五十三《谢方明传》:“于时荒乱之后,吉凶礼费。方明合门遇祸,资产无遗,而营举凶事,尽其力用,数月之间,葬送并毕,平世备礼,无以加也。顷之,孙恩重没会稽,谢琰见害。恩购求方明甚急。方明于上虞载母妹奔东阳,由黄蘗峤出鄱阳,附载还都,寄居国子学。流离险厄,屯苦备经,而贞立之操，在约无改。”据《晋书》卷十《安帝纪》，本年五月己卯，谢琰被害。

9. 徐广作《孝武文李太后服议》。

《宋书》卷十五《礼志二》：“晋安帝隆安四年，太皇太后李氏崩，尚书祠部郎徐广议……诏可。”《晋书》卷十《安帝纪》：本年“秋七月壬子，太皇太后李氏崩。”

10. 羊欣为司马元显后军府舍人。

《宋书》卷六十二《羊欣传》：“隆安中，朝廷渐乱，欣优游私门，不复进仕。会稽王世子元显每使欣书，常辞不奉命，元显怒，乃以为其后军府舍人。此职本用寒人，欣意貌恬然，不以高卑见色，论者称焉。”《建康实录》卷十二《太祖文皇帝》：“欣以晋隆安中司马元显使欣书扇，欣不奉命。元显取为后军舍人，伍众为耻，欣淡然自若。”据《晋书》卷十《安帝纪》，本年冬十一月，司马元显为后将军、开府仪同三司。

11. 王诞补司马元显后军府功曹。

《宋书》卷五十二《王诞传》：“隆安四年，会稽王世子元显开后军府，又以诞补功曹。寻除尚书吏部郎，仍为后军长史，领庐江太守，加镇蛮护军。转龙骧将军、琅邪内史，长史如故。诞结事元显嬖人张法顺，故为元显所宠。元显纳妾，诞为之亲迎。”诞除尚书吏部郎等事，疑在明年。姑一并系于此。

12. 周祇作《祭梁鸿文》。

祇生卒年未详。《全晋文》卷一百四十二，严可均曰：“祇字颖文，陈郡人。”同卷载《祭梁鸿文》云：“晋隆安四年十一月，陈郡周颖文以蕴藻行潦祠于梁先生之墓……”

13. 西凉李暠任凉公，立西凉。

《十六国春秋》卷九十一《西凉录一·李暠录》：“庚子元年，冬十一月，暠所居后园，有赤气起，龙迹见于小城。于是晋昌太守唐瑶叛（段）业，移檄六郡，推暠为大都督、冠军大将军、沙州刺史、领护羌校尉、敦煌太守、领秦凉二州牧、凉公。大赦境内殊死已下。建元庚子……招怀夷夏，人情悦服。”

14. 王珣以疾解职。

《晋书》卷六十五《王珣传》隆安“四年，以疾解职”。

15. 鸠摩罗什作《奏凉王吕纂》。

《高僧传》卷二《鸠摩罗什传》：“咸宁二年，有猪生子，一身三头。龙出东厢井中，到殿前蟠卧，比旦失之。纂以为美瑞，号大殿为龙翔殿。俄而有黑龙升于当阳九宫门。纂改九宫门为龙兴门，什奏曰……纂不纳。与什博戏。”

16. 萧思话生。

《宋书》卷七十八《萧思话传》：“萧思话，南兰陵人，孝懿皇后弟子也。父源之字君流，历中书黄门郎，徐、兖二州刺史，冠军将军，南琅邪太守。永初元年卒，追赠前将军……（思话）孝建二年卒，时年五十。”校勘记：“孙虨《宋书考论》云：‘按思话任青州，依本纪实元嘉三年，年二十七。若五年年二十七，则其年十八时，当晋恭帝元熙元年，琅邪王亦为帝，何自除琅邪王大司马参军邪？以此推之，思话卒年盖五十六也。’按《文帝纪》系思话任青州于元嘉三年，是，传云元嘉五年为青州刺史，实误。元嘉三年，思话年二十七，则其卒年亦当是五十六。”据卒年五十六推之，知生于本年。

17. 吴隐之任龙骧将军、广州刺史，领平越中郎将。作《酌贪泉赋诗》。

《晋书》卷九十《吴隐之传》：“广州包带山海，珍异所出，一箧之宝，可资数世，然多瘴疫，人情惮焉。唯贫窭不能自立者，求补长史，故前后刺史皆多黩货。朝廷欲革岭南之弊，隆安中，以隐之为龙骧将军、广州刺史、假节，领平越中郎将。未至州二十里，地名石门，有水曰贪泉，饮者怀无厌之欲。隐之既至，语其亲人曰：'不见可欲，使心不乱。越岭丧清，吾知之矣。'乃至泉所，酌而饮之，因赋诗曰……及在州，清操逾厉，常食不过菜及干鱼而已，帷帐器服皆付外库，时人颇谓其矫，然亦终始不易。帐下人进鱼，每剔去骨存肉，隐之觉其用意，罚而黜焉。"隐之任龙骧将军、广州刺史等职，确切时间未详。《东晋将相大臣年表》系任广州刺史于本年。《晋书》卷十《安帝纪》则定于元兴元年三月。今从《东晋将相大臣年表》。

18. 陶琬之任江州主簿。作诗。

琬之生卒年未详。《御览》卷三百五十八："陶琬之诗曰……"注："《桓玄集》载，琬之为江州主簿。"据此，琬之任江州主簿，疑在本年桓玄任江州刺史时或以后。《晋诗》卷十四辑《御览》所引上述诗，并云："琬之，桓玄时为江州主簿。"桓玄元兴三年卒，诗必作于玄卒之前，姑系于本年。

19. 北魏崔浩任给事秘书，转著作郎。工书。

浩生年未详。《魏书》卷三十五《崔浩传》："崔浩，字伯渊（礼按：'渊'，《北史》卷二十一《崔浩传》作'深'，《北史》避唐讳改），清河人也，白马公玄伯之长子。少好文学，博览经史，玄象阴阳，百家之言，无不关综，研精义理，时人莫及。弱冠为直郎。天兴中，给事秘书，转著作郎。太祖以其工书，常置左右……浩母卢氏，谌孙也……浩小名桃简。"浩任给事秘书、转著作郎，具体时间不详。天兴凡七年，今据"天兴中"，姑系于此。

20. 西凉刘昞任李暠儒林祭酒。

昞生卒年不详。《魏书》卷五十二《刘昞传》："刘昞，字延明，敦煌人也。父宝，字子玉，以儒学称。昞年十四，就博士郭瑀学。时瑀弟子五百余人，通经业者八十余人。瑀有女始笄，妙选良偶，有心于昞。遂别设一席于坐前，谓诸弟子曰：'吾有一女，年向成长，欲觅一快女婿，谁坐此席者，吾当婚焉。'昞遂奋衣来坐，神志肃然，曰：'向闻先生欲求快女婿，昞其人也。'瑀遂以女妻之。'昞后隐居酒泉，不应州郡之命，弟子受业者五百余人。李暠私署，征为儒林祭酒、从事中郎。暠好尚文典，书史穿落者亲自补治，昞时侍侧，前请代暠。暠曰：'躬自执者，欲人重此典籍。吾与卿相值，何异孔明之会玄德。'迁抚夷护军，虽有政务，手不释卷。暠曰：'卿注记篇籍，以烛继昼。白日且然，夜可休息。'昞曰；'朝闻道，夕可死矣，不知老之将至，孔圣称焉。昞何人斯，敢不如此。'昞以三史文繁，著《略记》百三十篇、八十四卷，《凉书》十卷，《敦煌实录》二十卷，《方言》三卷，《靖恭堂铭》一卷，注《周易》、《韩子》、《人物志》、《黄石公三略》，并行于世。"昞任暠儒林祭酒、迁抚夷护军，时间未详，疑在本年暠任凉公时，或以后。《略记》、《凉书》、《敦煌实录》等，非一时所作。姑一并系于此。

21. 释宝云远适西域。

《高僧传》卷三《释宝云传》："求法恳恻，亡身殉道，志欲躬睹灵迹，广寻经要，遂以晋隆安之初，远适西域。与法显、智严先后相随，涉履流沙，登逾雪岭，勤苦艰危，不以为难。遂历于阗、天竺诸国，备睹灵异。乃经罗刹之野，闻天鼓之音，释迦影迹多所瞻礼。云在外域，遍学梵书，天竺诸国音字诂训，悉皆备解。"宝云远适西域，确切时间不详。《高僧传》同卷《释法显传》，记法显于本年发自长安，征西域。据此，故系于本年。

401　辛丑

晋隆安五年　　　　　　北魏天兴四年
后燕慕容熙光始元年　　后秦弘始三年
后凉吕隆神鼎元年　　　南凉建和二年
北凉沮渠蒙逊永安元年　南燕建平二年
西凉李暠二年

慧远六十八岁。范宁六十三岁。鸠摩罗什五十八岁。王珣五十二岁。张野五十二岁。李暠五十一岁。徐广五十岁。范泰四十七岁。裴松之四十二岁。王敬弘四十二岁。刘穆之四十二岁。刘裕三十九岁。司马道子三十八岁。郑鲜之三十八岁。陶渊明三十七岁。桓玄三十三岁。孔琳之三十三岁。羊欣三十二岁。何承天三十二岁。袁豹二十九岁。傅亮二十八岁。宗炳二十七岁。王诞二十七岁。张茂度二十六岁。释宝云二十六岁。周续之二十五岁。戴颙二十四岁。荀伯子二十四岁。王弘二十三岁。蔡廓二十三岁。谢方明二十二岁。王韶之二十二岁。何尚之二十岁。颜延之十八岁。僧肇十八岁。王神爱十八岁。谢灵运十七岁。雷次宗十六岁。沈庆之十六岁。谢晦十二岁。殷景仁十二岁。刁雍十二岁。高允十二岁。谢弘微十岁。王昙首八岁。徐爰八岁。范晔四岁。萧思话二岁。

1. 刘裕屡破孙恩军。任建武将军、下邳太守。

《宋书》卷一《武帝纪上》:隆安“五年春,孙恩频攻句章,高祖屡摧破之,恩复走入海。三月,恩北出海盐,高祖追而翼之,筑城于海盐故治。贼日来攻城,城内兵力甚弱,高祖乃选敢死之士数百人,咸脱甲胄,执短兵,并鼓噪而出,贼震惧夺气,因其惧而奔之,并弃甲散走,斩其大帅姚盛……五月……高祖复破贼于娄县。六月,恩乘胜浮海,奄至丹徒,战士十余万……高祖率所领奔击,大破之……八月,以高祖为建武将军、下邳太守,领水军追讨至郁洲,复大破恩。恩南走。十一月,高祖追恩于沪渎,及海盐,又破之。三战并大获,俘馘以万数。”

2. 袁山松被害。

《晋书》卷八十三《袁山松传》:“山松历显位,为吴郡太守。孙恩作乱,山松守沪渎,城陷被害。”卷十《安帝纪》:本年,“夏五月,孙恩寇沪渎,吴国内史袁山松死之。”按传、纪所记山松官位不同。考其时无封国于吴者,似当以传所云封吴郡太守为正。

《隋书》卷三十三《经籍志二》:“《后汉书》九十五卷。本一百卷。晋秘书监袁山松撰。”《旧唐书》卷四十六《经籍志上》作一百二卷,《新唐书》卷五十八《艺文志一》作一百一卷,又《录》一卷。阮孝绪《七录》:袁山松撰《后汉书艺文志》。卷三十五《经籍志四》:“《袁山松集》十卷……亡。”《晋诗》卷十四辑山松诗二首:《菊诗》、《白鹿山诗》。《全晋文》卷五十六辑山松文八篇:《歌赋》、《酒赋》、《圆扇赋》、《答桓南郡书》、《白鹿诗序》、《后汉书光武纪论》、《章帝纪论》、《献帝纪论》。姚振宗《隋书经籍志考证》卷三十九之五引上述八篇后,按曰:

“诸书引袁山松《宜都记》、《勾将山记》,或编入本集。”丁国钧《补晋书艺文志》卷二:“《宜都山川记》,袁山松。谨按,是书原本,《书钞》、《艺文类聚》、《初学记》、《御览》均引,或省作《宜都记》。盖山松曾守宜都(原注:本传失载),此其在郡时所著。《艺文类聚·啸类》载桓玄《与袁宜都书》,即山松。”

《书小史》卷六:“袁山松……善书。梁武帝云:‘袁山松书如深山道士,见人便欲退缩。’”

3. 陶渊明于江陵请假回家。还江陵,途中作《辛丑岁七月赴假还江陵夜行涂口诗》。母孟氏卒。作《晋故征西大将军长史孟府君传》。

《晋诗》卷十六辑渊明《辛丑岁七月赴假还江陵夜行涂口诗》。桓玄于去年三月领荆州刺史,江陵为荆州治所,渊明七月赴假还江陵,因其在桓玄幕中任职。渊明始于桓玄幕中任职疑在去年,或以后。《全晋文》卷一百十二辑渊明《祭程氏妹文》:“昔在江陵,重罹天罚……萧萧冬月,白云(一作‘白雪’)掩晨。”据此,知本年冬,母孟氏卒,渊明丁忧居家。《全晋文》卷一百十二辑渊明《晋故征西大将军长史孟府君传》:“渊明先亲,君之第四女也。凯风寒泉之思,实钟厥心。”传当作于孟氏卒后不久。

4. 司马道子无谋略对孙恩,日祷蒋侯庙。拜侍中,太傅。

《晋书》卷六十四《会稽文孝王道子传》:“会孙恩至京口,元显栅断石头,率兵距战,频不利。道子无他谋略,唯日祷蒋侯庙为厌胜之术。既而孙恩遁于北海,桓玄复据上流,致笺于道子曰……元显览而大惧……道子寻拜侍中、太傅,置左右长史、司马、从事中郎四人,崇异之仪,备尽盛典。其骠骑将军僚佐文武,即配太傅府。”

5. 卢循陷广陵。

《晋书》卷十《安帝纪》:"(孙)恩将卢循陷广陵,死者三千余人。"《安帝纪》系上述事于上年,卷一百《孙恩传》系于本年。《通鉴》卷一一二系于本年六月。今从《孙恩传》及《通鉴》。

6. 北凉段业攻沮渠蒙逊,败。被杀。

《晋书》卷一百二十九《沮渠蒙逊载记》:段业"先疑其右将军田昂,幽之于内,至是,谢而赦之,使与武卫梁中庸等攻蒙逊……昂至侯坞,率骑五百归于蒙逊。蒙逊至张掖,昂兄子承爱斩关内之,业左右皆散。蒙逊大呼曰:'镇西何在?'军人曰:'在此。'业曰:'孤单飘一己,为贵门所推,可见丐余命,投身岭南,庶得东还,与妻子相见。'蒙逊遂斩之……业……儒素长者,无他权略,威禁不行,群下擅命,尤信卜筮、谶记、巫觋、征祥,故为奸佞所误。"卷十《安帝纪》,本年五月,"沮渠蒙逊杀段业,自号大都督,北凉州牧"。

7. 王珣卒。

《晋书》卷六十五《王珣传》:隆安"四年,以疾解职。岁余,卒,时年五十二。追赠车骑将军、开府,谥曰献穆。桓玄与会稽王道子书曰……玄辅政,改赠司徒。"卷十《安帝纪》、《通鉴》卷一百一十一谓珣卒于上年五月丙寅。今从本传。《隋书》卷三十五《经籍志四》:"晋司徒《王珣集》十一卷,并目录。梁十卷,录一卷,亡。"《晋诗》卷十四辑王珣《秋怀诗》二句。此外,尚有《宗庙歌诗》二首,已见上文,《晋诗》漏收。《全晋文》卷二十辑王珣文九篇。除已见上文者外,还有:《奏追崇郑太后》、《书》、《重与范宁书》、《琴赞》、《虎丘山铭》、《祭徐聘士文》。另,《世说新语·言语第二》刘孝标注引《游严陵濑诗叙》二句,《全晋文》漏收。

《书断中》:“(王)珣亦善书。”《书小史》卷五:“王珣……善行书。”《淳化阁帖》卷二辑有王珣《末冬帖》。《宣和书谱》卷十四:“珣三世以能书称……盖其家范世学,乃晋室之所慕者,此珣之草圣,亦有传焉。今御府所藏有二:草书《三月帖》、行书《伯远帖》。”

《晋书·王珣传》:“珣五子:弘、虞、柳、孺、昙首,宋世并有高名。”弘、昙首见本书有关王弘条、王昙首条。

8. 王弘悉烧父王珣券书,固辞咨议参军等职。

《宋书》卷四十二《王弘传》:“珣颇好积聚,财物布在民间。珣薨,弘悉燔烧券书,一不收责;余旧业悉以委付诸弟。未免丧,后将军司马元显以为咨议参军,加宁远将军,知记室事,固辞不就。道子复以为咨议参军,加建威将军,领中兵,又固辞。时内外多难,在丧者皆不终其哀,唯弘固执得免。”

9. 桓玄伺朝廷之隙以讨司马元显。作《致会稽王道子笺》、《答会稽王道子笺》。

《晋书》卷九十九《桓玄传》:“其后(孙)恩逼京都,玄建牙旗聚众,外托勤王,实欲观衅而进,复上疏请讨之。会恩已走,玄又奉诏解严。以伟为江州,镇夏口。”《致会稽王道子笺》见本年第4条。《通鉴》卷一一二系作《致会稽王道子笺》于本年十二月。《答会稽王道子笺》见本年第7条。

10. 桓伟任江州刺史。

见本年第9条。

11. 鸠摩罗什至后秦长安。

《高僧传》卷二《鸠摩罗什传》:“什停凉积年,吕光父子既不弘道,故蕴其深解无所宣化。苻坚已亡,竟不相见。及姚苌僭有关中,亦挹其高名,虚心要请。诸吕以什智计多解,恐为姚谋，不许东入。及苌卒，子兴袭位，复遣敦请。兴弘始三年三月，有树连理，生于广庭。逍遥园葱变为茝，以为美瑞，谓智人应入。至五月兴遣陇西公硕德西伐吕隆。隆军大破。至九月，隆上表归降。方得迎什入关。以其年十二月二十日至于长安。兴待以国师之礼，甚见优宠。晤言相对则淹留终日，研微造尽则穷年忘倦。"《莫高窟年表》："什公译事最极，而相从之助手，亦教理深契，文章优胜，故译著为中国佛教典籍中最佳胜之本。计弘始三年……僧睿为抄集《众家禅要》三卷，并出《十二因缘》及《要解》。"

12. 僧肇随鸠摩罗什入长安。

《高僧传》卷六《释僧肇传》："及什适长安，肇亦随入。"

13. 范宁卒。

《晋书》卷七十五《范宁传》："既免官，家于丹杨，犹勤经学，终年不辍。年六十三，卒于家。"据《历代名人年谱》卷二，宁卒于本年。

《隋书》卷三十二《经籍志一》："《古文尚书舜典》一卷，晋豫章太守范宁注。梁有《尚书》十卷，范宁注，亡……《礼杂问》十卷，范宁撰。"《旧唐书》卷四十六《经籍志上》："《礼问》九卷，范宁撰。《礼论答问》九卷，范宁撰。"《新唐书》卷五十七《艺文志一》同。《隋书·经籍志一》："《春秋穀梁传》十二卷，范宁集解……《春秋穀梁传例》一卷，范宁撰。"丁国钧撰、子辰述注《晋书艺文志补遗》："《穀梁音》，范宁，见贾昌朝《群经音辨》。"丁国钧《补晋书艺文志》卷一："《论语注》，范宁。谨按，江氏《集解》引，见皇侃《论语义疏序》。家大人曰：是书《隋志》不著录，而别有范廙《论语别义》十卷。晁氏《读书后志》谓范廙或范宁之讹，此言颇可据信。"《隋书》卷三十五《经籍志四》:"晋豫章太守《范宁集》十六卷。"《全晋文》卷一百二十五辑范宁文二十四篇,除已见前文者外,还有:《祭殇议》、《为旧君服议》、《启国子生假故事》、《启断众公受假故事》、《厨籍教》、《文书教》、《答徐邈书》、《与谢安书》、《难戴逵论马郑二义书》、《答王朔之问天子为后父母服》、《答谯王恬问王子为慈母服》、《答曹述初问为前妻父母服》、《又答曹述初难》、《答郑澄问已拜时而夫死服》、《答殷仲堪问改葬复虞》、《答王荟问丧服便除》、《礼杂问》。

《书小史》卷五:"范宁,字武子……善正书。"《述书赋上》:"武子正笔,颇全古质。去凡忘情,任朴不失。犹高人之与释子,志由道而秉律。"

《晋书·范宁传》:"子泰。"见本书有关范泰条。

14. 范泰袭爵阳遂乡侯。

《宋书》卷六十《范泰传》:"父忧去职,袭爵阳遂乡侯。"父宁卒,见本年第13条。

15. 谢弘微出继谢峻。

《宋书》卷五十八《谢弘微传》:"童幼时,精神端审,时然后言。所继叔父混名知人,见而异之,谓思曰:'此儿深中夙敏,方成佳器。有子如此,足矣。'年十岁出继。所继父于弘微本缌麻,亲戚中表,素不相识,率意承接,皆合礼衷。"

16. 昙谛约于本年出家。

《高僧传》卷七《释昙谛传》:"至年十岁出家。学不从师,悟自天发。后随父至樊邓。"本年昙谛约十岁。

17. 有《后燕民谣》。

《晋书》卷一百二十四《慕容熙载记》:慕容盛死,"熙遂僭即尊位……立其贵嫔苻氏为皇后……苻氏死……熙被发徒跣,步从苻氏丧。辒车高大,毁北门而出……中卫将军冯跋、左卫将军张兴,先皆坐事亡奔,以熙政之虐也,与跋从兄万泥等二十二人结盟,推慕容云为主,发尚方徒五千余人闭门距守。中黄门赵洛生奔告之,熙曰……乃收发贯甲,驰还赴难。夜至龙城,攻北门不克,遂败,走入龙腾苑,微服隐于林中,为人所执,云得而弑之……垂以孝武帝太元八年僭立(校勘记:'垂立于太元九年,此作"八年"误。'),至熙四世,凡二十四年,以安帝义熙三年灭。初,童谣曰……藁子上有草,下有禾,两头然则禾草俱尽而成高字。云父名拔,小字秃头,三子,而云季也。熙竟为云所灭,如谣言焉。"童谣作于何时,未详。熙即位后,暴虐无道,臣民怨恨,童谣或作于即位后。据同卷《慕容盛载记》、《慕容熙载记》,熙于本年即位。

402　壬寅

晋元兴元年(大亨元年)　　北魏天兴五年
后燕光始二年　　后秦弘始四年
后凉神鼎二年　　南凉秃发傉檀弘昌元年
北凉永安二年　　西凉李暠三年
南燕建平三年

慧远六十九岁。鸠摩罗什五十九岁。张野五十三岁。李暠五十二岁。徐广五十一岁。范泰四十八岁。裴松之四十三岁。王敬弘四十三岁。刘穆之四十三岁。刘裕四十岁。司马道子三十九岁。郑鲜之三十九岁。陶渊明三十八岁。桓玄三十四岁。孔琳之三十四岁。羊欣三十三岁。何承天三十三岁。袁豹三十岁。傅亮二十九岁。宗炳二十八岁。王诞二十八岁。张茂度二十七岁。释宝云二十七岁。周续之二十六岁。戴颙二十五岁。荀伯子二十五岁。王弘二十四岁。蔡廓二十四岁。谢方明二十三岁。王韶之二十三岁。何尚之二十一岁。颜延之十九岁。僧肇十九岁。王神爱十九岁。谢灵运十八岁。雷次宗十七岁。沈庆之十七岁。谢晦十三岁。殷景仁十三岁。刁雍十三岁。高允十三岁。谢弘微十一岁。王昙首九岁。徐爰九岁。范晔五岁。萧思话三岁。

1. 西凉李暠建靖恭堂，图赞圣帝明王等。

《晋书》卷八十七《凉武昭王李玄盛传》："初，吕光之称王也，遣使市六玺玉于于窴，至是，玉至敦煌，纳之郡府。仍于南门外临水起堂，名曰靖恭之堂（校勘记：'靖恭之堂下文及《御览》一二四引《西凉录》、一七六引《三十国春秋》皆无"之"字。'），以议朝政，阅武事。图赞自古圣帝明王、忠臣孝子、烈士贞女，玄盛亲为序颂（礼按：圣帝明王等序颂已佚），以明鉴戒之义，当时文武群僚亦皆图焉。有白雀翔于靖恭堂，玄盛观之大悦。"《十六国春秋》卷九十一《西凉录一·李暠录》系暠建靖恭堂等事于本年正月。

2. 卢循自称征虏将军。为孙恩余众之主。桓玄以为永嘉太守。

《晋书》卷十三《天文志下》："元兴元年正日，卢循自称征虏将军，领孙恩余众，略有永嘉、晋安之地。"卷一百《卢循传》："恩亡，余众推循为主。"据卷十《安帝纪》，恩于本年三月被击斩。为永嘉太守见本年第 6 条。

3. 桓玄抗表讨司马元显，作《讨元显檄》、《入京矫诏》，自加丞相，自署太尉，封楚王。作《与刘牢之书》、《沙汰众僧教》、《与释慧远书劝罢道》、《与桓谦等书论沙门应致敬王者》、《与王谧书论沙门应致敬王者》、《难王谧》、《重难王谧》、《三难王谧》、《与释慧远书》、《重与慧远书》。用羊孚为记室参军。作《与殷仲文书》。

《晋书》卷九十九《桓玄传》："元兴初，元显称诏伐玄……既闻元显将伐之，甚惧，欲保江陵。长史卞范之说玄曰：'公英略威名振于天下，元显口尚乳臭，刘牢之大失物情，若兵临近畿，示以威赏，则土崩之势可翘足而待，何有延敌入境自取蹙弱者乎！'玄大悦，乃留其兄伟守江陵，抗表率众，下至寻阳，移檄京邑，罪状元显（《讨元显檄》见《全晋文》卷一一九）。檄至，元显大惧，下船而不克发。玄既失人情，而兴师犯顺，虑众不为用，恒有回旆之计。既过寻阳，不见王师，意甚悦，其将吏亦振……至姑孰……攻谯王尚之，尚之败。刘牢之遣子敬宣诣玄降。玄至新亭，元显自溃。玄入京师，矫诏曰……又矫诏加己总百揆、侍中、都督中外诸军事、丞相、录尚书事、扬州牧，领徐州刺史，又加假黄钺、羽葆鼓吹，班剑二十人，置左右长史、司马、从事中郎四人，甲仗二百人上殿。玄表列太傅道子及元显之恶，徙道子于安成郡，害元显于市……以兄伟为安西将军、荆州刺史，领南蛮校尉……大赦，改元为大亨。玄让丞相，自署太尉，领平西将军、豫州刺史。又加衮冕之服、绿綟绶，增班剑为六十人，剑履上殿，入朝不趋，赞奏不名。玄将出居姑孰……遂大筑城府，台馆山池莫不壮丽，乃出镇焉。既至姑孰，固辞录尚书事，诏许之，而大政皆咨焉，小事则决于桓谦、卞范之。自祸难屡构，干戈不戢，百姓厌之，思归一统。及玄初至也，黜凡佞，擢俊贤，君子之道粗备，京师欣然。后乃陵侮朝廷，幽摈宰辅，豪奢纵欲，众务繁兴，于是朝野失望，人不安业……玄讽朝廷以己平元显功，封豫章公……平仲堪、佺期功，封桂阳郡公……本封南郡如故……又发诏为桓温讳，有姓名同者一皆改之，赠其母马氏豫章公太夫人。”卷十《安帝纪》：本年春正月元显讨桓玄。《建康实录》卷十《安皇帝》：本年“二月，帝戎服饯元显于西池，赋诗者九十八人。”《晋书·安帝纪》：本年三月“辛未，王师败绩于新亭……元显……遇害……壬申，桓玄自为侍中、丞相、录尚书事……俄又自称太尉、扬州牧，总百揆。”《与刘牢之书》全文见《晋书》卷八十四《刘牢之传》，云“桓玄遣何穆说牢之曰……”未言与刘牢之书。《全晋文》卷一一九引“何穆说牢之”之后半部分题为《与刘牢之书》。《刘牢之传》曰：“元兴初，朝廷将讨桓玄，以牢之为前锋都督、征西将军，领江州事。元显遣使以讨玄事咨牢之……桓玄遣何穆说牢之曰……”卷十《安帝纪》：元兴元年“三月己巳，刘牢之叛降于桓玄。”《与刘牢之书》当作于本年三月己巳前。《沙汰众僧教》、《与释慧远书劝罢道》等九文均见《全晋文》卷一一九，未注明写作时间。《建康实录》卷十《安皇帝》：隆安六年（本年正月改元兴），“五月，玄欲简汰沙门，非明至理者悉罢之。又议令沙门致敬王者，匡山惠远法师谏止之。”原案：“《惠远集》：隆安六年，桓公遗书于惠远，言沙门令致敬王者，惠远答书论不可致之意。”《全晋文》卷一一九辑桓谦《答桓玄书明沙门不应致敬王者》曰：“中军将军、尚书令、宜阳开国侯桓谦等惶恐死罪。”知桓玄作《与桓谦等书》时，桓谦任中军将军、尚书令。《晋书》卷十《安帝纪》：元兴元年三月壬申，“以桓谦为尚书仆射”。卷七十四《桓谦传》：“玄既用事，以谦以尚书左仆射，领吏部，加中军将军。”（礼按：据桓谦《答桓玄书》及《广弘明集》卷二五道宣《简宰辅叙佛教隆替状》，“尚书仆射”、“尚书左仆射”应为“尚书令”）《全晋文》卷二十辑王谧《答桓玄书明沙门不宜致敬王者》等文，其中有云：“领军将军、吏部将军、吏部尚书、中书令武冈男王谧惶恐死罪，奉诲及道人抗礼至尊，并见与八座书。”知书当作于王谧任领军将军、吏部尚书时。《晋书》卷六十五《王谧传》：“及桓玄举兵，诏谧衔命诣玄，玄甚敬昵焉……玄以为中书令、领军将军，吏部尚书。”《与释慧远书》云：“沙门不敬王者，既是情所不了，于理又是所未谕。”所论亦是沙门应敬王者。据以上所述，《与桓谦等书》等七篇当作于本年。《世说新语·文学第四》:"桓玄下都,羊孚时为兖州别驾,从京来诣门,笺云:'自顷世故睽离,心事沦蕰。明公启晨光于积晦,澄百流以一源。'桓见笺,驰唤前,云:'子道(礼按:孚字子道),子道,来何迟?'即用为记室参军。"又曰:"羊孚作《雪赞》云:'资清以化,乘气以霏。遇象能鲜,即洁成辉。'桓胤遂以书扇。"又《言语第二》:"桓玄问羊孚:'何以共重吴声?'羊曰:'当以其妖而浮。'"以上有关羊孚三事,后二事时间未详,姑一并系于此。《世说新语·品藻第九》:"桓玄为太傅(礼按:'太傅'当作'太尉'),大会,朝臣毕集。坐裁竟,问王桢之曰:'我何如卿第七叔?'于是宾客为之咽气。王徐徐曰:'亡叔是一时之标,公是千载之英。'一坐欢然。"又《排调第二十五》:"桓南郡与道曜讲《老子》,王侍中为主簿在坐。桓曰:'王主簿,可顾名思义。'王未答,且大笑。桓曰:'王思道能作大家儿笑。'"刘孝标注曰:"思道,王祯(礼按:'祯'应作'桢')之小字也。《老子》明道,祯之字思道,故曰'顾名思义'。"上述有关王桢之二事,后一事未详时间,姑附于此。又《排调第二十五》:"桓玄素轻桓崖,崖在京下有好桃,玄连就求之,遂不得佳者。玄与殷仲文书,以为嗤笑曰……"上述事未知时间,疑在本年仲文投桓玄后或明年仲文任侍中时。《书断中》云:"桓玄者……尝与顾恺之论书,至夜不倦。"时间未详,姑附于此。

4. 王诞转骠骑长史。劝司马元显勿诛桓修等。

《宋书》卷五十二《王诞传》:"随府转骠骑长史,将军、内史如故。元显讨桓玄,欲悉诛桓氏,诞固陈(桓)修等与玄志趣不同,由此得免。修,诞甥也。"据《晋书》卷十《安帝纪》,本年正月元显为骠骑大将军,讨桓玄。

5. 有《司马元显时民谣》二首。

《宋书》卷三十一《五行志二》:"司马元显时,民谣诗云……又云……此诗云襄阳道人竺昙林所作,多所道,行于世。孟颢释之曰,'十一口者',玄字象也。'木亘',桓也。桓氏当悉走入关、洛,故云'浩浩乡'也。'金刀',刘也。倡义诸公,皆多姓刘。'娓娓',美盛貌也。"民谣当作于元显被杀前。据《晋书》卷十《安帝纪》,元显于本年三月遇害。

6. 刘裕参刘牢之军事,任桓修中兵参军。东征卢循。

《宋书》卷一《武帝纪上》:"元兴元年正月,骠骑将军司马元显西伐荆州刺史桓玄,玄亦率荆楚大众,下讨元显。元显遣镇北将军刘牢之拒之,高祖参其军事。次溧洲。玄至,高祖请击之,不许,将遣子敬宣诣玄请和。高祖……固谏,不从。遂遣敬宣诣玄。玄克京邑,杀元显,以牢之为会稽内史……牢之叛走自缢死……高祖为中兵参军……桓玄欲且缉宁东土,以循为永嘉太守。循虽受命,而寇暴不已。五月,玄复遣高祖东征。时循自临海入东阳。"

7. 鸠摩罗什于逍遥园译《阿弥陀经》、《贤劫经》、《大智度论》、《思益梵天所问经》、《百论》等。

《高僧传》卷二《鸠摩罗什传》:"自大法东被,始于汉明。涉历魏、晋,经论渐多,而支竺所出,多滞文格义。(姚)兴少达崇三宝,锐志讲集。什既至止,乃请入西明阁及逍遥园译出众经。"《汉魏两晋南北朝佛教史》上册 213 页:什本年二月八日,译《阿弥陀经》一卷。三月五日译《贤劫经》七卷。夏在逍遥园之西门阁,始译《大智度论》。十二月一日,在逍遥园译《思益梵天所问经》四卷。是年曾译《百论》,僧睿为作序。

8. 后秦有辽东太守吕宪墓表。

《善本碑帖录》卷二:"后秦姚氏辽东太守吕宪墓表。隶书,六行,行六字,额隶书墓表二字。姚秦弘始四年二月廿七日。石旧在陕西西安出土,历藏渭南赵氏,又归端方。再诸城王绪祖氏,传近在日本江藤处。端方家散出时,见此石并拓,知此石是真品。书体楷隶之间,字完整无损。"《增补校碑随笔》第210页王壮弘增补言此表:"弘始二年十二月……左侧末刻一石字。陕西西安出土,为渭南赵乾生所得。历藏长白端方、诸城王绪祖。后流入日本归江藤氏。叶昌炽以为伪刻。"王氏所记与张氏所记有异,特录以资参考。

9. 有《司马休之从者歌》。

《类聚》卷十九引《续安帝纪》曰:"司马休之兄尚(礼按:'尚'字后当有'之'字。据《晋书》卷三十七《宗室传》,休之有兄谓尚之),为桓玄所败,休之奔淮、泗,颇得彼之人心,从者为之歌曰……"《晋书》卷十《安帝纪》、《通鉴》卷一百一十二系桓玄败尚之、休之弃城走于本年二月。

10. 诸葛长民为参平西军事,寻免。

长民生年未详。《晋书》卷八十五《诸葛长民传》:"诸葛长民,琅邪阳都人也。有文武榦用,然不持行检,无乡曲之誉。桓玄引为参军平西军事(校勘记:上'军'字衍),寻以贪刻免。"据卷十《安帝纪》、卷九十九《桓玄传》,玄于本年三月领平西将军,长民为参平西军事当在本年三月后。

11. 司马道子迁于安成,为桓玄所害。

《晋书》卷六十四《会稽文孝王道子传》:"于时扬土饥虚,运漕不继,玄断江路,商旅遂绝。于是公私匮乏,士卒唯给粰橡。大军将发,玄从兄骠骑长史石生驰使告玄。玄进次寻阳,传檄京师,罪状元显……众溃……玄又奏:'道子酣纵不孝,当弃市。'诏徙安成郡,使御史杜竹林防卫,竟承玄旨鸩杀之,时年三十九。帝三日哭于西堂。及玄败,大将军、武陵王遵承旨下令曰……便可追崇太傅为丞相,加殊礼,一依安平献王故事……丞相坟茔翳然,飘薄非所,须南道清通,便奉迎神柩……于是遣通直常侍司马珣之迎道子柩于安成。时寇贼未平,丧不时达。义熙元年,合葬于王妃陵……以临川王宝子修之为道子嗣,尊妃王氏为太妃。"据卷十《安帝纪》:本年三月壬申,迁会稽王道子于安成,十二月庚申为桓玄所害。

《隋书》卷三十五《经籍志四》:"晋会稽王《司马道子集》八卷。梁九卷……亡。"《全晋文》卷十七辑司马道子文七篇,除已见上文者外,还有:《与王彪之书》、《答范尚书》、《与人书》。

《书小史》卷二:"会稽文孝王道子……善行书。"《述书赋上》:"道子雅薄,绵密纤润。露轻藏沉,假曲蹑峻。犹尺水之含众象,小山之拟万仞。"《淳化阁帖》卷一辑有司马道子《异暑帖》。

12. 王弘拜送司马道子。

《宋书》卷四十二《王弘传》:"桓玄克京邑,收道子付廷尉,臣吏畏恐,莫敢瞻送。弘时尚在丧,独于道侧拜,攀车涕泣,论者称焉。"

13. 卞范之任建武将军、丹杨尹。

范之任建武将军见本年第3条。《晋书》卷九十九《卞范之传》:"后(桓)玄将为篡乱,以范之为丹杨尹。范之与殷仲文阴撰策命,进范之为征虏将军、散骑常侍。"

14. 殷仲文弃郡投桓玄,为咨议参军。

《晋书》卷九十九《殷仲文传》:"仲文与玄虽为姻亲,而素不交密,及闻玄平京师,便弃郡投焉。玄甚悦之,以为咨议参军。

时王谧见礼而不亲，卞范之被亲而少礼，而宠遇隆重，兼于王、卞矣。”《世说新语·品藻第九》：“旧以桓谦比殷仲文。桓玄时，仲文入，桓于庭中望见之，谓同坐曰：‘我家中军，那得及此也！’”

15. 孔琳之任西阁祭酒，作《废钱用谷帛议》。

《宋书》卷五十六《孔琳之传》：“桓玄辅政为太尉，以为西阁祭酒。桓玄时议欲废钱用谷帛，琳之议曰……”《晋书》卷二十六《食货志》：“朝议多同琳之，故玄议不行。”

16. 傅亮任桓谦中军行参军。

《宋书》卷四十三《傅亮传》：“亮博涉经史，尤善文词。初为建威参军，桓谦中军行参军。”为建威参军，时间不详。为中军行参军，据《晋书》卷七十四《桓谦传》、卷十《安帝纪》，当在本年三月或三月后。

17. 桓伟任安西将军、荆州刺史，领南蛮校尉。

见本年第3条。又《晋书》卷九十八《桓温传》叙伟任荆州刺史后，曾为西昌侯，特录以备考。

18. 王敬弘任桓伟安西长史。

《宋书》卷六十六《王敬弘传》：“转桓伟安西长史。”

19. 郑鲜之任安西将军功曹，作《举谢绚自代》。

《宋书》卷六十四《郑鲜之传》：“桓伟进号安西，转补功曹，举陈郡谢绚自代，曰……”

20. 谢瞻任桓伟安西参军。

《宋书》卷五十六《谢瞻传》：“初为桓伟安西参军。”

21. 谢方明任著作佐郎。

《宋书》卷五十三《谢方明传》：“元兴元年，桓玄克京邑，丹阳尹卞范之势倾朝野，欲以女嫁方明，使尚书吏部郎王腾譬说备至，方明终不回。桓玄闻而赏之，即除著作佐郎。”

22. 羊欣任平西参军，仍转主簿。

《宋书》卷六十二《羊欣传》：“桓玄辅政，领平西将军，以欣为平西参军，仍转主簿，参与机要。”

23. 慧远作《答桓玄书》、《与桓玄书论料简沙门》、《沙门不敬王者论》五篇并序。

《答桓玄书》、《与桓玄书论料简沙门》、《沙门不敬王者论》五篇并序见《全晋文》卷一百六十一。《与桓玄书料简沙门》、《沙门不敬王者论》五篇，《高僧传》卷六《释慧远传》有节文。《释慧远传》：“玄后以震主之威，苦相延致，乃贻书骋说，劝令登仕。远答辞坚正，确乎不拔，志逾丹石，终莫能回。俄而玄欲沙汰众僧，教僚属曰：‘沙门有能伸述经诰，畅说义理，或禁行修整，足以宣寄大化，其有违于此者，悉皆罢遣。唯庐山道德所居，不在搜简之例。’远与玄书……因广立条制。玄从之。昔成帝幼冲，庾冰辅政，以为沙门应敬王者……同异纷然，竟莫能定。及玄在姑熟，欲令尽敬。乃与远书……远答书……玄虽苟执先志，耻即外从，而睹远辞旨，趑趄未决。有顷，玄篡位，即下书曰……远乃著《沙门不敬王者论》，凡有五篇……自是沙门得全方外之迹也。”

24. 吴隐之进号前将军。

《晋书》卷九十《吴隐之传》：“元兴初，诏曰：‘……龙骧将军、广州刺史吴隐之孝友过人，禄均九族，菲己洁素，俭愈鱼飧……可进号前将军，赐钱五十万、谷千斛。’”

25. 范泰坐废徙丹徒。

《宋书》卷六十《范泰传》：“桓玄辅晋，使御史中丞祖台之奏泰及前司徒左长史王准之、辅国将军司马珣之并居丧无礼，泰坐废徙丹徒。"

26. 祖台之时任御史中丞。

时任御史中丞见本年第25条。《晋书》卷七十五《祖台之传》:"官至侍中、光禄大夫。撰志怪,书行于世。"台之上述及以后事时间均不详。

《隋书》卷三十三《经籍志二》:"《志怪》二卷,祖台之撰。"卷三十五《经籍志四》:"晋光禄大夫《祖台之集》十六卷,梁二十卷。"《全晋文》卷一百三十八辑台之文五篇:《荀子耳赋》、《议钱耿杀妻事》、《与王荆州忱书》、《道论》、《论命》。

27. 宗炳于庐山听慧远讲《丧服经》。

《高僧传》卷六《释慧远传》:"时远讲《丧服经》。雷次宗、宗炳等并执卷承旨。"此事时间不详。据《慧远传》、《宋书》卷九十三《宗炳传》,炳居庐山有两次,一次于本年,一次约于义熙十一年。姑系上述事于本年。

28. 高允出家,未久还俗。

《北史》卷三十一《高允传》:"允少孤夙成,有奇度,清河崔玄伯见而异之,叹曰:'高子黄中内润,文明外照,必为一代伟器,但吾恐不见耳。'年十余岁,奉祖父丧,还本郡。允推财与二弟而为沙门,名法净,未久而罢。"允出家具体时间未详,今据"年十余",姑系于是。

29. 荀伯子为驸马都尉。

《宋书》卷六十《荀伯子传》:"伯子少好学,博览经传,而通率好为杂戏,遨游闾里,故以此失清涂。解褐为驸马都尉,奉朝请,员外散骑侍郎。"上述伯子为驸马都尉诸事,时间不详,姑系于伯子二十五岁时。

30. 秃发归作《高殿赋》。

秃发归生平不详。《御览》卷五百八十七引崔鸿《十六国春秋·南凉录》:"秃发傉檀子归,年始十三,命为《高殿赋》。下笔即成,影不移漏。傉檀览而善之,拟之于曹子建。""归",《御览》卷六百引作"礼",卷六百二作"归"。归作《高殿赋》时间不详,姑系于秃发傉檀嗣凉王时。据《晋书》卷十《安帝纪》,秃发傉檀本年三月嗣位。

403　癸卯

晋元兴二年(大亨二年)　(桓玄永始元年)
北魏天兴六年　后燕光始三年
后秦弘始五年　后凉神鼎三年
南凉弘昌二年　北凉永安三年
西凉李暠四年　南燕建平四年

慧远七十岁。鸠摩罗什六十岁。张野五十四岁。李暠五十三岁。徐广五十二岁。范泰四十九岁。裴松之四十四岁。王敬弘四十四岁。刘穆之四十四岁。刘裕四十一岁。郑鲜之四十岁。陶渊明三十九岁。桓玄三十五岁。孔琳之三十五岁。羊欣三十四岁。何承天三十四岁。袁豹三十一岁。傅亮三十岁。宗炳二十九岁。王诞二十九岁。张茂度二十八岁。释宝云二十八岁。周续之二十七岁。戴颙二十六岁。荀伯子二十六岁。王弘二十五岁。蔡廓二十五岁。谢方明二十四岁。王韶之二十四岁。何尚之二十二岁。颜延之二十岁。僧肇二十岁。王神爱二十岁。谢灵运十九岁。雷次宗十八岁。沈庆之十八岁。谢晦十四岁。殷景仁十四岁。刁雍十四岁。高允十四岁。谢弘微十二岁。王昙首十岁。徐爰十岁。范晔六岁。萧思话四岁。刘义庆一岁。殷淳一岁。

1. 卢循寇东阳,攻永嘉。

《晋书》卷一百《卢循传》:"元兴二年正月,寇东阳,八月,攻永嘉。"

2. 刘裕败卢循于东阳。加彭城内史。至建康。谋划举义反桓玄。

《宋书》卷一《武帝纪上》:元兴"二年正月,玄复遣高祖破循于东阳……六月,加高祖彭城内史……十二月,桓玄篡帝位,迁天子于寻阳。桓修入朝,高祖从至京邑。玄见高祖,谓司徒王谧曰:'昨见刘裕,风骨不恒,盖人杰也。'每游集,辄引接殷勤,赠赐甚厚。高祖愈恶之。或说玄曰:'刘裕龙行虎步,视瞻不凡,恐不为人下,宜蚤为其所。'玄曰:'我方欲平荡中原,非刘裕莫可付以大事。关、陇平定,然后当别议之耳。'玄乃下诏曰……先是高祖东征卢循,何无忌随至山阴,劝于会稽举义。高祖以为玄未据极位,且会稽遥远,事济为难,俟其篡逆事著,徐于京口图之,不忧不克。至是桓修还京,高祖托以金创疾动,不堪步从,乃与无忌同船共还,建兴复之计。于是与弟道规、沛郡刘毅、平昌孟昶、任城魏咏之、高平檀凭之、琅邪诸葛长民、太原王元德、陇西辛扈兴、东莞童厚之,并同义谋。时桓修弟弘为征虏将军、青州刺史,镇广陵。道规为弘中兵参军,昶为州主簿。乃令毅潜往就昶,聚徒于江北,谋起兵杀弘。长民为豫州刺史刁逵左军府参军,谋据历阳相应。元德、厚之谋于京邑聚众攻玄,并克期齐发。"

3. 诸葛长民参与刘裕谋反桓玄。任扬威将军。

《晋书》卷八十五《诸葛长民传》:"及刘裕建义,与之定谋,为扬武将军。"按《宋书》卷一《武帝纪上》,长民参与定谋时为豫州刺史刁逵左军府参军,其任扬武将军当在其后。

4. 刘毅参与刘裕密谋讨桓玄。

毅生年未详。《晋书》卷八十五《刘毅传》:"刘毅字希乐,彭城沛人也。曾祖距,广陵相。叔父镇,左光禄大夫,毅少有大志,不修家人产业,仕为州从事,桓玄以为中兵参军属。桓玄篡位,毅与刘裕、何无忌、魏咏之等起义兵,密谋讨玄。”又《刘毅传》:“玄既西走,裕以毅为冠军将军、青州刺史。”卷十《安帝纪》:本年“五月癸酉,冠军将军刘毅及桓玄战于峥嵘洲,又破之……闰月己丑……刘毅、何无忌退守寻阳。”

5. 桓玄自号相国、楚王。作《与羊欣书》、《祯祥矫诏》,篡位。作《受禅告天文》、《下书受禅》、《下书封晋帝为王》、《论赏刘裕等将士诏》、《许沙门不致礼诏》、《诏报卞嗣之袁恪之》。改《鞞舞》、《巾舞》。

《晋书》卷九十九《桓玄传》:“元兴二年,玄诈表请平姚兴,又讽朝廷作诏,不许。玄本无资力,而好为大言,既不克行,乃云奉诏故止。初欲饰装,无他处分,先使作轻舸,载服玩及书画等物。或谏之,玄曰:‘书画服玩既宜恒在左右,且兵凶战危,脱有不意,当使轻而易运。’众咸笑之。是岁,玄兄伟卒,赠开府、骠骑将军,以桓修代之……伟服始以公除,玄便作乐。初奏,玄抚节恸哭,既而收泪尽欢。玄所亲仗唯伟,伟既死,玄乃孤危。而不臣之迹已著,自知怨满天下,欲速定篡逆,殷仲文、卞范之等又共催促之,于是先改授群司……置学官,教授二品子弟数百人。又矫诏加其相国,总百揆,封南郡、南平、宜都、天门、零陵、营阳、桂阳、衡阳、义阳、建平十郡为楚王,扬州牧,领平西将军、豫州刺史如故,加九锡备物,楚国置丞相已下,一遵旧典。又讽天子御前殿而策授焉。玄屡伪让,诏遣百僚敦劝,又云:‘当亲降銮舆乃受命。’矫诏赠父温为楚王,南康公主为楚王后……玄解平西、豫州,以平西文武配相国府……玄伪上表求归藩,又自作诏留之,遣使宣旨,玄又上表固请，又讽天子作手诏固留焉。玄好逞伪辞，尘秽简牍，皆此类也。谓代谢之际宜有祯祥，乃密令所在上临平湖开除清朗，使众官集贺。矫诏曰……又诈云江州甘露降王成基家竹上。玄以历代咸有肥遁之士，而己世独无，乃征皇甫谧六世孙希之为著作，并给其资用，皆令让而不受，号曰高士，时人名为'充隐'。议复肉刑，断钱货，回复改异，造革纷纭，志无一定，条制森然，动害政理。性贪鄙，好奇异，尤爱宝物，珠玉不离于手。人士有法书好画及佳园宅者，悉欲归己，犹难逼夺之，皆蒱博而取。遣臣佐四出，掘果移竹，不远数千里，百姓佳果美竹无复遗余。信悦谗誉，逆忤谠言，或夺其所憎与其所爱。十一月，玄矫制加其冕十有二旒，建天子旌旗……又矫诏使王谧兼太保，领司徒，奉皇帝玺禅位于己。又讽帝以禅位告庙，出居永安宫……百官到姑孰劝玄僭伪位，玄伪让，朝臣固请，玄乃于城南七里立郊，登坛篡位……榜为文告天皇后帝云……乃下书曰……于是大赦，改元永始……又下书曰……追尊其父温宣武皇帝，庙称太庙……赠伟侍中、大将军、义兴郡王……以相国左长史王绥为中书令……号温墓曰永崇陵，置守卫四十人。玄入建康宫……及小会于西堂，设妓乐，殿上施绛绫帐……是月，玄临听讼观阅囚徒，罪无轻重，多被原放。有干舆乞者，时或恤之。其好行小惠如此。"《建康实录》卷十《安帝纪》：本年春"二月乙卯，桓玄矫诏自称大将军……秋八月，玄又自号相国，加九锡，备典物……封楚王……冬十一月丁丑，矫诏加天子礼乐……壬午，迁帝于永安宫……十二月壬辰，玄篡即帝位于姑孰城南九井山……以殷仲文为东兴公，卞范之为临汝公。戊戌，入于建康宫。"《书断中》："桓玄者……尝慕小王，善于书法。"

《晋书》卷八十《王献之传》:“桓玄雅爱其父子书,各为一袠,置左右以玩之。”《历代名画记》卷一:“桓玄性贪好奇,天下法书名画,必使归己。及玄篡逆,晋府名迹,玄尽得之。玄败,宋高祖先使臧喜入宫载焉。”《世说新语·伤逝第十七》:“羊孚年三十一卒(礼按:《言语第二》注引《羊氏谱》称孚年四十六卒),桓玄与羊欣书曰:‘贤从情所信寄,暴疾而殒……’”刘孝标注引《羊氏谱》:“孚即欣从祖。”余嘉锡笺疏引李慈铭云:“此注‘从祖’下脱一‘兄’字。”《与羊欣书》写作时间未详。又《伤逝第十七》:“桓玄当篡位,语卞鞠云:‘昔羊子道恒禁吾此意。今腹心丧羊孚……’”据此知玄篡位前,羊孚尚在,篡位时已卒,则书当作于篡位前。《许沙门不致礼诏》、《诏报卞嗣之袁恪之》等文见《全晋文》卷一一九。当作于本年篡位后。《世说新语·言语第二》:“桓玄既篡位,将改置直馆,问左右:‘虎贲中郎省,应在何处?’有人答曰:‘无省。’当时殊忤旨。问:‘何以知无?’答曰:‘潘岳《秋兴赋叙》曰:“余兼虎贲中郎将,寓直散骑之省。”’玄咨嗟称善。”又《品藻第九》:“桓玄问刘太常(礼按:指刘瑾。据《晋书》卷九十九《桓玄传》,本年桓玄以刘瑾为尚书)曰:‘我何如谢太傅?’刘谨答曰:‘公高,太傅深。’又曰:‘何如贤舅子敬?’答曰:‘楂、梨、桔、柚,各有其美。’”《论赏刘裕等将士诏》见本年第 2 条。《宋书》卷十九《乐志一》:“《鞞舞》故二八,桓玄将即真,太乐遣众伎,尚书殿中郎袁明子启增八佾,相承不复革。”《隋书》卷十五《音乐志下》:“《巾舞》者,《公莫舞》也……此虽非正乐,亦前代旧声……杨泓云:‘此舞本二八人,桓玄即真,为八佾。后因而不改……请并在宴会,与杂伎同设,于西凉前奏之。’”上述事当在本年。

6. 殷仲文任侍中,领左卫将军,为桓玄作九锡文,封东兴公。作《南州桓公九井作诗》。

《晋书》卷九十九《殷仲文传》:"(桓)玄将为乱,使总领诏命,以为侍中,领左卫将军。玄九锡,仲文之辞也。初,玄篡位入宫,其床忽陷,群下失色,仲文曰:'将由圣德深厚,地不能载。'玄大悦。以佐命亲贵,厚自封崇,舆马器服,穷极绮丽,后房伎妾数十,丝竹不绝音。性贪吝,多纳货贿,家累千金,常若不足。"封东兴公见本年第5条。《南州桓公九井作诗》见《文选》卷二十二。李善注:"《水经注》曰:'淮南郡之于湖县南,所谓姑孰,即南州矣。'庾仲雍《江图》曰:'姑孰至直渎十里,东通丹阳湖,南有铜山,一名九井山,山有九井,井与江通。'何法盛《桓玄录》曰:'桓玄……出姑孰,大筑府第。'"玄出镇姑孰并大筑府第在上年。《南州桓公九井作诗》中有"独有清秋日,能使高兴尽"等句,知诗当作于本年秋。

7. 卞范之任侍中,进号后将军。封临汝公。为桓玄作禅诏。

《晋书》卷九十九《卞范之传》:"玄僭位,以范之为侍中,班剑二十人,进号后将军,封临汝县公。其禅诏,即范之文也。"

8. 羊欣任楚台殿中郎。

《宋书》卷六十二《羊欣传》:"欣欲自疏,时漏密事,玄觉其此意,愈重之,以为楚台殿中郎。谓曰:'尚书政事之本,殿中礼乐所出。卿昔处股肱,方此为轻也。'欣拜职少日,称病自免,屏居里巷,十余年不出。"

9. 谢瞻任楚台秘书郎。

《宋书》卷五十六《谢瞻传》:为"楚台秘书郎。瞻幼孤,叔母刘抚养有恩纪,兄弟事之,同于至亲。刘弟柳为吴郡,将姊俱行,瞻不能违,解职随从,为柳建威长史。"为建威长史,时间未详。姑一并系于此。

10. 蔡廓起家著作佐郎,作《议复肉刑》。

《宋书》卷五十七《蔡廓传》:“廓博涉群书,言行以礼。起家著作佐郎。时桓玄辅晋,议复肉刑,廓上议曰……”《晋书》卷三十《刑法志》系廓议复肉刑于“安帝元兴末”。详见本年第11条。

11. 孔琳之作《复肉刑议》,迁楚台员外散骑侍郎。

《晋书》卷三十《刑法志》:“安帝元兴末,桓玄辅政,又议欲复肉刑斩左右趾之法,以轻死刑,命百官议。蔡廓上议曰……而孔琳之议不同,用王朗、夏侯玄之旨。时论多与琳之同,故遂不行。”《复肉刑议》见《宋书》卷五十六《孔琳之传》。《宋书》本传:“玄好人附悦,而琳之不能顺旨,是以不见知。迁楚台员外散骑侍郎。遭母忧,去职。”

12. 桓伟卒。桓玄赠骠骑将军、开府仪同三司。后又赠侍中、大将军、义兴郡王。

见本年第5条。

13. 徐广任大将军祭酒。

《宋书》卷五十五《徐广传》:“桓玄辅政,以为大将军文学祭酒……桓玄篡位,安帝出宫,广陪列悲恸,哀动左右。”《宋书》卷三十《五行志一》:“晋安帝元兴二年,衡阳有雌鸡化为雄,八十日而冠萎。衡阳,桓玄楚国封略也。后篡位八十日而败,徐广以为玄之象也。”

14. 王敬弘任南平太守。去官,居作唐县。不应桓玄之召。

《宋书》卷六十六《王敬弘传》:转“南平太守。去官,居作唐县界。(桓)玄辅政及篡位,屡召不下。”

15. 有《桓玄时童谣》、《桓玄篡时民谣语》。

《晋书》卷二十八《五行志中》:"桓玄既篡,童谣曰……及玄败,走至江陵,时正五月中,诛如其期焉。"《宋书》卷三十一《五行志二》:"桓玄时,民谣语云:'征钟落地桓迸走。'征钟,至秽之服,桓,四体之下称。玄自下居上,犹征钟之厕歌谣,下体之咏民口也。而云'落地',坠地之祥,迸走之言,其验明矣。"民谣语当作于桓玄篡位前后。

16. 陶渊明居忧。作《癸卯岁始春怀古田舍诗》二首、《癸卯岁十二月中作与从弟敬远诗》。

《癸卯岁始春怀古田舍诗》二首见《晋诗》卷十七。《癸卯岁十二月中作与从弟敬远诗》见《晋诗》卷十六。

17. 鸠摩罗什译《大品般若》。

《高僧传》卷二《鸠摩罗什传》:"什既率多谙诵,无不究尽,转能汉言音译流变。既览旧经,义多纰僻,皆由先度失旨,不与梵本相应。于是(姚)兴使沙门僧䂮、僧迁、法钦、道流、道恒、道标、僧睿、僧肇等八百余人咨受什旨,更令出《大品》。什持梵本,兴执旧经,以相仇校,其新文异旧若义皆圆通。众心惬伏,莫不欣赞……大将军长山公显、左军将军安城侯嵩并笃信缘业,屡请什于长安大寺讲说新经。"《汉魏两晋南北朝佛教史》上册第213页:本年四月二十三日,在逍遥园始译《大品般若》。"法师手执胡本,口宣秦言。两译异音,交辨文旨。秦王躬揽旧经,验其得失。咨其通途,坦其宗致。与诸宿旧义业沙门释慧恭、僧䂮、僧迁……等五百余人,详其义旨,审其文中,然后书之。以其年十二月十五日出尽。校正检括,明年四月二十三日乃讫。"(《经序》)。

18. 僧肇名振关辅。参与鸠摩罗什译《大品般若》。

《高僧传》卷六《释僧肇传》:"及在冠年,而名振关辅。时竞誉之徒，莫不猜其早达。或千里负粮，入关抗辩。肇既才思幽玄，又善谈说。承机挫锐，曾不流滞。时京兆宿儒，及关外英彦，莫不挹其锋辩，负气摧衄。”参与译《大品般若》见本年第17条。

19. 谢方明补司徒主簿。

《宋书》卷五十三《谢方明传》：“补司徒王谧主簿。”王谧于本年十一月任司徒，见本年第5条。方明补司徒主簿当在本年十一月后。

20. 北魏拓跋珪诏备百戏。

《魏书》卷一百九《乐志》：“（天兴）六年冬，诏太乐、总章、鼓吹增修杂伎，造五兵、角牴、麒麟、凤皇、仙人、长蛇、白象、白虎及诸畏兽、鱼龙、辟邪、鹿马仙车、高絙百尺、长趫、缘橦、跳丸、五案以备百戏。大飨设之于殿庭，如汉晋之旧也。太宗初，又增修之，撰合大曲，更为钟鼓之节。”“太宗初”，为拓跋嗣永兴时，姑一并系于此。

21. 王诞徙广州。

《宋书》卷五十一《王诞传》：“及（桓）玄得志，诞将见诛，修为之陈请，又言修等得免之由，乃徙诞广州。”

22. 慧远践石门，游南岭，作《游山记》。

《游山记》见《世说新语・规箴第十》刘孝标注。《规箴第十》曰：“远公在庐山中。”刘孝标注引《法师游山记》云：“自托此山二十三载，再践石门，四游南岭……”慧远于太元六年至庐山，至本年二十三载。《御览》卷四十一载“远法师《游山记》曰：‘自托此山二十三载，凡再诣石门……’”文字与《世说新语》注引有相同者，亦有不同者，未知是否为同篇？

23. 后秦杜延、相灵作诗赋谏姚兴。

杜延、相灵生卒时间未详。《御览》卷八三一引崔鸿《十六国春秋·秦录》:"姚兴性好游田,颇损农要。京兆杜延(礼按:'延',《晋书》卷一百十七《姚兴载记上》作'挺')以左仆射齐难无匡辅之益,作《丰草诗》以箴之,难具以闻。冯翊相灵(礼按:'灵',《晋书·姚兴载记上》作'云')作《德猎赋》以讽焉。兴皆览而善之,赐以金帛,然终不能改也。"《十六国春秋辑补》卷五十二《后秦录》四《姚兴录》、《十六国春秋》卷五十七《后秦录》五《姚兴录》均系上述事于本年。

24. 刘义庆生。

《宋书》卷五十一《长沙景王道怜传》:"道怜六子:义欣、义庆……"又同卷《刘义庆传》:"(元嘉)二十一年,薨……时年四十二。"据此推之,当生于本年。

25. 殷淳生。

《宋书》卷五十九《殷淳传》:"殷淳字粹远,陈郡长平人也。曾祖融,祖允,并晋太常。父穆,以和谨致称,历显官……(淳)元嘉十一年卒,时年三十二。"据此推之,淳当生于本年。

26. 谢混拒绝桓玄欲以谢安宅为营。

《晋书》卷七十九《谢混传》:"桓玄尝欲以安宅为营,混曰:'召伯之仁,犹惠及甘棠;文靖之德,更不保五亩之宅邪?'玄闻,惭而止。"时间未详,疑在本年。

27. 戴勃拒绝为王绥演奏。

《宋书》卷九十三《戴颙传》:"中书令王绥常携宾客造之,勃等方进豆粥,绥曰:'闻卿善琴,试欲一听。'不答,绥恨而去。"《晋书》卷七十五《王绥传》:"及(桓)玄篡,迁中书令。刘裕建义……坐父愉之谋,与弟纳并被诛。"据卷十《安帝纪》,王绥卒于明年三月辛酉。是戴勃等拒绝为王绥演奏,当在本年十二月至明年三月间。

28. 颜延之文章之美，冠绝当时。

《宋书》卷七十三《颜延之传》："延之少孤贫，居负郭，室巷甚陋。好读书，无所不览，文章之美，冠绝当时。饮酒不护细行。'"上述诸事时间不详，姑一并系于二十岁时。

29. 谢道韫与刘柳谈议。

《晋书》卷九十六《王凝之妻谢氏传》："太守刘柳闻其名，请与谈议。道韫素知柳名，亦不自阻，乃簪髻素褥坐于帐中，柳束脩整带造于别榻。道韫风韵高迈，叙致清雅，先及家事，慷慨流涟，徐酬问旨，词理无滞。柳退而叹曰：'实顷所未见，瞻察言气，使人心形俱服。'道韫亦云：'亲从凋亡，始遇此士，听其所问，殊开人胸府。'"此事时间未详，从道韫所言"亲从凋亡，始遇此士"二句看，当离凝之及诸子被害时不会太久。今暂系于此。道韫以后事迹不详。

《晋书·王凝之妻谢氏传》："道韫所著诗、赋、诔、颂并传于世。"《隋书》卷三十五《经籍志四》："晋江州刺史王凝之妻《谢道蕴集》二卷。"《全晋文》卷一百四十四辑道韫《论语赞》一篇。《晋诗》卷十三辑道韫诗三首：除《咏雪联句》已见前文者外，还有《泰山吟》、《拟嵇中散咏松诗》。

《书断中》："凝之妻谢道韫有才华，亦善书，甚为舅所重。"李嗣真《书品后》："谢韫（礼按：原文'韫'前缺'道'字）……雍容和雅，芬馥可玩。"

30. 释宝云还长安，从佛驮跋陀受业。

《高僧传》卷三《释宝云传》："后还长安，随禅师佛驮跋陀（礼按：一作'佛陀跋多罗'）业禅进道。"宝云还长安，时间不详。其游历于阗、天竺诸国，遍学梵书，悉解天竺诸国音学训诂，估计至少须用三年，姑系其还长安于本年。

404　甲辰

晋元兴三年(桓玄永始二年)　　北魏天赐元年

后燕光始四年　　后秦弘始六年

北凉永安四年　　西凉李暠五年

南燕建平五年

慧远七十一岁。鸠摩罗什六十一岁。张野五十五岁。李暠五十四岁。徐广五十三岁。范泰五十岁。裴松之四十五岁。王敬弘四十五岁。刘穆之四十五岁。刘裕四十二岁。郑鲜之四十一岁。陶渊明四十岁。桓玄三十六岁。孔琳之三十六岁。羊欣三十五岁。何承天三十五岁。袁豹三十二岁。傅亮三十一岁。宗炳三十岁。王诞三十岁。张茂度二十九岁。释宝云二十九岁。周续之二十八岁。戴颙二十七岁。荀伯子二十七岁。王弘二十六岁,蔡廓二十六岁。谢方明二十五岁。王韶之二十五岁。何尚之二十三岁。颜延之二十一岁。僧肇二十一岁。王神爱二十一岁。谢灵运二十岁。雷次宗十九岁。沈庆之十九岁。谢晦十五岁。殷景仁十五岁。刁雍十五岁。高允十五岁。谢弘微十三岁。王昙首十一岁。徐爰十一岁。范晔七岁。萧思话五岁。刘义庆二岁。殷淳二岁。

1. 西凉李暠立泮宫。起嘉纳堂,图赞所志。

《十六国春秋》卷九十一《西凉录一·李暠录》:本年“春正月,命立泮宫,增高门学生五百人。起嘉纳堂于后园,以图赞所志。”

2. 刘裕举兵讨桓玄。作《入京城令》、《移檄京邑》。为镇军将军、徐州刺史。作《白武陵王遵笺》。领青州刺史。作《署廷尉寺门》。

《宋书》卷四十九《刘钟传》:“义旗将建,高祖版钟为郡主簿。明日,从入京城。将向京邑,高祖命曰……”卷一《武帝纪上》:“(元兴)三年二月己丑朔,乙卯,高祖托以游猎,与无忌等收集义徒,凡同谋何无忌……刘毅……等二十七人;愿从者百余人。丙辰,诘旦,城开,无忌服传诏服,称诏居前。义众驰入,齐声大呼,吏士惊散,莫敢动,即斩修以徇。高祖哭甚恸,厚加殡敛。孟昶劝弘其日出猎。未明开门,出猎人,昶、道规、毅等率壮士五六十人因开门直入。弘方噉粥,即斩之,因收众济江。义军初克京城,修司马刁弘率文武佐吏来赴……毅既至,高祖命诛弘。毅兄迈先在京师,事未发数日,高祖遣同谋周安穆报之,使为内应……时玄以迈为竟陵太守,迈不知所为,便下船欲之郡。是夜,玄与迈书曰:‘北府人情云何?卿近见刘裕何所道?’迈谓玄已知其谋,晨起白之。玄惊惧……召桓谦、卞范之等谋拒高祖……玄自闻军起,忧惧无复为计……众推高祖为盟主,移檄京邑,曰……三月戊午朔,遇吴甫之于江乘。甫之,玄骁将也,其兵甚锐。高祖躬执长刀,大呼以冲之,众皆披靡,即斩甫之……玄始虽遣军置阵,而走意已决,别使领军将军殷仲文具舟于石头,仍将子侄浮江南走。庚申,高祖镇石头城,立留台官,焚桓温神主于宣阳门外,造晋新主,立于太庙……司徒王谧与众议推高祖领扬州，固辞……于是推高祖为使持节、都督扬徐兖豫青冀幽并八州诸军事、领军将军、徐州刺史……高祖以身范物，先以威禁内外，百官皆肃然奉职，二三日间，风俗顿改……诸葛长民失期不得发，刁逵执送之，未至而玄败……尚书左仆射王愉、愉子荆州刺史绥等，江左冠族。绥少有重名，以高祖起自布衣，甚相凌忽……高祖悉诛之。四月，奉武陵王遵为大将军，承制。大赦天下，唯桓玄一祖后不在赦例。初高祖家贫，尝负刁逵社钱三万，经时无以还。逵执录甚严，王谧造逵见之，密以钱代还，由是得释。高祖名微位薄，盛流皆不与相知，唯谧交焉……光禄勋卞承之、左卫将军褚粲、游击将军司马秀役使官人，为御史中丞王祯之所纠察，谢笺言辞怨愤。承之造司宜藏。高祖与大将军笺，白……并免官。桓玄兄子歆，聚众向历阳，高祖命辅国将军诸葛长民击走之……玄既还荆郢……浮江东下，与冠军将军刘毅等相遇于峥嵘洲，众军下击，大破之。玄弃众，复挟天子还复江陵。玄党殷仲文奉晋二皇后还京师……十月，高祖领青州刺史。甲仗百人入殿。刘毅诸军复进至夏口。毅攻鲁城，道规攻偃月垒，皆拔之。”《署廷尉寺门》见《南史》卷三十二《张邵传》：“桓玄篡位，父敞先为尚书，以答事微谬，降为廷卿。及宋武帝讨桓玄，邵白敞表献中款，帝大悦，命署寺门曰……”

3. 刘毅讨桓修、桓弘。任冠军将军、青州刺史、兖州刺史。

《晋书》卷八十五《刘毅传》：“毅讨徐州刺史桓修于京口、青州刺史桓弘于广陵……玄既西走，(刘)裕以毅为冠军将军、青州刺史……及玄死，桓振、桓谦复聚众距毅于灵溪……为振所败，退次寻阳，坐免官，寻原之……毅复与道规发寻阳……毅与刘怀肃、索邈等攻鲁城……毅躬贯甲胄，陵城半日而二垒俱溃……毅进平巴陵。以毅为使持节、兖州刺史，将军如故。毅号令严整，所经墟邑，百姓安悦。”

4. 诸葛长民从刘裕讨桓玄，以功拜辅国将军。

《晋书》卷八十五《诸葛长民传》：“从裕讨桓玄，以功拜辅国将军、宣城内史。于时桓歆聚众向历阳，长民击走之，又与刘敬宣破歆于芍陂，封新淦县公，食邑二千五百户，以本官督淮北诸军事，镇山阳。”

5. 卞承之时任秘书监，被免官。

承之生年未详。《全晋文》卷一百四十，严可均曰：“承之字敬宗。”《晋书》卷九十九《桓玄传》：“元兴三年……玄曾祖以上名位不显，故不欲序列……秘书监卞承之曰：‘祭不及祖，知楚德之不长也。’”承之被免官，见本年第 2 条。

6. 何承天任辅国府参军，除浏阳令，寻去职还都。

《宋书》卷六十四《何承天传》：“义旗初，长沙公陶延寿以为其辅国府参军，遣通敬于高祖，因除浏阳令，寻去职还都。”

7. 傅亮被桓玄选作秘书郎，未及拜。任建威参军。

《宋书》卷四十三《傅亮传》：“桓玄篡位，闻其博学有文采，选为秘书郎，欲令整正秘阁，未及拜而玄败。义旗初，丹阳尹孟昶以为建威参军。”

8. 刘穆之任刘裕主簿。

《宋书》卷四十二《刘穆之传》：“初，穆之尝梦与高祖俱泛海，忽值大风，惊惧。俯视船下，见有二龙夹舫。既而至一山，峰崿耸秀，林树繁密，意甚悦之。及高祖克京城，问何无忌曰：‘急须一府主簿，何由得之？’无忌曰：‘无过刘道民。’高祖曰：‘吾亦识之。’即驰信召焉……从平京邑，高祖始至，诸大处分，皆仓卒立定，并穆之所建也。遂委以腹心之任，动止咨焉……迁尚书祠部郎,复为府主簿,记室录事参军,领堂邑太守。”

9. 谢瞻任刘裕镇军参军。

《宋书》卷五十六《谢瞻传》:“为高祖镇军……参军。”据卷一《武帝纪上》,刘裕于本年三月任镇军将军,瞻任其参军当在本年三月后。

10. 王弘任刘裕咨议参军。

《宋书》卷四十二《王弘传》:“高祖为镇军,召补咨议参军。”

11. 陶渊明作《停云诗》、《时运诗》、《荣木诗》及《连雨独饮诗》。离家东下,为刘裕镇军参军,途中作《始作镇军参军经曲阿诗》。

《晋诗》卷十六辑《停云诗》、《时运诗》、《荣木诗》、《始作镇军参军经曲阿诗》。卷十七辑《连雨独饮诗》。《荣木诗》中有“四十无闻,斯不足畏”二句,知诗当作于四十岁时。王瑶《陶渊明集》:“按《停云》、《时运》、《荣木》三诗,都是四言四章,而且前冠小序,序文句法也完全相同;诗题又都是以首句命名,当为同年所作。不过,《停云》中所写的景色是初春,《时运》是暮春,《荣木》则是夏季。”《连雨独饮诗》有“自我抱兹独,僶俛四十年”句,知当作于是年。渊明作《始作镇军参军经曲阿诗》及任刘裕参军当在本年三月后。

12. 桓玄作《与刘迈书》。逃离建康,于道中作起居注。被斩。有《桓玄时童谣》。

《与刘迈书》见《全晋文》卷一一九。据《宋书》卷一《武帝纪上》,书当作于本年刘裕等起兵反玄后。《晋书》卷九十九《桓玄传》:“元兴三年,玄之永始二年也,尚书答‘春搜’字误作‘春蒐’,凡所关署皆被降黜……以其妻刘氏为皇后,将修殿宇,乃移入东宫……性好畋游,以体大不堪乘马,又作徘徊舆……既不追尊祖曾……秘书监卞承之曰：'祭不及祖，知楚德之不长也。'……期服之内，不废期乐……玄自篡盗之后，骄奢荒侈，游猎无度，以夜继昼。兄伟葬日，旦哭晚游，或一日之中屡出驰骋。性又急暴，呼召严速，直官咸系马省前，禁内欢杂，无复朝廷之体。于是百姓疲苦，朝野劳瘁，怨怒思乱者十室八九焉。于是刘裕、刘毅、何无忌等共谋兴复。裕等斩桓修于京口……裕率义军至竹里，玄移还上宫……以殷仲文代桓修……裕等……斩甫之……玄闻之大惧，乃召诸道术人推算数为厌胜之法……刘裕执钺麾而进，(桓)谦等诸军一时奔溃。玄率亲信数千人声言赴战，遂将其子升兄子浚出南掖门，西至石头，使殷仲文具船，相与南奔。"《世说新语·豪爽第十三》："桓玄西下，入石头。外曰：'司马梁王奔叛。'玄时事形已济，在平乘上笳鼓并作，直高咏云：'箫管有遗音，梁王安在哉？'"《晋书·桓玄传》："玄至寻阳……殷仲文自后至……玄于是逼乘舆西上……玄于道作起居注，叙其距义军之事。自谓经略指授，算无遗策，诸将违节度，以致亏丧，非战之罪。于是不遑与群下谋议，唯耽思诵述，宣示远近。玄至江陵……以卞范之为尚书仆射……玄以奔败之后，惧法令不肃，遂轻怒妄杀，人多离怨。殷仲文谏曰……玄率舟舰二百发江陵……诸葛长民又败(桓)歆于芍陂，歆单马渡淮。毅率道规及下邳太守孟怀玉与玄战于峥嵘洲……玄众大溃……殷仲文时在玄舰，求出别船收集散军，因叛玄，奉二后奔于夏口。玄入江陵城……时益州刺史毛璩使其从孙祐之、参军费恬送弟璠丧葬江陵，有众二百，璩弟子修之为玄屯骑校尉，诱玄以入蜀，玄从之。达枚回洲，恬与祐之迎击玄……益州督护冯迁抽刃而前……遂斩之，时年三十六……升云：

'我是豫章王，请君勿见杀。'送至江陵市斩之。初，玄在宫中，恒觉不安，若为鬼神所扰，语其所亲云：'恐己当死，故与时竞。'元兴中，衡阳有雌鸡化为雄，八十日而冠萎。及玄建国于楚，衡阳属焉，自篡盗至败，时凡八旬矣。其时有童谣云……其凶兆符会如此。郎君，谓元显也。是月，王滕之奉帝入居太府。桓谦亦聚众沮中，为玄举哀，立丧庭，伪谥为武悼皇帝。毅等传送玄首，枭于大桁，百姓观者莫不欣幸。"据卷十《安帝纪》，桓玄于本年五月壬午被斩于貊盘洲。

《隋书》卷三十二《经籍志一》："《周易系辞》二卷，晋桓玄注。"卷三十五《经籍志四》："晋《桓玄集》二十卷。"《晋诗》卷十四辑桓玄诗二首，佚诗一句。二首题为：《登荆山诗》、《南林弹诗》。又，《渚宫旧事》卷五云："玄尝作《龙山猎诗》，其《序》云……"《初学记》卷五载玄"《南游衡山诗序》云……"《龙山猎诗》、《南游衡山诗》已佚。《全晋文》卷一一九辑桓玄文三十五篇，除已见上文者外，还有：《凤赋》、《鹤赋》、《鹦鹉赋》、《与袁宜都书论啸》、《南游衡山诗序》、《龙山猎诗序》。另，《御览》卷八二四录桓玄《与姊书》，《全晋文》漏收。

王僧虔《论书》："桓玄书，自比右军，议者未之许，云可比孔琳之。"庾肩吾《书品》："桓玄，筋力俱骏。"《书断中》："桓玄……尝慕小王，善于草法，譬之于马，则肉翅已就，兰筋初生，畜怒而驰，日可千里，洸洸赳赳，实已武哉……尝与顾恺之论书，至夜不倦。"《述书赋上》："敬道耽玩，锐思毫翰。依凭右军，志在凌乱。草狂逸而有度，正疏涩而犹惮。如浴鸟之畏人，等惊波之泛岸。"

13. 徐广谏桓玄宜追立七庙。

《晋书》卷九十九《桓玄传》："元兴三年……玄大纲不理……

既不追尊祖曾，疑其礼仪，问于群臣。散骑常侍徐广据晋典宜追立七庙，又敬其父则子悦，位弥高者情理得申，道愈广者纳敬必普也。”

14. 袁豹复为记室参军。任建威司马。

《宋书》卷五十二《袁豹传》:“大将军武陵王遵承制，复为记室参军。其年，丹阳尹孟昶以为建威司马。”卷九十三《阮万龄传》:“万龄少知名，自通直郎为孟昶建威长史。时袁豹、江夷相系为昶司马，时人谓昶府有三素望。”据《晋书》卷十，武陵王遵于本年三月丙戌“承制总百官行事”。

15. 殷仲文叛桓玄。归京师，任镇军长史，转尚书。

仲文叛桓玄见本年第 12 条。《晋书》卷九十九《殷仲文传》:“玄为刘裕所败，随玄西走，其珍宝玩好悉藏地中，皆变为土。至巴陵，因奉二后投义军，而为镇军长史，转尚书。”《世说新语·黜免第二十八》刘孝标注引《晋安帝纪》:“桓玄败，殷仲文归京师，高祖以其卫从二后，且以大信宣令，引为镇军长史。”

16. 范泰为国子博士。任南郡太守。

《宋书》卷六十《范泰传》:“义旗建，国子博士。司马休之为冠军将军、荆州刺史，以泰为长史、南郡太守。”据《通鉴》卷一一三，本年四月司马休之领荆州刺史，泰为长史、南郡太守当在本年四月后。

17. 谢混任中书令、中领军。与刘瑾作《殷祭议》。

《晋书》卷七十九《谢混传》:“历中书令、中领军。”《东晋将相大臣年表》系混任中书令于本年。作《殷祭议》见《宋书》卷十六《礼志三》:“初元兴三年四月，不得殷祠进用十月……中领军谢混、太常刘瑾议……”

18. 鸠摩罗什检校《大品经》,更译《百论》。

《汉魏两晋南北朝佛教史》上册第214页:本年"四月,检校《大品经》讫。十月十七日在中寺为弗若多罗度语,译《十诵律》'三分获二',而多罗卒。是年姚嵩请什更译《百论》二卷。僧肇作序,较之二年前所译及睿师之序,此次'文义既正,作序亦好'(《百论疏》卷一)。"

19. 僧肇作《百论序》。

《百论序》见《全晋文》卷一百六十五。写作时间见本年第18条。

20. 卞范之为刘毅所败,任尚书仆射。

《晋书》卷九十九《卞范之传》:"(桓)玄既奢侈无度,范之亦盛营馆第。自以佐命元勋,深怀矜伐,以富贵骄人,子弟傲慢,众咸畏嫉之。义军起,范之屯兵于覆舟山西,为刘毅所败,随玄西走,玄又以范之为尚书仆射。玄为刘毅等所败,左右分散,唯范之在侧。"

21. 刁雍逃奔后秦姚兴。

《魏书》卷三十八《刁雍传》:"初,(刁)畅兄逵以刘裕轻狡薄行,负社钱三万,违时不还,执而征焉。及裕诛桓玄,以嫌故先诛刁氏。雍为畅故吏所匿,奔姚兴豫州牧姚绍于洛阳,后至长安。雍博览书传,姚兴以雍为太子中庶子。"雍为太子中庶子时间当在本年后,姑一并系于此。

22. 卢循攻略广州,号平南将军。有《广州人谣》。

《晋书》卷一百《卢循传》:"刘裕讨循至晋安,循窘急,泛海到番禺,寇广州,逐刺史吴隐之,自摄州事,号平南将军。"卷二十八《五行志中》:"卢龙据广州,人为之谣曰……后拥上流数州之地,内逼京辇,应'天半'之言。"《晋书》同卷校勘记:"'卢龙'《御览》卷一千引《中兴书》作'卢循'。循小字元龙，卢龙盖'卢元龙'之省。"

23. 吴隐之固守南海，为卢循所败。

《晋书》卷九十《吴隐之传》："及卢循寇南海，隐之率厉将士，固守弥时，长子旷之战没。循攻击百有余日，逾城放火，焚烧三千余家，死者万余人，城遂陷。隐之携家累出，欲奔还都，为循所得。循表朝廷，以隐之党附桓玄，宜加裁戮，诏不许。"

24. 谢灵运袭封康乐公，除员外散骑侍郎，不就，作《谢封康乐侯表》。

《宋书》卷六十七《谢灵运传》："灵运少好学，博览群书，文章之美，江左莫逮。从叔混特知爱之。袭封康乐公，食邑二千户。以国公例，除员外散骑侍郎，不就。"《谢封康乐侯表》（礼按：'侯'当作'公'）见《类聚》卷五十一。表中有"泽洽往德，思覃来胤。永惟先踪，远感崩结。岂臣尪弱，所当忝承"诸句，知表非永初元年灵运三十六岁降公爵为侯时作。《先秦汉魏晋南北朝诗·宋诗》卷三辑灵运《初去郡诗》自述："牵丝及元兴。"又《宋书·谢灵运传》载灵运义熙十三年所作《撰征赋》中有"荷庆云之优渥，双周七于此年"。据此知灵运袭封康乐公诸事当在本年。

25. 戴颙游止桐庐县。

《宋书》卷九十三《戴颙传》："桐庐县又多名山，兄弟复共游之，因留居止。"时间未详。颙兄勃明年病卒，其始游桐庐县当在本年或本年前，姑系于此。

26. 戴勃游止桐庐县。

见本年第25条。

27. 后秦始建麦积山石窟。

祝穆《方舆览胜》:“麦积山在秦州东南百里(礼按:今甘肃省天水),状如麦积,为秦地林泉之冠,姚秦时建瑞应寺。在山之后,姚兴凿山而修,千龛万象,转崖为冠,乃秦州胜景。”据上述记载,麦积山石窟当始建于姚兴时。《晋书》卷九《孝武帝纪》:太元十八年,“姚苌死,子兴嗣伪位。”《宋书》卷二《武帝纪中》:义熙十二年,“姚兴死,子泓立。”是麦积山石窟当始建于太元十八年至义熙十二年间,《文物》1989 年第 3 期载黄文昆撰《麦积山的历史与石窟》:“关于麦积山石窟的创建,东崖第 3、4 窟之间崖面上原有南宋绍兴二十七年(1157 年)题刻:‘麦积山胜迹始建于□秦,成于元魏,经七百年四郡名显,绍兴二年岁在壬子兵火毁□……’自绍兴二年(1152 年)上推七百四五十年,正是后秦姚兴弘始年间。”具体时间未详。据上述记载,姑系于姚兴执政中期。麦积山石窟开创时间,除上述之说外,还有多说,如:“是后秦到西秦间开凿修造的。时间约自公元 384—431 年左右。”(详见《文物》1983 年第 6 期载董玉祥撰《麦积山石窟的分期》);“当始于东晋十六国的后秦,时间在公元 400 年至 410 年这一阶段”(同上,张学荣撰《麦积山石窟的创建年代》)。

405　乙巳

晋义熙元年　　北魏天赐二年
后燕光始五年　　后秦弘始七年
北凉永安五年　　西凉李暠建初元年
南燕慕容超太上元年

慧远七十二岁。鸠摩罗什六十二岁。张野五十六岁。李暠五十五岁。徐广五十四岁。范泰五十一岁。裴松之四十六岁。王敬弘四十六岁。刘穆之四十六岁。刘裕四十三岁。郑鲜之四十二岁。陶渊明四十一岁。孔琳之三十七岁。羊欣三十六岁。何承天三十六岁。袁豹三十三岁。傅亮三十二岁。宗炳三十一岁。王诞三十一岁。张茂度三十岁。释宝云三十岁。周续之二十九岁。戴颙二十八岁。荀伯子二十八岁。王弘二十七岁。蔡廓二十七岁。谢方明二十六岁。王韶之二十六岁。何尚之二十四岁。颜延之二十二岁。僧肇二十二岁。王神爱二十二岁。谢灵运二十一岁。雷次宗二十岁。沈庆之二十岁。谢晦十六岁。殷景仁十六岁。刁雍十六岁。高允十六岁。谢弘微十四岁。王昙首十二岁。徐爰十二岁。范晔八岁。萧思话六岁。刘义庆三岁。殷淳三岁。

1. 刘毅作《请以并州刺史刘道规镇夏口》，任抚军将军。作《乞还终丧表》。任豫州刺史。

《请以并州刺史刘道规镇夏口》见《南齐书》卷十五《州郡志下》："义熙元年，冠军将军刘毅以为……"《晋书》卷八十五《刘毅传》："南阳太守鲁宗之起义，袭襄阳，破桓蔚。毅等诸军次江陵之马头……毅因率无忌、道规等诸军破冯该于豫章口，推锋而进，遂入江陵……毅执玄党卞范之……斩之……桓振复……袭陷江陵……毅遣部将击振，杀之……毅又攻拔迁陵……二州既平，以毅为抚军将军。初，毅丁忧在家，及义旗初兴，遂墨绖从事。至是，军役渐宁，上表乞还京口，以终丧礼，曰……不许。诏以毅为都督豫州扬州之淮南历阳庐江安丰堂邑五郡诸军事、豫州刺史，持节、将军、常侍如故。本府文武悉令西属。"《宋书》卷一《武帝纪上》："义熙元年正月，毅等至江津，破桓谦、桓振，江陵平。"《通鉴》卷一百一十四："初，刘毅尝为刘敬宣宁朔参军，时人或以雄杰许之。敬宣曰：'夫非常之才自有调度，岂得便谓此君为人豪邪！此君之性，外宽而内忌，自伐而尚人，若一旦遭遇，亦当以陵上取祸耳。'毅闻而恨之。及敬宣为江州，辞以无功，不宜授任先于毅等，(刘)裕不许。毅使人言于裕曰：'刘敬宣不豫建义。猛将劳臣，方须叙报，如敬宣之比，宜令在后。若使君不忘平生，正可为员外常侍耳。闻已授郡，实为过优；寻复为江州，尤用骇惋。'敬宣愈不自安，自表解职，乃召还为宣城内史……五月……诏以毅为都督淮南等五郡军事，豫州刺史。"

2. 卞范之被斩。

《晋书》卷九十九《卞范之传》："(桓)玄平，斩于江陵。"据《通鉴》卷一百一十四，范之于本年正月被刘毅所斩。《隋书》卷三十五《经籍志四》："梁有晋丹阳尹《卞范之集》五卷，录一卷……亡。"

3. 西凉李暠自称大都督、大将军。领秦、凉二州牧。作《自称凉公领秦凉二州牧奉表诣阙》、《手令诫诸子》。

《十六国春秋》卷九十一《西凉录一·李暠录》:"建初元年,春正月,暠自称大都督、大将军,领秦凉二州牧,改元建初,大赦境内殊死已下……遣舍人黄始、梁兴间行奉表诣京师曰……冬十月……迁居于酒泉。"《手令诫诸子》见《李暠录》建初二年。按此文中有"吾临莅五年"一句,暠于隆安四年、李暠元年任凉公,至本年凡五载,文当作于本年。《通鉴》卷一百一十四亦系于本年。《李暠录》系于明年正月,误。

4. 鸠摩罗什被后秦姚兴奉若神明。译《佛藏经》、《杂譬喻经》、《大智度论》、《菩萨藏经》、《称扬诸佛功德经》。

《十六国春秋》卷五十七《后秦录五·姚兴录中》:"弘始七年,春正月,兴居罗什于逍遥园,以国师礼待之,奉之如神,甚见优宠,亲帅群臣如逍遥园,引诸沙门于澄玄堂,听什演说佛经。遂大营塔寺,起逍遥宫殿,庭左右有楼阁……今之新经,皆什所译。兴既托意于佛,公卿已下,莫不钦附。沙门自远而至者,五千余人,有大道者五十人。起造浮屠于永贵里,立波若台于中宫。作须弥山,四面有崇岩峻壁,珍禽异兽,山林草木,精奇怪异,仙人佛像人所未识见者,皆以为奇。时沙门坐禅者,恒有千数,州郡化之,奉佛者十室而九。"《汉魏两晋南北朝佛教史》上册第214页:什本年六月十二日,译《佛藏经》四卷,十月译《杂譬喻经》一卷。十二月二十七日译《大智度论》讫,成百卷。先是什译《大品经》时,随出《释论》,随即校经,《释论》今既译讫,《大品经》文乃正。是年又译《菩萨藏经》三卷,《称扬诸佛功德经》三卷。是年秋昙摩流支至长安,因远公、姚兴请，与什共续译《十诵律》，前后成五十八卷。

5. 北魏崔玄伯受爵白马侯，加周兵将军。

《魏书》卷二十四《崔玄伯传》："及太祖季年，大臣多犯威怒，玄伯独无谴者……太祖曾引玄伯讲《汉书》，至娄敬说汉祖欲以鲁元公主妻匈奴，善之，嗟叹者良久……尚书职罢，赐玄伯爵白马侯，加周兵将军，与旧功臣庾岳、奚斤等同班，而信宠过之。"据《通鉴》卷一百一十四，本年二月拓跋珪罢尚书三十六曹。

6. 慧远作《与晋安帝书》、《答秦主姚兴书》。

《高僧传》卷六《释慧远传》："晋安帝自江陵旋于京师。辅国何无忌劝远候觐，远称疾不行。帝遣使劳问，远修书曰……诏答……"又本传："秦主姚兴钦德风名，叹其才思，致书殷勤，信饷连接，赠以龟兹国细缕杂变像，以伸款心。又令姚嵩献其殊像。《释论》新出，兴送论并遣书曰：'《大智论》新译讫……法师可为作序，以贻后之学者。'远答书云……远常谓：'《大智论》，文句繁广，初学难寻。'乃抄其要文，撰为二十卷。序致渊雅，使夫学者息过半之功矣。"《汉魏两晋南北朝佛教史》上册第256页系罗什译《大智论》于本年。

7. 刘裕屡请归藩，加领兖州刺史。作《与臧焘书》

《宋书》卷一《武帝纪上》："义熙元年……三月天子至自江陵，诏曰：'……镇军可进位侍中、车骑将军、都督中外诸军事，使持节、徐青二州刺史如故……'高祖固让。加录尚书事，又不受，屡请归藩。天子不许，遣百僚敦劝，又亲幸公第。高祖惶惧诣阙陈请，天子不能夺。是月，旋镇丹徒。天子重遣大使敦劝，又不受。乃改授都督荆、司、梁、益、宁、雍、凉七州，并前十六州诸军事，本官如故。于是受命解青州，加领兖州刺史。"《宋书》卷五十五《臧焘传》:“高祖镇京口,与焘书曰……”据《晋书》卷十《安帝纪》,本年“四月,刘裕旋镇京口”。

8. 谢灵运任琅邪王大司马行参军。

《宋书》卷六十七《谢灵运传》:“为琅邪王大司马行参军。性奢豪,车服鲜丽,衣裳器物,多改旧制,世共宗之,咸称谢康乐也。”《晋书》卷十《安帝纪》:本年三月,“庚子,以琅邪王德文为大司马”。灵运为大司马行参军当在本年三月后。

9. 郑鲜之为琅邪王参军。

《宋书》卷六十四《郑鲜之传》:“入为员外散骑侍郎,司徒左西属,大司马琅邪王录事参军。”鲜之为大司马琅邪王参军当在本年三月琅邪王为大司马后。其为员外散骑侍郎、司徒左西属,时间不详。姑一并系于此。

10. 谢瞻任琅邪王大司马参军。

《宋书》卷五十六《谢瞻传》:任琅邪王大司马参军,转主簿。转主簿时间不详。姑一并系于此。

11. 殷仲文谏刘裕备音乐。作《罪衅解尚书表》,为大司马咨议。

《南史》卷一《宋本纪上》:“朝廷未备音乐,长史殷仲文以为言,帝(礼按:宋武帝刘裕)曰:‘日不暇给,且所不解。’仲文曰:‘屡听自然解之。’帝曰:‘政以解则好之,故不习耳。’”《通鉴》卷一百一十四系上述事于本年三月,且言时仲文为尚书,今从之。作《罪衅解尚书表》见《晋书》卷九十九《殷仲文传》:“帝初反正,抗表自解曰……诏不许。”据卷十《安帝纪》,安帝于本年三月自江陵反正至建康。《世说新语·黜免第二十八》:“桓玄败后,殷仲文还为大司马咨议,意似二三,非复往日。”《晋书·殷仲文传》:“仲文因月朔与众至大司马府,府中有老槐树,顾之良久而叹曰:‘此树婆娑,无复生意!’仲文素有名望，自谓必当朝政，又谢混之徒畴昔所轻者，并皆比肩，常怏怏不得志。”

12. 陶渊明任江州刺史、建威将军刘敬宣参军。作《乙巳岁三月为建威参军使都经钱溪诗》。为彭泽令。妹程氏卒，辞官，作《归去来兮辞》并序。

《宋书》卷九十三《陶潜传》：复为“建威参军，谓亲朋曰：‘聊欲弦歌，以为三径之资，可乎？’执事者闻之，以为彭泽令。公田悉令吏种秫稻，妻子固请种粳，乃使二顷五十亩种秫，五十亩种粳。郡遣督邮至，县吏白应束带见之，潜叹曰：‘我不能为五斗米折腰向乡里小人。’即日解印绶去职。赋《归去来》，其词曰……”《宋书》卷四十七《刘敬宣传》：“桓歆率氐贼杨秋寇历阳，敬宣与建威将军诸葛长民大破之，歆单骑走渡淮，斩杨秋于练固而还。迁建威将军、江州刺史。敬宣固辞，言于高祖曰……不许。敬宣既至江州，课集军粮……其年，桓玄兄子亮自号江州刺史，寇豫章，亮又遣苻宏寇庐陵，敬宣并讨破之。”《晋书》卷八十四《刘敬宣传》：“与诸葛长民破桓歆于芍陂，迁建威将军、江州刺史，镇寻阳。”《宋书》卷一《武帝纪上》系破桓歆于上年四月。盖敬宣于上年破桓歆后，继诸葛长民任建威将军，至本年仍任建威将军，是渊明本年三月当为刘敬宣建威参军。《晋诗》卷十六辑《乙巳岁三月为建威参军使都经钱溪诗》。《全晋文》卷一百十一辑《归来去辞》并序。序云：“余家贫，耕植不足以自给。幼稚盈室，瓶无储粟。生生所资，未见其术。亲故多劝余为长吏，脱然有怀，求之靡途。会有四方之事，诸侯以惠爱为德。家叔以余贫苦，遂见用于小邑。于是风波未静，心惮远役。彭泽去家百里，公田之利，足以为酒，故便求之。及少日，眷然有归与之情。何则？质性自然……寻程氏妹丧于武昌，情在骏奔，自免去职。仲秋至冬，在官八十余日。因事顺心，命篇曰《归去来兮》，乙巳岁十一月也。"《元和郡县图志》卷二十八浔阳县："彭泽故城在县北四十五里。晋陶潜为令，理此城。"

13. 羊徽任刘裕记室参军掌事。

徽生卒年未详。《宋书》六十二《羊欣传》："羊欣……泰山南城人……弟徽。"同卷《羊徽传》："徽字敬猷，世誉多欣。高祖镇京口，以为记室参军掌事。"

14. 孔琳之任司马休之会稽内史府长史。

《宋书》卷五十六《孔琳之传》："服阕，除司徒左西掾，以父致仕自解。时司马休之为会稽内史、后将军，仍以琳之为长史。父忧，去官。"《晋书》卷三十七《司马休之传》：本年"桓振复袭江陵，休之战败……免官。朝廷以豫州刺史魏咏之代之，征休之还京师，拜后将军、会稽内史。"据卷十《安帝纪》，本年三月休之战败。琳之任休之长史当在本年三月后。

15. 卢循任广州刺史、平越中郎将。

《晋书》卷一百《卢循传》："遣使献贡。时朝廷新诛桓氏，中外多虞，乃权假循征虏将军、广州刺史、平越中郎将。"《通鉴》卷一百一十四系上述事于本年四月。

16. 王诞任平南府长史。返京都。

《宋书》卷五十二《王诞传》："卢循据广州，以诞为其平南府长史，甚宾礼之。诞久客思归，乃说循曰：'下官流远在此，被蒙殊眷，士感知己，实思报答。本非戎旅，在此无用。素为刘镇军所识，情味不浅，若得北归，必蒙任寄，公私际会，思报厚恩，愈于停此，空移岁月。'循甚然之。时广州刺史吴隐之亦为循所拘留，诞又曰：'将军今留吴公，公私非计。孙伯符岂不欲留华子鱼,但以一境不容二君耳。'于是诞及隐之并得还。"《通鉴》卷一百一十四系上述诸事于本年四月。

17. 顾恺之任散骑常侍。作《拜员外散骑常侍表》。

《晋书》卷九十二《顾恺之传》:"义熙初,为散骑常侍,与谢瞻连省,夜于月下长咏,瞻每遥赞之,恺之弥自力忘倦。瞻将眠,令人代己,恺之不觉有异,遂申旦而止。"《拜员外散骑常侍表》仅存三句,见《全晋文》卷一三五。

18. 徐广撰《车服仪注》,除镇军咨议参军等职,领著作郎。

《宋书》卷五十五《徐广传》:"义熙初,高祖使撰《车服仪注》,乃除镇军咨议参军,领室。封乐成县五等侯。转员外散骑常侍,领著作郎。"卷十八《礼志五》:"晋立服制令,辨定众仪,徐广《车服注》,略明事目,并行于今者也。"

19. 谢弘微袭爵建昌县侯。

《宋书》卷五十八《谢弘微传》:"义熙初,袭峻爵建昌县侯。弘微家素贫俭,而所继丰泰,唯受书数千卷,国吏数人而已,遗财禄秩,一不关豫。混闻而惊叹,谓国郎中令漆凯之曰:'建昌国禄,本应与北舍共之,国侯既不措意,今可依常分送。'弘微重违混言,乃少有所受。"

20. 有《义熙初童谣》。

《晋书》卷二十八《五行志中》:"安帝义熙初,童谣曰……其时官养卢龙,宠以金紫,奉以名州,养之极也。而龙不能怀我好音,举兵内伐,遂成仇敌也。'芦生不止自成积',及卢龙之败,斩伐其党,犹如草木以成积也。"

21. 傅亮任员外散骑侍郎,转领军长史。

《宋书》卷四十三《傅亮传》:"义熙元年,除员外散骑侍郎,直西省,典掌诏命。转领军长史,以中书郎滕演代之。亮未拜,遭母忧。"转领军长史，时间不详，姑系于是。

22. 滕演以中书郎代傅亮任员外散骑侍郎。

演生年不详。《宋书》卷四十三《傅亮传》："演字彦将，南阳西鄂人。"演任员外散骑侍郎事，见本年第21条。

23. 僧肇著《般若无知论》。

《高僧传》卷六《释僧肇传》："及姚兴命肇与僧睿等，入逍遥园，助译定经论。肇以去圣久远，文义舛杂。先旧所解，时有乖谬。及见什咨禀，所悟更多。因出《大品》之后，肇便著《般若无知论》，凡二千余言，竟以呈什。什读之称善。乃谓肇曰：'吾解不谢子，辞当相挹。'"《汉魏两晋南北朝佛教史》上册第233页谓肇于公元403至405年著《般若无知论》。

24. 诸葛长民任青州刺史，领晋陵太守。

《晋书》卷八十五《诸葛长民传》："义熙初，慕容超寇下邳，长民遣部将徐琰击走之，进位使持节、督青扬二州诸军事、青州刺史，领晋陵太守，镇丹徒，本号及公如故。"

25. 戴勃被征为散骑侍郎，不起。卒。

《晋书》卷九十四《戴逵传》："长子勃……义熙初，以散骑侍郎征，不起，卒。"

《贞观公私画史》载勃画有："《九州名山图》（原注：梁《太清目》所有）、《朝阳谷神风水图》、《秦始皇东游图》。"以上"三卷，戴勃画，隋朝宫本。"《历代名画记》卷五载勃绘画有六："《曹长孺像》、《三马图》、《九州名山图》、《秦皇东游图》、《朝阳谷神图》、《风云水月图》。已上并传于前代。"

26. 戴颙求海虞令，出居吴下。著《消摇论》，注《礼记·中庸篇》。

《宋书》卷九十三《戴颙传》："勃疾患，医药不给，颙谓勃曰：'颙随兄得闲，非有心于默语。兄今疾笃，无可营疗，颙当干禄以自济耳。'乃告时求海虞令,事垂行而勃卒,乃止。桐庐僻远,难以养疾,乃出居吴下。吴下士人共为筑室,聚石引水,植林开涧,少时繁密,有若自然。乃述庄周大旨,著《消摇论》,注《礼记·中庸篇》。三吴将守及郡内衣冠要其同游野泽,堪行便往,不为矫介,众论以此多之。"颙出居吴下,当在本年其兄勃卒后,具体时间未详,姑系于此。

27. 裴松之任吴兴故鄣令。

《宋书》卷六十四《裴松之传》:"义熙初,为吴兴故鄣令,在县有绩。"

28.《爨宝子碑》立。

《云南古代石刻丛考》第7页:"此碑清乾隆四十三年于曲靖县南七十里扬旗田爨君墓前出土。咸丰二年,移至城内武侯祠。一九三七年,移置曲靖中学,与大理国三十七部石城会盟碑合庋一亭……碑首作半圆形。通高一九〇厘米,广七十厘米,厚二十一厘米。额题'晋故振威将军建宁太守爨府君之墓'五行十五字。文凡十三行,每行七至三十字;下端职官题名十三行,每行四字。左下方刻咸丰二年七月南宁知府邓尔恒跋。碑文除题名末行第四字已缺外,其余基本完好,但笔画曾经过剜改,部分失真。书体在隶楷之间。大亨四年(公元四〇五年)立。"后附碑文。

29. 丘渊之作《赠记室羊徽其属疾在外诗》六章。

渊之生卒年未详。《宋书》卷八十一《顾琛传》:"宋世江东贵达者,会稽孔季恭,季恭子灵符,吴兴丘渊之及琛,吴音不变。渊之字思玄,吴兴乌程人也。"《赠记室羊徽其属疾在外诗》六章见《宋诗》卷五。羊徽本年任记室参军掌事。诗当作于本年或以后。

30. 雷次宗不就仕途，托业庐山，事释和尚。

《宋书》卷九十三《雷次宗传》："本州辟从事，员外散骑侍郎征，并不就。"本传载次宗《与子侄书》云："吾……暨于弱冠，遂托业庐山，逮事释和尚。于时师友渊源，务训弘道，外慕等夷，内怀悱发，于是洗气神明，玩心坟典，勉志勤躬，夜以继日。爰有山水之好，悟言之欢，实足以通理辅性，成夫亹亹之业，乐以忘忧，不知朝日之晏矣。"次宗托业庐山，时间不详，今据"暨于弱冠"句，姑系于此。

31. 吴隐之由广州返，拜度支尚书、太常。

《晋书》卷九十《吴隐之传》："刘裕与循书，令遣隐之还，久方得反。归舟之日，装无余资。及至，数亩小宅，篱垣仄陋，内外茅屋六间，不容妻子。刘裕赐车牛，更为起宅，固辞。寻拜度支尚书、太常，以竹篷为屏风，坐无毡席。"隐之拜度支尚书、太常，时间未详，疑在本年或本年后。

《说郛》卷六十引《太平寰宇记》："隐之罢郡，见妻箧中有沉香一斤，遂投石门内水中，后人谓之沉香浦，亦曰投香浦。"

32. 北魏崔浩恭勤不怠，不为穷通改节。

《魏书》卷三十五《崔浩传》："太祖季年，威严颇峻，宫省左右多以微过得罪，莫不逃隐，避目下之变，浩独恭勤不怠，或终日不归。太祖知之，辄命赐以御粥。其砥直任时，不为穷通改节，皆此类也。"上述事时间未详，亦非某年之事，今据"太祖季年"，姑系于此。

33. 殷景仁娶王谧女为妻。

《宋书》卷六十三《殷景仁传》："景仁少有大成之量，司徒王谧见而以女妻之。"景仁娶王谧女，时间未详。按《东晋将相大臣年表》，谧于元兴二年至义熙三年卒前任司徒。姑系于此。

406　丙午

晋义熙二年　　北魏天赐三年

后燕光始六年　　后秦弘始八年

北凉永安六年　　西凉建初二年

南燕太上二年

慧远七十三岁。鸠摩罗什六十三岁。张野五十七岁。李暠五十六岁。徐广五十五岁。范泰五十二岁。裴松之四十七岁。王敬弘四十七岁。刘穆之四十七岁。刘裕四十四岁。郑鲜之四十三岁。陶渊明四十二岁。孔琳之三十八岁。羊欣三十七岁。何承天三十七岁。袁豹三十四岁。傅亮三十三岁。宗炳三十二岁。王诞三十二岁。张茂度三十一岁。释宝云三十一岁。周续之三十岁。戴颙二十九岁。荀伯子二十九岁。王弘二十八岁。蔡廓二十八岁。谢方明二十七岁。王韶之二十七岁。何尚之二十五岁。颜延之二十三岁。僧肇二十三岁。王神爱二十三岁。谢灵运二十二岁。雷次宗二十一岁。沈庆之二十一岁。谢晦十七岁。殷景仁十七岁。刁雍十七岁。高允十七岁。谢弘微十五岁。王昙首十三岁。徐爰十三岁。范晔九岁。萧思话七岁。刘义庆四岁。殷淳四岁。

1. 刘裕督交、广二州，作《上言乞正封赏》，被封为豫章郡公。

《宋书》卷一《武帝纪上》：义熙“二年三月，督交、广二州。十月，高祖上言曰……于是尚书奏封唱义谋主镇军将军裕豫章郡公，食邑万户，赐绢三万匹……镇军府佐吏，降故太傅谢安府一等。十一月，天子重申前令，加高祖侍中，进号车骑将军、开府仪同三司。固让。诏遣百僚敦劝。”

2. 鸠摩罗什译《法华经》，出《维摩经》，译《华手经》。

《汉魏两晋南北朝佛教史》上册第 214 页：什本年，“夏，在大寺译《法华经》八卷。是年并在大寺出《维摩经》……又译《华手经》十卷。”

3. 徐广作《殷祭议》。受敕撰国史。

《宋书》卷十六《礼志三》：“晋安帝义熙二年六月，白衣领尚书左仆射孔安国启云：‘元兴三年夏，应殷祠……’员外散骑侍郎领著作郎徐广议……”卷五十五《徐广传》：“（义熙）二年，尚书奏曰：‘……臣等参详，宜敕著作郎徐广撰成国史。’诏曰：‘先朝至德光被，未著方策，宜流风缅代，永贻将来者也。便敕撰集。’”

4. 范泰作《殷祭议》，时为御史中丞。

《宋书》卷十六《礼志三》：“晋安帝义熙二年六月，白衣领尚书左仆射孔安国启云：‘……御史中丞范泰议……就如所言，有丧可殷……’安国又启：‘范泰云……泰为宪司，自应明审是非，若臣所启不允，即当责失奏弹，而侃堕稽停，遂非忘旧。请免泰、（刘）瑾官。’丁巳，诏皆白衣领职。”卷六十《范泰传》：“又除长沙相、散骑常侍，并不拜。入为黄门郎，御史中丞。坐议殷祠事谬，白衣领职。出为东阳太守。”泰除长沙相、为东阳太守，时间不详，姑一并系于是。《殷祭议》又见《通典》卷四十九：“安帝义熙三年，当殷，御史中丞范泰议……”《通典》云“三年”，当为“二年”，所辑范泰《殷祭议》与《宋书》所载，文字有异。

5. 殷仲文迁东阳太守。

《晋书》卷九十九《殷仲文传》：“忽迁为东阳太守，意弥不平。刘毅爱才好士，深相礼接，临当之郡，游宴弥日。行至富阳，慨然叹曰：‘看此山川形势，当复出一伯符。’何无忌甚慕之。东阳，无忌所统，仲文许当便道修谒，无忌故益钦迟之，令府中命文人殷阐、孔宁子之徒撰义构文。以俟其至。仲文失志恍惚，遂不过府。无忌疑其薄己，思中伤之。时属慕容超南侵，无忌言于刘裕曰：‘桓胤、殷仲文乃腹心之疾，北虏不足为忧。’”仲文迁东阳太守，时间未详，本传言迁东阳太守，时值“慕容超南侵”。据《通鉴》卷一一四，慕容超南侵在本年八月。

6. 刘毅封南平郡开国公，作《镇姑孰表》。

《晋书》卷八十五《刘毅传》：“以匡复功，封南平郡开国公，兼都督宣城军事，给鼓吹一部……初，桓玄于南州起斋，悉画盘龙于其上，号为盘龙斋。毅小字盘龙，至是，遂居之。”

《南齐书》卷十四《州郡志上》：“义熙二年，刘毅复镇姑孰。上表曰……”

7. 刘穆之封西华县五等子。

《宋书》卷四十二《刘穆之传》：“以平桓玄功，封西华县五等子。”

8. 王弘封华容县五等侯。

《宋书》卷四十二《王弘传》：“以功封华容县五等侯。迁琅邪王大司马从事中郎。出为宁远将军、琅邪内史，尚书吏部郎中，豫章相。”弘迁大司马从事中郎诸事，时间未详，姑一并系于此。

9. 谢灵运任刘毅记室参军。常与从叔谢混及从兄弟谢瞻、谢晦等于乌衣巷赏会宴游。

《宋书》卷六十七《谢灵运传》:“抚军将军刘毅镇姑孰,以为记室参军。”灵运与谢混等赏会宴游见本年第19条。

10. 刘敬叔任南平国郎中令。

敬叔生卒年未详。《学津讨原》第十六集第三册《异苑》卷首载胡震亨《刘敬叔传》:“刘敬叔,字敬叔,彭城人。少颖敏有异才,起家中兵参军、司徒掌记。义熙中,刘毅与宋高祖共举义旗,克服京郢,功亚高祖,进封南郡公。敬叔以公望推借拜南平国郎中令。”《法苑珠林》卷六十三《祈雨篇》引《冥祥记》,记沙门竺昙为刘毅祈雨事曰:“刘敬叔时为毅国郎中令,亲豫此集,自所睹见。”

11. 周续之被命为抚军参军,征太学博士,并不就。

《宋书》卷九十三《周续之传》:“刘毅镇姑孰,命为抚军参军,征太学博士,并不就。”

12. 何承天为刘毅行参军。

《宋书》卷六十四《何承天传》:“抚军将军刘毅镇姑孰,版为行参军。毅尝出行,而鄢陵县史陈满射鸟,箭误中直帅,虽不伤人,处法弃市。承天议曰:‘狱贵情断,疑则从轻……今满意在射鸟,非有心于中人。按律过误伤人,三岁刑,况不伤乎?微罚可也。’出补宛陵令。赵恢为宁蛮校尉、寻阳太守,请为司马。寻去职。”承天任刘毅行参军在本年。出补宛陵令诸事,时间不详,姑一并系于此。

13. 张茂度任何无忌镇南参军。

《宋书》卷五十三《张茂度传》:“茂度郡上计吏,主簿,功曹,州命从事史，并不就。除琅邪王卫军参军，员外散骑侍郎，尚书度支郎，父忧不拜。服阕，为何天忌镇南参军。”据《晋书》卷八十五《何无忌传》，无忌本年进镇南将军。

14. 有《义熙初小儿谣》、《义熙初谣》。

《晋书》卷二十八《五行志中》：“义熙二年，小儿相逢于道，辄举其两手曰……次曰……末曰……当时莫知所谓。其后卢龙内逼，舟舰盖川，‘健健’之谓也。既至查浦，屡克期欲与官斗，‘斗叹’之应也。‘翁年老’，群公有期颐之庆，知妖逆之徒自然消殄也。其时复有谣言曰……卢龙果败，不得入石头也。”

15. 西凉李暠造珠碧刀二口，以隶书铭其背。

《十六国春秋》卷九一《西凉录一·李暠录》：“建初二年初，秦建元之末，徙江汉一万余户于敦煌……及暠东迁，皆徙之酒泉……分置武成、武兴、张掖三郡，筑城于敦煌南子亭，以威南虏。是年，暠造珠碧刀二口，铭其背曰‘百胜’，隶书。”

16. 陶渊明作《归园田居诗》五首。

《晋书》卷十七辑《归园田居诗》五首。吴仁杰《陶渊明年谱》：“有《归园田居诗》五首。味其诗，盖自彭泽归明年所作也。首篇云：‘误落尘网中，一去三十年。’按太元癸卯，先生初仕为州祭酒，至乙巳去彭泽而归，才甲子一周，不应云三十年，当作‘一去十三年’。”

17. 荀伯子为著作佐郎。

《宋书》卷六十《荀伯子传》：“著作郎徐广重其才学，举伯子及王韶之并为佐郎，助撰晋史及著桓玄等传。”伯子为著作佐郎时间不详。徐广上年任著作郎，本年受敕撰国史，姑系于此。

18. 王韶之撰成《晋安帝阳秋》，除著作佐郎。

《南史》卷二十四《王韶之传》:"得父旧书,因私撰《晋安帝阳秋》。及成,时人谓宜居史职,即除著作佐郎。"韶之除著作佐郎事,见本年第17条。

19. 谢混迁领军将军。与谢灵运等以文义赏会。作《诫族子诗》。

《晋书》卷七十九《谢混传》:历中领军。《东晋将相大臣年表》系于本年。《南史》卷二十《谢弘微传》:"混风格高峻,少所交纳,唯与族子灵运、瞻、晦、曜、弘微以文义赏会,常共宴处,居在乌衣巷,故谓之乌衣之游。混诗所言'昔为乌衣游,戚戚皆亲姓'者也。其外虽复高流时誉,莫敢造门。瞻等才辞辩富,弘微每以约言服之,混特所敬贵,号曰微子。谓瞻等曰:'汝诸人虽才义丰辩,未必皆惬众心,至于领会机赏,言约理要,故当与我共推微子。常言'阿远刚躁负气,阿客博而无检,曜仗才而持操不笃,晦自知而纳善不周。设复功济三才,终亦以此为恨。至于微子,吾无间焉'。又言'微子异不伤物,同不害正,若年造六十,必至公辅'。尝因酣燕之余,为韵语以奖劝灵运、瞻等曰……灵运、瞻等并有诫厉之言,唯弘微独尽褒美。曜,弘微兄,多,其小字。"以上所记,并非一时之事,时间未详,《南史》、《宋书》均叙于"义熙初"之后,姑系于此。

20. 羊欣深受谢混敬重。

《宋书》卷六十二《羊欣传》:"欣尝诣领军将军谢混,混拂席改服,然后见之。时混族子灵运在坐,退告族兄瞻曰:'望蔡见羊欣,遂易衣改席。'欣由此益知名。"混本年任领军将军,羊欣上述事当在本年或本年后。

21. 袁豹转司徒左西属,迁抚军咨议参军,领记室,作《大田议》。

《宋书》卷五十二《袁豹传》:"岁余,转司徒左西属,迁刘毅抚军咨议参军,领记室。毅时建议大田,豹上议曰……豹善言雅俗，每商较古今，兼以诵咏，听者忘疲。”豹任司徒左西属等职时间未详，今据任建威司马“岁余，转司徒左西属”云云，姑系于此。

22. 何尚之任临津令。

《宋书》卷六十六《何尚之传》：“尚之少时颇轻薄，好樗蒲，既长折节蹈道，以操立见称。为陈郡谢混所知，与之游处。家贫，起为临津令。”尚之任临津令时间不详，姑系于本年。

23. 滕演任刘裕记室参军。

《宋书》卷四十三《傅亮传》：“高祖登庸之始，文笔皆是记室参军滕演。”演任刘裕记室参军，时间未详，姑系于此。

407　丁未

晋义熙三年　　　北魏天赐四年
后燕建始元年　　后秦弘始九年
北凉永安七年　　西凉建初三年
南燕太上三年　　北燕高云正始元年
夏赫连勃勃龙升元年

慧远七十四岁。鸠摩罗什六十四岁。张野五十八岁。李暠五十七岁。徐广五十六岁。范泰五十三岁。裴松之四十八岁。王敬弘四十八岁。刘穆之四十八岁。刘裕四十五岁。郑鲜之四十四岁。陶渊明四十三岁。孔琳之三十九岁。羊欣三十八岁。何承天三十八岁。袁豹三十五岁。傅亮三十四岁。宗炳三十三岁。王诞三十三岁。张茂度三十二岁。释宝云三十二岁。周续之三十一岁。戴颙三十岁。荀伯子三十岁。王弘二十九岁。蔡廓二十九岁。谢方明二十八岁。王韶之二十八岁。何尚之二十六岁。颜延之二十四岁。僧肇二十四岁。王神爱二十四岁。谢灵运二十三岁。雷次宗二十二岁。沈庆之二十二岁。谢晦十八岁。殷景仁十八岁。刁雍十八岁。高允十八岁。谢弘微十六岁。王昙首十四岁。徐爰十四岁。范晔十岁。萧思话八岁。刘义庆五岁。殷淳五岁。谢惠连一岁。刘义隆一岁。

1. 刘裕还京师，诣阙陈让。表遣刘敬宣率众伐蜀。

《宋书》卷一《武帝纪上》："（义熙）三年二月，高祖还京师……旋于丹徒。闰月……乃诛（殷）仲文及仲文二弟。凡桓玄余党，至是皆诛灭。"表遣刘敬宣率众伐蜀见本年第9条。

2. 殷仲文被斩。

《晋书》卷九十九《殷仲文传》："义熙三年，又以仲文与骆球等谋反，及其弟南蛮校尉叔文并伏诛。仲文时照镜不见其面，数日而遇祸。"《世说新语·黜免第二十八》刘孝标注引《晋安帝纪》："仲文后为东阳，愈愤怨，乃与桓胤谋反，遂伏诛。"《晋书》卷九十九《桓玄传》："（义熙）三年，东阳太守殷仲文与永嘉太守骆球谋反，欲建桓胤为嗣，曹靖之、桓石松、卞承之、刘延祖等潜相交结，刘裕以次收斩之，并诛其家属。"卷十《安帝纪》，本年二月仲文等被斩。《晋书·殷仲文传》："仲文善属文，为世所重。谢灵运尝云：'若殷仲文读书半袁豹，则文才不减班固。'言其文多而见书少也。"《世说新语·文学第四》刘孝标注引《续晋阳秋》曰："仲文雅有才藻，著文数十篇。"《隋书》卷三十二《经籍志一》："东阳太守殷仲文……注《孝经》一卷。"丁国钧《补晋书艺文志》卷一："《论语解》，殷仲文。谨按，见皇侃《论语义疏》。《隋书》卷三十五《经籍志四》："晋东阳太守《殷仲文集》七卷，梁五卷。"《全晋文》卷一百二十九辑仲文文一篇，已见上文。《晋诗》卷十四辑仲文诗三首，除已见上文者外，还有：《送东阳太守诗》、《入剡诗》。《文心雕龙·才略篇》："殷仲文之《孤兴》……并解散辞体，缥渺浮音。"知仲文作有《孤兴》，已佚。

3. 卞承之被杀。

承之被杀，见本年第2条。

《隋书》卷三十五《经籍志四》:"梁有……光禄勋《卞承之集》十卷,录一卷。亡。"《全晋文》卷一百四十辑承之文六篇:《鹳赋序》、《沟井赞》、《无患枕赞并序》、《乐社树赞序》、《甘蕉赞》、《怀香赞》。

4. 鸠摩罗什重订《禅法要》,译《自在王菩萨经》、《小品般若经》。

《汉魏两晋南北朝佛教史》上册第214页:本年,闰月五日,什重订《禅法要》。是年姚显请译《自在王菩萨经》为二卷。《莫高窟年表》:本年什"出《小品般若经》十卷。"

5. 陶渊明作《祭程氏妹文》。

《全晋文》卷一百十二辑《祭程氏妹文》云:"维晋义熙三年五月甲辰,程氏妹服制再周,渊明以少牢之奠,俯而酹之。"

6. 南燕慕容超以太乐伎献姚兴。

《魏书》卷一百九《乐志》:"永嘉已下,海内分崩,伶官乐器,皆为刘聪、石勒所获,慕容儁平冉闵,遂克之。王猛平邺,入于关右。苻坚既败,长安纷扰,慕容永之东也,礼乐器用多归长子,及垂平永,并入中山。"《隋书》卷十五《音乐志下》:"慕容垂破慕容永于长子,尽获苻氏旧乐。垂息为魏所败,其钟律令李佛等,将太乐细伎,奔慕容德于邺。德迁都广固,子超嗣立,其母先没姚兴,超以太乐伎一百二十人诣兴赎母。"据《通鉴》卷一百一十四,太元十九年慕容垂破慕容永。太元二十年垂息为魏所败。义熙三年十月,"南燕主超使左仆射张华、给事中宗正元献太乐伎一百二十人于秦,秦王兴乃还超母妻"。

7. 西凉李暠作《复奉表》。郡僚勒铭于酒泉。

《十六国春秋》卷九十一《西凉录一·李暠录》:"建初三年,冬十二月,暠以前表未报,复遣沙门法泉间行奉表于晋,曰……暠既而迁酒泉，乃敦劝稼穑。郡僚以年谷频登，百姓乐业，请勒铭于酒泉，乃许之。于是使儒林祭酒刘昞为文，刻石颂德。”

8. 西凉刘昞作《酒泉铭》。

见本年第 7 条。

9. 周祗作《与刘裕书谏伐蜀》。时任国子博士。

《宋书》卷四十七《刘敬宣传》：“高祖方大相宠任，欲先令立功，义熙三年，表遣敬宣率众五千伐蜀。国子博士周祗书谏高祖曰……不从。”祗本年后事迹不详。

《隋书》卷三十五《经籍志四》：“晋国子博士《周祗集》十一卷。梁二十卷，录一卷……亡。”《全晋文》卷一百四十二辑周祗文五篇。除已见上文者外，还有：《月赋》、《枇杷赋并序》、《执友箴》。

10. 谢惠连生。

《宋书》卷五十三《谢方明传》：“谢方明，陈郡阳夏人……子惠连……（元嘉）十年，卒，时年二十七。”据此推之，当生于本年。

11. 宋文帝刘义隆生。

《宋书》卷五《文帝纪》：“太祖文皇帝讳义隆，小字车儿，武帝第三子也。晋安帝义熙三年，生于京口。”

12. 慧远作《遣书通好鸠摩罗什》、《重与鸠摩罗什书》。略问数十条事。

二书见《全晋文》卷一百六十一。写作时间不详。《遣书通好鸠摩罗什》中有“去岁得姚左军书”句。《全晋文》卷一百六十辑释僧睿《法华经后序》，弘始八年，称安城侯姚嵩为左将军，是姚嵩于上年已任左将军，慧远得姚嵩书或在上年，据此则系书于本年。《重与鸠摩罗什书》云：“去月法识道人至，闻君欲还本国,情以怅然,先闻君方当大出诸经,故未欲便相咨求,若此传不虚,众恨可言。今辄略问数十条事,冀有余暇,一一为释。”

13. 张茂度任晋安太守。

《宋书》卷五十三《张茂度传》:“为何无忌镇南参军。顷之,出补晋安太守。”茂度任镇南参军在上年十月后,出补晋安太守,疑在本年。

14. 谢灵运好臧否人物,谢瞻劝说之。

《南史》卷十九《谢瞻传》:“灵运父瑍无才能,为秘书郎早卒,而灵运好臧否人物。混患之,欲加裁折,未有其方。谓瞻曰:‘非汝莫能。’乃与晦、曜、弘微等共游戏,使瞻与灵运共车。灵运登车便商较人物,瞻谓曰:‘秘书早亡,谈者亦互有同异。’灵运默然,言论自此衰止。”上述事时间不详,姑系于此。

15. 谢晦任孟昶建威府中兵参军。

《宋书》卷四十四《谢晦传》:“晦初为孟昶建威府中兵参军。”时间未详。据《宋书》卷四十三《傅亮传》及《晋书》卷十《安帝纪》,元兴三军孟昶已设建威府。义熙四年四月“加吏部尚书孟昶尚书左仆射”。是晦为建威府中兵参军当在元兴三年至义熙四年间。本年前,晦不足十八岁。似不可能。姑系于此。

408　戊申

晋义熙四年　　北魏天赐五年
后秦弘始十年　　南凉嘉平元年
北凉永安八年　　西凉建初四年
南燕太上四年　　北燕正始二年
夏龙升二年

慧远七十五岁。鸠摩罗什六十五岁。张野五十九岁。李暠五十八岁。徐广五十七岁。范泰五十四岁。裴松之四十九岁。王敬弘四十九岁。刘穆之四十九岁。刘裕四十六岁。郑鲜之四十五岁。陶渊明四十四岁。孔琳之四十岁。羊欣三十九岁。何承天三十九岁。袁豹三十六岁。傅亮三十五岁。宗炳三十四岁。王诞三十四岁。张茂度三十三岁。释宝云三十三岁。周续之三十二岁。戴颙三十一岁。荀伯子三十一岁。王弘三十岁。蔡廓三十岁。谢方明二十九岁。王韶之二十九岁。何尚之二十七岁。颜延之二十五岁。僧肇二十五岁。王神爱二十五岁。谢灵运二十四岁。雷次宗二十三岁。沈庆之二十三岁。谢晦十九岁。殷景仁十九岁。刁雍十九岁。高允十九岁。谢弘微十七岁。王昙首十五岁。徐爰十五岁。范晔十一岁。萧思话九岁。刘义庆六岁。殷淳六岁。谢惠连二岁。刘义隆二岁。袁淑一岁。江湛一岁。

1. 刘毅等欲阻刘裕入朝辅政,议以中领军谢混为扬州刺史,未成。

《宋书》卷四十二《刘穆之传》:“义熙三年,扬州刺史王谧薨,高祖次应入辅,刘毅等不欲高祖入,议以中领军谢混为扬州。或欲令高祖于丹徒领州,以内事付尚书仆射孟昶。遣尚书右丞皮沈以二议咨高祖。沈先见穆之,具说朝议。穆之伪起如厕,即密疏白高祖曰……高祖从其言,由是入辅。”卷一《武帝纪上》:上年“十二月,司徒、录尚书、扬州刺史王谧薨。”本年正月,刘裕入辅朝政。

2. 刘穆之劝刘裕入辅朝政。

见本年第1条。

3. 刘裕入辅朝政,任侍中、车骑将军、扬州刺史,录尚书。表解兖州。

《宋书》卷一《武帝纪上》:“(义熙)四年正月,征公入辅,授侍中、车骑将军、开府仪同三司、扬州刺史、录尚书,徐、兖二州刺史如故。表解兖州。先是遣冠军刘敬宣伐蜀贼谯纵,无功而返。九月,以敬宣挫退,逊位,不许。乃降为中军将军,开府如故。”

4. 诸葛长民作《请徙青州治京口表》。

《南齐书》卷十四《州郡志上》:“义熙二年,诸葛长民为青州,徙山阳。时鲜卑接境,长民表云……乃还镇京口。”据《通鉴》卷一百一十四,长民于义熙四年正月任青州刺史。今从《通鉴》。

5. 王敬弘任车骑从事中郎,徐州治中从事史。

《宋书》卷六十六《王敬弘传》:“高祖以为车骑从事中郎,徐州治中从事史。”敬弘任车骑从事中郎当在本年正月刘裕任车骑将军后。其任徐州治中从事,时间不详。姑一并系于此。

6. 鸠摩罗什出《小品般若经》。

《汉魏两晋南北朝佛教史》上册第215页：罗什于本年二月六日至四月三十日，出《小品般若经》十卷。

7. 陶渊明家遭火灾，作《戊申岁六月中遇火诗》。

《晋诗》卷十七辑《戊申岁六月中遇火诗》云："正夏长风急，林（一作'邻'）室顿烧燔。一宅无遗宇，舫舟荫门前。迢迢新秋夕，亭亭月将圆。"诗当作于本年七月。

8. 赵逸任夏赫连屈丐著作郎。

逸生卒年未详。《魏书》卷五十二《赵逸传》："赵逸，字思群，天水人也。十世祖融，汉光禄大夫。父昌，石勒黄门郎。逸好学夙成，仕姚兴，历中书侍郎。为兴将齐难军司，征赫连屈丐（礼按：据卷九十五《赫连屈丐传》，屈丐本名勃勃）。难败，为屈丐所虏，拜著作郎。"据《通鉴》卷一百一十四，本年七月齐难为勃勃所败，被禽。

9. 谢方明任中军主簿。

《宋书》卷五十三《谢方明传》："从兄景仁举为高祖中兵（《南史》卷十九本传作"中军"）主簿。方明事思忠益，知无不为。高祖……屡加赏赐。方明严恪，善自居遇，虽处暗室，未尝有惰容。无他伎能，自然有雅韵。从兄混有重名，唯岁节朝宗而已。"据卷一《武帝纪上》，本年九月刘裕降为中军将军。方明任中军主簿疑在此时。

10. 西凉李暠准史官记祥瑞之事。著《槐树赋》。有出土文书《西凉建初四年秀才对策文》。

《十六国春秋》卷九十一："建初四年，时有白狼、白兔、白雀、白雉、白鸠，皆栖其园囿，群僚以为白祥，金精所诞，皆应时雍而至。又有神光、甘露、连理、嘉禾众瑞，请史官记其事，暠从之。初，河右不生楸、槐、柏、漆，张骏之世，取于秦陇而植之，终于皆灭。至是,而酒泉宫之西北隅,有槐树生焉,乃著《槐树赋》以寄情,盖叹僻陋遐方,立功非所也,遂命主簿梁中庸及儒林祭酒刘昞等并作。"《新疆考古三十年》第118页:"《西凉建初四年秀才对策文》记三个应试的秀才马隲、张弘,还有一个人名咨,姓不详。策问的题目已残损,对策的一段是关于春秋战国时晋智伯联韩、魏攻赵的故事。从出土文书看,马隲是凉州秀才,张弘为护羌校尉秀才,咨的身份没注明。"

11. 袁淑生。

《宋书》卷七十《袁淑传》:"袁淑字阳源,陈郡阳夏人,丹阳尹豹少子也。"据本传及卷九十九《二凶传》,淑元嘉三十年卒,时年四十六推之,当生于本年。

12. 江湛生。

《宋书》卷七十一《江湛传》:"江湛字徽渊,济阳考城人,湘州刺史夷子也。"据本传,元嘉三十年卒,时年四十六推之,当生于本年。

13. 僧肇《般若无知论》传至庐山。

《高僧传》卷六《释僧肇传》:"时庐山隐士刘遗民见肇此文,乃叹曰:'不意方袍,复有平叔。'因此呈远公。远乃抚几叹曰:'未尝有也。'因共披寻玩味,更存往复。"《汉魏两晋南北朝佛教史》上册第233页谓上述事约在本年。

14. 蔡廓迁司徒主簿。

《宋书》卷五十七《蔡廓传》:"迁司徒主簿,尚书度支殿中郎,通直郎。"廓上述事时间未详,姑一并系于此。

15. 傅亮任刘毅抚军记室参军。

《宋书》卷四十三《傅亮传》:"遭母忧,服阕,为刘毅抚军记室参军,又补领军司马。"时间不详。刘毅于义熙元年至六年任抚军将军。如亮遭母忧服丧须三年,则其任抚军记室参军当在本年或本年后。

16. 周续之从江州刺史游,注《高士传》。

《宋书》卷九十三《周续之传》:"江州刺史每相招请,续之不尚节峻,颇从之游。常以嵇康《高士传》得出处之美,因为之注。"《隋书》卷三十三《经籍志二》:"《圣贤高士传赞》三卷,嵇康撰,周续之注。"上述事时间未详,据万斯同《东晋方镇年表》,何无忌于义熙二年至六年三月任江州刺史。上谓江州刺史当指何无忌。

409　己酉

晋义熙五年	北魏天赐六年
拓跋嗣永兴元年	后秦弘始十一年
西秦乞伏乾归更始元年	南凉嘉平二年
北凉永安九年	西凉建初五年
南燕太上五年	北燕正始三年
北燕冯跋太平元年	夏龙升三年

慧远七十六岁。鸠摩罗什六十六岁。张野六十岁。李暠五十九岁。徐广五十八岁。范泰五十五岁。裴松之五十岁。王敬弘五十岁。刘穆之五十岁。刘裕四十七岁。郑鲜之四十六岁。陶渊明四十五岁。孔琳之四十一岁。羊欣四十岁。何承天四十岁。袁豹三十七岁。傅亮三十六岁。宗炳三十五岁。王诞三十五岁。张茂度三十四岁。释宝云三十四岁。周续之三十三岁。戴颙三十二岁。荀伯子三十二岁。王弘三十一岁。蔡廓三十一岁。谢方明三十岁。王韶之三十岁。何尚之二十八岁。颜延之二十六岁。僧肇二十六岁。王神爱二十六岁。谢灵运二十五岁。雷次宗二十四岁。沈庆之二十四岁。谢晦二十岁。殷景仁二十岁。刁雍二十岁。高允二十岁。谢弘微十八岁。王昙首十六岁。徐爰十六岁。范晔十二岁。萧思话十岁。刘义庆七岁。殷淳七岁。

谢惠连三岁。刘义隆三岁。袁淑二岁。江湛二岁。沈怀文一岁。

1. 刘毅进拜卫将军、开府仪同三司。

《晋书》卷十《安帝纪》：本年春正月，“庚戌，以抚军将军刘毅为卫将军、开府仪同三司。”

2. 刘裕帅师伐南燕，围广固。加北青、冀二州刺史。进太尉、中书监，固让。

《宋书》卷一《武帝纪上》：“初伪燕王鲜卑慕容德僭号于青州，德死，兄子超袭位，前后屡为边患。（义熙）五年二月，大掠淮北……三月，公抗表北讨……四月，舟师发京都，溯淮入泗。五月，至下邳……六月……超闻临朐已拔，引众走，公亲鼓之，贼乃大奔。超遁还广固。获超马、伪、辇、玉玺、豹尾等，送于京师……明日，大军进广固……七月，诏加公北青、冀二州刺史……录事参军刘穆之，有经略才具，公以为谋主，动止必咨焉……九月，进公太尉、中书监，固让。”

3. 刘穆之随刘裕征南燕。

《宋书》卷四十三《刘穆之传》：“从征广固。”详见本年第2条。

4. 王诞任太尉咨议参军，转长史，领齐郡太守。作《伐广固祭牙文》。

《宋书》卷五十二《王诞传》：“除员外散骑常侍，未拜，高祖请为太尉咨议参军（礼按：刘裕于义熙七年任太尉。此处所记有误），转长史。尽心归奉，日夜不懈，高祖甚委仗之。北伐广固，领齐郡太守。”卷四十三《傅亮传》：“高祖登庸之始，文笔皆是记室参军滕演；北伐广固，悉委长史王诞。”《全宋文》卷十九辑诞《伐广固祭牙文》，当作于本年刘裕率军攻广固前。

5. 周续之居建康安乐寺，为刘裕世子讲《礼》。月余复还庐山。

《宋书》卷九十三《周续之传》：“高祖之北讨，世子居守，迎续之馆于安乐寺，延入讲《礼》，月余，复还山。”

6. 顾恺之作《祭牙文》。约卒于本年。

《全晋文》卷一三五辑《祭牙文》曰：“维某年某月日，录尚书事，豫章公裕，敢告黄帝蚩尤五兵之灵……”《建康实录》卷十《安皇帝》：本年三月，“刘裕表伐南燕。甲午，建牙诫严”。由此可定本年三月恺之尚在。恺之卒之上限当在本年。《晋书》卷九十二《顾恺之传》：“义熙初，为散骑常侍……年六十二，卒于官。”据此可知，恺之当卒于义熙初期，具体时间不会晚于本年。如定于本年，以卒年六十二推之，当生于永和四年。《京师寺记》载兴宁中恺之画维摩诘，兴宁凡三年，如定于兴宁二年，误差不大，兴宁二年恺之十七岁，恺之有才，十七岁有可能画维摩诘。如定卒于义熙五年之后，则画维摩诘时不足十七岁，年龄稍轻，似不可能。

恺之绘画及其作品除已见上文者外，还有许多记载，兹录宋以前重要著述中有关记载如下：《世说新语·巧艺第二十一》：“顾长康画人，或数年不点目精，人问其故？顾曰：‘四体妍蚩，本无关于妙处；传神写照，正在阿堵中。’”余嘉锡笺疏引《俗说》：“顾虎头为人画扇，作嵇、阮，都不点眼睛，便送还扇主，曰：‘点睛便能语也。’”又《世说新语·巧艺第二十一》：“顾长康道画：‘手挥五弦易，目送归鸿难。’”《晋书·顾恺之传》：“恺之每重嵇康四言诗，因为之图。”《贞观公私画史》载恺之画有：《司马宣王像》、《谢安像》、《刘牢之像》、《桓玄图》、《列仙图》）（原注：上五卷梁《太清目》所有）、《唐僧会像》、《沅湘像》、《三天女像》、《八国分舍利图》、《木雁图》、《水府图》、《庐山图》、《樗蒲会图》、《行龙图》、《虎啸图》、《虎豹杂鸷图》、《凫雁水泽图》。”并云：以上“十七卷，顾恺之画九卷，隋朝官本。”《历代名画记》卷五原注:“顾画有《异兽古人图》、《桓温像》、《桓玄像》、《苏门先生像》、《中朝名士图》、《谢安像》、《阿谷处女扇画》、《招隐》、《鹅鹄图》、《笋图》、《王安期像》、《列女仙》、白麻纸《三狮子》、《晋帝相列像》、《阮修像》、《阮成像》、《十一头狮子》、白麻纸《司马宣王像》……《刘牢之像》、《虎射杂鸷鸟图》、《庐山会图》、《水府图》、《司马宣王并魏二太子像》、《凫雁水鸟图》、《列仙画》、《木雁图》、《三天女图》、《三龙图》、绢六幅图:《山水》、《古贤》、《荣启期》、《夫子》、《阮湘》并《水鸟屏风》。《桂阳王美人图》、《荡舟图》、《七贤》、《陈思王诗》并传于后代。”《画品丛书》辑米芾《画史》:“顾恺之《维摩天女》、《飞仙》在余家。《女史箴》横卷在刘有方家,已上笔彩生动,髭发秀润。《太宗实录》载购得顾笔一卷。今士人家收得唐摹顾笔《列女图》,至刻板作扇,皆是三寸余人物,与刘氏《女史箴》一同。吾家《维摩天女》长二尺,《名画记》所谓《小身维摩》也。”米芾《画史》、《书史》:《维摩天女》(《小身维摩》)、《王戎像》、《净名天女》。杨王休《中兴馆阁储藏图画记》:《三天美人》、《青牛道士图》。邓椿铭《心绝品》:《三教图》。郭若虚《图画见闻志》:《清夜游西园图》。《宣和画谱》:《净名居士图》、《三天女美人图》、《夏禹治水图》、《黄初平牧羊图》、《古贤图》、《春龙出蛰图》、《女史箴图》、《斲琴图》、《牧羊图》。周密《云烟过眼录》:《水阁围棋》。董逌《广川画跋》:《勘书图》。

《晋书·顾恺之传》:“所著文集及《启蒙记》行于世。”《启蒙记》,陈寿撰《三国志》卷三《明帝纪》裴注引作《启蒙注》。《御览》卷四十一引作《启蒙记注》。《文选》卷十一《游天台山赋》李善注引作《启蒙记注》。《隋书》卷三十二《经籍志一》:“《启蒙记》三卷，晋散骑常侍顾恺之撰。”《启蒙记》已佚。玉函山房辑佚第七函辑《启蒙记》并注，凡九条。此九条《全晋文》未收。《隋书》卷三十二《经籍志一》：“《启疑记》三卷，晋散骑常侍顾恺之撰。”《旧唐书》卷四十六《经籍志上》、《新唐书》卷五十七《艺文志一》均作《启疑》三卷。《隋书》卷三十五《经籍志四》：“晋通直常侍《顾恺之集》七卷，梁二十卷。”《世说新语·文学第四》刘孝标注引“顾恺之《晋文章记》曰……”《晋文章记》已佚，今存《世说新语》注所引一条。此条《全晋文》未收。又《赏誉第八》刘孝标注引顾恺之《画赞》二条、《夷甫画赞》一条。以上三条《全晋文》未收。《世说新语·雅量第六》刘孝标注引“顾恺之《书赞》。”《书赞》已佚。《世说新语·夙惠第十二》刘孝标注引“《顾恺之家传》曰……”《顾恺之家传》已佚，今存二条，一见《世说新语》刘孝标注，一见《类聚》卷二十五。此二条《全晋文》未收。《历代名画记》录有画论：《魏晋胜流画赞》、《论画》、《画云台山记》、《魏晋名臣画赞》。张彦远附注云：“已上并长康所著，因载于篇。自古相传脱错，未得妙本勘校。”丁国钧撰、子辰述注《晋书艺文志补遗》：“《女史箴图》一卷，顾恺之，见《七录》。旧脱撰人，据《戏鸿堂帖》、《职思堂帖》补。”《竺法旷传赞》，顾恺之撰，见《高僧传》卷五《竺法旷传》。《全晋文》卷一三五辑文十五篇，除已见上文者外，还有：《雷电赋》、《观涛赋》、《冰赋》、《湘中赋》、《湘川赋》、《筝赋》(《世说新语·文学第四》：“或问顾长康：‘君《筝赋》何如嵇康《琴赋》?’顾曰：‘不赏者，作后出相遗。深识者，亦以高奇见贵。’”)、《凤赋》、《虎丘山序》、《嵇康赞序》、《画赞·王衍》、《水赞》、《父悦传》。《世说新语·赏誉第八》刘孝标注引“顾恺之《画赞》曰：‘涛无所标明，淳深渊默，人莫见其际，而其器亦入道。故见者莫能称谓，而服其伟量。’”又刘孝标注引曰：“涛有而不恃，皆此类也。”上引二条，《全晋文》未收。又《赏誉第八》刘孝标注引“顾恺之《夷甫画赞》曰：‘夷甫天形瓌特，识者以为岩岩秀峙，壁立千仞。’”此条《全晋文》亦未收。钟嵘《诗品卷中》：“长康能以二韵答四首之美……文虽不多，气调警拔。”《晋诗》卷十四辑恺之诗三首。除已见上文者外，还有《神情诗》（此诗亦见《陶渊明集》，或题为《四时诗》）、诗。

《世说新语·雅量第六》：“夏侯太初尝依柱作书。时大雨，霹雳破所依柱，衣服焦然，神色无变，书亦如故。宾客左右，皆跌荡不得住。”刘孝标注：“见顾恺之《书赞》。”据此知恺之有《书赞》，已佚。

《书断中》：“恺之……亦善书……时人号为‘三绝’。”《书小史》卷六：“顾恺之……善书，图写特妙，谢安深重之，谓有苍生以来未之有也。”

7. 陶渊明作《己酉岁九月九日诗》。

诗见《晋诗》卷十七。

8. 北魏崔玄伯不受拓跋绍财帛，居拓跋嗣门下省。

《魏书》卷二十四《崔玄伯传》：“太祖崩，太宗未即位，清河王绍闻人心不安，大出财帛班赐朝士。玄伯独不受。太宗即位，命玄伯居门下，虚己访问，以不受绍财帛，特赐帛二百匹……诏遣使者巡行郡国，纠察守宰者不如法者，令玄伯……按之，太宗称其平当。”卷三《太宗纪》：本年冬十月，拓跋嗣即皇帝位。闰十月诏奚斤巡行诸州。

9. 北魏崔浩拜博士祭酒，常授拓跋嗣经书。

《魏书》卷三十五《崔浩传》：“太宗初，拜博士祭酒，赐爵武城子，常授太宗经书。每至郊祠，父子并乘轩轺，时人荣之。太宗好阴阳术数，闻浩说《易》及《洪范》五行，善之。因命浩筮吉凶，参观天文，考定疑惑。浩综核天人之际，举其纲纪，诸所处决，多有应验，恒与军国大谋，甚为宠密。”

10. 袁豹转抚军司马，迁御史中丞。

《宋书》卷五十二《袁豹传》：“寻转抚军司马，迁御史中丞。鄱阳县侯孟怀玉上母檀氏拜国太夫人，有司奏许。豹以为妇人从夫人之爵，怀玉父大司农绰见居列卿，妻不宜从子，奏免尚书右仆射刘柳、左丞徐羡之、郎何邵之官，诏并赎论。”时间未详。徐羡之、何邵之事迹未见记载。据《东晋将相大臣年表》，刘柳于义熙五年至十一年任尚书右仆射。义熙六年，袁豹任丹阳尹（详后），是豹迁御史中丞当在明年任丹阳尹之前，转抚军司马盖在本年或本年前。

11. 沈怀文生。

《宋书》卷八十二《忱怀文传》：“沈怀文字思明，吴兴武康人也。祖寂，晋光禄勋。父宣，新安太守。”据本传，大明六年卒，时年五十四推之，当生于本年。

12. 鸠摩罗什译《中论》、《十二门论》。

《汉魏两晋南北朝佛教史》上册第215页：罗什本年在大寺译《中论》四卷，《十二门论》一卷。

13. 郑鲜之尽心刘裕，不屈意于外甥刘毅。作《父疾去职议》。

《宋书》卷六十四《郑鲜之传》：“仍迁御史中丞。性刚直，不阿强贵，明宪直绳，甚得司直之体。外甥刘毅，权重当时，朝野莫不归附，鲜之尽心高祖，独不屈意于毅，毅甚恨焉。”鲜之迁御史中丞诸事，时间不详，疑在本年。

14. 孔琳之迁尚书吏部郎。

《宋书》卷五十六《孔琳之传》:"迁尚书吏部郎。"时间未详,明年琳之任平西将军长史,姑系于此。

15. 孔宁子任安成国侍郎

宁子生年未详。《南史》卷二十二《王华传》:"会稽孔宁子……为何无忌安成国侍郎,还东修宅,令门可容高盖,邻里笑之。宁子曰:'大丈夫何常之有。'"《宋书》卷六十三《王华传》:"宁子先为高祖太尉主簿,陈损益曰……"宁子为安成国侍郎时间不详。按《宋书》卷二十五《天文志三》,无忌明年三月被害,是宁子任安成国侍郎必于明年三月前,姑系于此。

16. 谢弘微拜员外散骑侍郎、大司马参军。

《宋书》卷五十八《谢弘微传》:"晋世名家身有国封者,起家多拜员外散骑侍郎,弘微亦拜员外散骑,琅邪王大司马参军。"弘微拜员外散骑侍郎、大司马参军,时间未详,姑系于十八岁时。

17. 北魏高允好文学,博学,作《塞上公诗》,为郡功曹。

《北史》卷三十一《高允传》:"性好文学,担笈负书,千里就业。博通经史、天文、术数,尤好《春秋公羊》。曾作《塞上公诗》,有混欣戚,遗得丧之致。"《魏书》卷四十八《高允传》:"郡召功曹。"以上所述诸事,时间未详,亦非某年事,姑一并系于二十岁时。

18. 北魏卢鲁元选为直郎。

鲁元生年未详。《魏书》卷三十四《卢鲁元传》:"卢鲁元,昌黎徒河县人也。曾祖副鸠,仕慕容垂为尚书令、临泽公。祖父并至大官。鲁元敏而好学,宽和有雅度。太宗时,选为直郎。"鲁元任直郎时间不详,姑系于拓跋嗣即位后。

410 庚戌

晋义熙六年　　　　北魏永兴二年
后秦弘始十二年　　西秦更始二年
南凉嘉平三年　　　北凉永安十年
西凉建初六年　　　南燕太上六年
北燕太平二年　　　夏龙升四年

慧远七十七岁。鸠摩罗什六十七岁。张野六十一岁。李暠六十岁。徐广五十九岁。范泰五十六岁。裴松之五十一岁。王敬弘五十一岁。刘穆之五十一岁。刘裕四十八岁。郑鲜之四十七岁。陶渊明四十六岁。孔琳之四十二岁。羊欣四十一岁。何承天四十一岁。袁豹三十八岁。傅亮三十七岁。宗炳三十六岁。王诞三十六岁。张茂度三十五岁。释宝云三十五岁。周续之三十四岁。戴颙三十三岁。荀伯子三十三岁。王弘三十二岁。蔡廓三十二岁。谢方明三十一岁。王韶之三十一岁。何尚之二十九岁。颜延之二十七岁。僧肇二十七岁。王神爱二十七岁。谢灵运二十六岁。雷次宗二十五岁。沈庆之二十五岁。谢晦二十一岁。殷景仁二十一岁。刁雍二十一岁。高允二十一岁。谢弘微十九岁。王昙首十七岁。徐爰十七岁。范晔十三岁。萧思话十一岁。刘义庆八岁。殷淳八岁。谢惠连四岁。刘义隆四岁。袁淑三岁。

江湛三岁。沈怀文二岁。张永一岁。

1. 刘裕攻克广固。被征还击卢循。作《与刘毅书》。受黄钺。作《敕孙季高》、《请恤孟龙符表》。遣使向慧远致敬。

《宋书》卷一《武帝纪上》:“(义熙)六年二月丁亥,屠广固……公之北伐也,徐道覆仍有窥阎之志,劝卢循乘虚而出,循不从。道覆乃至番禺说循曰……循从之,乃率众过岭。是月,寇南康、庐陵、豫章,诸郡守皆委任奔走。于是平齐问未至,即驰使征公。公之初克齐也,欲停镇下邳,清荡河、洛,既而被征使至,即日班师……四月癸未,公至京师,解严息甲。抚军将军刘毅抗表南征,公与毅书曰……五月,刘毅败绩于桑落洲……初循至寻阳,闻公已还,不信也。既破毅,乃审凯入之问,并相视失色。循欲退还寻阳,进平江陵,据二州以抗朝廷。道覆谓宜乘胜径进,固争之。疑议多日,乃见从……道覆欲自新亭、白石焚舟而上。循多疑少决,每欲以万全为虑……六月,更授公太尉、中书监,加黄钺。受黄钺,余固辞……七月庚申,群贼自蔡洲南走,还屯寻阳……十月,率兖州刺史刘藩、宁朔将军檀韶等舟师南伐……十一月,大破崇民军,焚其舟舰,收其散卒。循广州守兵,不以海道为防。是月,建威将军孙季高乘海奄至……季高焚贼舟舰,悉力而上,四面攻之,即日屠其城……初公之遣季高也,众咸以海道艰远,必至为难;且分撤见力,二三非要。公不从。敕季高曰……季高受命而行,如期克捷……十二月,循、道覆率众数万,方舰而下……公悉出轻利斗舰,躬提幡鼓,命众军齐力击之……诸军乘胜奔之,循单舸走。所杀及投水死,凡万余人。纳其降附,宥其逼略……循收散卒,尚有数千人,径还广州。”《与刘毅书》又见《晋书》卷八十五《刘毅传》,与《宋书》所载多有不同。《请恤孟龙符表》见《宋书》卷四十七《孟龙符传》："高祖伐广固，以龙符为车骑将军……遂见害……高祖深加痛悼，追赠青州刺史。又表曰……"遣使向慧远致敬见本年第4条。《与刘毅书》见本年第5条。

2. 刘穆之随刘裕拒卢循。

《宋书》卷四十二《刘穆之传》："从征广固，还拒卢循，常居幕中画策，决断众事。"

3. 卢循举兵反，寇江州，入庐山见慧远，逼京都，后连连败北。有民谣。

《晋书》卷十《安帝纪》：本年春二月，"广州刺史卢循反，寇江州……三月……壬申，镇南将军、江州刺史何无忌及循战于豫章，王师败绩，无忌死之……五月……戊子，卫将军刘毅及卢循战于桑落洲，王师败绩……乙丑，循至淮口，内外戒严……秋七月庚申，卢循遁走……是月，卢循寇荆州，刺史刘道规、雍州刺史鲁宗之等败之……十二月壬辰，刘裕破卢循于豫章。"《异苑》卷四："卢龙将寇乱京师，谣言……未几而败。"详见本年第1条。入庐山见慧远见本年第4条。

4. 慧远与卢循欢然道旧。请佛陀跋多罗出禅经，作《庐山出修行方便禅经统序》。

《高僧传》卷六《释慧远传》："卢循初下据江州城，入山诣远。远少与循父嘏同为书生。及见循欢然道旧，因朝夕音问。僧有谏远者曰：'循为国寇，与之交厚，得不疑乎？'远曰：'我佛法中情无取舍，岂不为识者所察，此不足惧。'及宋武追讨卢循，设帐桑尾。左右曰：'远公素主庐山，与循交厚。'宋武曰：'远公世表之人，必无彼此。'乃遣使赍书致敬，并遗钱米。于是远近方服其明见。"按《晋书》卷十《安帝纪》，本年二月，"广州刺史卢循反,寇江州”。《汉魏两晋南北朝佛教史》上册第243页:“义熙六七年顷”,“佛陀跋多罗在长安被摈,南至匡山,远公请出禅经。”《全晋文》卷一百六十二辑慧远《庐山出修行方便禅经统序》当作于佛陀跋多罗出禅经后。

5. 刘毅为卢循所败。降为后将军。

《晋书》卷八十五《刘毅传》:“及何无忌为卢循所败,贼军乘胜而进,朝廷震骇。毅具舟船讨之,将发,而疾笃,内外失色。朝议欲奉乘舆北就中军刘裕,会毅疾瘳,将率军南征,裕与毅书曰……又遣毅从弟藩往止之。毅大怒,谓藩曰:‘我以一时之功相推耳,汝便谓我不及刘裕也!’投书于地。遂以舟师二万发姑孰……毅次于桑落洲,与贼战,败绩……刘裕深慰勉之,复其本职……及裕讨循,诏毅知内外留事。毅以丧师,乞解任,降为后将军。”

6. 诸葛长民率众入卫京都。作《劾郭澄之表》。

《晋书》卷八十五《诸葛长民传》:“及何无忌为徐道覆所害,贼乘胜逼京师,朝廷震骇,长民率众入卫京都,因表曰:‘妖贼集船伐木,而南康相郭澄之隐蔽经年,又深相保明,屡欺无忌,罪合斩刑。’诏原澄之。及卢循之败刘毅也,循与道覆连旗而下,京都危惧,长民劝刘裕权移天子过江。裕不听,令长民与刘毅屯于北陵,以备石头。”据卷十《安帝纪》,本年四月,长民入卫京都。

7. 刘义隆镇京城。

《宋书》卷五《文帝纪》:“卢循之难,上年四岁,高祖使谘议参军刘粹辅上镇京城。”

8. 范泰任振武将军。作《赠袁湛及谢混诗》。

《宋书》卷六十《范泰传》:“卢循之难,泰预发兵千人,开仓给禀,高祖加泰振武将军。"《晋书》卷八十三《袁湛传》:"湛字士深。少有操植,以冲粹自立,而无文华,故不为流俗所重。时谢混为仆射,范泰赠湛及混诗云……湛恨而不答。"谢混本年任仆射,详见本年第 23 条。

9. 袁豹任丹阳尹。

《宋书》卷五十二《袁豹传》:"孟昶卒,豹代为丹阳尹。"据《晋书》卷十《安帝纪》,孟昶卒于本年五月戊子。

10. 张茂度免晋安太守,复任始兴相。

《宋书》卷五十三《张茂度传》:"卢循为寇,覆没江州,茂度及建安太守孙蚪之并受其符书,供其调役。循走,俱坐免官。复以为始兴相,郡经贼寇,廨宇焚烧,民物凋散,百不存一。茂度创立城寺,吊死抚伤,收集离散,民户渐复。"

11. 王弘奔寻阳。复为中军咨议参军。

《宋书》卷四十二《王弘传》:"卢循寇南康诸郡,弘奔寻阳。高祖复命为中军咨议参军,迁大司马右长史。"弘任大司马右长史,时间不详,姑一并系于此。

12. 王诞劝刘裕追讨卢循。

《宋书》卷五十二《王诞传》:"卢循自蔡洲南走,刘毅固求追讨,高祖持疑未决,诞密白曰:'公既平广固,复灭卢循,则功盖终古,勋无与二,如此大威,岂可余人分之。毅与公同起布衣,一时相推耳,今既已丧败,不宜复使立功。'高祖从其说。"

13. 郭澄之流离还京都。为诸葛长民所弹劾。

澄之生卒年不详。《晋书》卷九十二《郭澄之传》:"郭澄之字仲静,太原阳曲人也。少有才思,机敏兼人。调补尚书郎,出为南康相。值卢循作逆,流离仅得还都。"被诸葛长民所弹劾见本年第 6 条。

14. 傅亮作《为刘毅军败自解表》。

表见《类聚》卷五十四，当作于本年五月“刘毅败绩于桑落洲”以后。

15. 陶渊明作《庚戌岁九月中于西田获早稻诗》。

诗见《晋诗》卷十七。

16. 殷景仁任晋安南府长史掾，与陶渊明为邻。后任刘毅后军参军。

《晋诗》卷十六辑陶渊明明年作《与殷晋安别诗序》云：“殷先作晋安南府长史掾，因居浔阳。”诗云：“去岁家南里，薄作少时邻。”据此知景仁任晋安南府长史掾。详见本书明年第9条。《宋书》卷六十三《殷景仁传》：“初为刘毅后军参军。”景仁任后军参军，当在本年十月刘毅降为后将军之后。

17. 郑鲜之使治书侍御史奏弹刘毅。作《父疾去职议》。

《宋书》卷六十四《郑鲜之传》：“义熙六年，鲜之使治书侍御史丘洹奏弹毅曰……诏无所问。时新制长吏以父母疾去官，禁锢三年。山阴令沈叔任父疾去职，鲜之因此上议曰……从之。”

18. 徐广迁骁骑将军。作《献书宋公》。

《宋书》卷五十五《徐广传》：“（义熙）六年，迁散骑常侍（校勘记：‘散骑常侍’，《晋书》、《南史》广传作‘骁骑将军’。按下又云‘转正员常侍’，正员常侍即散骑常侍。则此当从《晋书》、《南史》改作‘骁骑将军’为是），又领徐州大中正，转正员常侍。时有风暴为灾，广献书高祖曰……”

19. 孔琳之任平西将军长史。

《宋书》卷五十六《孔琳之传》：“义熙六年，高祖领平西将军，以为长史，大司马琅邪王从事中郎。”琳之任大司马从事中郎，时间未详，姑一并系于此。

20. 吴隐之迁中领军。

《晋书》卷九十《吴隐之传》："后迁中领军。清俭不革。每月初得禄，裁留身粮，其余悉分振亲族。家人绩纺以供朝夕。时有困绝，或并日而食，身恒布衣不完，妻子不沾寸禄。"据《东晋将相大臣年表》，隐之本年任中领军。

21. 僧肇作《注维摩诘经序》、《答刘遗民书》，并遗以所注之《维摩经》。作《不真空论》、《物不迁论》。

《答刘遗民书》见《全晋文》卷一百六十四。摘要见《高僧传》卷六《释僧肇传》。《全晋文》所载书曰："得去年十二月疏并问……八月十五日释僧肇疏答……什法师以午年出《维摩经》，贫道时预德次，参承之暇，辄复条记成言，以为注解。辞虽不文，然义承有本。今因信持一本往南。君闲详试可取看。"《汉魏两晋南北朝佛教史》上册第233页系《答刘遗民书》于本年。《不真空论》、《物不迁论》见《全晋文》卷一百六十四。卷一百六十五载《注维摩诘经序》。《高僧传·释僧肇传》："肇后又著《不真空论》、《物不迁论》等，并注《维摩》及制诸经论序，并传于世。"《注维摩诘经序》当作于本年。《汉魏两晋南北朝佛教史》上册第234页谓《不真空论》、《物不迁论》作于公元409年之后。姑系于此。

22. 张永生。

《宋书》卷五十三《张茂度传》："茂度子……永。"同卷《张永传》："永字景云。"据本传，宋元徽三年卒，时年六十六推之，知生于本年。

23. 谢混任尚书左仆射。

《晋书》卷七十九《谢混传》：任尚书左仆射，领选。时间未详。

卷十《安帝纪》本年五月，尚书左仆射孟昶自杀，混当继昶之任。

24. 鸠摩罗什于大寺译新经。

《汉魏两晋南北朝佛教史》上册：约在本年支发领赍西域所得新经至。什在大寺译之。《高僧传》卷二《鸠摩罗什传》："初沙门僧睿才识高明，常随什传写，什每为睿论西方辞体，商略同异，云：'天竺国俗，甚重文制。其宫商体韵，以入弦为贵。……经中偈颂，皆其式也。但改梵为秦，失其藻蔚，虽得大意，殊隔文体。有似嚼饭与人，非徒失味，乃令呕哕也。'（礼按：什以上所言，《全晋文》卷一百六十三收为文，题曰《为僧肇论西方文体》）什尝作颂，赠沙门法和云（礼按：此颂《晋诗》未收，《全晋文》卷一百六十三收，题为《赠沙门法和颂》）……凡为十偈，辞喻皆尔。什雅好大乘，志存敷广，常叹曰：'吾若著笔，作大乘《阿毗昙》，非迦旃延子比也。今在秦地，深识者寡，折翮于此，将何所论。'乃凄然而止。唯为姚兴著《实相论》二卷，并注《维摩》。出言成章，无所删改，辞喻婉约，莫非玄奥。什为人神情朗彻，傲岸出群。应机领会，鲜有伦匹，且笃性仁厚，泛爱为心，虚己善诱，终日无倦。姚兴尝谓什曰：'大师聪明超悟，天下莫二。若一旦后世，何可使法种无嗣！'遂以妓女十人，逼令受之。自尔以来，不住僧坊，别立廨舍，供给丰盈。每至讲说，常先自说譬喻。"《晋书》卷九十五《鸠摩罗什传》：罗什"不住僧坊，别立解舍，诸僧多效之。什乃聚针盈钵，引诸僧谓之曰：'若能见效食此者，乃可畜室耳。'因举匕进针，与常食不别，诸僧愧服乃止。"上述诸事，时间不详，亦并非某年之事，姑一并系于此。

25. 谢瞻与兄弟群从访王惠。

《宋书》卷五十八《王惠传》:"惠幼而夷简……恬静不交游,未尝有杂事。陈郡谢瞻才辩有风气,尝与兄弟群从造惠,谈论锋起,文史间发,惠时相酬应,言清理远,瞻等惭而退。"上述事时间不详。《王惠传》叙于其任行太尉参军事以前。明年三月,刘裕始任太尉。惠行太尉参军事当在明年三月后。姑系上述事于此。

26. 释宝云南下,至京师安止道场寺。

《高僧传》卷三《释宝云传》:"禅师(佛驮跋陀)横为秦僧所摈,徒众悉同其咎,云亦奔散。会庐山释惠远解其摈事,共归京师,安止道场寺。众僧以云志力坚猛,弘道绝域,莫不披衿咨问,敬而爱焉。云译出《新无量寿》。晚出诸经,多云所治定。华戎兼通,音训允正。云之所定,众咸信服。"云南下之时间,《汉魏两晋南北朝佛教史》上册第 275 页曰在本年或明年,姑系于此。

411　辛亥

晋义熙七年　　　　北魏永兴三年
后秦弘始十三年　　西秦更始三年
南凉嘉平四年　　　北凉永安十一年
西凉建初七年　　　北燕太平三年
夏龙升五年

慧远七十八岁。鸠摩罗什六十八岁。张野六十二岁。李暠六十一岁。徐广六十岁。范泰五十七岁。裴松之五十二岁。王敬弘五十二岁。刘穆之五十二岁。刘裕四十九岁。郑鲜之四十八岁。陶渊明四十七岁。孔琳之四十三岁。羊欣四十二岁。何承天四十二岁。袁豹三十九岁。傅亮三十八岁。宗炳三十七岁。王诞三十七岁。张茂度三十六岁。释宝云三十六岁。周续之三十五岁。戴颙三十四岁。荀伯子三十四岁。王弘三十三岁。蔡廓三十三岁。谢方明三十二岁。王韶之三十二岁。何尚之三十岁。颜延之二十八岁。僧肇二十八岁。王神爱二十八岁。谢灵运二十七岁。雷次宗二十六岁。沈庆之二十六岁。谢晦二十二岁。殷景仁二十二岁。刁雍二十二岁。高允二十二岁。谢弘微二十岁。王昙首十八岁。徐爰十八岁。范晔十四岁。萧思话十二岁。刘义庆九岁。殷淳九岁。谢惠连五岁。刘义隆五岁。袁淑四岁。

江湛四岁。沈怀文三岁。张永二岁。

1. 刘裕任太尉、中书监。表天子依旧策试秀才、孝廉。

《宋书》卷二《武帝纪中》:"(义熙)七年正月己未,振旅于京师。改授大将军、扬州牧,给班剑二十人,本官悉如故,固辞……晋自中兴以来,治纲大弛,权门并兼,强弱相凌,百姓流离,不得保其产业。桓玄颇欲厘改,竟不能行。公既作辅,大示轨则,豪强肃然,远近知禁……天子又申前命,公固辞。于是改授太尉、中书监,乃受命。奉送黄钺,解冀州……先是诸州郡所遣秀才、孝廉,多非其人,公表天子,申明旧制,依旧策试。"据《通鉴》卷一百一十六,本年"三月,刘裕始受太尉、中书监"。

2. 刘毅作《西池应诏赋诗》,任江州都督,作《请移江州军府于豫章表》。朝拜授世子。倾意搜求书法之作。

《晋书》卷八十五《刘毅传》:"初,(刘)裕征卢循,凯归,帝大宴于西池,有诏赋诗。毅诗云……自知武功不竞,故示文雅有余也。"又本传:"寻转卫将军、开府仪同三司、江州都督。毅上表曰……于是解(庾)悦,毅移镇豫章……初,江州刺史庾悦,隆安中为司徒长史,曾至京口。毅时甚屯窭,先就府借东堂与亲故出射。而悦后与僚佐径来诣堂,毅告之曰:'毅辈屯否之人,合一射甚难。君于诸堂并可,望以今日见让。"悦不许。射者皆散,唯毅留射如故。既而悦食鹅,毅求其余,悦又不答,毅常衔之。义熙中,故夺悦豫章,解其军府,使人微示其旨,悦忿惧而死。"朝拜授世子见本年第22条。虞龢《论书表》:"刘毅颇尚风流,亦甚爱书,倾意搜求,及将败,大有所得。"《通鉴》卷一百一十六:本年"春,正月,己未,刘裕还建康",夏四月,刘毅任江州都督。

3. 谢混衣冠倾纵见刘裕。

《建康实录》卷十《安皇帝》:“时刘裕拜太尉,既拜,朝贤毕集,混后来,衣冠倾纵,有傲慢之容。裕不平,乃谓曰:‘谢仆射今日可谓傍若无人。’混对曰:‘明公将隆伊、周之礼,方使四海开衿,谢混何人,而敢独异乎?’乃以手披拨其衿领悉解散。裕大悦之。”

4. 刘穆之深受刘裕信任,劝刘裕重书法。转中军太尉司马。

《宋书》卷四十二《刘穆之传》:“刘毅等疾穆之见亲,每从容言其权重,高祖愈信仗之。穆之外所闻见,莫不大小必白,虽复闾里言谑,涂陌细事,皆一二以闻。高祖每得民间委密消息以示聪明,皆由穆之也。又爱好宾游,坐客恒满,布耳目以为视听,故朝野同异,穆之莫不必知。虽复亲昵短长,皆陈奏无隐。人或讥之,穆之曰:‘以公之明,将来会自闻达。我蒙公恩,义无隐讳,此张辽所以告关羽欲叛也。’高祖举止施为,穆之皆下节度。高祖书素拙,穆之曰:‘此虽小事,然宣彼四远,愿公小复留意。’高祖既不能厝意,又禀分有在。穆之乃曰:‘但纵笔为大字,一字径尺,无嫌。大既足有所包,且其势亦美。’高祖从之,一纸不过六七字便满。凡所荐达,不进不止……穆之与朱龄石并便尺牍,尝于高祖坐与龄石答书。自旦至日中,穆之得百函,龄石得八十函,而穆之应对无废也。转中军太尉司马。”穆之转中军太尉司马当在本年刘裕始受太尉后。

5. 谢晦任太尉参军。转豫州治中从事。

《宋书》卷四十四《谢晦传》:“高祖问刘穆之:‘孟昶参佐,谁堪入我府?’穆之举晦,即命为太尉参军。高祖尝讯囚,其旦刑狱参军有疾,札晦代之,于车中一览讯牒,催促便下。相府多事，狱系殷积，晦随问酬辩，曾无违谬。高祖奇之，即日署刑狱贼曹，转豫州治中从事。”晦任太尉参军当本年年三月刘裕任太尉后。

6. 蔡廓任太尉参军。

《宋书》卷五十七《蔡廓传》：任“高祖太尉参军，司徒属，中书、黄门郎。以方鲠闲素，为高祖所知。”廓任太尉参军当在本年三月后。为司徒诸事，时间不详，姑一并系于此。

7. 孔琳之补太尉主簿、尚书左丞、扬州治中从事史。作《建言便宜》。

《宋书》卷五十六《孔琳之传》：“服阕，补太尉主簿，尚书左丞，扬州治中从事史，所居著绩。时责众官献便宜，议者以为宜修庠序，恤典刑，审官方，明黜陟，举逸拔才，务农简调。琳之于众议之外，别建言曰……”琳之补太尉主簿当在本年三月后，任尚书左丞等事时间不详，姑一并系于此。

8. 殷景仁任太尉行参军。

《宋书》卷六十三《殷景仁传》：为“高祖太尉行参军。建议宜令百官举才，以所荐能否为黜陟。”景仁任太尉行参军当在本年三月刘裕任太尉后。

9. 陶渊明作《与殷晋安别诗》、《祭从弟敬远文》。

《晋诗》卷十六辑《与殷晋安别诗》并序。序云：“殷先作晋安南府长史掾，因居浔阳。后作太尉参军，移家东下，作此以赠。”诗云：“去岁家南里，薄作少时邻……语默自殊势，亦知当乖分。未谓事已及，兴言在兹春。”殷景仁本年三月后任太尉行参军，见本年第 8 条。又诗中有“兴言在兹春”句，则诗亦当作于此时。《全晋文》卷一百十二辑《祭从弟敬远文》：“岁在辛亥，月惟仲秋，旬有九日，从弟敬远，卜辰云窆。”

10. 何承天任太尉行参军。

《宋书》卷六十四《何承天传》:"高祖以为太尉行参军。"承天为太尉行参军,当在本年三月刘裕始受太尉后。

11. 孔宁子任太尉主簿,作《陈损益》。

《宋书》卷六十三《王华传》:"宁子先为高祖太尉主簿,陈损益曰……"宁子为太尉主簿当在本年三月刘裕始任太尉后。

12. 卢循投水死。

《晋书》卷一百《卢循传》:"(刘)裕乘胜击之,循单舸而走,收散卒得千余人,还保广州。裕先遣孙处从海道据番禺城,循攻之不下。道覆保始兴,因险自固。循乃袭合浦,克之,进攻交州。至龙编,刺史杜慧度谲而败之。循势屈,知不免,先鸩妻子十余人,又召妓妾问曰:'我今将自杀,谁能同者?'多云:'雀鼠贪生,就死实人情所难。'有云:'官尚当死,某岂愿生!'于是悉鸩诸辞死者,因自投于水。慧度取其尸斩之,及其父嘏,同党尽获,传首京都。"卷十《安帝纪》:本年"夏四月,卢循走交州,刺史杜慧度斩之。"虞龢《论书表》:"卢循素善尺牍,尤珍名法。西南豪士,咸慕其风。人无长幼,翕然尚之。家赢金币,竞远寻求。于是京师三吴之迹,颇散四方。"

13. 诸葛长民转豫州刺史,领淮南太守。

《晋书》卷八十五《诸葛长民传》:"事平,转督豫州、扬州之六郡诸军事、豫州刺史,领淮南太守。"

14. 范泰迁侍中、度支尚书。

《宋书》卷六十《范泰传》:本年"迁侍中,寻转度支尚书。时仆射陈郡谢混,后进知名,高祖尝从容问混:'泰名辈可以比谁?'对曰:'王元太一流人也。'"

15. 王敬弘任刘道规咨议参军。

《宋书》卷六十六《王敬弘传》:“高祖以为……征西将军道规咨议参军。时府主簿宗协亦有高趣,道规并以事外相期。尝共酣饮致醉,敬弘因醉失礼,为外司所白,道规即更引还,重申初燕。”据卷五十一《临川烈武王道规传》,道规于上年“进号征西将军”,敬弘任征西将军道规咨议参军疑为道规任征西大将军后。《晋书》卷十《安帝纪》:本年“秋七月丁卯,以荆州刺史刘道规为征西大将军、开府仪同三司。”

16. 鸠摩罗什始译《成实论》。

《汉魏两晋南北朝佛教史》上册第 215 页:本年九月八日,姚显请什译《成实论》,昙晷笔受,昙影正写。

17. 北魏崔玄伯坐朝堂,决刑狱。

《魏书》卷三《太宗纪》:本年“冬十二月……甲午诏南平公长孙嵩……白马侯崔玄伯等坐朝堂,录决囚徒,务在平当”。

18. 西凉写有《妙法莲华经》。

《文物》1963 年第 4 期载紫溪撰《由魏晋南北朝的写经看当时的书法》云:自清末光绪年间,在新疆的吐鲁蕃、甘肃的敦煌,都发现了不少六朝的写经,其中有在新疆车库发现的《妙法莲华经》,“尾题有‘建初七年岁次辛亥’字样,可确定这是西凉李暠时的写本……此经书法浑古奇伟,茂密生动,非六朝人不能为”。后附有西凉建初七年写《妙法莲华经》照片。

19. 袁豹降为太尉咨议参军。

《宋书》卷五十二《袁豹传》:“义熙七年,坐使徙上钱,降为太尉咨议参军,仍转长史。”

20. 傅亮迁散骑侍郎。

《宋书》卷四十三《傅亮传》:“(义熙)七年,迁散骑侍郎,复代演直西省。仍转中书黄门侍郎,直西省如故。”转中书黄门侍郎,时间未详,今一并系于此。

21. 王诞任吴国内史。

《宋书》卷五十二《王诞传》:义熙七年,“以诞为吴国内史。母忧去职。”

22. 刘敬叔被免郎中令。

《宋书》卷三十《五行志一》:“义熙七年,晋朝拜授刘毅世子。毅以王命之重,当设飨宴亲,请吏佐临视。至日,国僚不重白,默拜于厩中。王人将反命,毅方知,大以为恨,免郎中令刘敬叔官。”

23. 张茂度任太尉参军,寻转主簿、扬州治中从事史。

《宋书》卷五十三《张茂度传》:“在郡一周,征为太尉参军,寻转主簿、扬州治中从事史。”

24. 郗僧施由宣城内史入补丹杨尹。

《晋书》卷六十七《郗超传》:“(僧施)领宣城内史,入补丹杨尹。”《东晋将相大臣年表》系僧施任丹杨尹于本年。

25. 谢灵运见慧远。

《高僧传》卷六《释慧远传》:“陈郡谢灵运,负才傲俗,少所推崇,及一相见,肃然心服。”上述事时间、地点,均未见记载。考有关灵运生平资料,灵运见慧远,仅此一次,当是灵运任刘毅记室参军、本年随刘毅至江州后,特上庐山,拜见慧远。

26. 羊欣补右将军司马。

《宋书》卷六十二《羊欣传》:“义熙中,弟徽被遇于高祖,高祖谓咨议参军郑鲜之(礼按:据《宋书》卷六十四《郑鲜之传》,鲜之任咨议参军在义熙十一年,此处所记或本传所记有误,待考)曰:‘羊徽一时美器,世论犹在兄后,恨不识之。’即板欣补右将军刘藩司马,转长史。”据《晋书》卷十《安帝纪》,本年刘藩仍任右将军，明年九月己卯被刘裕所害。羊欣补右将军刘藩司马，转长史，时间不详，姑系于本年。

27. 裴松之入为尚书祠部郎，作《请禁私碑表》。

《宋书》卷六十四《裴松之传》："入为尚书祠部郎。松之以世立私碑，有乖事实，上表陈之曰……"卷十五《礼志二》："汉以后，天下送死奢靡，多作石室石兽碑铭等物……义熙中，尚书祠部郎中裴松之又议禁断。"时间未详，今据"义熙中"，姑系于此。

28. 王昙首被辟为著作郎，不就。

《宋书》卷六十三《王昙首传》："幼有业尚，除著作郎，不就。兄弟分财，昙首唯取图书而已。"昙首不就著作郎，时间不详，姑系于十八岁时。

412　壬子

晋义熙八年　　北魏永兴四年
后秦弘始十四年　　西秦更始四年
西秦乞伏炽磐永康元年　　南凉嘉平五年
北凉永安十二年　　玄始元年
西凉建初八年　　北燕太平四年
夏龙升六年

慧远七十九岁。鸠摩罗什六十九岁。张野六十三岁。李暠六十二岁。徐广六十一岁。范泰五十八岁。裴松之五十三岁。王敬弘五十三岁。刘穆之五十三岁。刘裕五十岁。郑鲜之四十九岁。陶渊明四十八岁。孔琳之四十四岁。羊欣四十三岁。何承天四十三岁。袁豹四十岁。傅亮三十九岁。宗炳三十八岁。王诞三十八岁。张茂度三十七岁。释宝云三十七岁。周续之三十六岁。戴颙三十五岁。荀伯子三十五岁。王弘三十四岁。蔡廓三十四岁。谢方明三十三岁。王韶之三十三岁。何尚之三十一岁。颜延之二十九岁。僧肇二十九岁。王神爱二十九岁。谢灵运二十八岁。雷次宗二十七岁。沈庆之二十七岁。谢晦二十三岁。殷景仁二十三岁。刁雍二十三岁。高允二十三岁。谢弘微二十一岁。王昙首十九岁。徐爰十九岁。范晔十五岁。萧思话十三岁。

刘义庆十岁。殷淳十岁。谢惠连六岁。刘义隆六岁。袁淑五岁。江湛五岁。沈怀文四岁。张永三岁。

1. 北凉张穆任沮渠蒙逊中书侍郎。

张穆生卒年不详。《晋书》卷一百二十九《沮渠蒙逊载记》："飨文武将士于谦光殿，班赐金马有差。以敦煌张穆博通经史，才藻清赡，擢拜中书侍郎，委以机密之任。"《十六国春秋》卷九十四《北凉录一·沮渠蒙逊录》系蒙逊"大飨文武将士于谦光殿"一事于本年二月。

2. 刘裕作《矫晋安帝诏》。讨刘毅。作《函书付朱龄石》、《至江陵下书》。任太傅、扬州牧。

《宋书》卷二《武帝纪中》："（义熙）八年四月，改授豫州刺史，以后将军、豫州刺史刘毅代之。"《矫安帝诏》见《晋书》卷十《安帝纪》：本年九月，"庚辰，裕矫诏曰……"《宋书·武帝纪中》：本年"九月，（刘）藩入朝，公命收藩及谢混，并于狱赐死。自表讨毅。又假黄钺，率诸军西征……豫州刺史诸葛长民监太尉留府事，加太尉司马、丹阳尹刘穆之建威将军，配以实力。壬午，发自京师……十月，镇恶克江陵，毅及党与皆伏诛。十一月己卯，公至江陵，下书曰……以荆州十郡为湘州，公乃进督……进公太傅、扬州牧，加羽葆鼓吹，班剑二十人。"《函书付朱龄石》见卷四十八《朱龄石传》："（刘裕）遣诸军伐蜀，令龄石为元帅……发自江陵……初，高祖与龄石密谋进取……别有函书，全封付龄石，署函边曰：'至白帝乃开。'……至白帝，发书，曰……"《朱龄石传》系上述事于明年，《晋书》卷十《安帝纪》、《宋书·武帝纪中》、《建康实录》卷十《安皇帝》、《通鉴》卷一百一十六则均载于本年十二月。今从《晋书》、《宋书·武帝纪中》、《通鉴》。

3. 刘毅任卫将军、荆州刺史，作《请兼督交广表》，加督交、广二州。被刘裕所败，自缢。

《晋书》卷八十五《刘毅传》："俄进毅为都督荆宁秦雍四州之河东河南广平扬州之义成四郡诸军事、卫将军、开府仪同三司、荆州刺史，持节、公如故。毅表……于是加督交、广二州。毅至江陵，乃辄取江州兵及豫州西府文武万余，留而不遣，又告疾困，请藩为副。刘裕以毅贰于己，乃奏之。安帝下诏曰：'刘毅傲很凶戾，履霜日久，中间覆败，宜即显戮……'乃诛（刘）藩、（谢）混。刘裕自率众讨毅，命王弘、王镇恶、蒯恩等率军至豫章口……镇恶等攻陷外城，毅守内城，精锐尚数千人，战至日昃，镇恶以裕书示城内，毅怒，不发书而焚之。毅冀有外救，督士卒力战。众知裕至，莫有斗心。既暮，镇恶焚诸门，齐力攻之，毅众乃散。毅自北门单骑而走，去江陵二十里而缢。经宿，居人以告，乃斩于市，子侄皆伏诛……毅刚猛沈断，而专肆很愎，与刘裕协成大业，而功居其次，深自矜伐，不相推伏。及居方岳，常怏怏不得志，裕每柔而顺之。毅骄纵滋甚，每览史籍，至蔺相如降屈于廉颇，辄绝叹以为不可能也。尝云：'恨不遇刘项，与之争中原。'又谓郗僧施曰：'昔刘备之有孔明，犹鱼之有水。今吾与足下虽才非古贤，而事同斯言。'众咸恶其陵傲不逊。"

《全晋文》卷一百四十一辑刘毅文五篇，已见上文。《晋诗》卷十四辑刘毅诗一首，仅有二句，已见上文。

4. 慧远为佛影立台。

《高僧传》卷六《释慧远传》："远闻天竺有佛影，是佛昔化毒龙所留之影，在北天竺月氏国那竭呵城南，古仙人石室中，经道取流沙西一万五千八百五十里，每欣感交怀，志欲瞻睹。会有西域道士叙其光相。远乃背山临流，营筑龛室，妙算画工，淡彩图写，色疑积空，望似烟雾，晖相炳爔，若隐而显。”《全晋文》卷一百六十二辑慧远《万佛影铭序》云：“远昔寻先师，奉侍历载，虽启蒙慈训，托志玄籍，每想奇闻，以笃其诚。遇西域沙门，辄餐游方之说，故知有佛影，而传者尚未晓然。及在此山，值罽宾禅师、南国律学道士，与昔闻既同，并是其人游历所经，因其详问，乃多有先。徵然后验，神道无方，触像而寄，百虑所会，非一时之感。于是悟彻其诚，应深其信，将援同契，发其真趣，故与夫随喜之贤，图而铭焉……晋义熙八年，岁在壬子五月一日，共立此台，拟像本山，因即以寄诚。虽成由人匠，而功无所加。”

5. 王神爱卒。

《晋书》卷三十二《安僖王皇后传》：“无子。义熙八年崩于徽音殿，时年二十九，葬休平陵。”据卷十《安帝纪》，安僖王皇后卒于本年八月。

《书断中》：安僖王皇后“善书”。

6. 范泰徙太常，作《临川王道规嗣仪》。

《宋书》卷六十《范泰传》：“徙为太常。初，司徒道规无子，养太祖，及薨，以兄道怜第二子义庆为嗣。高祖以道规素爱太祖，又令居重。道规追封南郡公，应以先华容县公赐太祖。泰议曰……从之。”泰徙为太常疑在本年。作《临川王道规嗣议》在本年。《晋书》卷十《安帝纪》：本年秋七月“庚子（校勘记：‘七月己巳朔，无庚子。《通鉴》一一六作“闰月”，《建康实录》一〇作“八月”，俱有庚子，未知孰是。’），征西大将军刘道规卒。”

7. 刘义庆嗣刘道规。

见本年第 6 条。

8. 郑鲜之参与刘毅、刘裕会戏。

《宋书》卷六十四《郑鲜之传》:“刘毅当镇江陵,高祖会于江宁,朝士毕集。毅素好樗蒱,于是会戏。高祖与毅敛局,各得其半,积钱隐人,毅呼高祖并之。先掷得雉,高祖甚不说,良久乃答之。四坐倾瞩,既掷,五子尽黑,毅意色大恶,谓高祖曰:‘知公不以大坐席与人!’鲜之大喜,徒跣绕床大叫,声声相续。毅甚不平,谓之曰:‘此郑君何为者!’无复甥舅之礼。高祖少事戎旅。不经涉学,及为宰相,颇慕风流,时或言论,人皆依违之,不敢难也。鲜之难必切至,未尝宽假,要须高祖辞穷理屈,然后置之。高祖或有时惭恧,变色动容,既而谓人曰:‘我本无术学,言义尤浅。比时言论,诸贤多见宽容,唯郑不尔,独能尽人之意,甚以此感之。’时人谓为‘格佞’。”据《通鉴》卷一百一十六,本年九月,刘毅至江陵。上述事当在九月前。

9. 谢灵运转为刘毅卫军从事中郎,至江陵。毅伏诛,任刘裕太尉参军。

《宋书》卷六十七《谢灵运传》:“(刘)毅镇江陵,又以为卫军从事中郎。毅伏诛,高祖版为太尉参军。”

10. 刘穆之加丹阳尹,又加建威将军。

《宋书》卷四十二《刘穆之传》:“(义熙)八年,加丹阳尹。高祖西讨刘毅,以诸葛长民监留府,总摄后事。高祖疑长民难独任,留穆之以辅之,加建威将军,置佐吏,配给实力。”据卷二《武帝纪中》,穆之加建威将军在本年九月。《南史》卷十五《刘穆之传》:“穆之少时,家贫诞节,嗜酒食,不修拘检。好往妻兄家乞食,多见辱,不以为耻。其妻江嗣女,甚明识,每禁不令往江氏。后有庆会,属令勿来。穆之犹往,食毕求槟榔。江氏兄弟戏之曰:‘槟榔消食,君乃常饥,何忽须此?’妻复截发市肴馔，为其兄弟以饷穆之，自此不对穆之梳沐。及穆之为丹阳尹，将召妻兄弟，妻泣而稽颡以致谢。穆之曰：'本不匿怨，无所致忧。'及至醉饱，穆之乃令厨人以金柈贮槟榔一斛以进之。"

11. 谢方明不辐辏刘穆之。

《宋书》卷五十三《谢方明之传》："丹阳尹刘穆之权重当时，朝野辐辏，不与刘穆之相识者，唯有混、方明、郗僧施、蔡廓四人而已，穆之甚以为恨。方明、廓后往造之，大悦。"

12. 蔡廓不亲近刘穆之。

见本年第 11 条。

13. 谢混被收入狱，赐死。

《晋书》卷十《安帝纪》：义熙八年九月"己卯，太尉刘裕害右将军兖州刺史刘藩、尚书左仆射谢混。庚辰，裕矫诏曰：'刘毅苞藏祸心，构逆南夏，藩、混助乱，志肆奸宄……'"卷八十五《刘毅传》："刘裕以毅贰于己，乃奏之。安帝下诏曰：'……尚书左仆射谢混凭借世资，超蒙殊遇，而轻佻躁脱，职为乱阶，扇动内外，连谋万里，是而可忍，孰不可怀！'乃诛（刘）藩、混。"卷七十九《谢混传》："以党刘毅诛，国除。及宋受禅，谢晦谓刘裕曰：'陛下应天受命，登坛日恨不得谢益寿奉玺绂。'裕亦叹曰：'吾甚恨之，使后生不得见其风流！'"

《隋书》卷三十五《经籍志四》："晋左仆射《谢混集》三卷，梁五卷……《文章流别本》十二卷，谢混撰……《集苑》四十五卷，梁六十卷。"未记撰者。《新唐书》卷六十《艺文志四》："谢混《集苑》六十卷。"《旧唐书》卷四十七《经籍志下》作"谢琨"，"琨"当作"混"。《全晋文》卷八十三辑谢混文一篇，已见上文。《晋诗》卷十四辑谢混诗五首，除已见上文者外，还有：

《游西池诗》、《送二王在领军府集诗》、失题诗、《秋夜长》。《秋夜长》,《类聚》卷三题为宋谢琨作。“琨”疑为“混”之误。《文心雕龙·才略》:“谢叔源之《闲情》,并解散辞体,缥渺浮音。”知混作有《闲情》,已佚。

14. 谢弘微经管谢混家业。

《宋书》卷五十八《谢弘微传》:“义熙八年,混以刘毅党见诛,妻晋陵公主改适琅邪王练,公主虽执意不行,而诏其与谢氏离绝,公主以混家事委之弘微。混仍世宰辅,一门两封,田业十余处,僮仆千人,唯有二女,年数岁。弘微经纪生业,事若在公,一钱尺帛出入,皆有文簿。迁通直郎。”弘微迁通直郎,疑在本年或本年后,姑一并系于此。

15. 诸葛长民监太尉军事。作《贻刘敬宣书》。

《晋书》卷八十五《诸葛长民传》:“及(刘)裕讨(刘)毅,以长民监太尉留府事,诏以甲杖五十人入殿。长民骄纵贪侈,不恤政事,多聚珍宝美色,营建第宅,不知纪极,所在残虐,为百姓所苦。自以多行无礼,恒惧国宪。及刘毅被诛,长民谓所亲曰:‘昔年醢彭越,前年杀韩信,祸其至矣!’谋欲为乱,问刘穆之曰:‘人间论者谓太尉与我不平,其故何也?’穆之曰:‘相公西征,老母弱弟委之将军,何谓不平!’长民弟黎民轻狡好利,固劝之曰:‘黥彭异体而势不偏全,刘毅之诛,亦诸葛氏之惧,可因裕未还以图之。’长民犹豫未发,既而叹曰:‘贫贱常思富贵,富贵必履机危。今日欲为丹徒布衣,岂可得也!’”《宋书》卷四十七《刘敬宣传》:“时高祖西讨刘毅,豫州刺史诸葛长民监太尉军事,贻敬宣书曰……敬宣报曰……遣使呈长民书。”

16. 王诞任辅国将军。

《宋书》卷五十二《王诞传》:“高祖征刘毅,起为辅国将军,诞固辞军号,墨绖从行。时诸葛长民行太尉留府事,心不自安,高祖甚虑之。毅既平,诞求先下。高祖曰:'长民似有自疑心,卿讵宜便去。'诞曰:'长民知我蒙公垂盼,今轻身单下,必当以为无虞,乃可以少安其意。'高祖笑曰:'卿勇过贲、育矣。'于是先还。"

17. 张茂度居守。

《宋书》卷五十三《张茂度传》:"高祖西伐刘毅,茂度居守,留州事悉委之。"

18. 袁豹从刘裕讨刘毅。作《为宋公檄蜀文》。

《宋书》卷五十二《袁豹传》:"从讨刘毅。高祖遣益州刺史朱龄石代蜀,使豹为檄文,曰……"

19. 王弘从刘裕讨刘毅,率军至豫章口。

《晋书》卷八十五《刘毅传》:"刘裕自率众讨毅,命王弘、王镇恶、蒯恩等率军至豫章口,于江津燔舟而进。"

20. 何承天除太学博士。

《宋书》卷六十四《何承天传》:"高祖讨刘毅……除太学博士。"

21. 鸠摩罗什译成《成实论》。

《汉魏两晋南北朝佛教史》上册第215页:本年九月十五日,什译《成实论》竣,共十六卷。

22. 郗僧施任南蛮校尉、假节,因党与刘毅被斩。

《晋书》卷六十七《郗超传》:"刘毅镇江陵,请(僧施)为南蛮校尉、假节。与毅俱诛,国除。"《建康实录》卷十《安皇帝》:本年"冬十一月乙酉,(刘)裕至江陵,诛郗僧施,毅党也。僧施……少好文辞,宅于清溪,每清风美景,泛舟溪中,歌一曲,作诗一首。谢益寿闻之曰:'青溪中曲复何穷尽!'"

23. 谢晦任太尉主簿。

《宋书》卷四十四《谢晦传》:“义熙八年,土断侨流郡县,使晦分判扬、豫民户,以平允见称。入为太尉主簿。”

24. 吴隐之受光禄大夫。

《晋书》卷九十《吴隐之传》:“义熙八年,请老致事,优诏许之,授光禄大夫,加金章紫绶,赐钱十万、米三百斛。”

25. 北魏崔浩上《五寅元历》,作《上五寅元历表》。解《急就章》、《孝经》、《论语》、《诗》、《尚书》、《春秋》、《礼记》、《周易》成讫。

《魏书》卷三十五《崔浩传》:“浩又上《五寅元历》,表曰:‘太宗即位元年,敕臣解《急就章》、《孝经》、《论语》、《诗》、《尚书》、《春秋》、《礼记》、《周易》。三年成讫。复诏臣学天文、星历、《易》式、九宫,无不尽看。’”据《魏书》卷三《太宗纪三》,太宗于北魏永兴元年十月即位,至本年凡三年。

26. 滕演卒。

《宋书》卷四十三《傅亮传》:“演……官至黄门郎,秘书监。义熙八年卒。”

《隋书》卷三十五《经籍志四》:“晋秘书监《滕演集》十卷,录一卷。”

27. 羊徽迁中书郎。

《宋书》卷六十二《羊徽传》:“(义熙)八年,迁中书郎,直西省。”

28. 北凉宗钦任沮渠蒙逊中书郎、世子洗马,上《东宫侍臣箴》。

钦生年未详。《魏书》卷五十二《宗钦传》:“宗钦,字景若,金城人也。父爕,字文友,吕光太常卿。钦少而好学,有儒者之风,博宗群言,声著河右。仕沮渠蒙逊,为中书郎、世子洗马。钦上《东宫侍臣箴》曰……”钦仕沮渠蒙逊诸事,时间未详,疑在沮渠蒙逊即河西王位后。按《晋书》卷十《安帝纪》,本年“冬十一月,沮渠蒙逊僭号河西王”。

29. 北凉张湛任沮渠蒙逊黄门侍郎、兵部尚书。

张湛生卒年不详。《魏书》卷五十二《张湛传》:“张湛,字子然,一字仲玄,敦煌人,魏执金吾恭九世孙也。湛弱冠知名凉土,好学能属文,冲素有大志。仕沮渠蒙逊黄门侍郎、兵部尚书。”湛任蒙逊黄门侍郎、兵部尚书,时间不详,疑在蒙逊即河西王位后。

30. 王敬弘任中书侍郎。

《宋书》卷六十六《王敬弘传》:“召为中书侍郎,始携家累自作唐还京邑。”上述事疑在本年。

31. 王乔之任江州刺史别驾。

乔之生卒年不详。《晋诗》卷十四,逯钦立曰:“乔之,为江州刺史孟怀玉别驾。”据万斯同《东晋方镇年表》:怀玉自本年至义熙十一年任江州刺史,是乔之任江州刺史别驾必在其间,姑系于此。乔之以后事迹不详。

《晋诗》卷十四辑乔之诗一首:《奉和慧远游庐山诗》。

32. 徐广转大司农。

《宋书》卷五十五《徐广传》:“又转大司农,领著作郎皆如故。”时间未详,姑系于本年。

413　癸丑

晋义熙九年　　　北魏永兴五年
后秦弘始十五年　西秦永康二年
南凉嘉平六年　　北凉玄始二年
西凉建初九年　　北燕太平五年
夏凤翔元年

慧远八十岁。鸠摩罗什七十岁。张野六十四岁。李暠六十三岁。徐广六十二岁。范泰五十九岁。裴松之五十四岁。王敬弘五十四岁。刘穆之五十四岁。刘裕五十一岁。郑鲜之五十岁。陶渊明四十九岁。孔琳之四十五岁。羊欣四十四岁。何承天四十四岁。袁豹四十一岁。傅亮四十岁。宗炳三十九岁。王诞三十九岁。张茂度三十八岁。释宝云三十八岁。周续之三十七岁。戴颙三十六岁。荀伯子三十六岁。王弘三十五岁。蔡廓三十五岁。谢方明三十四岁。王韶之三十四岁。何尚之三十二岁。颜延之三十岁。僧肇三十岁。谢灵运二十九岁。雷次宗二十八岁。沈庆之二十八岁。谢晦二十四岁。殷景仁二十四岁。刁雍二十四岁。高允二十四岁。谢弘微二十二岁。王昙首二十岁。徐爰二十岁。范晔十六岁。萧思话十四岁。刘义庆十一岁。殷淳十一岁。谢惠连七岁。刘义隆七岁。袁淑六岁。江湛六岁。沈怀文五岁。张永四岁。刘义恭一岁。何偃一岁。

1. 刘裕自江陵还京都。作《土断表》、《请恤孙季高表》。

《宋书》卷二《武帝纪中》:“(义熙)九年二月乙丑,公至自江陵……先是山湖川泽,皆为豪强所专,小民薪采渔钓,皆责税直,至是禁断之。时民居未一,公表曰……以公领镇西将军、豫州刺史。公固让太傅、州牧及班剑,奉还黄钺……九月,封公次子义真为桂阳县公,以赏平齐及定卢循也。天子重申前命,授公太傅、扬州牧,加羽葆、鼓吹、班剑二十人。将吏百余敦劝,乃受羽葆、鼓吹、班剑,余固辞。”《宋书》卷四十九《孙处传》:“孙处字季高……义熙……九年,高祖念季高之功,乃表曰……”

2. 张茂度迁中书侍郎,出为平西司马、河南太守。

《宋书》卷五十三《张茂度传》:“高祖……军还,迁中书侍郎。出为司马休之平西司马、河南太守。”据《晋书》卷三十七《司马休之传》:休之本年任平西将军、荆州刺史。

3. 西凉李暠宴于曲水,命群僚赋诗,亲为之序。作《写诸葛亮训诫应璩奉谏以勖诸子》。

《十六国春秋》卷九十一《西凉录一·李暠录》:“建初九年,三月上巳,暠燕于曲水,命群僚赋诗,而亲为序。(礼按:诗、序已佚)。冬十月,暠写诸葛亮训以勖诸子曰:‘……览诸葛亮训励、应璩奏谏,寻其始终,周、礼之教,尽在中矣……’”

4. 诸葛长民为刘裕所害。

《晋书》卷八十五《诸葛长民传》:“(刘)裕深疑之,骆驿继遣辎重兼行而下,前克至日,百司于道候之,辄差其期。既而轻舟径进,潜入东府。明旦,长民闻之,惊而至门,裕伏壮士丁旿于幕中,引长民进语,素所未尽皆说焉。长民悦,旿自后拉而杀之,舆尸付廷尉。使收黎民,黎民骁勇绝人,与捕者苦战而死。小弟幼民为大司马参军,逃于山中,追擒戮之。诸葛氏之诛也,士庶咸恨正刑之晚,若释桎梏焉。初,长民富贵之后,常一月中辄十数夜眠中惊起,跳踉,如与人相打。毛修之尝与同宿,见之骇愕,问其故。长民答曰:'正见一物,甚黑而有毛,脚不分明,奇健,非我无以制之。'其后来转数。屋中柱及椽桷间,悉见有蛇头,令人以刀悬斫,应刃隐藏,去辄复出。又捣衣杵相与语如人声,不可解。于壁见有巨手,长七八尺,臂大数围,令斫之,豁然不见。未几伏诛。"卷十《安帝纪》系长民被害于本年春三月丙寅。《书断下》谓长民于"义熙八年伏诛"。《宋书》卷二《武帝纪中》、《建康实录》卷十《安皇帝》均系于义熙九年。《书断下》误。

《全晋文》卷一百四十一辑诸葛长民文三篇,已见上文。《书断下》:"诸葛长民亦善行书,论者以为(范)晔之流也。"《述书赋上》:"长民则全效子敬,便于性分。宏逸生于天机,众妙总而独运。凌所师而小薄,壮若己而不紊。犹豁其流而冰开,殷其响而雷奋。"窦蒙注:"诸葛长民……今见具姓名行书一纸。六行。"

5. 鸠摩罗什卒。

《高僧传》卷二《鸠摩罗什传》:"什未终日,少觉四大不愈,乃出口三番神咒,令外国弟子诵之以自救,未觉致力,转觉危殆,于是力疾与众僧告别曰:'因法相遇殊,未尽伊心,方复后世,恻怆何言!自以暗昧,谬充传译。凡所出经、论三百余卷,唯《十诵》一部,未及删烦,存其本旨,必无差失。愿凡所宣译传流后世,咸共弘通。今于众前发诚实誓:若所传无谬者,当使焚身之后,舌不燋烂。'以伪秦弘始十一年八月二十日,卒于长安……即于逍遥园依外国法以火焚尸,薪灭形碎,唯舌不灰……然什死年月，诸记不同，或云弘始七年，或云八年，或云十一年。"关于什之卒年，僧肇《鸠摩罗什法师诔》又谓什"癸丑之年，年七十，四月十三日薨乎大寺"。今从僧肇所记。

《旧唐书》卷四十七《经籍志下》："《老子》二卷，鸠摩罗什注。"《新唐书》卷五十九《艺文志三》同。据《汉魏两晋南北朝佛教史》上册第215页：什翻译之重要典籍，除上文所列之外，其不知年月者还有：《金刚般若经》一卷，《首楞严经》三卷，《遗教经》一卷，《十住毗婆沙论》十四卷，《大庄严经论》十五卷。

《晋诗》卷二十辑什诗一首：《十喻》。《全晋文》卷一百六十三辑罗什文六篇，除已见上文者外，还有：《答秦主姚兴》、《答慧远书》。

关于什之子女，《晋书》卷九十五《鸠摩罗什传》云：什"尝讲经于草堂寺，(姚)兴及朝臣，大德沙门千有余人肃容观听，罗什忽下高坐，谓兴曰：'有二小儿登吾肩，欲障须妇人。'兴乃召宫女进之，一交而生二子焉。"

6. 僧肇作《鸠摩罗什法师诔井序》、《涅槃无名论》并《上秦主姚兴表》。

《鸠摩罗什法师诔并序》见《全晋文》卷一百六十五。当作于本年鸠摩罗什卒后。《涅槃无名论》并《上秦主姚兴表》见《高僧传》卷六《释僧肇传》："及什亡之后，追悼永往，翘思弥厉。乃著《涅槃无名论》，其辞曰……其后十演九折，凡数千言，文多不载。论成之后，上表于姚兴曰……兴答旨殷勤，备加赞述。即敕令缮写，班诸子侄。其为时所重如此。"

7. 徐广作《四府君迁主议》。

《晋书》卷十九《礼志上》："义熙九年四月，将殷祠，诏博议迁毁之礼……大司农徐广议……"

8. 袁豹作《四府君迁主议》。卒。

《宋书》卷十六《礼志三》:"义熙九年四月,将殷祠。诏博议迁毁之礼……太尉咨议参军袁豹议……"卷五十二《袁豹传》:"(义熙)九年,卒官,时年四十一。次年,以参伐蜀之谋,追封南昌县五等子。"

《隋书》卷三十五《经籍志四》:"晋丹阳太守《袁豹集》八卷,梁十卷,录一卷。"《全晋文》卷五十六辑袁豹文三篇,已见上文。

《宋书·袁豹传》:"子洵,元嘉中,历显官……卒,追赠征虏将军,谥曰贞子……洵弟濯,扬州秀才,蚤卒。濯弟淑。"

9. 北魏崔玄伯答拓跋嗣问。

《魏书》卷二十四《崔玄伯传》:"太宗以郡国豪右,大为民蠹,乃优诏征之,民多恋本,而长吏逼遣。于是轻薄少年,因相扇动,所在聚结。西河、建兴盗贼并起,守宰讨之不能禁。太宗乃引玄伯……等问曰……玄伯曰:'王者治天下,以安民为本,何能顾小曲宜也。譬琴瑟不调,必改而更张……'太宗从之。"据卷三《太宗纪》,本年五月,诏刘洁、魏勤等镇西河;六月,王绍攻逼建兴郡。玄伯答拓跋嗣问当在本年六月后。

10. 谢灵运任秘书丞。作《佛影铭》。

《宋书》卷六十七《谢灵运传》:"入为秘书丞,坐事免。"灵运为秘书丞,当在本年二月刘裕自江陵回京师后。其免职因何事,在何时,未详。《佛影铭》见《全宋文》三十三。铭序曰:"道秉道人远宣意旨,命余制铭,以充刊刻。"是铭当遵慧远意旨而作。写作时间见本年第11条。

11. 慧远作《万佛影铭并序》,刻之于石。

铭并序见《全晋文》卷一百六十二。《序》云:"至于岁次星纪,赤奋若贞于太阴之墟,九月三日,乃详检别记,铭之于石……于时挥翰之宾，佥焉同咏。”《尔雅·释天》：“太岁在丑曰赤奋若。”

12. 王诞卒。

《宋书》卷五十二《王诞传》：义熙九年，“卒，时年三十九。以南北从征，追封作唐县五等侯。”

《隋书》卷三十五《经籍志四》：“晋司徒长史《王诞集》二卷。”按《晋书》、《宋书》有关王诞之记载，诞未任过司徒长史，《隋书》《王诞集》前冠以司徒长史，误。《隋书》卷三十五《经籍志四》：“梁有……《四帝诫》三卷，王诞撰……亡。”《全晋文》卷十九辑诞文一篇，已见上文。

13. 吴隐之卒。

《晋书》卷九十《吴隐之传》：“（义熙）九年，卒，追赠左光禄大夫，加散骑常侍。隐之清操不渝，屡被褒饰，致事及于身没，常蒙优锡显赠，廉士以为荣。”《晋书》卷八十三《车胤传》：“吴隐之以寒素博学知名于世。”

14. 荀伯子作《上表论先朝封爵》。

《宋书》卷六十《荀伯子传》：“迁尚书祠部郎。义熙九年，上表曰……诏付门下。”伯子迁尚书祠部郎，疑在本年或本年前，姑一并系于此。

15. 王韶之续《晋安帝阳秋》，迁尚书祠部郎。

《南史》卷二十四《王韶之传》：“私撰《晋安帝阳秋》……除著作郎，使续后事，讫义熙九年。善叙事，辞论可观。迁尚书祠部郎。”迁尚书祠部郎时间不详，疑在本年至后年转中书侍郎之前。姑系于此。

16. 颜延之妹适刘穆之子。延之不仕。

《宋书》卷七十三《颜延之传》：“年三十，犹未婚。妹适东莞刘宪之，穆之子也（校勘记：‘洪颐煊《诸史考异云》：“案《刘穆之传》,穆之三子,长子虑之,中子式之,少子贞之,无名宪之者。"按宪虑形似,"宪之"或"虑之"之讹。')。穆之既与延之通家,又闻其美,将仕之,先欲相见,延之不往也。"

17. 刘义恭生。

《宋书》卷六十一《武三王传》:"武帝七男……袁美人生江夏文献王义恭。"同卷《江夏文献王义恭传》,义恭卒于永光元年(泰始元年),时年五十三。据此推之,当生于本年。

18. 何偃生。

《宋书》卷五十九《何偃传》:"何偃字仲弘,庐江灊人,司空尚之中子也。"据本传,大明二年卒,时年四十六推之,当生于本年。

19. 有"义熙九年"纪年砖。

《文物》1988年第1期载陈龙山撰《江苏灌云县发现东晋纪年砖》:"1986年3月,灌云县陡沟乡张薛村一村民平整土地时,于地表下50厘米处,发现一座墓藏……墓砖长32、宽15.5、厚4.5厘米。一种一端和一侧饰菱形纹;另一种一侧较薄,无菱形装饰,上有模印'义熙九年为卞府君作'纪年铭文。"后附纪年砖铭文拓片。

20. 王敬弘任太尉从事中郎。

《宋书》卷六十六《王敬弘传》:"久之,转黄门侍郎,不拜。仍除太尉从事中郎。"上述事疑在本年。

21. 谢方明任左将军道怜长史。

《宋书》卷五十三《谢方明传》:"顷之,转从事中郎,仍为左将军道怜长史。高祖命府内众事,皆咨决之。"据卷五十一《长沙景王道怜传》,道怜义熙六年任左将军,明年进号中军将军。方明任左将军长史,疑在本年。

414　甲寅

晋义熙十年	北魏神瑞元年
后秦弘始十六年	西秦永康三年
南凉嘉平七年	北凉玄始三年
西凉建初十年	北燕太平六年
夏凤翔二年	

慧远八十一岁。张野六十五岁。李暠六十四岁。徐广六十三岁。范泰六十岁。裴松之五十五岁。王敬弘五十五岁。刘穆之五十五岁。刘裕五十二岁。郑鲜之五十一岁。陶渊明五十岁。孔琳之四十六岁。羊欣四十五岁。何承天四十五岁。傅亮四十一岁。宗炳四十岁。张茂度三十九岁。释宝云三十九岁。周续之三十八岁。戴颙三十七岁。荀伯子三十七岁。王弘三十六岁。蔡廓三十六岁。谢方明三十五岁。王韶之三十五岁。何尚之三十三岁。颜延之三十一岁。僧肇三十一岁。谢灵运三十岁。雷次宗二十九岁。沈庆之二十九岁。谢晦二十五岁。殷景仁二十五岁。刁雍二十五岁。高允二十五岁。谢弘微二十三岁。王昙首二十一岁。徐爰二十一岁。范晔十七岁。萧思话十五岁。刘义庆十二岁。殷淳十二岁。谢惠连八岁。刘义隆八岁。袁淑七岁。江湛七岁。沈怀文六岁。张永五岁。刘义恭二岁。何偃二岁。程

骏一岁。戴法兴一岁。

1. 刘裕执司马文思送还司马休之，欲休之杀之。

《宋书》卷二《武帝纪中》："(义熙)十年，息民简役。筑东府，起府舍。平西将军、荆州刺史司马休之，宗室之重，又得江、汉人心，公疑其有异志，而休之兄子谯王文思在京师，招集轻侠，公执文思送还休之，令自为其所。休之表废文思，并与公书陈谢。"据《通鉴》卷一百一十六，本年三月，刘裕执文思送还休之，欲休之杀之。

2. 西凉李暠作《述志赋》、《大酒容赋》。

《十六国春秋》卷九十一《西凉录一·李暠录》："建初十年，暠以伟世之量，当吕氏之末，为群雄所奉，遂起伯图，兵无血刃，坐定千里，谓张氏之业，指日而成，河西十郡岁月而一。既而秃发傉檀入据姑臧，沮渠蒙逊基宇稍广，于是慨然著《述志赋》焉，其辞曰……又感兵难繁兴，时俗喧竞，乃著《大酒容赋》以表恬豁之怀。初，暠与辛景、辛恭靖同志友善，景等归晋，遇害江南，暠闻而吊之。暠前妻，同郡辛纳女，贞顺有妇仪，先卒，乃亲为之诔。自余诗赋数十篇。"《大酒容赋》已佚。

3. 刘穆之任前将军。

《宋书》卷四十二《刘穆之传》："(义熙)十年，进穆之前将军，给前军府年布万匹，钱三百万。"

4. 僧肇卒。

《高僧传》卷六《释僧肇传》："晋义熙十年卒于长安，春秋三十有一矣。"

《隋书》卷三十五《经籍志四》："晋姚苌沙门《释僧肇集》一卷。"《全晋文》卷一百六十四、一百六十五辑僧肇文十一篇，除已见上文者外，还有：《宗本义》、《长阿含经序》、《梵网经序》。

5. 谢方明任中军长史。

《宋书》卷五十三《谢方明传》:“仍为左将军道怜长史……随府转中军长史。”据卷五十一《长沙景王道怜传》,道怜本年进号中军将军。

6. 范晔被辟主簿,不就。

《宋书》卷六十九《范晔传》:“少好学,博涉经史,善为文章,能隶书,晓音律。年十七,州辟主簿,不就。”

7. 北魏崔玄伯与长孙嵩听理万机事,拜天部大人,进爵为公。

《魏书》卷二十四《崔玄伯传》:“神瑞初,诏玄伯与南平公嵩等坐止车门右,听理万机事……寻拜天部大人,进爵为公。”

8. 高句丽好太王碑立。

王建群著《好太王碑研究》第一章:“公元前三十七年,在现在辽宁省桓仁县和吉林省集安县一带,建立了一个高句丽王朝。这个王朝,历时达七百年之久,留下了大量的遗迹和遗物。好太王碑便是留下来的高句丽珍贵文物之一。好太王是高句丽王朝的第十九代王,名安……好太王公元三九一年即位,公元四一二年逝世……好太王碑是好太王的儿子长寿王为了纪念他父亲的功绩和铭记守墓烟户,于公元四一四年……在好太王陵东侧建立的大型墓碑……这座碑的发现时间推定为光绪初年……好太王碑是由一整块巨型角砾凝灰岩制成(中间有凝灰砾岩夹层),为不规则的方形柱状体……碑高六·三九米。头足稍宽,腰部稍窄。按足底宽度计算:第一面(东南侧),一·四八米;第二面(西南侧),一·三五米;第三面(西北侧),二·〇〇米;第四面(东北侧),一·四六米……此碑四面均凿有天地格,而后再施竖格,呈旧信纸格式。在竖格内镌刻隶书碑文，四面总计原刻一千七百七十五字，已经脱落无法辨识者一百四十一字……此碑用当时通行的隶书刻成。个别字是由草书隶定的。字体古朴而方正。字形规格大小不等。”书后附有国内外各家释文十二种，各种拓本七种。

9. 戴法兴生。

《宋书》卷九十四《戴法兴传》：“戴法兴，会稽山阴人也。家贫，父硕子，贩纻为业。法兴二兄延寿、延兴并修立，延寿善书，法兴好学。山阴有陈载者，家富，有钱三千万，乡人咸云：‘戴硕子三儿，敌陈载三千万钱。’”据本传，泰始元年卒，时年五十二推之，当生于本年。

10. 北魏程骏生。

《魏书》卷六十《程骏传》：“程骏，字驎驹，本广平曲安人也。六世祖良，晋都水使者，坐事流于凉州。祖父肇，吕光民部尚书……太和九年正月，病笃……遂卒，年七十二。”据此推之，骏当生于本年。

11. 羊欣任中军将军刘道怜咨议参军。

《宋书》卷六十二《羊欣传》：任“中军将军道怜咨议参军。”据卷五十一《长沙景王道怜传》、卷二《武帝纪中》，道怜本年“进号中军将军”，明年四月任骠骑将军。

12. 鲍照约生于本年。

《南史》卷十三《临川烈武王道规传》附《鲍照传》：“鲍照字明远，东海人。”虞炎《鲍照集序》：鲍照“本上党人，家世贫贱。”钱仲联《鲍参军集注》附《鲍照年表》注曰：“此上党乃指南朝侨置者，《宋书·州郡志》：‘徐州淮阳郡上党令，本流寓郡，并省来配。’今江苏宿迁县地。本集卷一《拜侍郎上疏》云：‘臣北州衰沦。'"鲍照"家世贫贱",其诗文中多次述及。《全宋文》卷四十六辑《解褐谢侍郎表》:"臣孤门贱生。"卷四十七辑《谢永安令解禁止启》:"臣田茅下第,质非谢品。"卷四十六辑《侍郎满辞阁》:"臣嚚杌穷贱。"《宋诗》卷八辑《答客诗》:"我以荜门士,负学谢前基。"鲍照之生年,未见史载。虞炎《鲍照集序》谓照卒时,"年五十余"。《鲍照年表》注云:"《在江陵叹年伤老诗》,振伦注曰:'明远生年无考。临海王子顼系大明五年出镇荆州,此诗以叹年伤老为题,约以五十称老计之,似当生于晋末宋初。'联按《宋书·孝武本纪》,大明六年秋七月庚辰,临海王子顼为荆州刺史(虞序云"大明五年",误),《在江陵叹年伤老诗》中所叙,是春日节物,写作时间不能早于大明七年春。今以大明七年照年五十计之,则当生于晋安帝义熙十年,下推至宋明帝泰始二年,得年五十三,与虞序所云'年五十余'者相合。"

13. 王敬弘出任吴兴太守。

《宋书》卷六十六《王敬弘传》:"出为吴兴太守。旧居余杭县,悦是举也。"敬弘任吴兴太守疑在本年。

14. 颜延之为刘柳行参军,因转主簿。

《宋书》卷七十三《颜延之传》:"后将军、吴国内史刘柳以为行参军,因转主簿。"明年,延之随刘柳至浔阳(详后),延之为刘柳行参军,因转主簿当在本年。

15. 王弘任吴国内史。

《宋书》卷四十二《王弘传》:"转吴国内史。"时间未详。弘明年尚任吴国内史(详后),后由吴国内史征为太尉长史。疑其本年继刘柳始任吴国内史。

16. 范泰转大司马长史,右卫将军,加散骑常侍,复为尚书。

《晋书》卷六十《范泰传》:“转大司马左长史,右卫将军,加散骑常侍。复为尚书,常侍如故。”泰任大司马左长史等职,疑在本年前后,姑一并系于此。

17. 戴颙被命为太尉行参军、琅邪王司马属,未就。

《宋书》卷九十三《戴颙传》:“高祖命为太尉行参军,琅邪王司马属,并不就。”上述事,时间不详,姑系于本年。

18. 袁淑为伯父袁湛所称赞。

《宋书》卷七十《袁淑传》:“少有风气,年数岁,伯父湛谓家人曰:‘此非凡儿。’”上述事具体时间不详,姑系于袁淑七岁时。

415　乙卯

晋义熙十一年	北魏神瑞二年
后秦弘始十七年	西秦永康四年
北凉玄始四年	西凉建初十一年
北燕太平七年	夏凤翔三年

慧远八十二岁。李暠六十五岁。徐广六十四岁。范泰六十一岁。裴松之五十六岁。王敬弘五十六岁。刘穆之五十六岁。刘裕五十三岁。郑鲜之五十二岁。陶渊明五十一岁。孔琳之四十七岁。羊欣四十六岁。何承天四十六岁。傅亮四十二岁。宗炳四十一岁。张茂度四十岁。周续之三十九岁。戴颙三十八岁。荀伯子三十八岁。王弘三十七岁。蔡廓三十七岁。谢方明三十六岁。王韶之三十六岁。何尚之三十四岁。颜延之三十二岁。谢灵运三十一岁。雷次宗三十岁。沈庆之三十岁。谢晦二十六岁。殷景仁二十六岁。刁雍二十六岁。高允二十六岁。谢弘微二十四岁。王昙首二十二岁。徐爰二十二岁。范晔十八岁。萧思话十六岁。刘义庆十三岁。殷淳十三岁。谢惠连九岁。刘义隆九岁。袁淑八岁。江湛八岁。沈怀文七岁。张永六岁。刘义恭三岁。何偃三岁。程骏二岁。戴法兴二岁。刘义季一岁。王微一岁。臧荣绪一岁。

1. 刘裕率军西讨司马休之,领荆州刺史。作《与韩延之书》、《江陵平加领南蛮校尉下书》、《与骠骑道怜书》。

《宋书》卷二《武帝纪中》:"(义熙)十一年正月,公收休之子文宝、兄子文祖,并于狱赐死,率众军西讨。复加黄钺,领荆州刺史。辛巳,发京师,以中军将军道怜监留府事。休之上表自陈曰……休之府录事参军韩延之,故吏也,有干用才能。公未至江陵,密使与之书曰……延之报曰……公视书叹息,以示诸佐曰:'事人当如此。'三月,军次江陵。初雍州刺史鲁宗之常虑不为公所容,与休之相结,至是率其子竟陵太守轨会于江陵。江夏太守刘虔之邀之,军败见杀。公命彭城内史徐逵之、参军王允之出江夏口,复为轨所败,并没。时公军泊马头,即日率众军济江,躬督诸将登岸,莫不奋踊争先。休之众溃,与轨等奔襄阳,江陵平。加领南蛮校尉。将拜,值四废日,佐史郑鲜之、褚叔度、王弘、傅亮白迁日,不许。下书曰……四月,公复率众进讨,至襄阳,休之奔羌。天子复重申前命,授太傅、扬州牧,剑履上殿,入朝不趋,赞拜不名,加前部羽葆、鼓吹,置左右长史、司马、从事中郎四人……以中军将军道怜为荆州刺史。八月甲子,公至自江陵,奉还黄钺,固辞太傅、州牧、前部羽葆、鼓吹,其余受命。朝议以公道尊勋重,不宜复施敬护军,即加殊礼,奏事不复称名。"《与韩延之书》见《晋书》卷三十七《司马休之传》,与《宋书》所载稍异。《与骠骑道怜书》见本年第3条。

2. 张茂度任刘裕录事参军,转刘道怜咨议参军。还为扬州别驾从事史。

《宋书》卷五十三《张茂度传》:"高祖将讨休之,茂度闻知,乘轻船逃下,逢高祖于中路,以为录事参军,太守如故。江陵平，骠骑将军道怜为荆州，茂度仍为咨议参军，太守如故。还为扬州别驾从事史。”

3. 刘穆之留守，迁尚书右仆射，转左仆射。

《宋书》卷四十二《刘穆之传》：“（义熙）十一年，高祖西伐司马休之，中军将军道怜知留任，而事无大小，一决穆之。迁尚书右仆射，领选，将军、尹如故。”关于穆之转尚书左仆射，《晋书》卷十《安帝纪》云：本年八月，“尚书左仆射谢裕卒，以尚书右仆射刘穆之为尚书左仆射。”《通鉴》卷一百一十七云：本年八月，“谢裕卒，以刘穆之为左仆射。”《建康实录》卷十《安皇帝》云：本年八月，“以刘穆之为尚书左仆射。”而《宋书》有关记载则定于明年。《宋书》卷五十二《谢景仁（裕）传》：“（义熙）十一年，转右仆射，仍转左仆射……十二年，卒……葬日，高祖亲临，哭之甚恸。与骠骑将军道怜书曰……”卷四十二《刘穆之传》：“（义熙）十二年……转穆之左仆射。”上述二说待考。姑系穆之转左仆射于本年。

4. 傅亮任太尉从事中郎，掌记室。

《宋书》卷四十三《傅亮传》：“高祖以其久直勤劳，欲以为东阳郡，先以语迪，迪大喜告亮。亮不答，即驰见高祖曰：‘伏闻恩旨，赐拟东阳，家贫忝禄，私计为幸。但凭荫之愿，实结本心，乞归天宇，不乐外出。’高祖笑曰：‘谓卿之须禄耳，若能如此，甚协所望。’会西讨司马休之，以为太尉从事中郎，掌记室。”

5. 谢晦从征司马休之。

《宋书》卷四十四《谢晦传》：“从征司马休之。时徐逵之战败见杀，高祖怒，将自被甲登岸，诸将谏，不从，怒愈甚。晦前抱持高祖，高祖曰：‘我斩卿！’晦曰：‘天下可无晦，不可无公，晦死何有！’会胡藩已得登岸，贼退走，乃止。”

6. 谢瞻任安成相。作《于安城答灵运诗》、《安成郡庭枇杷树赋》。

《宋书》卷五十六《谢瞻传》:"(任)安成相。"《于安城答灵运诗》见《文选》卷二十五。李善注引谢灵运《赠宣远序》曰:"从兄宣远,义熙十一年正月,作守安城,其年夏赠以此诗,到其年冬,有答。"又诗中有"岁寒霜雪严"句,亦证诗作于本年冬。《安成郡庭枇杷树赋》见《全宋文》卷三十三,当作于任安成相时。

7. 谢灵运任咨议参军,转中书侍郎。作《赠安成诗》、《赠从弟弘元诗》。

《宋书》卷六十七《谢灵运传》:"高祖伐长安,骠骑将军道怜居守,版为咨议参军,转中书侍郎。"上述所记有误。

《宋书》卷五十一《长沙景王道怜传》:"(义熙)十年,进号中军将军……明年讨司马休之,道怜监留府事……江陵平,以为都督荆湘益秦宁梁雍七州诸军事、骠骑将军、开府仪同三司、领护南蛮校尉、荆州刺史。"卷二《武帝纪中》:"(义熙)十一年正月……率众军西讨……辛巳,发京师,以中军将军道怜监留府事……,四月……以中军将军道怜为荆州刺史……十二年……羌主姚兴死,子泓立……公乃戒严北讨……八月丁巳,率大众发京师。以世子为中军将军,监太尉留府事。尚书右仆射刘穆之……入居东府,总摄内外。"综上记载,知明年刘裕伐长安姚泓时,世子刘义符、刘穆之总摄朝政,而道怜则是于本年刘裕讨司马休之时留监府事,且时仍任中军将军。《谢灵运传》中所云"长安"当为"荆州","骠骑将军"当为"中军将军"。是灵运任咨议参军当在本年正月,转中书侍郎,盖在本年四月道怜离京赴任荆州刺史后。《赠安成诗》见《宋诗》卷二。写作时间见本年第6条。灵运《赠宣远序》云本年夏作《赠安成》后,又接叙曰:"其年冬,有答",疑《序》为后来所补。《赠从弟弘元诗》见《宋诗》卷二。诗序云:"从弟弘元,为骠骑记室参军,义熙十一年十月十日从镇江陵,赠以此诗。"

8. 宗炳辞刘裕辟为主簿,道怜命为记室参军,亦不就。入庐山就慧远考寻文义。还江陵。

《宋书》卷九十三《宗炳传》:"高祖诛刘毅,领荆州,问毅府咨议参军申永曰:'今日何施而可?'永曰:'除其宿衅,倍其惠泽,贯叙门次,显擢才能,如此而已。'高祖纳之,辟炳为主簿,不起。问其故。答曰:'栖丘饮谷,三十余年。'高祖善其对。妙善琴书,精于言理,每游山水,往辄忘归。征西长史王敬弘每从之,未尝不弥日也。"据卷二《武帝纪中》:本年正月,刘裕领荆州刺史。《南史》卷七十五《宗少文(炳)传》:"骠骑道怜命为记室参军,并不就。二兄早卒,孤累甚多,家贫无以相赡。颇营稼穑。人有饷遗,并受之。武帝敕南郡长给吏役,又数致饩赍。后子弟从禄,乃悉不复受。"据卷五十一《长沙景王道怜传》,道怜于本年任骠骑将军、荆州刺史,其命炳为记室参军盖在本年。上述其他诸事,时间未详,姑附于此。又《宋书》本传:"乃下入庐山,就释慧远考寻文义。兄臧为南平太守,逼与俱还,乃于江陵三湖立宅,闲居无事。"上述事时间不详。

《全宋文》卷二十一载炳《明佛论》云:"昔远和尚澄业庐山,余往憩五旬。"《明佛论》所云,未知指元兴二年在庐山事,抑谓本传所记"下入庐山"时事。特录以俟考。又《南齐书》卷五十四《宗测传》:"测长啸不视,遂往庐山,止祖炳旧宅。"据此知炳于庐山有住宅。《宋书》卷四十六《张敷传》:"性整贵,风韵端雅,好玄言,善属文。初,父邵使与南阳宗少文谈《系象》,往复数番,少文每欲屈,握麈尾叹曰:'吾道东矣。'于是名价日重。"炳与敷谈《系象》,时间不详,姑附于此。

9.《督护哥》约作于本年。

《宋书》卷十九《乐志一》:"《督护哥》者,彭城内史徐逵之为鲁轨所杀,宋高祖使府内直督护丁旿收敛殡埋之。逵之妻,高祖长女也,呼旿至阁下,自问敛送之事,每问,辄叹息曰:'丁督护!'其声哀切,后人因其声,广其曲焉。"徐逵之为鲁轨所杀,见本年第1条。

10. 王敬弘任侍中,奉使慰劳刘裕。

《宋书》卷六十六《王敬弘传》:"寻征为侍中。高祖西讨司马休之,敬弘奉使慰劳,通事令史潘尚于道疾病,敬弘单船送还都,存亡不测,有司奏免官,诏可。未及释朝服,值赦复官。"据《东晋将相大臣年表》,本年敬弘任侍中。

11. 郑鲜之为太尉咨议参军,补侍中,复为太尉咨议。

《宋书》卷六十四《郑鲜之传》:"自中丞转司徒左长史,太尉咨议参军,俄而补侍中,复为太尉咨议。"卷二《武帝纪中》,叙本年三月事时称鲜之为"佐史"。是本年三月鲜之已在司徒左长史任上,其任咨议参军,补侍中,复为咨议,当在本年三月后。

12. 刘义隆封北彭城县公。

《宋书》卷二《武帝纪中》:本年四月,"封公第三子义隆为北彭城县公。"

13. 北魏崔浩劝拓跋嗣不宜迁都,议荧惑在瓠瓜星中。

《魏书》卷三十五《崔浩传》:"神瑞二年,秋谷不登,太史令王亮、苏垣因华阴公主等言谶书国家当治邺,应大乐五十年,劝太宗迁都。浩与特进周澹言于太宗曰:'今国家迁都于邺,可救今年之饥，非长久之策也……’太宗深然之，曰：‘唯此二人，与朕意同。’复使中贵人问浩、澹曰：‘今既糊口无以至来秋，来秋或复不熟，将如之何？’浩等对曰：‘可简穷下之户，诸州就谷，若来秋无年，愿更图也。但不可迁都。’太宗从之，于是分民诣山东三州食，出仓谷以禀之。来年遂大熟。赐浩、澹妾各一人，御衣一袭，绢五十匹，绵五十斤。初，姚兴死之前岁也，太史奏：荧惑在匏瓜星中，一夜忽然亡失，不知所在。或谓下入危亡之国，将为童谣妖言，而后行其灾祸。太宗闻之，大惊，乃召诸硕儒十数人，令与史官求其所诣。浩对曰……后八十余日，荧惑果出于东井，留守盘游，秦中大旱赤地，昆明池水竭，童谣讹言，国内喧扰。明年，姚兴死，二子交兵，三年国灭。于是诸人皆服曰：‘非所及也。’”《通鉴》卷一百一十七系上述事于本年九月。

14. 后秦有童谣讹言，国内喧扰。

见本年第13条。

15. 王韶之补通直郎，转中书侍郎。

《南史》卷二十四《王韶之传》：“晋帝自孝武以来常居内殿，武官主书于中通呈，以省官一人管诏诰，往西省，因谓之西省郎。傅亮、羊徽相代在职。义熙十一年，宋武帝以韶之博学有文辞，补通直郎，领西省事，转中书侍郎。”

16. 何承天为世子征虏参军。

《宋书》卷六十四《何承天传》：“义熙十一年，为世子征虏参军，转西中郎中军参军，钱唐令。”转西中郎中军参军，钱唐令，时间不详。姑一并系于此。

17. 王弘任太尉长史，转左长史。

《晋书》卷二十七《五行志上》：“（义熙）十一年，京都所在大行火灾,吴界尤甚。火防甚峻,犹自不绝。王弘时为吴郡,昼在听事,见天上有一赤物下,状如信幡,遥集路南人家屋上,火即大发。弘知天为之灾,故不罪火主。”

《宋书》卷四十二《王弘传》:“义熙十一年,征为太尉长史,转左长史。”

18. 颜延之随刘柳至寻阳,与陶渊明诚恳相待。为豫章公世子刘义符中军行参军。

《宋书》卷九十三《陶潜传》:“颜延之为刘柳后军功曹,在寻阳,与潜情款。”《晋书》卷六十一《刘柳传》:“出为徐、兖、江三州刺史。卒。”未记柳任江州刺史年月。《宋书》卷四十七《孟怀玉传》:“(义熙)八年,迁江州刺史……十一年……未去任,其年卒官。”《晋书》卷十《安帝纪》:义熙十二年六月,“己酉,新除尚书令,都乡亭侯刘柳卒。”

《宋书》卷六十九《刘湛传》:“父柳亡于江州。”据上述记载,是本年怀玉卒,柳继任江州刺史,明年六月柳除尚书令,未去江州而卒。延之在寻阳,与陶潜情款,当在本年至寻阳后。延之在寻阳与陶潜情款之况,《全宋文》卷三十八辑延之《陶征士诔》有所记载:“自尔介居,及我多暇。伊好之洽,接阎邻舍。宵盘昼憩,非舟非驾。念昔宴私,举觞相诲。独正者危,至方则碍。哲人卷舒,布在前载。取鉴不远,吾规子佩。尔实愀然,中言而发。违众速尤,迕风先蹶。身才非实,荣声有歇。”《宋书·颜延之传》:为“豫章公世子中军行参军。”《宋书》卷四《少帝纪》:“少帝讳义符,小字车兵,武帝长子也……晋义熙二年,生于京口……年十岁,拜豫章公世子。”义符自义熙二年生至本年正十岁,则是年义符拜豫章公世子。又《宋书·颜延之传》记延之任豫章公世子中军行参军一事于义熙十二年之前，故系于此。

19. 陶渊明与颜延之结邻，与之情款。

见本年第 18 条。

20. 谢方明加晋陵太守。任骠骑长史、南郡相。

《宋书》卷五十三《谢方明传》："寻更加晋陵太守，复为骠骑长史、南郡相，委任如初。尝年终，江陵县狱囚事无轻重，悉散听归家，使过正三日还到。罪应入重者有二十余人，纲纪以下，莫不疑惧。时晋陵郡送故主簿弘季盛、徐寿之并随在西，固谏……方明不纳，一时遣之。囚及父兄皆惊喜涕泣，以为就死无恨……遂竟无逃亡者。远近咸叹服焉。遭母忧，去职。"据卷五十一《长沙景王道怜传》，道怜本年任骠骑将军。方明加晋陵太守，任南郡相，时间不详。姑一并系于此。

21. 沈庆之任宁远中兵参军。

《宋书》卷七十七《沈庆之传》："年三十，未知名，往襄阳省兄，伦之见而赏之。伦之子伯符时为竟陵太守，伦之命伯符版为宁远中兵参军。竟陵蛮屡为寇，庆之为设规略，每击破之，伯符由此致将帅之称。伯符去郡，又别讨西陵蛮，不与庆之相随，无功而反。"

22. 刘义庆袭封南郡公。除给事，不拜。

《宋书》卷五十一《刘义庆传》："义庆幼为高祖所知，常曰：'此我家丰城也。'年十三，袭封南郡公。除给事，不拜。"

23. 刘义季生。

《宋书》卷六十一《武三王传》："武帝七男……吕美人生衡阳文王义季。"据同卷《衡阳文王义季传》，义季卒于元嘉二十四年、时年三十三推之，当生于本年。

24. 王微生。

《宋书》卷六十二《王微传》:“王微字景玄,琅邪临沂人,太保弘弟子也。父孺,光禄大夫。”据本传“元嘉三十年卒,时年三十九”推之,当生于本年。

25. 臧荣绪生。

《南齐书》卷五十四《臧荣绪传》:“臧荣绪,东莞莒人也。祖奉先,建陵令,父庸民,国子助教……永明六年,卒。年七十四。”据此推之,当生于本年。

26. 周续之为刘柳所荐举

《宋书》卷九十三《周续之传》:“江州刺史刘柳荐之高祖曰:‘……窃见处士雁门周续之,清真贞素,思学钩深,弱冠独往,心无近事,性之所遣,荣华与饥寒俱落,情之所慕,岩泽与琴书共远。加以仁心内发,义怀外亮……愿照其丹款,不以人废言。’”据《东晋方镇年表》,刘柳本年至明年六月卒时,任江州刺史。

27. 萧思话折节有令誉,好书史,善弹琴。

《宋书》卷七十八《萧思话传》:“思话年十许岁,未知书,以博诞游遨为事,好骑屋栋,打细腰鼓,侵暴邻曲,莫不患毒之。自此折节,数年中,遂有令誉。好书史,善弹琴,能骑射。高祖一见,便以国器许之。”上述事时间不详,姑系于思话十六岁时。

28. 胡叟入长安,赋韦、杜二族。

叟生卒年未详。《魏书》卷五十二《胡叟传》:“胡叟,字伦许,安定临泾人也。世有冠冕,为西夏著姓。叟少聪敏,年十三,辨疑释理,知名乡国,其意之所悟,与成人交论,鲜有屈焉。学不师受……及披读群籍,再阅于目,皆诵于口。好属文,既善为典雅之词,又工为鄙俗之句。以姚政将衰,遂入长安观风化，隐匿名行，惧人见知。时京兆韦祖思，少阅典坟，多蔑时辈，知叟至，召而见之。祖思习常，待叟不足，叟聊与叙温凉，拂衣而出……至主人家，赋韦、杜二族，一宿而成，时年十有八矣。其述前载，无违旧美，叙中世有协时事，而未及鄙黩。人皆奇其才，畏其笔。世犹传诵之，以为笑狎。”叟入长安诸事，时间未详。按《南史》卷一《宋本纪上》：明年“姚兴死，子泓新立，兄弟相杀，关中扰乱”；后年八月晋龙骧将军“王镇恶克长安，禽姚泓”。今据叟本传所言“以姚政将衰”，姑系于此。

29. 师子国献玉像至建康。

《南史》卷七十八《夷貊传上》：师子国……晋义熙初，始遣使献玉像，经十载乃至。像高四尺二寸，玉色洁润，形制殊特，殆非人工。此像历晋、宋在瓦官寺，先有征士戴安道手制佛像五躯，及顾长康维摩画图，世人号之三绝。”

30. 北燕冯素弗墓有金冠饰及壁画。

《文物》1973年第3期载黎瑶渤撰《辽宁北票县西官营子北燕冯素弗墓》：“1965年9月，北票县西官营子发现了两座石椁墓……经考证，这是十六国时期北燕官僚贵族冯素弗及其妻属的墓葬。”第一号墓出土“金冠饰1件。是笼在某种冠上的花饰……全高约26、顶花高约9、十字金片宽1厘米(图版肆：1)……椁盖及四壁内的白灰面上有彩画……椁顶绘星象图……内容为日月星云等。由于东四石与西五石不是一次画成，画法稍有不同(图版伍)。日　西起(下同)第四石的南部绘一轮红日，画面微残，但可看出内有黑色线条，可能是‘金乌’。月　第三石中部绘一圆月，是用淡黄色线勾出一圈表示月形，内有一个墨绘的‘玉兔’，腹南背北，作奔跃状。星　圆点状，遍布全画面……云星空绘很多流云……鸟形图纹遍布全画面……此外,横贯东西石的中部,还绘有一条以双红线为栏,中填以黄色水涡纹的稍稍弯曲的纹带,可能是银河。椁壁画面大都残坏,残存部分有的可见黑狗图像(残部);在脱落的壁画残块中还拼对出一个人头像,是以黑线勾勒,白面微须,面容清秀,头戴二梁冠(图一六)。”第二号墓,“椁内顶、壁绘彩画,大都脱落,顶部尤重,现存画面约20%。顶部绘星象图,星象是以红色和黄色的圆点表示的……四壁绘人物、出行、家居、建筑物等内容。西壁绘人物、建筑物。上部壁面脱落,一座高大的门楼式建筑物布满下部画面……檐下南北两端各立两个女侍,面相向……南壁绘出行图……东壁绘人物……北壁只有零星画块。”一号墓“为北燕冯素弗的墓葬”。二号墓的主人“应是冯素弗的妻属”。并附有墓壁画图片五幅:墓1石椁壁画人头像、墓2石椁西壁壁画、墓2石椁北壁壁画、墓2石椁南壁壁画、墓2石椁东壁壁画。《晋书》卷一百二十五《冯跋载记》附《冯素弗传》:“冯素弗,跋之长弟也。慷慨有大志……跋之伪业,素弗所建也。及为宰辅,谦虚恭慎,非礼不动,虽厮养之贱,皆与之抗礼。车服屋宇,务于俭约,修己率下,百僚惮之。初为京尹。及镇营丘,百姓歌之……跋之(太平)七年死,跋哭之哀恸。比葬,七临之。”《通鉴》卷一百一十六系冯素弗卒于上年十二月。

416　丙辰

晋义熙十二年　　　　北魏泰常元年
后秦姚泓永和元年　　西秦永康五年
北凉玄始五年　　　　西凉建初十二年
北燕太平八年　　　　夏凤翔四年

慧远八十三岁。张野六十七岁。李暠六十六岁。徐广六十五岁。范泰六十二岁。裴松之五十七岁。王敬弘五十七岁。刘穆之五十七岁。刘裕五十四岁。郑鲜之五十三岁。陶渊明五十二岁。孔琳之四十八岁。羊欣四十七岁。何承天四十七岁。傅亮四十三岁。宗炳四十二岁。张茂度四十一岁。释宝云四十一岁。周续之四十岁。戴颙三十九岁。荀伯子三十九岁。王弘三十八岁。蔡廓三十八岁。谢方明三十七岁。王韶之三十七岁。何尚之三十五岁。颜延之三十三岁。谢灵运三十二岁。雷次宗三十一岁。沈庆之三十一岁。谢晦二十七岁。殷景仁二十七岁。刁雍二十七岁。高允二十七岁。谢弘微二十五岁。王昙首二十三岁。徐爰二十三岁。范晔十九岁。萧思话十七岁。刘义庆十四岁。殷淳十四岁。谢惠连十岁。刘义隆十岁。袁淑九岁。江湛九岁。沈怀文八岁。张永七岁。刘义恭四岁。何偃四岁。程骏三岁。戴法兴三岁。刘义季二岁。王微二岁。臧荣绪二岁。

1. 刘裕领平北将军、兖州刺史。加中外大都督。加领征西将军、司豫二州刺史。作《世子镇徐兖二州下书》。帅师伐后秦姚泓。加北雍州刺史、徐州刺史。

《宋书》卷二《武帝纪中》:"(义熙)十二年正月,诏公依旧辟士。加领平北将军、兖州刺史。增都督南秦,凡二十二州。公以平北文武寡少,不宜别置。于是罢平北府,以并大府……三月,加公中外大都督。初公平齐,仍有定关、洛之意,值卢循侵逼,故其事不谐。荆、雍既平,方谋外略。会羌主姚兴死,子泓立,兄弟相杀,关中扰乱,公乃戒严北讨。加领征西将军、司豫二州刺史。以世子为徐、兖二州刺史。下书曰……公受中外都督及司州,并辞大司马琅邪王礼敬,朝议从之。公欲以义声怀远,奉琅邪王北伐。五月……又加公北雍州刺史,前部羽葆、鼓吹,增班剑为四十人。解中书监。八月丁巳,率大众发京师……九月,公次于彭城,加领徐州刺史……十月,众军至洛阳,围金墉。泓弟伪平南将军洸请降,送于京师。修复晋五陵,置守卫。天子诏曰:'……其进位相国,总百揆,扬州牧,封十郡为宋公,备九锡之礼,加玺绶、远游冠,位在诸侯王上,加相国绿绶。'策曰:'……宋国置丞相以下,一遵旧仪……以终我高祖之嘉命。'置宋国侍中、黄门侍郎、尚书左丞、郎,随大使奉迎。"

2. 孔琳之任平北、征西长史。

《宋书》卷五十六《孔琳之传》:"又除高祖平北、征西长史。"

3. 蔡廓任别驾从事史。

《宋书》卷五十七《蔡廓传》:"及高祖领兖州,廓为别驾从事史,委以州任。寻除中军咨议参军,太尉从事中郎。未拜,遭母忧。性至孝,三年不栉沐,殆不胜丧。"据卷二《武帝纪中》,

本年正月，刘裕任兖州刺史。

4. 徐爰任大司马府中典军，从北征。

《宋书》卷九十四《徐爰传》："初为晋琅邪王大司马府中典军，从北征。微密有意理，为高祖所知。"

5. 刘穆之领监军、中军二府军司。内总朝政，外供军旅。

《宋书》卷四十二《刘穆之传》："（义熙）十二年，高祖北伐……转穆之左仆射，领监军、中军二府军司，将军、尹、领选如故。甲仗五十人，入殿。入居东城。穆之内总朝政，外供军旅，决断如流，事无拥滞。宾客辐辏，求诉百端，内外咨禀，盈阶满室，目览辞讼，手答笺书，耳行听受，口并酬应，不相参涉，皆悉赡举。又数客昵宾，言谈赏笑，引日亘时，未尝倦苦。裁有闲暇，自手写书，寻览篇章，校定坟籍。性奢豪，食必方丈，旦辄为十人馔。穆之既好宾客，未尝独餐，每至食时，客止十人以还者，帐下依常下食，以此为常。尝白高祖曰：'穆之家本贫贱，赡生多阙。自叨忝以来，虽每存约损，而朝夕所须，微为过丰。自此以外，一毫不以负公。'"

6. 张茂度复任留扬州事。

《宋书》卷五十三《张茂度传》："高祖北伐关、洛，复任留州事。"

7. 何尚之任征西将军府主簿。

《宋书》卷六十六《何尚之传》："高祖领征西将军，补府主簿。"

8. 王弘从刘裕北征。

《宋书》卷四十二《王弘传》："从北征，前锋已平洛阳，而未遣九锡，弘衔使还京师，讽旨朝廷。时刘穆之掌留任，而旨反从北来，穆之愧惧，发病遂卒。"

9. 谢晦从征关、洛。作《彭城会诗》。

《南史》卷十九《谢晦传》："晦美风姿，善言笑，眉目分明，鬓发如墨。涉猎文义,博赡多通,时人以方杨德祖,微将不及。晦闻犹以为恨。帝深加爱赏,从征关、洛,内外要任悉委之。帝于彭城大会,命纸笔赋诗,晦恐帝有失,起谏帝,即代作曰……于是群臣并作。时谢混风华为江左第一,尝与晦俱在武帝前,帝目之曰:'一时顿有两玉人耳。'刘穆之遣使陈事,晦往往异同,穆之怒曰:'公复有还时不?'及帝欲以晦为从事中郎,穆之坚执不与,故终穆之世不迁。"

10. 郭澄之随刘裕北伐。

《晋书》卷九十二《郭澄之传》:"从(刘)裕北伐。"

11. 傅亮从征关、洛,作《为宋公至洛阳谒五陵表》、《策加宋公九锡文》。

《宋书》卷四十三《傅亮传》:"亮从征关、洛。"《为宋公至洛阳谒五陵表》见《文选》卷三十八,题下谓作者为傅季友(亮)。《宋书》卷二《武帝纪中》:本年"十月,众军至洛阳……修复晋五陵,置守卫……策曰……"《策加宋公九锡文》见《武帝纪中》,《类聚》卷五十三以为傅亮作。

12. 裴松之任司州主簿,转治中从事史。

《宋书》卷六十四《裴松之传》:"高祖北伐,领司州刺史,以松之为州主簿,转治中从事史。既克洛阳,〔松之居州行事……〕"

13. 郑鲜之任右长史。

《宋书》卷六十四《郑鲜之传》:"(义熙)十二年,高祖北伐,以为右长史。鲜之曾祖墓在开封,相去三百里,乞求拜省,高祖以骑送之。"

14. 北凉张穆作《玄石神图赋》。

《晋书》卷一百二十九《沮渠蒙逊载记》:"蒙逊西祀金山,遣沮渠广宗率骑一万袭乌啼虏,大捷而还。蒙逊西至苕藋,遣前将军沮渠成都将骑五千袭卑和虏，蒙逊率中军三万继之，卑和虏率众迎降。遂循海而西，至盐池，礼西王母寺。寺中有《玄石神图》，命其中书侍郎张穆赋焉，铭之于寺前，遂如金山而归。”《十六国春秋》卷九十四《北凉录一·沮渠蒙逊录》：玄始五年三月，蒙逊西祀金山，遣广宗袭破乌啼虏。张穆以后事迹不详。

15. 慧远卒。

《高僧传》卷六《释慧远传》：“自远卜居庐阜三十余年，影不出山，迹不入俗。每送客游履，常以虎溪为界焉。以晋义熙十二年八月初动散，至六日困笃。大德耆年，皆稽颡请饮豉酒，不许。又请饮米汁，不许。又请以蜜和水为浆。乃命律师，令披卷寻文，得饮与不？卷未半而终，春秋八十三矣。门徒号恸，若丧考妣，道俗奔赴，毂继肩随。远以凡夫之情难割，乃制七日展哀。遗命使露骸松下。既而弟子收葬。浔阳太守阮侃于山西岭凿圹开隧。谢灵运为造碑文，铭其遗德。南阳宗炳又立碑寺门。初远善属文章，辞气清雅，席上谈吐，精义简要。加以容仪端整，风彩洒落，故图像于寺，遐迩式瞻。所著论序铭赞诗书，集为十卷，五十余篇，见重于世。”关于慧远之卒年，尚有他说。《世说新语·文学第四》刘孝标注引张野《远法师铭》：“年八十三而终。”《全宋文》卷三十三辑谢灵运《庐山慧远法师诔并序》作义熙十三年卒，年八十四。王祎《经行庐山记》谓卒于义熙十二年，年八十二。《祐录·慧远传》谓卒于义熙末，年八十三。《文物》1987 年第五期载卡哈尔·巴拉提撰《回鹘文写本〈慧远传〉残页》译文云：慧远“当死期来临时，叫来弟子们嘱咐道：‘我死后，将我露身放在松树下。’八十三岁右胁而化，交脚，见阿弥陀佛直来，威严带去。”今从《高僧传》。

《经典释文》卷五《毛诗音义上》:“周续之与雷次宗同受慧远法师诗义。”据此知慧远撰有《毛诗》方面的著作。《隋书》卷三十五《经籍志四》:“晋沙门《释慧远集》十二卷。”《晋诗》卷二十辑慧远《庐山东林杂诗》一首。《全晋文》卷一百六十一、一百六十二辑慧远文三十三篇,除已见上文者外,还有:《与隐士刘遗民等书》、《遣书通好昙摩流支》、《答卢循书》、《沙门袒服论》、《答何无忌难沙门袒服论》、《明报应论》、《三报论》、《庐山记》、《三法度经序》、《大智论钞序》、《昙无竭菩萨赞》、《澡灌铭序》。

16. 张野作《远法师铭》。

《世说新语·文学第四》刘孝标注:“张野《远法师铭》曰……”铭当作于本年慧远去世后。

17. 宗炳为慧远立碑。

见本年第15条。

18. 谢灵运任世子中军咨议,黄门侍郎。作《庐山慧远法师诔并序》,又为慧远作碑铭。奉命往彭城慰劳刘裕。作《彭城宫中直感岁暮诗》。

《宋书》卷六十七《谢灵运传》:“又为世子中军咨议,黄门侍郎。奉使慰劳高祖于彭城。”灵运任世子中军咨议、黄门侍郎,盖在本年八月世子刘义符为中军将军后。《庐山慧远法师诔并序》见《全宋文》卷三十三。《高僧传》卷六《释慧远传》云慧远卒后,“谢灵运为造碑文,铭其遗德”。陈舜俞《庐山记》卷三《十八贤传》:“远公卒,葬西岭,灵运为铭,(张)野序之。”碑铭已佚。《宋书·谢灵运传》载灵运《撰征赋·序》云:“以义熙十有二年五月丁酉,敬戒九伐……余摄官承乏,谬充殊役,《皇华》愧于先《雅》,靡盬额于征人。以仲冬就行,分春反命。”是灵运往彭城慰劳刘裕在本年十一月。《彭城宫中直感岁暮诗》见《宋诗》卷二,据诗题及诗中“草草眷徂物,契契矜岁殚”二句,知诗当于本年岁暮作于彭城。

19. 陶渊明作《丙辰岁八月中于下潠田舍获诗》、《示周续之祖企谢景夷三郎时三人共在城北讲礼校书诗》

《丙辰岁八月中于下潠田舍获诗》见《晋诗》卷十七。《晋诗》卷十六辑《示周续之祖企谢景夷三郎时三人共在城北讲礼校书诗》。《全梁文》卷二十辑萧统《陶渊明传》:“时周续之入庐山事释惠远,彭城刘遗民亦遁迹匡山,渊明又不应征命,谓之‘浔阳三隐’。后刺史檀韶苦请续之出州,与学士祖企、谢景夷三人,共在城北讲《礼》,加以仇校。所住公廨,近于马队。是故渊明示其诗云:‘周生述孔业,祖谢响然臻。马队非讲肆,校书亦已勤。’”又据《宋书》卷四十五《檀韶传》:“进号左将军……(义熙)十二年,迁督江州豫州之西阳、新蔡二郡诸军事、江州刺史,将军如故。”诗当作于此时。

20. 北魏崔浩劝拓跋嗣假道于晋。

《魏书》卷三十五《崔浩传》:“泰常元年,司马德宗将刘裕伐姚泓,舟师自淮、泗入清,欲溯河西上,假道于国。诏群臣议之。外朝公卿咸曰:‘……宜先发军断河上流,勿令西过。’又议之内朝,咸同外计。太宗将从之。浩曰:‘此非上策……今不劳兵马,坐观成败,斗两虎而收长久之利,上策也……’……太宗遂从群议,遣长孙嵩发兵拒之,战于畔城,为裕将朱超石所败,师人多伤。太宗闻之,恨不用浩计。”据《通鉴》卷一百一十七,本年九月晋欲假道于北魏。

21. 范泰兼司空,随军到洛阳。

《宋书》卷六十《范泰传》:"兼司空,与右仆射袁湛授宋公九锡,随军到洛阳。"卷二《武帝纪中》:本年十月天子策曰:"……使持节、兼司空、散骑常侍、尚书、阳遂乡侯泰授宋公茅土……"

22. 王昙首从府公修复洛阳园陵。

《宋书》卷六十三《王昙首传》:"辟琅邪王大司马属,从府公修复洛阳园陵。"《晋书》卷十《安帝纪》:本年十月己丑,修谒洛阳五陵。

23. 颜延之奉命北使洛阳,至洛阳咏《黍离篇》。途中作《北使洛》、《还至梁城作》二诗。

《宋书》卷七十三《颜延之传》:"义熙十二年,高祖北伐,有宋公之授,府遣一使庆殊命,参起居,延之与同府王参军俱奉使至洛阳,道中作诗二首,文辞藻丽,为谢晦、傅亮所赏。"《南史》卷三十四《颜延之传》:"行至洛阳,周视故宫室,尽为禾黍,凄然咏《黍离篇》。道中作诗二首。"《宋诗》卷五辑颜延之《北使洛》、《还至梁城作》各一首。《宋书》和《南史》本传所谓二首,殆指《北使洛》、《还至梁城作》二诗。《北使洛》曰:"王猷升八表,嗟行方暮年。阴风振凉野,飞雪瞀穷天。"知诗作于是年岁暮。又《还至梁城作》曰:"昔迈先徂师,今来后归军。振策睠东路,倾侧不及群。息徒顾将夕,极望梁陈分。故国多乔木,空城凝寒云。"诗当作于是年由洛东归途经梁城时。

24. 刘义庆随刘裕伐长安。

《宋书》卷五十一《刘义庆传》:"义熙十二年,从伐长安。"

25. 徐广撰成《晋纪》。迁秘书监。

《晋书》卷八十二《徐广传》:"(义熙)十二年,勒成《晋纪》,凡四十六卷(礼按:《南史》卷三十三本传作四十二卷,《隋书》卷三十三《经籍志二》作四十五卷),表上之。因乞解史任,不许。迁秘书监。"

26. 谢惠连能属文。

《宋书》卷五十三《谢惠连传》:"年十岁,能属文,族兄灵运深相知赏。"

27. 西凉有写经。

《兰亭论辨》载赵万里撰《从字体上试论(兰亭序)的真伪》:"清光绪年间甘肃敦煌出的……西凉建初十二年写经,现藏北京图书馆。"《兰亭论辨》图版拾叁印有西凉建初十二年写经。

28. 羊欣出任新安太守。

《宋书》卷六十二《羊欣传》:"出为新安太守。在郡四年,简惠著称。"时间未详,疑在本年。

417 丁巳

晋义熙十三年　　北魏泰常二年
后秦永和二年　　后秦永康六年
北凉玄始六年　　西凉李歆嘉兴元年
北燕太平九年　　夏凤翔五年

张野六十八岁。李暠六十七岁。徐广六十六岁。范泰六十三岁。裴松之五十八岁。王敬弘五十八岁。刘穆之五十八岁。刘裕五十五岁。郑鲜之五十四岁。陶渊明五十三岁。孔琳之四十九岁。羊欣四十八岁。何承天四十八岁。傅亮四十四岁。宗炳四十三岁。张茂度四十二岁。释宝云四十二岁。周续之四十一岁。戴颙四十岁。荀伯子四十岁。王弘三十九岁。蔡廓三十九岁。谢方明三十八岁。王韶之三十八岁。何尚之三十六岁。颜延之三十四岁。谢灵运三十三岁。雷次宗三十二岁。沈庆之三十二岁。谢晦二十八岁。殷景仁二十八岁。刁雍二十八岁。高允二十八岁。谢弘微二十六岁。王昙首二十四岁。徐爰二十四岁。范晔二十岁。萧思话十八岁。刘义庆十五岁。殷淳十五岁。谢惠连十一岁。刘义隆十一岁。袁淑十岁。江湛十岁。沈怀文九岁。张永八岁。刘义恭五岁。何偃五岁。程骏四岁。戴法兴四岁。刘义季三岁。王微三岁。臧荣绪三岁。

1. 刘裕率舟师进讨后秦，军次留城，经张良庙，命僚佐赋诗。作《赐沈林子书》、《又赐沈林子书》、《沈田子战功表》。至长安。悉收后秦太乐伎、清乐。获钟繇、张芝、张昶、毛宏、索靖、钟会等书，赐永嘉公主。延请释智严还都。

《宋书》卷二《武帝纪中》："（义熙）十三年正月，公以舟师进讨……军次留城，经张良庙，令曰……天子追赠公祖为太常，父为左光禄大夫，让不受……三月……公至洛阳。"命僚佐赋诗见本年第4条。《赐沈林子书》、《又赐沈林子书》见卷一百《自序》："姚鸾精兵守崄。林子衔枚夜袭，即屠其城，劓鸾而坑其众，高祖赐书曰……寻绍疽发背死。高祖以林子言验，乃赐书曰……"据《通鉴》一百一十八，本年三月林子斩鸾，绍卒于本年四月。《又赐沈林子书》，《全宋文》漏收。《沈田子战功表》见《宋书》卷一百《自序》："高祖北伐，田子……所领江东勇士，便习短兵，鼓噪奔之，贼众一时溃散，所杀万余人，得泓伪乘舆服御。高祖表言曰……"卷二《武帝纪中》：本年"八月，扶风太守沈田子大破姚泓于蓝田。王镇恶克长安。生擒泓。九月，公至长安。长安丰全，帑藏盈积。公先收其彝器、浑仪、土圭之属，献于京师，其余珍宝珠玉，以班赐将帅。执送姚泓，斩于建康市。谒汉高帝陵，大会文武于未央殿。"《隋书》卷十五《音乐志下》：慕容超曾将太乐伎一百二十人诣姚兴，"及宋武帝入关，悉收南渡……《清乐》……苻永固平张氏，始于梁州得之。宋武平关中，因而入南，不复存于内地…其歌曲有《阳伴》，舞曲有《明君》、《并契》。其乐器有钟、磬、琴、瑟、击琴、琵琶、箜篌、筑、筝、节鼓、笙、笛、箫、篪、埙等十五种，为一部。工二十五人。"《宋书》卷二《武帝纪中》：本年十一月，"公欲息驾长安，经略赵、魏，会（刘）穆之卒，乃归。

十二月庚子，发自长安……闰月，公自洛入河，开汴渠以归。”虞龢《论书表》曰：“大凡秘藏所录，钟繇纸书六百九十七字，张芝缣素及纸书四千八百廿五字，年代既久，多是简帖，张昶缣素及纸书四千七十字，毛宏八分缣素四千五百八十八字，索靖纸书五千七百五十五字，钟会书五纸四百六十五字，是高祖平秦川所获，以赐永嘉公主，俄为第中所盗，流播始兴。”《史通》外篇《古今正史》：“及宋武帝入关，曾访秦国事，又命梁州刺史吉翰问诸仇池，并无所获。”《高僧传》卷三《释智严传》：“晋义熙十三年，宋武帝西伐长安，克师旋旆，涂出山东。时始兴公王恢，从驾游观山川，至(智)严精舍，见其同止三僧，各坐绳床，禅思湛然。恢至，良久不觉。于是弹指，三人开眼，俄而还闭。问，不与言。恢心敬其奇，访诸耆老。皆云：‘此三僧隐居求志高洁法师也。’恢即启宋武帝延请还都，莫肯行者。既屡请恳至，二人推严随行，恢怀道素笃，礼事甚殷。还都即住始兴寺。”

2. 刘义隆任冠军将军、徐州刺史。

《宋书》卷五《文帝纪》：“高祖伐羌至彭城，将进路，板上行冠军将军留守。晋朝加授使持节、监徐兖青冀四州诸军事、徐州刺史，将军如故。”据卷二《武帝纪中》、《通鉴》卷一一八，本年正月刘裕留义隆镇彭城，诏以为徐州刺史。

3. 丘渊之任刘义隆长史。

《宋书》卷八十一《顾深传》：“太祖从高祖北伐，留彭城，为冠军将军、徐州刺史，渊之为长史。”

4. 谢瞻作《张子房诗》。

《张子房诗》见《文选》卷二一。李善注引沈约《宋书》：“姚泓新立，关中乱。义熙十三年正月，公以舟师进讨，军顿留项城，经张良庙也。"又注引王俭《七志》曰："高祖游张良庙，并命僚佐赋诗，瞻之所造，冠于一时。"据《宋书》卷五十六《谢瞻传》，瞻任安成相后，曾任中书侍郎，其随刘裕游张良庙、作诗时，疑任中书侍郎。

5. 王昙首任徐州刺史府功曹。于洛阳见刘裕。

《宋书》卷六十三《王昙首传》："太祖为冠军、徐州刺史，留镇彭城，以昙首为府功曹。"又本传："与从弟球俱诣高祖，时谢晦在坐，高祖曰：'此君并膏粱盛德，乃能屈志戎旅。'昙首答曰：'既从神武之师，自使懦夫有立志。'晦曰：'仁者果有勇。'高祖悦。"据卷二《武帝纪中》，本年正月，"留彭城公义隆镇彭城"，三月，刘裕至洛阳。《王昙首传》叙昙首任徐州刺史府功曹于会戏马台后，时序倒置，误。

6. 傅亮作《为宋公修张良庙教》、《从征诗》、《从武帝平闽中诗》、《征思赋》、《为宋公修复前汉诸陵教》、《司徒刘穆之碑》、《为宋公求加赠刘前军表》。

《为宋公修张良庙教》见《宋书》卷二《武帝纪中》、《文选》卷三十六。《武帝纪中》作为"令"。《文选》题谓《为宋公修张良庙教》，并以为傅季友(亮)作。《文选》所载与《武帝纪中》所载，文字稍有出入。《从征诗》、《从武帝平闽中诗》见《宋诗》卷一。二诗当作于本年从征时。逯钦立按："宋武帝有平关中姚秦事，无平闽中事。'闽'，'关'之讹。"《征思赋》见《全宋文》卷二十六，赋中有"洒三川之积尘，廓二崤之重岨。睹高掌于华阳，聆鸣凤于洛浦"等句，当作于本年从征时。《为宋公修前汉诸陵教》见《类聚》卷四十："宋傅亮《修复前汉诸陵教》曰……"当作于本年九月刘裕至长安后。《司徒刘穆之碑》见《类聚》卷四十七。当作于本年十一月穆之卒后。《为宋公求加赠刘前军表》见《宋书》卷四十二《刘穆之传》，又见《文选》卷三十八。《文选》定为傅季友(亮)作。文字与《宋书》所载稍异。表亦当作于本年十一月刘穆之卒后。

7. 郑鲜之作《行经张子房庙诗》。

《行经张子房庙诗》见《宋诗》卷一。当作于本年正月随刘裕次留城经张良庙时。

8. 李暠作《顾命长史宋繇》。卒。

《十六国春秋》卷九十一《西凉录一·李暠录》:“建初十三年，春正月，暠寝疾，顾命长史宋繇曰……晋义熙十三年二月，薨于光德殿，时年六十七岁。在位十八年。葬建世陵，谥武昭王，庙号太祖。”

《隋书》卷三十五《经籍志四》:“《靖恭堂颂》一卷，晋凉王李暠撰。”《全晋文》卷一百五十五辑李暠文十五篇，其中有七篇有题无文。十五篇除已见上文者外，还有:《贤明鲁颜回颂》、《麒麟颂》。

《十六国春秋辑补》卷九十三《西凉录二·李暠录》:“世子谭早卒，第二子歆嗣。”

9. 谢灵运离彭城还京都，作《撰征赋并序》。

《宋书》卷六十七《谢灵运传》:作《撰征赋序》曰:“以仲冬就行，分春反命。”赋曰:“尔乃孟陬发节，雷隐蛰惊。散叶荑柯，芳蔼饰萌。麦萋萋于旄丘，柳依依于高城……转归舲而眷恋，望修樯而流涟。”据此，知赋当作于本年春。

10. 何尚之从征长安，以公事免官。赐爵都乡侯。

《宋书》卷六十六《何尚之传》:“从征长安，以公事免，还都。因患劳疾积年，饮妇人乳，乃得差。以从征之劳，赐爵都乡侯。”

11. 西域向北凉贡吞刀、吐火秘幻奇术。北凉图列古圣贤像。

《十六国春秋》卷九十四《北凉录一·沮渠蒙逊录》："玄始六年，夏四月，西域贡吞刀、吐火秘幻奇术。起游林堂于内苑，图列古圣贤之像。秋九月，堂成，遂大晏群臣，论谈经传。"

12. 北魏崔浩为拓跋嗣讲书传。受拓跋嗣赏赐。

《魏书》卷三十五《崔浩传》："（泰常）二年，司马德宗齐郡太守王懿来降，上书陈计，称刘裕在洛，劝国家以军绝其后路，则裕军可不战而克。书奏，太宗善之。会浩在前进讲书传，太宗问浩曰……浩对曰……太宗大悦，语至中夜，赐浩御缥醪酒十觚，水精戎盐一两。曰：'朕味卿言，若此盐酒，故与卿同其旨也。"《通鉴》卷一百一十八系上述事于本年五月。

13. 陶渊明作《赠羊长史诗》、《饮酒诗》二十首。

《晋诗》卷十六辑《赠羊长史诗》。卷十七辑《饮酒诗》二十首。《赠羊长史诗序》曰："左军羊长史，衔使秦川，作此与之。"诗曰："贤圣留余迹，事事在中都。岂忘游心目，关河不可逾。九域甫已一，逝将理舟舆。闻君当先迈，负痾不获俱。"《序》云羊长史衔使秦川，当是贺刘裕伐后秦获胜。诗当作于本年八月刘裕军克长安后。王瑶《陶渊明集》注《饮酒诗》二十首曰："据序文'比夜已长'及'既醉之后，辄题数句自娱'，则这二十首诗当都是同一年秋夜醉后所作的，因此总题为《饮酒》。又第十九首中上面说"终死归田里'，下面说'亭亭复一纪'；一纪是十二年，渊明辞彭泽令归田在晋安帝义熙元年乙巳（四〇五），因知《饮酒诗》当作于义熙十三年……第十六首中说'行行向不惑，淹留遂无成'，是追述以前的事情，说明'四十无闻'之意；不是实际作诗的时间。第十九首中说'是时向立年'也是追述语气；"亭亭复一纪'这一句是承'终死归田里'而说，不是承"是时向立年'说的。"

14. 刘穆之卒。

《宋书》卷四十二《刘穆之传》："（义熙）十三年，疾笃，诏遣正直黄门侍郎问疾。十一月（礼按：《晋书》卷十《安帝纪》系于十一月辛未）卒，时年五十八。高祖在长安，闻问惊恸，哀惋者数日……追赠穆之散骑常侍、卫将军、开府仪同三司。高祖又表天子曰……于是重赠侍中、司徒，封南昌县侯，食邑千五百户。高祖受禅，思佐命元勋，诏曰：'故侍中、司徒南昌侯刘穆之……可进南康郡公，邑三千户……'谥穆之曰文宣公。"

《书小史》卷五：刘穆之"善隶、草。"《述书赋上》："道和闲雅，离古蹑真。慢正由德，高踪绝尘。若昂藏博达之士，謇谔朝廷之臣。"《淳化阁帖》卷三辑有穆之书《推迁帖》。

《全晋文》卷一百一十四辑穆之书一篇。

《宋书·刘穆之传》："穆之三子：长子虑之嗣……穆之中子式之字延叔，通易好士……穆之少子贞子……穆之女适济阳蔡祐。"

15. 谢晦任从事中郎。

《南史》卷十九《谢晦传》："及穆之丧问至，帝哭之甚恸，曰：'丧我贤友'。晦时正直，喜甚，自入阁参审。其日教出，转晦从事中郎。"

16. 郭澄之诵诗劝止刘裕西伐。

《晋书》卷九十二《郭澄之传》："从（刘）裕北伐，既克长安，裕意更欲西伐，集僚属议之，多不同。次问澄之，澄之不答，西向诵王粲诗曰；'南登霸陵岸，回首望长安。'裕便意定，谓澄之曰：'当与卿共登霸陵岸耳。'因还。"

17. 刁雍归北魏。

《魏书》卷三十八《刁雍传》:"泰常二年,姚泓灭,与司马休之等归国。上表陈诚,于南境自效。太宗许之,假雍建义将军。雍遂于河、济之间招集流散,得五千余人,南阻大(阙),扰动徐、兖,建牙誓众,传檄边境。刘裕遣将李嵩等讨雍。雍斩之于蒙山。于是众至二万,进屯固山。"卷三《太宗纪》:本年九月癸酉,刁雍等归降北魏。《通鉴》卷一百一十八:本年十月雍扰动徐、兖,败刘裕兵。

18. 范泰作《为宋公祭嵩山文》。

《初学记》卷五:"宋范泰为宋公祭嵩山文曰:'刘裕敬荐中岳之灵……旧都既清,三秦期廓……逝将言旋,自雍徂洛……'"文当作于本年十二月刘裕东归经嵩山时。

19. 刘敬叔为骠骑将军参军。

《异苑》卷三,敬叔自述云:"晋义熙十三年,余为长沙景王骠骑参军,在西州得一黄牛,时将货之,便昼夜衔草不食,掩泪瘦瘠。"

20. 萧思话任琅邪王大司马行参军。

《宋书》卷七十八《萧思话传》:"年十八,除琅邪王大司马行参军。"

21. 孔琳之任侍中。

《宋书》卷五十六《孔琳之传》:"迁侍中"。时间从《东晋将相大臣年表》。

22. 王僧谦约生于本年。

僧谦生年未详。《宋书》卷六十二《王微传》:"弟僧谦,亦有才誉。"王微生于前年,僧谦约生于本年。

418 戊午

晋义熙十四年　　北魏泰常三年
西秦永康七年　　北凉玄始七年
西凉嘉兴二年　　北燕太平十年
夏凤翔六年　　昌武元年

张野六十九岁。徐广六十七岁。范泰六十四岁。裴松之五十九岁。王敬弘五十九岁。刘裕五十六岁。郑鲜之五十五岁。陶渊明五十四岁。孔琳之五十岁。羊欣四十九岁。何承天四十九岁。傅亮四十五岁。宗炳四十四岁。张茂度四十三岁。释宝云四十三岁。周续之四十二岁。戴颙四十一岁。荀伯子四十一岁。王弘四十岁。蔡廓四十岁。谢方明三十九岁。王韶之三十九岁。何尚之三十七岁。颜延之三十五岁。谢灵运三十四岁。雷次宗三十三岁。沈庆之三十三岁。谢晦二十九岁。殷景仁二十九岁。刁雍二十九岁。高允二十九岁。谢弘微二十七岁。王昙首二十五岁。徐爰二十五岁。范晔二十一岁。萧思话十九岁。刘义庆十六岁。殷淳十六岁。谢惠连十二岁。刘义隆十二岁。袁淑十一岁。江湛十一岁。沈怀文十岁。张永九岁。刘义恭六岁。何偃六岁。程骏五岁。戴法兴五岁。刘义季四岁。王微四岁。臧荣绪四岁。王素一岁。江智渊一岁。

1. 刘裕解司州，领徐、冀二州刺史。作《请褒赠王镇恶表》。为相国，进封宋公。作《受相国宋公九锡令》、《赦裴松之》、《征戴颙等令》、《下书辟宗炳等》、《矫安帝遗诏》、《答王弘弹谢灵运令》、《进宝器表》、《表》。

《宋书》卷二《武帝纪中》："（义熙）十四年正月壬戌，公至彭城，解严息甲……公解司州，领徐、冀二州刺史，固让进爵。"《请褒赠王镇恶表》见卷四十五《王镇恶传》："镇恶率军出北地，为（沈）田子所杀……是岁，十四年正月十五日也。高祖表曰……"《受相国宋公九锡令》见《武帝纪中》：本年"六月，受相国宋公九锡之命。令曰……又诏宋国所封十郡之外，悉得除用。"《赦裴松之》、《征戴颙等令》、《下书辟宗炳等》，分别见本年第17条、第20条、第21条。《矫安帝遗诏》见《晋书》卷十《恭帝纪》：本年"十二月戊寅，安帝崩，刘裕矫称遗诏曰……"《答王弘弹谢灵运令》见本年第2条。《进宝器表》见《御览》卷二引《义熙起居注》："十四年，相国表曰……"《文选》卷六〇任彦升《齐竟陵文宣王行状》李善注引《晋起居注》曰："宋公表曰……"表当作于本年封宋公后。

2. 王弘领彭城太守。迁尚书仆射领选。作《奏弹谢灵运》。任江州刺史，甚钦敬陶渊明。

《宋书》卷四十二《王弘传》："高祖还彭城，弘领彭城太守。宋国初建，迁尚书仆射领选，太守如故。奏弹谢灵运曰：'……世子左卫率康乐县公谢灵运，力人（礼按：《南史》卷二十一《王弘传》作'军人'）桂兴淫其嬖妾，杀兴江涘，弃尸洪流。事发京畿，播闻遐迩。宜加重劾，肃正朝风……请以见事免灵运所居官，上台削爵土，收付大理治罪……'高祖令曰：'灵运免官而已，余如奏……'（义熙）十四年，迁监江州豫州之西阳新蔡二郡诸军事、抚军将军、江州刺史。至州，省赋简役，百姓安之。”上谓王弘“宋国初建，迁尚书仆射领选”。“宋国初建”在义熙十四年，其后不应再云“十四年”。“十四年”当衍。《晋书》卷九十四《陶潜传》云王弘以元熙中临江州。今从《宋书》。钦敬陶渊明见本年第29条。

3. 范泰迁护军将军。拜金紫光禄大夫，加散骑常侍。嘲王准之作五言诗。

《宋书》卷六十《范泰传》：“高祖还彭城，与共登城，泰有足疾，特命乘舆。泰好酒，不拘小节，通率任心，虽在公坐，不异私堂，高祖甚赏爱之。然拙于为治，故不得在政事之官。迁护军将军，以公事免。高祖受命，拜金紫光禄大夫，加散骑常侍。”《晋书》卷七十五《范宁传》系泰任护军将军于元熙中。疑误。今从《宋书》本传。《宋书》卷六十《王准之传》：准之“宋台建，除御史中丞，为僚友所惮……准之尝作五言，范泰嘲之曰：‘卿唯解弹事耳。’准之正色答：‘犹差卿世载雄狐。’”

4. 傅亮迁中书令。作《为宋公修楚元王墓教》。

《宋书》卷四十三《傅亮传》：“亮从征关、洛，还至彭城。宋国初建，令书除侍中，领世子中庶子。徙中书令，领中庶子如故。”《为宋公修楚元王墓教》见《文选》卷三十六，李善注曰：“宋公，楚元王后，故修治其墓。”又注引《汉书》曰：“楚元王交……汉立交为楚王，王彭城。”

5. 刘义隆任前将军、司州刺史。后改授西中郎将、荆州刺史。

《宋书》卷五《文帝纪》：“关中平定，高祖还彭城，又授监司州豫州之淮西兖州之陈留诸军事、前将军、司州刺史，持节如故，将镇洛阳。仍改授都督荆益宁雍梁秦六州豫州之河南广平扬州之义成松滋四郡诸军事、西中郎将、荆州刺史，持节如故。"《通鉴》卷一百一十八系义隆任西中郎将、荆州刺史于本年正月。

6. 刘义庆任豫州刺史。

《宋书》卷五十一《刘义庆传》:"从伐长安,还拜辅国将军、北青州刺史,未之任,徙督豫州诸军事、豫州刺史,复督淮北诸军事,豫州刺史、将军并如故。"《通鉴》卷一百一十八系义庆任豫州刺史于本年正月。

7. 刘义季随刘义隆往江陵。

《宋书》卷六十一《衡阳文王义季传》:"幼而夷简,无鄙近之累。太祖为荆州,高祖使随往江陵,由是特为太祖所爱。"

8. 王昙首转任刘义隆长史。与会戏马台,赋诗。

《宋书》卷六十三《王昙首传》:"太祖镇江陵,自功曹为长史。"《通鉴》卷一百一十八系昙首任刘义降长史于本年一月。又本传:"行至彭城,高祖大会戏马台,豫坐者皆赋诗,昙首文先成,高祖览读,因问弘曰:'卿弟何如卿?'弘答曰:'若但如民,门户何寄。'高祖大笑。昙首有识局智度,喜愠不见于色,闺门之内,雍雍如也。手不执金玉,妇女不得为饰玩,自非禄赐所及,一毫不受于人。"昙首于戏马台所赋诗,已佚。本传记昙首与会戏马台诸事于任刘义隆府功曹、长史之前,当误。刘裕大会戏马台事,见本年第19条。

9. 羊徽任西中郎将长史。

《宋书》卷六十二《羊徽传》:"后为太祖西中郎长史、河东太守。"《南史》卷三十六《羊欣传》:"弟徽……任河东太守,卒。"徽任河东太守及卒年未详。

《隋书》卷三十五《经籍志四》:"晋西中郎长史《羊徽集》九卷,梁十卷,录一卷。"《全晋文》卷一百四十一辑徽文一篇:《木槿赋》。《晋诗》卷十四辑徽诗二首:《赠傅长猷傅时为太尉主簿入为都官郎诗》四章、《答丘泉之诗》七章。

10. 王敬弘任度支尚书,迁太常。

《宋书》卷六十六《王敬弘传》:"宋国初建,为度支尚书,迁太常。"

11. 郑鲜之转奉常。作《谏北伐表》。举颜延之为博士。

《宋书》卷六十四《郑鲜之传》:"宋国初建,转奉常。佛佛虏陷关中,高祖复欲北讨,行意甚盛。鲜之上表谏曰……"《通鉴》卷一百一十八系鲜之上表谏刘裕于本年十一月。举颜延之为博士,见本年第12条。

12. 颜延之为博士,迁世子舍人。

《宋书》卷七十三《颜延之传》:"宋国建,奉常郑鲜之举为博士,仍迁世子舍人。"

13. 郭澄之为相国参军。

《晋书》卷九十二《郭澄之传》:"刘裕引为相国参军。"

14. 萧思话任相国参军。

《宋书》卷七十八《萧思话传》:"转相国参军。"

15. 范晔任相国掾。

《宋书》卷六十九《范晔传》:任"高祖相国掾。"

16. 蔡廓为相府从事中郎,领记室。

《宋书》卷五十七《蔡廓传》:"服阕,相国府复板为从事中郎,领记室。"

17. 裴松之任世子洗马。

《宋书》卷六十四《裴松之传》:"〔宋国初建,毛德祖使洛阳。〕高祖敕之曰:'裴松之廊庙之才,不宜久尸边务,今召为世子洗马……'"

18. 谢晦谏刘裕不宜北伐。咏王粲《七哀诗》。

《南史》卷十九《谢晦传》:"武帝闻咸阳沦没,欲复北伐,晦谏以士马疲怠,乃止。于是登城北望,慨然不悦,乃命群僚赋诗,晦咏王粲诗曰:'南登霸陵岸,回首望长安,悟彼下泉人,喟然伤心肝。'帝流涕不自胜。"据《通鉴》卷一百一十八,本年十月,夏王勃勃进据咸阳。《南史·谢晦传》记上述事于"宋台建"后,误。宋台建于明年七月刘裕移镇寿阳后。

19. 谢灵运任宋国黄门侍郎。作《九日从宋公戏马台集送孔令诗》。任世子左卫率,免官。

《宋书》卷六十七《谢灵运传》:"仍除宋国黄门侍郎,迁相国从事中郎。"灵运任上述官职,当在本年六月刘裕于彭城始受相国、宋公之后。《九日从宋公戏马台集送孔令诗》见《宋诗》卷二。《南齐书》卷九《礼志上》:"宋武为宋公,在彭城,九日出项羽戏马台,至令相承,以为旧准。"《宋书》卷五十四《孔季恭传》:"孔靖字季恭,会稽山阴人也……宋台初建(礼按:宋台建于明年,此处所记有误),令书以为尚书令,加散骑常侍,又让不受,乃拜侍中、特进、左光禄大夫。辞事东归,高祖饯之戏马台,百僚咸赋诗以述其美。"据灵运诗题及诗中"季秋边朔苦,旅雁违霜雪"二句,知灵运此诗为是年九月在彭城所作。《宋书·谢灵运传》:迁"世子左卫率。坐辄杀门生,免官。"上述事当在本年离彭城返京都后。详见本年第1条。

20. 戴颙征为散骑侍郎,不起。

《宋书》卷九十三《戴颙传》:"宋国初建,令曰:'前太尉参军戴颙、辟士韦玄,秉操幽遁,守志不渝,宜加旌引,以弘止退。并可散骑侍郎,在通直。'不起。"

21. 宗炳被刘裕辟为太尉掾,不起。

《宋书》卷九十三《宗炳传》:“高祖开府辟召,下书曰:‘吾忝大宠,思延贤彦,而《兔罝》潜处,《考槃》未臻,侧席丘园,良增虚伫。南阳宗炳、雁门周续之,并植操幽栖,无闷巾褐,可下辟召,以礼屈之。’于是并辟太尉掾,皆不起。”

22. 周续之被刘裕辟为太尉掾,未就。

见本年第 21 条。

23. 北魏崔玄伯卒。

《魏书》卷二十四《崔玄伯传》:“泰常三年夏,玄伯病笃,太宗遣侍中宜都公穆观就受遗言,更遣侍臣问疾,一夜数返。及卒,下诏痛惜,赠司空,谥文贞公……诏群臣及附国渠帅皆会葬,自亲王以外,尽令拜送。太和中,高祖追录先朝功臣,以玄伯配飨庙庭。玄伯自非朝廷文诰,四方书檄,初不染翰,故世无遗文。尤善草隶行押之书,为世摹楷……又玄伯之行押,特尽精巧,而不见遗迹。”

《魏书·崔玄伯传》:“子浩,袭爵……次子简,字冲(校勘记:‘“冲”,《北史》卷二十一《崔宏传》作“仲”,是。’)亮,一名览。好学,少以善书知名……简弟恬,字叔玄,小名白。”崔浩见本书有关崔浩条。

24. 北魏崔浩答拓跋嗣问。袭父爵白马公。

《魏书》卷三十五《崔浩传》:“(泰常)三年,彗星出天津,入太微,经北斗……太宗复诏诸儒术士问之曰……咸共推浩令对。浩曰……诸人莫能易浩言,太宗深然之……浩父疾笃,浩乃剪爪截发,夜在庭中仰祷斗极,为父请命,求以身代,叩头流血,岁余不息,家人罕有知者。及父终,居丧尽礼,时人称之。袭爵白马公。”

25. 谢瞻作《九日从宋公戏马台集送孔令诗》。

《九日从宋公戏马台集送孔令诗》见《文选》卷二〇。李善注引《宋书·七志》:"高祖游戏马台,命僚佐赋诗,瞻之所作冠于时。"据诗中"风至授寒服,霜降休百工"、"轻霞冠秋日"等句,知诗当作于本年季秋。

26. 王韶之与安帝左右密加鸩毒安帝。迁黄门侍郎,领著作。

《南史》卷二十四《王韶之传》:"晋安帝之崩,武帝使韶之与帝左右密加鸩毒。恭帝即位,迁黄门侍郎,领著作。西省如故。凡诸诏黄皆其辞也。"据《晋书》卷十《恭帝纪》,本年十一月戊寅,安帝崩,恭帝即位。

27. 王素生。

《宋书》卷九十三《王素传》:"王素字休业,琅邪临沂人也。高祖翘之,晋光禄大夫……(素)泰始……七年,卒,时年五十四。"据此推之,当生于本年。

28. 江智渊生。

《宋书》卷五十九《江智渊传》:"江智渊,济阳考城人,湘州刺史夷弟子。父僧安,太子中庶子……(智渊)大明七年,以忧卒,时年四十六。"据此推之,当生于本年。

29. 陶渊明被征著作佐郎,不就。为江州刺史王弘所钦敬。作《怨诗楚调示庞主簿邓治中诗》。

《宋书》卷九十三《陶潜传》:"义熙末,征著作佐郎,不就。"

《晋书》卷九十四《陶潜传》:"既绝州郡觐谒,其乡亲张野及周旋人羊松龄、宠遵等或有酒要之,或要之共至酒坐,虽不识主人,亦欣然无忤,酣醉便反。未尝有所造诣,所之唯至田舍及庐山游观而已。刺史王弘以元熙中临州,甚钦迟之,后自造焉。潜称疾不见,既而语人云:'我性不狎世,因疾守闲,幸非洁志慕声,岂敢以王公纡轸为荣邪!夫谬以不贤,此刘公干所以招谤君子，其罪不细也。’弘每令人候之，密知当往庐山，乃遣其故人庞通之等赍酒，先于半道要之。潜既遇酒，便引酌野亭，欣然忘进。弘乃出与相见，遂欢宴穷日。潜无履，弘顾左右为之造履。左右请履度，潜便于坐申脚令度焉。弘要之还州，问其所乘，答云：‘素有脚疾，向乘篮舆，亦足自反。’乃令一门生二儿共舆之至州，而言笑赏适，不觉其有羡于华轩也。弘后欲见，辄于林泽间候之。至于酒米乏绝，亦时相赡。其亲朋好事，或载酒肴而往，潜亦无所辞焉。每一醉，则大适融然。又不营生业，家务悉委之儿仆。未尝有喜愠之色，惟遇酒则饮，时或无酒，亦雅咏不辍。尝言夏月虚闲，高卧北窗之下，清风飒至，自谓羲皇上人。性不解音，而畜素琴一张，弦徽不具，每朋酒之会，则抚而和之，曰：‘但识琴中趣，何劳弦上声！’”《宋书》卷四十二《王弘传》谓王弘本年任江州刺史，今从《宋书》。《晋诗》卷十六辑《怨诗楚调示庞主簿邓治中诗》，诗有“结发念善事，僶俛六九年”二句。“六九”为五十四岁，故系于本年。又“六九”一作“五十”。如从“五十”，则诗当作于414年。

30. 张野常与陶渊明等相与酒坐。卒。

与陶渊明等相与酒坐见本年第29条。《莲社高贤传·张野传》：“义熙十四年与家人别，入室端坐而逝，春秋六十九。”《隋书》卷三十五《经籍志四》：“梁有……《张野集》十卷。”《庐山记》，张野撰，《御览》卷八、卷四十一引。《全宋文》卷四十辑张野文一篇，已见上文。《晋诗》卷十四辑其诗一首：《奉和慧远游庐山诗》。

31. 韦昶卒。

《太平广记》卷二百七引《书断》：“义熙末，卒，年七十余。文休古文大篆草书并入妙。”

32. 何承天作《鼓吹铙歌十五篇》。

《宋书》卷二十二《乐志四》:“《鼓吹铙歌十五篇》,何承天义熙中私造。”其十五篇为:《朱路篇》、《思悲公篇》、《雍离篇》、《战城南篇》、《巫山高篇》、《上陵者篇》、《将进酒篇》、《君马篇》、《芳树篇》、《有所思篇》、《雉子游原泽篇》、《上邪篇》、《临高台篇》、《远期篇》、《石流篇》。郭茂倩《乐府诗集》卷十九:“按此诸曲皆承天私作,疑未尝被于歌也。虽有汉曲旧名,大抵别增新意,故其义与古辞考之多不合云。”十五篇之写作时间,《乐府诗集》卷十九引《宋书·乐志》曰:“何承天晋义熙末私造”,与上引《宋书·乐志四》所云“义熙中私造”不同。考《雍离篇》:“雍士多离心,荆民怀怨情,二凶不量德,构难称其兵。王人衔朝命,正辞纠不庭。上宰宣九伐,万里举长旍……霜锋未及染,鄢郢忽已清”诸句,当指刘裕率军西征荆州刺史司马休之及雍州刺史鲁宗之一事。据《宋书》卷二《武帝纪中》,刘裕征司马休之、鲁宗之在义熙十一年。据此,知“义熙末私造”之说可从,故系于本年。

419　己未

晋恭帝司马德文元熙元年　北魏太常四年
西秦永康八年　北凉玄始八年
西凉嘉兴三年　北燕太平十一年
夏真兴元年

徐广六十八岁。范泰六十五岁。裴松之六十岁。王敬弘六十岁。刘裕五十七岁。郑鲜之五十六岁。陶渊明五十五岁。孔琳之五十一岁。羊欣五十岁。何承天五十岁。傅亮四十六岁。宗炳四十五岁。张茂度四十四岁。周续之四十三岁。戴颙四十二岁。荀伯子四十二岁。王弘四十一岁。蔡廓四十一岁。谢方明四十岁。王韶之四十岁。何尚之三十八岁。颜延之三十六岁。谢灵运三十五岁。雷次宗三十四岁。沈庆之三十四岁。谢晦三十岁。殷景仁三十岁。刁雍三十岁。高允三十岁。谢弘微二十八岁。王昙首二十六岁。徐爰二十六岁。范晔二十二岁。萧思话二十岁。刘义庆十七岁。殷淳十七岁。谢惠连十三岁。刘义隆十三岁。袁淑十二岁。江湛十二岁。沈怀文十一岁。张永十岁。刘义恭七岁。何偃七岁。程骏六岁。戴法兴六岁。刘义季五岁。王微五岁。臧荣绪五岁。王素二岁。江智渊二岁。颜师伯一岁。沈麟士一岁。

1. 刘裕为宋王。移镇寿阳。自解扬州牧。加殊礼。

《宋书》卷二《武帝纪中》:“元熙元年正月,诏遣大使征公入辅。又申前令,进公爵为王……七月,乃受命,赦国内五岁刑以下。迁都寿阳……九月,解扬州。十二月,天子命王冕十有二旒,建天子旌旗,出警入跸,乘金根车,驾六马,备五时副车,置旄头云罕,乐舞八佾,设钟虡宫县。进王太妃为太后,王妃为王后,世子为太子,王子、王孙爵命之号,一如旧仪。”

2. 傅亮从刘裕还寿阳。作《与蔡廓书》。

《宋书》卷四十三《傅亮传》:“从还寿阳。高祖有受禅意,而难于发言,乃集朝臣宴饮,从容言曰……君臣唯盛称功德,莫晓此意。日晚坐散,亮还外,乃悟旨,而宫门已闭,亮于是叩扉请见,高祖即开门见之。亮入便曰:‘臣暂宜还都。’高祖达解此意,无复他言,直云:‘须几人自送?’亮曰:‘须数十人便足。’于是即便奉辞。亮既出,已夜,见长星竟天。亮拊髀曰:‘我常不信天文,今始验矣。’至都,即征高祖入辅。”又卷五十七《蔡廓传》:“时中书令傅亮任寄隆重,学冠当时,朝廷仪典,皆取定于亮,每咨廓然后施行。亮意若有不同,廓终不为屈。时疑扬州刺史庐陵王义真朝堂班次,亮与廓书曰……”按卷二《武帝纪中》、卷三《武帝纪下》,义真于本年九月至永初二年正月任扬州刺史,《与蔡廓书》当作于本年九月至后年正月间,姑系于此。

3. 裴松之参与议立五庙乐。

《宋书》卷六十四《裴松之传》:“于时议立五庙乐,松之以妃臧氏庙乐亦宜与四庙同。”卷十六《礼志三》:“宋武帝初受晋命为宋王,建宗庙于彭城,依魏、晋故事,立一庙。初嗣高祖开府君、曾祖武原府君、皇祖东安府君、皇考处士府君、武敬臧后,从诸侯五庙之礼也。”议立五庙乐当在本年刘裕为宋王后。

4. 何承天为尚书祠部郎。

《宋书》卷六十四《何承天传》：“高祖在寿阳，宋台建，召为尚书祠部郎，与傅亮共撰朝仪。”

5. 蔡廓任侍中，作《鞠狱议》。

《宋书》卷五十七《蔡廓传》：“宋台建，为侍中，建议以为……朝议咸以为允，从之。”

6. 孔琳之除宋国侍中。

《宋书》卷五十六《孔琳之传》：“宋台初建，除宋国侍中。”

7. 谢晦任右卫将军，加侍中。

《南史》卷十九《谢晦传》：“宋台建，为右卫将军，加侍中。”

8. 谢瞻任宋国中书、黄门侍郎，相国从事中郎。劝谢晦素退。

《宋书》卷五十六《谢瞻传》：任“宋国中书、黄门侍郎，相国从事中郎。弟晦时为宋台右卫，权遇已重，于彭城还都迎家，宾客辐辏，门巷填咽。时瞻在家，惊骇谓晦曰：‘汝名位未多，而人归趣乃尔。吾家以素退为业，不愿干豫时事，交游不过亲朋，而汝遂势倾朝野，此岂门户之福邪？’乃篱隔门庭，曰：‘吾不忍见此。’及还彭城，言于高祖曰：‘臣本俗士，父、祖位不过二千石。弟年始三十，志用凡近，荣冠台府，位任显密，福过灾生，其应无远。特乞降黜，以保衰门。’前后屡陈。”《南史》卷十九《谢瞻传》：“后因宴集，灵运问晦：‘潘、陆与贾充优劣。’晦曰：‘安仁谄于权门，士衡邀竞无已，并不能保身，自求多福。公闾勋名佐世，不得为并。’灵运曰：‘安仁、士衡才为一时之冠，方之公闾，本自辽绝。’瞻敛容曰：‘若处贵而能遗权，斯则是非不得而生，倾危无因而至。君子以明哲保身，其在此乎。’常以裁止晦如此。”

9. 谢方明任宋台尚书吏部郎

《宋书》卷五十三《谢方明传》:"服阕,为宋台尚书吏部郎。"

10. 殷景仁迁宋台秘书郎,为骠骑将军刘道怜主簿。

《宋书》卷六十三《殷景仁传》:"迁宋台秘书郎,世子中军参军,转主簿,又为骠骑将军道怜主簿。"

11. 戴颙于瓦官寺修改铜像。

《宋书》卷九十三《戴颙传》:"宋世子铸丈六铜像于瓦官寺,既成,面恨瘦,工人不能治,乃迎颙看之。颙曰:'非面瘦,乃臂胛肥尔。'既错减臂胛,瘦患即除,无不叹服焉。"卷四《少帝纪》:"少帝讳义符……宋台建,拜世子。"颙修改铜像当在本年七月宋台建以后。

12. 范泰领国子祭酒。作《请建国学表》、《谏改钱法》。

《宋书》卷六十《范泰传》:本年"议建国学,以泰领国子祭酒。泰上表曰……时言事者多以钱货减少,国用不足,欲悉市民铜,更造五铢钱。泰又谏曰……"

13. 范晔任彭城王冠军参军。

《宋书》卷六十九《范晔传》:任"彭城王义康冠军参军。"据卷六十八《彭城王义康传》,本年义康除冠军将军。

14. 张茂度任广州刺史。

《宋书》卷五十三《张茂度传》:"出为使持节、督广交二州诸军事、建武将军、平越中郎将、广州刺史。绥静百越,岭外安之。"时间从《东晋方镇年表》。

15. 颜师伯生。

《宋书》卷七十七《颜师伯传》:"颜师伯字长渊,琅邪临沂人,东扬州刺史竣族兄也。父邵,刚正有局力,为谢晦所知。"据本传,废帝即位被诛,时年四十七推之,当生于本年。

16. 沈麟士生。

《南史》卷七十六《沈麟士传》:“沈麟(礼按:《南齐书》卷五十四‘麟’作‘驎’)士字云祯,吴兴武康人也。祖膺期,晋太中大夫。父虔之,宋乐安令……梁天监……二年,卒于家,年八十五。”《南齐书》卷五十四《沈驎士传》谓驎士“年八十六,卒”。未明时间,今从《南史》。据《南史》所记推之,麟士当生于本年。

17. 刘义恭为刘裕特所钟爱。

《宋书》卷六十一《刘义恭传》:“江夏文献王义恭,幼而明颖,姿颜美丽,高祖特所钟爱,诸子莫及也。饮食寝卧,常不离于侧。高祖为性俭约,诸子食不过五醆盘,而义恭爱宠异常,求须菓食,日中无算,得未尝啖,悉以乞与傍人。庐陵诸王未尝敢求,求亦不得。”上述诸事时间不详,姑系于义恭七岁时。

18. 郭澄之任相国从事中郎。

《晋书》卷九十二《郭澄之传》:“澄之位至(刘)裕相国从事中郎,封南丰侯,卒于官。”澄之为相国从事中郎,疑在本年。其卒年未详。

《晋书》本传:“所著文集行于世。”《隋书》卷三十四《经籍志三》:“《郭子》三卷,东晋中郎郭澄之撰。”卷三十五《经籍志四》:“梁有……《郭澄之集》十卷……亡。”

主要引用书目

（按在本书中首次出现的顺序排列）

晋书　房玄龄等撰　中华书局 1974 年 11 月第 1 版
全上古三代秦汉三国六朝文　严可均校辑　中华书局 1958 年 12 月第 1 版
通典　杜佑撰　王文锦、王永兴、刘俊文、徐庭云、谢方点校　中华书局 1988 年 12 月第 1 版
艺文类聚　欧阳询撰　汪绍楹校　上海古籍出版社 1982 年 1 月新 1 版
法书要录　张彦远辑　洪丕谟点校　上海书画出版社 1986 年 8 月第 1 版
世说新语笺疏　余嘉锡笺疏　中华书局 1983 年 8 月第 1 版
宋书　沈约撰　中华书局 1974 年 10 月第 1 版
建康实录　许嵩撰　张忱石点校　中华书局 1986 年 10 月第 1 版
资治通鉴　司马光编著　胡三省音注　标点资治通鉴小组校点　中华书局 1956 年 6 月第 1 版
文选　萧统编　李善注　中华书局 1977 年 11 月第 1 版
东晋方镇年表　万斯同撰　二十五史刊行委员会编《二十五史补编》（三）　中华书局 1955 年 2 月第 1 版
书小史　陈思撰　黄宾虹、邓实编《美术丛书》第三册　江苏古籍

出版社 1986 年 6 月第 1 版
水经注校　王国维校　袁英光、刘寅生整理标点　上海人民出版社 1984 年 5 月第 1 版
抱朴子内篇校释　王明著　中华书局 1980 年 1 月第 1 版
晋方镇年表　吴廷燮撰　二十五史刊行委员会编《二十五史补编》(三)　中华书局 1955 年 2 月第 1 版
书史会要　陶宗仪著　上海书店 1984 年 11 月第 1 版
历代书法论文选　上海书画出版社、华东师范大学古籍整理研究室选编校点　上海书画出版社 1979 年 10 月第 1 版
太平御览　李昉等撰　中华书局 1960 年 2 月第 1 版
淳化阁贴　上海书店 1984 年 11 月第 1 版
真诰　陶弘景撰　《丛书集成》本　中华书局 1983 年 8 月第 1 版
历代书画家传记考辨　徐邦达著　上海人民美术出版社 1983 年 10 月第 1 版
高僧传　慧皎撰　频伽精舍校刊《大藏经》 1913 年排印本
历代名画记　张彦远著　秦仲文、黄苗子点校　人民美术出版社 1983 年 5 月第 1 版
隋书　魏征、令狐德棻撰　中华书局 1973 年 8 月第 1 版
旧唐书　刘昫等撰　中华书局 1975 年 5 月第 1 版
新唐书　欧阳修、宋祁等撰　中华书局 1975 年 2 月第 1 版
直斋书录解题　陈振孙撰　徐小蛮、顾美华点校　上海古籍出版社 1987 年 12 月第 1 版
先秦汉魏晋南北朝诗　逯钦立辑校　中华书局 1983 年 9 月第 1 版
琴史　朱长文撰　台湾商务印书馆《景印文渊阁四库全书》本
东晋将相大臣年表　万斯同撰　二十五史刊行委员会编《二十五

史补编》(三) 中华书局 1955 年 2 月第 1 版
中国文学年表 敖士英编纂 立达书局 1935 年十月初版
十六国春秋辑补 汤球辑 商务印书馆 1958 年 6 月重印第 1 版
考古与文物 考古与文物编辑部编 陕西人民出版社出版
文苑英华 李昉等编 中华书局 1966 年 5 月第 1 版
初学记 徐坚等著 中华书局 1962 年 1 月第 1 版
文物资料丛刊 文物编辑委员会编 文物出版社出版
史通新校注 刘知幾撰 赵吕甫校注 重庆出版社 1990 年 8 月第 1 版
莫高窟年表 姜亮夫著 上海古籍出版社 1985 年 10 月第 1 版
抱朴子外篇 葛洪撰 《诸子集成》本 上海书店出版
东晋门阀政治 田余庆著 北京大学出版社 1989 年 1 月第 1 版
晋中兴书 汤球辑 丛书集成本 中华书局 1983 年 8 月第 1 版
元和郡县图志 李吉甫撰 贺次君点校 中华书局 1983 年 6 月第 1 版
补晋书艺文志 丁国钧撰 二十五史刊行委员会编《二十五史补编》(三) 中华书局 1955 年 2 月第 1 版
补晋执政表 秦锡圭撰 二十五史刊行委员会编《二十五史补编》(三) 中华书局 1955 年 2 月第 1 版
经典释文 陆德明撰 上海古籍出版社 1985 年 10 月第 1 版
晋书艺文志补遗 丁国钧撰 子辰述注 二十五史刊行委员会编《二十五史补编》(三) 中华书局 1955 年 2 月第 1 版
宣和书谱 佚名撰 顾逸点校 上海书画社 1984 年 10 月第 1 版
贞观公私画史 裴孝源撰 于安澜编《画品丛书》 上海人民美术出版社 1982 年 3 月第 1 版
魏书 魏收撰 中华书局 1974 年 6 月第 1 版

文物　文物编辑部编　文物出版社出版

晋阳秋　孙盛著　汤球辑　乔治忠校注《众家编年体晋史》　天津古籍出版社 1989 年 8 月第 1 版

太平寰宇记　乐史撰　《丛书集成初编》本　商务印书馆发行

补晋书艺文志　文廷式撰　二十五史刊行委员会编《二十五史补编》(三)　中华书局 1955 年 2 月第 1 版

乐府诗集　郭茂倩编　中华书局 1971 年第 1 版

宋书乐志校注　苏晋仁、萧炼子校注　齐鲁书社 1982 年 11 月第 1 版

艺舟双楫　包世臣著　《艺林名著丛刊》第 1 种　北京中国书店 1983 年 3 月第 1 版

中国美术全集绘画编 12　中国美术全集编辑委员会编　文物出版社 1989 年 5 月第 1 版

南史　李延寿撰　中华书局 1975 年 6 月第 1 版

云笈七签　张君房辑　齐鲁书社 1988 年 9 月第 1 版

文物考古工作三十年　文物编辑委员会编　文物出版社 1979 年出版

异苑　刘敬叔著　《学津讨原》(景嘉庆本)第十六集第三册

北堂书钞　虞世南编撰　中国书店 1989 年 7 月第 1 版

册府元龟　王钦若等编　中华书局 1960 年 6 月第 1 版

隋书经籍志考证　姚振宗撰　二十五史刊行委员会编《二十五史补编》(四)　中华书局 1955 年 2 月第 1 版

补晋书艺文志　秦荣光撰　二十五史刊行委员会编《二十五史补编》(三)　中华书局 1955 年 2 月第 1 版

华阳国志校注　常璩著　刘琳校注　巴蜀书社 1984 年 7 月第 1 版

北史　李延寿撰　中华书局 1974 年 10 月第 1 版

历代名人年谱　吴荣光编　商务印书馆出版
中国古代舞蹈史话　王克芬编著　人民音乐出版社 1980 年 1 月第 1 版
庐山记　陈舜俞撰　《丛书集成初编》本　中华书局 1985 年北京新 1 版
华阳国志校补图注　常璩撰　任乃强校注　上海古籍出版社 1987 年 10 月第 1 版
南齐书　萧子显撰　中华书局 1972 年 11 月第 1 版
中国书法史图录简编　吴鸿清编　刘恒、于连成解析　中央广播电视大学出版社 1987 年 4 月第 1 版
兰亭论辨　文物出版社编辑出版　1977 年 10 月第 1 版
东晋方镇年表　吴廷燮撰　二十五史刊行委员会编《二十五史补编》(三)　中华书局 1955 年 2 月第 1 版
十六国春秋　崔鸿撰　安徽巡抚采进本
中古文学史论文集　曹道衡著　中华书局 1986 年 7 月第 1 版
荆州记　盛弘之撰　王仁俊辑　玉函山房辑佚书
九域志　李昕撰　《说郛》(宛委山堂本)卷六十　上海古籍出版社 1988 年 10 月第 1 版
读史方舆纪要　顾祖禹辑著　中华书局 1955 年 7 月第 1 版
后汉书　范晔撰　中华书局 1965 年 5 月第 1 版
考古　考古编辑部编　科学出版社出版
善本碑贴录　张彦生著　中华书局 1984 年 2 月第 1 版
文心雕龙注　刘勰著　范文澜注　人民文学出版社 1958 年 9 月第 1 版
中国书法史　张光宾著　台湾商务印书馆发行
墨池编　朱长文辑　台湾商务印书馆《景印文渊阁四库全书》本

墨池琐录　杨慎撰　台湾商务印书馆《景印文渊阁四库全书》本
翰墨志　赵构撰　《说郛》(宛委山堂本)卷八十八　上海古籍出版社 1988 年 10 月第 1 版
世说新语　刘义庆撰　思贤讲舍刻本　上海古籍出版社 1982 年 11 月第 1 版
揅经室续集　阮元著　商务印书馆《国学基本丛书》本
广艺舟双楫　康有为著　《艺林名著丛刊》第 1 种　北京市中国书店 1983 年 3 月第 1 版
梁书　姚思廉撰　中华书局 1973 年 5 月第 1 版
陈书　姚思廉撰　中华书局 1972 年 3 月第 1 版
钟嵘诗品讲疏　许文雨编著　成都古籍书店 1983 年 5 月第 1 版
书学史　祝嘉著　北京市中国书店 1987 年 9 月第 1 版
颜氏家训集解　颜之推撰　王利器集解　上海古籍出版社 1980 年 7 月第 1 版
四库提要辨证　余嘉锡著　中华书局 1980 年 5 月第 1 版
魏晋南北朝史札记　周一良著　中华书局 1985 年 3 月第 1 版
顾恺之　潘天寿著　上海人民美术出版社 1979 年 2 月第 2 版
金楼子　萧绎著　《百子全书》本　浙江人民出版社 1984 年 5 月第 1 版
陶渊明年谱　王质等撰　许逸民校辑　中华书局 1986 年 4 月第 1 版
渚宫旧事　余知古撰　《说郛》(宛委山堂本)卷十七　上海古籍出版社 1988 年 10 月第 1 版
中国石窟雕刻艺术史　荆三林著　人民美术出版社 1988 年 2 月第 1 版
鉴余杂稿　谢稚柳著　上海人民美术出版社 1979 年 6 月第 1 版

增补校碑随笔　方若原著　王壮弘增补　上海书画出版社 1981 年 7 月第 1 版
出土文献研究　文化部文物局文献研究室编　文物出版社 1985 年 6 月第 1 版
考古学报　中国社会科学院考古研究所编　科学出版社出版
云南古代石刻丛考　孙太初著　文物出版社 1983 年 12 月第 1 版
云南碑刻与书法　顾峰著　云南人民出版社 1984 年 5 月第 1 版
法苑珠林　释道世撰　《四部丛刊》本
莲社高贤传　《增订汉魏丛书》本　大通书局石印本
广弘明集　释道宣撰　《大正新修大藏经》本
汉魏两晋南北朝佛教史　汤用彤著　中华书局 1983 年 3 月第 1 版
游国恩学术论文集　中华书局 1989 年 1 月第 1 版
周书　令狐德棻等撰　中华书局 1971 年 11 月第 1 版
中国雕塑史图录　史岩编　上海人民美术出版社 1987 年 3 月第 1 版
钟嵘诗品校释　吕德申著　北京大学出版社 1986 年 4 月第 1 版
陶渊明集　王瑶　人民文学出版社 1956 年 8 月第 1 版
新疆考古三十年　新疆社会科学院考古研究所编　新疆人民出版社 1983 年 6 月第 1 版
三国志　陈寿撰　裴松之注　中华书局 1959 年 12 月第 1 版
通志　郑樵撰　中华书局 1987 年 1 月第 1 版
好太王碑研究　王建群著　吉林人民出版社 1984 年 8 月第 1 版
鲍参军集注　鲍照著　钱仲联增补集说校　上海古籍出版社 1980 年 11 月第 1 版

后　记

在我国古代文艺发展史上，东晋十六国是一个繁荣时期，是一个丰收的季节。这一时期虽然不算很长，但在文学、书法、绘画、雕塑和音乐等领域，都开出了一丛丛令人赞美的奇葩。长期以来，人们对这一时期的文艺，作了不少分门别类的研究，这是必要的，也是有益的。但有一点却值得我们重视，就是很少有人着眼于这一时期文艺的整体，注意作综合的研究。这一时期的各种文艺，虽然都具有自己的特点，但彼此之间，又互相联系、互相融和。因此，对这一时期的文艺，进行整体的、综合的研究，鉴古以知今，是我们古代文艺研究工作者的一个重要课题。这种研究，将会有助于我们揭示这一时期审美意识的特点，探讨形象地把握世界的方法和手段的演变，有助于我们了解各种文艺在共同的文化背景下的个性和共性，探索各种文艺发展的独特规律和不同的文艺发展的共同规律，等等。

对东晋十六国时期的文艺进行整体的、综合的研究，我们有许多工作要做。其中，以时间为线索，对这一时期文艺家的生平、思想、活动、作品以及其他文艺现象，进行考订编次，就是一项非常重要的工作。我的导师陆侃如先生在他的专著《中古文学系年·序例》中曾经说过："我自己很早就想研究文学史，可是经过若干年的摸索之后，深深感到过去走过的道路都不十分对。朴学的工作既不精确，史学的工作完全没做。因此，对于‘然’既仅一知半解，对于‘所以然’更茫然无知。于是我立下志愿，打算对中古一段好好地探索一下。”为此，陆先生首先编撰了《中古文学系年》，“把当时文人的事迹和作品，按年考定排列”。陆先生的精辟见解和努力实践，虽然是在四十年代，但直到今日，仍值得我们重视，对我来讲，更是铭记在心，并矢志付之于实践。我之所以这样想，这样做，是因为这一工作，是我们研究的重要基础。没有对文艺史实准确的复原、考订，不注意坚持实证的原则，就不可能有科学的文艺史研究。正是因此，近十年来，我在教学之余，编写了这本书。我这样做，一方面是想为有志研究这一时期的文艺的诸位，铺一点路，提供一些方便，同时也是我对这一时期的文艺进行综合研究的必要准备。

编撰文艺系年，如何界定对象，是一个十分复杂的问题。我现在的做法是，根据现有的资料可以证明，凡是当时在文学、书法、绘画、雕塑和音乐等领域确有成就、对后来曾经产生过影响的，不论是属于文人文艺方面，抑或属于民间文艺方面，都予兼顾，都尽可能收入编年。这样做，有利于我们比较全面地了解东晋十六国时期的文艺面貌。

由于个人学识水平的限制，加以时间较紧，本书在材料的取舍、事实的考订、内容的编排等方面，会有不少疏漏和错误。统祈读者赐正。

我的老师袁世硕教授，对本书的编写，一直非常关心。书成之后，又拨冗为之撰序。谨此致谢。